o príncipe de westeros
e outras histórias

Aqueles que duvidavam da paternidade dos filhos de Rhaenyra sussurravam que os ovos nunca chocariam, mas o nascimento de três jovens dragões deu fim a essa conversa. Os dragões foram chamados Vermax, Arrax e Tyraxes.

E Septão Eustace nos diz que Sua Majestade sentou Jace em seu colo no Trono de Ferro diante da corte e ouviram-no dizer: "Um dia este será seu trono, rapaz."

manifesto da coleção bang!

Este é o nosso compromisso com você:
Queremos ser a melhor coleção de
literatura fantástica do Brasil.
Vamos publicar apenas os grandes
livros dos grandes autores.
Todas as obras são válidas desde que
ignorem as limitações do realismo.
Queremos mexer com a sua cabeça.
Mas um click não basta.
É preciso um Bang!

o príncipe de westeros e outras histórias

george r. r. martin e gardner dozois

SAÍDA DE EMERGÊNCIA
livros para fugir da rotina

SAÍDA DE EMERGÊNCIA
livros para fugir da rotina

TÍTULO: *O príncipe de Westeros e outras histórias / nº14 da Coleção Bang!*
ORGANIZADORES: *George R. R. Martin e Gardner Dozois*
EDITOR: *Luís Corte Real*

TRADUÇÃO: *Petê Rissati, Taíssa Reis, Ana Resende, Eric Novello, Marina Boscato, Débora Isidoro, Ivar Jr., Carol Chiovatto, Ana Death Duarte*
PREPARAÇÃO DE TEXTO: *Ana Cristina Rodrigues*
REVISÃO: *Flora Pinheiro, Luis Américo Costa e Lygia Netto*
COMPOSIÇÃO: *Saída de Emergência, em caracteres Minion, corpo 12*
DESIGN E ILUSTRAÇÃO DA CAPA: *Saída de Emergência*
IMPRESSÃO E ACABAMENTO: *RR Donnelley*

CIP-BRASIL. CATALOGAÇÃO NA PUBLICAÇÃO
SINDICATO NACIONAL DOS EDITORES DE LIVROS, RJ

M334P George R. R. Martin e Gardner Dozois
O príncipe de Westeros e outras histórias / organização George R.R. Martin, Gardner Dozois; tradução Petê Rissati ... [et al.] - Rio de Janeiro: Saída de Emergência, 2015.
480 p.; il.; 16x23 cm.

Tradução de: Rogues
ISBN 978-85-67296-36-4

1. Ficção americana. I. Martin, George R.R. II Dozois, Gardner. III Rissati, Petê.

15-21320 CDD: 813
CDU: 821.111(73)-3

Rua Luiz Câmara, 443
Suplementar: Rua Felizardo Fortes, 420 - Ramos
21031-160 - Rio de Janeiro - RJ
Tel.: (21) 2538-4100
www.sdebrasil.com.br

SUMÁRIO

INTRODUÇÃO

TODO MUNDO AMA UM CANALHA

GEORGE R. R. MARTIN

TODO MUNDO AMA UM CANALHA

... embora, às vezes, a gente sobreviva para se arrepender.

Desavergonhados, vigaristas e malandros. Vagabundos, ladrões, trapaceiros e crápulas. Meninos e meninas maus. Ludibriadores, sedutores, enganadores, burladores, impostores, fraudadores, falsários, mentirosos, malvados, charlatões... eles têm muitos nomes, aparecem em histórias de todos os tipos, em todo e qualquer gênero, em mitos e lendas... Ah, e também em todos os lugares na História. São filhos de Loki, irmãos do Coiote. Às vezes, são heróis. Outras, vilões. Mas costumam ficar num ponto intermediário, personagens numa zona cinzenta... e cinza tem sido minha cor favorita há tempos. É muito mais interessante que o preto ou o branco.

Acho que sempre tive uma queda por canalhas. Quando eu era criança, na década de 1950, às vezes parecia que metade do horário nobre da televisão era dedicado às *sitcoms* e a outra metade aos faroestes. Meu pai amava faroestes, então cresci vendo esses filmes, um desfile interminável de xerifes de queixo forte e delegados da fronteira, cada um mais heroico que o outro. O delegado Dillon era uma rocha, Wyatt Earp era valente, corajoso e ousado (era o que dizia a música tema); o Cavaleiro Solitário, Hopalong Cassidy, Gene Autry e Roy Rogers eram heroicos, nobres, honrados, os exemplos mais perfeitos que qualquer um poderia querer ter... mas nenhum deles parecia real para mim. Meus heróis de faroeste favoritos eram três que rompiam com o padrão: o Paladino do Oeste, que se vestia de preto (como um vilão) quando estava na estrada e como um dândi afeminado quando estava em São Francisco, "na companhia" (claro) de uma bela mulher diferente a cada semana, e que prestava serviços por dinheiro (heróis não se importavam com dinheiro); e os irmãos Maverick (especialmente Bret), pilantras charmosos que preferiam trajes de apostadores com terno preto, gravata de laço e colete pomposo ao uniforme tradicional de delegado, distintivo e chapéu branco, e eram mais vistos em uma mesa de pôquer do que num tiroteio.

E, sabe, quando vistos hoje, *Maverick* e *Paladino do Oeste* continuam muito melhores que os faroestes mais tradicionais de seu tempo. É possível alegar que tinham roteiros melhores, atuações melhores e melhores diretores que a maioria dos faroestes da época, e talvez não seja mentira... mas acho que o fator "canalha" traz uma bela contribuição.

Porém não são só os fãs de antigos faroestes televisivos que apreciam um bom canalha. A verdade é que esse arquétipo de personagem permeia todos os meios e gêneros.

Clint Eastwood tornou-se uma estrela ao dar vida ao durão Rowdy Yates, ao implacável Dirty Harry e ao Estranho Sem Nome, todos canalhas. Se, em vez desses personagens, ele tivesse representado os bonzinhos Goody Yates, Billy Certinho e Estranho com Dois Nomes Perfeitamente Legítimos, ninguém se lembraria dele. É verdade que, quando eu estava na faculdade, conheci uma garota que preferia Ashley Wilkes, tão nobre e abnegado, ao canalha Rhett Butler, jogador e contrabandista... mas acho que ela é a única. Todas as outras mulheres que conheci escolheriam Rhett em vez de Ashley sem pensar duas vezes, e nem vamos comentar sobre Frank Kennedy e Charles Wilkes. Harrison Ford causa uma impressão bem canalha em todo papel que assume, mas, claro, tudo começou com Han Solo e Indiana Jones. Alguém aí prefere mesmo Luke Skywalker a Han Solo? Claro que Han entra no jogo apenas por dinheiro, deixando isso claro desde o início... o que deixa a coisa toda mais emocionante quando ele volta no fim de *Guerra nas estrelas* para enfiar aquele foguete no rabo de

Darth Vader. (Ah, e ele REALMENTE atira primeiro, não importa quantas versões corrigidas George Lucas faça daquele primeiro filme.) E Indy... Indy é a definição máxima do canalha. Sacar a arma para atirar naquele espadachim não foi justo... mas, olha, quem não ama o cara por essa cena?

Porém os canalhas não dão as cartas apenas na televisão e nos filmes. Olhe para os livros.

Pense na fantasia épica, por exemplo.

A fantasia geralmente é caracterizada como um gênero em que o bem absoluto combate o mal absoluto, e esse tipo de situação é mesmo abundante, especialmente nas mãos das legiões de imitadores de Tolkien com seus cansativos senhores sombrios, lacaios maléficos e heróis de queixo quadrado. Porém existe um subgênero mais antigo da fantasia que fervilha com canalhas, chamado de "espada e magia". Conan da Ciméria às vezes é caracterizado como herói, mas não nos esqueçamos que ele também era ladrão, saqueador, pirata, mercenário e, em última análise, um usurpador que se instalou num trono roubado... e dormiu com todas as mulheres atraentes que encontrou pelo caminho. Fafhrd e o Rateiro Cinzento são ainda mais canalhas, apesar de não terem alcançado tanto sucesso. É improvável que algum deles termine sendo rei. E, então, temos Cugel, o Astuto, de Jack Vance, totalmente amoral (e delicioso), cujas maquinações nem sempre parecem produzir os resultados desejados, mas ainda assim...

A ficção histórica também tem sua parcela de patifes ousados, sorrateiros, suspeitos. Os Três Mosqueteiros certamente tinham suas qualidades malandras. (Não se pode desembainhar uma espada com ousadia sem elas.) Rhett Butler era tão canalha no romance quanto no filme. Michael Chabon nos deu dois novos e esplêndidos canalhas com Amram e Zelikman, as estrelas de sua novela histórica *Gentlemen of the Road*, e eu espero que possamos ver muitas aventuras dessa dupla. E, claro, há o imortal Harry Flashman de George MacDonald Fraser (para você, Sir Harry Paget Flashman, Cavaleiro da Cruz Vitória, Cavaleiro Comandante da Ordem de Bath e Cavaleiro Comandante da Ordem do Império Indiano, por favor), um personagem que parece emprestado de *Tom Brown's Schooldays*, o romance clássico de Thomas Hughes, famoso nos internatos britânicos (uma espécie de Harry Potter sem quadribol, magia ou garotas). Se você ainda não leu os livros de MacDonald com o Flashman (pode pular o Hughes, a menos que curta os princípios morais vitorianos), ainda não viu um dos maiores canalhas da literatura. Essa experiência é realmente de causar inveja.

Faroeste? Caramba, o Velho Oeste inteiro fervilha de canalhas. O herói fora da lei é tão comum quanto o vilão fora da lei, se não for ainda mais comum. Billy the Kid? Jesse James e sua gangue? Doc Holliday, canalha e dentista *extraordinaire*? E, se pudermos voltar à televisão, mas desta vez para as TVs a cabo, também temos o fabuloso *Deadwood*, da HBO, cujo final foi muito lamentado, e o vilão que era sua estrela, Al Swearengen. Do jeito que foi interpretado por Ian McShane, Swearengen roubou completamente a cena do suposto herói, o xerife. Ora, canalhas costumam ser bons larápios. É uma das coisas que eles fazem de melhor.

E o que dizer do gênero romântico? Hum... O canalha quase sempre fica com a garota em um livro romântico. Hoje em dia, não é raro que a canalha seja a garota, o que pode ser ainda mais legal. É sempre bom ver as convenções de cabeça para baixo.

A ficção de mistério tem subgêneros inteiros com canalhas. Detetives particulares sempre têm esse aspecto; se fossem do tipo certinho, honesto, presos apenas aos fatos, seriam policiais. E não são.

Eu poderia dar muitos outros exemplos. A ficção literária, os romances góticos, paranormais, *chick lit*, horror, *cyberpunk*, *steampunk*, fantasia urbana, tragédias, comédias, eróticos, *thrillers*, *space opera*, *horse opera*, histórias esportivas, ficção militar, romances rurais... todo gênero e subgênero tem seus canalhas e, quase sempre, são os personagens mais celebrados e mais lembrados.

Infelizmente, nem todos esses gêneros estão representados nesta antologia... mas uma parte de mim desejou que estivessem. Talvez seja o canalha em mim, a parte que ama os tons de cinza, mas a verdade é que não respeito muito as barreiras dos gêneros. Atualmente, sou conhecido como um escritor de fantasia, mas esta não é uma antologia de fantasia... apesar de ter fantasia das boas nela. Meu coeditor, Gardner Dozois, editava uma revista de ficção científica algumas décadas atrás, mas também esta não é uma antologia de ficção científica... embora traga algumas histórias do gênero tão boas como qualquer uma que figure nas revistas mensais.

Assim como *Warriors* e *Dangerous Women*, nossas antologias anteriores supragênero, esta, *O príncipe de Westeros e outras histórias*, foi pensada para cruzar todas as linhas do gênero. Nosso tema é universal, e Gardner e eu amamos boas histórias de todos os tipos, não importa em qual tempo, lugar ou gênero elas estejam. Então saímos por aí e convidamos autores bem conhecidos dos mundos da fantasia épica, de espada e magia, fantasia urbana, ficção científica, românticos, *mainstream*, do mistério (leve ou *hard boiled*), *thrillers*, históricos, faroeste, *noir*, horror... opções à vontade. Nem todos aceitaram, mas muitos toparam, e o resultado está aí, nas próximas páginas. Nossos colaboradores formam uma equipe de elite com autores premiados e best-sellers, representando uma dúzia de editoras e gêneros diferentes. Pedimos a cada um deles a mesma coisa — uma história sobre canalhas, cheia de boas reviravoltas, planos ousados e reveses. Não impusemos nenhum limite de gênero aos nossos escritores. Alguns deles escolheram escrever no gênero que conheciam melhor. Outros tentaram algo diferente.

Em minha introdução a *Warriors*, nossa primeira antologia supragênero, falei como foi crescer nos anos 1950, em Bayonne, Nova Jersey, uma cidade sem livrarias. Eu comprava todo meu material de leitura em bancas de jornal e nas "lojas de doces" de esquina, em expositores de arame. Aquelas edições econômicas nos expositores não eram separadas por gênero. Tudo era amontoado, um exemplar desse, dois exemplares daquele. Era possível encontrar *Os irmãos Karamazov* espremido entre um romance sobre enfermeiras e a última aventura de Mike Hammer, de Mickey Spillane. Dorothy Parker e Dorothy Sayers dividiam o espaço com Ralph Ellison e J. D. Salinger. Max Brand ficava ao lado de Barbara Cartland. A. E. van Vogt, P. G. Wodehouse e H. P. Lovecraft amontoavam-se com F. Scott Fitzgerald. Livro de mistério, faroestes, góticos, histórias de fantasma, clássicos da literatura inglesa, os últimos romances "literários" contemporâneos e, claro, ficção científica, fantasia e horror — era possível encontrar tudo isso naquele expositor de arame.

Eu gostava das coisas daquele jeito. E ainda gosto. Mas, nas décadas que vieram (décadas demais, temo eu), o setor editorial mudou, as cadeias de livrarias se multiplicaram e as barreiras de gênero se fortaleceram. Acho uma pena. Os livros deveriam ampliar nossa visão, nos levar a lugares onde nunca estivemos e mostrar coisas que nunca vimos, expandir nossos horizontes e nossa maneira de olhar o mundo. Limitar a leitura a um único gênero acaba com essa missão. Também nos limita, nos torna menores. Para mim, tanto no passado como agora, parece haver boas e más histórias, e essa era e ainda é a única distinção que realmente importa.

Acreditamos que reunimos aqui algumas boas histórias. Você encontrará canalhas de todos os tamanhos, formas e cores nestas páginas, com uma grande variedade de cenários, representando uma mescla considerável de diferentes gêneros e subgêneros. Mas você não saberá *quais* gêneros e subgêneros até ter lido essas histórias, pois Gardner e eu, na tradição do velho expositor de arame, misturamos tudo. Esperamos que algumas das histórias sejam de seus autores favoritos; outras são de autores de quem você nunca ouviu falar (ainda). Torcemos para que, quando você terminar *O príncipe de Westeros e outras histórias*, alguns desses desconhecidos possam se tornar favoritos.

Curta a leitura... mas tome muito cuidado. Alguns dos cavalheiros e encantadoras damas destas páginas não são tão confiáveis assim.

COMO O MARQUÊS RECUPEROU SEU CASACO

NEIL GAIMAN

Tradução de Eric Novello

Um dos maiores nomes da literatura fantástica atual, Neil Gaiman ganhou quatro prêmios Hugo, dois Nebula, um World Fantasy, seis Locus, quatro Stoker, três Geffens, dois Mythopoeic Fantasy, e uma Medalha Newbery.

Gaiman conquistou o público pela primeira vez como criador de *Sandman*, uma das mais aclamadas séries de *graphic novels* de todos os tempos. Gaiman ainda é uma estrela no campo dos quadrinhos. Suas HQs incluem *Breakthrough, Death Talks About Life, Legend of the Green Flame, The Last Temptation, Only the End of the World Again, Mirrormask* e uma grande quantidade de livros em colaboração com Dave McKean, incluindo *Orquídea negra, Violent Cases, Signal to Noise, Mr. Punch, Os lobos dentro das paredes* e *O dia em que troquei o meu pai por dois peixinhos dourados.*

Nos últimos anos, desfrutou de sucesso equivalente nos campos da ficção científica e da fantasia, com o romance best-seller *Deuses americanos*, vencedor dos prêmios Hugo, Nebula e Bram Stoker em 2002; com *Coraline*, vencedor do Hugo e do Nebula em 2003; e com *Um estudo em esmeralda*, vencedor do Hugo em 2004. Seu romance *O livro do cemitério* venceu o Hugo, a Medalha Newbery e a Medalha Carnegie em 2009.

Ele também recebeu o prêmio World Fantasy por sua história com Charles Vess, *Sonho de uma noite de verão*, e o prêmio International Horror Guild com sua coletânea *Angels & Visitations: A Miscellany.* Outros romances de Gaiman incluem *Belas maldições* (escrito com Terry Pratchett), *Lugar nenhum, Stardurt: O mistério da estrela* e *Filhos de anansi.* Além de *Angels & Visitations*, seus contos foram reunidos em *Sombra e espelhos: Contos e ilusões, Adventures in the Dream Trade* e *Coisas frágeis.* Um filme baseado em seu romance *Stardurt: O mistério da estrela* foi lançado em 2007, e uma animação baseada em *Coraline* estreou em 2009.

Seus trabalhos mais recentes incluem um livro de imagens com Adam Rex, *Chu's Day*, seu primeiro romance para adultos em muitos anos, *O oceano no fim do caminho*, uma brincadeira de viagem no tempo para todas as idades, e, como editor, a antologia *Unnatural Creatures.*

A seguir, ele nos conduz às profundezas do mundo surreal da Londres de Baixo, o cenário de seu famoso romance *Lugar nenhum*, para uma aventura que demonstra que às vezes a roupa faz o homem — literalmente.

COMO O MARQUÊS RECUPEROU SEU CASACO

Ele era lindo. Era extraordinário. Era único. Ele era a razão de o Marquês de Carabas estar acorrentado a um mastro no meio de uma sala circular, nas profundezas do subsolo, enquanto o nível da água subia cada vez mais, devagarzinho. Ele tinha trinta bolsos, sete dos quais eram óbvios, dezenove escondidos e quatro mais ou menos impossíveis de encontrar — até mesmo, em algumas ocasiões, para o próprio Marquês.

Ele tinha sido presenteado (voltaremos mais adiante ao poste, à sala e à água subindo), — embora "presenteado" possa ser considerado um exagero infeliz, mesmo que justificado — com uma lente de aumento pela própria Victoria. Era um artefato maravilhoso: ornamentado, dourado, com uma corrente e minúsculos querubins e gárgulas, e a lente tinha a propriedade incomum de tornar transparente qualquer coisa que você olhasse através dela. O Marquês não sabia onde Victoria a tinha obtido, antes de lhe furtar a lupa para compensar um pagamento que, em sua opinião, não era exatamente o que havia sido acordado. Afinal, só havia um Elefante, e obter o seu diário não tinha sido fácil, assim como não fora fácil escapar do Elefante e do Castelo depois de tê-lo obtido. O Marquês tinha guardado a lupa de Victoria em um dos quatro bolsos que quase não estavam lá e nunca mais conseguira encontrá-la.

Além de seus bolsos incomuns, ele possuía mangas magníficas, uma gola imponente e uma fenda nas costas. Era feito de algum tipo de couro, tinha a cor de uma rua molhada à meia-noite e, mais importante do que qualquer uma dessas coisas, ele tinha estilo.

Há quem diga que a roupa faz o homem, mas essas pessoas estão erradas na maioria das vezes. Entretanto, seria verdade dizer que, quando o garoto que se tornaria o Marquês colocou esse casaco pela primeira vez e olhou-se no espelho, ele se levantou mais ereto e sua postura mudou porque sabia, vendo seu reflexo, que o tipo de pessoa que vestia um casaco como aquele não era um mero rapaz, não era um simples ladrão furtivo e negociador de favores. O menino vestindo o casaco, na época grande demais para ele, sorriu olhando seu reflexo no espelho e lembrou-se de uma ilustração de um livro que tinha visto, do gato de um moleiro de pé sobre as duas patas traseiras. Um gato garboso vestindo um casaco fino e botas grandes e altivas. E ele se deu um nome.

Um casaco assim, ele sabia, era o tipo de casaco que só poderia ser usado pelo Marquês de Carabas. Nunca teve certeza, nem naquela época nem depois, de como pronunciar Marquês de Carabas. Alguns dias ele pronunciava o nome de um jeito, alguns dias de outro.

O nível da água havia chegado aos seus joelhos, e ele pensou: *Isto nunca teria acontecido se eu ainda tivesse meu casaco.*

Era o dia do mercado após a pior semana da vida do Marquês de Carabas e não parecia que as coisas iriam melhorar. Por outro lado, não estava mais morto, e o corte em sua garganta sarava rapidamente. Havia inclusive uma rouquidão em sua garganta que ele achou bastante atraente. Esses eram, sem dúvida, pontos positivos.

Com certeza também havia desvantagens em se estar morto, ou, pelo menos, de ter sido morto há pouco tempo, e perder o casaco era a pior delas.

A Tribo do Esgoto não ajudou.

— Você vendeu meu cadáver — disse o Marquês. — Essas coisas

acontecem. Você também vendeu minhas posses. Eu as quero de volta. Pagarei por elas.

Dunnikin, da Tribo do Esgoto, deu de ombros.

— Eu as vendi — disse ele. — Assim como vendemos você. Você não pode pegar de volta o que vendeu. Não é um bom negócio.

— Estamos falando — retrucou o Marquês de Carabas — do meu casaco. E pretendo recuperá-lo de qualquer jeito.

Dunnikin voltou a dar de ombros.

— Para quem você o vendeu? — perguntou o Marquês.

O morador do esgoto não respondeu. Agiu como se nem tivesse escutado a pergunta.

— Posso conseguir perfumes para você — ofereceu o Marquês, disfarçando sua irritação com toda a brandura que conseguiu. — Perfumes gloriosos, magníficos, odoríferos. Sabe que os quer.

Dunnikin encarou o Marquês, a expressão impassível. Então passou os dedos pela garganta. Em termos de gestos, o Marquês refletiu, aquele tinha sido de um terrível mau gosto. Ainda assim, teve o efeito desejado. Ele parou de fazer perguntas: não teria respostas dali.

O Marquês caminhou até a praça de alimentação. Naquela noite, a Galeria Tate sediava o Mercado Flutuante. A praça de alimentação fora instalada na Sala Pré-Rafaelita e já tinha sido praticamente toda desmontada. Quase não havia tendas abertas: apenas um homenzinho de aparência triste vendendo algum tipo de linguiça e, na esquina, embaixo de uma pintura de Burne-Jones com donzelas em robes translúcidos descendo uma escada, havia alguns representantes do Povo Cogumelo, com alguns bancos, mesas e uma churrasqueira. O Marquês já havia comido uma das linguiças do homem tristonho, e tinha uma política inflexível de nunca cometer de propósito o mesmo erro duas vezes, então caminhou até a tenda do Povo Cogumelo.

Havia três pessoas Cogumelo cuidando da tenda, dois rapazes e uma moça. Eles cheiravam a umidade. Vestiam casacos velhos *duffel* e jaquetas militares, e espiavam por debaixo de seus cabelos desgrenhados como se a luz machucasse seus olhos.

— O que vocês estão vendendo? — perguntou ele.

— Cogumelo. Cogumelo na torrada. Cogumelo cru.

— Quero cogumelo na torrada — disse ele, e um deles, a jovem magra e pálida com cara de mingau velho, cortou uma fatia de cogumelo bola do tamanho do cepo de uma árvore. — E eu quero cozido direito, por completo — acrescentou.

— Tenha coragem. Coma-o cru — disse a moça. — Junte-se a nós.

— Já tive meus contatos imediatos com o cogumelo — disse o Marquês. — Nós chegamos a um entendimento.

A mulher colocou a fatia de cogumelo bola sobre a churrasqueira portátil.

Um dos jovens, alto, de ombros arqueados, vestindo seu casaco *duffel* que cheirava a porões antigos, se debruçou sobre o Marquês e encheu seu copo com chá de cogumelo. Ele se inclinou para a frente e o Marquês pôde ver a pequena plantação de cogumelos pálidos se projetando como espinhas de sua bochecha.

— Você é o de Carabas? O quebra-galho?

O Marquês não pensava em si mesmo como um quebra-galho. Mas respondeu:

— Sou.

— Ouvi dizer que está procurando o seu casaco. Eu estava lá quando a Tribo do Esgoto o vendeu. Foi no início do último mercado, foi sim. Em Belfast. Eu vi quem o comprou.

O cabelo na nuca do Marquês se arrepiou.

— E o que quer pela informação?

O rapaz Cogumelo lambeu os lábios com uma língua liquenoide.

— Tem uma garota de quem eu gosto que não fala comigo nem para dizer as horas.

— Uma garota Cogumelo?

— Quem dera eu fosse tão sortudo. Se estivéssemos unidos no amor e no corpo do cogumelo, eu não teria com que me preocupar. Não. Ela faz parte da Corte dos Corvos. Mas come aqui de vez em quando. E nós conversamos. Do mesmo jeito que você e eu estamos conversando agora.

O Marquês não sorriu de pena nem fez uma careta. Ele mal ergueu uma sobrancelha. — E ainda assim ela não retribuiu seu ardor. Que estranho. O que quer que eu faça a respeito?

O jovem enfiou a mão cinza no bolso de seu longo casaco *duffel*. Puxou um envelope dentro de um saco plástico transparente de sanduíche.

— Escrevi uma carta para ela. Está mais para um poema, pode-se dizer, embora eu não seja exatamente um poeta. Para contar como me sinto em relação a ela. Mas não sei se ela leria se eu entregasse. Então vi você e pensei que, se fosse você a entregá-la, com todas as suas palavras finas e seus floreios extravagantes... — Ele parou.

— Pensou que ela leria e ficaria mais inclinada a ouvir seu terno pedido.

O jovem olhou para baixo, para seu casaco *duffel*, com uma expressão intrigada.

— Eu não tenho um terno — disse ele. — Só isto que estou vestindo agora.

O Marquês tentou não suspirar. A moça Cogumelo colocou um prato de plástico rachado na frente dele, com uma fatia fumegante de cogumelo grelhado.

Ele cutucou o cogumelo com cuidado, certificando-se de que estava totalmente cozido e de que não havia esporos ativos. O seguro morreu de velho, e o Marquês gostava demais de si mesmo para pensar em uma simbiose.

Estava saboroso. Ele mastigou e engoliu, apesar de a comida machucar sua garganta.

— Então, tudo que quer que eu faça é garantir que ela leia a sua declaração de desejo?

— Quer dizer, minha carta? Meu poema?

— Isso.

— Bem, sim. E quero que esteja com ela, para garantir que não a jogue fora sem ler, e quero que traga a resposta dela para mim. — O Marquês olhou para o jovem. Podia ver que ele tinha pequenos cogumelos brotando do pescoço e das bochechas, seu cabelo era pesado e sujo e havia nele um leve cheiro de lugares abandonados, mas também era verdade que atrás da franja espessa seus olhos eram de um azul claro e intenso, e ele era alto e quase atraente. O Marquês o imaginou banhado e limpo e, de alguma forma, menos fúngico, e aprovou. — Coloquei a carta na embalagem de sanduíche para ela não ficar úmida no caminho.

— Muito sábio. Agora, diga-me: quem comprou meu casaco?

— Ainda não, apressadinho. Você não me perguntou sobre meu verdadeiro amor. O nome dela é Drusilla. Você a reconhecerá porque ela é a mulher mais bonita de toda a Corte dos Corvos.

— A beleza está tradicionalmente nos olhos de quem a vê. Precisarei de mais informações.

— Já disse. O nome dela é Drusilla. Só existe uma. E ela tem uma marca de nascença grande e vermelha no dorso da mão que parece uma estrela.

— Parece um par romântico improvável. Um dos garotos Cogumelo apaixonado por uma dama da Corte dos Corvos. O que o faz pensar que ela abrirá mão da vida dela por seus porões úmidos e suas diversões fungoides?

O jovem deu de ombros.

— Ela me amará — disse — depois de ler o meu poema.

Ele torceu a haste de um pequeno cogumelo guarda-chuva crescendo em sua bochecha direita e, quando caiu na mesa, ele o pegou e continuou a torcê-lo entre os dedos.

— Estamos de acordo?

— De acordo.

— O sujeito que comprou seu casaco carregava um cajado — disse o jovem Cogumelo.

— Um monte de gente carrega cajados — disse o Marquês.

— Esse era curvo na parte de cima — disse o jovem Cogumelo. — Ele parecia um pouco com um sapo. Baixinho. Bem gordo. Cabelo da cor de cascalho. Precisava de um casaco e gostou do seu.

Ele enfiou o cogumelo guarda-chuva na boca.

— Informação útil. Com certeza transmitirei seu ardor e suas felicitações à bela Drusilla — disse o Marquês de Carabas com um otimismo que definitivamente não sentia.

De Carabas se esticou sobre a mesa, pegou das mãos do jovem o saco de sanduíche com o envelope e colocou-o em um dos bolsos costurados dentro de sua camisa.

E então foi embora, pensando em um homem segurando um cajado.

O Marquês de Carabas usava uma manta para substituir seu casaco. Ele a vestia enrolada como se fosse um poncho vindo do próprio Inferno. Aquilo não o fazia feliz. Ele desejava que fosse seu casaco. Penas bonitas não fazem pássaros bonitos, sussurrou uma voz no fundo de sua mente, algo que alguém tinha dito a ele quando menino: suspeitava que fosse a voz do irmão e fez o possível para esquecer que algum dia a tivesse ouvido.

Um cajado: o homem que havia pegado seu casaco com a Tribo do Esgoto carregava um cajado.

Ele ponderou.

O Marquês de Carabas gostava de ser quem era e, quando assumia riscos, gostava que fossem riscos calculados, além de ser do tipo que conferia esses cálculos duas e depois três vezes.

Ele verificou seus cálculos pela quarta vez.

O Marquês de Carabas não confiava nas pessoas. Era ruim para os negócios e podia abrir um precedente infeliz. Não confiava em seus amigos nem em amantes ocasionais, e não confiava em seus empregadores de jeito nenhum. Ele confiava exclusivamente no Marquês de Carabas, uma figura imponente em um casaco imponente, capaz de superar a todos no discurso, no pensamento e no planejamento.

Havia apenas duas classes de pessoas que carregavam cajados: bispos e pastores.

No Portão dos Bispos, os cajados eram decorativos, sem função, puramente simbólicos. E os bispos não precisavam de casacos. Afinal, tinham túnicas; túnicas legais, brancas e no estilo deles.

O Marquês não tinha medo dos bispos. Sabia que a Tribo do Esgoto não tinha medo dos bispos. Os habitantes do Arbusto do Pastor, porém, eram outra história. Mesmo vestindo seu casaco e em seu melhor momento, no auge de sua saúde e com um pequeno exército sob seu comando, o Marquês não gostaria de enfrentar os pastores.

Refletiu sobre a possibilidade de visitar o Portão dos Bispos e de gastar alguns dias agradáveis garantindo que seu casaco não se encontrava lá.

Então suspirou de maneira dramática e foi para a Baia dos Guias, à procura de um guia vinculado que pudesse ser persuadido a levá-lo ao Arbusto do Pastor.

Sua guia era bastante baixinha, com o cabelo louro curto. De início, o Marquês pensou que ela fosse adolescente, até viajar com ela metade de um dia e então decidir que já tinha seus vinte e poucos anos. Havia falado com meia dúzia de guias antes de encontrá-la. O nome dela era Knibbs e tinha parecido confiante, e ele precisava de confiança. Ele lhe disse os dois lugares aonde estava indo e partiram da Baia dos Guias.

— Então, para onde quer ir primeiro? — perguntou ela. — Ao Arbusto do Pastor ou à Corte dos Corvos?

— A visita à Corte dos Corvos é uma formalidade, só para entregar uma carta. Para alguém chamada Drusilla.

— Uma carta de amor?

— Acredito que sim. Por que quer saber?

— Ouvi dizer que a bela Drusilla é perversamente bonita e tem o péssimo hábito de transformar aqueles que a desagradam em aves de rapina. Você deve amá-la muito para estar lhe escrevendo cartas.

— Lamento, mas nunca encontrei essa jovem — disse o Marquês. — A carta não é minha. E não importa qual visitaremos primeiro.

— Sabe... — disse Knibbs, pensativa. — Considerando a possibilidade de algo terrivelmente infeliz acontecer a você quando encontrar os pastores, devíamos passar primeiro na Corte dos Corvos. Assim a bela Drusilla receberá a carta dela. Veja bem, não estou dizendo que algo terrível acontecerá a você. Mas o seguro morreu de velho.

O Marquês de Carabas olhou para baixo, para sua silhueta coberta. Estava indeciso. Sabia que, se estivesse vestindo seu casaco, não estaria indeciso: saberia exatamente o que fazer. Olhou para a garota e evocou o sorriso mais convincente possível.

— Então vamos para a Corte dos Corvos — disse.

Knibbs assentiu e se pôs a caminho, e o Marquês a seguiu.

As trilhas da Londres de Baixo não eram os caminhos da Londres de Cima; eles dependiam em grande parte de coisas como crença, opinião e tradição, tanto quanto das realidades dos mapas.

De Carabas e Knibbs eram duas pequenas silhuetas caminhando por um túnel alto e abobadado esculpido em pedra branca e antiga. Seus passos ecoavam.

— Você é o de Carabas, não é? — perguntou Knibbs. — Você é famoso. Sabe como chegar aos lugares. Para que exatamente precisa de uma guia?

— Duas cabeças são melhores do que uma — respondeu ele. — E também dois pares de olhos.

— Você costumava usar um casaco elegante, não? — disse ela.

— Costumava, sim.

— O que aconteceu com ele?

Ele não respondeu. Então falou:

— Mudei de ideia. Vamos ao Arbusto do Pastor primeiro.

— É justo — disse sua guia. — É fácil levá-lo tanto a um lugar quanto a outro. Esperarei por você no posto comercial dos arbustos, do lado de fora, se não se importar.

— Menina esperta.

— Meu nome é Knibbs — retrucou ela. — E não menina. Quer saber por que me tornei uma guia? É uma história interessante.

— Não muito — disse o Marquês de Carabas. Ele não estava se sentindo exatamente no clima para conversar, e a guia estava sendo bem recompensada pelo seu esforço. — Por que não tentamos nos mover em silêncio?

Knibbs assentiu e não disse nada até chegarem ao fim do túnel, permanecendo em silêncio enquanto desciam alguns degraus metálicos presos na lateral de um muro. Só quando alcançaram as margens do Mortlake, o vasto Lago dos Mortos subterrâneo, e depois de acender uma vela na beira para chamar um barqueiro, ela falou novamente.

— O importante para ser um guia de verdade é estar vinculado. Então as pessoas sabem que não irá orientá-las da maneira errada — explicou Knibbs.

O Marquês apenas grunhiu. Estava pensando no que dizer aos pastores no posto comercial, tentando rotas alternativas por entre possibilidades e probabilidades. Ele não tinha nada que os pastores pudessem querer, esse era o problema.

— Se você os conduz da maneira errada, nunca mais trabalha como guia — continuou Knibbs alegremente. — Por isso somos vinculados.

— Eu sei — disse o Marquês. Ela era uma guia das mais irritantes, pensou. Duas cabeças só são melhores do que uma se a outra cabeça mantiver a boca fechada e não começar a lhe contar coisas que ele já sabia.

— Eu fui vinculada na Rua dos Vínculos.

Ela bateu na pequena corrente em torno de seu pulso.

— Não vejo o barqueiro — disse o Marquês.

— Ele já deve estar chegando. Olhe naquela direção e grite quando o vir. Continuarei a procurar por ali. De um jeito ou de outro, nós o encontraremos.

Eles fitaram as águas negras do Tyburn.

— Antes de ser uma guia, quando era pequena, meu povo me treinou para isso — Knibbs retomou sua história. — Eles disseram que era a única forma de satisfazer a honra.

O Marquês se virou para olhá-la. Ela segurava a vela na altura de seus olhos. "Tudo está fora do lugar aqui", pensou o Marquês, e percebeu que deveria estar prestando atenção nela desde o começo. "Tudo está errado."

— Quem é o seu povo, Knibbs? De onde você é?

— De um lugar onde você não é mais bem-vindo — respondeu a garota. — Nasci e fui criada para dar a minha fidelidade e lealdade ao Elefante e ao Castelo.

Algo duro o atingiu na nuca, acertou-o como um golpe de martelo, e relâmpagos pulsaram na escuridão de sua mente enquanto ele caía no chão.

* * *

O Marquês de Carabas não conseguia mover os braços. Eles estavam, percebeu, presos atrás dele. Estava deitado de lado.

Tinha desmaiado. Se as pessoas que haviam feito isso com ele pensavam que ainda estava inconsciente, então não faria nada para que mudassem de ideia, decidiu. Deixou os olhos abrirem a mais fina fresta, para espiar o mundo.

— Ah, não seja tonto, de Carabas — disse uma voz profunda e rouca. — Eu não acredito que ainda esteja desmaiado. Tenho orelhas grandes. Posso ouvir as batidas do seu coração. Abra seus olhos direito, seu fuinha. Encare-me como um homem.

O Marquês reconheceu a voz e torceu para estar enganado. Abriu os olhos. Encarava pernas, pernas humanas de pés descalços. Os dedos eram achatados e pressionados uns contra os outros. As pernas e os pés eram da cor de teca. Ele conhecia aquelas pernas. Não havia se enganado.

Sua mente se bifurcou: uma pequena parte dela lhe dava um sermão sobre sua falta de atenção e tolice. Knibbs havia contado a ele, perto do Templo e do Arco: ele só não lhe havia dado ouvidos. Mas, mesmo enquanto se enraivecia com sua própria tolice, o resto de sua mente assumiu o comando e forçou um sorriso.

— Ora, mas é uma honra — respondeu. — Você não precisava se dar ao trabalho de se encontrar comigo assim. Pois a mera noção de que Vossa Proeminência teria o mais ínfimo desejo de me ver teria...

— Feito você correr na direção contrária o mais rápido que suas pernas de espiga pudessem aguentar — disse o indivíduo com as pernas cor de teca. Ele esticou seu tronco, que era longo e flexível, de uma cor azul-esverdeada e pendia até os tornozelos, e empurrou o Marquês, derrubando-o de costas.

O Marquês começou a esfregar devagar os pulsos atados contra o concreto embaixo dele enquanto dizia:

— Nem um pouco. Muito pelo contrário. Palavras não podem descrever meu enorme prazer diante de sua presença paquidérmica. Posso sugerir que me desamarre e permita-me cumprimentá-lo de homem para... de homem para Elefante?

— Acho que não, considerando todo o trabalho que tive para fazer isto acontecer — disse o outro. Ele tinha a cabeça de um elefante cinza-esverdeado. Suas presas eram afiadas e manchadas de marrom-avermelhado nas pontas. — Sabe, quando descobri o que você tinha feito, jurei que faria você gritar e implorar por misericórdia. E jurei que diria não, que não seria misericordioso quando implorasse.

— Poderia dizer sim, ao invés disso — disse o Marquês.

— Não poderia dizer sim. Abuso de hospitalidade — retrucou o Elefante. — Nunca esqueço.

O Marquês tinha sido contratado para levar o diário do Elefante a Victoria, quando ele e o mundo eram muito mais novos. O Elefante comandava seu feudo de modo arrogante, às vezes violentamente e sem sensibilidade ou humor, e o Marquês havia pensado que ele era estúpido. Achara, inclusive, que o Elefante não conseguiria de jeito algum identificar seu papel no desaparecimento do diário. Isso havia acontecido muito tempo atrás, contudo, quando o Marquês era jovem e tolo.

— Todos esses anos gastos treinando uma guia para me trair contando apenas com a possibilidade de eu aparecer e contratá-la — disse o Marquês. — Não é uma reação exagerada?

— Não se me conhece — respondeu o Elefante. — Se você me conhece, é muito branda. Também fiz um monte de outras coisas para encontrá-lo.

O Marquês tentou se sentar. O Elefante o empurrou de volta para o chão com um pé descalço.

— Implore por misericórdia — disse o Elefante.

Essa era fácil.

— Misericórdia! — disse o Marquês. — Eu imploro! Suplico! Seja misericordioso, a melhor de todas as dádivas. É condizente com você, poderoso Elefante, como senhor de seu próprio domínio, ser misericordioso com aquele que não é nem mesmo adequado para limpar o pó dos seus excelentes dedos dos pés...

— Sabia — reagiu o Elefante — que tudo o que diz soa sarcástico?

— Não sabia. Peço desculpas. Fui sincero em cada palavra.

— Grite — disse o Elefante.

O Marquês de Carabas gritou muito alto e por muito tempo. É difícil gritar quando sua garganta foi cortada recentemente, mas ele gritou com toda a força e tristeza possíveis.

— Até gritando você é sarcástico — reclamou o Elefante.

Um grande cano preto de ferro fundido projetava-se da parede. Um registro instalado no cano permitia que o que quer que saísse dele fosse ligado e desligado. O Elefante o puxou com braços poderosos, e um fio de lodo escuro apareceu, seguido por um jato de água.

— Água do cano de escoamento — disse o Elefante. — Agora, é o seguinte: eu faço meu dever de casa. Você mantém sua vida bem escondida, de Carabas. Tem feito isso todos esses anos, desde que nossos caminhos se cruzaram pela primeira vez. Não fazia sentido nem mesmo tentar nada enquanto você levasse sua vida em outro lugar. Eu tenho gente em toda Londres de Baixo: pessoas com quem comeu, com quem dormiu ou riu, ou com quem acabou nu na torre do Big Ben, mas nunca fez sentido levar isso adiante, não enquanto sua vida estivesse cuidadosamente protegida, fora de risco. Até a semana passada, quando os rumores sob as ruas diziam que sua vida estava exposta, vulnerável. Foi então que espalhei que daria a liberdade do Castelo para a primeira pessoa que me deixasse ver...

— ...Me ver gritando por misericórdia — falou de Carabas. — Foi o que falou.

— Você me interrompeu — disse o Elefante, compassivo. — Eu ia dizer que daria a liberdade do Castelo à primeira pessoa que me deixasse ver o seu cadáver.

Ele abriu completamente o registro e o esguicho de água tornou-se um jorro.

— Devo alertá-lo. Existe — avisou de Carabas — uma maldição para qualquer um que me matar.

— Eu aceito a maldição — respondeu o Elefante. — Apesar de que é provável que a esteja inventando. Vai gostar da próxima parte. A sala se enche de água e então você se afoga. Aí eu deixo a água sair, entro e rio um bocado. — Ele emitiu um som de trombeta que, de Carabas refletiu, parecia ser uma risada caso você fosse um elefante.

O Elefante saiu do campo de visão de de Carabas.

O Marquês ouviu a porta bater. Estava deitado em uma poça. Contorceu-se e continuou se contorcendo até conseguir ficar de pé. Olhou para baixo: havia uma argola metálica em seu tornozelo, acorrentada a um poste de metal no centro da sala.

Desejou estar vestindo seu casaco: havia lâminas nele; havia gazuas; havia botões que não eram tão inocentes e decorativos quanto pareciam. Esfregou a corda que atava seus pulsos contra o poste de metal, na esperança de desgastá-la, sentindo a pele dos pulsos e das palmas das mãos se desgastando enquanto a corda absorvia a água e se apertava mais e mais. O nível da água continuava a subir: já estava acima da cintura.

De Carabas olhou ao redor da câmara circular. Tudo que precisava fazer era se soltar das amarras que prendiam seus pulsos — obviamente soltando o poste ao qual estava amarrado — e então poderia soltar as argolas em seus tornozelos, desligar a água, sair da sala, evitar o Elefante movido a vingança e qualquer um de seus inúmeros capangas e fugir.

Puxou o poste. O poste não se mexeu. Puxou com mais força. Continuou sem se mover.

Caiu contra o poste e pensou na morte, a verdadeira morte final, e pensou no seu casaco.

Uma voz sussurrou em seu ouvido:

— Silêncio!

Algo puxou seus pulsos, e suas amarras caíram. Só quando a vida voltou aos punhos percebeu o quão apertado tinha sido amarrado. Ele se virou.

— O quê?

O rosto que encontrou era tão familiar quanto o seu. O sorriso era devastador; os olhos, inocentes e aventureiros.

— Tornozelo — disse o homem, com um novo sorriso mais devastador que o anterior.

O Marquês de Carabas não estava devastado. Ergueu a perna e o homem se abaixou, fez algo com um pedaço de arame e removeu a argola da perna.

— Ouvi dizer que estava tendo um probleminha — disse o homem. Sua pele era tão escura quanto a do Marquês. Ele devia ter uns três centímetros a mais do que de Carabas, mas agia como se fosse muito mais alto do que qualquer pessoa que viesse a conhecer.

— Não. Sem problemas. Estou ótimo — disse o Marquês.

— Não está. Acabei de salvá-lo.

De Carabas o ignorou.

— Onde está o Elefante?

— Do outro lado daquela porta, com um monte de capangas. As portas se trancam automaticamente quando o salão se enche de água. Ele precisava ter certeza de que não ficaria preso aqui com você. Eu estava contando com isso.

— Contando com isso?

— É claro. Venho seguindo-os há horas. Desde que soube que tinha ido embora com um dos traidores plantados pelo Elefante. Pensei "péssima ideia", pensei mesmo. Ele vai precisar de ajuda.

— Você ouviu...?

— Escute — disse o homem que se parecia um pouco com o Marquês de Carabas, que era um pouco mais alto, e talvez algumas pessoas (não o Marquês, obviamente) achassem ter um corte de cabelo melhor. — Você não pensou que eu ia deixar alguma coisa acontecer com meu irmãozinho, não é?

Eles estavam com água acima da cintura.

— Eu estava bem — falou de Carabas. — Tinha tudo sob controle.

O homem caminhou até a parte mais distante da sala. Ajoelhou-se, afundou na água e depois, de sua mochila, tirou algo que parecia uma pequena alavanca. Enfiou uma ponta abaixo da superfície da água.

— Prepare-se — disse ele. — Acho que este deve ser nosso caminho mais rápido para fora daqui.

O Marquês ainda flexionava seus dedos com câimbra e formigamento, tentando devolvê-los à vida.

— O que é isso? — perguntou, tentando soar desinteressado.

— Lá vamos nós — respondeu o homem, e puxou um grande quadrado de metal. — É o ralo.

De Carabas não teve chance de protestar enquanto seu irmão o pegava e o jogava em um buraco no chão.

"Provavelmente", pensou de Carabas, "há passeios assim em parques de diversões." Ele podia imaginá-los. As pessoas do mundo de cima pagariam um bom dinheiro para fazer esse passeio se tivessem certeza de que iriam sobreviver.

Caiu através de tubos, arrastado pelo fluxo de água, sempre descendo mais e mais fundo. Ele não tinha certeza de que iria sobreviver, e não estava se divertindo.

O corpo do Marquês foi machucado e surrado enquanto cavalgava a água dentro do cano, até ser despejado de bruços em uma grande grade metálica, que parecia mal conseguir aguentar seu peso. Arrastou-se para fora da grade, deitou-se no chão de pedra ao lado dela e estremeceu.

Escutou um tipo improvável de ruído, e foi imediatamente seguido pelo seu irmão, que disparou pelo cano e aterrissou de pé, como se tivesse prática nisso. Ele sorriu.

— Divertido, não?

— Na verdade, não — disse o Marquês de Carabas. E então teve de perguntar. — Você estava dizendo 'Iupi!'?

— É claro! Você não? — perguntou o irmão.

De Carabas se levantou, um pouco desequilibrado.

— Como se chama atualmente?

— A mesma coisa. Eu não mudo.

— Peregrino não é seu nome real — retrucou de Carabas.

— Dá para o gasto. Marca meu território e minhas intenções. Você continua se chamando de Marquês, então? — perguntou o Peregrino.

— Continuo, sou o Marquês porque digo que sou — respondeu o Marquês. Ele tinha certeza de que, no momento, parecia um rato molhado, e certamente soou pouco convincente. Sentiu-se pequeno e tolo.

— Você é que sabe. De qualquer modo, vou embora. Você não precisa mais de mim. Fique longe de problemas. Não precisa me agradecer, realmente — Seu irmão foi sincero, é claro. Isso foi o que mais doeu.

O Marquês de Carabas se odiou. Ele não queria falar aquilo, mas agora tinha que dizer.

— Obrigado, Peregrino.

— Ah! — disse o Peregrino. — Seu casaco. Nas ruas estão dizendo que ele parou no Arbusto do Pastor. É tudo o que sei. Então: conselho. Considere-o o mais sincero possível. Sei que não gosta de conselhos. Mas, sobre o casaco? Deixe-o para lá. Esqueça-o. Simplesmente arrume um novo casaco. Sério.

— Está bem, então — disse o Marquês.

— Bom — respondeu o Peregrino, e sorriu e se sacudiu como um cachorro, jogando água para todos os lados, antes de deslizar pelas sombras e partir.

O Marquês de Carabas permaneceu lá, parado e pingando tristemente.

Tinha pouco tempo antes de o Elefante descobrir a falta de água na sala, e a falta de um corpo, e vir atrás dele.

Verificou o bolso da camisa: o saco de sanduíche estava lá, e o envelope parecia seguro e seco dentro dele.

Por um momento, perguntou-se sobre algo que o tinha incomodado desde o mercado. Por que o rapaz Cogumelo pediria a ele, de Carabas, para entregar uma carta à bela Drusilla? E que tipo de carta poderia convencer um membro da Corte dos Corvos, e uma que ainda por cima possuía uma estrela em sua mão, a desistir de sua vida na corte e amar alguém do Povo Cogumelo?

Uma suspeita lhe ocorreu. Não era uma ideia confortável, mas ela foi varrida por problemas mais imediatos. Poderia se esconder: ficar na dele por um tempo. Isso passaria. Mas havia o casaco para pensar a respeito. Ele havia sido resgatado — resgatado! — por seu irmão, algo que nunca aconteceria em circunstâncias normais. Poderia conseguir um novo casaco. Claro que sim. Mas ele nunca seria o *seu* casaco.

Um pastor estava com seu casaco.

O Marquês de Carabas sempre tinha um plano, e sempre tinha um plano B; e, por trás desses planos, sempre tinha um plano real, um que não deixaria nem ele mesmo saber, para quando o plano original e o plano B houvessem falhado.

Agora, e lhe doía admitir, não tinha plano algum. Não tinha nem mesmo um plano normal, entediante e óbvio que pudesse abandonar assim que as coisas se complicassem. Ele só tinha um desejo, e isso o impulsionava como a necessidade de alimento, amor ou segurança impulsionava aqueles que o Marquês considerava pessoas menores.

Ele não tinha nenhum plano. Só queria seu casaco de volta.

O Marquês de Carabas começou a caminhar. Tinha um envelope contendo um poema de amor em seu bolso, estava enrolado em uma coberta ensopada e odiava o fato de seu irmão tê-lo resgatado.

Quando você se cria do zero, é preciso um modelo de algum tipo, algo para se mirar ou para ser seu ponto de partida — todas as coisas que você quer ser, ou intencionalmente não quer ser.

Quando garoto, o Marquês sabia quem ele não queria ser. Definitivamente não queria ser como o Peregrino. Não queria ser como ninguém. Ele queria, em vez disso, ser elegante, elusivo, brilhante e, acima de todas as coisas, queria ser único.

Assim como o Peregrino.

* * *

A questão era: existia um ex-pastor em fuga que ele havia ajudado a cruzar o rio Tyburn e chegar à liberdade, e a uma pequena mas feliz vida como artista de campo para a Legião Romana que esperava lá, ao lado do rio, por ordens que nunca viriam. O ex-pastor lhe dissera que os pastores nunca o *obrigavam* a fazer nada. Eles apenas usavam seus impulsos e desejos naturais e os estimulavam, reforçavam-nos, então você agia quase naturalmente, mas da forma que eles queriam.

Lembrou-se disso e então se esqueceu, porque estava assustado por estar sozinho.

Só nesse momento o Marquês entendeu o quanto estava assustado de estar sozinho, e ficou surpreso de notar o quão feliz estava de ver diversas outras pessoas caminhando na mesma direção que ele.

— Estou feliz que esteja aqui — falou um deles.

— Estou feliz que esteja aqui — disse outro.

— Também estou feliz de estar aqui — respondeu de Carabas. Aonde estava indo? Para onde eles estavam indo? Era tão bom que todos estivessem viajando juntos na mesma direção. Havia segurança na multidão.

— É bom ter companhia — disse uma mulher branca e magra, com uma espécie de suspiro feliz. E era mesmo.

— É bom ter companhia — repetiu o Marquês.

— De fato é. É bom ter companhia — disse seu vizinho do outro lado. Havia algo familiar naquela pessoa. Ele tinha orelhas enormes, como leques, e um nariz como uma grossa cobra verde-acinzentada. O Marquês começou a se perguntar se já tinha encontrado aquela pessoa antes, e tentava lembrar exatamente onde, quando um homem segurando um cajado grande com a ponta curva bateu gentilmente em seu ombro.

— Nunca queremos sair da linha, não é mesmo? — disse o homem, com sensatez, e o Marquês pensou "É claro que não", e acelerou um pouco e entrou no ritmo uma vez mais.

— Isso é bom. Estar fora da linha é estar fora de si — disse o homem com o cajado, e seguiu adiante.

— Fora da linha é fora de si — repetiu o Marquês em voz alta, se perguntando como poderia estar alheio a algo tão óbvio, tão básico. Havia uma pequena parte dele, em algum lugar distante, que se perguntava o que aquilo realmente significava.

Eles chegaram ao lugar para onde estavam indo, e foi bom estar entre amigos.

O tempo passava de modo estranho naquele lugar, mas logo o Marquês e seu amigo com o rosto verde-acinzentado e o longo nariz receberam trabalho para fazer, um verdadeiro trabalho que era o seguinte: eles se livravam dos membros do rebanho que não podiam mais se mover ou servir, depois que tudo que pudesse ser útil fosse removido e reutilizado. Removiam as últimas partes que sobravam, cabelo e gordura de sebo e os arrastavam para o poço, onde largavam os restos. Os turnos eram longos e cansativos, e o trabalho, complicado, mas os dois empenhavam-se juntos e continuavam em sincronia.

Já vinham trabalhando em conjunto orgulhosamente há vários dias quando o Marquês notou algo irritante. Alguém parecia estar tentando atrair sua atenção.

— Eu o segui — sussurrou o estranho. — Sei que não queria que eu fizesse isso. Mas, bem, a necessidade falou mais alto.

O Marquês não sabia a que o estranho se referia.

— Tenho um plano de fuga, assim que eu conseguir acordá-lo — disse o estranho. — Acorde, por favor.

O Marquês estava acordado. Novamente se deu conta de que não sabia do que o estranho estava falando. Por que o homem pensava que ele estava dormindo? O Marquês poderia ter dito algo, mas tinha trabalho a fazer. Ele ponderou sobre isso, enquanto desmembrava mais um ex-integrante do rebanho, até decidir que havia algo que poderia dizer para explicar o motivo de o estranho irritá-lo. E disse isso alto.

— É bom trabalhar — falou o Marquês.

Seu amigo com o nariz longo e flexível e as orelhas enormes assentiu com a cabeça diante da afirmação.

Eles trabalharam. Após um tempo, seu amigo puxou o que restava de alguns antigos membros do rebanho para o poço e os empurrou para dentro dele. O poço era bem profundo.

O Marquês tentou ignorar o estranho, que agora estava de pé atrás dele. Ficou bastante incomodado quando sentiu algo cobrir sua boca e suas mãos sendo atadas atrás das costas. Ele não tinha certeza do que deveria fazer. Isso o fez se sentir desalinhado do rebanho, e teria reclamado, teria chamado seu amigo, mas seus lábios agora estavam colados e era incapaz de fazer mais do que ruídos ineficazes.

— Sou eu — sussurrou a voz atrás dele, desesperada —, Peregrino. Seu irmão. Você foi capturado pelos pastores. Temos que tirá-lo daqui. — E então: — Uh-uh.

Um barulho no ar, como algo latindo. Ele se aproximou: um latido alto que, de repente, se tornou um uivo triunfante e foi respondido por uivos harmônicos ao redor deles.

— Onde está seu companheiro de rebanho? — latiu uma voz.

Uma voz baixa e elefantina retumbou:

— Ele foi para lá. Com o outro.

— Que outro?

O Marquês desejou que eles viessem, o encontrassem e resolvessem tudo. Obviamente, houvera algum tipo de engano. Ele queria estar em sincronia com o rebanho e agora agia fora de compasso, uma vítima relutante. Queria trabalhar.

— O Portão de Lud — murmurou o Peregrino. E então foram cercados por silhuetas de pessoas que não eram exatamente pessoas: eram recortes de rostos vestidos com peles. Eles falavam agitados uns com os outros.

As pessoas soltaram as mãos do Marquês, embora tenham deixado a fita cobrindo sua boca. Ele não se importou. Não tinha nada a dizer.

O Marquês ficou aliviado por tudo estar acabado e mal podia esperar para voltar ao trabalho, mas, para sua ligeira perplexidade, ele, seu sequestrador, e seu amigo com o enorme nariz longo e flexível foram levados na direção oposta ao poço, ao longo de uma calçada, e por fim enfiados em um favo com pequenos quartos, cada quarto cheio de pessoas trabalhando duro em sincronia.

Acima, alguns degraus estreitos. Um dos que o escoltavam, vestido com peles pesadas, arranhou uma porta. Uma voz gritou "Entre!" e o Marquês sentiu uma emoção quase sexual. Aquela voz. Era a voz de alguém que o Marquês tinha passado a vida inteira querendo agradar. (Sua vida inteira desde quando? Uma semana? Duas semanas?)

— Uma ovelha perdida — informou alguém da escolta. — E seu predador. Também seu companheiro de rebanho.

A sala era larga e ornada com pinturas a óleo penduradas: paisagens, a maioria manchada pela idade e de fumaça e poeira.

— Por quê? — perguntou o homem, sentado em uma mesa no fim da sala. Ele não se virou. — Por que me incomoda com essas bobagens?

— Porque — disse uma voz, e o Marquês a reconheceu como sendo de seu pretenso sequestrador — você deu ordens dizendo que, se eu fosse capturado dentro das fronteiras do Arbusto do Pastor, eu deveria ser trazido à sua presença para ser eliminado pessoalmente.

O homem empurrou a cadeira para trás e se levantou. Andou até eles, entrando na área iluminada. Havia um cajado de madeira apoiado na parede e ele o pegou enquanto passava. Por longos momentos ele os encarou.

— Peregrino? — disse por fim, e o Marquês vibrou com sua voz. — Ouvi dizer que havia se aposentado. Que virara monge ou algo do tipo. Nunca imaginei que ousaria voltar.

(Algo grande estava preenchendo a cabeça do Marquês. Algo estava enchendo seu coração e sua mente. Era algo enorme, algo que quase conseguia tocar.)

O pastor esticou a mão e arrancou a fita da boca do Marquês. O Marquês sabia que deveria se sentir extasiado por isso, deveria se sentir encantando por receber atenção desse homem.

— Agora eu entendo... Quem teria imaginado? — A voz do pastor era profunda e ressonante. — Ele já está aqui. E já é um dos nossos? O Marquês de Carabas. Sabe, Peregrino, venho ansiando pela oportunidade de arrancar sua língua, de triturar seus dedos enquanto você observa, mas pense o quão mais prazeroso seria se a última coisa que visse fosse seu próprio irmão como um do nosso rebanho, como o instrumento do seu fim.

(Uma coisa enorme preencheu a cabeça do Marquês.)

O pastor era roliço, bem alimentado e muito bem-vestido. Tinha cabelo grisalho cor de areia e uma expressão tensa. Vestia um casaco extraordinário, mesmo estando um tanto apertado nele. O casaco tinha a cor de uma rua molhada à meia-noite.

A coisa enorme preenchendo sua cabeça, o Marquês percebeu, era raiva. Era raiva, e queimava por dentro do Marquês como um incêndio na floresta, devorando tudo em seu caminho com uma chama vermelha.

O casaco. Era elegante. Era lindo. Estava tão perto que ele poderia ter se esticado e o tocado.

E era, sem dúvida alguma, o seu.

O Marquês de Carabas não fez nada para indicar que havia acordado. Isso seria um erro. Ele pensou, e pensou rápido. E o que pensou não tinha nada a ver com a sala onde se encontrava. O Marquês só tinha uma única vantagem sobre o pastor e seus cães: sabia estar acordado e no controle de seus pensamentos, e eles, não.

Levantou hipóteses. Testou-as na cabeça. E então agiu.

— Desculpe — disse suavemente —, mas infelizmente preciso ir embora. Podemos apressar as coisas? Estou atrasado para algo que é terrivelmente importante.

O pastor apoiou-se em seu cajado. Não parecia estar preocupado com isso. Disse apenas.

— Você deixou o rebanho, de Carabas.

— Assim parece — disse o Marquês. — Oi, Peregrino. É ótimo ver que parece estar tão alegre. E o Elefante. Que agradável. A gangue toda está aqui. — Ele voltou a se concentrar no pastor. — Foi ótimo encontrá-lo, maravilhoso passar um pouco de tempo como alguém do seu pequeno grupo de grandes pensadores. Mas realmente preciso ir embora agora. Estou numa missão diplomática importante. Tenho uma carta para entregar. Sabe como é.

— Meu irmão, não sei se entendeu a gravidade da situação aqui — disse o Peregrino.

O Marquês, que entendia a gravidade da situação perfeitamente, respondeu:

— Tenho certeza de que essas pessoas adoráveis — apontou para o pastor e para as três criaturas com cara canina, cobertas de pelos e de rosto pontudo que os cercavam — me deixarão sair daqui, deixando-o para trás. É a você que eles querem, não a mim. E tenho algo extremamente importante para entregar.

— Posso lidar com isso — respondeu o Peregrino.

— Fiquem quietos agora — disse o pastor. Pegou a fita que tinha removido da boca do Marquês e a pressionou na do Peregrino.

O pastor era mais baixo e mais gordo do que o Marquês, e o casaco magnífico ficava meio ridículo nele.

— Algo importante para entregar? — perguntou o pastor, esfregando poeira de seus dedos. — Do que estamos falando exatamente?

— Receio não poder lhe contar — disse o Marquês. — Afinal, você não é o destinatário dessa comunicação diplomática particular.

— Por que não? O que ela diz? Para quem é?

O Marquês deu de ombros. Seu casaco estava tão perto que ele poderia ter estendido a mão e o acariciado.

— Somente uma ameaça de morte poderia me forçar a mostrá-la a você — disse, relutante.

— Bem, isso é fácil. Eu o ameaço de morte. É uma adição à sentença de morte que já tem por ser um membro apóstata do rebanho. E quanto ao garoto risonho aqui... — o pastor apontou com seu cajado para o Peregrino, que não estava rindo — ...ele tentou roubar um membro do rebanho. Essa também é uma sentença de morte, além de tudo mais que planejávamos fazer com ele.

O pastor olhou para o Elefante.

— E, sei que devia ter perguntado antes, mas, em nome da Bruxa Auld, o que é isso?

— Sou um membro leal do rebanho — disse o Elefante, humildemente, com sua voz profunda, e o Marquês se perguntou se ele tinha soado tão sem alma e monótono quando fazia parte do rebanho. — Continuei leal e em sincronia mesmo quando esse daí não continuou.

— E o rebanho é grato por todo o seu trabalho árduo — disse o pastor. Esticou uma mão e tocou a ponta afiada de uma das presas do Elefante, experimentando. — Nunca vi nada como você antes, e, se nunca vir outro de novo, está bom para mim. Provavelmente é melhor você morrer também.

As orelhas do Elefante se torceram.

— Mas eu faço parte do rebanho...

O pastor olhou para o rosto enorme do Elefante.

— O seguro morreu de velho — disse. Depois dirigiu-se ao Marquês: — Bem? Onde está essa carta tão importante?

— Dentro da minha camisa — respondeu o Marquês. — Preciso repetir que é o documento mais significativo que já me encarregaram de entregar. Devo pedir que não a leia. Para sua própria segurança.

O pastor deu um puxão no peito da camisa do Marquês. Os botões voaram e tilintaram nas paredes e depois no chão. A carta, em seu saco de sanduíche, estava no bolso interno da camisa.

— Isso é uma pena. Confio que vá ler a carta em voz alta para nós antes de morrermos — disse o Marquês. — Mas, lendo ou não para nós, posso prometer que eu e o Peregrino estaremos prendendo nossa respiração de tanta expectativa. Não estaremos, Peregrino?

O pastor abriu o saco de sanduíche e olhou para o envelope. Rasgou-o e puxou uma folha de papel desbotada de dentro dele. Quando o papel foi retirado, uma nuvem de pó saiu do envelope. A poeira pairava no ar imóvel daquele quarto escuro.

— "Minha querida e bela Drusilla" — leu o pastor em voz alta. — "Embora eu saiba que atualmente não sente por mim o mesmo que sinto por você...". Que maluquice é essa?

O Marquês não disse nada. Ele nem mesmo sorriu. Estava, como dissera, prendendo a respiração, esperançoso de que o Peregrino o tivesse entendido. E estava contando, porque naquele momento contar parecia o melhor jeito possível de distrair a si mesmo da necessidade de respirar. Ele logo precisaria respirar.

35... 36... 37...

Perguntou-se por quanto tempo os esporos do cogumelo permaneceriam no ar.

43... 44... 45... 46...

O pastor havia parado de falar.

O Marquês deu um passo para trás, temendo uma faca em suas costelas ou dentes na sua garganta, dos homens de pelo áspero da guarda canina, mas nada aconteceu. Recuou, afastando-se dos homens caninos e do Elefante.

Viu que o Peregrino também estava se afastando.

Seus pulmões doíam. As batidas do seu coração pulsavam em suas têmporas com um som quase alto o suficiente para abafar o leve ruído de sinos em seus ouvidos.

Somente quanto as costas do Marquês encontraram uma estante na parede e ele se achava o mais longe possível do envelope, permitiu-se inspirar profundamente. Ouviu o Peregrino respirar também.

Houve um barulho de algo sendo esticado. O Peregrino abriu ao máximo a boca e a fita caiu no chão.

— O que foi tudo isso? — perguntou o Peregrino.

— Nova escapatória desse quarto, e do Arbusto do Pastor, se não estou enganado — disse de Carabas. — E raramente estou. Poderia desamarrar os meus pulsos, por favor?

Sentiu as mãos do Peregrino em suas mãos atadas, e então as amarras caíram.

Houve um estrondo baixo.

— Vou matar algo — disse o Elefante. — Assim que descobrir o que preciso matar.

— Calma aí, queridão — disse o Marquês, esfregando suas mãos. — Você quer dizer quem... quem você vai matar. — O pastor e os cães de pastoreio estavam dando passos desajeitados e hesitantes em direção à porta. — E posso garantir que não vai matar ninguém, não enquanto quiser voltar para casa, no Castelo, em segurança.

A tromba do elefante chicoteou, irritada.

— Definitivamente, matarei você.

O Marquês sorriu.

— Vai me forçar a dizer *shhh* para calar essa boca — disse ele. — Ou *putz*. Até hoje nunca tive o menor anseio de dizer *putz*. Mas posso senti-lo agora mesmo crescendo dentro de mim...

— O que, pelo Templo e pelo Arco, há de errado com você? — perguntou o Elefante.

— Pergunta errada. Mas responderei à pergunta correta, para sua informação. A pergunta real não é o que há de errado conosco; o que não entrou no Peregrino e em mim porque prendemos a respiração, e não entrou em você, não sei, provavelmente por ser um elefante, com uma boa pele espessa, mais provavelmente porque estava respirando pela sua tromba, que se encontrava abaixada, perto do chão; mas sim o que há de errado com nossos captores. E a resposta é: o que não entrou em nós são os mesmos esporos que entraram em nosso corpulento pastor e em seus companheiros pseudocaninos.

— Esporos do cogumelo? — perguntou o Peregrino. — O cogumelo do Povo do Cogumelo?

— Exato. O mesmíssimo cogumelo — concordou o Marquês.

— Inacreditável — disse o Elefante.

— É por isso que — de Carabas disse ao Elefante —, se tentar matar a mim ou ao Peregrino, não só falhará como também condenará a todos nós. Enquanto que, se calar a boca e todos nós fizermos o nosso melhor para parecer que ainda somos parte do rebanho, então temos uma chance. Os esporos seguirão seu caminho até o cérebro deles agora. E a qualquer momento o cogumelo começará a chamá-los para casa.

Um pastor caminhava implacavelmente. Segurava um cajado de madeira. Três homens o seguiam. Um daqueles homens tinha a cabeça de um elefante, outro era alto e ridiculamente bonito, e o último do rebanho vestia o mais magnífico casaco. O casaco servia perfeitamente nele, e era da cor de uma rua molhada à noite.

O rebanho foi seguido pelos cães de guarda, que se moviam como se estivessem prontos para caminhar pelo fogo para chegar aonde quer que acreditassem estar indo.

Não era incomum no Arbusto do Pastor ver um pastor e parte de seu rebanho indo de um lugar para outro, acompanhados por vários de seus mais ferozes cães de pastoreio (que eram humanos, ou já haviam sido). Então, quando viram um pastor e três cães de pastoreio aparentemente liderando três membros do rebanho para fora do Arbusto do Pastor, nenhum do rebanho maior prestou qualquer atenção. Os membros do rebanho que os viram apenas fizeram as mesmas coisas que sempre faziam como membros do rebanho. E, se ficaram cientes de que a influência dos pastores tinha diminuído um pouco, então esperaram pacientemente outro pastor vir e cuidar deles, e mantê-los protegidos dos predadores e do mundo. Era assustador estar sozinho, no fim das contas.

Ninguém notou quando eles atravessaram as fronteiras do Arbusto do Pastor, e eles continuaram a caminhar.

Todos os sete chegaram às margens do Kilburn, onde pararam, e o ex-pastor e os três homens caninos desgrenhados entraram na água a passos largos.

Não havia, o Marquês sabia, nada nas cabeças dos quatro homens naquele momento além da necessidade de chegar ao Cogumelo, de provar de sua carne mais uma vez, de deixá-lo vivo dentro deles, de servi-lo, e servi-lo bem. Em troca, o Cogumelo consertaria todas as coisas neles que odiavam: tornaria suas vidas interiores mais felizes e mais interessantes.

— Devia ter me deixado matá-los — disse o Elefante, enquanto o ex-pastor e os cães de pastoreio se afastavam.

— Não faz sentido — respondeu o Marquês. — Nem mesmo por vingança. As pessoas que nos capturaram não existem mais.

O Elefante balançou as orelhas com força, depois as coçou vigorosamente.

— Falando em vingança, para quem diabos roubou meu diário, afinal? — perguntou.

— Victoria — admitiu de Carabas.

— Não estava na minha lista de ladrões potenciais, na verdade. Ela é enigmática — disse o Elefante, após um momento.

— Não discutirei esse assunto — disse o Marquês. — Além disso, ela não me pagou o valor total acordado. Acabei tendo de pegar meu próprio brinde para compensar a dívida.

Ele enfiou uma mão escura dentro do casaco. Seus dedos encontraram os bolsos óbvios, e os menos óbvios, e então, para sua surpresa, o menos óbvio de todos. Enfiou a mão nele e puxou uma lente de aumento em uma corrente.

— Era de Victoria — disse ele. — Acredito que possa usá-la para ver através de coisas sólidas. Talvez isso possa ser considerado um pequeno pagamento da dívida que tenho com você?...

O Elefante tirou algo do próprio bolso — o Marquês não podia ver o que era — e olhou para ele através da lupa. Em seguida, o Elefante fez um barulho que ficava entre uma bufada de prazer e um bramido de satisfação.

— Oh, ótimo, muito bem — disse ele. Guardou os dois objetos. Então disse: — Suponho que salvar minha vida compense roubar meu diário. E, embora eu não fosse precisar ser salvo se não o tivesse seguido pelo esgoto, não há sentido em mais recriminações. Considere que sua vida lhe pertence mais uma vez.

— Estou ansioso para visitá-lo no Castelo algum dia — disse o Marquês.

— Não abuse da sorte, amigo — disse o Elefante, com uma chicoteada irada de sua tromba.

— Não irei — disse o Marquês, resistindo à vontade de ressaltar que abusar da sorte tinha sido a única maneira de sobreviver até então. Olhou em volta e percebeu que o Peregrino tinha desaparecido misteriosa e irritantemente nas sombras mais uma vez, sem nem se despedir.

O Marquês odiava quando as pessoas faziam isso.

Ele fez uma breve mesura cortês para o Elefante, e o casaco do Marquês, seu casaco glorioso, pegou a mesura, amplificou, tornou-a perfeita e fez dela o tipo de mesura que somente o Marquês de Carabas poderia fazer. Quem quer que ele fosse.

O próximo Mercado Flutuante seria instalado no jardim no telhado do Derry e Tom. O Derry e Tom não existia desde 1973, mas o tempo e o espaço e a Londres de Baixo tinham suas próprias regras complexas, e o jardim no telhado estava mais jovem e mais inocente do que é hoje. O pessoal da Londres de Cima (eles eram jovens, estavam envolvidos em uma discussão intensa e usavam saltos em camadas, blusas *paisley* e calças bocas de sino, tanto os homens quanto as mulheres) ignorava completamente o pessoal da Londres de Baixo.

O Marquês de Carabas atravessou o jardim no telhado como se fosse o dono do lugar, caminhando rapidamente até chegar à praça de alimentação. Passou por uma mulher minúscula vendendo sanduíches de queijo enrolados em um carrinho de mão com uma pilha alta deles, por uma barraca de curry, por um homem baixo com um garfo de lareira e uma enorme tigela de vidro de peixes cegos de um branco pálido, até finalmente chegar à tenda onde estavam vendendo o cogumelo.

— Uma fatia de cogumelo, bem grelhada, por favor — pediu o Marquês de Carabas.

O homem que anotou seu pedido era mais baixo que ele e, ainda assim, mais robusto, de certa maneira. Era calvo, tinha cabelos louros claros e uma expressão atormentada.

— Saindo já — disse o homem. — Mais alguma coisa?

— Não, isso é tudo — Em seguida, o Marquês perguntou, por curiosidade: — Você se lembra de mim?

— Creio que não — respondeu o homem Cogumelo. — Mas devo dizer que esse é um belíssimo casaco.

— Obrigado — disse o Marquês de Carabas e olhou em volta. — Onde está o jovem que trabalhava aqui?

— Ah. Essa é uma história curiosa, senhor — disse o homem. Ele ainda não cheirava a umidade, mas já havia uma pequena incrustação de cogumelos na lateral de seu pescoço. — Alguém disse à bela Drusilla, da Corte dos Corvos, que nosso Vince tinha planos para ela, e tinha, pode não acreditar, mas me garantiram que é verdade: aparentemente enviou uma carta cheia de esporos a ela com a intenção de transformá-la em sua noiva no Cogumelo.

O Marquês ergueu uma sobrancelha, intrigado, apesar de não ter achado nada disso uma surpresa. No fim das contas, ele mesmo havia contado a Drusilla, e havia lhe mostrado a carta original.

— Ela lidou bem com a novidade?

— Não acho que ela tenha lidado nada bem com isso, senhor. Não mesmo. Ela e várias de suas irmãs ficaram esperando por Vince e nos emboscaram em nosso caminho para o mercado. Ela lhe disse que tinham assuntos de natureza íntima a discutir. Ele pareceu encantado pela novidade e foi com ela descobrir que assuntos seriam esses. Estou esperando-o chegar ao mercado e vir trabalhar durante toda a noite, mas não acredito mais que virá — continuou o homem, melancólico. — Esse é um casaco muito sofisticado. Sinto como se pudesse ter tido um desses em uma vida anterior.

— Não duvido — disse o Marquês de Carabas, satisfeito com o que havia escutado, enquanto cortava sua fatia grelhada do cogumelo. — Mas este casaco em particular é definitivamente meu.

Enquanto saía do mercado, passou por um amontado de pessoas descendo a escada, parou e acenou com a cabeça para uma jovem de graciosidade incomum. Ela possuía cabelos longos alaranjados e o perfil achatado de uma beleza pré-rafaelita, além de uma marca de nascença na forma de uma estrela de cinco pontas no dorso da mão. Sua outra mão acariciava a cabeça de uma coruja grande e amarrotada que olhava desconfortável para o mundo com olhos que eram incomuns para um pássaro daqueles, de um azul claro e intenso.

O Marquês acenou, e ela olhou sem jeito para ele. Depois, desviou o olhar, como alguém que começava a perceber que devia um favor ao Marquês.

Ele acenou amigavelmente para ela e continuou a descer.

Drusilla apressou-se atrás dele. Parecia que queria dizer alguma coisa.

O Marquês de Carabas alcançou o fim da escada antes dela. Parou por um momento e pensou sobre as pessoas e sobre as coisas, e sobre o quanto era difícil fazer algo pela primeira vez. Em seguida, vestindo seu casaco encantador, sumiu de modo misterioso e até irritante nas sombras, sem nem mesmo se despedir, e se foi.

PROVENIÊNCIA

DAVID W. BALL

Tradução de Ana Death Duarte

Ex-piloto, fabricante de caixões e negociante, David W. Ball viajou para mais de sessenta países em seis continentes, cruzou o deserto do Saara quatro vezes no decorrer da pesquisa para seu romance *Empires of Sand* e explorou os Andes em uma Kombi. Outras viagens de pesquisa levaram-no até a China, Istambul, Argélia e Malta. David foi taxista na cidade de Nova York, instalou equipamentos de telecomunicações na República de Camarões, reformou antigas casas vitorianas em Denver e trabalhou na bomba de gasolina em um posto na cordilheira Teton. Entre suas obras, estão os épicos amplamente embasados em pesquisas históricas *Ironfire* e *Empires of Sand*, além do contemporâneo *China Run*. Mora com a família em uma pequena fazenda no Colorado, onde, depois de um hiato de quase uma década, voltou a escrever, criando contos fantásticos.

Dizem que a beleza está nos olhos de quem vê, mas o desejo de *possuir* a beleza, especialmente quando ela vale uma grande soma de dinheiro, pode fazer com que a gente se depare com algumas pessoas bem repugnantes mesmo...

PROVENIÊNCIA

A carta chegou à Galeria Wolff, em Nova York, com os costumeiros catálogos e anúncios. Estava marcada como "pessoal", então a secretária de Max deixou-a fechada sobre a mesa dele.

Max abriu o envelope com sua mão boa e tirou dali um bilhete com uma bela caligrafia. "Prezado Sr. Max Wolff", dizia, "Ouvi dizer que o senhor tem grande conhecimento sobre pinturas e que consegue vendê-las às vezes. Tenho um quadro que não sei ao certo se é valioso, mas achei que o senhor poderia dar uma olhada e, se concordar, podemos fazer negócio. Na surdina, é claro. Se estiver interessado, queira, por favor, enviar um bilhete para a caixa postal abaixo citada. Atenciosamente, L.M."

Max olhou a foto. Piscou, não acreditando no que via. Sentiu uma plenitude no peito, uma onda de prazer, choque e tristeza. Colocou de lado o amontoado de papéis em cima de sua escrivaninha e pôs a foto em cima do mata-borrão. Abriu uma gaveta, tateou em busca da lupa e depois se curvou, aproximando-se da escrivaninha.

A fotografia tinha sido tirada com iluminação ruim e por um amador, mas isso não fazia nenhuma diferença. Max *conhecia* essa pintura, assim como qualquer estudante de história da arte haveria de conhecê-la. Tratava-se de uma criação bela e maldita, a obra de um homem insano.

E estava desaparecida desde a Segunda Guerra Mundial.

Max endireitou-se, com os olhos lacrimejando. Sentiu-se zonzo e apalpou o colete em busca de um de seus comprimidos.

Max não ouviu a secretária dar boa-noite, nem se deu conta de que o crepúsculo dera lugar à escuridão, enquanto sua mente fervilhava com a extensão da história do quadro, dos nazistas e dos agentes da Stasi, de traficantes de armas e cardeais católicos. Soube claramente qual deveria ser a próxima parada em sua longa e turbulenta jornada.

Com a mão boa tremendo, Max Wolff tirou o telefone do gancho.

***

Em uma manhã de domingo, duas semanas depois, Max esperava por um cliente em um estúdio particular bem ao lado do santuário da Igreja do Salvador Ressuscitado, em Colorado Springs.

Estava sentado em uma cadeira com um estofamento tão exagerado que quase engolia sua figura diminuta. Apesar das paredes com isolamento acústico, era possível ouvir o som trovejante e sentir o prédio estremecer enquanto quatro mil almas fervorosas no santuário ao lado batiam os pés, batiam palmas, riam e cantavam, à medida que o serviço religioso elevava-se em um *crescendo*.

O reverendo Joe Cooley Barber estava no negócio de salvação de almas, e era um negociante enérgico. Com carisma, boa aparência e uma voz feita para ser usada em um microfone, havia criado um império que se espalhava por cinquenta e sete países em seis continentes. Seu programa, *Fiéis de Domingo*, uma mistura casual de parábolas e evangelho, era transmitido simultaneamente em sessenta e oito idiomas. Ele publicara dezessete livros, todos best-sellers. Sua divisão de mídia vendia CDs, vídeos e camisetas, e todos os produtos tinham um holograma do Salvador Ressuscitado para desencorajar falsificações.

Empregava quase mil pessoas e tinha quase tantos contadores e pessoas com MBA trabalhando para ele quanto havia em seu coro:

precisamente 229, um número que escolhera de uma revelação que tivera em um ponto baixo em sua vida, quando, bêbado, empobrecido e desesperado, derrubou sua Bíblia, que caiu aberta na página 229 do Novo Testamento. Naquela página, leu o segundo versículo da terceira epístola de João: "Prospere e esteja bem na medida em que sua alma prospera." Joe Cooley optou por atribuir à palavra "prosperar" seu significado moderno, e dessa passagem nasceu o refrão que é sua marca registrada: "Deus nos quer ricos."

Não era o primeiro pregador da prosperidade, mas era o melhor (Joe Cooley gostava de dizer que era "mais para seda do que para Satã"), e vivia conforme o que pregava: tinha um avião a jato Gulfstream, uma pequena frota de carros, dentre eles um Aston Martin e um Bentley, além da propriedade que ele gostava de descrever como "uma modesta fazendinha de cavalos em Kentucky", onde criava puros-sangues. "Eu não sou um sacerdote do fim dos tempos", dizia. "Sou um sacerdote dos melhores tempos."

Com tamanho sucesso, veio a polêmica. Para cada dólar que recebia do ministério, Joe Cooley Barber recebia cinco dólares em corporações em paraísos fiscais, todas camufladas por trás de uma rede de propriedade impenetrável. Em meio a alegações de que meros trinta centavos de cada dólar iam para o trabalho missionário, meia dúzia de investigações haviam sido iniciadas pela Receita Federal, pelo Departamento de Justiça e por diversos comitês do Congresso. Desafiador, Joe Cooley Barber gostava de destacar que nada jamais havia sido provado contra ele. "Sou apenas um simples humanitário temente a Deus", dizia. Ele havia alimentado dezenas de milhares de almas famintas por toda a Ásia e África. Milhões de comprimidos contra a malária salvaram as vidas de bebês em Bangladesh e Botsuana. Missões anuais ensinavam técnicas modernas de agricultura no Malaui e na Tanzânia, provendo tratores e sementes para ajudar as massas a se ajudarem. Ele construía igrejas em Zâmbia e abria novas escolas no Zaire.

"Uma praga de vagabundos", era a forma como ele descrevia, na intimidade, os promotores públicos e políticos que o perseguiam. Ainda assim, saboreava a atenção deles e prosperava com ela. Quanto mais reclamavam, mais o dinheiro entrava. "Seus dólares pavimentaram a estrada para a sua salvação", pregava Joe Cooley para as câmeras de TV. "Seus dólares são o julgamento de Deus sobre o nosso ministério."

— Max, meu amigo! — disse Joe Cooley, limpando o suor da testa enquanto irrompia com graça sala adentro meia hora depois. — Desculpe-me por tê-lo feito esperar.

— Imagine — disse Max. — Você tem uma produção e tanto aqui. Nunca tinha visto seu trabalho antes.

Joe Cooley abriu um grande sorriso.

— Você é judeu?

— Não.

— Então por que não vem aqui toda semana?

— Seria uma viagem muito longa. Talvez se você me emprestasse o jatinho...

— Não precisa disso! — Joe Cooley entrou em seu banheiro particular para se refrescar. — Estou tão perto de você quanto o controle da sua televisão. — Saiu do banheiro secando as mãos. — Mas agora vamos aos negócios. Eu mal pude acreditar quando você me telefonou. — Abaixou um pouco o tom de voz: — Será que é possível? Um *Caravaggio*?

Max assentiu.

— Existem possivelmente noventa pinturas dele no mundo. Eu pensei em você no instante em que essa caiu em minhas mãos.

— Imagino que isso seja por debaixo dos panos, não?

— Com certeza, é uma pintura para a sua coleção particular — disse Max. — Se você quiser, é claro.

— Vamos para o estúdio — disse o sacerdote, estendendo a mão para ajudar Max a levantar-se.

O *marchand* pegou sua bengala. A mão direita estava retorcida; seus dedos, nodosos e debilitados. Ele jogou a alça da sua maleta por cima do ombro e pegou um grande portfólio de couro.

Joe Cooley arregalou os olhos.

— Não me diga que você está com ela bem aí nessa pasta — falou. — Que coragem!

— Que nada — disse Max. — A pintura está bem embrulhada e seus homens estiveram comigo o caminho inteiro. Além do mais, não chamo muito a atenção das pessoas. Uma vez cruzei Manhattan carregando cinco milhões de dólares nesta maleta. O máximo que tentaram fazer foi me ajudar a atravessar a rua.

— Eu não tenho tanta confiança assim — disse Joe Cooley —, mas entendo o que quer dizer.

Max tinha setenta e poucos anos e pouco mais de 1,50m de altura. Ele sempre usava um chapéu Fedora cinza. Anos estudando, investigando registros históricos e vendo obras de arte haviam feito com que sua vista ficasse ruim a ponto de as grossas lentes de seus óculos distorcerem suas feições. Ele parecia um bondoso velho contador. Apesar de tudo isso, Joe Cooley sabia que ele era um negociador durão com um senso afiado de negócios. Max tinha uma galeria de arte altamente respeitada e era um cliente assíduo da Christie's e da Sotheby's. No entanto, seus negócios mais lucrativos eram realizados no submundo do comércio, um mundo em que os homens que evitavam publicidade compravam e vendiam arte, ou usavam-na em vez de dinheiro vivo como forma de alavancar grandes compras de drogas ou de armas. Max conseguia encontrar os quadros e arranjar os acordos.

Eles subiram em um carrinho de golfe para cruzarem o complexo. O Salvador Ressuscitado ocupava uma área de setenta acres próximo ao Jardim dos Deuses. Além da igreja, havia os escritórios da fundação, o estúdio de transmissão, uma faculdade cristã e um museu. Enquanto o carrinho movia-se rapidamente, levando-os em meio a jardins cheios de estátuas e passando por fontes decorativas, Joe Cooley ia respondendo aos acenos e aos cumprimentos gritados por paroquianos que estavam aproveitando o dia ensolarado.

O museu era o orgulho e a alegria de Joe Cooley Barber. Ele amava coisas belas, coisas que gritavam a glória de Deus. Ele acreditava que não havia homenagem maior ao Todo-Poderoso do que colecionar imagens que O glorificavam e que glorificavam Sua palavra sagrada. As galerias desse museu estavam repletas de arte religiosa de todas as eras: vitrais, ícones gregos, manuscritos ilustrados e antigos pergaminhos cristãos, um Giotto, vários Rembrandts, um Rubens e um El Greco. Então havia as próprias pinturas a óleo de Joe Cooley, a maioria ilustrando histórias bíblicas sobre prosperidade, de Jó e Salomão. Para Max, esses quadros sobressaíam como se fossem pústulas nas paredes da galeria, mas estavam entre as obras em exposição mais populares.

Entraram no refúgio de Joe Cooley, uma combinação de escritório e sala de estudos, com janelas com vista para os jardins. Além de uma grande mesa de conferência, havia bancadas, cavaletes e estantes de livros cheias de tomos raros da Bíblia e volumes de livros em belíssimas encadernações de couro.

Max colocou o portfólio sobre a mesa, soltou os botões de pressão e retirou o estojo interno dele. A pintura estava acomodada em um fundo de algodão macio branco. Max puxou o pano para trás, ergueu com gentileza a pintura e colocou-a no cavalete. Foi andando até a parede e acendeu a luz em um interruptor, banhando a obra com uma luz suave.

O jovem pastor Davi, com a espada em uma das mãos, estava erguendo a cabeça ensanguentada de Golias, o guerreiro filisteu. O rosto de Golias estava paralisado na morte, com os olhos e a boca abertos, um talho na testa, o sangue escorrendo de seu pescoço decepado. Joe Cooley Barber ficou com o olhar fixo na peça, atônito.

— É menor do que imaginei — disse baixinho. — E mais sombria.

Max retirou vários fichários grossos de dentro de sua maleta.

— Eu trouxe a documentação sobre a origem da pintura, claro — disse Max, colocando os fichários em cima da mesa e extraindo deles pastas que pareciam conter recortes de jornais e de revistas, livros e anotações escritas à mão.

Joe Cooley sabia que Max não precisava das anotações; elas eram para ele.

— Meu amigo, o professor, começa a falar — disse ele. — É melhor tomarmos um drinque. Uísque? Vinho?

— Apenas água.

O pastor serviu uísque para si e água para Max, e puxou uma cadeira para sentar-se.

— As obras dele podem ser um tanto quanto repulsivas... Decapitações, como esta. Assassinatos, traições, martírios, tudo captado no instante da perfeita revelação. Esse era o seu dom, capturar esse momento. Ele pintou essa cena pelo menos quatro vezes no decorrer de sua carreira, cada uma delas representando uma progressão em sua maturidade, expressa nas duas faces — disse Max. — Esta provavelmente é a segunda versão, em que há orgulho na expressão de Davi, mas também profunda humildade, o triunfo do reino do céu sobre as forças de Satã.

Max passou a mão aleijada apenas um pouco acima da tela, seguindo, com amor, as linhas de Caravaggio, visualizando o artista trabalhando.

— Era tão seguro de si que quase não usava esboços, como outros artistas. Pintava diretamente da vida. Ele deixava *pentimenti,* marcas pungentes na pintura... pode-se ver traços disso aqui e aqui. Uma genialidade tão grande, está vendo?... e tudo isso era feito com tamanha rapidez que alguns diziam que a obra dele fluía como se vinda da mão de Deus. E a luz! Veja como a cor da carne vira sombra, o sangue vermelho fica preto, a luz dá lugar à escuridão e à morte. Tamanha maestria da luz... ou das trevas, dependendo do ponto de vista.

— Da luz, é claro — disse Joe Cooley Barber. — Eu nunca tinha visto você assim tão estimulado por causa de uma pintura.

Max abriu um sorriso tímido.

— Não há muitas pinturas como esta, nem muitos pintores como ele. A obra dele era nova e brilhante, mas tão crua que frequentemente chocava seus patronos na Igreja, que reclamavam de vulgaridade e sacrilégio. Ele usava prostitutas como modelos e trajou a Virgem Maria com um vestido decotado. A elite governante da Igreja achava-o intolerável. Eles preferiam perfeição em seus santos.

— O mesmo acontece com o Senado dos Estados Unidos — murmurou Joe Cooley, sorvendo seu uísque.

— A vida dele era tão crua quanto a sua obra. Era uma alma torturada. Alguns acham que a loucura dele vinha do envenenamento por chumbo, de suas pinturas; outros acham que ele era só atormentado por seu próprio gênio. Qualquer que fosse a causa, vivia intensamente, entre duelos e bebidas. Tinha relações sexuais com meretrizes e jogava e vivia sendo arrastado para dentro e para fora de tribunais. Ele agrediu um garçom por mau atendimento e esfaqueou um advogado por causa de uma prostituta. Matou um oficial, foi torturado e conseguiu fugir. Outro homem teria padecido na cadeia por qualquer uma dessas coisas, mas, embora Caravaggio tivesse detratores na Igreja, ele também tinha poderosos defensores, entre eles, este.

Max havia marcado uma página em um livro de história da arte e abriu-o no retrato de um clérigo com aparência ascética.

— Este é Scipione Borghese, um dos sobrinhos do papa Paulo V, o papa que ordenou que Galileu abandonasse as noções hereges sobre o nosso sistema solar. Paulo elevou Borghese à posição de cardeal-sobrinho, uma posição de imenso poder. Ele era brilhante, impiedoso e desprovido de princípios. Além de ser o líder *de facto* do governo do Vaticano, ele tinha múltiplos escritórios e títulos que o fizeram rico além da conta. Intimidava os homens e ameaçava suas almas. Criava impostos e adquiria imóveis, vilas inteiras, por meio de extorsão e editos papais. Ele tinha uma ampla coleção de pornografia, e sua homossexualidade escandalizava a Igreja.

Joe Cooley não foi capaz de suprimir uma risadinha de escárnio e deleite.

— De alguma forma, aquela Igreja sempre soube criar e nutrir verdadeiros patifes — disse.

— Sim, porém, apesar de todos os seus defeitos, era um grande patrono das artes. Ele usou sua riqueza para construir um magnífico palacete para exibir as obras de Rafael, Ticiano, Bernini e Caravaggio, que, por um tempo, foi seu favorito.

— Ele partilhava dos mesmos gostos que eu — disse Joe Cooley. — Exceto pelos meninos, é claro. Tudo pela glória de Deus.

Max voltou-se para outro arquivo.

— Quanto à nossa pintura aqui, a Igreja foi sua primeira dona — disse ele. — Ou, mais precisamente, foi a primeira a roubá-la. Borghese havia começado a colecionar obras de arte de forma agressiva e estava aprendendo a fazer uso das ferramentas de seu poder. Giuseppe Cesari era um artista proeminente que tinha uma importante coleção de mais de mil pinturas, incluindo diversas obras de Caravaggio, que havia trabalhado no estúdio dele quando jovem. Borghese ficou sabendo que Cesari também tinha uma coleção de arcabuzes. Cesari era inofensivo, as armas de fogo eram apenas um hobby, mas eram ilegais. Borghese fez com que Cesari fosse preso e suas posses, confiscadas. Ele foi sentenciado à morte. Essa sentença acabou sendo suspensa, mas não até que Cesari concordasse em doar suas pinturas para a Câmara Apostólica. Vários meses depois, o papa deu o lote inteiro ao cardeal-sobrinho. Mais ou menos na mesma época, Caravaggio matou um homem que achava que havia trapaceado no tênis e fugiu para Roma com sua cabeça a prêmio. Passou o resto de sua vida fugindo, com a esperança de que Borghese pudesse lhe arranjar um perdão papal. Enquanto era fugitivo, fez algumas de suas melhores obras. Em Malta, pintou para os Cavaleiros de São João, tornando-se um cavaleiro, até que a ordem prendeu-o por entrar em brigas. Fugiu, mas, em Nápoles, foi atacado e ferido, provavelmente por assassinos pagos pelos cavaleiros. Retornou a Roma. Seu perdão fora concedido, mas morreu de febre antes de ouvi-lo — Max balançou a cabeça. — Caravaggio tinha apenas trinta e oito anos de idade. Imagine o que ele poderia ter feito se vivesse mais vinte anos.

Max deslizou um livro-razão pela mesa.

— Quanto à nossa pintura, Borghese só se desfez dela porque tinha outra versão da obra, que fora enviada do exílio por Caravaggio. Incluiu esta como parte do suborno a um conde polonês chamado Krasinski. Havia outras três pinturas incluídas: uma de Annibale Carracci, uma de Reni e uma de Lanfranco, além de um requintado relicário adornado com pedras preciosas. Nós cruzamos a lista com os livros contábeis da casa do conde Krasinski. Por ocasião de sua morte, o conde deixou em testamento os itens para seu irmão, que havia acabado de ser nomeado bispo de Stawicki. Como você pode ver aqui, os itens estão incluídos em um inventário da igreja local datado de 1685. — Max pescou um papel da pilha. — Está redigido em polonês, claro, mas circulei os itens para você ver. As pinturas e o relicário permaneceram em segurança e no anonimato naquela igreja durante quase trezentos anos, sobrevivendo a incêndios e insurreições. Na maior parte desse tempo, Caravaggio era um homem que havia sido esquecido, totalmente esquecido pela história até o século XXI, quando eruditos começaram a apreciar o gigante que ele fora.

Joe Cooley levantou-se.

— Hora de mais um drinque. Tem certeza de que não vai querer algo mais forte?

— Apenas um pouco mais de água. Ainda tenho muito o que falar sobre a pintura.

Max abriu um arquivo abarrotado de documentos amarelados e de recortes de jornal. Em cima deles estava uma fotografia em preto e branco de um oficial alemão. Max deslizou a foto até o outro lado da mesa.

— Membro da SS — comentou Joe Cooley. — Belo diabo.

Max assentiu.

— Walter Beck. Essa fotografia foi tirada logo depois de ele ter sido promovido a coronel, um ano antes do fim da guerra.

Joe Cooley analisou o rosto longo e anguloso e os olhos inteligentes de Beck.

— Um perfeito oficial alemão — disse ele. — Um canalha frio, ao que parece.

Max puxou um recorte da pasta, uma cópia de um anúncio de nascimento dos jornais de Berlim.

— Era o filho mais velho de Otto Beck, um proeminente *marchand*. A galeria dele era uma das mais antigas de Berlim e começou com o avô de Otto como uma loja de suprimentos para artistas, vendendo tintas a óleo, cavaletes e telas. Os artistas eram sempre pobres, então a galeria de Beck às vezes trocava suprimentos pelas obras deles. O pai de Otto começou a vender as pinturas. Os negócios prosperaram e, por volta de 1900, a galeria de Beck ocupava um grande edifício de dois andares. A família morava no andar superior, enquanto o restante do prédio era devotado a uma galeria de arte e a oficinas em que os artesãos de Beck restauravam e faziam reparos em pinturas. Artistas, colecionadores e curadores levavam para lá pinturas danificadas de toda a Europa. Walter trabalhou para o pai durante alguns anos. Tinha uma cabeça boa para os negócios, mas nenhum amor especial pela arte. Era jovem e ambicioso e foi envolvido na febre socialista da década de 1930. Juntou-se ao Partido Nazista. Seu pai desaprovava, mas Walter não se importava. Ele captava muito bem o clima político e entendia Hitler. Subiu rapida e seguidamente de escalão, e seu treinamento na galeria de seu pai colocou-o em boa posição na *Sonderauftrag Linz*.

— Fale a minha língua, Max.

— *Sonderauftrag Linz* quer dizer "Operação Especial Linz", um projeto secreto de Hitler. Ele era um artista frustrado, é claro, e achava que a maior parte das obras de arte da Europa eram suas por direito. Ficou obcecado com a construção de um museu em Linz, uma cidade que ele reconstruiria e transformaria na capital cultural da Europa depois da guerra. Antes da guerra, seus agentes fizeram uma jornada por museus, galerias e coleções particulares por toda a Europa, compilando extensas listas das obras de arte mais importantes. O resultado foi um guia para o que os exércitos de Hitler haveriam de confiscar e de pilhar, no instante em que as forças alemãs invadissem uma área. Beck ajudou na compilação daquele guia, e foi assim que ficou sabendo onde estava escondida a nossa pintura aqui. Ele deveria ter passado a guerra em Paris, onde estavam todas as melhores obras de arte, mas era um homem arrogante e cometeu o erro de entrar em atrito com o próprio Alfred Rosenberg. Rosenberg era o ideólogo dos nazistas, um dos homens mais poderosos da Alemanha, e Beck foi realocado na frente oriental. Ele era um excelente oficial, mas excepcionalmente cruel até mesmo pelos padrões da SS. Rússia, Tchecoslováquia, Polônia... Beck conseguiu se tornar um dos criminosos de guerra mais procurados.

Havia mais recortes amarelados de jornais e revistas, a maior parte deles em idiomas que Joe Cooley não reconhecia, do Leste Europeu, pensou, e alguns em hebraico. A maioria continha a mesma fotografia. Ele não conseguia entender o que estava escrito nas legendas, mas estava olhando para um homem caçado.

***

A coluna alemã fez uma parada em uma cadeia de montanhas perto do antigo vilarejo de Stawicki. Havia cinco veículos de transporte de tropas, dois tanques e diversos veículos menores, um desordenado remanescente do exército alemão que se juntara na fuga. O coronel SS Walter Beck saiu de um carro aberto com um binóculo de campo na mão. Estirou as pernas e depois, com calma, mirou os binóculos na estrada atrás deles.

Os russos não estavam à vista. Graças às minas dispostas pelos homens de Beck, provavelmente levariam mais algumas horas, o que lhe daria tempo para cuidar de tudo. Beck sabia que a guerra estava perdida, que não havia esperanças de ganhá-la, e sabia também que em breve seria caçado pelos homens que não esqueceriam o que ele fez. Render-se significaria sua execução. Teria que fugir, mas primeiro precisava certificar-se de que os caçadores nunca o encontrariam.

Voltou sua atenção para o vilarejo. Olhando de fora, parecia que a guerra o havia, de alguma forma, poupado. Podia ver o campanário da velha igreja e, além, a torre do relógio da prefeitura do vilarejo; tudo parecia estar em paz. Podia enviar seus homens para que encontrassem o que estava procurando, mas os habitantes do vilarejo haviam, fazia muito tempo, escondido seus preciosos tesouros com cuidado. Não tinha tempo para brincar de esconde-esconde.

— Tragam o sacerdote do vilarejo, assim como o prefeito e a família dele — disse Beck para um tenente.

— Agora mesmo, *Standartenführer.*

— E vinte e cinco aldeões também — acrescentou Beck.

Quando o oficial saiu em um caminhão, um de seus assistentes arrumou-lhe uma mesa e uma cadeira portáteis. Beck sentou-se com uma garrafa de vinho e voltou o rosto em direção ao sol, desfrutando seu brilho aquecedor.

O caminhão logo serpenteou de volta pela estrada, parando perto de Beck, que sorvia seu vinho enquanto soldados ladravam ordens, incitando os habitantes a saírem do caminhão. Havia apenas mulheres, crianças e velhos ali. O sacerdote e o prefeito, assim como sua esposa, sua filha e sua neta, foram trazidos perante o coronel. O prefeito era um homem corpulento, com bochechas avermelhadas, e o sacerdote era velho, esguio e zangado.

— Eu devo protestar — começou a dizer o prefeito. — Nós somos não combat...

Um soldado acertou-o no estômago com a coronha de seu rifle. O prefeito caiu de joelhos e curvou-se ao meio, ofegante e sentindo ânsia de vômito.

— Não há necessidade alguma de sofrimento — disse Beck — se fizerem o que eu disser. Eu estou meramente exigindo alguns itens da sua igreja.

— Nossa igreja já foi pilhada de tudo — disse o sacerdote. — Não restou nada de valor lá.

— Muito pelo contrário — disse Beck. — Carracci e Caravaggio. Reni. Lanfranco. — Abriu um sorriso. — A minha informação está correta? Todos presentes que o conde Krasinski deu a seu irmão, o bispo.

Uma breve mudança na expressão do sacerdote foi toda a confirmação de que Beck precisava.

— Excelência — disse o prefeito sem pensar, com o rosto vermelho, brilhante —, aquelas pinturas foram todas tomadas antes da guerra, e foram levadas para a cidade de Gdynia. Sim, para Gdyn... — Ele não conseguia recuperar o fôlego.

— Ajude-me aqui, padre — disse Beck ao sacerdote. — O senhor deve se lembrar. Atrás de uma parede falsa na cripta, ou debaixo de uma pilha cuidadosamente disposta de escombros? Sem dúvida, uma busca fará com que essas pinturas apareçam. Eu suspeito que, muito provavelmente, deva estar perto do relicário. — Sorveu seu vinho. — Que, a propósito, devo solicitar também, embora vocês possam ficar com seu conteúdo: um dedo de São Barnabé, creio eu, não? Ou uma costela de Santa Edwiges ou cabelo de Casimiro, ou o dedo do pé de João Sarkander? Perdoem-me, não consigo me lembrar dos detalhes, mas não sonharia em retirar de vocês relíquias tão preciosas de sua devoção. — Olhou para seu relógio de pulso. — Receio ter muito pouco tempo. Os bolcheviques estão nos pressionando.

— Nós não podemos dar aquilo que não possuímos — disse o sacerdote.

— Muito bem.

Beck pôs-se de pé, deixou suas luvas de couro caírem sobre a mesa, soltou o fecho do coldre e sacou sua pistola Luger. Escolheu um velho na multidão e atirou. Uma mulher prostrou-se de joelhos ao lado dele, gritando com pesar enquanto o corpo do velho se contorcia na morte. Beck atirou nela também. Os moradores da vila gritaram. Os soldados puseram-se com rapidez em volta deles, as armas em prontidão.

— Bem, padre? — perguntou Beck. — O que você está disposto a sacrificar para proteger algumas pinturas? Qual será o preço para conservar em sua igreja tinta a óleo, telas e algumas bugigangas? Uma dúzia de vidas? Todo mundo aqui? Ou vai martirizar um vilarejo inteiro?

O sacerdote cerrou os olhos, fez o sinal da cruz em si mesmo e abaixou a cabeça, reverente, em uma prece. Beck ergueu sua pistola Luger e encostou-a na têmpora do padre. O sacerdote encolheu-se de medo ao toque do metal quente, mas continuou rezando. Beck considerou a possibilidade de que apenas o sacerdote soubesse onde se encontrava o que queria. Colocou sua pistola de volta no coldre e voltou-se para o prefeito, que ainda estava de joelhos.

— Você não me apresentou à sua família — disse, dando um passo em direção à jovem que estava em pé atrás do prefeito. — Sua adorável filha, eu presumo?

As bochechas gordas do prefeito tremiam de medo. Sua filha ficou ofegante e recuou, agarrando seu bebê. Beck esticou a mão para pegar a criança e tirou-a do colo da mãe. O bebê começou a chorar.

— Por favor, não — suplicou ela baixinho, com as lágrimas escorrendo por suas faces.

Beck arrulhou para o bebê.

— Que criança adorável! — disse. — Você deve estar muito orgulhosa.

Jogando a criança para cima e para baixo, ele foi andando até a beirada da escarpa, cujo desfiladeiro era marcado por rochas irregulares.

Voltou a lançar o bebê no ar, como um tio faria. O choro cresceu um tom.

A mãe soltou um gemido e caiu no chão.

— Padre, conte a eles — implorou ela ao sacerdote.

Beck jogou a criança mais alto, seus berros ainda mais agudos. Uma mulher desmaiou; outra soltou um grito.

— Sim, padre — disse Beck enquanto a criança voava no ar. — Diga-me.

O sacerdote rezava.

Beck jogou o bebê para cima de novo, com mais força. A criança choramingava, com raiva.

— Eu lhe imploro — pediu a filha do prefeito, rastejando na direção de Beck, de quatro. — Não machuque o meu bebê.

Um soldado colocou-se no caminho dela.

A criança voou mais alto, e depois, mais alto ainda, e tanto a mãe quanto a criança choravam de um jeito histérico.

— Jerzy, por favor! Pelo amor de Deus, dê a ele o que ele quer! — suplicou a mulher do prefeito ao marido.

Beck quase errou, mal segurando o bebê com uma das mãos. O bebezinho sacudia-se e chutava o ar enquanto era segurado por ele, uivando com raiva.

— Isso é realmente bem difícil — disse Beck. — Acho que não conseguirei segurá-lo da próxima vez. — Ele começou a jogar o bebê no ar de novo, mas, para o prefeito, a situação havia chegado ao limite.

— Sim! Vamos mostrar a você.

— Não! — gritou o sacerdote. — Fique calado!

O prefeito ignorou-o, apelando para Beck.

— Se fizermos o que quer, você irá deixar o nosso vilarejo em paz? Deixará todos nós irmos embora?

— Eu não quero nada de vocês além disso. Vocês têm a minha palavra.

Uma dúzia de soldados acompanhou o prefeito e o sacerdote de volta ao vilarejo em um dos caminhões. Beck devolveu a criança aos cuidados da mãe e voltou a sentar-se, banhando-se ao sol. Quarenta minutos depois, no mesmo momento em que o tenente reportava ter avistado a vanguarda dos russos, o caminhão voltou aos solavancos pela estrada sulcada, trazendo sua preciosa carga.

O sacerdote ficou observando, com tristeza, enquanto Beck examinava o relicário, uma caixa de joias de marfim e ouro que reluzia com rubis e pérolas, e depois cada uma das pinturas, tudo precisamente como esperava.

Quando tudo havia sido carregado em segurança, Beck acomodou-se no assento traseiro do seu carro.

— Vocês estão livres — disse ao prefeito. — Seria melhor que se escondessem, e rápido, antes que seus novos senhores russos cheguem. Ouvi dizer que eles não têm nenhum amor pelos polacos.

Os motores da coluna rugiram e ganharam vida, enquanto os habitantes do vilarejo reuniam seus mortos e começavam a descer a colina.

O tenente de Beck aproximou-se dele.

— Ao seu comando, *Standartenführer,* estou pronto para executar suas ordens.

As armas dos Panzers alemães estavam com as miras apontadas para o vilarejo, para seguirem a ordem de terra arrasada do alto comando alemão.

— Seria imperdoável destruir um vilarejo tão pitoresco quanto este — disse Beck. — Séculos de história não deveriam virar escombros. Vamos deixar o vilarejo de Stawicki para os russos. — Acenou na direção dos habitantes do vilarejo, que partiam. — Somente os nossos amigos ali — disse. — Nada além disso.

Enquanto o carro de Beck se afastava, a lona lateral de um dos caminhões desceu. Com um grande rugido, as metralhadoras dentro dele abriram fogo.

Meia hora depois, a gritaria tinha parado e tanto a poeira quanto a fumaça haviam assentado. No campo diante do vilarejo havia apenas o som da coluna russa que se aproximava quebrando o silêncio.

Joe Cooley Barber pegou de cima da mesa a fotografia de um memorial de pedra na frente da igreja de Stawicki, erguido em memória dos habitantes do vilarejo mortos durante a guerra.

— Meu Deus! — exclamou baixinho. — Pensei que eles só fizessem isso com os judeus. — Joe Cooley pegou a seguir um recorte de um jornal sul-americano com a foto de Beck. — Então Beck fugiu com a pintura para a América do Sul?

— Não foi tão simples assim. Demorei um tempo e precisei de muitíssimas fontes para juntar os pedaços da história. Relatórios do exército dos Estados Unidos, documentos da CIA, relatos de jornalistas, esse tipo de coisa. E, depois, estes aqui.

Max folheou uma pilha de cópias de registros em microfilme, em preto e branco e quase ilegíveis.

— Na década de 1970, nós encontramos, ou melhor os agentes da Stasi, a polícia secreta alemã oriental, encontraram uma coleção de papéis enterrados em um porão em Berlim, no que era o setor soviético. Esses documentos fizeram parte dos arquivos secretos da Stasi até depois da queda do muro de Berlim, quando foram liberados junto com milhares de outros documentos. Havia um diário, mantido pelo irmão mais novo de Walter Beck, Heinrich, que simplesmente era jovem o bastante para não ter se alistado. Este daqui é uma cópia.

— Está em alemão — disse Joe Cooley. — Será que ninguém escreve em inglês?

— Há uma tradução no verso.

Os negócios sempre foram bons na galeria de Beck. Depois da Primeira Guerra Mundial, velhos alemães orgulhosos venderam as heranças de suas famílias para aguentarem a inflação destruidora. Na década de 1930, não vendiam somente pintura, mas também prataria e joias, e o comércio desses itens cresceu junto com os nazistas. Até mesmo judeus podiam vender seus bens valiosos na galeria de Beck, pelo menos até a Noite dos Cristais, em 1938, quando se tornou perigoso demais lidar com eles. Otto Beck não trapaceava nos negócios com os judeus, mas sabia que, com frequência, se beneficiava da perseguição a eles. Por volta de 1940, era época de guerra novamente, e os negócios prosperaram como nunca antes, visto que oficiais que retornavam de diversas frentes traziam espólios em forma de obras de arte a serem vendidas — pinturas e tapeçarias —, ouro e prata. A galeria de Beck pagava preços altos. Limusines chegavam e partiam, transportando um fluxo constante de ministros do governo e oficiais do Estado-Maior. Os *marchands* do próprio Hitler faziam compras ali. Goering era um cliente assíduo. Otto Beck vendia o que eles queriam enquanto, em particular, zombava dos gostos dos nazistas em termos de arte. "Matisse e Van Gogh, Kandinsky e Klee... *mein Gott,* o mundo a ser tomado e o Führer prefere caçadores e bolinhos", disse ele a seu jovem filho.

Heinrich não se importava com as armas nem com os jogos de guerra que fascinavam a maioria dos garotos de sua idade. Ele amava a arte que se movimentava pela galeria de Beck. Acompanhou o pai em uma viagem de negócios a Paris quando tinha apenas oito anos de idade, e Otto Beck não conseguia tirá-lo do Louvre.

Desde que alcançara idade suficiente para segurar um pincel, Heinrich devotava todo seu tempo livre à pintura. Era um artista cuidadoso e se revelou um talento, se não mesmo brilhante. Um dos funcionários de seu pai lhe disse que poderia melhorar sua técnica copiando as obras que admirava. Os barrocos eram os prediletos de Heinrich. Depois de meia dúzia de tentativas, ele produziu um extraordinário Velázquez; exceto pela tinta fresca e pela *craquelure*, as rachaduras que surgem com o tempo nas pinturas, até mesmo os restauradores mais entendidos que trabalhavam para seu pai mal conseguiam dizer qual era a obra do mestre e qual era a do garoto. Se a guerra não tivesse intervindo, Heinrich Beck bem que poderia ter se tornado um artista bem-sucedido.

Aprendeu todos os aspectos dos negócios do pai, ajudando os artesãos a repararem os sinais da guerra nas pinturas que passavam pela galeria: marcas de botas e arranhões fundos, perfeitos buracos de bala e bordas irregulares deixadas por facas que arrancavam telas de valor inestimável de molduras antigas, tudo isso um mudo testemunho de uma guerra que ele não vira.

Quando as bombas dos Aliados começaram a trazer a guerra mais para perto dele, Otto levou a família e seu acervo para o porão. As oficinas estavam cheias até o teto com pilhas de molduras e telas, e a família dormia em beliches em um pequeno aposento. As pesadas vigas do chão retumbavam e estremeciam por causa das bombas ao longe, mas os negócios seguiam em frente.

A clientela da galeria ficava cada vez mais desesperada a cada semana que passava, tentando financiar fugas, comprar novas identidades ou simplesmente sobreviver. Rios de obras de arte, prataria e dinheiro vivo fluíram para dentro e para fora da galeria de Beck durante o inverno de 1944-45.

"A guerra está chegando perto de nós", dizia uma das entradas do diário. "Nossa casa cheira a tinta a óleo, comida de mãe e medo."

Tarde da noite na primavera de 1945, Heinrich ergueu o olhar de sua mesa de trabalho e viu um homem parado, em pé, nas sombras. Soube de imediato de quem se tratava:

— Walter!

Otto surgiu dos fundos, onde estivera trabalhando na contabilidade. Haviam visto Walter apenas uma vez desde o início da guerra, em 1941, enquanto o alto comando nazista se preparava para abrir a frente oriental. Naquela época, ele usava o preto da SS; agora, vestia roupas civis. Walter estava esquelético e sua face, endurecida, além de cheirar a cigarro e álcool.

— Walter? — disse Otto. — Você está bem?

— Tenho algumas coisas para você guardar em segurança para mim.

— Aonde você está indo? — perguntou Otto Beck ao filho.

Walter não disse nada, dando um passo para o lado para dar passagem a dois homens que carregavam um engradado de madeira.

— Fiz uma pergunta a você, Walter — disse Otto, irritado. Otto Beck era o chefe de sua casa e, SS ou não, Walter era seu filho. — Aonde você está...?

Walter deu um tapa violento no pai, derrubando-o no chão.

— *Arschloch!* — disse ele rangendo os dentes. — Mantenha este engradado em segurança. Está entendendo?

Otto estava atônito demais para responder.

Heinrich assentiu pelo pai.

— Sim, eu ouvi o que você disse — falou com uma vozinha fina. — Vamos cuidar disso. Juro.

Walter virou-se e começou a subir os degraus. Com destemor, Heinrich foi atrás dele.

— Walter, espere! Você é um general agora? O que foi que fez na guerra? Alguma vez levou um tiro? Você sabe quão perto daqui estão os russos? Você está com fome?

Walter Beck saiu na noite e, abaixando a cabeça, entrou em um carro que esperava por ele. Partiu em alta velocidade enquanto as outras perguntas de Heinrich morriam em seus lábios.

A boca de Otto Beck sangrava, sua bochecha estava machucada. Heinrich ajudou-o a sentar-se em uma cadeira e foi correndo buscar água e um pano. Otto dispensou-o, com os olhos grudados nas escadas vazias, a mente voltada para sua esposa, que dormia.

— Não conte a ela que ele esteve aqui — disse Otto.

Otto Beck nunca mais falou de Walter de novo.

O engradado estava escondido abaixo do porão, junto com as pinturas mais valiosas de Otto, em um cofre-forte que era revestido de metal para mantê-lo seco. Esse engradado continuou lá até depois da guerra, bem depois de os russos terem vindo procurar por Walter. As represálias russas contra antigos membros da SS eram terríveis, especialmente para aqueles como Walter Beck, que haviam ganho suas reputações no leste.

Um dia, tropas russas entraram no prédio destruindo tudo. Otto teve apenas o tempo suficiente para enfiar seu filho no porão inferior e fechar o alçapão. Os russos espancaram Otto até a morte e atiraram em sua esposa. Eles desmantelaram a loja, mas estavam bêbados e não eram muito bons no que faziam, e nunca encontraram o alçapão, debaixo do qual Heinrich tremia com seus tesouros. Durante três meses, eles fizeram xixi em cima de telas de valor inestimável e beberam vodca, enquanto Heinrich escondia-se debaixo do chão, ouvindo o som da balalaica e vivendo de geleia e pão velho, além de um cantil de água que tinha gosto de óleo diesel, saindo de lá apenas quando os russos estavam dormindo, ou quando estavam lá fora, patrulhando.

— Meu Deus! — disse Joe Cooley. — Como é que um menino vive assim, passando por uma coisa dessas?

— Ele era mais sortudo do que a maioria — disse Max. — Estava vivo.

Depois que os russos foram embora, Heinrich retomou os negócios de seu pai sob a nova realidade da vida em Berlim Oriental. Conforme os anos foram se passando, e Heinrich não recebia nenhuma notícia de Walter, presumiu que seu irmão estava morto ou que era prisioneiro dos soviéticos, o que dava na mesma. No entanto, um dia veio à galeria um homem com uma carta de Walter, instruindo Heinrich a entregar o engradado ao portador.

— Heinrich manteve seu diário apenas por mais alguns meses depois disso — disse Max. — O último registro dele no diário foi feito apenas dois dias antes de a Stasi atacar a galeria. É possível que seus agentos estivessem cientes dos negócios dele no mercado negro. Não temos mais nenhuma notícia a respeito de Heinrich. Ele desapareceu.

Max fez uma pausa, bebendo um gole de sua água. Depois tirou os óculos e esfregou os olhos.

— Walter também desapareceu, mas ele teve muita ajuda, de algumas fontes bem surpreendentes.

Ele pegou o próximo documento, um relatório do Exército dos Estados Unidos que deixara de ser secreto, e prosseguiu com a história.

Walter Beck foi capturado por forças norte-americanas enquanto seguia seu caminho em direção ao norte da Itália. Seus documentos identificavam-no como Horst Schmidt, um capelão da Wehrmacht. Seu interrogatório por um tenente do Exército havia apenas começado quando Beck, desesperadamente doente, desmaiou devido a um conveniente, porém severo, caso de gripe, e foi carregado, inconsciente, até a enfermaria. Depois que se recuperou, um erro na documentação enviou-o direto para um campo de prisioneiros de guerra sem mais questionamentos. Ele nunca teve que deixar seu braço desnudo, o que teria traído sua identidade. Depois da libertação geral dos prisioneiros, passou os três anos seguintes trabalhando em um bosque de oliveiras em uma fazenda de propriedade de um amigo da SS, parte de uma rede devotada a ajudar ex-nazistas a fugirem da detenção. Um dia, recebeu um pacote com documentos de identidade da Cruz Vermelha e uma autorização para entrar na Argentina, fornecida graças aos esforços de Alois Hudal, um bispo austríaco que trabalhava no Vaticano.

Em maio de 1948, embarcou em um cargueiro com destino a Buenos Aires, onde foi acolhido por uma comunidade de alemães fugitivos vivendo entre católicos argentinos. A ele foi dado um emprego de trabalhador braçal em uma fábrica de selas, mas apresentações feitas por seus contatos logo o levaram a trabalhar para o governo de Perón, que precisava de oficiais como Beck para treinar os militares. Beck também foi procurado pela CIA norte-americana, que lhe pagava para fornecer um fluxo de boatos e fofocas sobre homens que ele tinha conhecido em seu lar ancestral, no que agora era a Berlim Oriental; em troca disso, manteriam sua identidade em segredo. Logo Beck estava vivendo com opulência, feliz em servir a ambos os senhores. Casou-se com uma herdeira e achava que seu futuro estava garantido.

Depois de uma década, mais ou menos, as coisas começaram a se desgastar. Os norte-americanos ficaram entediados com as fofocas e o dinheiro deles secou. E então uma equipe israelense sequestrou Adolf Eichmann, que vivia bem perto de Beck.

A Argentina não era mais um lugar seguro. Beck precisava de dinheiro. Deixou sua esposa sem se despedir e passou para a clandestinidade, escondendo-se em um porão que pertencia a um diplomata argentino simpatizante. Usou sua rede para enviar um homem até a galeria de seu pai em Berlim, para coletar o engradado que havia deixado lá em 1945. O engradado seguiu viagem até a Argentina em uma remessa diplomática, um método custoso, porém comum, usado pelos nazistas para transportarem contrabando da Europa.

Beck mandou quebrar o relicário, derreter o ouro e montar as joias, que foram vendidas. Ele também se desfez de várias de suas pinturas, obras de arte moderna de Picasso e Chagall, altamente negociáveis na época.

Seguiu para o Paraguai, cujo presidente, Alfredo Stroessner, havia há muito tempo providenciado outro refúgio seguro para nazistas. Beck viveu em Assunção por quase uma década, fazendo pagamentos regulares para ter proteção, porém ficando cada vez mais desconfortável enquanto a corrupção do governo de Stroessner crescia e saía do controle. Homens de pouca honra pessoal acabariam por vendê-lo por uma miséria aos judeus, que não haviam esquecido a guerra distante. Também vivia no Paraguai Josef Mengele, um dos mais famosos e visados nazistas vivos.

Um dia, Beck notou dois jovens observando-o em uma cafeteria. Eles pareciam não conhecer um ao outro; um deles estava em uma bicicleta, o outro, lendo um jornal, mas, na sua crescente paranoia, poderiam muito bem estar usando estrelas de Davi. Eles seguiram-no, mas Beck os despistou. Ele não voltou para casa, mas, sim, recolheu seus pertences de valor do esconderijo e pegou um voo para La Paz.

— Isso nos leva a Victor Maslov — disse Max e sacou uma espessa pilha de recortes de jornais de um arquivo. — Apareceu em destaque em uma série de artigos no *New York Times* sobre contrabandistas internacionais de armas.

Victor Maslov havia subido na vida com dificuldade, do nada, começando a trabalhar para um primo que tinha adquirido um bombardeiro norte-americano da Segunda Guerra Mundial e o convertera para usá-lo como cargueiro. O primo não era um homem de negócios, mas Maslov era. Aprendeu a pilotar e logo estava transportando no avião artigos do mercado negro para a Croácia e a Iugoslávia, para a Grécia e a Hungria. A princípio, ele lidava na maior parte com trigo e farinha, depois, cerveja e uísque, disposto a fazer perigosas aterrissagens noturnas enquanto estabelecia uma rede de parceiros na Europa e na África. Logo tinha mais dois aviões, passando a vender armas leves junto com o uísque, e por fim abandonando o uísque por completo, não vendendo nada além de armas. Conforme os conflitos regionais aumentavam, o mesmo acontecia com seus recursos. Com o tempo, a frota dele passou a contar com um avião Ilyushin-76 grande o bastante para transportar tanques.

Comprava as armas dos Estados Unidos e da Europa e as revendia para todos os cantos do mundo, meticuloso com a identificação dos usuários finais de que precisava para manter seus negócios legítimos de acordo com as leis internacionais. Seu mundo era um mundo de assassinos e déspotas, e não se sobrevivia nele sem ser impiedoso e esperto. Nos lugares em que agia, homens morriam, vítimas das armas que ele vendia ou mortos pelas operações ocultas de sua empresa. Era um mestre do mundo cinza do comércio internacional de armas, protegido por interesses poderosos em todos os continentes. Governos o condenavam ao mesmo tempo que faziam negócios com ele.

A imprensa o chamou de Mercador da Morte. Revistas de notícias semanais publicavam várias páginas em cores da destruição causada pelas armas dele, às vezes na mesma edição em que publicavam artigos sobre sua vida particular. Um dos solteiros mais cobiçados do mundo, tinha casas em Los Angeles e Paris, gostava de jogos de azar com altos riscos e tinha um gosto impecável em termos de roupas e mulheres. Maslov tinha uma paixão genuína: amava a arte. Ele a colecionava, estudava e era tocado por ela. Autodidata, passava um bom tempo em galerias e museus pelo mundo todo. Suas aquisições vinham de casas de leilões e *marchands* bem estabelecidos, assim como de fontes menos legítimas. Não apenas ele realmente amava a arte como às vezes a usava como moeda quando os controles financeiros de um governo apresentavam obstáculos para uma transação específica.

Em 1981, Maslov esteve na Bolívia para negociar um grande acordo de vendas de armas com o general Luis García Meza, o brutal novo presidente do país. Uma bizarra aliança de personagens havia levado Meza ao poder em 1980, incluindo o cartel de drogas de Roberto Suarez e um grupo de nazistas e jovens neofascistas liderados por Klaus Barbie, um membro da Gestapo conhecido como o Açougueiro de Lyon.

Maslov não gostava de lidar com clientes financiados pelas drogas porque atraíam a atenção da Agência de Controle de Drogas dos Estados Unidos, a DEA, que ele temia mais do que os senhores das drogas, que pelo menos agiam com ética. A agência havia feito uso de meios vis para derrubar mais de um de seus concorrentes. Ficara feliz com o infortúnio deles, mas não tinha nenhum desejo de se juntar a eles.

Maslov estava no Palacio Quemado, em La Paz, ao fim de uma difícil negociação no decorrer da qual havia avaliado Meza como sendo um tolo indigno de confiança que não iria permanecer no poder por mais de seis meses. Meza havia feito um grande pedido, mas queria mais armamento do que podia pagar, especificamente armas semiautomáticas e lançadores de granadas. Ainda faltavam a ele 8 milhões de dólares do preço pedido por Maslov. Meza tinha pouca moeda forte e oferecera drogas em vez de dinheiro, parecendo genuinamente surpreso quando Maslov riu de sua ideia, chegando a gargalhar diante da sugestão de que estendesse o crédito do boliviano. Exasperado, havia pedido licença e deixara Meza em conferência com seus conselheiros.

Foi então que, por puro acaso, notou o Caravaggio.

Quase passou batido pela pintura escura em um canto também escuro, apoiada casualmente junto com meia dúzia de outras pinturas em uma parede dominada por retratos espalhafatosos com molduras douradas de ditadores e generais bolivianos que, por sua vez, pareciam diminutas perto de uma pintura de mais de seis metros de Simón Bolívar montado em seu cavalo, vitorioso no campo de batalha.

A pintura não estava assinada, mas Maslov reconheceu o artista quase com a mesma certeza de que reconheceria o próprio rosto no espelho. Vários quadros apoiados na parede eram valiosos, mas apenas um realmente importava para ele.

Maslov voltou à reunião.

— Como deve saber, Vossa Excelência, sou um tipo de entusiasta das artes. Vejo que quatro ou cinco daquelas peças poderiam me interessar. Talvez pudéssemos fazer um acordo que resolveria suas dificuldades com o fluxo de dinheiro vivo?

— Nós não podemos fazer nada com aquelas pinturas, pelo menos não ainda. Elas pertencem a um novo apoiador de nossa causa. Um amigo de Barbie, um tal de coronel Beck. Estamos em um impasse. Receio que a estimativa dele do valor das peças seja um tanto quanto inflada.

— Se não estiver passando dos limites, o que o coronel Beck quer?

— O que todos querem — disse Meza com desprezo. — Um passaporte diplomático e dinheiro. Ele diz que as pinturas valem oito milhões. Nosso especialista estimou o valor delas em não mais que quatro milhões.

Maslov conhecia o especialista deles, o diretor do Museu Nacional, um homem que passara a vida toda adquirindo retratos de generais e seus cavalos. Ele tinha que ser um tremendo de um tolo para ter deixado isso passar. Mas foi o que fizera.

— Seu especialista está errado — disse Maslov.

— Talvez, mas isso não vem ao caso. Nós convocamos um especialista de Paris para arbitrar a diferença.

Maslov deu de ombros.

— Faça o que desejar, mas lhe darei os oito milhões de Beck. No entanto, partirei hoje à noite. A oferta só é válida se concluirmos o acordo agora, neste instante. Se fizermos isso, você terá suas armas, todo o seu pedido, antes do fim da semana.

Meza mal conseguia esconder sua surpresa, mas viu ali uma oportunidade de aumentar a aposta.

— Infelizmente, meu amigo, as coisas não são feitas assim com tanta facilidade. A oferta é muito generosa, mas as pinturas não são um presente. O coronel Beck quer dinheiro vivo para fechar o negócio.

— Quanto?

Beck havia pedido a ele dois milhões.

— Três milhões — disse Meza.

— Por que você não joga o cara na prisão e fica com o dinheiro?

— Os amigos alemães dele continuam a nos apoiar. Não podemos nos indispor com eles. Além do mais, esses não são os últimos bens dele. Nós podemos precisar dele de novo.

— Muito bem — disse Maslov. — Eu mesmo vou pagar ao coronel.

— Mas... — Meza tentou, em vão, encontrar palavras, derrotado pela manobra habilidosa de Maslov.

— Eu insisto — disse Maslov, levantando-se para sair. — Temos um acordo?

Naquela noite, Caravaggio, Velázquez, Picasso, Braque e alguns outros acompanharam Victor Maslov até Los Angeles. Da aeronave, deu um telefonema para o general Torrelio, o ministro do Interior que estava procurando causar a queda da ditadura do jovem Meza. Maslov não traía um cliente com frequência, mas sabia que era melhor não apoiar um perdedor. O general Torrelio ficou deleitado em receber detalhes da remessa iminente e prontamente transferiu dois milhões para Maslov como o preço com desconto pelas armas. Maslov sabia que o dinheiro vinha da Agência de Controle de Drogas dos Estados Unidos, o que tornava a vitória ainda mais doce. Uma semana depois, o carregamento das armas prometidas chegou a uma pista de pouso perto de La Paz. Os homens de Torrelio emboscaram as tropas de Meza e tomaram posse da carga que Maslov havia vendido para Meza. Era o início do fim daquela ditadura.

Um coronel boliviano entregou uma mensagem a Walter Beck, organizando um encontro no qual ele seria pago pelas pinturas e receberia seu novo passaporte. Beck compareceu pontualmente, seguro, com base no conhecimento de que os generais bolivianos não traíam seus benfeitores.

Dezoito horas depois, Walter Beck, inconsciente, foi levado para fora de um avião em Tel Aviv e jogado na traseira de uma van surrada. Seus captores não se deram ao trabalho de repetir o espetáculo de um tribunal de Eichmann. Beck acordou nu no deserto de Negev, em uma cela minúscula e escura com chão de terra e uma fenda servindo de janela. Ele ensanguentou as mãos socando as paredes, clamando por ajuda de homens que não o ouviam. Estava infernalmente quente.

— Água! — gritava. — Animais!

Na Bolívia, os rumores eram de que os israelenses haviam sequestrado Beck. Os israelenses negaram que tivessem feito isso. É claro que todo mundo presumiu que eles estavam mentindo.

Max fechou a pasta que continha as informações referentes a Walter Beck e Victor Maslov.

— É praticamente só isso — disse ele.

— Praticamente só isso — repetiu Joe Cooley. — Mas existe a pergunta óbvia: como foi que um homem como Victor Maslov se separou de uma pintura como essa? Como foi que ela chegou até você?

— Um ladrãozinho, um homem chamado Lonnie. Um dos clientes mais interessantes com quem trabalhei em trinta anos. Ele me mandou uma carta.

Max achou ainda mais um recorte de revista, e esse tinha sua própria foto.

— Você se lembra disso?

O dom de Max era sua capacidade de avaliar as pessoas. Ele tinha errado algumas vezes, mas isso não acontecia com frequência, e a apreensão que sentira em relação ao fato de Lonnie Mack estar entrando em contato com ele do nada, como um disfarce para alguma trapaça ou fraude, se dissipara no instante em que os dois se encontraram. No fim do encontro, Max estava tão certo quanto podia de que o artigo de Lonnie Mack era genuíno. Às vezes as coisas funcionavam assim no mundo da arte: um Rembrandt descoberto em uma venda de objetos antigos, um Braque no sótão da tia Sally. E então, um homem como Lonnie, um ladrãozinho que encontrou por acaso um tremendo veio de ouro.

Lonnie era magro, nervoso e educado, e estava preocupado se poderia confiar em Max, a princípio dizendo que fora um amigo quem, na verdade, havia roubado a pintura, mas rapidamente desistindo de fingir.

— Então posso confiar em você? Quer dizer, mesmo que a pintura tenha sido roubada? Quer dizer, não que eu tenha feito isso, nem nada. Eu só conheço alguém...

Max acenou com as mãos.

— Por favor, Sr. Mack. Conte-me. Se eu não puder ajudá-lo, vou dizer-lhe isso também. Há muitas possibilidades quanto a algo assim, inclusive devolvê-la ao dono, ou à empresa de seguros do dono, para receber uma recompensa. O que pode ser feito de forma anônima.

— É mesmo? — Os olhos de Lonnie acenderam-se ao ouvir isso. — Ok, então. Veja bem, eu sou um homem dos cupins, sabe?

— Como assim?

— Cupins, sabe? Insetos.

— Ah... — Max ergueu as sobrancelhas. Não entendeu o que o homem queria dizer com isso.

— Meu irmão, Frank, tem uma empresa. Nós matamos cupins de madeira seca. Eles causam o maior estrago, sabia? Destruiriam esse lugar em cerca de uma semana. A única forma de se livrar deles é com gás.

— Gás?

— É. Fluoreto sulfúrico. Nós a envolvemos com encerados, a casa toda. Leva três dias. Sou eu que lido com os sistemas de alarme, para que a gente possa limpar a casa e fechá-la. Bem, eu sempre digo aos proprietários para mudarem os códigos de seus alarmes depois que terminarmos o serviço, mas fiz um curso, sabe? Consigo mexer na caixa do alarme de forma a conseguir entrar na casa, até mesmo depois de terem mudado os códigos. Verifico a casa e vejo o que existe lá dentro que possa ser levado depois. Nós matamos os cupins com o gás, tiramos os encerados e pronto. Então, umas poucas semanas ou meses depois disso, volto lá e me sirvo. Nunca sou ganancioso demais nem nada, apenas pego coisas de que é fácil me livrar.

— Isso não é arriscado?

— Não, essa é a parte fácil. Na saída, ativo o alarme, e então simplesmente quebro uma janela ou uma porta. O alarme é disparado, a polícia aparece e pronto! Eles pensam que foi obra de algum arrombador.

Max estava se divertindo.

— Então foi assim que você topou com essa pintura? Matando... cupins?

Lonnie assentiu, com entusiasmo.

— Que lugar, sabe? Algum tipo de homem de negócios internacional ou algo do gênero. Não cheguei a conhecê-lo. Sempre viajando, diziam, um cara realmente importante. Só conheci o homem dele, esse cara que disse ser um curador. Eu não sabia o que era isso até que ele me explicou: ele cuidava das coisas. Rapaz, como aquele lugar tinha coisas! Estátuas de mármore, como em um museu, e de bronze nos corredores, pinturas por toda parte, além de móveis antigos. Para falar a verdade, não gostei muito daquilo não, sabe? Achei que os cupins poderiam até melhorar as coisas, mas não se diz algo assim a um cliente. Demos uma olhada e... rapaz, como havia cupins lá! Dá para saber pelas fezes deles. Eles deixam aquelas pilhas, sabe? Se você vir aquelas pilhas, é sua casa vindo abaixo. Ele ficou preocupado com as pinturas. Disse a ele que era provavelmente uma das molduras que tinha trazido os cupins para dentro da casa, para começo de conversa, de Bora-Bora ou de algum outro lugar, e que o gás causaria danos a eles e a mais nada além de comida e cachorros e coisas do gênero. Mas ele disse que não podia se arriscar, então se deu ao trabalho de tirar as pinturas de suas molduras. Chamou uma empresa de carros-fortes, e foi então que dei sorte. Meus rapazes estavam arrumando tudo, sabe, colocando os encerados por toda parte, com plástico e tudo, e esses caras estavam encaixotando as pinturas, uma frescura só. Grande perda de tempo, mas não é o meu dinheiro, não é? Devia haver uma centena de engradados, espalhados por todo lado, mas eu não estava nem aí para isso, só estava notando que tinham um bom conjunto de bules e panelas de cobre na cozinha. Terminaram e assinaram a papelada deles, os carros-fortes partiram e eu tive que verificar se todo mundo tinha saído. Veja bem, é o meu trabalho e eu tenho que ser bem cuidadoso para que ninguém seja atingido pelo gás. E foi então que vi um engradado que eles esqueceram de levar. Estava meio que coberto por um pouco do nosso plástico e eles não o viram, sabe?

Lonnie Mack prosseguiu:

— Eu nem mesmo sabia o que havia dentro dele, mas sabia que poderia pegá-lo e ninguém ia ficar sabendo, porque eles assinaram a papelada e tal, e, se algum dia percebessem, imaginariam que foram os caras dos carros-fortes, e alguma empresa de seguros pagaria por isso. Eu não gosto muito de empresas de seguro, sabe? Então eu o peguei.

Ele deu de ombros antes de continuar:

— Foi fácil assim, mas tenho que dizer que fiquei bem desapontado quando abri o engradado. Coisas que valiam uma fortuna naquela casa, e tudo que eu consegui pegar foi uma pintura velha. Uma pintura bem nojenta, para falar a verdade. Uma criança erguendo a cabeça de um cara, sangue por toda parte. Definitivamente não era uma coisa para se pendurar ao lado da TV, sabe? Simplesmente pensei em jogá-la fora, ou até mesmo em levá-la de volta e deixá-la no corredor, e ninguém nunca ficaria sabendo do que houve. Que diabos, não podia fazer nada com uma pintura! A única pintura que eu já tinha pego foi uma de veludo. Eles disseram que ela tinha sido feita para o Elvis Presley, sabe? Ou por ele, talvez. Seja como for, consegui oitocentas pratas por ela, então fiquei bem feliz. Então não sabia o que mais fazer e só preguei um prego e coloquei-a no barraco. Então, um dia, a Della... ela é minha namorada, trabalha em um salão de beleza, e, tipo, cinco anos depois ela trouxe para casa uma daquelas revistas que os clientes ficam olhando enquanto esperam para serem atendidos e havia nela uma história sobre uma pintura perdida. A pintura era bem parecida com a minha, só que estava pendurada na Itália, ou algo do gênero. Eu sabia que a minha era velha também, então... simplesmente achei que ela poderia ser a verdadeira mesmo. Então a levei para casa e mostrei-a a Della, e nós a colocamos acima da mesa de jantar.

— Então foi assim que você me encontrou — disse Max.

Em trinta anos, houve apenas uma mácula na Galeria Wolff. A história havia sido sensacional, envolvendo clientes famosos e alegando que Wolff tinha vendido uma pintura roubada no mercado negro. Max havia feito aquilo muitas vezes, mas não no caso citado no artigo. Essa história não tinha dado em nada além de um processo por difamação, que Max ganhou, e da publicidade, que não tinha sido totalmente negativa. A história havia sido publicada na mesma edição daquela sobre o Caravaggio perdido.

— Isso mesmo — assentiu Lonnie, orgulhoso. — Eu li o artigo. Então, Sr. Max Wolff, o senhor acha que pode me ajudar?

Joe Cooley riu alto.

— Imagine isso — disse ele. — Um Caravaggio pendurado em um trailer. Ao lado do molho de tomate!

Max sorriu.

— Para falar a verdade, acho que o próprio Caravaggio poderia ter aprovado isso.

Ele fechou o arquivo e deu uns tapinhas de leve nele.

— Então, aí está. Na verdade, uma origem um tanto quanto simples. Uma maldição colhida de uma danação, disse um dos eruditos. Um espelho de seu criador, talvez. — Deu de ombros. — Ou apenas uma bela pintura. Então me diga: está satisfeito?

— Fiquei satisfeito, meu amigo Max, no instante em que você me disse que eu poderia comprar essa pintura! — disse ele. — Mas estou curioso. Por que você *veio* até mim? Por que não devolver a pintura a Maslov?

— Uma questão simples de economia. Eu conheço Victor Maslov razoavelmente bem. Ele me pagaria uma recompensa por encontrar e devolver a obra. Uma quantia generosa, sem sombra de dúvida, mas uma mera recompensa. Você, por outro lado, haveria de me pagar mais, ainda assim apenas uma fração de seu verdadeiro valor, mas muito mais, e é claro que você nunca vai exibir a pintura ao público, não mais do que o próprio Victor poderia fazê-lo. Se você a expusesse, acabaria se deparando com uma embaraçosa e infindável sucessão de processos, enquanto os antigos donos dela tentariam recuperar o que uma vez lhes pertencera. Sem publicidade, sem problemas. A pintura vai satisfazer a sua vaidade... perdoe-me, mas não é verdade? Você cuidará da pintura e deixará a questão de sua propriedade para seus herdeiros. E, quanto ao Victor, ele é um homem realista. Sempre o tratei com correção. Eu o valorizo como cliente, mas não devo nada a ele. Ele perdeu uma pintura, eu encontrei uma pintura. Não sou nem o ladrão nem um investigador do Victor. Sou um simples *marchand.*

Joe Cooley Barber riu.

— Simples, de fato — disse ele, balançando a cabeça em negativa. — Está bom o bastante para mim.

— Eu acho que vou tomar uma taça de vinho agora — disse Max.

Joe Cooley encheu uma taça com vinho para ele e serviu a si mesmo um uísque duplo. Pegou o telefone e ligou para seu agente de negócios, que ligou para o banqueiro dele. Nova York, Bahamas, Ilhas Cayman; o dinheiro movia-se na velocidade da luz enquanto Max sorvia devagar seu vinho, perdido em pensamentos. Quando recebeu a confirmação de seu banqueiro, ele levantou-se e Joe Cooley ajudou-o com suas coisas.

— Tudo certo então — disse Max.

— Tudo certo — repetiu Joe Cooley Barber. — O bom Senhor está sorrindo, porque essa pintura perturbada por fim encontrou um lar em um lugar abençoado. Uma nova entrada dourada na origem dela.

O jatinho particular levantou voo, dando a Max uma gloriosa visão do sol se pondo sobre o pico Pikes. Ele sentiu uma grande calma e dormiu em paz no voo. Assim que chegou a seu estúdio em Manhattan, telefonou para Lonnie Mack, que recebeu, em êxtase, a notícia de que iria ganhar meio milhão de dólares por uma pintura que ele quase tinha jogado no lixo.

— Você terá o dinheiro amanhã — falou Max. — Mas devo lembrá-lo de que não deve dizer nem uma palavra sobre isso a ninguém.

— Você está de brincadeira? — disse Lonnie, magoado, com sua euforia por um breve momento esfriada pela cautela de Max. — Nunca falo sobre os meus trabalhos.

— É claro que não — respondeu Max. — Só estou sendo cauteloso. Diga-me onde você gostaria de se encontrar comigo. Em algum lugar seguro. Você escolhe o lugar.

Lonnie pensou por um instante e depois deu-lhe um endereço. Max ouviu-o pulando de alegria quando desligaram.

Max deu ainda mais um telefonema.

— Victor? Max. Muito bem, obrigado. Tenho notícias maravilhosas. Recuperei a sua pintura. Sim, o Caravaggio.

Max sorriu com a reação de Maslov. De todos os seus clientes, Victor Maslov era o que mais amava sua arte.

— Sim, estou bem certo disso. Ela está em bom estado, considerando-se que ficou pendurada em um canto de um armazém durante alguns anos. Ela estava com algumas manchas de espaguete, mas não sofreu nenhum dano duradouro. Foi limpa no meu estúdio. Parece nova. Estou olhando nos olhos de Davi agorinha mesmo. — Tocou de leve na bochecha do pastor. — Que obra poderosa, meu amigo. O triunfo do bem sobre o mal.

Max deu a Maslov breves detalhes sobre como ele havia recuperado a pintura.

— Sim — ele riu. — Fácil assim. Foi um golpe de sorte, apenas isso. Ele é um bom menino, Victor. Prometi-lhe meio milhão, uma quantia modesta, acho, mesmo que ele tenha roubado a pintura. Sim, bom. Você cuida disso para mim? Só um instante, perdi o papel. — Deu tapinhas em seus bolsos, e depois se deu conta de que o papel ainda estava sobre a mesa. Leu o endereço. — Sim, isso mesmo.

— Temos a questão da sua recompensa por ter encontrado e estar me devolvendo a pintura — disse Maslov. — Eu estava pensando em cinco milhões.

— Por favor, Victor. Você é um bom cliente, mas essa quantia é generosa demais.

— A pintura vale muito mais do que isso para mim. Achei que ela estivesse perdida para sempre. Pensei que meu curador a tivesse pegado. — Victor riu. — Esse tempo todo, o homem dos cupins.

Max sabia que o curador de Victor havia morrido em um acidente de automóvel não muito tempo depois do roubo.

— Ficarei feliz em aceitar seu dinheiro assim que a pintura estiver de volta e em segurança em suas mãos — disse Max. — Por ora, você só precisa mandar alguém vir buscá-la. — Ele não conseguiu resistir a dar uma alfinetada de leve em Maslov. — Alguém competente, por favor. Não aguentaria vê-la perdida de novo.

No dia seguinte, conforme prometido, Lonnie Mack recebeu seu dinheiro vivo, belas pilhas de notas arrumadinhas em uma maleta de alumínio entregue por um homem que não conhecia. Lonnie nunca tinha visto tanto dinheiro assim antes. Levou a maleta com o dinheiro para casa, para junto de Della, com uma garrafa de champanhe caro, e eles começaram a planejar uma viagem a Las Vegas.

Naquela noite, os noticiários dos canais de TV locais deram destaque à história de uma explosão violenta em um estacionamento de trailers, resultado de um aparente vazamento de gás. Helicópteros dos noticiários captaram gravações dramáticas das chamas e da fumaça da explosão, que destruiu uma dúzia de lares e deixou não se sabia ainda quantos mortos.

Essa era a parte dos negócios de que Max menos gostava. Não se poderia permitir que Lonnie inventasse histórias para a imprensa, não mais do que se poderia permitir que aparecesse à sua porta dentro de um ano procurando por mais dinheiro.

Acompanhado por dois guarda-costas, o novo curador de Victor Maslov pegou o Caravaggio pessoalmente, praticamente borbulhando ao vê-lo. Poucos dias depois, Victor transferiu para Max a quantia da recompensa por encontrar e devolver o quadro, menos o dinheiro que havia subido pelos ares na fumaça junto com Lonnie.

Agora Max só tinha que decidir o que fazer com o Caravaggio original, que ainda estava em seu escritório.

***

É claro que havia uns poucos detalhes sobre a origem da pintura que Max deixara de fora do que contara a Joe Cooley, particularmente no tocante a Heinrich Beck, o jovem irmão de Walter. O diário dele havia terminado com uma incursão da Stasi, mas a história dele não acabava aí.

Os russos que mataram os pais dele haviam alojado soldados em casas particulares durante vários meses, enquanto ele permanecia escondido no porão. Emergia apenas à noite para procurar comida e água, em raros momentos seguros.

Debaixo do alçapão que seu pai tinha construído, Heinrich preencheu aqueles meses solitários com pinturas. Embora estivesse cercado de belas obras de arte, ele não tinha nenhuma tela nova em que trabalhar, então pintava em cima das obras de que menos gostava, tentando trabalhar com novas ideias, e depois raspava a tinta das telas para começar de novo. Ele também trabalhava em suas reproduções, aprendendo a copiar pinceladas, uso de cores e profundidades. Ficava satisfeito ao ver como suas cópias eram boas, e com o quanto ele aprendia com o processo. Entre os originais, é claro, estavam aquelas pinturas do engradado de seu irmão. Quanto mais Heinrich estudava o Caravaggio, mais ele o admirava. Fez seis cópias dele ao todo, mas guardou apenas duas, reutilizando as outras telas. Ele sabia que aquelas duas telas eram as melhores que já tinha feito.

Os russos acabaram, por fim, abandonando a galeria e ele saiu de sua toca-esconderijo. A vida na Berlim do pós-guerra era difícil, mas Heinrich era um sobrevivente. Continuava sendo fácil trabalhar com arte, e arte ainda era uma moeda corrente melhor se a pessoa tivesse o *know-how* e os contatos certos, e é claro que Heinrich tinha ambos. Ele ainda conservava muitas e muitas pinturas dos porões que sobreviveram com ele, e começou a negociá-las. Por um bom tempo, seus negócios foram conduzidos na maior parte em segredo, comprando de pessoas sem nome e vendendo a pessoas sem rosto, prestando serviços a alemães que haviam ficado recentemente humildes, que negavam o passado e curvavam-se agora aos senhores russos, enquanto começavam a se preparar para aprender as novas sutilezas da putrefata corrupção dos bolcheviques.

Não demorou muito para que ocorresse a Heinrich a ideia de vender suas cópias também. Isso era fácil, especialmente entre as novas classes da elite, que tinham dinheiro, mas não sabiam nada de arte. Heinrich sabia que seu pai teria ficado pasmo com isso, mas seu pai estava morto e ele, não, e essa verdade compunha a única regra que importava. Ele pintou novas cópias, negociou-as, deu propinas e sobreviveu enquanto a lembrança da guerra começava a se dissipar, Berlim começava a ser reconstruída e as notícias nas rádios sobre a Guerra Fria ganhavam força.

O bilhete gélido de Walter exigindo que entregasse o engradado ao emissário estimulou Heinrich a fazer o que fez. Ele teve uma reação impulsiva, movido pela raiva, pela vergonha pelo que Walter havia feito com o nome da família, por causa dos pais mortos devido ao passado de Walter, por um bilhete que meramente exigia obediência, que não lhe perguntava nada sobre ele ou os pais deles.

Heinrich enviou ao irmão uma das cópias, certo de que Walter nunca perceberia a diferença.

A incursão da Stasi havia lhe mostrado o quanto ele estivera errado. Tinham vindo à noite, depois que a galeria foi fechada e ele ficou sozinho. Não eram apenas agentes da Stasi, mas também antigos membros da SS, e sabiam o que estavam procurando. Perguntaram a ele onde estava escondida a pintura original. Quanto mais negava qualquer conhecimento sobre seu paradeiro, mais batiam nele.

— Você é um tolo — disse um deles. — Seu irmão deixou uma marca em todas as pinturas dele. Não havia essa marca naquela que você enviou.

Heinrich não abriu mão da pintura. Decidiu que morreria antes de fazer uma coisa dessas. Eles quase o obrigaram a fazer isso, batendo nele com selvageria.

Eles se serviram de outras obras e fizeram uma fortuna com elas, carregando telas na traseira do caminhão deles, levando tudo que podiam carregar. Antes de irem embora, um dos homens desamarrou seus braços e comprimiu um deles sobre a mesa de trabalho.

— Seu irmão disse que era para não matarmos você — falou o homem, enquanto Heinrich lutava com ferocidade. — No entanto, disse para que nos certificássemos de que você nunca mais o enganaria.

Usando um martelo-pilão, outro homem esmagou cuidadosamente os ossos da mão direita de Heinrich e, depois, cada um de seus dedos, um por um.

Heinrich Beck nunca escreveu mais nenhuma palavra em seu diário, e nunca mais pintou na vida. Demorou dois anos, mas por fim conseguiu comprar o passaporte de um alemão morto, chamado Max Wolff, e,por meio de propinas, comprar sua saída de Berlim Oriental, com o Caravaggio e a única cópia deste que lhe restara, enrolados junto com algumas de suas próprias pinturas. O agente da alfândega dos Estados Unidos olhou de relance para algumas das telas e dispensou-as, dando-lhe passagem, com um aceno, como se fossem o trabalho amador de um estudante de segunda linha.

Agora Max considerava o que fazer com o original. Ele era um homem velho, seu tempo estava se esgotando. Talvez devesse pensar em um legado. Considerou a ideia de doá-la ao vilarejo de Stawicki, onde a pintura havia passado mais de três séculos, mas isso parecia tão... pouco lucrativo.

Pesquisou suas antigas mensagens telefônicas e encontrou uma de um colecionador chinês que ficara rico recentemente e estava procurando obras de arte de valor. Algo importante, dissera o homem. Algo espetacular. Ele ia criar um museu.

QUAL É A SUA PROFISSÃO?

GILLIAN FLYNN

Tradução de Marina Boscato

Gillian Flynn é autora dos best-sellers *Garota exemplar*, *Lugares escuros* e *Objetos cortantes*, que ganhou dois prêmios Dagger. Ex-escritora e crítica da *Entertainment Weekly*, suas obras já foram publicadas em 40 países. Ela mora em Chicago com a família.

No suspense tenso que se segue, ela nos mostra que, embora seja sempre bom ter ambições profissionais, às vezes o plano de carreira pode nos conduzir a um território muito perigoso.

QUAL É A SUA PROFISSÃO?

Eu não parei de bater punhetas porque não era boa nisso. Parei de bater punhetas porque era a melhor.

Durante três anos, bati a melhor punheta da região. O segredo é não pensar demais. Se você começa a se preocupar com a técnica, analisando ritmo e pressão, perde a natureza essencial do ato. É preciso um preparo mental antecipado e, depois, tem que parar de pensar e deixar o corpo assumir.

Basicamente, é como uma tacada de golfe.

Eu fazia homens gozar seis dias por semana, oito horas por dia, com um intervalo para almoço, e minha agenda estava sempre lotada. Tirava duas semanas de férias por ano e nunca trabalhava em feriados, porque punhetas em feriados são tristes para todos. Então, durante três anos, calculo que tenha totalizado cerca de 23.546 punhetas. Portanto, não dê ouvidos àquela cadela da Shardelle quando ela diz que eu saí porque não tinha talento.

Saí porque, quando você bate 23.546 punhetas em um período de três anos, a síndrome do túnel do carpo se torna uma realidade.

Entrei para minha profissão honestamente. Talvez "naturalmente" seja a melhor palavra. Não fiz muitas coisas honestas na vida. Fui criada na cidade por uma mãe caolha (a frase de abertura das minhas memórias), e ela não era uma senhora legal. Não tinha problemas com drogas ou álcool, mas tinha problemas com trabalho. Era a vaca mais preguiçosa que já conheci. Duas vezes por semana, ficávamos nas ruas do centro da cidade, mendigando. Como minha mãe odiava ser certinha, queria ser estratégica com a coisa toda. Receber o máximo de dinheiro no mínimo de tempo possível e, em seguida, ir para casa para comer bolo e assistir reality-shows de tribunal na TV, sentada em nosso colchão rasgado e manchado. (É o que mais lembro da minha infância: manchas. Não saberia dizer a cor dos olhos da minha mãe, mas posso afirmar que a mancha no carpete áspero era marrom-escura, as do teto eram alaranjado queimado e as da parede, um amarelo xixi vibrante de ressaca.)

Minha mãe e eu nos vestíamos combinando com tudo isso. Ela tinha um belo vestido de algodão desbotado e surrado, mas que gritava decência. Vestia-me com tudo o que não me servia mais. Ficávamos sentadas em um banco, procurando a pessoa certa para pedir esmola. É um plano bem simples. A primeira opção é um ônibus da igreja de outra cidade. Os locais acabam mandando você procurar a paróquia. Quem é de fora normalmente tem que ajudar, ainda mais se for uma senhora caolha com uma filha de aparência triste. A segunda opção são mulheres em dupla. (Mulheres sozinhas podem se desviar rapidamente; várias são mais difíceis de conter.) A terceira opção é uma mulher sozinha que tem aquela aparência receptiva. Você sabe: a mesma para quem você pede informação ou a hora; é para ela que pedimos dinheiro. Também homens jovens com barba ou violão. Não pare homens de terno: o clichê está correto, são todos babacas. Também ignore os anéis de polegar. Não sei o que é, mas homens com anel de polegar nunca ajudam.

Quem escolhíamos? Não os chamávamos de alvos ou presas ou vítimas. Nós os chamávamos de Tonys, porque meu pai se chamava Tony e não conseguia dizer não a ninguém (embora, presumo, tenha dito não a minha mãe pelo menos uma vez, quando ela lhe pediu para ficar).

Quando você para um Tony, consegue descobrir em dois segundos de que forma mendigar. Alguns querem que termine rápido, como um assalto. Você fala sem parar: "Precisamos de dinheiro para comer você tem um trocado?" Outros querem deleitar-se com seu infortúnio. Só darão o dinheiro se você lhes der algo com que se sintam melhor, e quanto mais triste for sua história, melhor se sentirão por ajudar, e mais dinheiro você ganha. Não os culpo. A gente vai ao cinema porque quer se divertir.

Minha mãe foi criada em uma fazenda ao sul. A mãe dela morreu no parto; seu pai cultivava soja e lhe dava atenção quando não estava muito exausto. Ela se mudou para a cidade por causa da faculdade, mas seu pai teve câncer, a fazenda foi vendida, o dinheiro parou de entrar e ela teve que largar os estudos. Trabalhou como garçonete por três anos, mas, em seguida, apareceu sua filhinha, e o pai de sua pequena foi embora, e antes que pudesse perceber... havia se tornado um deles. Os indigentes. Ela não estava orgulhosa...

Deu para você ter uma ideia. Esse foi apenas o início da história. Podemos continuar a partir daí. Você percebe bem rápido se a pessoa quer uma história de superação, do tipo: de repente, eu virava uma das melhores alunas de uma escola distante (eu era, mas a verdade não é o que importa aqui), e minha mãe precisava do dinheiro da gasolina para me levar até lá (na verdade, eu pegava três ônibus sozinha). Se a pessoa quer uma história, dane-se o sistema: fui acometida por uma doença rara (nomeada em homenagem a qualquer idiota que minha mãe estivesse namorando: Síndrome de Todd-Tychon, Doença de Gregory-Fisher) e os meus problemas de saúde nos deixaram falidas.

Minha mãe era astuta, porém preguiçosa. Eu era muito mais ambiciosa. Tinha muita perseverança e nenhum orgulho. Aos 13 anos, eu mendigava centenas de dólares a mais que ela por dia e, aos 16, deixei minha mãe, as manchas e a TV — e, sim, a escola — e fui viver por conta própria. Eu saía todas as manhãs e mendigava durante seis horas. Sabia quem abordar, por quanto tempo e exatamente o que dizer. Nunca senti vergonha. O que eu fazia era pura negociação: recebia dinheiro em troca de fazer a pessoa se sentir bem.

Então você pode ver por que a coisa da punheta pareceu uma progressão natural na minha carreira.

Palmas Espirituais (eu não escolhi o nome do lugar, não me culpe) ficava em um bairro fino, a oeste do centro da cidade. Cartas de tarô e bolas de cristal na fachada, sexo *softcore* ilegal nos fundos. Eu respondi a um anúncio de recepcionista. No fim das contas, "recepcionista" significava "prostituta". Minha chefe, Viveca, era ex-recepcionista e, atualmente, lê o futuro na palma da mão de forma legítima. (Embora seu nome legítimo não seja Viveca, é Jennifer, mas as pessoas não acreditam que Jennifers possam prever o futuro; Jennifers podem sugerir um sapato para você comprar ou que mercado orgânico visitar, mas devem manter as mãos longe do futuro de outras pessoas.) Viveca emprega algumas videntes na frente e comanda um quartinho nos fundos. O lugar parece um consultório médico: tem toalhas de papel, desinfetante e uma mesa de exame. As meninas complementam com lenços drapeados sobre as luminárias e uma mistura de almofadas enfeitadas com lantejoulas — coisas com as quais apenas mulherzinhas se preocupam. Quer dizer, se eu fosse um cara pagando uma garota para me masturbar, não entraria no quarto e diria: "Meu Deus, sinto cheiro de strudel fresco e noz-moscada... Rápido, pegue no meu pau!" Eu entraria no quarto e falaria muito pouco, que é o que a maioria deles faz.

Ele é um ser singular, o homem que chega para receber uma punheta. (E aqui só fazemos isso, ou, pelo menos, eu só faço isso — tenho uma ficha criminal por pequenos furtos, coisas bobas que fiz aos 18, 19, 20 anos, que vai garantir que eu *nunca* consiga um emprego decente, por isso, não preciso acrescentar um delito grave como prostituição.) O cara da punheta é uma criatura muito diferente do cara que quer um boquete ou do que quer sexo. Claro, para alguns homens, uma punheta é apenas uma passagem para o ato sexual. Mas eu tinha muitos clientes recorrentes: eles nunca vão querer mais do que uma punheta. Não consideram que seja traição. Ou, então, se preocupam com doenças, ou nunca tiveram coragem de pedir mais. Costumam ser homens casados tensos e nervosos, com um emprego mediano, na maioria das vezes sem um cargo de poder. Não estou julgando, só fazendo minha avaliação. Querem que você seja atraente, mas não vulgar. Por exemplo, na minha vida real eu uso óculos, mas tiro quando estou lá atrás porque é uma distração — eles pensam que você vai bancar a bibliotecária sexy, o que os deixa tensos enquanto aguardam os primeiros acordes de uma música do ZZ Top, e, quando não os escutam, sentem-se envergonhados por pensar que você ia bancar a bibliotecária sexy. Com isso, eles ficam distraídos e a coisa leva mais tempo do que todos gostariam.

Eles querem que você seja simpática e agradável, mas não fraca. Não querem se sentir como predadores. Querem que seja uma relação de consumo. Orientada para o serviço. Então você puxa uma conversa educada sobre o clima e o time pelo qual eles torcem. Eu costumo tentar criar algum tipo de piada interna que possamos repetir a cada visita — uma piada interna é como um símbolo de amizade, sem ter que se dar ao trabalho de manter uma amizade verdadeira. Então você diz *Vejo que está na época de morangos!* ou *Precisamos de um barco maior* (são piadas internas reais). Depois disso, já quebrou o gelo e eles não se sentem canalhas porque somos amigos, então entramos no clima e podemos começar.

Quando as pessoas me fazem aquela pergunta que todo mundo faz: "Qual é a sua profissão?", eu respondo "Atendimento ao cliente", o que é verdade. Para mim, foi um bom dia de trabalho quando fiz um monte de gente sorrir. Sei que soa muito sério, mas é verdade. Quer dizer, eu preferiria ser bibliotecária, mas me preocupo com a estabilidade no trabalho. Livros podem ser temporários; paus são para sempre.

O problema era que meu pulso estava me matando. Mal completara 30 anos e já tinha o pulso de uma octogenária e uma munhequeira atlética nada sexy para acompanhar. Eu a tirava antes de trabalhar, mas aquele som das tiras de velcro se abrindo deixava os homens um pouco nervosos. Um dia, Viveca me visitou nos fundos. Ela é uma mulher grande, como um polvo — muitas contas, babados e lenços flutuando em torno dela, juntamente com o cheiro forte de colônia. E tem o cabelo tingido da cor de ponche de frutas e insiste que é natural. (*Viveca: a filha mais nova de uma família da classe trabalhadora; tolerante com as pessoas de quem gosta; chora ao ver comerciais; múltiplas tentativas fracassadas de virar vegetariana.* Esse é só o meu palpite.)

— Você é clarividente, nerd? — perguntou ela. Ela me chamava de nerd porque eu usava óculos, lia livros e comia iogurte na minha pausa para o almoço. Não sou realmente uma nerd; só gostaria de ser. Por causa da coisa de ter largado a escola, sou autodidata. (Não é um palavrão, pode procurar.) Eu leio sempre. Eu penso. Mas me falta a educação formal. Por isso, fico com a sensação de que sou mais esperta do que todos ao meu redor, mas que, se eu ficasse perto de pessoas realmente inteligentes — pessoas que frequentaram a universidade, bebem vinho e falam latim —, elas morreriam de tédio comigo. É uma maneira solitária de viver a vida. Assim, uso o apelido como um distintivo de honra. Talvez, algum dia, eu possa não entediar pessoas realmente inteligentes. A pergunta é: como vou encontrá-las?

— Clarividente? Não.

— E vidente? Você já teve visões?

— Não. — Eu pensei que essa história de adivinhação fosse papo furado, como minha mãe diria. Ela realmente era de uma fazenda do interior, essa parte era verdade.

Viveca parou de remexer o colar de contas.

— Nerd, estou tentando ajudar.

Entendi. Não costumo ser lenta assim, mas meu pulso estava latejando. Aquela dor que causa distração e você só consegue pensar em como acabar com ela. Além disso, em minha defesa, Viveca só costuma fazer perguntas para poder falar — ela realmente não se preocupa com as respostas.

— Sempre que encontro alguém, tenho uma visão na mesma hora — contei, em um tom de voz suave e sábio. — De quem eles são e do que precisam. Consigo ver isso como uma cor, uma aura em torno deles. — Era tudo verdade, exceto a última parte.

— Você vê auras. — Ela sorriu. — Já sabia disso.

Foi assim que descobri que estava sendo transferida para a parte da frente. Eu leria auras, o que significava que não precisaria de nenhum treinamento.

— Basta dizer o que eles querem ouvir — explicou Viveca. — Vá enrolando.

E, quando as pessoas me perguntarem "Qual é a sua profissão?", eu responderei "Sou uma especialista em visão" ou "Trabalho com práticas terapêuticas". O que era verdade.

Os clientes das cartomantes eram quase todos mulheres, e os clientes das punhetas, obviamente, eram todos homens, assim, administrávamos o lugar com muita eficiência. Não era um grande espaço: você tinha que trazer um cara para dentro, acomodá-lo no quarto dos fundos e garantir que ele chegaria antes de a mulher ser conduzida para a sua consulta. Ninguém quer grunhidos de orgasmos vindos dos fundos quando uma senhora está dizendo como seu casamento está desmoronando. A desculpa do cachorrinho novo só funciona uma vez.

A coisa toda era arriscada: os clientes de Viveca eram, em sua maioria, de classe média alta e classe alta. Sendo dessas classes, ofendem-se com muita facilidade. Quando entristecidas, donas de casa ricas não querem seu futuro adivinhado por uma Jennifer e definitivamente não desejam que seja lido por uma assídua ex-profissional do sexo com um pulso ruim. As aparências são tudo. Essas pessoas não querem saber de cortiços. São pessoas cujo objetivo principal é viver na cidade, mas sentir que estão nos subúrbios. Nosso escritório da frente parecia um anúncio de revista de decoração. Eu me vestia de acordo, que era, basicamente, estilo artista descolada aprovada e embalada por J. Crew. Batas, esse era o segredo.

As mulheres que vinham em grupos eram frívolas, finas e embriagadas, prontas para se divertir. As que vinham sozinhas, contudo, queriam acreditar. Estavam desesperadas e não tinham um plano de saúde que cobrisse terapia. Ou não sabiam que estavam desesperadas o suficiente para precisar de um terapeuta. Era difícil sentir pena delas. Eu tentava, porque ninguém quer que a mística guardiã do seu futuro revire os olhos para você. Mas, sabe como é... Casa grande na cidade, maridos que não batem nelas e ajudam com os filhos, às vezes com carreiras, mas sempre com clubes do livro. Ainda assim, elas se sentem tristes. É o que sempre acabam dizendo: "Estou apenas triste." Normalmente, isso significa ter muito tempo livre. De verdade. Não sou uma terapeuta licenciada, mas, em geral, isso significa muito tempo livre.

Então eu digo coisas como: "Um grande amor está prestes a surgir em sua vida." Depois, escolho algo para elas fazerem. É só descobrir o que vai deixá-las bem consigo mesmas. Educar uma criança, ser voluntária na biblioteca, esterilizar alguns cães, ser mais ecológica. Porém não falo como se fosse uma sugestão; esse é o segredo. Falo como um aviso: "Um grande amor está prestes a surgir em sua vida... Você precisa ser cuidadosa ou ele vai ocultar tudo o que importa para você!"

Não estou dizendo que é sempre assim tão fácil, mas costuma ser. As pessoas querem paixão. As pessoas querem um senso de propósito. E, quando conseguem essas coisas, voltam para você, porque você previu seu futuro, e foi bom.

Susan Burke era diferente. Ela pareceu mais inteligente no segundo em que a vi. Entrei na sala em uma manhã chuvosa de abril, logo após um cliente de punheta. Eu ainda tinha alguns, meus favoritos de longa data, por isso havia acabado de atender um cara rico, doce e bobo que se intitulava Michael Audley (digo "intitulava" porque presumo que um cara rico não me daria seu nome verdadeiro). Mike Audley: *ofuscado pelo irmão jóquei; entrou para a faculdade por seu próprio mérito; extremamente inteligente, mas não convencido; corredor compulsivo*. Esse é só o meu palpite. A única coisa que eu realmente sabia sobre Mike era que ele amava livros. Recomendava-os com o fervor que eu sempre almejei por ser uma aspirante a nerd: com urgência e camaradagem. Você *tem* que ler isso! Logo iniciamos nosso próprio clube do livro particular (ocasionalmente pegajoso). Ele gostava muito de "histórias clássicas do sobrenatural" e queria que eu gostasse também ("Afinal, você é uma vidente", disse ele com um sorriso). Então, naquele dia, discutimos os temas solidão e necessidade em *A assombração da casa da colina*, ele gozou, eu me limpei um pouco e agarrei o livro emprestado para a próxima vez: *A mulher de branco*. ("Você *tem* que ler isso! É um dos melhores de todos os tempos.")

Então, amassei meu cabelo para parecer mais intuitiva, ajeitei minha bata, enfiei o livro debaixo do braço e saí correndo para a sala principal. Não muito pontual: eu estava 37 segundos atrasada. Susan Burke estava esperando; ela apertou minha mão com um movimento nervoso para cima e para baixo, o que me fez estremecer. Deixei o livro cair e batemos nossas cabeças tentando pegá-lo. Definitivamente não é o que você quer de uma vidente: um pouco de "Os Três Patetas".

Fiz um gesto para ela se sentar. Usei meu tom de voz sábio e perguntei por que ela estava ali. É a maneira mais fácil de dizer às pessoas o que elas querem: perguntando o que elas querem.

Susan Burke ficou em silêncio por alguns instantes. Então:

— Minha vida está desmoronando — murmurou. Era muito bonita, mas estava tão exausta e nervosa que você não percebia a beleza até olhar com atenção. Ver os olhos azuis brilhantes por trás dos óculos. Imaginar o cabelo louro sem graça mais solto. Estava claro que era rica. Sua bolsa era simples demais para ser qualquer coisa além de muito cara. O vestido era sem graça, mas benfeito. Na verdade, talvez o vestido não fosse sem graça, mas ela o usava dessa maneira. *Inteligente, mas não criativa,* pensei. *Conformista. Vive com medo de dizer ou fazer a coisa errada. Falta confiança. Provavelmente intimidada pelos pais e, agora, pelo marido, que não tem paciência — o objetivo constante dela é chegar ao final do dia sem uma explosão de raiva. Triste. Ela vai ser uma das tristes.*

Então Susan Burke começou a chorar. Ela chorou por um minuto e meio. Eu daria dois minutos antes de interrompê-la, mas ela parou por conta própria.

— Não sei por que estou aqui — disse ela, tirando um lenço em tom pastel da bolsa, mas não o usou. — Isso é loucura. Fica cada vez pior.

Dei a ela meu melhor *Calma, calma* sem tocá-la.

— O que está acontecendo em sua vida?

Ela enxugou os olhos e olhou para mim. Piscando.

— Você não sabe?

Então ela deu um sorriso. Senso de humor. Inesperado.

— Como vamos fazer isso? — perguntou ela, encolhendo-se novamente e massageando um local perto da nuca. — Como isso funciona?

— Eu sou uma psicóloga intuitiva — comecei. — Sabe o que isso significa?

— Você pode ler bem as pessoas.

— Sim, até certo ponto, mas meus poderes são muito mais fortes do que um simples palpite. Todos os meus sentidos desempenham uma função. Posso sentir as vibrações das pessoas. Posso ver auras. Sinto o cheiro de desespero, desonestidade ou depressão. É um dom que tenho desde criança. Minha mãe era uma mulher desequilibrada e profundamente deprimida. Uma névoa azul-escura a seguia. Quando estava perto de mim, minha pele vibrava como se alguém estivesse tocando piano, e ela tinha cheiro de desespero, que se apresenta para mim como cheiro de pão.

— *Pão*? — questionou Susan.

— Esse era o aroma dela, de uma alma desesperada. — Eu precisava escolher um novo jeito de garota triste. Nada de plantas morrendo, muito óbvio, algo terreno. Cogumelos? Não, deselegante.

— Pão, isso é tão estranho — disse ela.

As pessoas costumam perguntar como é seu perfume ou sua aura. É o primeiro passo para se comprometerem com o jogo. Susan se mexeu, inquieta.

— Não quero ser rude — disse ela. — Mas... acho que isso não é para mim.

Esperei. Silêncio empático é uma das armas menos utilizadas no mundo.

— Certo — disse Susan. Ela colocou o cabelo atrás das orelhas; reparei numa aliança de casamento larga e cravejada de diamantes, brilhando como a Via Láctea. Ela pareceu dez anos mais jovem. Eu podia imaginá-la quando criança, uma leitora ávida, talvez; bonita, porém tímida. Pais exigentes. Sempre tirava nota 10. — Então o que você lê em mim?

— Há algo acontecendo em sua casa.

— Eu já lhe disse isso.

Eu podia ver que ela estava desesperada para acreditar em mim.

— Não, você me disse que sua vida estava desmoronando. Estou dizendo que é algo relacionado à sua casa. Você tem um marido, sinto muita discórdia: vejo você rodeada por um verde doentio, como uma gema de ovo podre. Redemoinhos de um turquesa vibrante saudável nas bordas. Isso me diz que você tinha alguma coisa boa e que deu muito errado. Sim?

Obviamente, foi um palpite fácil, mas gostei do meu arranjo de cores: parecia certo.

Ela olhou para mim. Eu estava me aproximando de algo profundo.

— Sinto em você as mesmas vibrações de minha mãe: nítidas como um toque de piano. Você está desesperada, está sentindo uma dor insuportável. Você não tem dormido.

Mencionar insônia sempre foi arriscado, mas geralmente compensa. Pessoas que estão sofrendo não costumam dormir bem. Os insones são extremamente gratos às pessoas que reconhecem seu cansaço.

— Não, não, eu durmo oito horas — disse Susan.

— Não é um sono verdadeiro. Você tem sonhos inquietantes. Talvez não pesadelos, talvez você nem lembre deles, mas acorda sentindo-se cansada, dolorida.

Viu, é possível resgatar a maioria dos palpites ruins. Essa mulher estava na casa dos 40 anos; pessoas nessa faixa etária costumam acordar sentindo dores. Sei disso por causa dos comerciais.

— Você armazena a ansiedade no seu pescoço — continuei. — Além disso, você tem cheiro de peônias. Uma criança. Você tem um filho?

Se ela não tivesse um filho, eu diria: "Mas você *quer* um." E ela poderia negar — *Eu nunca sequer pensei em ter filhos* — e eu poderia insistir, e logo ela sairia pensando nisso, porque poucas mulheres decidem não procriar sem ter alguma dúvida. É um pensamento fácil de semear. Só que essa aqui é inteligente.

— Sim. Bem, dois. Um filho e um enteado.

Enteado, vá com o enteado.

— Algo está errado em sua casa. É o seu enteado?

Ela se levantou, tateando a bolsa de grife.

— Quanto lhe devo?

Errei em alguma coisa. Pensei que nunca voltaria a vê-la. Mas, quatro dias depois, Susan Burke retornou. ("As *coisas* podem ter auras?", ela perguntou. "Como objetos. Ou uma casa?") E, depois, três dias mais tarde. ("Você acredita em espíritos malignos? Você acha que isso existe?") E, então, no dia seguinte.

Eu estava certa sobre ela, na maioria das vezes. Oprimida, pais exigentes, sempre tirava nota 10, faculdade tradicional, um curso que tinha algo a ver com negócios. Fiz a pergunta: você trabalha em quê? Ela explicou e explicou sobre redução de custos e reestruturação e divisão de clientes, e, quando eu fiz uma careta, ficou impaciente e disse: "Eu defino e elimino problemas." As coisas com o marido estavam bem, exceto quando se tratava do enteado. A família Burke havia se mudado para a cidade no ano anterior, e foi quando o garoto passou de problema para problemático.

— Miles nunca foi um menino doce — disse ela. — Sou a única mãe que ele conheceu, estou com o pai dele desde que o garoto tinha 6 anos. Mas ele sempre foi frio. Introvertido. É simplesmente vazio. Eu me odeio por dizer isso. Quer dizer, tudo bem ser introvertido. Mas no último ano, desde a mudança... ele está diferente. Ficou mais agressivo. Está com tanta raiva. Tão sombrio. Ameaçador. Ele me assusta.

O garoto tinha 15 anos de idade e havia acabado de ser obrigado a se mudar do subúrbio para a cidade, onde não conhecia ninguém. Além disso, ele era nerd e desajeitado. Claro que estava com raiva. Teria sido útil dizer isso, mas não disse. Aproveitei a oportunidade.

Tenho tentado entrar para o ramo de purificação da aura doméstica. Basicamente, quando alguém se muda para uma nova casa, chamam você. É só andar pela casa queimando sálvia, polvilhando sal e murmurando muito. Novo começo, limpando toda a energia ruim que restou dos proprietários anteriores. Agora, com as pessoas mudando para o centro da cidade, para as antigas casas históricas, parece uma oportunidade de mercado esperando para acontecer. Uma casa de cem anos de idade... é muita energia ruim deixada para trás.

— Susan, você já pensou que a casa pode estar afetando o comportamento do seu filho?

Susan inclinou-se para a frente, os olhos arregalados.

— Sim! Sim, já pensei. Isso é loucura? É por isso... por isso que eu voltei. Porque... havia sangue na minha parede.

— *Sangue?*

Ela se aproximou e eu pude sentir o cheiro de hortelã mascarando o hálito azedo.

— Semana passada. Eu não quis dizer nada... Fiquei com medo de você achar que sou louca. Mas estava lá. Escorrendo do teto até o chão. Eu... eu estou louca?

Na semana seguinte, encontrei-me com ela na casa. Dirigindo meu fiel *hatchback*, pensei: *ferrugem*. Não sangue. Algo das paredes, do telhado. Quem sabe do que são feitas as casas antigas? Quem sabe o que poderia vazar depois de cem anos? A questão era como jogar com isso. Eu mesma não estava interessada em entrar em um exorcismo, droga de demonologia de igreja. Acho também que não é o que Susan quer. Mas ela me convidou para sua casa, e mulheres como ela não convidam mulheres como eu, a não ser que queiram algo. Conforto. Eu analisaria "o sangue escorrendo", encontraria uma explicação para ele e, ainda assim, insistiria que a casa precisava de uma purificação.

Várias purificações. Ainda precisávamos falar sobre dinheiro. Doze visitas por 2.000 dólares parecia um bom preço. Distribuídas em um ano, uma por mês, isso daria tempo para o enteado conseguir se organizar, se ajustar à nova escola, aos novos amigos. Então, ele estará curado, eu serei a heroína e, logo depois disso, Susan estará me recomendando para todas as suas amigas ricas e nervosas. Eu poderia ter meu próprio negócio e, quando as pessoas perguntassem "Qual é a sua profissão?", eu diria que *sou empresária*, da forma arrogante como os empresários respondem. Talvez Susan e eu nos tornemos amigas. Talvez ela me convide para um clube do livro. Eu ficaria sentada ao lado da lareira, mordiscando brie e diria *Sou dona de um pequeno negócio, uma empresária, se você preferir*. Estacionei, saí do carro e inspirei fundo o ar otimista da primavera.

Mas então avistei a casa de Susan. Na verdade, parei e olhei fixamente. Depois, estremeci.

Era diferente do resto.

Parecia espreitar. A única casa vitoriana restante em uma longa fila de cubículos novos, e, talvez por isso, sua aparência fosse viva e sagaz. A fachada da mansão era toda elaborada, de pedras esculpidas, estonteante nos detalhes: flores e filigranas, hastes delicadas e adornos arrebatadores. Dois anjos em tamanho natural emolduravam a entrada com os braços esticados para cima e os rostos fascinados por algo que eu não podia ver.

Observei a casa. Ela me observou de volta, através de janelas longas e malignas, tão altas que uma criança poderia ficar de pé no peitoril. E havia uma. Vi o comprimento de seu corpo magro: calça cinza, suéter preto, gravata marrom perfeitamente amarrada ao pescoço. Um emaranhado de cabelos escuros cobrindo os olhos. Em seguida, um borrão súbito, ele saltou e desapareceu por trás das pesadas cortinas de brocado.

A escadaria em direção à mansão era íngreme e longa. Meu coração estava batendo forte quando cheguei ao topo, passando pelos anjos intimidadores, chegando à porta e tocando a campainha. Enquanto esperava, li a frase esculpida na pedra perto dos meus pés.

mansão carterhook
construída em 1893
patrick carterhook

Estava escrita com letra vitoriana cursiva, os dois "os" encorpados dissecados por um arabesco empenado. Tive vontade de proteger a barriga.

Susan abriu a porta com os olhos vermelhos.

— Bem-vinda à mansão Carterhook — disse, com falso esplendor. Ela percebeu que eu a encarava. Susan nunca estava com boa aparência quando nos encontrávamos, mas nem sequer tentou pentear o cabelo e um odor podre e acre emanava dela. (Não era "desespero" ou "depressão", apenas mau hálito e cecê.) Ela encolheu-se de modo hesitante e falou: — Eu finalmente voltei à realidade.

O interior da casa era bem diferente do lado de fora. Havia sido reformado e, agora, parecia com a casa de qualquer outra pessoa rica. Na mesma hora fiquei mais alegre. Eu poderia purificar *esse* lugar: as luzes embutidas de bom gosto, os balcões de granito e os eletrodomésticos de aço inoxidável, os revestimentos de madeira, novos e muito lisos, parede após parede de carvalho com botox.

— Vamos começar com o filete de sangue — sugeri.

Subimos para o segundo andar. Havia mais dois acima dele. A escadaria era aberta. Olhei para cima, através do corrimão, e vi um rosto olhando para mim do piso superior. Olhos e cabelos negros contra a pele de porcelana de boneca antiga. Miles. Ele olhou para mim por um breve momento, em seguida desapareceu. O garoto combinava perfeitamente com a casa original.

Susan retirou da parede um quadro de bom gosto, para que eu pudesse vê-la por inteiro.

— Aqui, estava bem aqui. — Ela apontou do teto ao chão.

Fingi examinar de perto, mas não havia nada. Ela limpara completamente; ainda dava para sentir o cheiro da água sanitária.

— Posso ajudá-la — prometi. — Há uma enorme sensação de dor bem aqui. Ao longo de toda a casa, mas com certeza aqui. Posso ajudar.

— A casa range a noite inteira — disse ela. — Quer dizer, são quase gemidos. Não deveria. Tudo aqui dentro é novo. A porta do Miles bate em momentos estranhos. E ele... ele está ficando pior. É como se algo estivesse grudado nele. Uma escuridão que carrega nas costas. Como um exoesqueleto. Ele fica à espreita, como um besouro. Eu mudaria de casa, estou com medo a esse ponto, eu me mudaria, mas não temos dinheiro. Não mais. Gastamos tanto nesta casa e, depois, quase a mesma quantia na reforma, e... de qualquer forma, meu marido não vai deixar. Ele diz que Miles está apenas passando por uma fase difícil. E que sou uma mulher boba e nervosa.

— Posso ajudá-la — repeti.

— Deixe-me mostrar a casa toda — retrucou ela.

Andamos pelo corredor longo e estreito. A casa era naturalmente escura. Era só se afastar de uma janela que a escuridão aparecia. Susan acendia as luzes enquanto caminhávamos.

— Miles as desliga — disse. — Então eu volto a ligá-las. Quando peço para mantê-las acesas, ele finge que não sabe do que estou falando. Aqui fica o nosso covil — explicou, abrindo a porta para revelar um cômodo cavernoso com lareira e estantes de livros cobrindo todas as paredes.

— É uma *biblioteca* — falei, surpresa. Eles deviam possuir um milhão de livros. Livros grossos, impressionantes e de pessoas inteligentes. Como uma pessoa guarda um milhão de livros em um cômodo e, em seguida, chama-o de covil?

Dei um passo para dentro, tremendo dramaticamente.

— Você sente isso? Você sente o... peso aqui?

— Eu odeio este cômodo. — Ela meneou a cabeça.

— Darei mais atenção a este lugar — falei. Ficaria ali cerca de uma hora por vez, lendo tudo o que eu quisesse.

Voltamos para o corredor, que estava escuro de novo. Susan suspirou e começou a apertar os interruptores. Ouvi passos no andar de cima, correndo freneticamente, indo e voltando pelo corredor. Passamos por uma porta fechada à minha direita. Susan bateu nela:

— Jack, sou eu.

Um ruído de cadeira sendo empurrada para trás, um clique de fechadura e, em seguida, a porta foi aberta por outra criança, muitos anos mais jovem que Miles. Ele se parecia com a mãe. Sorriu para Susan como se não a visse há um ano.

— Oi, mamãe — disse ele, abraçando-a. — Senti sua falta.

— Este é Jack, ele tem 7 anos — disse ela, bagunçando o cabelo do filho.

— Mamãe tem um trabalho a fazer com sua amiga aqui — disse Susan, ajoelhando-se para ficar na altura dele. — Conclua a leitura e depois prepararei um lanche.

— Tranco a porta? — perguntou Jack.

— Sim, sempre tranque a porta, querido.

Começamos a andar novamente e ouvimos o clique da fechadura atrás de nós.

— Por que trancar?

— Miles não gosta do irmão.

Ela deve ter percebido minha carranca: nenhum adolescente gosta do irmão mais novo.

— Você precisava ver o que Miles fez com a babá de quem não gostava. É uma das razões pelas quais não temos dinheiro. Despesas médicas. — Ela se virou para mim de repente. — Eu não deveria ter dito isso. Não era... importante. Possivelmente um acidente. Na verdade, nem sei mais. Talvez eu esteja apenas louca.

Deu uma risada desatinada e esfregou um olho.

Caminhamos até o final do corredor, onde outra porta estava trancada.

— Eu lhe mostraria o quarto de Miles, mas não tenho a chave — disse ela abertamente. — Além disso, tenho muito medo.

Ela forçou outra risada. Não foi convincente; não tinha energia suficiente nem para fingir ser uma risada. Subimos até o andar seguinte, que continha uma série de quartos, pintados e com papel de parede, com finos móveis vitorianos dispostos a esmo. Em um deles havia apenas uma caixa de areia.

— Para o nosso gato, Wilkie — explicou Susan. — O gato mais sortudo do mundo: tem o próprio espaço para sua merda.

— Você encontrará uma utilidade para o espaço.

— Na verdade, ele é um gato carinhoso — disse ela. — Tem quase 20 anos.

Sorri, como se aquilo fosse interessante e bom.

— Obviamente, temos mais espaço do que precisamos — disse Susan. — Pensamos que poderíamos ter outro... talvez adotássemos, mas eu não traria outra criança para esta casa. Então, em vez disso, moramos em um armazém bem caro. Meu marido gosta de suas antiguidades. — Eu conseguia imaginá-lo, um marido nervoso e esnobe. Um homem que comprava antiguidades, mas não as encontrava sozinho. Devia ter alguma decoradora elegante, com óculos de aro de tartaruga, fazendo o trabalho. Ela provavelmente também comprara os livros para ele. Ouvi dizer que é possível fazer isso, comprar livros a metro, transformá-los em móveis. As pessoas são burras. Nunca vou aceitar o quão burras as pessoas são.

Subimos mais um pouco. O andar superior era apenas um grande sótão com alguns baús antigos ao longo das paredes.

— Os baús não são idiotas? — sussurrou ela. — Ele diz que dão um pouco de autenticidade ao local. Ele não gostou da reforma.

Então a casa havia sido um acordo: o marido queria antigo, Susan queria moderno, eles pensaram que essa divisão interior/exterior poderia resolver as coisas. Mas a família Burke acabou mais ressentida do que satisfeita. Milhões de dólares depois, nenhum dos dois estava feliz. O dinheiro é desperdiçado com os ricos.

Descemos pela escada dos fundos, apertada e vertiginosa como a toca de um animal, e chegamos a ampla e reluzente cozinha moderna.

Miles estava sentado na ilha da cozinha, esperando. Susan assustou-se quando o viu.

Ele era pequeno para sua idade. Rosto pálido, queixo pontudo e olhos negros que brilhavam inquietamente, como os de uma aranha. Avaliando. *Muito inteligente, mas odeia a escola,* pensei. *Nunca recebe atenção suficiente; mesmo recebendo toda a atenção de Susan, ainda não é o bastante. Mesquinho. Egocêntrico.*

— Oi, mamãe — disse ele. Seu rosto se transformou, rachado por um sorriso pateta brilhante. — Senti sua falta. — *Doce e amoroso Jack.* Ele estava fazendo uma imitação perfeita do irmão mais novo. Miles foi abraçar Susan e, enquanto caminhava, assumiu a postura infantil com ombros curvados de Jack. Passou os braços em volta dela, aninhando-se. Susan ficou me olhando por cima da cabeça dele, as bochechas vermelhas e os lábios apertados, como se sentisse um cheiro desagradável. Miles olhou para ela.
— Por que você não me abraça?

Ela lhe deu um breve abraço. Miles afastou-se como se ela estivesse queimando.

— Ouvi o que você contou a ela — disse ele. — Sobre Jack. Sobre a babá. Sobre tudo. Você é uma vadia.

Susan se encolheu. Miles virou-se para mim.

— Eu espero que você saia e não volte. Para o seu bem. — Ele sorriu para nós duas. — Este é um assunto de família. Não concorda, mamãe?

Em seguida, saiu batendo seus sapatos de couro pesado até a escada dos fundos, inclinando-se para a frente. Ele realmente se curvava como se carregasse um exoesqueleto brilhante e duro.

Susan olhou para o chão, respirou fundo e olhou para cima.

— Quero sua ajuda.

— O que seu marido diz de tudo isso?

— Nós não falamos sobre isso. Miles é seu filho. Ele o criou. Sempre que eu digo qualquer coisa remotamente crítica, ele diz que estou louca, diz isso com bastante frequência. Uma casa mal-assombrada. Talvez eu esteja. De qualquer forma, ele viaja o tempo todo; nem vai saber que você esteve aqui.

— Posso ajudá-la. Podemos falar rapidamente sobre o preço?

Ela concordou com o valor, mas não com o prazo.

— Não posso esperar um ano para que Miles fique melhor; ele pode matar todos nós antes disso. — Deu aquela risada desesperada. Concordei em ir duas vezes por semana.

Na maioria das vezes, ia durante o dia, quando as crianças estavam na escola e Susan estava trabalhando. Eu fazia uma limpeza na casa. Queimava minha sálvia e polvilhava meu sal grosso. Fervia lavanda e alecrim, e passava nas paredes e nos pisos. Depois me sentava na biblioteca e lia. Além disso, dava uma bisbilhotada. Encontrei um zilhão de fotos do reluzente e risonho Jack, algumas antigas do rabugento Miles, outras melancólicas de Susan, mas nenhuma do marido. Senti pena de Susan. Um enteado raivoso e um marido ausente: não admirava que ela deixasse sua mente vagar por lugares obscuros.

E, ainda assim, eu também sentia: a casa. Não necessariamente maléfica, mas... atenta. Eu podia senti-la me analisando, isso faz sentido? Ela me povoava. Um dia, eu estava limpando o assoalho quando senti uma dor súbita e cortante no meu dedo médio — como se tivesse sido mordida — e, quando afastei a mão, estava sangrando. Cobri o dedo com força com um dos meus lenços e observei o sangue sendo absorvido. Senti como se algo na casa estivesse satisfeito.

Comecei a temer. Obriguei-me a lutar contra o medo. *Foi você que inventou essa coisa toda*, disse para mim mesma. *Então, pare com isso.*

Depois de seis semanas, eu estava fervendo minha lavanda na cozinha, pela manhã — Susan trabalhando, as crianças na escola —, quando senti uma presença atrás de mim. Virei-me e vi Miles em seu uniforme escolar, examinando-me, um sorriso malicioso no rosto. Ele segurava meu livro *A outra volta do parafuso*.

— Você gosta de histórias de fantasmas? — Ele sorriu.

Miles havia mexido na minha bolsa.

— Por que está em casa, Miles?

— Tenho estudado você. Você é interessante. Sabe que algo ruim vai acontecer, certo? Estou curioso.

Ele se aproximou; eu me afastei. Ele ficou parado ao lado da panela de água fervendo. Suas bochechas ficaram coradas pelo calor.

— Eu estou tentando ajudar, Miles.

— Mas você concorda? Sente isso? O mal?

— Sinto.

Ele olhou para a panela de água. Passou o dedo pela borda, em seguida afastou-o. Estava rosado. Ele me avaliou com seus brilhantes olhos negros de aranha.

— Sua aparência não é o que eu esperava, de perto. Pensei que você seria... *sexy* — Usou a palavra com ironia, e eu sabia o que ele quis dizer: sexy como cartomante do Dia das Bruxas. Brilho labial, cabelo volumoso e brincos de argola. — Você parece uma babá.

Dei um passo para trás, me afastando dele. Miles machucara a última babá.

— Está tentando me assustar, Miles?

Eu queria alcançar o fogão, desligar o fogo.

— Estou tentando ajudá-la — respondeu ele racionalmente. — Não quero que fique perto dela. Se você voltar, vai morrer. Não quero dizer mais do que isso. Mas eu avisei.

Ele deu meia-volta e saiu. Quando o ouvi descer as escadas da frente, derramei a água escaldante na pia; em seguida, corri para a sala para pegar minha bolsa, minhas chaves. Eu precisava sair. Quando agarrei a bolsa, um calor doce e imundo inundou minhas narinas. Ele vomitara lá dentro — por cima das chaves, da carteira e do telefone. Eu não podia suportar tocar naquele vômito.

Susan entrou pela porta, frenética.

— Ele está aqui? Você está bem? — perguntou. — A escola ligou, disseram que Miles não foi para a aula. Ele deve ter saído pela porta da frente e entrado direto pela dos fundos. Ele não gosta que você esteja aqui. Ele lhe disse alguma coisa?

Um barulho alto veio do andar de cima. Uma lamentação. Subimos as escadas correndo. No corredor, pendurada em um gancho no teto, estava uma boneca pequena e primitiva, feita de pano. Um rosto desenhado com pincel atômico. Um laço feito de fio vermelho. O grito veio do quarto de Miles no final do corredor. *Nããããããooooo, sua puta, sua puta!*

Nós ficamos do lado de fora da porta.

— Você quer falar com ele? — perguntei.

— Não.

Ela atravessou o corredor aos prantos e arrancou a boneca do teto.

— Primeiro, pensei que esta fosse eu — disse Susan, entregando-a para mim. — Mas não tenho cabelos castanhos.

— Acho que sou eu — falei.

— Estou tão cansada de ter medo — murmurou ela.

— Eu sei.

— Você não sabe — disse ela. — Mas vai saber.

Susan foi para seu quarto. Eu fui trabalhar. Juro que trabalhei. Lavei a casa, cada centímetro das paredes e do chão, com alecrim e lavanda. Queimei sálvia e disse minhas palavras mágicas sem sentido, enquanto Miles gritava e Susan chorava nos quartos acima de mim. Depois despejei na pia da cozinha tudo que estava dentro da minha bolsa e deixei a água correr até ficar limpo.

Quando eu estava abrindo a porta do meu carro, no fim da tarde, uma mulher mais velha, bem maquiada e de bochechas gordas, me chamou. Ela tinha um pequeno sorriso no rosto.

— Quero agradecer pelo que você está fazendo por essa família — disse ela. — Por ajudar o pequeno Miles. Obrigada. — Então colocou os dedos sobre os lábios, fez um gesto como se fosse trancá-los e correu para longe antes que eu pudesse dizer que não estava fazendo absolutamente nada para ajudar essa família.

Uma semana mais tarde, eu estava no meu apartamento minúsculo (um quarto, quatorze livros) e notei algo novo. Uma mancha, como uma piscina natural enferrujada na parede ao lado da cama. Fez-me lembrar minha mãe. Minha antiga vida. Todas as transações — este por isso, e isso por aquilo — e nada fez nenhuma diferença até agora. Quando a transação era concluída, minha mente ficava vazia, esperando pela próxima. Mas Susan Burke e sua família permaneceram em mim. Susan Burke, sua família e aquela casa.

Abri meu velho laptop e fiz uma pesquisa: Patrick Carterhook. Um zumbido, um rangido e, finalmente, apareceu o link de um artigo do Departamento de Letras da universidade local: *Crimes vitorianos: A terrível história da família Patrick Carterhook.*

O ano é 1893, o magnata das lojas de departamentos Patrick Carterhook muda-se para a esplêndida mansão da Era Dourada, no centro da cidade, com sua adorável esposa, Margaret, e seus dois filhos, Robert e Chester. Robert era um garoto problemático, muito dedicado a fazer bullying *nos colegas de escola e machucar os animais de estimação dos vizinhos. Aos 12 anos, ele queimou um dos armazéns do pai e permaneceu no local para assistir à destruição. Ele atormentava sem parar seu quieto irmão mais novo. Aos 14 anos, Robert comprovou ser incapaz de se controlar. A família Carterhook optou por mantê-lo longe da sociedade: em 1895, eles o trancaram dentro da mansão. Ele nunca mais pôs os pés fora de casa. Robert ficou cada vez mais violento em sua dourada e sombria prisão. Sujava os pertences da família com os próprios excrementos e vômito. A babá foi mandada para o hospital com ferimentos inexplicáveis; ela nunca mais voltou. A cozinheira também fugiu em uma manhã de inverno. Segundo rumores, ela havia sofrido queimaduras de terceiro grau com água fervendo em um "acidente de cozinha".*

Ninguém sabe muito bem o que aconteceu naquela casa na noite de 7 de janeiro de 1897, mas os resultados sangrentos são indiscutíveis. Patrick Carterhook foi encontrado morto a facadas em sua cama; seu corpo tinha 117 ferimentos por faca. A esposa de Patrick, Margaret, foi encontrada atingida por um machado — ainda em suas costas — quando tentava fugir subindo as escadas para o sótão, e o jovem Chester, de 10 anos de idade, foi encontrado afogado na banheira. Robert enforcou-se em uma viga de seu quarto. Aparentemente, ele havia se vestido para a ocasião: usava um terno azul de domingo, coberto pelo sangue dos pais. Ainda estava molhado pelo afogamento do irmão mais novo.

Abaixo da história havia uma foto antiga e embaçada da família Carterhook. Quatro rostos formais e sérios, espiando através de camadas de babados vitorianos. Um homem magro na casa dos 40 anos, com uma barba artisticamente desenhada; uma mulher loura, pequena, com olhos tristes e penetrantes, tão claros que pareciam brancos. Dois meninos: o mais novo, louro como a mãe; o mais velho tinha olhos e cabelos pretos, com um leve sorriso e a cabeça inclinada em um ângulo de astúcia.

Miles... o menino mais velho parecia-se com Miles. Não eram exatamente iguais, mas a essência era exata: a presunção, a superioridade, a ameaça.

Miles.

Se você remover as tábuas sangrentas e as telhas manchadas de água, se você destruir as vigas que sustentaram o corpo de Robert Carterhook e derrubar as paredes que absorveram os gritos, consegue controlar a casa? Continuará assombrada se as entranhas — seus órgãos internos — forem removidos? Ou será que a maldade paira no ar? Naquela noite, sonhei com um pequeno vulto abrindo a porta do quarto de Susan, arrastando-se pelo chão enquanto ela dormia e ficando de pé ao lado dela, com uma faca de açougueiro reluzente vinda da cozinha de milhões de dólares. O quarto cheirava a sálvia e lavanda.

Dormi até a tarde e acordei no escuro, no meio de uma tempestade. Olhei para o teto até o sol se pôr, em seguida me vesti e dirigi até a Mansão Carterhook. Deixei minhas ervas inúteis para trás.

Susan abriu a porta com os olhos molhados. Seu rosto pálido brilhava na escuridão da casa.

— Você *é* telepata — sussurrou. — Eu ia ligar para você. Ficou pior, não está parando. — Ela desabou no sofá.

—Miles e Jack estão aqui?

Ela assentiu com a cabeça e apontou um dedo para cima.

— Miles me disse ontem à noite, com toda a calma, que vai nos matar — contou. — E eu realmente me preocupo... porque... Wilkie... — Ela começou a chorar de novo. — Oh, Deus.

O gato entrou lentamente na sala. Magro e velho. Susan apontou para ele.

— Vejo o que ele fez... ao pobre Wilkie!

Olhei novamente. Na traseira do gato havia apenas um tufo de pelo desgastado. Miles havia cortado o rabo do animal.

— Susan, você tem um laptop? Preciso mostrar uma coisa.

Ela me levou até a biblioteca, e até a mesa vitoriana que claramente pertencia ao marido. Susan clicou em um interruptor e a lareira se acendeu. Apertou um botão e o laptop ligou. Mostrei a Susan o site e a história da família Carterhook. Eu podia sentir sua respiração quente no meu pescoço enquanto ela lia.

Apontei para a foto:

— Robert Carterhook não se parece com alguém?

Susan balançou a cabeça como se estivesse em transe.

— O que isso significa?

A chuva batia nas vidraças escuras. Eu ansiava por um dia ensolarado. O peso da casa era insuportável.

— Susan, eu gosto de você. Não costumo gostar das pessoas. Quero o melhor para sua família. E acho que não sou eu.

— O que você quer dizer?

— Quero dizer que você precisa de alguém para *ajudá-la*. Eu não posso ajudar. Há algo errado com esta casa. Acho que você deveria sair. Não importa o que seu marido diga.

— Mas, se partirmos... Miles continuará conosco.

— Sim.

— Então... ele estará curado? Se sair desta casa?

— Susan, eu não sei.

— O que você está dizendo?

— Estou dizendo que não sou capaz de consertar isso. Não sou qualificada. Não posso corrigir isso. Acho que você precisa partir esta noite. Ir para um hotel. Dois quartos. Tranque a porta. E depois... vamos pensar em alguma coisa. Mas tudo o que posso realmente fazer é ser sua amiga.

Susan ficou atordoada, apertando a garganta. Afastou-se de mim, murmurou *com licença* e desapareceu pela porta. Eu esperei. Meu pulso estava latejando novamente. Olhei ao redor da sala cheia de livros. Não haveria festas para mim. Não seria indicada para amigas ricas e nervosas. Eu estava arruinando minha grande chance; dei-lhe uma resposta que ela não queria. Mas me senti, pela primeira vez, decente. Não me convencendo que sou decente, apenas decente.

Vi Susan passando apressada pela porta, em direção às escadas. Então Miles voou imediatamente atrás dela.

— Susan! — gritei.

Levantei-me, mas não consegui motivação para sair da sala. Ouvi um murmúrio. Insistente ou raivoso. Depois, nada. Silêncio. E nada ainda. *Vá lá fora.* Mas eu estava com muito medo de sair sozinha naquele corredor escuro.

— Susan!

Um filho que aterroriza seu irmão mais novo e ameaça a madrasta. Que me disse calmamente que eu iria morrer. Um garoto que cortou o rabo do animal de estimação da família. Uma casa que atacava e manipulava seus habitantes. Uma casa que testemunhou quatro mortes e queria mais. *Fique calma*. O corredor ainda estava escuro. Nenhum sinal de Susan. Comecei a caminhar para a porta.

De repente, Miles apareceu, rígido e ereto em seu uniforme escolar, como sempre. Ele estava bloqueando minha saída.

— Eu disse para você não voltar nunca mais aqui, e você voltou, você voltou várias vezes — disse ele. Racionalmente. Como se estivesse falando com uma criança que merece uma punição. — Sabe que vai morrer, certo?

— Onde está sua madrasta, Miles? — Afastei-me. Ele caminhou em minha direção. Era um garoto pequeno, mas me assustava. — O que você fez com Susan?

— Você ainda não entendeu, não é? Nós morreremos hoje à noite.

— Sinto muito, Miles, eu não queria aborrecê-lo.

Ele riu, em seguida arregalou os olhos. Completamente alegre.

— Não, você me entendeu mal. *Ela* vai matar você. *Susan* vai matar nós dois. Olhe ao redor desta sala. Você acha que está aqui por acaso? Olhe com atenção. Preste atenção nos livros.

Eu já havia olhado para os livros. Toda vez que eu purificava esse local, analisava todos os livros e os cobiçava. Imaginei roubar um ou dois para o meu clube do livro com...

Com Mike. Meu cliente favorito. Cada livro que eu li com Mike ao longo dos últimos anos estava ali. *A mulher de branco*, *A outra volta do parafuso*, *A assombração da casa da colina*. Eu me parabenizei quando os vi, por ser inteligente o suficiente para ter lido muitos dos livros dessa biblioteca chique. Mas eu não era uma leitora ávida; era apenas uma prostituta idiota na biblioteca certa. Miles pegou uma fotografia na gaveta da escrivaninha, uma foto de casamento. O pôr do sol de verão atrás da noiva e do noivo deixou-os obscurecidos. Susan era linda, uma versão incrível e sedutora da mulher que eu conheci. O noivo? Mal reconheci o rosto, mas definitivamente conhecia o pau. Eu estava batendo punheta no marido de Susan havia dois anos.

Miles me observava, olhando de soslaio, um comediante que espera o público entender a piada.

— Ela vai matar você, e eu tenho certeza que vai me matar também — disse ele.

— O que você quer dizer?

— Ela está lá embaixo ligando para a polícia neste exato momento. Me pediu para deter você. Quando ela voltar, vai atirar em você e contará aos policiais uma de duas histórias. Primeira: você é uma vigarista que afirma ter poderes psíquicos para se aproveitar daqueles emocionalmente vulneráveis. Você disse a Susan que poderia ajudar seu enteado mentalmente instável, e ela confiou em você, mas, em vez disso, o que você tem feito é entrar na casa e roubar. Quando ela a confrontou, você ficou violenta e atirou em mim, e ela atirou em você para se defender.

— Eu não gosto disso. Qual é a outra opção?

— Você é legítima. Realmente acreditou que a casa estava me assombrando. Mas acabou que não estou assombrado, sou apenas um adolescente sociopata. Você me pressionou tanto que eu a matei. Ela e eu brigamos pela arma e ela atirou em mim em legítima defesa.

— Por que ela iria querer matá-lo?

— Ela não gosta de mim, nunca gostou. Não sou filho dela. Susan tentou me mandar para minha mãe, mas ela nem quis saber. Depois, tentou me mandar para um colégio interno, mas meu pai disse que não. Ela definitivamente gostaria de me ver morto. Ela é assim. É como ganha a vida: definindo e eliminando problemas. Sendo prática de uma forma diabólica.

— Mas ela parece tão...

— Indefesa? Não, não é. Ela queria que você pensasse isso. Ela é uma bela e bem-sucedida executiva. Uma maldita chefona. Mas você precisa sentir que está caçando alguém mais fraco do que você. Que tem a vantagem. Quero dizer, estou errado? Não é esse o seu negócio? Manipular o manipulável?

Minha mãe e eu jogamos esse jogo por uma década: interpretar o papel de pessoas que merecem pena. Eu não antecipei isso vindo de outra direção.

— Ela quer me matar... por causa do seu pai?

— Susan Burke tinha o casamento perfeito e você arruinou tudo. Meu pai se foi. Ele nos deixou.

— Tenho certeza que algumas... relações ilícitas não foram o motivo para seu pai ir embora.

— É a razão em que ela escolheu acreditar. É o problema que ela definiu e planeja eliminar.

— Seu pai sabe... que estou aqui?

— Ainda não. Ele realmente viaja o tempo todo. Mas e quando ele descobrir que estamos mortos e ouvir a história de Susan? Quando ela contar a ele sobre estar tão assustada e ter encontrado o cartão de visita da paranormal em um exemplar de *Rebecca*, e ter desesperadamente pedido a ela para ajudar... imagine a culpa. Seu filho está morto porque ele quis uma punheta. Sua esposa foi forçada a defender a família e *matar* porque ele quis uma punheta. O horror e a culpa, ele nunca será capaz de compensá-la. E esse é o plano.

— Foi assim que ela me encontrou? Meu cartão de visita?

— Susan encontrou o cartão. Ela achou estranho. Suspeito. Meu pai adora histórias de fantasmas, mas é o maior cético do mundo, nunca fez uma leitura da palma da mão. A menos que... não fosse realmente uma paranormal. Ela o seguiu, marcou um horário. E então você veio dos fundos segurando o livro *A mulher de branco*, e ela soube.

— Ela contou para você.

— No começo, interpretei isso como um elogio. Depois, percebi que ela estava tentando me distrair. Contou sobre o plano de matar você, por isso não percebi que morreria também.

— Por que não atirar em mim em um beco no meio da noite?

— Se fosse assim, meu pai não sofreria. E se ela fosse vista? Não. Susan quer matar você aqui, onde pareça que ela é a vítima. Na verdade, é a maneira mais fácil de fazê-lo. Então ela criou a história da casa assombrada para atraí-la. A Mansão Carterhook, tão *assustadora*.

— Mas a família Carterhook? Eu li sobre eles on-line.

— A família Carterhook é ficção. Quer dizer, eles existiram, eu acho, mas não morreram como você leu.

— Eu li sobre eles!

— Você leu sobre eles porque ela escreveu sobre eles. É a internet. Sabe como é fácil fazer um site? E depois fazer alguns links para que as pessoas o encontrem e acreditem nele e o adicionem às suas páginas na web? É muito fácil. Especialmente para alguém como Susan.

— Aquela foto, parecia com...

— Já foi a uma feira de antiguidades? Diversas caixas repletas de fotos antigas, um dólar cada. Não é difícil encontrar uma criança que se pareça comigo. Ainda mais se você tem uma pessoa que está disposta a acreditar. Um otário. Como você.

— A parede sangrando?

— Ela só lhe contou. Define o estado de espírito. Ela sabia que você gostava de histórias de fantasmas. Queria que você viesse e acreditasse. Ela adora ferrar as pessoas. Queria que você fizesse amizade com ela, ficasse preocupada e, então, *bam!*, ter aquele momento de choque quando percebe que vai morrer e teve medo da coisa errada. Seus *sentidos* a traíram.

Ele sorriu para mim.

— Quem cortou o rabo do gato?

— É um manês, sua boba, eles não têm rabo. Posso responder a quaisquer outras perguntas no caminho? Prefiro não esperar aqui para morrer.

— Você quer ir comigo?

— Vamos ver: sair com você ou ficar aqui e morrer. Sim, eu gostaria de ir com você. Ela provavelmente terminou a ligação e está no pé da escada. Eu já baixei a escada de incêndio no meu quarto.

Os saltos de Susan batiam através da sala, em direção à escada. Dois andares abaixo e com velocidade. Chamando meu nome.

— Por favor, me leve com você — disse ele. — Por favor. Só até meu pai voltar para casa. Por favor, eu estou com medo.

— E Jack?

— Ela gosta de Jack. Só quer se livrar da gente.

Os passos de Susan já se ouviam no andar de baixo, subindo.

Saímos pela escada de incêndio. Foi bastante dramático.

Estávamos no meu carro, fugindo, quando percebi que não sabia aonde diabos eu estava indo. O rosto pálido de Miles refletia os faróis dos carros que passavam como uma lua doentia. Pingos de chuva deslizavam em sua testa, descendo pelo rosto e pingando do queixo.

— Ligue para o seu pai — falei.

— Meu pai está na África.

A chuva estava fazendo barulho contra o teto metálico. Susan Burke (a magnífica vigarista!) infundiu-me tanto medo da casa que fiquei desatenta. Agora eu conseguia pensar: uma mulher bem-sucedida se casa com um homem rico. Eles têm um bebê que é encantador. A vida é boa exceto por uma coisa: o enteado esquisitão. Acreditei quando ela disse que Miles sempre foi frio. Tenho certeza de que ela sempre foi fria com ele. Tenho certeza de que ela tentou se livrar dele desde o início. Alguém calculista como Susan Burke não gostaria de criar o filho esquisito de outra mulher. Susan e Mike seguiram em frente, mas logo sua crueldade contra o primogênito do marido infecta o relacionamento. Ele se afasta dela. Sente aversão ao seu toque. Ele vai me ver. E continua indo. Temos apenas os livros em comum; ele engana a si mesmo pensando que é um tipo de relacionamento. As coisas com Susan continuam a se desintegrar. Ele sai de casa e deixa Miles porque está viajando para o exterior. Assim que voltar, tomará providências. (Isso foi puro palpite, mas o Mike que eu conheci, que ria quando gozava, pareceu o tipo de cara que lutaria pelo filho.) Infelizmente, Susan descobriu o segredo e me culpou pela destruição de seu casamento. Imagine a raiva, uma mulher baixa como eu estava *manuseando* o marido dela. E agora estava presa a um garoto assustador a quem odiava e a uma casa de que não gostava. Como resolver o problema? Ela começa a planejar. Ela me atrai. Miles me avisa, do jeito dele, brincando comigo, curtindo um pouco o jogo. Susan diz alguma coisa vaga aos vizinhos — que estou lá para ajudar o pobre Miles — de modo que, quando a verdade vier à tona, que sou uma ex-prostituta e agora vidente, ela parecerá uma coitada, miserável e patética. E eu vou parecer nociva. É a maneira perfeita de cometer assassinato.

Miles olhou para mim com sua enorme cara de lua cheia e sorriu.

— Sabe que agora você é, basicamente, uma sequestradora? — perguntou.

— Acho que precisamos ir à polícia.

— Precisamos ir para Chattanooga, no Tennessee — disse ele, um tanto impaciente, como se eu estivesse desistindo de um plano de longa data. — Bloodwillow será lá este ano. Acontece sempre no exterior; é a primeira vez nos Estados Unidos desde 1978.

— Não sei do que você está falando.

— É a maior convenção sobrenatural do mundo. Susan disse que eu não poderia ir. Então você pode me levar. Pensei que ficaria feliz. Você ama histórias de fantasmas. Pode pegar a estrada se virar à esquerda no terceiro sinal.

— Eu não vou levar você para Chattanooga.

— É melhor levar. Estou no comando agora.

— Você está delirando, garotinho.

— E você é uma ladra e uma sequestradora.

— Não sou nenhuma das duas.

— Susan não ligou para a polícia porque estava prestes a matar você. — Ele riu. — Ela ligou para a polícia porque eu disse que peguei você roubando. Ela tem dado falta de algumas joias, sabe? — Ele deu um tapinha nos bolsos do blazer. Ouvi um tilintar metálico. — Agora ela voltou para o andar de cima e descobriu que seu enteado perturbado foi sequestrado por uma prostituta-ladra-vidente. Então vamos ter que ficar quietos por alguns dias. O que não é problema, Bloodwillow só começa na quinta-feira.

— Susan queria me matar porque descobriu sobre mim e seu pai.

— Você pode dizer *punheta*, sabe — disse ele. — Isso não me ofende.

— Susan descobriu.

— Susan não descobriu nada. Ela é uma idiota incrivelmente inteligente. *Eu* descobri. Pego os livros do meu pai o tempo todo. *Eu* encontrei seu cartão de visita, *eu* encontrei suas anotações nas margens. *Eu* fui até seu local de trabalho e descobri tudo. Parte do que Susan disse é verdade: ela acha que sou estranho. Quando nos mudamos para cá, depois de eu ter dito que não queria, fui muito claro a respeito disso. Então comecei a fazer coisas acontecerem na casa. Só para perturbá-la.

Eu criei o site. *Eu*! *Eu* inventei a história dos Carterhooks. *Eu* a fiz ir até você, só para ver se finalmente perceberia e iria embora. Ela não percebeu: acreditou nas suas besteiras.

— Então Susan estava dizendo a verdade sobre todas as coisas assustadoras na casa. Você realmente ameaçou matar seu irmão?

— Isso diz mais sobre ela por ter acreditado do que sobre mim por ter dito.

— Você jogou mesmo a babá das escadas?

— Por favor, ela caiu. Não sou violento, só inteligente.

— Naquele dia, o vômito na minha bolsa, o ataque que você teve no andar de cima e a boneca pendurada?

— O vômito fui eu, porque você não estava me ouvindo. Você não ia embora. A boneca também. E a ponta da lâmina de barbear na tábua do piso que cortou seu dedo. Na verdade, é uma ideia inspirada na antiga tática de guerra romana. Alguma vez você já leu...

— Não. E os seus gritos? Você parecia tão furioso.

— Ah, foi real. Susan tinha cortado meu cartão de crédito e deixou-o na minha mesa. Ela estava tentando me encurralar. Então percebi que você era meu meio de sair daquela casa idiota. Preciso de um adulto para fazer tudo, de verdade: dirigir um carro, alugar um quarto de hotel. Sou muito pequeno para a minha idade. Tenho 15 anos, mas pareço ter 12. Dependo de alguém como você para me locomover. Eu só precisava que você me tirasse de casa, e você tirou. Sabemos que não vai procurar a polícia. Suponho que alguém como você tenha uma ficha criminal.

Miles estava certo. Pessoas como eu não procuram a polícia, nunca, porque não acaba bem para nós.

— Vire à esquerda aqui, para pegar a estrada — disse ele.

Virei à esquerda.

Absorvi a história, virei-me e inspecionei. *Espere, espere.*

— Espere. Susan disse que você cortou o rabo do gato. Você me disse que era um manês...

Ele sorriu.

— Ah! Bem pensado. Então alguém está mentindo para você. Acho que vai ter que decidir em qual história acreditar. Você quer acreditar que

Susan é maluca ou que eu sou? Qual deixaria você mais confortável? No começo, pensei que seria melhor se você pensasse que Susan era a maluca, assim teria empatia com a minha situação e seríamos amigos. Amigos viajantes. Mas depois pensei: talvez seja melhor se você pensar que eu sou o malvado. Desse modo, será mais fácil entender que eu estou no comando... O que acha?

Seguimos em silêncio enquanto eu avaliava minhas opções.

Miles me interrompeu:

— Quer dizer, realmente acho que todo mundo sai ganhando. Se Susan é a maluca e quer se livrar da gente, vamos embora.

— O que ela vai dizer ao seu pai quando ele chegar em casa?

— Isso depende de em qual história você quer acreditar.

— Seu pai realmente está na África?

— Acho que meu pai não é um fator com que você deva se preocupar em sua tomada de decisão.

— Ok. Então, e se você for o maluco, Miles? Sua mãe vai colocar a polícia atrás da gente.

— Pare naquele estacionamento na igreja.

Olhei para ele de cima a baixo em busca de uma arma. Não queria ser um corpo jogado em um pátio de uma igreja abandonada.

— Apenas vá, ok? — falou Miles rapidamente.

Parei no estacionamento da igreja ao lado da estrada. Miles saltou do carro, na chuva, e correu até as escadas, parando sob a marquise. Puxou o celular do bolso da jaqueta e fez uma ligação, de costas para mim. Ele ficou um minuto ao telefone. Então jogou o aparelho no chão, pisando nele algumas vezes, e correu de volta para o carro. Seu cheiro era perturbadoramente primaveril.

— Ok, acabei de ligar para minha madrasta nervosinha. Disse a ela que você me assustou, que estou de saco cheio da casa e toda sua estranheza, desse hábito dela de trazer pessoas desagradáveis, por isso fugi e vou ficar na casa do meu pai. Ele acabou de voltar da África e vou ficar lá. Ela nunca liga para o meu pai.

Ele quebrou o telefone para eu não ver se ele realmente ligara para Susan ou se estava apenas fingindo de novo.

— E o que você vai dizer ao seu pai?

— Lembre-se de que quando você tem dois pais que se odeiam, que estão sempre trabalhando ou viajando e gostariam que você saísse de suas vidas de qualquer maneira, você pode dizer muitas coisas. Sobra bastante espaço para trabalhar. Então você realmente não precisa se preocupar. Volte para a estrada. Depois, há um motel a cerca de três horas daqui. TV a cabo e um restaurante.

Voltei para a estrada. O garoto era mais astuto aos 15 anos do que eu com o dobro de sua idade. Eu estava começando a pensar que essa coisa de ser legítimo, pensar nos outros e ser benevolente era papo furado. Estava começando a pensar que esse garoto poderia ser um bom parceiro. Esse pequeno adolescente precisa de um adulto para se locomover pelo mundo, e não há nada que uma golpista possa utilizar mais do que um filho. As pessoas perguntariam "Qual é a sua profissão?" e eu diria: "Sou mãe." Pense quantas vezes eu poderia me safar, os golpes que eu poderia bolar, se as pessoas pensassem que sou uma doce mãe.

Além disso, a convenção Bloodwillow parece muito legal.

Entramos no motel três horas mais tarde, como Miles havia previsto. Ficamos em quartos separados.

— Durma bem — disse Miles. — Não saia no meio da noite, ou eu vou chamar a polícia e voltar com a história de sequestro. Prometo que é a última vez que vou ameaçá-la, não quero ser um babaca. Mas nós *temos* que chegar a Chattanooga! Vamos nos divertir muito, eu prometo. Não posso acreditar que estou indo. É meu desejo desde que eu era criança! — Ele fez uma dancinha estranha de comemoração e foi para o quarto.

O garoto era adorável. Também um possível sociopata, mas muito adorável. Eu tinha um bom pressentimento sobre ele. Eu estava com um garoto inteligente, indo para um lugar onde todo mundo queria falar sobre livros. Finalmente, sairia da cidade pela primeira vez na vida e precisava desenvolver meu novo personagem de "mamãe". Decidi não me preocupar: talvez nunca descubra a verdade sobre os acontecimentos na Mansão Carterhook (que tal para uma frase de efeito?). Mas eu estava ferrada ou não, por isso optei por acreditar que não estava. Convenci tantas pessoas sobre tantas coisas durante a minha vida, mas esse seria o meu maior feito: convencer a mim mesma de que estava sendo sensata. Não decente, mas sensata.

Deitei-me na cama e observei a porta do quarto ao lado. Verifiquei a fechadura. Apaguei a luz. Olhei para o teto e para a porta do quarto ao lado.

Arrastei a cômoda para a frente da porta.

Nada com que me preocupar.

UM JEITO MELHOR DE MORRER

PAUL CORNELL

Tradução de Ivar Jr.

O britânico Paul Cornell é escritor de ficção científica e fantasia em romances, quadrinhos e TV; é um dos dois únicos autores a serem indicados para o Hugo pelos três meios. Tem dois romances de fantasia urbana lançados, *London* Fall e sua sequência, *The Severed Streets.* Já fez roteiros de *Doctor Who* para a BBC e de *Batman e Robin* para a DC Comics — atualmente é o autor de *Wolverine* para a Marvel Comics. Teve contos publicados na *Isaac Asimov's Science Fiction Magazine,* na *Interzone* e em várias antologias.

O conto que se segue, de ritmo ágil e um pouco estranho, é parte de uma série de histórias que Paul Cornell tem escrito sobre o espião Jonathan Hamilton no Grande Jogo entre nações em uma Europa do século XIX onde a tecnologia seguiu um caminho muito diferente do da nossa linha temporal, explorando a habilidade de abrir e manipular dobras multidimensionais no espaço — histórias como *O prisioneiro de Zenda* escrito por Charles Stross, enquanto Hamilton luta para impedir desastres de forma divertida e extravagante, lembrando as aventuras de James Bond ou, mais ainda, de Dominic Flandry, criação de Poul Anderson, que poderia ser seu ancestral.

Nesta aventura, Hamilton se encontra preso em uma luta de vida ou morte com alguém tão perigoso e esperto quanto ele — ele mesmo.

UM JEITO MELHOR DE MORRER

Cliveden é uma das mais impressionantes casas da Grã-Bretanha. Fica às margens do Tâmisa, em Buckinghamshire, no fim de uma daquelas grandes avenidas que casas como essa guardavam e que faziam as carruagens subirem por elas, na época em que as carruagens eram o veículo de transporte mais utilizado. Em meio às vastas florestas, uma árvore *Grand Charles* das colônias americanas havia sido cultivada e moldada no formato de uma casa de hóspedes. A passarela feita com madeira de teixo leva até um ancoradouro que exibe, pintadas em sua rampa, marcas datadas e decrescentes que indicam a altura até onde a água já havia subido no ápice da estação das cheias. A rampa já havia sido estendida duas vezes para chegar até o rio. De dentro da casa, é possível observar por sobre o jardim num arco de 180 graus e enxergar um horizonte que, antigamente, era composto por pradarias que costumavam ficar inundadas, mas que hoje são campos cultivados. A vista da outra metade do mundo é o que alguém esperaria encontrar em uma propriedade de caça. Há uma colina íngreme e plana, mantida vazia para exibir os alvos contra o horizonte, com árvores de ambos os lados, lugares para onde os animais podem fugir. Há bases para as pessoas que espantam os animais de seus esconderijos. Há uma sacada com vista para o jardim, de onde as pessoas podem jogar mimos para quem está abaixo e fazer novas amizades. Em certas épocas do ano é possível ouvir o ruído das armas sendo disparadas, o chamado dos cães de caça e os gritos daqueles que perseguem suas presas, sem se deixar deter por cercas ou fossos. As valetas que cercam o pátio principal foram construídas para recolher o sangue.

Hamilton várias vezes trabalhava à paisana, e por isso conhecia as grandes propriedades. Eram os lugares onde a realeza se arriscava a ter uma vida social fora dos seus palácios, mas ainda assim exigiam que houvesse olhos atentos ao seu lado. Eram os lugares para onde os indivíduos que haviam perdido muito de suas almas no grande jogo, a ponto de terem que mudar de lado, eram levados. Casas como essa eram os lugares onde esses infelizes podiam entrar para se livrarem dos fardos que os oprimiam, onde suas palavras ajudariam a restabelecer o equilíbrio que suas ações haviam perturbado. Casas como essa também eram lugares onde oficiais como ele eram entrevistados após serem feridos ou depois de uma missão fracassada. E finalmente, sempre finalmente, eram lugares de onde pessoas como ele, às vezes, não retornavam. Eram o indicador que classificava a vida de um militar em Londres e quase metade da sua vida no exterior, a margem na qual as anotações condenatórias eram feitas. Casas como essa eram a manifestação física de como essas coisas sempre foram feitas, e suas plantas-baixas eram um lema típico da nobreza no interior da Inglaterra. Palavras que podiam ser lidas mesmo que o seu rosto estivesse enfiado na lama. Especialmente em momentos assim. Nas circunstâncias em que Hamilton se encontrava agora, a ideia o reconfortava. Mesmo assim, ainda não estava pronto para morrer.

Ele encontrou o convite sobre a mesa do desjejum: o nome da propriedade e uma data, que era aquele mesmo dia. A caligrafia era no novo estilo, o que significava que nenhuma mão chegara perto do papel, que ela havia sido ditada ao cartão como se pela voz de Deus. Hamilton não conseguiu identificar nada baseado na letra. Exceto o fato de que a convicção desse gesto indicava que, apesar de tudo, aqueles que tinham poder sobre ele ainda não duvidavam de quem eram e do que podiam fazer.

Pegou o convite sem a expectativa que talvez sentisse antes, apenas com uma sensação inconveniente e resignada de pavor. Essa era a resposta a uma pergunta que não havia expressado em palavras. Começou a sentir uma raiva mais profunda — um sentimento sem nome, inútil — do que qualquer sensação que já havia sentido antes. Sabia o que lhe era devido, mas estava cada vez mais convencido de que não receberia nada. O fato de que tinha algo a receber seria visto como um gesto impertinente da sua parte, um fardo para aqueles que haviam investido em outras áreas. Tinha somente um pedido a fazer, decidiu, olhando para o cartão entre os dedos entorpecidos: pediria que fosse mandado para contribuir para alguma causa perdida. Mas talvez essas situações pudessem ser encontradas apenas nas regiões dos bloqueios, e, se eles não o quisessem por perto, com certeza não iriam permitir que Hamilton assumisse uma posição por lá. Mesmo assim, decidiu confiar naquela ideia enquanto se vestia adequadamente e fazia as malas para ir para o campo. Entretanto, mesmo essa esperança começou a se parecer com um ato de traição e covardia. Um homem condenado não deve pedir nada ao carrasco. Seria como se ele começasse a implorar.

Ainda assim, a esperança permaneceu com ele. Brincava com ele. Seu próprio equilíbrio o traía enquanto se preparava. Um tolo, disse a si mesmo, imaginaria que estava indo a Cliveden para receber o que lhe era devido. Pelo menos para receber os agradecimentos por tantos anos de serviço e um adeus cordial. E procurou se certificar de que não tinha esperanças de que isso acontecesse.

Agora ele a observava, de dentro da carruagem, conforme o veículo balançava enquanto descia a avenida que levava a Cliveden. Não viu ninguém perto da propriedade, nem um único operário nos campos. Isso era extraordinário. Normalmente haveria uma enorme quantidade deles por ali, acenando para qualquer carruagem do alto das suas enormes colheitadeiras, arados e cavalos de propulsão. Hamilton não fazia ideia de quantos servos eram necessários para manter uma propriedade como Cliveden, mas o número devia chegar às centenas. Tradicionalmente, o número seria excessivo; na verdade, "um trabalho para cada homem, e várias dessas tarefas se resumem a ficar à disposição, caso seja necessário", como algum debochado descrevera certa vez. Nas duas ocasiões em que ele vira um oficial morrer em lugares como esse, o ato ocorreu (num dos casos, como se fosse um acidente; no outro, e isso era uma cena que ele levaria consigo para o túmulo, como se fosse um suicídio) em algum lugar distante, longe dos olhos dos trabalhadores. Não era preciso mandar que todos se afastassem. Mas não, ele se deteve. Com certeza isso era somente uma versão maior do que havia visto em Keble, não? Hamilton estava criando novos horrores para si mesmo, sem qualquer nova evidência.

A carruagem parou no final da via de acesso e Hamilton desceu, pisando o cascalho. Seu joelho se moveu com um espasmo e ele quase caiu. Estava ficando velho. Imaginou se estariam observando isso, e reprimiu a ideia de que não se importava. Ele se importava, sim. Devia se importar. Vir até aqui numa carruagem foi um ato perdulário, percebeu, quando atualmente podia entrar em um túnel que se abria em seus próprios aposentos em Londres. E ele trouxe uma valise consigo, como se não estivesse disposto a, caso precisasse se vestir de maneira adequada para o jantar, retornar da mesma maneira. Estava criando afirmações silenciosas com essas ações. Afirmações que demonstravam sua teimosia. Similares às que fez, como se tivesse a intenção de pôr um ponto final em seus anos de serviço, naquela noite em Keble. Dar-se conta disso o irritou mais do que qualquer outra coisa. Apenas idiotas e criminosos não sabiam o motivo pelo qual faziam as coisas. Parecia que ele não era mais forte o bastante para afastar aquele destino. Chegar até aqui como alguém que se curvava ao comando daquelas outras vozes dentro de uma única voz, à dor, ao desejo ou ao egoísmo, por ter permitido que essas ameaças ao equilíbrio houvessem crescido e se enraizado dentro de alguém, e perceber isso somente naquele momento, ao cruzar o limiar... era um convite para que os poderes nessa casa o aniquilassem. E teriam o direito de fazê-lo.

Ele se permitiu sorrir com o alívio que aquela ideia lhe trouxe. *Eles teriam o direito de fazê-lo*. Se conseguisse aceitar isso, tudo ficaria bem.

Ele havia trazido a valise. Não iria vacilar e correr para tentar devolvê-la desesperadamente como um novato em pânico. Se de repente fizesse ou dissesse ou desse a impressão de que qualquer de suas ações não ocorria por vontade própria, mas que havia surgido da sua outra metade que devia estar sob controle, então o equilíbrio ainda poderia ser restaurado, mesmo que isso lhe custasse a vida. Não precisava se preocupar com isso.

Mas um pensamento ainda lhe surgiu na cabeça: aqueles que tinham sua vida nas mãos não pareciam valorizar tanto o equilíbrio nos dias de hoje, não é?

Tal pensamento era como se uma morte muito maior estivesse à sua espera.

Se o mundo estivesse tentando instigá-lo a derrubar seu próprio castelo de cartas, tal coisa ocorria porque isso era tudo que as pessoas pareciam estar fazendo agora. Ele estava hesitando em seu propósito, realmente hesitando. Havia encarado sua vida como se fosse um castelo de cartas.

Talvez o mundo estivesse morrendo também.

Talvez todas as pessoas da sua idade se sentissem assim.

Mas será que alguém chegava a ter essa sensação em circunstâncias como essa?

A carruagem finalmente foi embora. Ele se forçou a dar um passo à frente, observando a valise que estava presa inescapavelmente em sua mão.

Descobriu que tinha ordens nos olhos. Não devia entrar na casa, mas sim na floresta.

Ele enveredou por uma trilha sinuosa que ia até os limites da floresta. O dia estava nublado, mas as sombras que vinham do interior da floresta estavam inclinadas em ângulos impossíveis, como se houvesse alguém ali dentro iluminando um palco.

Adentrou a floresta.

A trilha o fez passar diante de árvores derrubadas, cortadas há pouco tempo por um lenhador que agora estava ausente. Parou para escutar os sons da natureza. Mas não havia nenhuma serra, nenhum eco distante de metal contra a madeira, nada de grandes máquinas. Era estranho que o efeito pudesse ser tão abrangente.

Chegou à borda de uma clareira. Era dali que vinha aquela luz estranha. Parecia ser verão nesse lugar, porque a luz vinha de cima. O ar estava um pouco mais quente. Hamilton manteve a expressão firme. Caminhou lentamente em direção ao centro e viu árvores que não deveriam estar ali. Queria seguir as regras de etiqueta, mas isso era difícil quando aqueles a quem ele precisava se dirigir já haviam abandonado todo o decoro. Era como se houvessem agarrado a fita da medalha que ele ostentava e depois se jogassem dentro de um poço. Teve vontade de gritar com eles. Sentiu-se mal por ter vontade de gritar com eles.

Dirigiu-se à mais alta das árvores.

— O senhor mandou me chamar?

Poucas semanas antes, ele havia sido convidado para se encontrar com Turpin em Keble. Seu oficial superior era um dos convidados do reitor, e ele pediu a Hamilton que o acompanhasse na Mesa de Honra. Naquele momento, pareceu ser a coisa mais natural do mundo, já que Keble foi a faculdade onde Hamilton estudou e se formou. Ele foi até Oxford, como de costume, e deixou que os Porters se ocupassem com o Morgan como de costume. Parou por alguns momentos diante da capela, pensando em Annie e na terrível falta que ela fazia. Mas ainda era capaz de olhar para a capela e sentir algum prazer naquilo. E ficou satisfeito com a própria compostura, também. Naquela época, estava de licença há várias semanas. Devia ter percebido que o período era estranhamente longo. E antes disso havia sido usado para tarefas de pouca importância, atribuídas a ele por oficiais de baixo escalão, e nem chegou a receber permissão para retornar ao pelotão dos dragões de cavalaria que haviam sido destacados para uma temporada infindável de exercícios na Escócia. Ele devia ter compreendido, antes que isso lhe fosse revelado, que estava sendo mantido longe de algo importante.

Foi nos aposentos do reitor em Keble que Turpin surgiu pela primeira vez em sua vida, havia tantos anos, e pela primeira vez perguntou-lhe sobre o que achava de trabalhar sem envergar o uniforme. Para algumas pessoas, disse ele, o equilíbrio, a ponderação e mudanças que ocorrem a cada momento em tudo, desde a força militar até a ética pessoal que impediam que a guerra irrompesse entre grandes nações e suas colônias do outro lado do sistema solar, eram algo que era sentido, algo corporal. Isso fora um ou dois anos antes de os teólogos médicos terem conseguido compreender como, na realidade, o equilíbrio estava presente dentro da própria mente. Naquela época Turpin já era como Hamilton sempre o conheceu, com um rosto que era uma colcha de retalhos feitos com pedaços de pele artificial após passar por seu treinamento nas ruelas de Kiev e nas trincheiras imundas do Zimbábue.

Mas, ao entrar nos aposentos do reitor nessa ocasião mais recente, após décadas de serviço, Hamilton pegou-se batendo continência para um Turpin diferente. Suas feições eram lisas e todos os traços da sua experiência haviam sido removidos. Cuidadosamente, Hamilton não reagiu. Turpin não fez nenhum comentário.

— Um grupo interessante esta noite, major — disse ele, indicando aqueles que estavam reunidos sob o teto do reitor com um movimento de cabeça. Hamilton olhou. E, agora que se lembrava da ocasião, aquele foi o momento em que seu próprio equilíbrio começou a adernar perigosamente rumo ao colapso.

Junto dos uniformes de gala, dos trajes elegantes para noite e dos colarinhos clericais, havia um pequeno cervo.

Não era um animal de estimação exótico. Seu olhar seguia os movimentos de um diálogo e logo ele estava participando da conversa, com a boca formando palavras de uma maneira horrivelmente humana. Hamilton olhou de relance para onde um esvoaçar de cortinas translúcidas conversava com o capelão. Nas proximidades, um pilar giratório feito por... o que pareciam ser pássaros que caíam sem parar, ou coisas que não eram pássaros, mas imitações de brasões heráldicos em geral ostentadas pelos Forasteiros cujas forças agora cercavam o sistema solar. Ele havia imaginado que a queda era o objetivo, em vez de... Ele queria chamar aquilo de vestido... ser uma celebração da ideia de que os Forasteiros poderiam se unir e criar seus planos em grandes massas giratórias. O pilar sustentava um cálice de vinho, e de algum modo era sustentado por todas aquelas formas que caíam ao seu lado. Essas criaturas eram todas damas, presumiu Hamilton. Ou, pelo menos, esperava que fossem.

— Só se fala disso no Palácio — disse Turpin. — É tudo relativo a isso, relativo àquilo.

Hamilton não conseguiu encontrar nenhum comentário sensato para fazer. Já havia ouvido falar sobre tais coisas, obviamente. O bastante para desdenhar delas e depois mudar de assunto. O fato de que o novo rei houvesse permitido, ou mesmo estimulado, esse tipo de coisa, para talvez continuar a envergonhar Elizabeth... Ele se recompôs. Estava pensando na rainha e não podia se permitir sentir-se tão íntimo dela quanto poderia nem pensar sobre seu marido.

— Não é o tipo de coisa de que você gosta? — perguntou Turpin.

— Não, senhor.

Turpin parou por um momento, considerando, e ofereceu um novo assunto:

— O Bodlean, eu creio, agora é infinito.

— Ótimo.

Turpin indicou o canto do salão com a cabeça.

— E então, o que me diz dele?

Estava indicando um rapaz que conversava com uma bela mulher. A primeira sensação de Hamilton foi a de que o rapaz lhe era familiar. Então percebeu. E pela primeira vez encontrou a raiva que não o abandonou desde então. Foi isso que as naves dos Forasteiros derrubadas haviam trazido até aqui. É claro que nem tudo seria usado para ostentação. Ou então, talvez, a ostentação houvesse invadido a guerra.

Era como olhar para o filho que ele nunca teve, para o próprio rosto sem tudo que o tempo havia escrito nele. Por um momento sentiu o fantasma de um pensamento, como se lhe houvessem arrancado o momento de ver um filho. Esse foi o primeiro de muitos fantasmas.

O cabelo era mais escuro. O corpo era mais esguio, com quadris mais proeminentes do que os ombros. O garoto não usava um uniforme, mas sim *black-tie*, então não haviam conseguido, ou mesmo desejado, colocá-lo no regimento. A jovem com quem o rapaz conversava o cutucou e ele olhou na direção de Hamilton. Foi o choque de encarar um espelho. Os olhos eram os mesmos. Ele não sabia qual era a sua expressão naquele instante, mas sua versão mais jovem abriu um sorriso quando os olhares dos dois se cruzaram. Não mostrava um mínimo de deferência. E também não era atraente. Porém Hamilton o reconheceu. Conteve sua irritação, sabendo que esse garoto seria capaz de perceber e identificar suas reações sem qualquer dificuldade. Hamilton não fazia ideia de como esse tipo de coisa era possível agora. Essa reunião de pessoas devia ser uma ocasião bastante segura para que os dois pudessem ser vistos juntos. O garoto esperava que isso acontecesse. Tivera permissão para isso.

Ele se virou para seu oficial superior com uma sobrancelha erguida.

— Quem é a garota?

Turpin fez uma pausa, embasbacado pelo fato de Hamilton não tecer nenhum comentário sobre o garoto.

— Seu nome é Nada Preciosa.

— Pais que gostam de desafios?

— Talvez seja um *memento mori*. Ela está...

— Com o Colégio dos Arautos, sim. — Hamilton viu as cores na estola de seda que ela usava, um lugar incrível para exibi-las.

— Bem, só por enquanto, na verdade. Ela é uma arauta de alto escalão, mas foi colocada sob vigilância.

— Por causa dele. — Hamilton achava bastante inquietante a ideia de que uma dos arautos estivesse ligada a uma criatura tão estranha quanto o garoto. Os arautos decidiam sobre a procriação, sobre famílias e nações. O Colégio guardava os registros de todas as linhagens familiares, decidia os detalhes dos brasões e era a autoridade final em qualquer questão que envolvesse um cerimonial grandioso ou assuntos relativos a heranças. É claro, a cada uma ou duas semanas alguém ouvia rumores de que o Colégio estava a beira de ser dissolvido ou denunciado, quando os arautos tentavam e não conseguiam encontrar um novo jeito de protestar contra os novos modos de se portar. Pareciam ficar continuamente atordoados com o fato de que Sua Majestade, o rei, estava sendo tão mal assessorado. Uma parte desses conflitos havia chegado até mesmo aos jornais da manhã. Mas tudo quase sempre desaparecia quando chegavam as edições vespertinas. Para Hamilton, a ideia de organizações públicas às turras umas com as outras era como a ideia de um homem dar um soco no próprio rosto. Era uma blasfêmia física bastante adequada a esta era, uma indicação do ponto aonde as coisas haviam chegado.

— Você não tem mesmo nada a dizer sobre ele? —perguntou Turpin, interrompendo aquelas reminiscências.

Hamilton fingiu parar um momento para pensar.

— Como ele se sai no estande de tiro?

— É razoável. Você sempre foi razoável. — Ele não enfatizou a palavra *você*.

E então o reitor bateu em seu cálice com uma colher, e todos, damas e cavalheiros e a *trompe l'oeil* e o pequeno cervo, entraram para o jantar.

Hamilton ficou aliviado ao descobrir que sua versão mais jovem foi até a extremidade mais distante da mesa de jantar que repousava sobre uma pequena elevação no fundo do salão. Em qualquer outra circunstância, seria desconfortável estar de volta a esse lugar com o cheiro do lustra-móveis e as luzes de vela, mas, olhando para as mesas dos estudantes, percebeu que faltava alguma coisa. Normalmente haveria inúmeros servos andando por entre as fileiras, trazendo pratos de comida e enchendo copos e cálices. Subitamente, ele viu uma dessas refeições surgir ao lado de um jovem que falava sem parar, algo que não causou qualquer surpresa no rapaz. Hamilton estava sentado de frente para Turpin e voltou a olhar para ele.

— Serviços ocultos — disse seu superior. — Acontece em muitos lugares hoje em dia. Os servos andam por uma dobra infinita, que, em termos práticos, é um mundo opcional vazio à margem do mundo real. Mais um uso para os novos motores. E bem mais inteligente, como você tem que admitir.

Hamilton não sentiu necessidade de concordar com as opiniões do seu velho mentor. Imaginava se as novas feições suaves e impecáveis do rosto do homem se devessem ao fato de que também era uma versão mais jovem. Mas não, com certeza não era o caso. Ali ainda estavam a experiência e o tom de voz aos quais estava acostumado. Turpin percebeu aquele olhar.

— Um dos militares que agem sem uniforme o encontrou para mim — disse, como se estivesse conversando sobre uma carruagem. — Assim que os grandes poderes reconheceram que vários dos motores que caíram em nossas mãos nos deram acesso a mundos opcionais, fora do equilíbrio, o Palácio achou que caberia a nós o dever de começar a mapeá-los para descobrir até onde levam esses túneis de dobra aberta. Nossos grupos regimentais de caça têm ido a praticamente todos os lugares.

Hamilton pensou que entendia por que não havia sido incluído nessa campanha.

— Incluindo outra versão de você?

— Várias outras. O proprietário original desta aqui tinha somente um ou dois Newtons de diferença para o original. Bem, em termos físicos. No lugar de onde ele veio, não ocorreu nenhum de nossos conflitos e é por isso que suas feições não estão tão castigadas. Nossos rapazes o colocaram na mala e, quando voltaram, conectaram sua mente a um túnel infinito. É como usar um terrier para desentocar uma raposa. Enquanto ele estava fora eu entrei, usando o mesmo método. Vai servir para que eu continue em ação por mais algum tempo.

Hamilton percebeu que estava analisando aquela frase. Seu equilíbrio havia sido perturbado pelo rapaz e assim ele se permitiu aquele pensamento sedicioso, porque não lhe pareceu tão perigoso, de que Turpin estava tentando encontrar, como ele mesmo disse, não uma extensão do seu tempo de serviço, mas, na realidade, uma vantagem tática na corte. Agora ele era mais parecido com aqueles a quem servia. E não importava a distância que isso colocasse entre ele e seus oficiais.

— E se mundos opcionais começarem a nos atacar da mesma forma?

— Foi a primeira coisa em que pensamos. Parece que somos únicos, pelo menos em relação a todas as opções mais próximas. Somos os únicos que encontraram os Forasteiros. Ou então, talvez eles só existam neste mundo. Se eles começarem a surgir por toda parte, é possível que tenhamos que começar a fazer tratados com Bretanhas opcionais ao invés de atacá-las.

— E estender o equilíbrio a elas?

Turpin ergueu as mãos. Talvez sentisse que isso estava além do seu dever ou da sua compreensão.

— Como é possível que existam versões mais jovens das pessoas? Como pode haver um mundo opcional onde... eu... tenho a idade dele?

— Esses mundos se formam em ondas, pelo que me disseram.

— Assim como as ondas que interferem umas com as outras neste mundo para criar os altos e baixos do equilíbrio?

— É possível. — Ali estava a impaciência com a questão do equilíbrio de novo. — Algumas ondas estão um pouco atrás de nós no tempo, e outras estão um pouco adiante.

— E há algumas outras opções onde existam cervos falantes e pilares de pássaros? Ou são apenas exemplos do que vem por aí?

— Um pouco de cada. Há uma gama enorme de opções, no total.

Turpin se inclinou um pouco para a frente, como se desejasse que Hamilton fosse direto ao ponto. E Hamilton ficou contente por não ter sido a pessoa que os levou até lá.

— Escute, aquela versão mais jovem de você é o primeiro da sua espécie que foi trazido para cá. A mente naquela cabeça pertence a ele mesmo. É um bom rapaz, um voluntário de um mundo tão parecido com o nosso que não havia um átomo de diferença.

— Exceto pelo fato de não haver Forasteiros?

— Exato.

— E por não haver equilíbrio?

— Sim, sim!

Hamilton imaginou se Turpin planejava colocar sua mente na cabeça do rapaz. Mas ele dificilmente teria convidado os dois para a mesma ocasião social antes.

— Se podemos fazer tudo isso agora, e eu não sabia que poderíamos...

— Vou lhe dizer uma coisa em caráter oficial. Você vai perceber, se prestar atenção, que as suas lentes já reagiram ao meu tom de voz. Você não vai poder falar sobre isso com ninguém. — Ficou subitamente decepcionado com a expressão assustada no rosto de Hamilton. — Não que você fosse fazer isso, é claro!

Os modos de Turpin pareciam ter mudado com o seu novo corpo. Isso também foi chocante, um choque como aquele que alguém sente às vezes ao ouvir sobre coisas que foram ditas e feitas na corte.

— Se podemos fazer tudo isso agora que temos os motores deles, por que os Forasteiros não podem abrir um túnel nos bloqueios, aparecer em Whitehall e nos atacar?

— Boa pergunta. As grandes potências estão analisando essa questão. Juntas. — Haviam sido divulgadas informações suficientes para que Hamilton compreendesse que havia um grau significativamente maior de cooperação entre as cortes das grandes potências da Europa. A chegada dos Forasteiros havia levado a isso, no momento em que a captura acidental dos novos motores em várias partes do sistema solar poderia ter abalado o equilíbrio. Era aí, suspeitava ele, que a mão da divindade estava presente, em meio a tudo isso. Se é que estava em algum lugar.

— A principal teoria no momento é que, por algum motivo, os Forasteiros proíbem, entre si, o uso de mundos opcionais. Isso seria um princípio da religião equivocada que eles praticam, seja ela qual for. O opcionalismo talvez seja apenas um efeito colateral do que usam como propulsão. Mas até agora só conseguimos compreender o efeito colateral, e não a propulsão em si.

— Podemos usá-la para surpreender os Forasteiros?

— É exatamente nisso que estamos trabalhando.

Esse era o tipo de conversa que Hamilton estava mais acostumado a ter com seu oficial comandante. Percebeu que se arrependia das suas reações anteriores, compreendendo-as, recuperando o autocontrole. Essa noite, fosse lá o que fosse, certamente havia sido planejada para servir como um teste do seu caráter, e até agora ele não havia se saído muito bem. O que ele *sentia* sobre qualquer coisa era algo tão irrelevante agora quanto sempre fora.

Turpin passou o restante do jantar sondando-o a respeito de vários aspectos das estratégias compartilhadas de defesa que estavam sendo adotadas pela "grande aliança" das principais potências. Todos os dias algum novo território ou potência era anexado ao grupo. A Saboia, mais recentemente. Havia até mesmo rumores de que os turcos iriam se juntar à aliança. Hamilton quis perguntar onde estava o equilíbrio em tudo isso. O que aconteceria se todas as nações estivessem do mesmo lado? A chegada dos Forasteiros e seus motores, ao mesmo tempo, seria o choque fatal, o momento final no qual o equilíbrio desmoronaria e se transformaria em alguma nova e verdadeira realidade social, como os especialistas no assunto viviam teorizando? Era o que estava acontecendo ao redor de todos eles agora? Ele sempre imaginou que esse momento seria grandioso, não apenas uma questão de encontrar animais selvagens no salão do reitor. Ou isso era apenas uma agitação particularmente feroz do pêndulo, que acabaria por se estabilizar num movimento mais gentil?

Mas Turpin, fiel à sua nova forma, passou a noite inteira sem mencionar o equilíbrio, exceto quando se juntou à prece antes da refeição. Parte de Hamilton tinha esperado que um dos divinos iniciasse um debate sobre o assunto. Ele soube, enquanto conversava sobre assuntos corriqueiros com sua arrumadeira, Alexandria, que nem tudo estava bem entre o clero e que o próximo sínodo em York seria duro para Sua Majestade e sua implacável comunidade de nações, mas não havia nenhum sinal de que isso estivesse acontecendo ali. Esses clérigos, em particular, estavam tão contentes em vagar por entre essas coisas quanto aquela arauta.

Durante todo o diálogo, Hamilton manteve o olhar fixo em seu superior. Não queria ser visto esticando o pescoço para olhar na direção da versão mais jovem de si mesmo. Continuou a fingir tranquilidade. E esperava que não estivesse passando uma impressão de afetação. O sino tocou, os alunos começaram a sair e o reitor chamou os convidados para seus aposentos para beberem conhaque. Turpin anunciou que queria conversar com alguém e foi na frente.

Quando Hamilton entrou, o homem mais jovem veio em sua direção para interceptá-lo. Preciosa estava com ele. Tinha uma expressão de interesse no rosto. Turpin já havia chegado ao outro lado da sala, graças a Deus, então não haveria ninguém para tentar fazer uma apresentação desajeitada entre os dois. Mas Hamilton sabia que o olhar do seu oficial superior estaria fixo nele agora. Ainda não sabia o que esperavam que fizesse. Mas, se isso fosse um jogo, Hamilton iria vencê-lo.

— Major — disse o rapaz —, não tenho como descrever o quanto eu estava ansioso por este momento.

— Eu gostaria de poder dizer o mesmo. — A frase soou como um insulto. Assim, ele retesou os músculos do queixo e deixou que a impressão se estabelecesse. — Onde foi que encontraram você?

O rapaz não parecia ter ficado perturbado.

— Ah, em algum corredor empoeirado do que alguém ainda pode chamar de realidade.

— O modelo deste ano. — Hamilton não conseguiu evitar olhar para Preciosa em vez de para seu eu mais jovem. Ela retribuiu o olhar. Hamilton se perguntava de quantas maneiras ela estaria comparando os dois.

— A maioria das pessoas teria muitas perguntas a fazer — disse o jovem.

— A natureza da inocência é questionar. A natureza do dever é aceitar.

— E a natureza da idade é confiar demais em si mesma. — O garoto estava pronto para ficar irritado se sentisse que devia agir assim. Parecia ter plena consciência da sua honra. Com certeza também estava sendo observado. E foi por isso que Hamilton mexeu com seus brios naquele momento: para verificar seu autocontrole, ou a falta dele. Aquela racionalização, desagradavelmente, só foi percebida por Hamilton após o fato ocorrer.

Talvez o objetivo daquela situação fosse avaliar qual dos dois demonstrava mais graça? O garoto havia sido informado do destino que o aguardava, se fracassasse nesse teste? Hamiton poderia estar tendo uma oportunidade de inspecionar seu novo... veículo? Ou o rapaz seria o seu substituto? Ele não podia se deixar dominar por essa possibilidade. Em vez disso, Hamilton dirigiu-se educadamente a Preciosa. Era uma mulher esguia, com longos cabelos ruivos que contrastavam com um vestido verde para a noite que... sim, a influência da opcionalidade também estava presente ali: o vestido foi, ou ainda era, uma campina ensolarada. Estar na presença dela não era o mesmo que ver a paisagem e estar naquele lugar. Ela estava acostumada a ser observada e fazia questão de procurar oportunidades para que isso acontecesse. As sardas não pareciam infantis em seu rosto, mas de algum modo se somavam à seriedade passional daqueles olhos que exibiam uma expressão de intenso interesse, um desafio ao mundo que se equiparava ao do vestido. E tinha uma boca convidativa.

— E então — disse ele. — Onde você me conheceu?

Ela abriu um sorriso, mas não riu.

— Fomos apresentados no Colégio dos Arautos. O coronel Turpin o trouxe em uma visita. Mas percebo que *nós* não fomos apresentados.

— Você terá que me perdoar. Imaginei que já tivéssemos certo... grau... de intimidade.

Hamilton imaginou se ela ficaria ofendida com aquilo. Mas a mulher sorriu em vez de se ofender. Ainda assim, foi um sorriso forçado. Não estava totalmente habituada com o vale-tudo que era socialmente aceitável nos dias de hoje, então. Ainda era uma arauta em seu íntimo. Hamilton encontrou algo de que gostou nela. Uma descoberta que não devia surpreendê-lo, supôs.

— Por que você acha que Turpin queria que nos conhecêssemos? — perguntou o garoto.

— Talvez ele queira escolher um novo terno e deseje experimentar os dois. — Ele voltou a olhar para Preciosa, como se sugerisse que poderia estar fazendo a mesma coisa. Ela simplesmente ergueu uma sobrancelha delicada.

O garoto se interpôs entre os dois. Havia decidido que era necessário trazer aquela contenda ao mundo físico e também o meio pelo qual faria isso.

— Diga-me, major., o senhor joga cartas?

O reitor, sem dúvida encorajado por Turpin, não demorou a se animar com a possibilidade de um jogo. O grupo seleto de convidados, que certamente já havia se dado conta do que estavam observando quando olhavam para Hamilton e o seu eu mais jovem, estava intrigado e conversava em voz alta sobre aquilo. Ele supunha, enquanto as cartas eram preparadas e voltava a observar os convidados, que havia grupos de pessoas como esse por toda a Grã-Bretanha agora, na maioria dos elegantes salões de festa, mudando suas formas, idades e aparências e mandando o equilíbrio às favas, e que de agora em diante todos estariam ansiosos para colocar as mãos no que havia de mais novo e extremo como se fossem malditos islandeses. Talvez aquilo tivesse ocorrido por causa do bloqueio. Talvez todos estivessem começando a dançar enquanto o navio afundava.

Alguém decidiu que o jogo seria o pôquer do relógio. Nem ele nem o rapaz o conheciam. E, novamente, Hamilton supôs que aquela decisão não fora tomada por acaso. Cada um puxou dez cartas de um novo baralho, um dentre uma série que estava sendo disposta sobre a mesa. Enquanto isso Hamilton bebeu um Knappogue Castle da destilaria de Tullamore, um uísque irlandês que misturava cevada maltada e grãos não maltados em sua composição. Nada que fosse servido ali ou na Mesa de Honra era o tipo de coisa que as lentes em sua cabeça conseguiriam ignorar. Essa era a razão da existência de noites como essa. Para entender a realidade, era o que se pensava na época em que as pessoas convidadas para virem até ali ainda se interessavam por isso, supunha Hamilton. Assim, isso indicava que ele estava aceitando uma desvantagem. O rapaz, é claro, teria que fazer o mesmo, e, apesar do olhar de advertência de Preciosa, tomou uma dose igual.

A ideia era formar combinações de valores diferentes ao se descartar cartas e pegar novas de outro maço. Mas a natureza do que constituía uma combinação válida mudava de acordo com o tempo; cada arco de dez minutos no relógio de bronze polido do reitor decidia as regras daquele período. Havia também um limite de alguns segundos que ditava quanto tempo os participantes podiam demorar para fazer suas jogadas, de modo que um deles não pudesse simplesmente esperar até que o terreno ficasse mais favorável. Assim, Hamilton percebeu, enquanto os dois esperavam que o sino da capela soasse as nove horas, que um dos jogadores poderia guardar cartas para tentar ganhar a vantagem em estágios posteriores do jogo, ou começar a fazer os descartes de maneira constante, buscando os valores médios em vez de esperar por uma mão devastadora. O tempo e o significado nesse jogo eram interconectados de uma maneira bizarra. Uma projeção inteligente e um pouco espalhafatosa foi estampada na parede atrás de ambos, assustando o cervo. A projeção tinha todos os tons de cor e linhas borradas que indicavam um cortesão que prestava atenção demais ao gosto estético de Sua Majestade. Dizia-se que a aparência do salão de baile em Hampton Court mudava dependendo de onde uma pessoa estivesse, e frequentemente mostrava-se apenas como um borrão de movimentos, como se fosse visto a partir de uma carruagem. Várias damas já haviam caído como resultado disso durante uma das novas danças, que Hamilton teve a impressão de se parecerem com galopes sem qualquer graça em que o tempo da música mudava continuamente, em que as pessoas podiam colidir a qualquer momento, e era difícil saber onde elas estavam. Os dançarinos não demoraram a culpar suas próprias deficiências em vez de questionarem aquele cuja perspectiva foi a responsável por criar tudo isso. E era o que deveriam fazer, é claro, pois essa era a maneira correta de se comportar. O que é que Hamilton tinha na cabeça? Ele repreendeu a si mesmo mais uma vez.

Os dois sacaram as cartas para compor suas mãos iniciais. O garoto o fitou nos olhos outra vez. Nada de sorrisos agora. Subestimar o rapaz seria óbvio para Hamilton. Ele não faria isso. Seria como mentir sobre si mesmo. Deixou que seus olhos se erguessem acima do oponente, que estava sentado, e que permanecessem por um momento onde não deveriam.

— O que você está olhando? — perguntou o garoto, sem se virar.

— Nada — disse Hamilton, e voltou a olhar para as suas cartas, erguendo a sobrancelha de uma maneira calculada com precisão.

Na primeira rodada de dez minutos, Hamilton obteve uma larga vantagem, pois seu oponente não conseguiu marcar nenhum ponto, ao passo que ele baixou combinações simples e óbvias. O garoto parecia sempre estar esperando uma última carta para montar uma combinação vencedora. Hamilton reconheceu aquilo em si mesmo. Era algo que o serviço militar tinha arrancado dele.

Uma salva de aplausos e gritos de júbilo e a batida da colher do reitor no cálice marcaram o final da rodada, e na hora o rapaz exibiu o que tinha nas mãos, as combinações que não conseguira usar para pontuar antes, colocando-o na dianteira da disputa e provocando uma nova onda de aplausos com o gesto floreado. Hamilton se perguntou se haveria alguém naquela multidão torcendo por ele, ou se, para aqueles que vieram à festa vestidos como uma miragem, a versão mais velha de um indivíduo fosse automaticamente menos interessante. Olhou de novo para Preciosa e imaginou ter percebido algo em sua expressão. Por que ele tinha a sensação de que ela não tinha exatamente a mesma opinião? Ela mordia o lábio, os olhos saltados pela empolgação causada pelo jogo. Ele voltou a se concentrar no garoto.

— Você conhece bem as fábulas? — perguntou para disfarçar algo que estava se formando em suas cartas. — Devagar e sempre, a tartaruga ganha a corrida.

— Sim, os gregos iriam adorar este jogo. — E baixou a primeira de uma série de combinações rápidas, acumulando pontos constantemente e colocando-se na dianteira, tentando forçar Hamilton a apostar em algo que poderia nunca vir a acontecer. — Ele é cheio de transformações.

— Ainda assim, dificilmente pode ser chamado de clássico.

— O que é visto como clássico muda com o passar do tempo, assim como todas as outras coisas.

Então ele parecia compartilhar das opiniões que possibilitaram a sua chegada a esse lugar. Ou estava disposto a se juntar ao coro, pelo menos. Mas com certeza devia se sentir como se ainda fosse um escravo, um espólio arrancado de uma província invadida por uma tropa de conquistadores, não? Afinal, o próprio Hamilton tinha um pouco disso em si. Hamilton arriscou uma olhada rápida na direção de Turpin e decidiu aumentar a temperatura.

— Vamos deixar isto mais interessante? — Ao perceber que o sotaque do garoto era refinado, decidiu deixar seu irlandês um pouco mais perceptível.

— Quanto?

Hamilton tentou se lembrar do que seria necessário para quebrar sua conta bancária quando tinha vinte e poucos anos. Não era muito menos do que seria necessário atualmente. Ou isso era um efeito da sua memória distorcendo o tempo outra vez? Não queria mencionar um valor que o garoto considerasse uma ninharia. Ainda assim, o valor do dinheiro não havia mudado tanto no decorrer dos anos, apenas o seu conceito de quanto seria suficiente.

— Mil guinéus? — Houve um murmúrio geral de espanto entre as pessoas que assistiam ao jogo. Hamilton percebeu imediatamente o seu erro. Deu a impressão de que só estava provocando o garoto. Preciosa fazia sinais negativos com a cabeça para o rapaz, indicando que ele devia baixar as cartas que tinha na mão. — Ou não, talvez não, digamos...

— Mil guinéus. — Aquilo acordou o garoto. É claro que sim. Hamilton jogara a isca para ele bem diante da sua garota.

Ele teria feito o mesmo com aquela idade se Annie estivesse ali; poderia ter feito o mesmo agora. Não iria humilhar o seu eu mais jovem recuando da aposta.

— Tudo bem, então.

As três rodadas seguintes pareceram ocorrer em um instante. Hamilton e o garoto mal levantaram os olhos enquanto sacavam cartas, consideravam, baixavam e o reitor anunciava os escores conforme o jogo prosseguia. Os ases podiam ter o valor máximo ou o mínimo para formar as combinações. A ordem das cartas com as figuras da corte, para espanto de alguns dos presentes, que ao se verem sob pressão acabavam por revelar uma mentalidade mais tradicional, também mudava. E o Embaixador, o Cavalo e o Diabo às vezes podiam aumentar ou diminuir o valor das cartas com números dos naipes de copas, espadas, paus e ouros.

Faltando onze minutos para o fim do jogo, todas as pessoas haviam cercado a mesa onde Hamilton e o rapaz estavam suando, olhando para as suas mãos e também se entreolhando, sacando cartas e baixando-as, cada vez mais rápido. Hamilton estava considerando o baque que a perda de mil guinéus representaria. Teria que vender alguma coisa, talvez o Morgan. Seria capaz de lidar com essa pressão devido à sua experiência e treinamento. O garoto possuía a certeza e a indestrutibilidade da juventude, mas tinha mais a perder. Até mesmo a própria vida, se não pudesse pagar, ou se aquilo que tivesse no lugar de uma família ou um regimento decidisse que a sua existência não valia aquela despesa. Talvez sua vida, ao menos como uma mente em seu próprio corpo, fosse dependente do jogo maior do qual ambos estavam participando essa noite, fosse lá qual fosse. Hamilton ignorara uma pontada de culpa. Era por essa razão que ele estava jogando, não? Não para prejudicar o rapaz, mas para desequilibrar o seu jogo. Ou aquele jogo realmente era a única coisa que estava acontecendo? Ele logo se repreendeu por perder a concentração naquele segundo, ao perceber, quando fez sua jogada, que podia ter segurado algumas daquelas cartas por mais um momento e conseguido uma pontuação maior. O grupo de convidados aplaudiu o início da última rodada e a última mudança nas regras. O garoto estava na dianteira por pouco. Ele mal considerava cada combinação que tinha nas mãos antes de baixá-las, e agora não precisava pensar no que estava por vir. Eles haviam entrado na última curva e disparavam rumo à linha de chegada. Hamilton decidiu que a única maneira de continuar no jogo era jogar com a mesma velocidade do rapaz, avaliando rapidamente qual era a melhor mão e baixando-a, esperando pelo melhor, esperando pressionar o garoto a agir da mesma forma. O reitor gritava os escores com rapidez cada vez maior. Embolar-se com os próprios dedos nas cartas se transformou em um problema. Hamilton empatou com o rapaz e percebeu que tudo que lhe restava nos últimos segundos era a sorte. Não seria a primeira vez que se curvaria ao seu capricho. Viu que tinha as quatro cartas com valor de dez de cada naipe — não era a melhor mão, mas também não era a pior, e baixou-a no último momento que tinha para jogar. O garoto olhou para a própria mão... e pareceu ficar paralisado. Hamilton viu que seus dedos tremiam. Será que ele estava esperando, prolongando deliberadamente o martírio? O próprio Hamilton muitas vezes agia com crueldade, quando uma missão lhe dava essa liberdade. O ponteiro do relógio galgou os últimos três segundos... dois... Hamilton tinha um único ponto de vantagem; com certeza o garoto devia ter algo na mão, não? O rapaz se atrapalhou com as cartas que tinha na mão e baixou tudo com um grito, e o toque dos sinos da capela soou pela sala, e o reitor bateu com a colher em seu cálice e todos se aproximaram para ver no mesmo instante...

Que o garoto não tinha nada. Não podia montar nenhuma combinação que valesse pontos. E agora ele encarava Hamilton, e Preciosa deu um passo à frente para defendê-lo, o rosto furioso, apesar de toda a tradição que ditava que ela devia ir na direção oposta. E agora, como um pai, Hamilton subitamente percebeu que concordava com aquilo.

— Estou satisfeito — começou Hamilton. — Vou apenas querer uma boa garrafa de...

— Não se atreva! — gritou o garoto. — Não se atreva! Vou pagar o que devo. — E sua voz soou num irlandês puro, o som que Hamilton quase sempre ouvia em seus pensamentos e raramente na sua fala. Com isso, o garoto se levantou de supetão e saiu da sala, sem se despedir formalmente ou agradecer a seu anfitrião. Preciosa o seguiu com o olhar, escandalizada com o mundo. Mas não tinha em si a indecência necessária para segui-lo.

Houve somente um breve período de silêncio antes que as conversas o preenchessem. Hamilton olhou na direção do reitor, que estava guardando desajeitadamente a caderneta que usara para anotar a pontuação. Ele não encarou Hamilton. Não parecia haver muita alegria na sala com o que havia acontecido. Não que essas pessoas estivessem torcendo para o homem mais jovem; não era isso. Mas pairava no ar uma sensação de que algo havia se quebrado. Como se as pessoas de repente houvessem descoberto, após aquele abalo, que muitas coisas haviam mudado, tanto dentro quanto fora delas, e que não sabiam mais o que deviam aplaudir ou comemorar.

Hamilton se levantou e tomou um último gole do seu copo. Ficou contente, apesar de tudo, ao perceber, um momento depois, que Preciosa havia se aproximado dele.

— Ele não merecia isso — disse ela.

— Não, não merecia. Mas *merecer* é algo que raramente entra no jogo.

Ao redor deles a festa estava chegando ao fim. Os presentes estavam se despedindo. E Turpin escolheu esse momento para se aproximar. Colocou a mão no ombro de Hamilton, que não se lembrava do seu oficial superior tocá-lo em outra ocasião. Preciosa se afastou a passos rápidos.

— Foi um espetáculo ruim — disse Turpin, de maneira bastante discreta.

— Lamento, senhor. Imaginei que fosse uma competição.

— Você não precisava ter forçado o rapaz a escolher entre a falência e a humilhação. Eu esperava que a nossa jovem arauta aqui pudesse ser levada, devido à sua proximidade com o rapaz, a iniciar uma nova tendência em seu Colégio, para trazê-los para uma posição mais próxima do ponto de vista de Sua Majestade. Ganhando ou perdendo, ela ficaria mais envolvida com o rapaz após ele provar sua coragem. Mas agora ela não poderá mais vê-lo e manter seu cargo.

Turpin olhou para onde Preciosa estava, e o rosto dela, agora que pensava não estar sendo observada, traía uma espécie de cálculo, como se estivesse tentando mensurar o decoro em proporção ao tempo que devia esperar antes de partir atrás do garoto. Em seguida ele voltou a olhar para Hamilton, balançou a cabeça em negativa e foi se despedir do anfitrião.

E, até o momento em que viu o cartão na mesa do café da manhã, aquela foi a última vez que Hamilton teve notícias dele. Desejou boa-noite, saiu dos aposentos do reitor e foi até a porta da Capela. Descobriu, no desespero que já afundava em seu estômago, que aquele prédio agora representava um horror para ele, depois de tudo que ocorrera.

E agora ele estava aqui em Cliveden, dirigindo-se ao que ele sabia serem seu oficial superior, juntamente com um oficial-adjunto da realeza da Corte de Saint James e o Secretário de Poderes da Coroa, somente porque as ordens em seus olhos assim o diziam. Era possível presumir que os oficiais ainda estivessem em Londres, no gabinete de Turpin perto de Horseguards Parade, ou pelo menos uma parte deles estivesse. Estavam vestindo as árvores, do outro lado da sua nação, com a mesma disposição de alguém que veste um casaco.

— Boa tarde, major. — A voz de Turpin surgiu do ar à sua volta. — Lamento informar-lhe que... temos uma missão para você.

Um imenso alívio fez com que Hamilton se sentisse incapaz de responder por um momento.

— Uma... missão, senhor?

— Ao que parece, durante o seu encontro com ele, você decifrou o caráter do seu eu mais jovem. Exatamente como Sua Majestade desejava que fizesse — comentou o oficial-adjunto.

Houve uma época em que a antiga Rainha Mãe cuidaria em pessoa de tais questões, mas hoje em dia ela nunca deixava sua ala do Palácio, e havia rumores... Hamilton percebeu que estava deixando que aquele pensamento respirasse em sua mente, seu alívio lhe dando essa licença... as pessoas diziam que ela havia enlouquecido.

— Eu não sabia que estava agindo a serviço de Sua Majestade, senhor. — Ele esperava que o tom da sua voz não demonstrasse o conhecimento que os dois compartilhavam, de que Sua Majestade sabia tanto a respeito desse assunto quanto ele.

— Isso, é claro, ocorreu de acordo com os desejos dele. E ele deseja informá-lo de que você se saiu bem.

— O rapaz devia ter lidado melhor com a pressão que você exerceu sobre ele — acrescentou Turpin. — Foi o primeiro sinal do que veio a ser revelado mais tarde. — Havia um tom naquela voz que Hamilton não havia ouvido antes. Ele estava acuado, quase se desculpando.

— O Palácio se ofereceu para cobrir a dívida que ele contraiu com você — disse a árvore que era o Secretário da Coroa. — Mas, em seu orgulho, o garoto recusou. Percebemos isso como um gesto nobre e tentamos outra vez, deixando bem claro que a oferta era séria. — Hamilton conseguiu imaginar que qualquer pressão à qual houvesse submetido o rapaz não seria nada comparada ao "deixar bem claro" do Palácio.

— Em seguida, ele subitamente declarou que tinha os recursos — prosseguiu Turpin. — Perguntei a ele onde os conseguiu. Ele me disse que ganhou jogando cartas. Mas era óbvio que estava mentindo. Pouco tempo depois eu tive o prazer de receber uma visita surpresa em meu gabinete de Sua Graça o conde de Marischal e duque de Norfolk, para tratar de assuntos relacionados à sua posição de oficial de armas do Colégio dos Arautos. Ele me disse que mil guinéus haviam desaparecido da conta do Colégio em Cuits.

Ele havia tirado a quantia exata. Hamilton se sentiu perversamente aborrecido pela associação entre o amadorismo do garoto e sua própria pessoa.

— Preciosa fez isso por ele? — A arauta não parecia ser capaz de fazer uma tolice daquelas. Seu eu mais jovem era tão encantador assim? Era uma ideia tentadora demais para ser verdade.

— Talvez ele tenha se aproveitado de informações que conseguiu com a arauta, mas sem o conhecimento dela — disse Turpin. — Sua Graça também me informou que a própria arauta desapareceu. Nossos agentes inspecionaram os aposentos dela e encontraram sinais de luta, assim como uma tentativa relativamente displicente de encobri-los. O próprio rapaz não se apresentou quando recebeu instruções para fazê-lo.

Agora Hamilton já não se sentia mais tão contrariado pela associação, e estava tendo dificuldade para disfarçar sua satisfação. Quer dizer, então, que o garoto prodígio havia virado a casaca.

— É desnecessário dizer — declarou ele — que o rapaz ainda não me pagou.

— Eu me atreveria a dizer que Preciosa o pegou com o dinheiro nas mãos. Uma dobra infinita foi aberta nos aposentos dela algumas horas antes de nossos homens chegarem. Encontramos vestígios dela. Somos capazes de rastrear para onde esses túneis levam. Nosso alvo fugiu para cá, para Cliveden.

— Por quê?

— Existe um... novo complexo de túneis de dobra nesta propriedade — disse o oficial-adjunto, num tom de voz que quase dava a impressão de que estava se desculpando pelo modo de agir da sua Corte. — Sua Majestade estava... bem, ainda está... planejando passar o verão aqui, entre os mundos opcionais que escolher. O Colégio... por enquanto... ainda compartilha desse tipo de informações sigilosas. Seu eu mais jovem, major, está escondido em alguma versão opcional desta floresta.

O Secretário da Coroa limpou a garganta e o silêncio se instalou na clareira.

— Sua Majestade continua intrigado pelo conceito de trazer opcionais para agir a nosso serviço. Ele costuma imaginar se a quantidade de opcionais poderia agir contra o bloqueio. Precisaria de boas razões para voltar atrás em sua decisão. Mas sabe que existe a possibilidade de que essas boas razões possam ser apresentadas.

Hamilton inclinou a cabeça. Havia sido informado de que todos os resultados ainda eram possíveis. Que, se ele fosse buscar um rapaz assustado no meio dos arbustos, pretextando um mal-entendido, o garoto seria ouvido, embora essa conversa provavelmente acontecesse nos porões de Cliveden. Bem, chega de conversa, então. Tinha uma missão a cumprir. Colocou a valise no chão e a abriu, fazendo a mão serpentear rapidamente por entre as múltiplas dobras até encontrar o seu distorcedor Webley e o coldre de ombro.

— Estamos vigiando o perímetro — disse Turpin. — Estreitamos a realidade ao redor dele, de modo que não possa fugir. — A qualidade da luz na clareira mudou, e Hamilton percebeu que algo havia sido feito com as lentes em seus olhos. — Estávamos testando o equipamento com o garoto, pois logo os aparelhos serão fornecidos aos soldados regularmente. Vão permitir que você enxergue todos os mundos opcionais ao seu redor e se mova entre eles, assim como o seu alvo.

Hamilton terminou de prender o coldre, guardou a pistola nele e vestiu o paletó outra vez. Sentiu o que tinha que fazer para usar as novas lentes e ativou-as. Repentinamente viu pessoas na clareira, bem ao seu lado. Fez com que o aparelho voltasse ao ajuste anterior e elas desapareceram. Tinha visto alguns dos trabalhadores e lavradores, aqueles que mantinham a propriedade funcionando. Provavelmente eram a opção menos interessante para Sua Majestade e seus amigos explorarem.

— Entre nas dobras por aqui e traga o garoto e a arauta de volta. Vivos, se você conseguir. — E aquelas três últimas palavras foram ditas num tom que particularmente sugeria às lentes que, até onde interessava a Turpin, Hamilton tinha total autonomia. Ele não viu necessidade de substituir a arma dele por outra menos letal, afinal de contas. Os cortesãos à sua volta talvez não tivessem o conhecimento militar necessário para estarem cientes de uma decisão tomada através da omissão. Hamilton olhou para as árvores que lhe davam ordens. A pergunta sobre o que lhe era devido por causa do seu serviço havia se desmanchado na simplicidade de que o serviço continuaria a existir. Todos eles presumiam, afinal de contas, que cumpriria com o seu dever. Pensar que morreria nas mãos deles havia se tornado algo digno de um mundo opcional. Ele deu meia-volta e entrou na floresta.

— Boa sorte, major — disse o oficial-adjunto.

Hamilton não olhou para trás. Após um momento, começou a correr.

Ele observou o mapa da propriedade em sua cabeça. Correu de uma árvore para outra, mudou o ajuste das lentes por um momento e de repente se perdeu outra vez. Forçou-se a verificar continuamente as opções. Não podia se dar ao luxo de deixar que o garoto o pegasse de surpresa.

Seu eu mais jovem cometera esse ato desonroso porque o equilíbrio não era uma ideia presente nos mundos opcionais? Isso devia ser o que Sua Majestade estava considerando, a ideia de que não havia necessidade de formar um exército porque seus supostos súditos nos outros mundos não teriam a moral necessária. Talvez nos outros mundos o equilíbrio simplesmente não existisse, uma indicação de que esses lugares eram menos reais do que este mundo. Ou talvez, de algum modo, o equilíbrio se estendesse por todos os mundos, e fosse devido a isso que resistisse a tantos choques. Imaginou qual foi o parâmetro que o garoto usou para julgar a si mesmo, em seus anos de formação. Isso serviria para justificar suas ações? Era difícil dizer se as mesmas regras deveriam se aplicar ao caso ou não. Se tudo fosse real, se o valor em si fosse algo relativo, qual era a importância, aqui e agora, de ser um traficante de armas, usar um *tartan* escocês, atentar contra a bandeira, se os perpetradores dessas ações pudessem executá-las em outros lugares, governados por regras diferentes? Pode ter sido isso que o garoto sentiu ao receber aquela oferta milagrosa de ascensão social, honra, o interesse de uma bela mulher, vindos de outro lugar que não era o seu próprio mundo. Era possível imaginar que ele fora arrancado do seu mundo original durante a noite e seus novos horizontes lhe foram apresentados no decorrer de semanas, talvez meses. E se esse novo mundo incluísse esse costume estranho, esse ideal desesperado sobre a preservação da ordem diante de um possível colapso, bem... quando em Roma, faça como os romanos.

Mas Turpin dissera que o mundo do garoto era como o nosso em quase todos os aspectos, embora estivesse alguns anos atrás na onda. E mesmo assim eles não tinham o equilíbrio. A ideia de que seriam capazes de sobreviver sem ele, de que as grandes potências em seu mundo houvessem, talvez por mero acidente, preservado suficientemente o *status quo* para a consciência e para a sociedade... bem, aí estava um toque de subversão. Não era de admirar que Turpin se sentisse um pouco vulnerável por ter aberto aquela porta. Não era de admirar que ele mesmo parecesse estar confiando cada vez menos no equilíbrio.

Hamilton voltou a se censurar. Reflexões como essas não eram apropriadas quando se está em campo. Ele conseguiu se orientar na floresta conforme ela se erguia, se fosse possível dizer que qualquer coisa era capaz de se erguer por seus próprios meios agora. Dividiu o lugar em quadrantes e, avançando com o máximo de silêncio que conseguia, explorou o território que ia até o rio, todos os ângulos da propriedade. Não encontrou ninguém.

Usou as lentes em seus olhos para ir até a próxima opção que havia depois do mundo dos servos. Seria um dos lugares escolhidos para que Sua Majestade pudesse praticar seu esporte.

A casa era quase igual, com alguns poucos detalhes diferentes em sua arquitetura. Uma bandeira com uma espécie de símbolo desprovido de qualquer significado tremulava acima da casa. Hamilton não quis saber o que aquilo significava. Dividiu o terreno em quatro quadrantes outra vez e encontrou apenas alguns velhos em um uniforme que ele não reconhecia, e algumas mulheres que se vestiam em trajes sumários e bastante interessantes. Provavelmente essa situação ficasse mais extraordinária quando a estação de férias chegasse. Ele imaginou se as damas seriam trazidas até ali ou se receberiam suas próprias opções para tomar chá e se perder em labirintos.

Hamilton alterou as configurações das lentes novamente, e, dessa vez, quando procurou, encontrou columbianos caminhando pelas trilhas, com aquele sotaque prosaico que o fazia lembrar-se das peças de Shakespeare. Essas pessoas que passavam por ali, enquanto ele se agachava e prestava atenção, falavam com uma falta de cuidado horrenda, como se não houvesse ninguém para julgá-los, nenhum inimigo para se opor a eles. Alguns saberiam do interesse que o Rei tinha por seu mundo, enquanto outros não fariam a menor ideia. Para Sua Majestade, aventurar-se em qualquer um desses mundos cuidadosamente escolhidos seria como participar de um safári, entrar em um território que não era o seu. E ainda assim a escolha incluía tudo, não? Esses mundos deviam ser totalmente seguros. Exceto se o garoto estivesse escondido em um deles.

Procurou em vários mundos. Manteve-se distante do que significavam. Pensou no lugar para onde iria se estivesse no lugar do garoto, e, ao considerar isso, percebeu que havia algo que estava deixando passar despercebido... porque não conseguia imaginar a hipótese de vir até aqui, de maneira nenhuma. Ele finalmente encontrou, em meio a dez ou doze possíveis opções, uma que estava vazia. Não havia nenhuma casa visível entre as árvores, o rio ficava em outro lugar, a altura onde ele se encontrava em relação ao nível do mar era diferente, e mesmo assim, de acordo com a informação básica sobre o lugar do globo onde ele estava que suas lentes insistiam em mostrar, Hamilton estava no mesmo lugar. Olhou à sua volta lentamente, certificando-se de que estava escondido, por todos os ângulos. Não somente a casa havia desaparecido, mas também não havia outras casas na planície, até onde ele podia ver. E havia algo... algo extraordinário em...

— Então eles mandaram você. — Aquela era a sua própria voz. Vinha do alto da colina.

Hamilton não conseguiu identificar sua origem. Deu um passo para colocar uma árvore entre a voz e o próprio corpo. Tirou o distorcedor Webley do coldre.

— Onde está a arauta? — gritou.

— Você não vai encontrá-la.

Isso indicava a Hamilton que ela não estava exatamente ao lado do rapaz. Ele se apoiou sobre um dos joelhos quando saiu de trás da árvore, com a mão esquerda firmando o punho que segurava a pistola, e disparou na direção da voz. O estrondo da explosão e o baque do projétil disparado se mesclaram em um único som. E em seguida houve outro som, um quebrar de galhos quando o garoto saiu de trás da sua cobertura. Hamilton saltou para a frente e disparou mais duas vezes na direção do som, a folhagem e as plantas rasteiras se compactando em instantes, pulsos momentâneos de gravidade puxando suas roupas, uma luz recém-focada ofuscando-o como uma linha de novas estrelas se formando e desaparecendo em poucos momentos.

Sem olhar para o resultado dos disparos, voltou para trás da árvore. Em seguida, aguçou os ouvidos para prestar atenção.

O movimento havia parado. É claro que iria parar. Ele não iria continuar avançando. Ficaria deitado ali por alguns momentos e depois continuaria deitado ainda por mais algum tempo.

Hamilton ouviu alguns movimentos breves no alto da colina. Com aqueles disparos, era provável que, se o garoto ainda estivesse vivo, também não estivesse ferido. Começou a avançar lentamente por entre as árvores, certificando-se de que também não estaria no lugar onde o garoto o localizou pela última vez. Enquanto caminhava, começou a examinar o terreno que o cercava. Havia mesmo algo muito estranho neste mundo vazio. Por vezes ele chegou a ouvir, em festas na Corte, na época em que era convidado a participar delas, pessoas que não tinham nada melhor a fazer conversarem sobre as glórias da natureza, sobre alguma misteriosa energia poética que poderia surgir a partir da observação da sua simplicidade. Hamilton pensava, e chegou até mesmo a dizer de maneira imprudente certa vez, que a natureza com certeza não era algo simples, que os bilhões de bordas e detalhes e superfícies angulosas sob qualquer perspectiva eram a essência da complexidade, muito mais do que quaisquer artefatos da civilização. Para ele a natureza era uma camada superficial, e ficava muito melhor com seus detalhes. Liz... Sua Alteza Real... fez uma piada na ocasião para encobrir o fato de que ele havia acabado de contradizer imprudentemente o embaixador francês.

Mas aqui havia também uma estranha sensação de glória. Todas essas árvores ao seu redor, a vegetação rasteira à qual prestava bastante atenção enquanto avançava, tudo aquilo parecia estar gritando para ele. As cores pareciam estar vivas demais. Seria algum problema com suas lentes? Não. Tudo aquilo era real. Mas não havia simplicidade. Os objetos que via por perto, até mesmo o rio que conseguia avistar da posição onde estava... havia uma quantidade maior de detalhes do que aquela a que ele estava acostumado. Lembrou-se de uma época em que lesionara uma das córneas, o embaçamento da visão em um dos olhos, até que conseguiram cultivar e implantar um novo. Foi como se houvesse sofrido de algo parecido durante toda a sua vida e agora fosse capaz de ver melhor. Meu Deus, seria ótimo poder ficar aqui. Todo esse alívio e a possibilidade de repouso seriam seus.

Não. Pensamentos assim eram perigosos.

Ouviu um ruído à sua frente e empunhou a pistola. Logo viu o que era. Uma raposa olhava fixamente em sua direção, entre dois arbustos. Claro, ele estava a favor do vento em relação à raposa, e ela se virou para encará-lo naquele instante. Uma oportunidade melhor do que qualquer outra que ele jamais tivera em caçadas, mas os olhos dessa coisa, o brilho do seu pelo, a intensidade de cada fio que ele conseguia ver de onde estava...

A raposa quebrou o encanto do momento e correu.

Alguma coisa no mundo se partiu com aquele movimento e Hamilton caiu no chão, percebendo naquele instante que seus tímpanos estavam ressoando e feliz pelo fato porque isso significava que ainda estava vivo, e se jogou para o lado enquanto o solo e as folhas ainda caíam ao seu redor e eram sugadas para o outro lado, e seguiu rolando pela encosta da colina, chocando-se com as plantas e tentando agarrar o solo para parar de rolar antes que o ruído desaparecesse.

O garoto quase conseguira acertá-lo. O garoto tinha a mesma arma. É claro que tinha.

Ele ficou deitado ali, ofegante. E permaneceu deitado por mais algum tempo. O garoto não tinha certeza de onde ele estava agora ou já teria disparado. Hamilton refletiu, de maneira ridícula, por um momento, sobre a vida da raposa. Eliminou aquele pensamento e começou a se arrastar para a frente, apoiando-se nos cotovelos. Percebeu, enquanto avançava, que não estava ferido. Tudo poderia se resumir a um golpe de sorte. Era uma competição de arcabuzes que disparavam contra balões.

Sentiu, estranhamente, que era adequado que sua vida chegasse a esse ponto. Em seguida, eliminou esse pensamento também. Seria mais adequado se sua vida chegasse a esse ponto e continuasse após a morte do outro homem.

— Você poderia ficar aqui. — Era o garoto outra vez, e era difícil saber o ponto exato de onde a voz vinha, sendo possível apenas ter uma noção geral da direção onde estava. Ele havia se colocado em um lugar que alterava o som, um grupo de árvores próximas ou um paredão de pedra.

Hamilton continuou observando o seu entorno.

— Por que você diz isso?

— Você não sabe onde está?

— Em uma Bretanha opcional.

— Nem perto, meu velho. — As expressões que ele deixou de usar no decorrer da vida. — Não pode ser chamado de país se não houver ninguém aqui.

— Presumo que Sua Majestade esteve aqui. E provavelmente encontrou boas caçadas.

— Assim como todos podemos. No paraíso.

Hamilton sorriu ante a estranheza daquela frase.

— Como você sabe disso? — Era como se o garoto quisesse discutir com um pai. Testar as barras da jaula. Talvez ele mesmo tenha se sentido assim quando tinha a idade dele, mas o fracasso do seu próprio pai significara que nunca se sentiu capaz disso, ou talvez que nunca tivesse achado necessário. Um lugar onde não havia identidade para ele nem motivos para fazer o que quer que fosse? Isso, sim, seria mais parecido com o inferno sem qualquer equilíbrio de onde o garoto viera.

— É mais... real... do que os lugares de onde eu e você viemos. E eu digo que este lugar obviamente é o paraíso, porque ninguém chegou até aqui.

Hamilton percebeu o sorriso na voz do garoto.

— Exceto nós. Tem certeza de que não se refere a outro lugar? — Uma ideia curiosa lhe veio à mente. — É por isso que você quer que eu fique?

— Estou dizendo que, se eu voltar, eles não procurariam aqui. Você poderia esperar alguns dias, ir a qualquer lugar que quisesse.

Hamilton fez uma careta ao perceber a falta de sentido na vida do garoto.

— Você acha que eu abandonaria o meu dever? — Por um momento ele se viu sendo substituído pelo homem mais jovem em sua vida. Era como se estivesse sendo invadido. Mas também havia uma assustadora tentação naquela ideia.

— Eu nem sonharia em sugerir uma coisa dessas, meu velho. — E estava sendo sincero. — Estou dizendo que você poderia se aproveitar deste jogo. Eles precisam que um de nós morra. Então...

De onde foi que ele tirou aquela ideia? Turpin queria ver o garoto ser levado de volta como um troféu, mas o Palácio estava se mantendo decididamente neutro em relação ao tema, e Hamilton não conseguiu ter certeza de que qualquer uma das partes interessadas ficaria satisfeita se fosse o garoto, ao invés dele mesmo, que saísse da floresta.

— Quem lhe disse isso? — Uma pausa. — Está tentando mentir para mim?

— Eu nem sonharia em fazer uma coisa dessas... meu velho. Estou aqui simplesmente para levá-lo de volta. — O garoto poderia presumir que Hamilton havia recebido lentes diferentes das suas, mentiras capazes de enganar ouvidos acostumados a detectar mentiras. Ou podia saber que aquilo que tinha em sua cabeça era mais avançado do que qualquer artefato que Hamilton recebera como equipamento padrão dos seus superiores. Mas cada um deles conhecia muito bem a voz do outro.

Um som surgiu de uma direção que Hamilton não esperava. Ele se virou, mas obrigou-se a fazê-lo com a arma abaixada. Lá estava o garoto. Estava com a arma abaixada também. Hamilton foi na direção dele. Permitiu-se fazer o primeiro contato visual honesto com seu eu mais moço. Ver aquele rosto olhando abertamente para ele era algo extraordinário, uma alegria que precisava ser contida, uma gentileza que fazia valer a pena atravessar as águas que separavam os mundos. Respirou fundo, inspirando um ar que era mesmo melhor do que qualquer outro que já havia provado. Mesmo que este lugar não fosse o paraíso, ele podia imaginar Sua Majestade caminhando por aqui e tendo ideias do que devia pertencer a ele, das caçadas infindáveis aqui, com uma nova juventude para si sempre que desejasse, e versões mais jovens de todos os bajuladores ou cortesãs sob seu comando. Haveria, graças a esse garoto, e se algum tipo de mal-entendido pudesse ser comprovado, novas maneiras de se comportar para sempre. Mas dificilmente isso aconteceria por culpa do rapaz. E, naquele momento, Hamilton decidiu levá-lo de volta à clareira, para obter outra coisa que muitas vezes era negada àqueles que eram como ele: explicações.

— Disseram-me que eu só conseguiria assegurar o meu lugar na sociedade, no seu mundo, se o matasse. Que foi por isso que fomos reunidos em... competições diferentes.

Hamilton percebeu que isso era exatamente o que ele mesmo havia imaginado.

— Quem...?

Um tiro exatamente como o seu ou o do garoto ecoou pela claridade absoluta do céu. O rosto do garoto inchou de imediato, o corpo deformando-se pelo impacto, o sangue e os pedaços de um nome explodindo da sua boca. A cápsula do distorcedor absorveu a gravidade outra vez e o corpo caiu ao chão, esvaziado.

Ela deu um passo à frente, baixando a arma. Pelo menos, teve a decência de parecer triste.

— Srta. Nada — disse ela.

Ela ainda estava usando aquele maldito vestido. Guardara a arma dentro dele, escondendo-a outra vez. Ela e Hamilton permaneceram em pé por algum tempo, entreolhando-se, até que Hamilton entendeu que, se quisesse atirar nela, ela iria deixar que fizesse isso. Irritado, guardou a arma no coldre.

Ela imediatamente começou a andar em direção à casa. Ele considerou a ideia de enterrar o garoto. O absurdo daquilo fez com que um nó se formasse em sua garganta. Marchou atrás dela e logo a alcançou.

— Vá para o inferno. Diabos, para o inferno comigo e com ele por não termos visto você chegar. — Ele a segurou pelo braço para detê-la. — Imagino que você nunca sequer ficou em má situação com o Colégio, não é?

Ela o observou com toda a calma.

— Não nos importamos com a ideia de pilhar mundos opcionais. Não nos importamos em roubar novos corpos para abrigar velhas mentes. Até certo ponto. Mas estabelecemos um limite quando surge a ideia de que *eles* podem *nos* substituir. Nós somos o maldito Colégio de Arautos, major. Sem árvores genealógicas, não teríamos como trabalhar.

— E, ao armar uma situação para o garoto para dar a impressão de que ele seria capaz de roubar, sequestrar e trair, a ponto de chegar a ser uma ameaça a Sua Majestade...

— Nós provamos que tais substitutos não são confiáveis. Eles nunca tiveram o equilíbrio, como você pode perceber.

— E por que você está me contando isso?

Ela olhou para Hamilton com uma expressão verdadeiramente entristecida. Ela o entendia.

— Porque você vai permitir que eu escape desta situação ilesa.

Os dois surgiram na clareira. Quando o fizeram, Preciosa imediatamente se transformou no modelo de uma vítima trêmula, recém-resgatada.

— Ele era um monstro! — gritou, apoiando-se no braço de Hamilton.

— Era? — perguntou a voz de Turpin, vinda das árvores.

Hamilton manteve a expressão calma.

— O garoto está morto agora — disse.

UM ANO E UM DIA NA VELHA THERADANE

SCOTT LYNCH

Tradução de Taíssa Reis

Escritor de fantasia, Scott Lynch é mais conhecido por sua série *Nobres vigaristas*, sobre um ladrão e um golpista em um perigoso mundo fantástico, composta pelos livros *As mentiras de Locke Lamora*, que foi finalista tanto do prêmio World Fantasy quanto do British Fantasy Society, *Mares de sangue* e *República de ladrões*. Também escreve um livro on-line chamado *Queen of the Iron Sands* no site www.scottlynch.us. Mora em New Richmond, Wisconsin, mas passa vários meses do ano em Massachusetts com sua esposa, a escritora de fantasia e ficção científica Elizabeth Bear.

Neste conto ele nos leva a uma cidade despedaçada por uma guerra entre magos e sob ataque de magias mortais que caem dos céus, na qual um grupo desesperado de ladrões e fora da lei deve roubar algo impossível de ser roubado — e estão com pouco tempo para fazê-lo antes de terem que abrir mão de suas vidas.

UM ANO E UM DIA NA VELHA THERADANE

1. Clima de mago

Estava chovendo quando Amarelle Parathis saiu logo após o pôr do sol para conseguir uma bebida, e havia uma magia estranha na chuva. Ela caía em tons pálidos de lavanda e cobre e vermelho, linhas suaves como um crepúsculo líquido, que se transformava em uma névoa luminescente na calçada morna. O ar em si parecia com bolhas de champanhe estourando contra a pele. Além das formas escuras dos telhados ao longe, estouravam raios azuis esbranquiçados e trovões retumbantes logo os seguiam. Amarelle podia jurar que tinha ouvido gritos misturados aos trovões.

Os malditos magos estavam fazendo aquilo de novo.

Bem, ela estava com sede e tinha um compromisso, e uma chuva esquisita não era nem de longe a pior coisa que já tinha caído nela vinda dos céus acima de Theradane. Enquanto andava, Amarelle pingava cores cintilantes que não tinham nome. Atravessou um caminho fantasmagórico através da névoa, que flutuava, como se fosse a escuridão no fundo de um oceano, em tons de rosa e laranja. Como sempre acontecia quando os magos ficavam particularmente maus, não tinha muita companhia. A rua dos Eruditos Pálidos estava deserta. Comerciantes olhavam desamparados para fora pelas janelas de suas lojas na avenida dos Sete Ângulos.

Esse já tinha sido o seu tipo de noite favorito. Clima pesado para afastar as testemunhas das ruas. Trovões para encobrir o barulho de pés se arrastando pelos telhados. Agora era apenas solitária, imprevisível e perigosa.

Um arco duplo de luzes prateadas marcava a ponte do canal Emaranhasa, a última entre ela e o seu destino. As luzes queimavam dentro de lâmpadas que eram sustentadas por estátuas de mármore branco algemadas e encapuzadas, marcadas pela chuva. Amarelle manteve os olhos fixos nos próprios pés enquanto cruzava a ponte. Ela sabia quais eram as placas abaixo das estátuas sem precisar pensar. As duas primeiras da esquerda, por exemplo:

BOLAR KUSS
TRAIDOR
AGORA EU SIRVO A THERADANE PARA SEMPRE

CAMIRA THOLAR
ASSASSINA
AGORA EU SIRVO A THERADANE PARA SEMPRE

As estátuas em si não a incomodavam, nem mesmo as luzes. E daí que a cidade iluminava algumas de suas ruas e pontes com as almas inconfessas dos condenados, ligados para sempre a esculturas melodramáticas com placas idiotas? Não, o problema era o que aqueles espíritos inquietos sussurravam para os pedestres.

Olhe para mim, coração pulsante, e testemunhe o preço que pago por meus juramentos quebrados.

— Vá se foder, Bolar — resmungou Amarelle. — Eu não estou conspirando para derrubar o Parlamento do Conflito.

Seja prudente, enquanto seu sangue ainda é quente, e observe o preço eterno da minha ganância e chacina!

— Eu não tenho uma família para envenenar, Camira.

Amarelle, murmurou a última estátua à esquerda, *deveria ser você aqui em cima, sua puta desleal.*

Amarelle encarou a última inscrição exatamente do jeito que prometia a si mesma que não faria toda vez que passava por ali.

SCAVIUS DA RUA DA SOMBRA
LADRÃO
AGORA EU SIRVO A THERADANE PARA SEMPRE

— Eu nunca virei as costas para você — Amarelle sussurrou. — Eu paguei pelo santuário. Todos nós pagamos. Nós lhe imploramos que saísse do jogo com a gente, mas você não ouviu. Você estragou tudo.

Você se curvou aos meus assassinos antes mesmo que meu corpo estivesse frio.

— Todos nós compramos um pequeno pedaço da cidade, Scav. Esse era o plano. Você só fez do jeito mais difícil.

Algum dia você vai dividir esta vigília comigo.

— Parei com essas coisas. Ilumine a sua ponte e me deixe em paz.

Não existia isso de ter uma conversa razoável com os mortos. Amarelle continuou a andar. Ela só vinha para esses lados quando queria uma bebida e sempre saía da ponte precisando de pelo menos duas.

Trovões rolavam pelo estreito das ruas. Um prédio pegava fogo em algum lugar a leste, ardendo em um roxo artificial. Bandos de criaturas guinchantes com asas de morcego enchiam os céus entre as chamas e as nuvens baixas e reluzentes. Algumas delas se emaranhavam e lutavam, com garras nuas e lanças farpadas e jarras de barro com névoa explosiva. O objetivo das criaturas era conhecido apenas pelos deuses e feiticeiros.

Malditos fossem os magos e suas rixas estúpidas. Infelizmente eles controlavam a cidade. Infelizmente Amarelle precisava da proteção deles.

2. A barriga mobiliada da besta

A Marca do Fogo Caído ficava no lado oeste da rua Emaranhasa. Era, mais exatamente, todo o lado oeste da rua Emaranhasa. Não havia lugar para mais nada além da catedral de ossos em espiral que tinha sido derrubada quinze séculos antes, na época em que dragões selvagens de vez em quando se ofendiam com o crescimento de Theradane e então a visitavam. Esse dragão tinha se acomodado de uma maneira tão artística quando morreu que algum empreendedor já esquecido tinha arrancado sua carne e suas escamas e montado um teto nos ossos duros como o aço ali mesmo onde caíram.

Amarelle entrou pela boca do dragão, sacudiu a chuva laranja queimado de seu cabelo e observou uma fumaça luminosa se erguer do carpete onde os pingos caíram. Todos os leões de chácara que estavam recostados nas presas serrilhadas de dois metros e meio de altura acenaram para ela.

A taverna tinha portas onde o dragão um dia tivera amídalas. Aquelas portas podiam sentir o cheiro de bons pagadores e se abriram suavemente para ela.

O Pescoço era para refeições e o Rabo para apostas. Os Braços ofereciam quartos para dormir ou para não dormir, como os inquilinos preferissem. O negócio de Amarelle era na Goela, a caverna de bebidas sob as costelas e a coluna da besta morta, onde milhares de garrafas brilhavam em prateleiras e suportes atrás do bar principal.

Grask Garra Dourada, o gerente do local, era um goblin com escamas cor de ébano em um terno elegante tecido com cédulas legítimas do Banco de Theradane. Ele tinha um de cada tipo para cada noite da semana. Hoje estava usando o de notas de cinquenta.

— Amarelle Parathis, a Duquesa Invisível — gritou. — Eu consigo enxergá-la muito bem!

— Essa com certeza nunca fica velha, Grask.

— Hoje vou contar os copos e a prataria depois que você for embora.

— Eu estou aposentada e amando — disse Amarelle. Ela tinha feito três trabalhos na Marca do Fogo Caído em seus dias na ativa. Certamente nenhum pela prataria. — A Sophara está no bar hoje?

— É claro — disse Grask. —Hoje é dia 17. A mesma noite no mês em que o seu grupinho sempre se reúne e finge que foi só por acidente. Quer dizer, aqueles de vocês que não estão iluminando as ruas.

Amarelle o fuzilou com o olhar. O goblin se aproximou, estendeu a mão, pegou a mão direita dela e beijou seu punho, arrependido.

— Desculpe-me — disse ele —, eu não pretendia me comportar como um babaca. Sabe, você pagou a sua cota, é um cordeiro honesto vivendo sob o bombardeio, como o resto de nós. Olhe, Sophara está acenando. Beba uma por minha conta.

Sophara Miris tinha olhos de cores diferentes e a pele da cor da árvore pau-rosa, um belo cabelo verde-azulado e as mãos de uma ladra de rua profissional. Quando pagou sua cota do santuário para o Parlamento do Conflito, era procurada por 312 crimes distintos em dezoito cidades. Hoje em dia era a mixologista-maga sênior da Marca do Fogo Caído e já estava com o primeiro drinque de Amarelle quase pronto.

— Boa noite, sumida.

Sophara rabiscou pedidos em um papel e o entregou para um dos curadores das bebidas, cujo conhecimento enciclopédico dos conteúdos e dos lugares de todas as garrafas mantinha o bar funcionando.

— Você se lembra de quando éramos pessoas interessantes?

— Eu acho que estar viva e em liberdade é interessante pra cacete — disse Amarelle. — A sua esposa está planejando aparecer por aqui hoje?

— A qualquer momento — disse Sophara, despejando porções iguais de licor e ilusão em uma mistura de várias camadas. — O homem próspero está guardando uma cabine para nós. Estou te preparando um Ascensão e Queda dos Impérios, mas ouvi o Grask. Quer dois destes? Ou algum outro?

— Você faria um Perigo no Mar para mim? — perguntou Amarelle.

— Às suas ordens. Por que você não vai sentar? Eu vou para lá quando as bebidas estiverem prontas.

Centenas de cabines e balcões suspensos preenchiam a Goela, cada um afastado cuidadosamente do outro e todos envoltos por cortinas para dar uma sensação de privacidade em meio ao grande espetáculo. Relâmpagos, visíveis através das claraboias entre as costelas, crepitavam acima deles enquanto Amarelle atravessava o andar. Seu pessoal tinha um lugar de costume para a sua noite habitual, e Shraplin estava guardando a mesa.

Próspero Shraplin, uma concatenação de fios e engrenagens que zumbia baixinho, vestia um manto vermelho gasto com bordados em fios de prata. Seu rosto esculpido de latão tinha olhos de gemas pretas e a sombra permanente de um sorriso. Um antigo burro de carga de fundição, ele tinha tirado vantagem da velha lei de Theradane que dizia que um autômato consciente era dono de sua própria cabeça e dos pensamentos dentro dela. Durante quinze anos ele roubou cuidadosamente engrenagens e parafusos e ferrolhos e fios e pouco a pouco substituiu cada parte de si da cabeça para baixo, até que nenhum pedacinho de seu corpo original tivesse permanecido, e assim ele pôde se liberar do contrato mágico perpétuo a que estava ligado. Foi pouco depois disso que ele encontrou suas almas ladras gêmeas no grupo de Amarelle Parathis.

— Está molhada, hein, chefe? — disse. — O que é que está caindo lá fora?

— Água esquisita — disse Amarelle, sentando-se ao lado dele. — Bonita, até. E não me chame de chefe.

— Alguns padrões ficam gravados nos meus discos ruminantes, chefe. — Shraplin derramou um pouco de lodo preto viscoso de um copo para uma entrada em seu pescoço. — O Parlamento está realmente agitado hoje. Quando cheguei aqui, estava caindo fogo roxo nos Desertos Altos.

— Essa é uma vantagem de viver na nossa próspera taumatocracia — disse Amarelle, e suspirou. — Sempre tem algo interessante explodindo por perto. Ei, aqui estão nossas garotas.

Sophara Miris tinha uma mão embaixo da bandeja de bebidas e a outra em volta da cintura de Brandwin Miris. Brandwin tinha uma pele de lavanda congelada que não era efeito de nenhuma magia e óculos em âmbar sobre olhos dourados. Brandwin, armeira, artesã e médica de autômatos, tivera a pena de morte decretada em três principados por fornecer os equipamentos que permitiram que o grupo da Duquesa Invisível escapasse com frequência de tediosas situações complicadas com os sistemas judiciários locais. A única coisa que ela tinha roubado pessoalmente na vida toda era o coração da ilusionista do grupo.

— Shraplin, meu boneco — disse Brandwin. Tocou as pontas dos dedos nas do autômato antes de sentar. —Válvulas vivas e canos desentupidos?

— Prontos para lutar e livres de ferrugem — respondeu Shraplin. — E os seus próprios processos e necessidades metabólicas?

— Estão bem atendidos — disse Sophara com um sorriso afetado. — Podemos começar este encontro da Sociedade de Comiseração e Embriaguez dos Parceiros Aposentados? Aqui está algo indiferente e sanguíneo para você, Shraplin.

Ela lhe entregou outro copo da gosma preta. O homem artificial não tinha nenhum uso para álcool, então mantinha atrás do bar uma reserva particular de temperamentos humanos destilados magicamente em laca de asfalto.

— Um Lâmpadas Negras dos Olhos Dela para mim — disse Sophara. — Um Torre do Elefante para a linda artesã. E para você, Vossa Graça, um Perigo no Mar e um Ascensão e Queda dos Impérios.

Amarelle ergueu o último, um copo grosso contendo nove camadas de licores tingidos de rosa, cada camada contendo uma paisagem que se movia. Elas variavam de colinas e campos não cultivados no fundo para grandes cidades nas camadas do meio, até um deserto assolado pela ruína na borda, com nuvens de espuma no topo.

— Alguém sabe da Jade? — perguntou.

— O mesmo de sempre — disse Shraplin. — Manda lembranças e pede que não esperem acordados por ela.

— Lembranças e que não a esperemos acordados — resmungou Amarelle.

Olhou em volta da mesa, viu olhos que não combinavam uns com os outros e olhos sombrios e pedras negras e frias fixos nela em expectativa. Como sempre. Que seja, então. Ela levantou seu copo, e eles fizeram o mesmo.

— Um brinde — disse. — Nós conseguimos e estamos vivos. Nós nos colocamos na prisão para não irmos para a prisão. Para os amigos ausentes, que foram para onde nenhum de nossos tesouros ou palavras pode recompensá-los. Nós conseguimos e estamos vivos. Para as correntes que recusamos e aquelas que nos capturaram mesmo assim. Nós conseguimos e estamos vivos.

Ela virou a bebida de uma vez, derramando camadas de história espumante pela sua garganta. Normalmente não fazia esse tipo de coisa a si mesma sem um jantar para amortecer o impacto, mas, que diabos, parecia que ia ser uma daquelas noites. Relâmpagos brilharam sobre as claraboias.

— Você tomou algumas no caminho para cá, chefe? — perguntou Shraplin.

— A Duquesa está morta — disse Amarelle, baixando seu copo vazio com firmeza. — Longa vida à Duquesa. Agora, eu tenho que passar por aquele teatrinho de pegar as minhas cartas e distribuí-las ou todos vocês preferem só empilhar seu dinheiro organizadamente no centro da mesa para mim?

— Ah, querida — disse Brandwin. — Nós não vamos usar o seu baralho. Ele sabe mais truques que um cachorro treinado.

— Eu vou me sabotar — disse Amarelle. Ergueu o Perigo no Mar, admirou as ondas verde-azuladas com uma crista espumosa por cima e em dois goles adicionou-o à bola de calor que estava se espalhando rápido por seu estômago. — Aí está um tipo de magia que posso admirar. Então, nós vamos jogar cartas ou ficar brincando de ver quem pisca primeiro? A próxima rodada é por minha conta!

3. Mãos de trapaça

— A próxima rodada é por minha conta — disse Amarelle uma hora e meia depois. A mesa estava uma bagunça de cartas, cédulas e copos vazios.

— A próxima rodada está *em* você, chefe — disse Shraplin. — Você está três bebidas na frente do resto.

— Parece justo. Que diabos eu acabei de beber, aliás?

— Uma coisinha que eu chamo de Instrumento Amoral — respondeu Sophara. Seus olhos estavam brilhando. — Eu não posso fazê-lo para os fregueses. Na verdade, estou até curiosa para ver o que acontece com você.

— Não fez nem cócegas — disse Amarelle, apesar de a sala ter mais bordas enevoadas do que lembrava e de suas cartas não estarem cooperando muito com seu plano de não deixá-las cair. — Isto está uma bagunça. Uma bagunça! Shraplin, você provavelmente está meio sóbrio. Quantas cartas existem em um baralho padrão?

— Sessenta, chefe.

— Quantas cartas estão visíveis agora em nossas mãos e na mesa?

— Setenta e oito.

— Isto é ridículo — disse Amarelle. — Quem não está roubando? A gente deveria estar chegando a noventa. Quem não está roubando?

— Eu declaro solenemente que não tive uma mão honesta desde que começamos — disse Brandwin.

— Ilusionista — respondeu Sophara, batendo com as cartas contra seu peito. — Isso já diz tudo.

— Eu estou usando as minhas mãos de trapaça, chefe — disse Shraplin. Ele balançou seus dedos em arcos prateados e embaçados.

— Isso é triste. — Amarelle pôs a mão atrás de sua orelha esquerda, conjurou uma septuagésima nona carta de seus cachos pretos e a adicionou ao monte na mesa. — Nós estamos mesmo ficando velhos e decrépitos.

Relâmpagos vermelhos rasgaram o céu, pintando o cômodo em vibrações cinza-esbranquiçadas. Um trovão explodiu logo acima de suas cabeças. As claraboias chacoalharam em suas estruturas e até mesmo as grandes vigas de osso pareceram balançar. Alguns dos outros clientes se mexeram e resmungaram.

— Esses magos que se fodam — disse Amarelle. — Com exceção dos que estão comigo agora, é claro.

— Por que eu abriria uma exceção para os que estão aqui? — disse Brandwin, passando os dedos pelos cabelos de Sophara e adicionando graciosamente com a outra mão uma octogésima carta na mesa.

— Tem sido horrível a semana inteira. Acho que é a Ivovandas nos Desertos Altos. Ela e algum rival que eu não identifiquei, cuspindo fogo e chuva e arremessando coisas por todo o maldito lugar. Os vendedores de guarda-chuvas têm feito sucesso com os novos modelos de couro e de malha metálica.

— Alguém tem que dar um passeio até lá e pedir educadamente a eles para darem um tempo. — A cabeça brilhante de Shraplin girou devagar até que ele estivesse fitando Amarelle. —Talvez alguém famoso. Alguém empolgado e respeitado. Alguém com uma reputação perigosa.

— Melhor não dizer nada e acharem que você é um tolo — disse Amarelle — do que interferir nos assuntos dos magos e fazê-los ter certeza. Quem precisa de outra rodada? A próxima ainda é por minha conta. De qualquer maneira, eu planejo ter todo o dinheiro de vocês quando dermos a noite por encerrada.

4. O problema dos tetos de vidro

Os trovões e relâmpagos continuaram intensos pelas próximas horas. Coisas que ganiam e batiam asas quicavam no telhado de tempos em tempos. Metade dos clientes da Goela tinha ido embora, seguidos pela tentativa de persuasão de Grask Garra Dourada.

— A Marca do Fogo Caído está firme há quinze séculos! — gritou ele. — Este é o lugar mais seguro de Theradane! Você realmente quer estar na rua em uma noite destas? Já conhece os nossos bons quartos nos Braços?

Houve um som agudo de vidro sendo quebrado. Algo grande e molhado e morto acertou o chão perto do bar, seguido de uma cascata de fragmentos da claraboia e chuva brilhante. Grask gritou chamando um mago da casa para desfazer a bagunça enquanto o êxodo de clientes se tornava mais rápido à sua volta.

— Ahhh, é tão bom não estar de serviço.

Sophara bebericou sem firmeza de uma caneca com algo azul e simples. O bar a tinha impedido de lançar seus próprios feitiços nas bebidas.

— Sabe — disse Amarelle, devagar —, talvez alguém realmente devesse ir lá nos Desertos Altos e dizer para aquela puta velha enfeitiçada colocar uma coleira nos bichinhos dela.

O salão, através de seus olhos, tinha ficado cada vez mais e mais fora de foco à medida que a noite passava e agora definitivamente tinha evoluído para uma fase impressionista. Grask Garra Dourada era uma mancha brilhante perseguindo outras manchas brilhantes pelo andar, e até mesmo as cartas na mesa não estavam ficando paradas por tempo suficiente para Amarelle saber os seus valores.

— Ei — disse ela —, Sophara, você é uma cidadã com boa posição social. Por que a gente não faz de você um membro do Parlamento para poder fazer esses idiotas pararem?

— Ah, brilhante! Bem, primeiro eu teria que roubar ou inventar uma poção da juventude realmente boa — disse a ilusionista —, algo melhor que a de três-anos-em-cinco na qual estou trabalhando agora, para poder evoluir no meu treinamento por um século ou dois. Você pode achar que esse período é um pouco inconveniente para os seus objetivos.

— E então você precisaria encontrar um lócus externo de poder para aumentar suas forças — completou Brandwin.

— Sim — respondeu Sophara —, e colhê-lo sem nenhum outro mago do tipo perigoso perceber. Ah, e eu também teria que *ficar completamente insana*! Você tem que ser um maníaco obsessivo com a alma corrompida para querer passar a sua vida estendido trocando socos com outros maníacos. Ao alcançar aquele tipo de poder, não dá para sair do carrossel. Você luta para cacete só para se manter ou é mandado embora.

— Splaft! — completou Brandwin.

— Não é como eu imagino um parque de diversões — disse Sophara, terminando sua bebida e batendo com o copo na mesa para dar ênfase.

No momento seguinte houve um estrondo horrendo de algo se quebrando. Meia tonelada de alguma coisa com asas negras e pelos emaranhados fedidos e molhados pela chuva mergulhou através da claraboia diretamente acima deles e destruiu a mesa. Um borrão confuso de movimento e barulho seguiu o estrondo e Amarelle se viu no chão com uma leve dor entre seus seios.

Alguma parte obediente e teimosa da sua consciência abriu caminho até a superfície do oceano alcoólico na mente dela e se agitou em desespero até conseguir entender a sequência verdadeira de eventos que aconteceu. Shraplin, é claro — o ágil autômato a empurrara para o lado antes de pular sobre a mesa para livrar Sophara e Brandwin do perigo.

— Ei — disse Amarelle, sentando-se —, você não está nem um pouco bêbado!

— Fazia parte da minha trapaça, chefe.

O autômato quase tinha sido rápido o bastante, quase mesmo. Sophara e Brandwin estavam a salvo, mas a perna dele ficara presa por baixo da criatura caída e da mesa.

— Ah, mas você é mesmo o melhor de todos os autômatos! Seu pobre pé! — Brandwin engatinhou até ele e beijou o topo da sua cabeça de latão.

— Eu tenho três de reserva em casa — disse Shraplin.

— Agora já deu — resmungou Amarelle, oscilando e se pondo de pé. — Ninguém joga uma maldita gárgula nos meus amigos!

— Eu acho que é um byakhee — comentou Brandwin, cutucando a besta. Ela tinha asas com membranas e uma lança saindo do que talvez tivesse sido seu pescoço. Cheirava a queijo velho lavado junto com gangrena e orvalho de cemitério.

— Acho que é um vorpilax, querida — respondeu Sophara. Cambaleante, ela ajudou a esposa a puxar Shraplin de baixo da coisa. — Preste atenção na simetria bilateral.

— Não importa o que seja — disse Amarelle, atrapalhando-se com seu comprido casaco preto. — Ninguém joga um desses na minha mesa de baralho ou no meu pessoal. Eu vou descobrir onde essa Ivovandas mora e falar umas poucas e boas para ela.

— A pressa cria cadáveres, chefe — disse Shraplin, sacudindo bobinas e engenhocas dos restos do seu pé. — Eu só estava brincando com você mais cedo.

— Malditos magos estúpidos assassinos do comércio! — Grask Garra Dourada tinha finalmente chegado, com um bando de garçons e barmen logo atrás. — Sophara! Você está ferida? E o resto de vocês? Shraplin! Isso parece caro! Me diga que não é caro!

— Eu posso ser restaurado e obter um funcionamento excelente bem rápido — disse Shraplin. — Mas e se eu sugerisse que hoje é uma noite excelente para você rasgar a nossa conta?

— Eu, hã, bem, se isso não vai colocá-los em perigo — respondeu o goblin, orientando garçons com panos para a poça crescente de água de chuva de cores pastel e sangue mágico cinza embaixo da besta.

— Se resolver nos ofertar as bebidas — observou Sophara —, então não é roubo, e nenhum de nós quebra as regras de nosso santuário. E Shraplin está certo, Amarelle. Você não pode simplesmente reclamar com um membro do Parlamento do Conflito! Mesmo se você conseguisse atravessar os Desertos Altos no meio desta bagunça...

— É claro que eu consigo — disse Amarelle, endireitando a coluna e, depois de alguns alarmes falsos, alinhando mais ou menos os ombros. — Eu não sou uma turista com músculos de maria-mole. Sou a Duquesa Invisível! Eu roubei o som do amanhecer e as lágrimas de um tubarão. Eu peguei um livro emprestado da biblioteca de Hazar e não o devolvi. Eu atravessei o Labirinto das Aranhas da Morte em Moraska DUAS VEZES...

— Eu sei — disse Sophara —, eu estava lá.

— ... e aí voltei e roubei todas as aranhas da morte!

— Isso foi dez anos e muitas bebidas fortes atrás — comentou Sophara. — Vamos lá, minha querida, eu mesma misturei a maioria das bebidas. Não nos assuste desse jeito, Amarelle. Você está bêbada e aposentada. Vá para casa.

— Essa coisa fedorenta podia ter matado todos nós — continuou Amarelle.

— Bem, graças a um pouco de sorte e muito Shraplin, ela não matou. Vamos lá, Amarelle. Prometa para nós que você não vai fazer nada estúpido hoje. Você *promete*?

5. Tirando todas as dúvidas

Os Desertos Altos, a leste da rua Emaranhasa, estavam livres de seus habitantes e cheios de surpresas desagradáveis da batalha em andamento. Amarelle se manteve abrigada, movendo-se da sombra de um arco para um muro de plantas, para um batente escondido, tropeçando com frequência. O mundo tinha um frágil aspecto líquido, escorrendo pelas beiradas e girando em eixos traiçoeiros. Ela não estava bêbada o bastante para esquecer que tinha que tomar muito cuidado e estava bêbada demais para perceber que deveria estar fugindo de volta pelo caminho que tinha percorrido.

Os Desertos Altos já tinha sido um bairro de mansões, jardins maravilhosos e fontes públicas, mas a chegada da maga Ivovandas fez com que os antigos habitantes arrumassem as malas. As discussões do Parlamento do Conflito tinham aberto buracos nos paralelepípedos, quebrado e secado as fontes e destruído as mansões como casinhas de brinquedo desprezadas. O fogo roxo de antes ainda estava ardendo em uma alta estrutura de madeira e pedra arruinada. Amarelle contornou os rios de chumbo derretido que corriam pelas ruas e um dia haviam sido o teto da construção.

Não foi difícil achar a mansão de Ivovandas, a única estrutura iluminada e bem cuidada do bairro, protegida por paredes lisas, ideogramas brilhantes e cercas vivas farfalhantes de cor verde-avermelhada com os esqueletos de vários pássaros e pequenos animais espalhados pela vegetação rasteira. Um caminho de pedras de alabastro conectadas, brilhando com luz própria, seguia por cerca de quarenta metros cheios de curvas até a porta principal dourada.

Conveniente. Aquilo garantia um perímetro de segurança.

Os gritos das coisas voadoras horrorosas lá no alto faziam com que fosse muito mais difícil se concentrar, mas Amarelle usou três décadas de experiência no caminho de pedras e não se decepcionou. Quatro armadilhas nas pedras ela evitou por intuição, e duas por uma ridícula sorte de bêbado. A inversão da direção da gravidade era um truque que já tinha visto antes. Deu uma pirueta (desajeitada) através da área perigosa e a magia a arremessou de cabeça no chão em vez de enviá-la descontroladamente para o céu. Ela nem chegou a sentir o chamado brilhante das esculturas de sapos de bom gosto no gramado, já que estava embriagada demais para fitá-los nos olhos e ativar seu efeito.

Quando chegou à porta principal, a superfície dourada se agitou como uma poça derretida e um braço esculpido surgiu segurando uma aldrava circular. Amarelle retirou um bastão retrátil de seu casaco e usou-o para bater a aldrava contra a porta enquanto se mantinha fora do caminho.

Houve um breve momento de silêncio depois que os dardos sibilaram através do espaço vazio, e então uma voz explodiu:

— QUEM VEM À PORTA DA SUPREMA CRIADORA DE FEITIÇOS IVOVANDAS DO HONRADO PARLAMENTO DE THERADANE SEM SER CONVIDADO? FALE, VERME!

— Eu não me ofendo com portas falando merda — disse Amarelle. — Estou agraciando sua senhora com a cortesia de uma batida na porta. Avise-a que uma cidadã de Theradane está aqui para dar a ela uma opinião franca e livre de censuras sobre como a mira dela é horrorosa.

— SUA ATITUDE É COMPREENSÍVEL E MESMO ASSIM INTEIRAMENTE OFENSIVA. AGORA AROS DE FORÇA ELETRODINÂMICA SERÃO APLICADOS AOS LOBOS DO SEU CÉREBRO ATÉ QUE ELES VIREM UMA POLPA INCANDESCENTE. PARA RECEBER ESTE PRONUNCIAMENTO NA FORMA DE PICTOGRAMAS UNIVERSAIS, GRITE UMA VEZ. PARA SOLICITAR UM APAGÃO SENSORIAL EM UMA VELOCIDADE MAIOR, GRITE DUAS VEZES E AGUARDE PARA VER O QUE ACONTECE.

— O meu nome é Amarelle Parathis, também conhecida como a Duquesa Invisível. As disputas estúpidas da sua senhora estão transformando uma boa e antiga cidade em uma fazenda de sacos de merda miseráveis e arruinando meus carteados. Você vai se abrir ou vou ter que achar uma janela?

— AMARELLE PARATHIS — disse a porta. Um momento se passou. — SEU NOME NÃO É DESCONHECIDO. VOCÊ ADQUIRIU SANTUÁRIO DO PARLAMENTO DE THERADANE DOIS ANOS E QUATRO MESES ATRÁS.

— Muito bem, porta! — disse Amarelle.

— A SENHORA IRÁ RECEBÊ-LA.

A mão esculpida que segurava a aldrava se retirou para dentro da superfície líquida da porta. Uma dúzia de outras mãos explodiu para fora, agarrando Amarelle pela garganta, braços, pernas e cabelos. Elas a ergueram do chão e puxaram-na para dentro da agitada superfície dourada, que se solidificou um instante depois e não deixou nenhum sinal de sua passagem.

6. O armário das mãos douradas

Amarelle acordou, confortável, mas despida de todas as suas armas e vestindo o robe de seda de outra pessoa.

Estava em um cômodo sem portas, em cima de uma cama de plumas que flutuava suavemente em uma piscina de ouro líquido que cobria o piso inteiro, ou talvez fosse o piso. Hastes de rubi para iluminação desciam de claraboias de vidro trabalhado e, quando Amarelle afastou as cobertas, elas se dissolveram em nuvens de vapor aromático.

Algo borbulhava e se agitava embaixo da piscina dourada. Um semicírculo se ergueu de sua superfície e continuou subindo, transformando-se em uma forma humanoide alta e estreita. O líquido se esvaiu delicadamente, revelando uma mulher albina pálida como uma pomba, olhos perfeitos com partículas de ouro e um cabelo composto de milhares de borboletas douradas, todas vibrando aleatoriamente com elegância.

— Boa tarde, Amarelle — disse a maga Ivovandas. Seus pés não tocavam a superfície da piscina enquanto ela se movia na direção da cama. — Acredito que tenha dormido bem. Você foi magnífica ontem à noite!

— Fui, é? Eu não lembro... quero dizer, lembro de algumas partes... Eu estou usando as suas roupas?

— Sim.

— Eu não deveria estar de ressaca?

— Eu a removi enquanto você dormia — disse Ivovandas. — Tenho uma coleção de doenças engarrafadas. Sua ressaca prometia ser lendária. Aqui haveria dragões! E por "aqui" eu quero dizer "exatamente atrás dos seus olhos", provavelmente pelo resto da semana. Vou encontrar outra cabeça onde colocá-la, algum dia. Provavelmente vou devolvê-la para você, se falhar comigo.

— O quê? Falhar com você? — Amarelle se pôs de pé com um pulo e afundou no colchão desajeitadamente. — Você me confundiu com alguém que sabe o que está acontecendo. Comece pela parte em que fui magnífica.

— Eu nunca tinha sido tão extensivamente insultada! No meu próprio saguão de entrada, nada mais, nada menos, antes que nós ao menos tivéssemos chegado ao escritório. Você me concedeu uma explicação selvagem e perspicaz de todas as minhas falhas de caráter, a maioria delas imaginária, e então me deu as orientações mais firmes possíveis sobre como eu e meus colegas deveríamos conduzir nossos assuntos daqui para a frente, para a sua conveniência e a dos seus amigos.

— Eu, hã, lembro de algumas dessas partes, eu acho.

— Só estou curiosa sobre uma coisa, cidadã Parathis. Quando adquiriu santuário do Parlamento de Theradane, você foi avisada que ameaças pessoais aos membros desse Parlamento poderiam servir de motivo para a revogação sumária dos seus privilégios de santuário, não foi?

— Eu... lembro de alguma coisa desse tipo... na papelada... provavelmente na parte de trás em algum lugar... talvez nas margens?

— Você concorda que as suas declarações de ontem à noite podem ser consideradas como ameaças pessoais, certo?

— Minhas declarações?

Sorrindo, Ivovandas conjurou um cristal azul que zumbia e usou-o para projetar uma imagem nítida e de boa qualidade no ar ao lado da cama. Era Amarelle, com seu casaco preto, encharcada com chuva mágica fumegante, movendo as mãos em gestos firmes enquanto bradava:

— E outra coisa, sua puta trovejante venenosa com cara de leite! NINGUÉM joga um vorpilax morto nos meus amigos, NINGUÉM! O que você joga nos outros membros do seu clubinho de puxa-sacos de chapéus pontudos é assunto de vocês, mas, da próxima vez que você resolver brincar com as vidas de cidadãos inocentes, é melhor trancar as suas portas, vestir o seu corselete de ferro mais resistente e contratar alguém para provar as suas comidas antes de você, deu para entender?

A imagem se desfez.

— Cacete — disse Amarelle —, sempre achei que era uma bêbada alegre.

— Eu tenho 310 anos — disse Ivovandas — e aprendi algumas palavras novas ontem à noite! Ah, nós estávamos nos divertindo tanto, até que eu fui pessoalmente ameaçada.

— Sim, parece mesmo que sim. E como você acha que nós podemos, hã, proceder sobre esse assunto?

— Normalmente — começou Ivovandas —, eu redirecionaria magicamente o fluxo do seu intestino delgado para os seus pulmões, o que seria a minha maneira especial de dizer que os seus privilégios de santuário foram revogados. Mas, com essas suas habilidades e essa reputação... eu tenho um contrato perfeito para alguém assim. Por que você não se veste e me encontra no escritório?

Uma força poderosa atingiu Amarelle por trás, jogando-a para fora da cama e de cabeça para dentro da piscina dourada. Ao invés de afundar, ela percebeu que estava flutuando para cima, subindo diretamente através do chão do escritório de Ivovandas, um cômodo grande e cheio de prateleiras, caixas de pergaminhos e painéis de pele de basilisco envernizados. Amarelle de repente estava usando as próprias roupas de novo.

Na parede havia uma pintura a óleo do quarto do qual Amarelle tinha saído, com uma interpretação perfeita de Ivovandas flutuando sobre a piscina dourada completando-a. Enquanto Amarelle observava, a imagem pintada cresceu cada vez mais dentro da moldura, então empurrou os braços para fora dela e, com uma torção e um pulo, finalmente flutuou livre no meio do escritório.

— Agora — disse Ivovandas —, para ser bem simples, existe um objeto em Theradane que eu espero que você adquira. Se os seus amigos irão te ajudar ou não, isso não é do meu interesse. Como um incentivo adicional, se você entregar essa coisa para mim de forma calma e bem-sucedida, irá amansar boa parte da, hã, oposição pública entre mim e certo colega parlamentar.

— Mas os termos do meu santuário! — respondeu Amarelle. — Você recebeu parte da minha taxa! Sabe como eles funcionam. Eu não posso roubar dentro dos limites de Theradane.

— Bem, você também não pode me ameaçar — disse Ivovandas. — E essa é uma questão irrelevante agora; então o que você tem a perder?

— Uma eternidade não sendo um poste.

— Ótimo planejamento de longo prazo — respondeu Ivovandas. — Mas acredito que, se você examinar bem a nossa situação, verá que está subindo certo rio proverbial e eu sou o único fornecedor de remos disposto a lhe vender um.

Amarelle andou de um lado para outro, as mãos sombriamente enfiadas dentro dos bolsos do casaco. Ela e seu pessoal precisavam da segurança de Theradane. Eles tinham se tornado famosos demais, estragado disfarces demais, levado suvenires demais dos ricos e poderosos de muitos outros lugares. O sistema de Theradane era a mais pura simplicidade. Pague uma vasta quantia para o Parlamento do Conflito, se aposente em Theradane e não pratique nenhum dos velhos hábitos que o colocaram em apuros fora da cidade. Nunca.

— Amoleça o seu coração, Amarelle. Para mim não é exatamente *ilegal* coagir uma mestra do crime a voltar à atividade dentro dos limites da cidade, mas não posso imaginar que meus companheiros deixariam a questão passar despercebida se eles um dia a descobrissem. Faça o que peço e eu quebrarei meu pequeno cristal azul com gratidão. Nós duas saímos sorrindo, em um equilíbrio harmonioso.

— O que você quer que eu adquira para você?

Ivovandas abriu um armário alto que estava encostado contra a parede da direita do cômodo. Dentro dele estava uma tapeçaria em branco cercada por todos os lados por mãos douradas sem corpos não muito diferentes daquelas que arremessaram Amarelle através da porta de entrada. As mãos ganharam vida, movendo-se rapidamente pela tapeçaria com agulhas douradas e fio preto. Linhas apareceram na superfície, linhas que logo se tornaram claras para Amarelle como sendo os distritos de Theradane e seus pontos de referência: os Desertos Altos, a Marca do Fogo Caído, os Declives da Luz Morta e centenas de outros, ponto por ponto.

Quando o mapa ficou completo, uma mão costurou um último fio vermelho brilhante de verão, que reluziu em algum lugar na parte nordeste da cidade.

— Rua da Prosperidade — disse Ivovandas. — No Portão da Fortuna, perto do Velho Parlamento.

— Já estive lá — disse Amarelle. — O que você quer?

— Rua da Prosperidade. No Portão da Fortuna. Perto do Velho Parlamento.

— Eu ouvi da primeira vez — retrucou Amarelle. — Mas o que você... ah, *não*. Você não fez isso. Você não acabou de insinuar essa insinuação!

— Eu quero que você roube a rua da Prosperidade — disse Ivovandas. — A rua inteira. Todo o seu comprimento. Cada tijolo e pedra dela. Ela deve deixar de existir. Ela deve ser removida de Theradane.

— Essa rua tem quase trezentos metros de comprimento, e é no coração de um distrito tão importante e regado de dinheiro que nem mesmo vocês, lunáticos, a explodem nas suas guerrinhas, além de ser movimentada o dia inteiro!

— Então seria interessante removê-la sem fazer estardalhaço — comentou Ivovandas. — Mas isso é problema seu, de qualquer maneira, e eu não suponho que deva lhe dar qualquer conselho sobre uma questão que é uma das suas poucas especialidades.

— É... É... uma... RUA.

— E você é Amarelle Parathis. Você não estava gritando alguma coisa ontem à noite sobre como você roubou o som do amanhecer?

— No dia certo do ano — respondeu Amarelle —, no topo da montanha certa, com uma boa ajuda de alguns anões e mais flautas de cobre do que eu podia... Foda-se, foi muito complicado!

— Você roubou as lágrimas de um tubarão.

— Se você descobrir como identificar um tubarão melancólico, já está com meio caminho andado nesse quesito.

— Aliás, *o que* você fez com as aranhas da morte de Moraska quando as capturou?

— Eu as enviei de volta pelo correio para os vários templos dos sacerdotes-aranhas que estavam me incomodando. Vamos só dizer que o confinamento deixou as aranhas agitadas *e* com fome, e que a seita agora tem regras definidas sobre correspondências em forma de caixa que tenham buracos de ventilação. Além disso, enviei as caixas com o frete *a cobrar*.

— Encantador! — gritou Ivovandas. — Bem, você me parece exatamente o tipo de mulher que poderia roubar uma rua.

— Creio que a minha alternativa seja um pedestal com "Agora eu sirvo a Theradane para sempre" gravado nele.

— Isso ou alguma tragédia mais privada e pessoal — respondeu Ivovandas. — Mas você entendeu basicamente as peculiaridades do tipo de escolha que tem.

— Por que uma rua? — perguntou Amarelle. — Antes que eu continue, vamos ser francas, ou algo do tipo. Por que você quer que essa rua seja removida e como é que isso amansaria a luta entre você e o seu... Ah. Ah, cacete, é um lócus, não é?

— Sim — confirmou Ivovandas. Seu sorriso predatório revelou dentes marcados por padrões arcanos em linhas de ouro da finura de fios de cabelo. — A rua da Prosperidade é o lócus externo de poder do mago Jarrow, meu colega menos querido. É como ele consegue os recursos para prolongar a competição tediosa de convocação de criaturas e do clima. Sem ele, eu poderia esmagá-lo em um dia e estar em casa a tempo do chá da tarde.

— Perdoe-me se esse for um assunto delicado, mas eu achava que o objetivo desses loci era serem o segredo mais bem guardado que você e os seus... colegas possuem.

— Jarrow foi indiscreto — disse Ivovandas. — Mas, mesmo assim, ele sabe que só o conhecimento não vale nada se ele não puder ser aliado a uma estratégia. Uma rua é uma coisa bem complicada de se descartar e a questão de como fazê-lo tinha me deixado de mãos atadas, até que você veio em meu socorro com sua cabecinha desonesta e seu ultraje embriagado. Podemos passar ao contrato?

O armário das mãos douradas descosturou o mapa de Theradane e, em seu lugar, bordou vários parágrafos em um texto limpo e regular. Amarelle os observou mais de perto. Eram surpreendentemente diretos, descrevendo uma troca de uma (1) rua por um (1) cristal azul a ser destruído, mas então...

— Que diabos é isso? — ela perguntou. — Um prazo? Um ano e um dia?

— É a duração tradicional desse tipo de acordo — respondeu Ivovandas. — E com certeza você pode ver que ela é razoável. Prefiro ver Jarrow derrotado muito em breve, não daqui a cinco ou dez ou outro número nebuloso e mutante de anos. Preciso que você trabalhe com foco e determinação. E você precisa de um incentivo que não seja apenas a destruição se você falhar, então aqui está ele.

— Um ano e um dia — disse Amarelle —, e eu tenho que entregar a rua ou dedicar a minha cidadania e o meu patrimônio terreno a um contrato permanente a seu serviço.

— Seria uma vida confortável e excitante — disse Ivovandas. — Mas você pode evitá-la se for tão inteligente quanto eu espero que seja.

— E se eu contasse sobre esse acordo para o mago Jarrow e visse se ele pode me oferecer algo melhor?

— Uma suposição válida para uma situação complicada parecida com a minha! Eu aplaudo a sua sagacidade, mas devo lembrar que Jarrow não tem um cristal azul, nem você ou ele tem a menor ideia de onde fica o meu lócus externo. Você deve decidir por si mesma qual de nós dois seria o alvo mais fácil. Se você deseja ser conduzida pela sabedoria, irá procurar algo em seu bolso agora.

Amarelle assim o fez e descobriu que uma pena e um frasco de tinta tinham aparecido ali dentro.

— Uma rua — disse ela. — Por um cristal. Um ano e um dia.

— Está tudo aí em pura linha preta — disse Ivovandas. — Você vai assinar?

Amarelle encarou o contrato e rangeu os dentes, um hábito que sua mãe sempre a instruiu veementemente a não cultivar. Enfim ela destampou o frasco de tinta e molhou a pena.

7. Outra troca de roupa inesperada

O tumulto normal causado pela briga dos magos tinha diminuído. Até mesmo Ivovandas e Jarrow pareciam estar tirando uma folga quando Amarelle saiu dos Desertos Altos sob a névoa cor de pêssego daquela tarde. Todos os relógios da cidade marcavam três horas, ecoando e desmentindo e interrompendo uns aos outros, o anúncio certo daquela hora se espalhando por mais ou menos dois minutos e meio pelo fato de que os relógios em Theradane eram tradicionalmente dessincronizados para confundir os espíritos maliciosos.

Os pensamentos de Amarelle eram uma roda elétrica de ansiedade e cálculo. Ela fez sinal para um bandaviário mecânico e logo estava avançando sobre os telhados da cidade em uma cadeira de balanço amarrada por baixo das asas tensionadas de uma revoada de pardais mecânicos. Simplesmente não havia outro lugar para buscar ajuda; ela teria que se jogar em cima de seus amigos como lixo encalhado na praia.

Sophara e Brandwin moravam em uma casa torta e estreita na rua Pernavil, uma casa que adquiriram por um preço excelente pelo fato de algumas vezes ter cinco andares e, outras, seis. Para onde o sexto ocasionalmente fugia era um mistério, mas, do mesmo jeito que ele se recusava educadamente a responder às questões delas sobre os seus assuntos, também fazia a cortesia de não perguntar sobre os delas. Amarelle fez o bandaviário lançá-la por uma determinada janela no terceiro andar que servia como um portal exclusivo para os amigos em casos urgentes.

As senhoras estavam em casa e, por sorte, Shraplin também estava lá. Brandwin estava brigando com os pistões do pé esquerdo substituto dele, enquanto Sophara se espreguiçava em uma rede de veludo, usando óculos escuros e uma boina branca como o gelo que exalava uma névoa analgésica em forma de auréola em volta de sua cabeça.

— Como é que você não está coberta de vômito e implorando pela própria morte? — perguntou Sophara. — Como é que você bebeu três vezes o seu peso em bebida alcoólica e eu é que tenho a custódia integral da ressaca?

— Eu tive um benfeitor inesperado, Soph. Você consegue proteger este cômodo para uma conversa delicada?

— A casa inteira é razoavelmente segura — gemeu a ilusionista, saindo da rede com pouquíssima graça e dignidade. — Agora, se você quiser que eu fabrique um silêncio maior, me dê um minuto para pegar os meus mármores. Espere um pouco...

Tirou os óculos escuros e observou Amarelle friamente. Andando com cuidado pela bagunça de ferramentas especializadas e bugigangas mecânicas aninhadas no carpete, aproximou-se, farejando o ar.

— Algo errado, minha querida? — perguntou Brandwin.

— Shhhh — respondeu Sophara. Esfregou os olhos como se tivesse acabado de acordar, então esticou o braço, moveu a lapela esquerda do casaco de Amarelle para o lado e tirou um brilhante fio dourado da lã preta.

— Você — disse ela, arqueando as sobrancelhas verde-azuladas para Amarelle — andou se encontrando com outro mago.

Sophara bateu palmas uma vez e uma quietude misteriosa caiu sobre o cômodo. Até os mais leves sons da cidade lá fora tinham sido completamente banidos.

— Ivovandas — respondeu Amarelle. — Eu fugi e fiz uma coisa estúpida ontem à noite. Em minha defesa, apenas gostaria de dizer que estava furiosa e que era você quem estava fazendo as bebidas.

— Sua puta incômoda e infalível — disse Sophara. — Bem, esse pequeno fio teria deixado Ivovandas ouvir nossa conversa, a não ser pelo meu contrafeitiço e pelos de confusão que com certeza foram aplicados nas pedras desta casa. E onde há um truque óbvio sempre há alguma coisa espreitando por trás. Tire o resto das suas roupas.

— O quê?

— Agora, Amarelle! — Sophara pegou uma caixinha de joias com gravações em prata de um canto afastado na sala, abriu-a e fez movimentos apressados enquanto Amarelle tirava o casaco.

— Viu como ela é direta? — Brandwin apertou um pequeno fole em um tubo pressurizado de óleo verde brilhante dentro da perna de Shraplin. — Nós nunca teríamos chegado a lugar algum se ela tivesse me esperado tomar a iniciativa.

— Mantenha os olhos no seu trabalho — disse Sophara. — Eu vou olhar por nós duas e lhe dou alguns detalhes mais tarde.

— Às vezes eu acho que "amigo" é só uma palavra que eu uso para as pessoas que ainda não matei — comentou Amarelle, pulando e girando para fora de suas botas, calças, cinto, colete, blusa, objetos cortantes, cordas de seda, cápsulas de fumaça e roupas de baixo. Quando a última peça foi descartada, Sophara fechou a caixinha de joias com violência e murmurou feitiços para a fechadura.

Como se a ideia propositalmente só tivesse ocorrido agora, sorrindo e sem pressa, ela pegou para Amarelle um roupão de seda preta com mapas astronômicos bordados em azul e branco.

— Hoje parece ser o meu dia de usar as roupas de todo mundo — resmungou ela.

— Perdoe-me pelas suas coisas — disse Sophara. — Eu conseguiria fazer uma varredura nelas para descobrir outros truques, mas Ivovandas está numa categoria de peso tão acima que eu poderia levar dias.

— Nunca deixe uma maga mexer nas suas roupas — disse Brandwin. — Pelo menos não até ela prometer morar com você. Agora já deve ser seguro conversar.

— Eu não tenho muita certeza de como dizer isso — começou Amarelle —, mas a versão resumida é que estou temporariamente desaposentada.

Ela contou a história inteira, parando somente para responder as perguntas empolgadas de Sophara sobre as defesas e decorações da mansão de Ivovandas.

— Isso é uma baita coisa, chefe — disse Shraplin quando Amarelle terminou. Os relógios dentro da casa começaram a anunciar as cinco horas e não pararam por algum tempo. Os relógios da cidade ainda estavam isolados além do silêncio de Sophara. — Pensei que a gente estava ferrado quando o trabalho das lágrimas de tubarão sobrou pra gente. Mas uma rua!

— Eu imagino como Jarrow descobriu que ela era um lócus. — Sophara ajustou seu chapéu analgésico, que lhe tinha feito muito bem durante o longo tempo da história de Amarelle. — Imagine como ele conseguiu cultivá-lo sem ninguém interferir!

— Vamos manter o foco, sonhadora. — Brandwin massageou os as pernas da esposa. — A questão pertinente aqui é: como vamos conseguir fazer isso?

— Eu vim aqui só para me aconselhar — disse Amarelle rapidamente. — Isso é tudo minha culpa e ninguém mais precisa arriscar seu santuário porque eu fiquei bêbada e fui insolente com um mago.

— Deixe-me esclarecer as coisas para você, chefe — disse Shraplin. — Se você não quer que eu a siga de um lado para outro sendo útil, você tem que estar planejando esmagar a minha cabeça agora mesmo.

— Amarelle, agora você *não pode* nos deixar fora dessa! O golpe é delicioso demais — disse Sophara. — E claramente deixar você andando por aí sozinha não é uma coisa prudente.

— Eu agradeço — respondeu Amarelle —, mas me sinto responsável pela segurança de vocês.

— O Parlamento do Conflito caga destruição aleatoriamente nesta cidade, chefe. — Shraplin abriu as mãos. — Quão mais inseguros nós podemos ficar? Francamente, dois anos e meio de quietude são o bastante para o meu gosto.

— Sim — concordou Sophara. — Guarde os seus sentimentos delicados, Amarelle. Você sabe que nós não deixaríamos você... ah, espere. Sua sacola sensual de seios e açúcar! Você não veio aqui só pelos nossos conselhos! Você usou a sua expressão honrada para que nós nos comprometêssemos sem ter o prazer de vê-la implorar!

— E vocês caíram nessa. — Amarelle sorriu. — Então está decidido, nós largamos a aposentadoria e vamos roubar uma rua. Se alguém se importar em me dizer como diabos isso vai funcionar, a caixinha de sugestões está aberta.

8. O truque barato

Eles passaram os dois primeiros dias tirando medidas e em vigilância. A rua da Prosperidade tinha duzentos e noventa metros de comprimento. Nove grandes avenidas e quinze becos se ligavam a ela. Cento e seis lojas e residências davam para a rua, inclusive uma adega que servia destilados de tanta qualidade que um terceiro dia foi perdido em ressacas e reclamações.

Começaram na noite do quarto dia, enquanto uma névoa morna subia preguiçosamente dos esgotos e os postes brilhavam como pérolas em meio a uma gaze cinza. Os relógios começaram a anunciar onze horas, um processo que em geral prosseguia até que fosse quase a hora de começarem a anunciar as doze.

Uma mulher de pele roxa em trajes de funcionário público municipal remendava com toda a calma a placa de sinalização no cruzamento da Prosperidade com a Magdamar. Ela colocou em uma sacola a placa de madeira com "r. da Prosperidade" gravado e cumprimentou um goblin bêbado e parcialmente curioso com um toque no chapéu que estava usando. Brandwin esvaziou três cruzamentos das placas de "r. da Prosperidade" antes que os relógios se acalmassem.

No cruzamento da Prosperidade com a Novededos, um trabalhador educado com cabeça de lata pintou todas as "r. da Prosperidade" visíveis com um verniz preto opaco. Duas quadras ao norte, um bandaviário que voava muito baixo carregando uma mulher de cabelos escuros bateu em uma placa de sinalização, um acidente que se repetiria seis vezes. No lendário cruzamento confuso de sete ruas onde os vários Mercados Goblin se uniam à Prosperidade, uma feiticeira disfarçada como a sombra de um gato murmurou baixinho encantamentos de anulação alfabética, limpando todas as placas relevantes até brilharem como uma ardósia.

Eles tiveram que remover quarenta e seis pedras ou placas e deformar os letreiros de dezesseis lojas cujos nomes homenageavam a rua. Por fim, conseguiram derrubar um garrafão de ácido sulfúrico sobre um ponto cerimonial no chão, no qual havia "rua da Prosperidade" em letras de ferro. Quando elas viraram "ria ca Peclgilve", eles jogaram um pouco de água em cima daquela confusão e correram de lá para se livrar das vestes, tintas e propriedades públicas roubadas.

No dia seguinte, Ivovandas não estava nem um pouco impressionada.

— Nada aconteceu. — Seus olhos dourados reluziram perigosamente e suas borboletas permaneceram imóveis. — Nem uma femtocentelha de diferença ou de diminuição da potência do lócus do Jarrow. Apesar de ter deixado uma boa quantidade de viajantes e turistas confusos. Você precisa roubar a rua, Amarelle, não vandalizar os adornos dela.

— Eu não esperava que fosse ser tão fácil assim — disse Amarelle. — Só achei que deveríamos eliminar a abordagem mais simples antes de qualquer coisa. Nunca coloque um arquiduque na mesa quando um dois é o bastante.

— O mapa não é o território. — Ivovandas fez um gesto e transportou Amarelle para o gramado da frente de sua mansão, onde as esculturas hipnóticas de sapos quase a fizeram gastar mais tempo ainda.

9. Força bruta

A abordagem seguinte levou onze dias para ser planejada e organizada, incluindo dois dias perdidos para uma batalha entre os magos do Parlamento na zona ocidental da cidade que destruiu a Ponte-Templo do Deus dos Nomes Ocultos.

As placas já tinham sido restauradas no cruzamento da Prosperidade com a Languinar, a transversal mais ao sul da rua da Prosperidade. O céu do amanhecer estava começando a se aproximar do limite da cidade em raios laranja e escarlate e os relógios estavam ou não anunciando sete horas. Uma caravana de carruagens de carga reforçadas conduzidas por cavalos encouraçados parou na Languinar, preparando-se para virar para o norte. As placas penduradas nas carruagens diziam:

Nusbarq Desisko e Filhos
Transporte de Animais Perigosos

Enquanto a caravana avançava pela rua, uma mulher de vestido vermelho flamejante conduzindo um coelho mecânico atravessou descuidadamente o caminho da primeira carruagem, dando início a uma cadeia de desastres improvável mas pitoresca. Carruagem após carruagem tombou, roda atrás de roda voou de sua calota, um grupo de cavalos após outro correu relinchando por entre o tráfego quando suas rédeas de emergência se soltaram. A lateral da primeira carruagem tombada explodiu para fora e uma besta peluda saltou rosnando de dentro dos destroços.

— CORRAM! — gritou alguém, que coincidentemente era a mulher de vestido vermelho. — É UM HOMEM-CHACAL COM CALCANHAR DE MOLA!

Um segundo depois seu coelho mecânico explodiu, envolvendo-a em uma nuvem de vapor e faíscas. O vestido vermelho era reversível e Amarelle tinha praticado invertê-lo pelo toque. Três segundos depois ela correu da nuvem de vapor vestida em um manto preto com capuz. Shraplin, nem um pouco prejudicado pelos trinta e quatro quilos de pele, couro e garras de madeira, ativou alegremente as bobinas de absorção de choque reforçadas na perna que Brandwin tinha montado para ele. Ele foi pulando e uivando pelo meio da multidão, transformando sustos em pânico e fugas.

Vinte e duas colisões não planejadas de carruagens e bandaviários ocorreram no meio minuto seguinte, travando o trânsito por dois quarteirões ao norte do acidente inicial. Amarelle não tinha tempo para contá-los enquanto corria para o norte atrás de Shraplin.

Outra carruagem curiosamente defeituosa da caravana Nusbarq Desisko se abriu, expondo sua carga de colmeias do tamanho de um homem ao ar e ao barulho. Milhares de abelhas fedidas policromáticas, cintilando em todas as cores do arco-íris e temerosas pela segurança de suas rainhas, voaram para expelir néctar fedido grudento em tudo que estivesse ao alcance de seus zumbidos. Um leve toque daquele cheiro seguiu Amarelle para o norte, e ela se arrependeu de ter tomado café. Centenas de pessoas estariam queimando suas roupas antes que o dia terminasse.

Por toda a extensão da rua da Prosperidade, feitiços aurais preparados com antecedência por Sophara começaram a irromper. Vozes corajosas e autoritárias mandavam o trânsito parar, os transeuntes correrem, as lojas fecharem, os cidadãos rezarem por salvação. Elas gritavam sobre o homem-chacal, basiliscos, abelhas fedidas, vespas rouba-bebê, vorpilax raivosos e a praga. Elas ordenavam que policiais e cidadãos aptos usassem barris e carruagens como barricadas improvisadas contra multidões nos principais cruzamentos, o que alguns deles fizeram.

Amarelle alcançou o beco depois da via dos Novededos e encontrou o pacote que tinha escondido atrás de um caixote podre na noite anterior. Logo ela surgiu do beco com o uniforme de um policial de Theradane, a insígnia de capitão resplandecente em seu colarinho, o cassetete de aço brilhando. Ela deu ordens inúteis e contraditórias, fomentou o pânico, empurrou os donos de loja de volta para dentro e ordenou que os bares fechassem as portas. Quando encontrou policiais de verdade, ela os golpeou com os dentes sedativos escondidos na ponta de seu cassetete. Seus corpos inconscientes, facilmente confundidos com cadáveres, adicionaram uma verossimilhança empolgante à inquietação raivosa.

Na ponta norte da rua da Prosperidade, uma carroça da força policial contra multidões comandada por um par de mulheres uniformizadas passou por outro acidente improvável quando entrou em contato com o fogo aceso de um vendedor de fondue descuidado. Brandwin e Sophara jogaram seus capacetes no chão e saíram correndo aos gritos, infectando dúzias de cidadãos com pânico desorientado mesmo antes de os foguetes e as caixas dentro da carroça começarem a explodir. Por mais ou menos meia hora choveram arcos branco-rosados de cinzas, fumaça sonífera e pó de pimenta escaldante em boa parte da rua da Prosperidade.

Em dado momento, dois magos do Parlamento tiveram que interferir de má vontade para ajudar os policiais e as brigadas de incêndio a restaurar a ordem. Os escritórios da Nusbarq Desisko e Filhos foram encontrados vazios e seus registros desapareceram, presumivelmente levados por eles quando fugiram da cidade. O homem-chacal com calcanhar de mola nunca foi encontrado e assumiu-se que ele tenha sido adotado como bicho de estimação por algum dos magos.

— Como assim, nada aconteceu? — Amarelle andava furiosamente de um lado para outro no escritório de Ivovandas no dia seguinte, depois de ter se explicado para a maga, que a tinha ouvido distraída enquanto consultava um grimório que de vez em quando gemia e ria para si mesmo. — Nós fechamos toda a extensão da rua da Prosperidade por mais de três horas! Nós roubamos a rua de todo mundo de um jeito bastante significativo! O trânsito não fluía, as barreiras contra multidões foram levantadas, nem um pingo de comércio foi feito em lugar nenhum...

— Amarelle — interrompeu a maga, sem tirar os olhos de seu livro —, louvo a sua adoção de uma abordagem mais dinâmica a esse problema, mas sinto dizer que ela não deu em nada. Nem uma pequena insinuação de que os recursos arcanos de Jarrow diminuíram. Eu realmente queria que tivesse dado certo. Cuidado com os sapos hipnóticos, porque eu aumentei bastante o feitiço deles.

Ela estalou os dedos e Amarelle achou-se de volta ao jardim.

10. O método tipográfico

Sophara dirigiu a próxima fase da operação deles, pedindo licença de seu posto como mixologista-maga por tempo indetermidado.

— Era mais para ter fácil acesso ao bar, de qualquer maneira — disse ela. — E eles lamberiam a sola dos meus saltos a qualquer momento para me ter de volta.

Um mês e meio de estudos e estresse se passou. Sophara trabalhou em seus quadro, ábaco, grimório e diário de feitiços, lidando com quatro idiomas e várias formas de notação taumatúrgica que fizeram os olhos de Amarelle queimarem.

— Eu digo a toda hora para não olhar para elas! — disse Sophara enquanto ajustava a boina analgésica na cabeça de Amarelle. — Você não tem a geometria óptica adequada! Você e Brandwin! São piores do que gatos.

Brandwin visitou bibliotecas e arquivos cívicos. Amarelle invadiu dezessete coleções pessoais importantes. Shraplin aplicou sua percepção mecânica incansável à tarefa de varrer milhares de páginas de milhares de livros. Uma vasta pilha de anotações cresceu na casa de Brandwin e Sophara, junto com uma pilha de pergaminhos, panfletos, tomos e registros nada elegante, mas original.

— Qualquer guia da cidade — entoava Amarelle, já que a fórmula tinha se tornado uma espécie de mantra. — Qualquer anotação de qualquer viajante, qualquer registro de imposto ou residência, qualquer menção a reparos, qualquer diário ou recordação. A gente já fez alguma coisa *menos* sensata do que isso? Como é que esperamos conseguir localizar cada referência escrita sobre a rua da Prosperidade em cada documento já criado?

— Nós não podemos — disse Sophara. — Mas se meus cálculos estiverem razoavelmente corretos, e se isso de alguma maneira funcionar, nós só precisamos trocar um determinado percentual crítico desses registros, especialmente nos arquivos oficiais da cidade.

Shraplin e Brandwin cortavam painéis de madeira de forma que virassem réplicas exatas das quarenta e seis placas de rua e dezesseis letreiros comerciais que eles tinham tentado roubar antes. Rasparam, jogaram areia em cima, envernizaram e gravaram, fazendo apenas uma pequena mudança em cada cópia.

— Eu tenho a chave — disse Brandwin, saindo de sua sala de trabalho cheia de incenso certa noite, com um olhar turvo e arrulhando para uma pequena mariposa branca que estava empoleirada no topo do seu dedo indicador da mão esquerda. — Eu a chamo de Mariposa Adaptadora. É um feitiço muito complexo e eficiente que consigo lançar em qualquer coisa mais ou menos desse tamanho.

— E o que elas vão fazer? — perguntou Amarelle.

— Elas vão se tornar repetidoras de aperfeiçoamento de trabalho — respondeu Sophara. — Nós levaríamos anos para ajustar manualmente todos os registros que estamos procurando. Encantadas com o meu feitiço para guiá-las e dar poder a elas, podemos enviar essas gracinhas para fazer quase todo o trabalho para nós em apenas uma noite.

— De quantas precisamos? — perguntou Shraplin.

Nove noites depois, de pontos cuidadosamente selecionados por toda a cidade, soltaram 3.449 das Mariposas Adaptadoras de Sophara, cada uma tremulando para a escuridão e então para as bibliotecas, arquivos, balcões de lojas, escritórios particulares e mesinhas de cabeceira. As 2.625 Mariposas Adaptadoras que não foram comidas por morcegos ou capturadas como brinquedos por gatos localizaram um total de 617.451 referências ao nome "rua da Prosperidade" e fizeram uma mudança crucial em cada cópia física dos textos. Ao amanhecer, todas estavam mortas por exaustão.

Amarelle e seu grupo substituíram quarenta e seis placas de rua e dezesseis letreiros comerciais sob a proteção da escuridão e então ergueram uma das letras de ferro cerimoniais (restauradas) que estavam fincadas na calçada. "rua da Prosperidad", diziam as letras sobreviventes. "Prosperidad", lia-se nas placas e nos letreiros. "rua da Prosperidad" era o nome do lugar em todos os guias, jornais particulares, contratos de aluguel, processos e em todos os registros fiscais da cidade, a não ser por alguns santuários protegidos com mágica do Parlamento do Conflito.

Da noite para o dia, a rua da Prosperidade tinha sido substituída pela sua prima muito próxima rua da Prosperidad.

— Amarelle — começou Ivovandas, bebericando delicadamente de um copo de ouro derretido que ela tinha aquecido em seu caldeirão ao lado da mesa —, aprecio a sua agitação frente ao fracasso de um plano tão original e com um alcance tão longo, mas realmente devo ressaltar a necessidade de abandonar essas abordagens metafísicas infrutíferas. Não roube o nome da rua, ou seus negócios, ou o seu "e" final. Roube a rua, integral e fisicamente!

Amarelle grunhiu:

— De volta ao jardim?

— De volta ao jardim, minha querida!

11. Depois de Amarelle, o dilúvio

Vinte e sete dias depois, uma das tempestades de verão naturais chegou do oeste, uma mortalha agitada de nuvens escuras procurando confusão. Como sempre, os magos do Parlamento cuidaram de seus territórios particulares e deixaram que o restante de Theradane se defendesse sozinho. Então era teoricamente plausível que o aqueduto elevado que cruzava a rua da Prosperidade logo ao norte da travessa da Enfermeira Manca escolhesse essa noite para se romper por causa do esforço.

A rua da Prosperidade já estava lutando contra pilhas de entulho entupindo as suas grades de esgoto (essas pilhas estavam com uma espessura e persistência maiores que o normal graças aos feitiços de Sophara Miris) e com a própria posição similar a um vale, aos pés de vários outros bairros elevados. O jato espumado do aqueduto quebrado transformou um córrego que molharia algumas botas em um rio bem mais preocupante, com água na altura da cintura.

Amarelle e seu grupo se esconderam em sombras artificiais em um telhado alto, zelando para garantir que ninguém, principalmente crianças e goblins, sofresse mais do que um encharcamento na enchente. Os hidromantes da cidade acabariam aparecendo para consertar as coisas, mas eles com certeza já estavam tendo uma noite atribulada.

— Eu diria que isso ainda é um pouco metafísico, se você me perguntasse — disse Sophara.

— É um tipo de abordagem híbrida — respondeu Amarelle. — Afinal de contas, como ela pode ser uma rua se foi transformada fisicamente em um canal?

12. Não

— Não — disse Ivovandas.

Amarelle foi devolvida ao jardim.

13. Medidas educacionais

Meio ano perdido. Apesar do vandalismo, dos motins, homens-chacais, erros de escritórios e enchentes, a rua da Prosperidade era mais digna do seu nome do que nunca. Amarelle passeava pela rua, sentindo o sol do outono em seu rosto, admirando as folhas em tons pálidos de bronze das árvores-preces enquanto elas caíam em pequenas nuvens, inscritas com bênçãos caligráficas para qualquer um que cruzasse o seu caminho.

Houve uma agitação na multidão ao seu redor, uma nova cacofonia de gritos e resmungos e patas de cavalo e rangidos de rodas. O tráfego se abriu ao norte para dar passagem a uma carruagem estrondosa, com o dobro da altura e da largura de qualquer outra coisa na rua. Era negra como o cu da morte, sem janelas, cortada por gravações em prata e incrustações de madrepérola. Não tinha cavalos nem cocheiro, cada uma de suas quatro rodas era uma gaiola circular de aço onde um animal carnívoro escravizado, de olhos vermelhos, corria em quatro apoios, criando um impulso para a frente.

A carruagem singular gemeu em sua suspensão enquanto desviava e deu uma guinada para parar ao lado de Amarelle. Os carnívoros a olharam com malícia, sem respirar, sua carne claramente necrosada como papel de arroz cobrindo velhas feridas cheias de pus. A porta negra se abriu e uma escada se encaixou em sua base. Uma cortina de veludo ainda tremulava na entrada da carruagem, escondendo o que quer que estivesse dentro dela. Uma voz chamou, fria como clorofórmio e remorso antigo:

— Você não entende um convite quando o vê, cidadã Parathis?

Fugir de magos em plena luz do dia sem qualquer preparação não era uma habilidade que Amarelle tivesse conseguido cultivar, então ela entrou corajosamente na carruagem, baixando a cabeça.

Ficou surpresa ao perceber que estava em um espaço cinza aquecido, com pelo menos trinta e cinco metros em um dos lados e um teto curvado pouco iluminado por luzes prateadas flutuantes. Um grande aparato mecânico estava tiquetaqueando e pulsando e se movendo no meio do cômodo, algo parecido com um planetário, mas em vez de luas e planetas, os pequenos braços seguravam imagens de homens e mulheres, as semelhanças gravadas com características exageradas e defeitos cômicos. Amarelle reconheceu uma delas como Ivovandas pelos olhos dourados e os cabelos de borboleta.

Havia treze imagens, e elas se moviam em padrões complexos e interligados em volta de um modelo da cidade de Theradane.

A porta da carruagem se fechou atrás dela. Não havia nenhuma sensação de movimento a não ser a dança e os giros quase hipnóticos do planetário de magos.

— Meus companheiros — disse a voz gelada, que agora vinha de trás dela. — Como corpos celestes, transitando por suas órbitas, exercendo suas influências. Assim como com os corpos celestiais, não é exatamente difícil rastrear ou prever seus movimentos.

Amarelle se virou e perdeu o fôlego. O homem era baixo e flexível, sua pele da cor do ébano, seu cabelo reduzido a uma penugem avermelhada. Havia uma cicatriz em seu queixo e outra em seu maxilar, cada uma delas familiar aos dedos e aos lábios dela. Só os olhos dele estavam errados. Eram os olhos de um envenenador, vazios como o vidro.

— Você não tem o direito de usar essa cara, porra — disse Amarelle, lutando para não gritar.

— Scavius da rua da Sombra, não é? Ou melhor, “não era”? Veio com você para Theradane, mas nós nunca recebemos a sua cota do santuário. Acabou com tudo com algum gesto dramático, se me lembro bem.

— Ele ficou bêbado e perdeu tudo em uma roda de dados... — disse ela, molhando os lábios e se obrigando a dizer: — Jarrow.

— É um prazer conhecê-la, Amarelle Parathis.

O homem usava calças e jaqueta pretas simples. Estendeu a mão, que ela não apertou.

— Perdeu tudo em uma roda de dados? Isso foi estúpido.

— Eu mesma estou familiarizada com erros de bêbados — disse Amarelle.

— E então ele foi e fez uma coisa ainda mais estúpida — disse Jarrow. — Ganhou o louvor dos criminosos. Transfigurado em um poste.

— Por favor... escolha outra aparência.

— Não. — Jarrow coçou a cabeça e balançou um dedo para ela. — Esse é um bom ponto inicial para a discussão para a qual eu realmente a trouxe aqui, Amarelle. Vamos falar sobre o tipo de comportamento que pode fazer alguém ser transfigurado em uma decoração de rua.

— Estou aposentada.

— É claro, garota. Olhe, há um velho ditado na minha família: "Se acontecer uma vez, é uma casualidade. Duas, é coincidência. Se forem três, é algum outro mago tentando foder você." Você nunca passou muito tempo na rua da Prosperidade antes, não é? Seu apartamento é em Hellendal. Ao sul da rua Emaranhasa. Estou certo?

— Sobre a localização do meu apartamento, é claro.

— Você tem nervos de aço, Amarelle, e eu não estou aqui para prolongar isso ou envergonhá-la. Só estou sugerindo, para o ar, se você quiser assim, que seria uma pena se qualquer outro fenômeno anormal acontecesse com uma parte de Theradane que é de um valor sentimental especial para mim. É a isso que o seu dinheiro de santuário lhe dá direito. Isso sou eu sendo gentil. Você está fingindo ouvir ou está ouvindo?

— Estou ouvindo.

— Aqui está uma coisinha para melhorar ainda mais a sua audição. — Um saco de aniagem apareceu nas mãos de Jarrow e ele o jogou para ela. Pesava mais ou menos cinco quilos e seu conteúdo chacoalhava. —

A confirmação habitual de que estou falando sério. Você sabe como isso funciona. De qualquer maneira, no melhor dos mundos a gente não vai precisar ter outra conversa como esta de novo. Em qual mundo você quer viver, Amarelle Parathis?

O ar esfriou. As luzes diminuíram e recuaram para os cantos do cômodo, desaparecendo como estrelas por trás das nuvens. O estômago de Amarelle deu cambalhotas e de repente suas botas estavam na calçada, o som do trânsito todo à sua volta e as folhas das árvores-preces acariciando seu rosto.

O sol estava alto e morno, e a carruagem negra não estava em nenhum lugar à vista.

Amarelle sacudiu o saco, abrindo-o, e xingou quando a cabeça de Shraplin rolou para fora. As pontas dos canos que saíam de seu pescoço estavam queimadas e tortas.

— Eu não sei o que dizer, chefe. — Sua voz era firme, mas fraca. — Estou envergonhado. Me atacaram ontem à noite.

— Que diabos eles fizeram?

— Nada tecnicamente ilegal, chefe. Eles deixaram o conteúdo da minha cabeça intacto. Agora, o resto, vamos apenas dizer que eu não espero vê-lo de novo.

— Me desculpe, Shraplin. Vou levar você para Brandwin. Desculpe mesmo.

— Para de pedir desculpas, chefe. — Alguma coisa zumbiu e bateu por trás dos olhos do autômato, e ele deu um gemido confuso. — Mas eu tenho que admitir: a minha admiração por aqueles magos do tipo mais poderoso está se acelerando no que você pode chamar de uma trajetória descendente.

— Precisamos de mais ajuda — sussurrou Amarelle. — Se vamos enfiar o pé na jaca, acho que é a hora de juntar o grupo inteiro de novo.

14. A desaposentadoria de Squirn Língua-de-Jade

Ela era alta para um goblin; não que isso significasse qualquer coisa para a maioria das outras espécies. Suas escamas pareciam vidro negro, seus olhos eram uma imersão repentina nas profundezas azuis além dos recifes continentais. Suas orelhas pontudas eram furadas, com argolas prateadas, algumas das quais guardavam penas de escrita que ficavam ao alcance da sua mão.

Todos eles foram juntos para vê-la em seu claustro sombrio no Ministério de Finanças e Abastecimento de Theradane, um lugar que fedia a rotina, dignidade e a empregados que morriam em suas mesas com caixas de entrada vazias. Ela não ficou muito feliz em recebê-los.

— Nós não somos mais daquele jeito! — sibilou Jade quando Amarelle terminou de contar a maior parte da história, quando estavam seguros dentro do escritório da goblin e da bolha à prova de ruídos de Sophara. — Olhe para você! Olhe para a bagunça que você fez! E olhe para mim. Como eu poderia ajudar? Sou uma funcionária pública manchada de tinta agora. Registro regulamentações e projeto gravuras para cédulas.

Amarelle a encarou, mordendo o lábio. Squirn Língua-de-Jade tinha sido presa seis vezes e fugira seis vezes. Você poderia andar pelo mundo todo só passando por países que ainda a procuravam para julgamento. Traficante, negociadora, agente de suprimentos bizarros, ela também era a melhor falsificadora que Amarelle já tinha conhecido, capaz de memorizar assinaturas num piscar de olhos e reproduzi-las com qualquer uma das mãos.

— Sentimos sua falta nas nossas noites de bebedeira — disse Brandwin. — Você sempre foi bem-vinda. Sempre *quisemos* você lá.

— Eu não faço mais parte disso. — A voz de Jade era monótona e ela se segurava à sua mesa como se pudesse ser uma parede entre ela e seus antigos companheiros. —Sou como um caranguejo ermitão que puxou um escritório sobre ele. Talvez o resto de vocês só estivesse brincando uns com os outros sobre se aposentar, mas eu estava falando sério. Não tenho ido vê-los porque vocês vão querer a Squirn Língua-de-Jade, não esta pessoinha tímida que usa as roupas dela.

— Nós somos como uma mão com um dedo faltando — disse Amarelle. — Temos meio ano para fazer quase 300 metros de rua desaparecer e precisamos desse seu cérebro verde escorregadio. Você mesma disse: olhe a bagunça que nós fizemos até agora! Olhe o que Jarrow fez com o Shraplin.

Amarelle colocou a mão na sacola de couro. No momento seguinte, a cabeça do autômato pulou para a mesa de Língua-de-Jade e ela emitiu um estertor alto, chocada.

— Há-há! A cara que você fez! — disse Shraplin.

— Que tal você olhar para a *sua*, seu balde de asneiras? — rosnou ela. — Eu deveria enfiar você numa gaveta por me assustar desse jeito!

— Agora você sabe por que precisamos ter você de volta — disse Amarelle. — Shraplin é o aviso. Nosso próximo tiro tem que ser certeiro.

— Três vadias engraçadinhas e um autômato espertalhão que deu mole — disse Jade. — Vocês acham que podem simplesmente entrar aqui, apertar uns botões no meu coração e me tirar da aposentadoria?

— Sim — respondeu Amarelle.

— Nós continuamos não sendo o que éramos. — Ela colocou uma mão escamosa no rosto de Shraplin e então o girou como se fosse uma tampa. — Eu definitivamente não sou o que era. Mas que diabos. Talvez você esteja certa... sobre precisar de ajuda, pelo menos.

— Então você vai pedir um afastamento ou algo do tipo? — perguntou Shraplin quando parou de falar "Aaaaaaaaaarrrrrrrgghhh!".

— Um afastamento? Você tem certeza de que não danificou o conteúdo da sua cabeça? — Língua-de-Jade olhou para todos os membros da equipe. — Meus amores, molengas, lerdinhos, se vocês querem conseguir esse negócio, a burocracia municipal de Theradane é a *última* coisa que vocês vão querer ignorar.

15. Negócio Honesto

— Eu não lhe pedi nada durante todo esse tempo — disse Amarelle. — Nenhuma vez. Agora isso precisa mudar.

— Eu não sou contrária a pequenos favores, em teoria — respondeu Ivovandas —, tendo em vista que a recompensa em potencial pelo seu sucesso final é tão tentadora. Mas você deve entender que a maioria dos meus recursos mágicos está comprometida no momento. E também não vou fazer abertamente nada que possa aumentar as suspeitas de Jarrow. Ele tem a mesma autoridade que eu para matar você imediatamente se conseguir provar a sua violação dos termos do santuário aos nossos companheiros.

— Nós estamos abrindo um negócio — disse Amarelle. — O Consórcio da Recuperação dos Desertos Altos. Precisamos que você assine como nossa principal investidora.

— Por quê?

— Porque ninguém pode processar você. — Amarelle puxou um maço de papéis de seu casaco e o colocou na mesa de Ivovandas. — Precisamos de algumas carroças e uma dúzia de trabalhadores. Nós vamos fornecê-los. Vamos escavar mansões em ruínas nos Desertos Altos nos dias em que você e o Jarrow não estiverem explodindo um ao outro.

— De novo, por quê?

— Tem algumas coisas que nós temos que pegar — disse Amarelle com um sorriso —, e algumas outras que precisamos esconder. Se fizermos isso com os nossos nomes, os herdeiros de todas as famílias que saíram correndo quando você se instalou aqui e começou a atirar em outros magos vão fazer fila nos tribunais para nos impedir. Se for você que estiver mandando em tudo, eles não vão poder fazer porra nenhuma.

— Vou analisar esses documentos — respondeu Ivovandas. — Eu os devolverei para você se achar que os termos são adequados.

Amarelle percebeu que estava no jardim. Mas, três dias depois, os documentos apareceram em seu apartamento, assinados e autenticados. O Consórcio da Recuperação dos Desertos Altos pôs-se a trabalhar.

O Parlamento do Conflito governava Theradane completamente, mas era profundamente desinteressado das questões corriqueiras como limpar as ruas e organizar a papelada. Essas coisas eles deixavam para a burocracia estranhamente quase feudal e obscura da cidade, cujos funcionários eram livres para fazerem o que quisessem desde que as cercas vivas fossem aparadas e o dano das batalhas contínuas dos magos fosse reparado. Jade trabalhou com eficiência de dentro desse edifício. Ela avançou por toda a papelada necessária, forjou ou comprou as permissões essenciais, varreu todos os atrasos e audiências para baixo do tapete e depois pisou em cima dele.

Brandwin contratou a equipe, uma dúzia de homens e mulheres corpulentos. Eles eram pagos por seu trabalho com um salário mínimo, mais outro pelo perigo ocasional da proximidade das batalhas de Ivovandas e mais uma vez essa quantia para manterem o bico calado. Por uma semana ou duas eles escavaram cuidadosamente os destroços de casas que um dia haviam sido imponentes, escondendo o que quer que tirassem das ruínas embaixo das lonas de suas carroças.

Depois, Brandwin e Shraplin passaram uma semana reformando um trio de carroças para se tornarem carrinhos de venda móveis. Eles estenderam saias de madeira rodeando-os até o chão, instalaram toldos dobráveis e tetos robustos, entalharam placas e as pintaram de forma atraente. Uma das carroças foi equipada com prateleiras de livros, as outras duas viraram carrinhos de comida.

O labirinto de subornos e autorizações necessários para começar esse tipo de negócio conseguia ser mais intimidante do que aquele que tinha antecedido a companhia de escavação. Jade se superou, tecendo chantagens e intimidações em uma tapeçaria de rabos presos eficiente. Se as placas de autorização que estavam penduradas nos carrinhos de venda eram genuínas ou cópias perfeitas era algo completamente irrelevante. Nenhuma complicação processual resistiu ao primeiro contato com a atenção de Jade.

Com quatro meses faltando, Amarelle e Sophara começaram seus próprios negócios legítimos. Amarelle vendia livros na rua da Prosperidade até meia-noite, enquanto Sophara exercia a sua feitiçaria de precisão para as multidões da manhã na rua Galban. Ela cozinhava bolos congelados de nozes na forma de unicórnios e cocatrizes, fazia frutas frescas se espremerem sozinhas em copos de suco e seus figos e tâmaras fazerem discursos rudes enquanto os fregueses tentavam comê-los e rir ao mesmo tempo. À noite, ela e Amarelle trocavam de lugar.

Em alguns dias, Brandwin trabalhava no terceiro carrinho, oferecendo doces e cerveja, mas por algum tempo ela ficou concentrada em várias modificações necessárias no corpo e nos membros de Shraplin. Essas modificações permaneceram escondidas na escuridão da sua oficina: Shraplin nunca saía em público usando algo além dos seus corpos normais.

Em um belo dia na rua da Prosperidade, uma brisa errante abriu um dos livros de Amarelle e virou suas páginas. Ela se moveu para fechá-lo e ficou surpresa ao encontrar uma gravura detalhada em tons de cinza do rosto de Scavius olhando para cima em sua direção na primeira página.

— Amarelle — disse a ilustração —, você parece ter um lado literário inesperado.

— Não posso praticar meus antigos negócios — disse ela com os dentes trincados. — A grana está acabando.

— Então você está explorando novos caminhos, hein? Novos caminhos? Nem um sorrisinho? Ah, tudo bem, que seja do seu jeito. Sabe que eu tenho que apagar você. Eu não sei quem ou o que motivou a esquisitice dos últimos meses...

Amarelle folheou as páginas do livro de forma vingativa. A ilustração atravessou cada uma delas e continuou a falar calmamente quando Amarelle desistiu:

— ...mas a coisa mais inteligente e esperta a se fazer seria transformar os seus ossos em vidro derretido e não correr nenhum risco. Contudo, preciso de provas da sua transgressão. Não posso simplesmente ignorar as taxas de santuário. As pessoas podem acabar parando de nos dar grandes pilhas de tesouros por esse privilégio.

— Meus associados e eu estamos envolvidos em um negócio tedioso e legítimo — disse Amarelle.

— Eu sei. Tenho espiado por baixo das saias de vocês, por assim dizer. Muito tedioso. Apesar disso, achei que deveríamos ter uma conversinha final. Uma pequena lembrança de que você deve continuar tediosa, ou eu consigo pensar em uma história que não vai ter um final feliz.

O livro se fechou sozinho com força. Amarelle expeliu o ar de seus pulmões lentamente, esfregou os olhos e voltou a trabalhar.

Os dias se passaram e o trabalho continuou dentro da lei. As mulheres começaram a mover seus carrinhos de venda com mais frequência, investindo um pouco de seus lucros em pequenos cavalos mecânicos para fazer com que esse trabalho ficasse mais fácil.

Faltando três meses para o contrato acabar, os carrinhos que se moviam para cima e para baixo na rua da Prosperidade começaram a cruzar o caminho de carrinhos de outros lugares da cidade em uma dança complicada que sempre acabava com um carrinho sem identificação do Consórcio da Recuperação dos Desertos Altos fazendo uma silenciosa visita noturna a uma das mansões que eles estavam escavando.

Outros dois meses se passaram, e não havia um lugar da rua da Prosperidade no qual Amarelle ou Sophara ou Brandwin não tivessem se acomodado pelo menos temporariamente, nenhum comerciante de quem não tivessem passado a saber o nome, nenhum policial que não tivessem amansado com comida grátis, boa cerveja e ocasionais livros de presente.

Três dias antes de o prazo do contrato terminar, uma grande explosão sacudiu a extremidade norte da rua da Prosperidade, quebrando janelas e lançando pedestres fora da calçada. Uma mansão em uma propriedade particular foi encontrada em chamas, já desmoronando para dentro de si mesma. Uma grande carruagem preta estava destroçada diante dela, suas rodas de carnívoros arrebentadas, o teto esmagado, seu interior revelando nada além de assentos bem acolchoados e um piso acarpetado.

No dia seguinte, Amarelle Parathis foi educadamente convocada à mansão da maga Ivovandas.

16. Doença engarrafada

— Se eu estou satisfeita? A satisfação é um paliativo — disse Ivovandas, com seus dentes de ouro intricados brilhando com as luzes refletidas neles, as borboletas se agitando furiosas. — Satisfação é um vinho suave. Satisfação é uma mínima fração do que eu sinto. Deleite e realização vibram em meu peito como acordes triunfantes! Setenta anos de desdém improdutivo desse depravado, e agora a agonia dele é minha para ser contemplada quando eu quiser.

— Estou tão contente que você tenha conseguido destruí-lo — disse Amarelle. — Você conseguiu chegar em casa a tempo do seu chá, depois que terminou?

A maga dourada a ignorou e continuou observando o cilindro de vidro em sua mesa. Tinha quinze centímetros de altura e seis de largura, tampado com uma rolha de vidro temperado e selado com cera da cor de sangue seco. Dentro dele estava o miserável Jarrow, encolhido a uma proporção adequada e vestido de trapos. Ele tinha voltado (ou sido forçado a voltar) à forma de um pálido homem cadavérico com uma barba preta e prateada.

— Jarrow — ela suspirou. — Jarrow. Ah, as leis da proporção e da simetria voltaram ao normal entre nós dois: meu prazer constante balanceado de forma precisa com seu desconforto e fracasso prolongados.

— Então, obviamente — disse Amarelle —, você considera que eu consegui roubar a rua da Prosperidade de acordo com o contrato?

Jarrow bateu no vidro com raiva.

— Ah, obviamente, querida Amarelle, você se absolveu de maneira esplêndida! Porém a rua ainda está lá, não é? Ainda trafegada, ainda com seu comércio. Antes que eu pegue o seu cristal azul, você se importaria em oferecer uma explicação ao meu antigo colega e a mim?

— Eu ficaria encantada — respondeu Amarelle. — Depois que todas as nossas outras abordagens falharam, decidimos tentar levar os detalhes ao pé da letra. A rua da Prosperidade é composta de mais ou menos 2.900 metros quadrados de superfície de tijolo e pedra. A pergunta que nos fizemos foi: quem *realmente* olha para cada tijolo e cada pedra?

— Certamente não o pobre Jarrow — disse Ivovandas —, ou a garrafa dele não estaria prestes a se juntar à minha coleção.

— Nós decidimos roubar cada metro quadrado da rua da Prosperidade fisicamente, cada tijolo e cada pedra — disse Amarelle. — O que nos levou a três problemas. Primeiro: como fazer isso sem alguém perceber o barulho e o tumulto que o nosso trabalho faria? Segundo: como fazer isso sem alguém se opor à bagunça perigosa e irregular em que a rua se tornaria por nossa causa? Terceiro: como sustentar o trabalho físico necessário para lidar com o enorme volume e tédio dessa tarefa? Respondendo primeiro ao segundo ponto, nós usamos o Consórcio da Recuperação dos Desertos Altos. Eles coletaram cuidadosamente todos os tijolos e pedras que nós precisávamos nas mansões que vocês dois destruíram em suas brigas. Um grande buraco foi aberto embaixo de cada um dos nossos carrinhos de venda, que nós levamos para cima e para baixo de várias ruas da cidade, não só a Prosperidade, por um tempo interminável, para eliminar qualquer suspeita de que nós tivessémos como objetivo o lócus de Jarrow.

Jarrow bateu com a cabeça várias vezes contra a parte de dentro da sua prisão.

— Finalmente se tornou seguro começar o nosso negócio de verdade. O resto vocês com certeza já devem ter adivinhado. O trabalho foi feito por Shraplin, um autômato, cujo encontro com Jarrow o deixou com muita vontade de suportar qualquer problema ou tédio para obter sua vingança. Shraplin utilizou braços de ferramentas forjados especialmente para ele por Brandwin Miris para retirar os tijolos e pedras originais da rua e colocar em seus lugares os tijolos e pedras tirados das mansões dos Desertos Altos. À noite, os detritos que ele gerava durante o dia eram jogados nas ruínas das mesmas mansões. Sobre o motivo de ninguém nunca ter ouvido as raspagens e batidas de Shraplin embaixo de nossos carrinhos, tudo o que eu posso dizer é que a nossa ilusionista é grande adepta da produção de barreiras à prova de som que servem em qualquer lugar e a qualquer propósito. Tudo o que restava fazer — prosseguiu Amarelle, se espreguiçando e bocejando — era passar os meses necessários posicionando cuidadosamente os nossos carrinhos sobre cada metro quadrado da rua da Prosperidade. Ninguém jamais percebeu que, quando nos movíamos, os pedaços de rua abaixo de nós tinham deixado de ser sutilmente o que eram uma hora antes. Até o momento em que retiramos o último tijolo que era realmente importante e o lócus de Jarrow virou apenas uma rua qualquer.

— Me ajude! — gritou Jarrow, sua voz aguda e fraca como um sussurro no vento — Me tire de perto dela! Eu posso ser ele para você! Eu posso ser o Scavius! Eu posso ser qualquer um que você quiser!

— Acho que já tivemos o bastante de você. — Ivovandas deslizou a prisão dele carinhosamente para uma gaveta de sua mesa, ainda sorrindo. Ela entrelaçou seus dedos e um cristal azul familiar apareceu entre eles.

— Você sofreu de maneira bastante obstinada por isto aqui — disse Ivovandas. — Eu o entrego para você agora como a minha parte da barganha, iniciada de forma justa e concluída de forma justa.

Amarelle pegou o cristal reluzente e o esmagou com seu salto.

— Agora acabou? — perguntou ela. — Tudo restaurado à calmaria harmoniosa? Eu sigo o meu caminho e deixo você com Jarrow para seus próximos anos de conversas?

— De certa maneira — disse Ivovandas. — Apesar de ter entregado corretamente a gravação no cristal da sua visita bêbada atrevida do ano passado, acabei de conseguir outra muito mais divertida na qual você confessa a extensão dos crimes que cometeu em Theradane e cita o envolvimento de vários dos seus amigos.

— Sim — disse Amarelle. — Eu estava esperando alguma coisa desse tipo. Pensei que, já que era provável que fosse traída de alguma maneira, eu poderia pelo menos conseguir uma plateia interessada primeiro.

— Eu sou a plateia *mais* interessada! Ah, nós poderíamos fazer tão bem uma à outra! Considere, Amarelle, os limites dos meus desejos e das minhas expectativas. Eu me considero competente em identificar os loci que meus colegas usam. Com Jarrow fora do caminho, vai acontecer um reequilíbrio das alianças em nosso Parlamento. Vai haver novos testes e novos conflitos. Eu vou observar com muito, muito cuidado e espero inevitavelmente ter outro alvo para você e seus amigos obterem em meu nome.

— Você quer nos usar para derrubar o Parlamento do Conflito, lócus por lócus — disse Amarelle. — Até que ele fique mais parecido com o Parlamento da Ivovandas.

— Pode não acontecer durante a sua vida — disse a maga. — Mas um progresso substancial pode ser feito! Enquanto isso, vou ficar bastante contente em manter você em liberdade na cidade, aproveitando seu santuário e fazendo o que quiser. Desde que você e seus amigos me atendam quando eu chamar. Não tenha dúvida de que vou chamá-los.

17. O trabalho à frente

Amarelle os encontrou depois disso na ponte Emaranhasa, sob a luz roxa agradável do sol poente. A cidade estava quieta, os Desertos Altos em paz, nenhum fogo caindo das nuvens ou coisas berrantes enfiando as garras umas nas outras.

Eles se reuniram em um arco em frente à estátua de Scavius. Sophara murmurou e sinalizou com os dedos.

— Estamos na bolha — disse ela. — Ninguém pode nos ouvir nem mesmo nos ver a não ser que eu... *Cale a boca*, Scavius. Eu sei que você pode nos escutar. Você é um caso especial. Como foi tudo, Amarelle?

— Foi como a gente esperava — disse Amarelle. — *Exatamente* como a gente esperava.

— Eu disse que esses tipos de mago são todos uns pirados traiçoeiros e vaidosos — respondeu Sophara. — Qual é a jogada dela?

— Ela nos quer como trabalhadores não remunerados para poder descobrir os loci de mais colegas dela e nos mandar atrás deles.

— Parece uma boa maneira de passar o tempo, chefe. — Shraplin deu corda em uma manivela em seu peito, ressincronizando algum mecanismo que estava fazendo um pouco de barulho. — Eu não ia achar ruim derrubar mais alguns daqueles babacas. Ela nos pouparia um baita trabalho se conseguisse identificar os loci para a gente.

— Concordo plenamente — disse Sophara. — Agora, fique quieta.

Ela passou os dedos pelos cabelos de Amarelle e, depois de algum tempo procurando cuidadosamente, puxou delicadamente um único fio de cabelo preto encaracolado.

— Aí está o meu espiãozinho — disse Sophara. — Estou feliz que você tenha me trazido aquele que Ivovandas escondeu em você, Am. Eu nunca teria aprendido como fazer essas coisas serem tão sutis se não tivesse aberto e fuçado aquele outro.

— Você acha que ele vai contar o bastante? — perguntou Brandwin.

— Eu duvido, honestamente. — Sophara deslizou o cabelo para dentro de uma carteira e sorriu. — Mas ele vai me deixar dar uma boa olhada em tudo o que foi permitido que Amarelle visse, e isso é muito melhor do que nada. Se conseguirmos identificar os hábitos e padrões dela, a vaca vai começar a desenhar para a gente algumas pistas sobre a localização de seu próprio lócus.

— Splat! — fez Brandwin.

— Sim! — respondeu Sophara. — E essa definitivamente é a minha ideia de um parque de diversões.

— Eu devo conseguir mandar algumas mensagens para fora da cidade — disse Língua-de-Jade. — Algumas pessoas que estão sedentas pelo nosso sangue odeiam o Parlamento do Conflito mais ainda. Aposto que, se nós conseguirmos fazer alguns acordos com eles antes de acabar com os magos, poderemos comprar nossa passagem de volta para o resto do mundo. O santuário de Theradane ao contrário, pelo menos em alguns lugares.

— Gosto da maneira que vocês pensam — disse Amarelle. — Ivovandas como um cão farejador e, assim que nós abatermos a caça, abandonamos a cadela no rio. Ela e todos os amigos dela. Quem é que está com o vinho?

Jade pegou uma garrafa, algo caro, com um tom de cornalina e bioluminescente. Eles passaram a garrafa de um para outro, e até mesmo Shraplin jogou um trago cerimonial contra seu queixo. Amarelle se virou com a garrafa pela metade e olhou para a estátua de Scavius.

— Aqui está, seu babaca. Acho que não estamos tão aposentados quanto tínhamos pensado. Cinco ladrões indo para a guerra contra o Parlamento do Conflito. Insano. O tipo de probabilidade que você sempre preferiu. Você vai tentar pensar que nós melhoramos? E, se não puder, vai pelo menos manter alguns dos pedestais aquecidos? Afinal de contas, nós talvez tenhamos um futuro como postes de rua. Beba uma por nossa conta.

Ela quebrou a garrafa na placa dele, e eles observaram o vinho brilhante e efervescente correr pelo mármore. Depois de alguns instantes, Sophara e Brandwin foram embora de braços dados para o norte, na direção da rua Emaranhasa. Shraplin as seguiu, e depois Jade.

Amarelle permaneceu sozinha sob a luz branca do que quer que tivesse sobrado de Scavius. O que ele sussurrou para ela naquela hora, ela manteve para si.

Correu para alcançar os outros.

— Ei — disse Jade. — Que bom que você voltou! Você vem para a Marca do Fogo Caído com a gente? Nós vamos jogar.

— Sim — respondeu Amarelle, e o ar de Theradane estava com um gosto melhor do que teve em meses. — Podem ter *certeza* de que nós vamos jogar!

A CARAVANA PARA LUGAR NENHUM

PHYLLIS EISENSTEIN

Tradução de Taíssa Reis

Os contos de Phyllis Eisenstein foram publicados nas revistas *The Magazine of Fantasy & Science Fiction*, *Asimov's*, *Analog*, *Amazing* e em muitas outras. Ela provavelmente é mais conhecida por sua série de histórias de fantasia sobre as aventuras de Alaric, o Bardo, nascido com a estranha habilidade de teletransporte, que foram reunidas, mais tarde, em dois romances: *Born to Exile* e *In the Red Lord's Reach*. Seus outros livros incluem os dois romances da série *Book of Elementals*, que são *Sorcerer's Son* e *The Crystal Palace*, além dos romances independentes *Shadow of Earth* e *In the Hands of Glory*. Alguns de seus contos, incluindo as histórias escritas com seu marido, Alex Eisenstein, foram reunidos em *Night Lives: Nine Stories of the Dark Fantastic*. Com um diploma em antropologia pela Universidade de Illinois em Chicago, ela foi por vinte anos membro do corpo docente da Universidade de Columbia, onde ensinou escrita criativa e foi editora de dois volumes da *Spec-Lit*, uma antologia de ficção científica com trabalhos de seus alunos. Hoje trabalha como revisora em uma grande agência de publicidade e ainda vive com seu marido em sua cidade natal, Chicago.

Desta vez, na primeira nova história sobre Alaric em décadas, o bardo parte em uma caravana rumo ao interior imperscrutável do deserto, onde espíritos malignos uivam à noite e miragens são comuns — mas, como acaba descobrindo, nem todos os perigos são de fato imaginários.

A CARAVANA PARA LUGAR NENHUM

O homem de olhos escuros usava vestes longas e gastas pelo sol e um turbante branco, pesado e desbotado, como a maioria dos homens reunidos na taverna naquela noite, mas Alaric logo percebeu que ele não era um deles. Todos eram falantes, beberrões, homens que riam com facilidade, que puxavam as mulheres que os quisessem para o colo e brindavam com suas canecas por qualquer motivo, berrando uns com os outros e com o taverneiro sobre as mesas de madeira. Eram homens que gastavam seu dinheiro sem preocupações, e as canções de Alaric já tinham lhe dado algum lucro por causa dessa generosidade inebriada.

Mas o homem de olhos escuros estava sentado silenciosamente em seu canto, demorando-se com uma única taça de vinho e observando o grupo. A mão que erguia a taça era marcada pelo trabalho; os braços, à mostra pelas largas mangas dobradas, eram morenos e musculosos. Um homem trabalhador, Alaric pensou, parando na única taverna de uma cidade à beira do Deserto Ocidental, com determinação em seus olhos.

Nessa noite, Alaric cantava músicas indecentes para o salão barulhento, sua voz energética e limpa mais alta que a balbúrdia, com rimas que faziam os bêbados rirem e refrãos que lhes permitiam se juntar à música. Seu alaúde mal podia ser ouvido e por vezes ele nem se esforçava em tocar as cordas, mas nenhum dos ouvintes parecia se importar com isso. Apesar de sua juventude, seu repertório de músicas já havia sido bastante testado em tavernas iguais a essa, e ele sabia o seu efeito. Mas o homem de olhos escuros em nenhum momento riu ou se uniu à cantoria, e Alaric percebeu que ele estava esperando alguma coisa.

Passeando pelo salão, ainda cantando enquanto inclinava a cabeça ao agradecer pelas moedas de cobre colocadas na bolsa de pele de cervo aberta em seu cinto, enfim alcançou a pequena mesa do homem de olhos escuros. E lá, sobre a madeira cuja superfície era marcada por incontáveis copos de vinho derramados, estava uma moeda de prata. O homem de olhos escuros baixou o olhar para a moeda enquanto Alaric se aproximava e então ergueu-o de volta para o rosto do jovem bardo.

— Você é um viajante — disse o homem, e sua voz grave se sobrepôs facilmente ao clamor do salão: a voz de um líder.

Alaric inclinou a cabeça e ergueu a voz para ser ouvido com clareza:

— Bardo ou viajante, tanto faz. Nós bardos passamos a vida procurando assuntos para novas músicas.

— Você canta bem — disse o homem de olhos escuros. — Poderia trabalhar na casa de alguém rico. Até mesmo na casa de um rei, creio eu.

Alaric olhou para a moeda de prata. Guardava algumas dessas em suas vestes, mas não muitas, não o bastante para atrair um ladrão. Ele mesmo tinha sido um ladrão em várias ocasiões, muito tempo atrás, e sempre poderia ser um de novo, usando o poder com o qual havia nascido — o poder de ir de um lugar para outro em um piscar de olhos. Ainda assim, preferia ganhar a prata com suas músicas. Estendeu a mão direita em direção à moeda, sem tocá-la, dois dedos roçando levemente na mesa ao lado.

— Eu tive minha cota de casas de ricos. Até mesmo de reis. Mas o horizonte me atrai — disse, erguendo os olhos. — Quero ver o que está além dele.

O homem de olhos escuros deu um sorriso de canto de boca.

— Eu já fui jovem, como você, e me perguntei o que havia além do horizonte. Agora sou mais velho e já estive lá, e ainda assim faço essa jornada de tempos em tempos. Mas você sabia disso, não? Você sabe quem sou.

Alaric puxou a mão de volta e dedilhou seu alaúde.

— O taverneiro me contou algumas coisas sobre o homem que leva uma caravana através do grande deserto todos os anos. Seu nome, ele me disse, é Piros.

O homem estreitou seus olhos escuros.

— E ele lhe disse que Piros está procurando aventureiros para sua jornada?

Alaric assentiu.

— Ele disse que você está procurando homens para cuidar de seus camelos. E que é uma travessia difícil, durante a qual o destino às vezes decreta a morte. Mas isso eu já tinha adivinhado antes de ele contar — confessou, dando de ombros. — Infelizmente, não sei nada sobre camelos.

Piros empurrou a moeda para o lado da mesa onde Alaric estava.

— Ouvi você esta noite, e o observei. As noites são longas e tediosas no grande deserto, até mesmo para homens esgotados após um dia inteiro de cavalgada. E existem muitas horas silenciosas para eles discutirem por nada. A música poderia fazer esse tempo passar com mais facilidade — disse, e então se endireitou em sua cadeira. — Leve minha moeda como uma das muitas que você ganhou neste lugar, e provavelmente nunca nos encontraremos de novo. Ou leve-a como o primeiro pagamento por suas canções em nossa jornada, se você preferir. E o conhecimento dos camelos virá ao longo do caminho, eu prometo.

Alaric pegou a moeda e a girou entre os dedos.

— Você também falou com o taverneiro, imagino.

O homem de olhos escuros assentiu.

— Você está aqui há oito dias, e ele gostaria que você ficasse. Não que um lugar como este precise de um bardo para atrair clientela, mas ele o vê em parte como um entretenimento para si mesmo. E você faz amigos com facilidade, bardo Alaric. É claro que isso é necessário na sua profissão, como é na minha. Mas meu irmão acha que você se daria bem na jornada, e eu sempre confiei em seu julgamento.

— Seu irmão?

Piros bateu com um dedo em seu copo.

— A semelhança se esvaiu tanto com o passar dos anos?

Alaric olhou por sobre o ombro para o taverneiro. Ele a via agora, apesar de o líder da caravana ser mais velho e desgastado.

— Pois bem, bardo — disse o homem de olhos escuros —, até amanhã todos os homens deste salão terão gastado seus últimos cobres e me pedido um lugar na caravana. Você se unirá àqueles que eu escolher?

Alaric girou a moeda no ar.

— Dizem que existe uma cidade perdida no grande deserto. Também dizem que existe um enorme tesouro escondido.

Piros deu um pequeno sorriso novamente.

— Você tem dado ouvidos a fantasias de bêbados.

— E dizem que do outro lado do grande deserto existe uma terra de maravilhas.

— Ah, isso depende do que uma pessoa já viu.

Alaric enfiou a moeda em sua bolsa.

— Eu já vi maravilhas antes, Piros, e desejo ver outras — disse, oferecendo sua mão para selar o acordo. — Irei com você.

O homem de olhos escuros ignorou a mão estendida.

— Tem mais uma coisa, bardo.

— Sim? — questionou Alaric, recuando a mão e passando-a sobre as cordas de seu alaúde.

— Eu tenho um filho. Ele é mais ou menos da sua idade, talvez um pouco mais novo, e já fez essa viagem comigo antes. Mas não pense que ele fala por mim. Você está sob o meu comando, não o dele. Estou sendo claro?

Alaric baixou o olhar para seu alaúde e pressionou uma corda.

— Os outros homens também saberão disso?

— Cada um deles.

Alaric concordou com a cabeça.

— Então será como o senhor deseja, mestre Piros.

— Piros — disse o homem. — Somente Piros. Esteja no pátio, pronto para partir, ao amanhecer.

Alaric cantou pelo resto da noite, imaginando que tipo de filho faria com que aquele aviso fosse necessário.

No crepúsculo cinzento da madrugada, o pátio da taverna já se alvoroçava com homens amarrando tonéis e pacotes atados com cordas às costas de mais camelos do que Alaric conseguia contar. Os camelos estavam ajoelhados, suportando suas cargas crescentes com um uivo abafado ocasional, como um eixo engraxado rangendo sob uma carroça pesada. Alaric reconheceu a maioria dos homens da noite anterior e admirou-se de como eles conseguiam trabalhar tão vigorosamente com a dor de cabeça que deviam estar sentindo por causa da bebida. Vários deles sorriram para o bardo enquanto ele caminhava em busca de seu mestre.

Piros estava na extremidade ocidental do pátio, perto da dianteira da caravana, e ao seu lado estava um jovem em trajes mais claros e mais novos que os seus, com um turbante tingido de verde-escuro e um rosto que o identificava como provavelmente sendo o filho de Piros. Ele também tinha a postura do pai: as costas retas e os ombros quadrados. Mas, enquanto Piros gesticulava de vez em quando de maneira rápida e imponente e gritava uma palavra ou um nome, o jovem se mantinha em silêncio, com os braços cruzados sobre o peito, parecendo prestar pouca atenção à movimentação ao seu redor.

Alaric atraiu o olhar do líder da caravana.

— Bom dia.

— De fato — disse o homem. — É um bom dia para ir para oeste.

Ele olhou para Alaric de cima a baixo, seus olhos se demorando no chapéu de palha trançada que Alaric havia feito com suas próprias mãos e então percorrendo a túnica e a calça escura, depois as botas robustas, que não eram novas mas ainda eram úteis.

— É assim que você acha que vai atravessar o grande deserto?

O bardo carregava seus poucos pertences em uma bolsa às costas, com o alaúde pendurado sobre ela. Ele havia viajado por bastante tempo com muito pouco, tanto a pé quanto da sua maneira especial.

— É o que eu tenho — disse.

Piros voltou sua atenção para os camelos.

— Esse é meu filho Rudd — disse, apesar de não ter feito nenhum gesto na direção do jovem. — Ele conseguirá alguns trajes apropriados para o deserto para você usar durante a jornada.

Alaric olhou para o jovem, que não esboçou nenhuma reação, como se não tivesse escutado as palavras do pai.

— Rudd — disse o pai. E então, mais ríspido: — Rudd!

O jovem piscou várias vezes e franziu o cenho.

— Pai?

Novamente, Piros não olhou para ele.

— Vá pedir ao seu tio alguns trajes de viagem para o bardo.

Rudd passou os olhos por Alaric, parecendo notá-lo pela primeira vez. Sua boca curvou-se levemente, de forma maldosa.

— Ele não pode ir pedir sozinho?

— Vá — disse Piros. — Seja útil.

Os lábios do rapaz se comprimiram por um momento, então sua expressão sombria se desfez e seus olhos pareceram perder o foco.

— Eu poderia ser útil — disse em tom apático —, se você deixasse.

— Faça o que mandei.

Com os ombros menos quadrados e as costas menos retas do que antes, Rudd se voltou para a taverna. Mal dera o primeiro passo quando cambaleou como um bêbado, e Alaric segurou seu braço para impedi-lo de cair. O jovem encarou Alaric, se sacudiu, liberando-se do apoio, e continuou a andar.

— Vou atrás dele — disse Alaric para Piros.

— Como quiser. Por enquanto.

O líder da caravana gesticulou vigorosamente para um grupo de homens próximo, apesar de Alaric poder ver pela inclinação de sua cabeça que ele ainda estava observando o filho.

Na entrada da taverna, Rudd abriu a porta só o suficiente para se esgueirar para dentro, fechando-a com força atrás dele. Quando Alaric a alcançou e entrou no estabelecimento, o jovem havia desaparecido na escuridão de seu interior e o único movimento visível era o de um par de cachorros em um canto no fundo do salão, lutando por algumas cascas de pão e lascas de queijo que eram os únicos remanescentes das atividades da noite anterior. Alaric chamou tanto por Rudd quanto pelo taverneiro, mas não houve resposta, e longos momentos se passaram antes que eles finalmente emergissem de uma câmara nos fundos, Rudd trazendo uma trouxa de tecidos no ombro e seu tio logo atrás para evitar que as pontas soltas do tecido se arrastassem pelo chão grudento de vinho. Quando o jovem parou para empurrar um dos cachorros e pegar as cascas que este estava mastigando, a trouxa escorregou de seu ombro e o taverneiro a pegou com agilidade, deixando o sobrinho concentrar toda sua atenção no esmigalhar do pão velho, como se fosse um vira-lata faminto.

Os tecidos formavam um traje de três peças: uma túnica na altura dos tornozelos, calças largas e um turbante, todos da cor da areia pálida. Alaric tirou suas roupas, vestiu-se com os trajes do deserto e guardou os antigos na bolsa em suas costas. O taverneiro o ajudou com o longo turbante, que parecia um cachecol e se enrolava de forma intricada em si mesmo, deixando uma ponta jogada sobre o pescoço e caída pelas costas. Aquela, o taverneiro explicou, seria sua máscara quando a areia soprasse.

Alaric colocou sua bolsa sobre o ombro, o alaúde amarrado com firmeza sobre ela, e gesticulou para o jovem, que tinha acabado com os farelos e estava sentado em uma mesa, chutando os cachorros, que ainda farejavam suas pernas apesar dos chutes.

— Eles sabem — disse o taverneiro em tom bem baixo, acenando com a cabeça na direção do sobrinho. — Os cachorros sempre sabem. E sempre o perdoam.

Alaric fitou o rosto do taverneiro e viu tristeza nele.

— O que você quer dizer?

— Você consegue enxergá-lo?

— Eu enxergo... várias coisas — disse Alaric, franzindo as sobrancelhas. — Mas talvez não o que você diz.

— Ah — disse o taverneiro —, Piros não lhe contou.

Alaric olhou de volta para Rudd.

— Ele me disse para não obedecer ao filho.

O taverneiro ficou em silêncio por algum tempo e então disse:

— Sim, esse é um bom conselho.

Ele apoiou a perna sobre uma das mesas a seu lado e balançou a cabeça em direção ao sobrinho:

— Uma vez ele pensou que eu fosse seu irmão que morreu no parto.

A porta da taverna se abriu e lá estava Piros, uma forma escura com o sol resplandecente por trás dela.

— Está pronto?

— Sim — disse o bardo.

— Rudd — chamou o taverneiro.

O jovem não respondeu. Estava de costas para os outros.

— Rudd! — disse o pai, e, quando ainda assim não obteve resposta, avançou até o filho e o pegou pelo cotovelo. — Hora de começar a jornada.

Rudd piscou algumas vezes, como se acordasse de um devaneio, e se colocou de pé, cambaleando um pouco. O pai não largou seu braço até atravessarem a porta. Sem olhar para trás, Piros gesticulou para que Alaric os seguisse.

O taverneiro balançou a cabeça.

— Ele ainda tem esperanças de ter um neto.

— Há uma mulher? — perguntou Alaric. Eles andavam lado a lado, atravessando o salão.

— Que mulher iria querer aquilo? — indagou o taverneiro.

Alaric deu de ombros. Segurava seu chapéu de palha em uma das mãos: ele não coube na bolsa. Então o deu ao taverneiro.

— Tome isto como um agradecimento pelos trajes.

O homem virou o chapéu de um lado e depois do outro e finalmente o colocou na cabeça em um ângulo jovial.

Do lado de fora, todos os homens da caravana já haviam montado em seus camelos, exceto um, que segurava dois animais ajoelhados. Após um gesto de Piros, ele ajudou Alaric a subir no assento longo e estreito que ficava em cima do menor dos dois camelos. Era um assento estranho, mas não desconfortável, bem acolchoado e com uma argola grossa à frente para se segurar e outra atrás, um suporte para um segundo passageiro. Com grandes cestos atrás das pernas, um grande saco amarrado no assento de trás e um cantil no joelho, Alaric se sentiu seguro o bastante quando o camelo se levantou, apesar de o chão parecer estranhamente distante.

O homem observou Alaric por um momento antes de lhe entregar as rédeas e subir em sua própria montaria.

— Meu nome é Hanio — disse ele. — Piros o colocou sob os meus cuidados. Me chame se tiver qualquer dificuldade.

— Muito obrigado — respondeu Alaric. — Espero evitar qualquer dificuldade.

— Ela é uma criatura calma. Só segure firme e ela seguirá os outros.

Nesse momento, a linha de camelos começou a se mover para a frente, e o sereno animal não precisou ser incentivado a tomar o seu lugar entre os companheiros. Hanio o seguiu.

O passo do camelo era diferente do de um cavalo, mas não era em nada incômodo, e Alaric logo foi se acostumando a ele. Sob a tutela de Hanio, aprendeu a guiar o animal, e também aprendeu que chamá-la pelo nome — Folero — a fazia girar a cabeça em seu longo pescoço e olhar para ele com todos os indícios de curiosidade. Às vezes ela até mordiscava seu joelho com seus lábios grandes e macios. Então ele a tratava como a um cavalo, com um tapinha no pescoço e um elogio.

De vez em quando Piros guiava a caravana à frente dela. Mas era mais comum vê-lo percorrer toda a sua extensão, falando com os condutores, checando a segurança de suas cordas e, de vez em quando, retirando um animal da linha para reajustar seu fardo. Alaric podia quase sempre vê-lo, montado em um camelo especialmente alto. Rudd quase nunca estava por perto; ele ocupava um lugar bem à frente, sua cabeça sacolejante marcada pelo turbante verde-escuro.

O calor do dia aumentava constantemente, apesar de Alaric saber que não seria tão quente quanto no fim do ano, nem tão inclemente para um homem montado quanto seria se ele estivesse andando no solo queimado pelo sol do deserto. O horizonte era uma linha ao longe e a grande e achatada planície pela qual se moviam exibia poucos pontos de referência após a taverna ficar para trás: apenas alguns montes de pedras para indicar o caminho. Na maior parte do dia, tufos de grama seca e arbustos baixos eram as únicas vegetações visíveis. De vez em quando um camelo se desviava da linha para mordiscar a grama, mas seu condutor o trazia rapidamente de volta à coluna. Folero parecia desprezar tais petiscos e avançava num ritmo constante. Ao final do dia, a novidade de guiar um novo tipo de montaria começou a se esvair e Alaric ficou bastante satisfeito em desmontar e entregar seu camelo aos cuidados de Hanio.

Ele poderia ter cruzado o deserto muito mais rapidamente da sua maneira especial, pulando de um horizonte para o próximo, um instante por vez, seguindo um caminho determinado pelos limites da sua visão, mas a viagem normal lhe permitia questionar seus companheiros sobre seu destino e assim chegar lá sabendo um pouco sobre ele. E foi por esse motivo que, ao lado da maior das várias fogueiras naquela noite, após os camelos terem sido descarregados e amarrados a estacas enfiadas no chão, e depois que ele e os viajantes tinham se alimentado bem com as provisões que Piros levara para eles e que ele tinha entretido o grupo com meia dúzia de canções indecentes, puxou conversa com vários dos homens, perguntando com curiosidade juvenil sobre as pessoas e cidades que ficavam depois do deserto. Ficou um pouco chocado com as respostas, que se limitaram aos prazeres de uma única cidade, poucas tavernas e uma pequena quantidade de mulheres que se dispunham a aceitar sua prata e satisfazer seus apetites. Chegaram mesmo a confessar que não se aventurariam muito além, mas, pelo contrário, estavam ansiosos para descarregar os produtos que haviam trazido, empacotar o que quer que seu empregador tivesse trocado por eles e voltar para casa com seu pagamento.

— Esse lugar é tão sem graça que ninguém se importa em conhecê-lo? — perguntou Alaric a Piros.

— Esses são homens cuidadosos — respondeu o líder da caravana —, apesar de no estabelecimento do meu irmão não parecerem nem um pouco. Os costumes no lado mais distante do deserto são diferentes, a própria língua é estranha, e os homens preferem o que é familiar.

— E você? — indagou Alaric.

— Eu sou um pouco mais ousado. Uma pessoa não se torna um mercador de sucesso sem sê-lo.

Não olhou para o bardo enquanto falava, mas manteve os olhos no filho, como vinha fazendo desde que as fogueiras foram acesas. O jovem estava sentado com um grupo de homens que conversavam uns com os outros com certa animação, rindo ocasionalmente, apesar de o jovem Rudd nunca fazê-lo. Em vez disso, encarava as chamas, como se visse algo nelas que era tão fascinante que ele não conseguia desviar a atenção. Alaric não via nada além de estrume de camelo sendo queimado.

Alaric indicou o jovem com um gesto de cabeça, apesar de não ter certeza se Piros tinha percebido o gesto.

— Acredito que você queira que seu filho aprenda sobre esse outro lugar.

Piros não respondeu por um longo momento e então murmurou:

— Acho que ele já sabe o suficiente. — Levantou-se. — Hora de armar as tendas. Hanio encontrará um lugar para você.

A um sinal de Piros, os homens desempacotaram rapidamente várias tendas baixas e as armaram, cobrindo seus pisos com carpetes estampados, e se instalaram, seis homens por tenda, com sacos de mercadorias como travesseiros. Alaric se enrolou em seu próprio lençol fino e deitou próximo a Hanio. A noite esfriou rapidamente, mas o calor de seis corpos deixava a tenda bem aconchegante.

O amanhecer veio logo e, depois de uma refeição composta de pão dormido e queijo duro mas ainda assim gostoso, os camelos foram carregados mais uma vez, os viajantes subiram em suas montarias e a caravana seguiu seu caminho. De novo, Hanio se posicionou atrás de Alaric, até que o bardo diminuiu a marcha de propósito, para ficar ao seu lado.

Hanio mal olhou em sua direção. Ele usava a ponta desfiada de seu turbante gasto pelo sol de maneira folgada em volta do pescoço, e acima dele seu nariz era afiado como o de um falcão, seu rosto maltratado pelo clima. Ele parecia ser da idade de Piros.

— Você trabalha para Piros há muito tempo? — Alaric lhe perguntou.

O olhar do homem não se desviou da fila de camelos à sua frente.

— Há alguns anos.

— Então você deve saber bastante sobre seus negócios.

Hanio não respondeu.

— Estive pensando — disse Alaric — sobre o que estamos levando para a parte mais distante do deserto que faz esta jornada anual valer a pena.

— Várias mercadorias — disse Hanio, e, como se soubesse que Alaric ia pedir mais detalhes, adicionou: — Boas lãs e couro, peças de metal, rendas, ervas desidratadas. E vamos parar para pegar sal no meio do caminho, o sal mais puro do mundo. Eles pagam especialmente bem por isso.

— Sal puro também teria seu valor lá — disse Alaric, virando a cabeça para indicar o lugar de onde tinham vindo.

— Nós vamos parar nas minas de novo no caminho de volta.

— Nas minas?

Hanio assentiu.

— Eu não sabia que sal vinha de minas.

— Você é jovem, bardo. Podem existir várias coisas das quais você não sabe.

— E estou ansioso por descobri-las em minhas viagens — respondeu Alaric. — Mas me diga, caro Hanio, se as minas são no meio do deserto, por que o povo do Oeste não manda caravanas para colher seu próprio sal?

A boca de Hanio se contorceu. Não era um sorriso. Ele balançou a cabeça.

— Eles temem demais o deserto.

Alaric endireitou as costas e sentou-se reto em Folero. Olhou em volta e, além dos lentos camelos, não viu nada a não ser uma paisagem monótona até o horizonte. Se havia animais nesta parte do deserto, eles tinham fugido ou estavam se escondendo sob a superfície. Se havia homens, eles não tentaram se aproximar até o alcance da visão humana. Do joelho de Hanio pendia uma espada pesada em uma bainha trabalhada, e a maioria dos outros viajantes também carregava armas: espadas curtas e longas, arcos, estilingues e lanças duas vezes maiores que o braço de um homem. A caravana parecia pronta para o que quer que o destino determinasse.

— O que eles temem? — perguntou.

— À noite, de vez em quando, você pode ouvir o deserto gemer — respondeu Hanio. — Espíritos malignos, dizem, saindo da cidade perdida para roubar a alma dos homens. Você vai ouvi-los quando alcançarmos as dunas.

Gesticulou para a frente de maneira vaga.

— Ah — disse Alaric. — A cidade perdida. Eu ouvi uma história ou outra sobre ela. Você já esteve lá?

Hanio riu.

— Ela dificilmente seria a cidade perdida se os homens pudessem visitá-la.

— Então ela não é nada mais do que uma história de viajante?

— Bem... — disse Hanio, e finalmente virou a cabeça para encarar Alaric. — Às vezes alguém a vê de longe, e existem torres e abóbadas e paredes, todas pálidas como cinzas. Mas, se alguém tenta se aproximar, ela vai se distanciando e no fim acaba desaparecendo de vez. É uma cidade fantasma, um lar adequado para espíritos malignos.

Ele parou de falar por alguns instantes.

— Homens morreram perseguindo-a. Eu não tenho nenhum desejo de morrer.

— Nem eu — murmurou o bardo.

Mas ele não conseguia deixar de imaginar se ela poderia ser alcançada por meio do seu jeito especial de viajar. O que ele disse, em vez disso, foi:

— Quanto falta para chegarmos às minas de sal?

— Você já está inquieto, bardo? — perguntou Hanio.

Alaric balançou a cabeça.

— Eu só gosto de saber o que esperar.

Hanio riu.

— Todos nós também. Pergunte de novo daqui a dezoito dias e vai ter uma resposta — disse, desviando o olhar novamente. — Você se sai bem com a Folero. Talvez não seja mais necessário que eu observe os dois tão de perto.

— Como desejar, caro Hanio.

O homem assentiu e guiou sua montaria mais para a frente da linha, onde Alaric podia ver Piros cavalgando ao lado de Rudd. Ele não voltou até a caravana parar para pernoitar em um pequeno bosque que tinha aparecido como uma mancha no horizonte e crescido constantemente à medida que o sol descia por trás dele. Havia uma lagoa no centro do bosque, as margens esmagadas por muitos pés, e os viajantes encheram seus cantis e chaleiras antes de deixar seus camelos rodearem-na e beberem. A sombra das árvores era agradável e, enquanto as fogueiras eram acesas e o jantar preparado, Alaric cantou lembrando as planícies do Norte, a neve e o gelo, tão estranhos para os homens da caravana quanto o deserto teria sido para os nômades que cavalgavam veados por entre as geleiras. E os homens à sua volta se impressionaram com a ideia de que tais lugares cobertos de gelo de fato existissem.

Naquela noite, na tenda do deserto, ele sonhou com o Norte, e quando acordou na escuridão profunda quase desejou retornar para lá, para ver as únicas pessoas que se importavam com o fato de ele estar vivo ou morto. Ele poderia ter feito isso em um instante, mas sabia que os viajantes da caravana não teriam uma boa impressão de alguém que exibisse os poderes de um feiticeiro e sumisse da mesma maneira que aquela cidade fantasma sumia, então se virou e voltou a dormir. Alguma outra hora, disse pra si mesmo, como em tantas outras vezes.

No dia seguinte, uma leve ondulação tornou-se visível no horizonte, e a informação que foi passada rapidamente pela linha de viajantes era que eles chegariam às dunas em não mais que dois dias. A caravana começou a se dirigir mais para o sul e, no fim do dia, chegou a outro pequeno bosque, que dessa vez circundava um poço. Eles gastaram bastante tempo tirando água do poço, um balde de cada vez, para a refeição noturna e para os camelos. Ninguém, a não ser os camelos, bebeu a água antes de ela ser fervida. Os homens até mesmo encheram seus cantis com a água quente. Alaric não tentou experimentar o líquido em seu estado natural depois que Hanio lhe disse que ela afetaria seus intestinos de uma forma ruim. As árvores do bosque ofereciam tâmaras, em busca das quais muitos dos homens as escalaram, e Alaric ficou feliz em comer o punhado que lhe foi destinado como alternativa ao queijo e às sobras do pão dormido.

De manhã, os homens retiraram a farinha dos sacos e, com água fervida, moldaram pães achatados para serem colocados nas pedras que esquentavam em suas fogueiras. O resultado não foi aquele a que Alaric estava acostumado, mas eram deliciosos mesmo assim, e ele se sentiu fortalecido para o dia. As dunas estavam bem à vista, grandes colinas de areia rodopiante, e a caravana as contornava sempre na direção sul para ficar fora dos piores trechos. Mesmo assim, ao final do dia tinham deixado o deserto plano para trás e estavam se movendo em terreno menos seguro. Naquela noite não havia um bosque, nem uma lagoa ou um poço, apesar de ainda haver muito pão da fornada da manhã e bastante água no cantil de todos os homens. Os camelos não pareciam perturbados pela falta de água e forragem, e vários dos viajantes lhe garantiram que as corcovas dos animais eram depósitos das duas coisas.

"Criaturas extraordinárias", murmurou, tentando pensar como essa informação se encaixaria no repertório de músicas que ele sabia que iria se originar dessa jornada. Deitado naquela noite em uma cama mais macia por causa da areia, ele se distraiu até dormir tentando encontrar várias rimas para "corcova".

Em meio à escuridão profunda, acordou com o som de gemidos — um coro de gemidos em uma dezena de tons, como um grupo de homens se esforçando para mover alguma pedra gigante, muito acima da capacidade deles, ou o mesmo grupo lamentando a morte de inúmeras pessoas amadas. Nenhum dos outros na tenda parecia ter sido acordado pelos sons, ou pelo menos não se mexiam em resposta a ele.

Alaric se descobriu e engatinhou para fora da tenda. Um vento frio havia aparecido, e a luz da lua mostrava redemoinhos de areia aqui e ali. Após alguns momentos, achou que os gemidos aumentavam e diminuíam conforme o vento. Todas as fogueiras tinham sido abafadas pela noite, e dois homens estavam sentados perto da maior delas, montando guarda como alguém fazia todas as noites. Um deles acenou para Alaric. O bardo contornou um par de tendas para se juntar a eles.

— Como alguém consegue dormir com este barulho? — perguntou.

Os homens riram e um deles disse:

— É só o deserto.

Então olhou para trás de Alaric e se levantou.

Alaric se virou e viu uma figura ao lado de uma das tendas pelas quais ele havia passado. O turbante não estava ali e os cabelos negros revelados se erguiam em ângulos selvagens, mas, quando a pessoa se aproximou, reconheceu Rudd.

— Você quer se sentar conosco? — perguntou o homem que havia se levantado. Ele estendia uma mão para Rudd. — Serviremos um pouco de chá para você.

Seu companheiro já estava estendendo a mão para a chaleira que repousava nas brasas.

Rudd parou a alguns passos da fogueira.

— Eles estão nos chamando. Temos que ir.

— Iremos com a primeira luz.

— Temos que ir agora — disse Rudd. — Carregue os camelos.

O homem cruzou o pequeno espaço entre eles e pousou seu braço ao redor dos ombros de Rudd.

— Os outros precisam descansar. Ainda há uma longa jornada pela frente.

Rudd balançou a cabeça.

— Nem tão longa assim.

— Ainda assim, todos nós deveríamos chegar lá revigorados — disse o homem, esticando a outra mão em direção à fogueira, e seu companheiro colocou um copo de chá nela. — Aqui — disse, oferecendo-o a Rudd. — Alguns goles contra o frio, então deite e tente dormir um pouco mais. Você seria um péssimo viajante se cochilasse, caísse de seu camelo e quebrasse a cabeça com a queda.

— A areia é macia — murmurou Rudd.

Ele pegou o copo e bebeu uma, duas vezes. Então apontou para Alaric:

— Você consegue ouvir a música no chamado deles. Venha comigo e toque o seu alaúde para eles.

— Amanhã — sussurrou o homem parado ao lado dele.

Rudd derrubou o resto do seu chá no fogo e jogou o copo para a escuridão antes de se deixar ser virado e acompanhado de volta à sua tenda.

Alaric olhou para o homem com a chaleira. Ele estava servindo outro copo e o ofereceu a Alaric, que aceitou o metal morno com gratidão.

— Ele agia como um sonâmbulo? — perguntou o bardo.

— Algumas pessoas podem chamar disso.

O homem encheu um copo para si e baixou a chaleira.

— Ele já fez isso antes?

O homem assentiu.

— É um dos motivos pelos quais estamos de guarda. Piros tiraria nosso couro se alguma coisa acontecesse com o garoto — disse, bebendo um pouco de seu chá.

— E se ele tivesse andado para o outro lado, para longe do fogo?

— Ele nunca faz isso. O fogo o atrai como a uma mariposa.

— Mesmo assim...

— Como eu disse, estamos de guarda.

Alaric ficou perto da fogueira por um tempo e depois de alguns minutos o outro homem voltou. Então, bocejando, o bardo voltou para sua tenda.

A manhã pareceu chegar muito rapidamente.

O sol estava alto, a jornada do dia cumprida mais ou menos pela metade quando Piros, que andava para cima e para baixo da linha de viajantes como sempre, se deixou ficar ao lado de Alaric.

— Vejo que Folero continua a tratá-lo bem — disse ele.

— Nós parecemos combinar um com o outro.

Alaric se inclinou bem para a frente para afagar o pescoço do animal.

— Piros — disse ele —, eu acordei ontem à noite e ouvi o deserto cantando.

Piros o fitou com o rabo do olho.

— Suponho que um bardo o chame assim.

— Seu filho ouviu também.

— Ah — disse Piros —, foi uma dessas noites.

— Quem ele achou que estava chamando?

Piros balançou a cabeça.

— O garoto às vezes tem fantasias loucas. Eu o aconselho a não dar ouvido a elas.

Ele se levantou um pouco em seu assento, como se procurando algo mais à frente.

— Cante sobre o Norte de novo hoje à noite, bardo. É uma mudança bem-vinda.

Ele então esporeou sua montaria e desviou-se da linha para trotar à frente. Parte da carga de um camelo tinha se derramado sobre a areia e a caravana inteira parou enquanto ela era amarrada de volta no lugar.

Mais tarde naquele dia, Alaric teve o primeiro vislumbre da cidade fantasma.

Pelo menos parecia um pouco com uma cidade, bem longe e ao sul do horizonte, embaçada pela distância, suas torres e muralhas apenas formas oscilantes na luz do deserto, com água prateada em volta delas. Enquanto ele observava, a boca aberta em espanto, podia ouvir os homens rindo atrás dele. A risada parou abruptamente quando um camelo rompeu a linha e começou a galopar na direção deles, enquanto seu condutor — com o turbante verde inconfundível — o atiçava com batidas bruscas de um cajado. Ele passou por Alaric, gritando "Venha comigo!", e então deu uma guinada para o sul, para o deserto aberto. Quatro outros condutores se destacaram da caravana para segui-lo e a perseguição durou uma distância considerável antes que eles o alcançassem e formassem um círculo apertado à sua volta, impedindo-o de ir mais longe. Alaric podia ver os movimentos ferozes dos braços de Rudd. Ele parecia estar batendo nos outros homens com o cajado. O leve som de suas vozes chegava até Alaric, mas ele não conseguia entender uma palavra.

Piros se destacou da linha, apesar de não ter feito nenhuma tentativa de se juntar ao grupo que rodeava seu filho. Alaric parou ao seu lado, enquanto a caravana seguia viagem, deixando-os para trás.

— Ele me disse para ir com ele — disse o bardo.

— Você pode ver o bem que isso teria lhe feito — disse Piros, mal olhando para ele. Então acenou para a caravana e disse — Vá com os outros.

— Um bardo sempre está procurando por novas histórias a serem cantadas — disse Alaric. — Eu acho que aqui existe uma.

— Não uma que seja boa — resmungou Piros.

Alaric apontou para o horizonte ao sul.

— Só a cidade já vale uma canção.

Mas, enquanto ele observava os cavaleiros retornarem à caravana, a imagem distante se ondulou e embaçou e diminuiu até não haver mais nada além de uma faixa de água prateada.

— Pelo menos a água é real? — perguntou.

— Nem mesmo ela — respondeu Piros.

— Deve ser atrativa para homens com menos suprimentos que nós.

Piros balançou a cabeça muito levemente.

— Não importa quão longe você vá, não importa quão rápido, ela sempre vai estar além do seu alcance. Quando eu era jovem e viajei pelo deserto com meu pai, aprendi isso — disse ele, se inclinando para a frente com os antebraços apoiados nas coxas. — Já houve um tempo em que meu filho soube disso também.

Os cavaleiros retornaram, um dos perseguidores segurando as rédeas da montaria de Rudd. Enquanto passava por seu pai, Rudd fechou a cara e disse:

— A culpa é sua por eles não poderem me esperar.

Piros não respondeu. Ele somente apontou para a caravana que avançava e virou sua montaria para ficar por último, enquanto o grupo se apressava para se reunir a ela. Folero não precisou de nenhum comando de Alaric para seguir o ritmo dos outros camelos, e o bardo agarrou-se às argolas à frente e atrás dele para se manter na sela.

Naquela noite, depois que o jantar acabou e alguns dos homens da caravana se reuniram para ouvir Alaric cantar, Rudd abriu caminho até a frente do grupo e sentou-se quase aos pés do bardo. Ele não se uniu aos refrãos estridentes, mas balançava a cabeça discretamente no tempo da música e sorria de vez em quando, apesar de Alaric não ter certeza que fosse para as canções. Mesmo com a noite avançando e os ouvintes se retirando aos poucos, ele ficou até Alaric finalmente colocar seu alaúde de lado, e só então deixou que dois dos homens de seu pai o levassem para sua tenda. Depois disso, Alaric se aconchegou ao lado de uma das menores fogueiras, onde Piros estava discutindo a rota deles com os homens que estavam na vanguarda da caravana. Ele esperou até a conversa terminar e os outros homens procurarem suas tendas. A patrulha noturna rodeava uma fogueira maior, a certa distância, assim ele e Piros ficaram sozinhos.

— Deve ser difícil para você — disse Alaric — ter um filho desses.

Piros observou as chamas baixas por alguns segundos.

— A maioria dos homens sabe como lidar com ele. Senão eu já o teria perdido há muito tempo.

Alaric pegou uma concha que havia sido usada para mexer o mingau da refeição da noite e, virando-a ao contrário, cutucou a fogueira. As brasas dançaram, voltando à vida por um momento, gerando um calor agradável contra o frio da noite.

— Ele sempre foi assim?

Novamente Piros ficou em silêncio por um longo tempo. Então disse:

— Nem sempre. Pensei que algum dia ele iria tomar o meu lugar. Era um bom cavaleiro. Aprendeu a correr muito jovem e superava a maioria dos homens desta caravana. Mas isso foi antes.

— Antes de...?

O chefe da caravana suspirou.

— Acho que estou um pouco surpreso que nenhum dos outros tenha lhe contado. Que todos eles tenham mantido suas promessas.

Alaric aguardou.

— Eu pediria uma promessa sua também, mas não acredito que você a faria ou a honraria. Não depois de ouvir suas canções. As pessoas se reconhecem quando você canta?

Alaric sorriu um pouco.

— Eu seria um tolo se colocasse muita verdade em minhas canções. Eu tenho muito amor à minha vida.

Piros escolheu algumas partes de esterco seco de camelo de uma pilha não muito longe de seu quadril e alimentou a fogueira com elas. O fogo cresceu em um instante.

— Achei que fosse desse jeito.

Alaric apoiou um cotovelo no joelho.

— As pessoas podem se reconhecer em qualquer história, sejam as histórias sobre elas ou não. Eu prometo que ninguém mais o reconhecerá. Ou a seu filho. E qualquer canção que eu cante sobre essa jornada será muito longe daqui, onde ninguém sequer saberá seu nome.

Piros deu de ombros.

— Eu não sei por que isso importa pra mim. Mas importa — disse, olhando para Alaric de soslaio. — Ainda assim, existe uma parte de mim, uma parte vaidosa e gananciosa, que quer ouvir o que você criaria a partir da nossa história. Que deseja a imortalidade que você oferece. Na minha idade, acho que esse é o único tipo de imortalidade que poderei ter.

Ele olhou por cima do ombro em direção à tenda onde seu filho dormia e completou:

— Nenhum neto, isso é certo.

Alaric pegou a chaleira que repousava entre as chamas. Havia um pouco de líquido no fundo, e ele serviu-se de meio copo do chá forte do deserto.

— Eu não posso garantir essa imortalidade.

Piros tomou a chaleira de suas mãos e encheu o próprio copo.

— Não seja modesto, bardo. Você já tem canções que são mais velhas que nós dois juntos.

— Então me conte a sua história. Ou me conte a versão que você quer que eu ouça.

— Não a... verdadeira?

— Ninguém jamais conta a verdade sobre si mesmo. Nós contamos o que queremos que os outros julguem, para o bem ou para o mal. E, quando eu tiver ouvido a sua história, talvez acrescente alguma coisa nela — disse, assoprando o chá para esfriá-lo antes de tomar um gole. — Talvez eu cante sobre a nossa visita às torres da cidade perdida que tocam o céu. Ela tem um nome?

Piros bebeu um gole de chá.

— Eu já a ouvi ser chamada de Haven — murmurou ele.

— Um nome bom, romântico — observou Alaric.

— E o que você acha que encontraríamos lá?

Alaric deu um pequeno sorriso.

— O que os nossos corações desejarem, é claro. Não é isso que todos nós estamos procurando?

Piros rolou o copo entre as mãos.

— Talvez seja por isso que ela sempre esteja além do nosso alcance —

disse, olhando de novo para a tenda do filho. — Ele me culpa por isso. Ele me culpa pela maioria das coisas.

— Eu ouvi falar que isso não é incomum entre os filhos — disse Alaric.

Piros olhou para baixo, para dentro de seu copo, por um momento, como se pudesse ler algo em seu conteúdo.

— Se eu nunca o tivesse levado para as cavernas... talvez nossa história fosse muito diferente.

— As cavernas?

Piros aquiesceu lentamente.

— Alguns diriam que isso estava destinado a acontecer, por causa do tipo de garoto que ele era. Teimoso. De obediência limitada. Se a mãe dele estivesse viva, ela me desprezaria por não ter batido nele até isso melhorar. Ela acreditava bastante em surras.

— Você era o de coração mole.

— Sim, e olhe que bem isso fez — disse, e bebeu outro pequeno gole de chá. — Ele tinha doze verões quando ela morreu. Depois disso, eu o mantive ao meu lado. A não ser durante a viagem para as cavernas. Aquilo só quando ele tivesse dezesseis anos.

Piros balançou a cabeça.

— Eu devia tê-lo feito esperar mais. Mas ele queria saber. Ele era curioso naquela época.

Ele terminou o chá, apoiou o copo na coxa e se inclinou para a frente com os cotovelos nos joelhos, os dedos entrelaçados. Por um momento, pressionou o queixo entre os dedos, então endireitou a postura mais uma vez e suspirou.

— Eu o avisei. Mas no final ele fez o que quis. Você viu o resultado.

— As cavernas são... perigosas?

— São letais — disse Piros. — Os vapores que nascem delas são venenosos. Mas algo extremamente desejado pelas pessoas que moram do outro lado do deserto cresce lá. Então há um lucro a ser obtido ao entregá-lo para eles. Meu pai fazia isso, e o pai dele, e antes havia um mercador que passou o negócio para a minha família.

— Mas, se as cavernas são venenosas — começou Alaric —, como essa substância é obtida?

— As pessoas que moram perto delas sabem o segredo de colhê-la sem morrer.

— Então é um tipo de planta.

Piros deu de ombros.

— Pode ser um musgo ou um depósito de minerais. Ninguém parece saber exatamente. Não é fácil estudar algo que subsiste em uma névoa venenosa.

— Então... Rudd foi envenenado.

Piros balançou a cabeça, negando.

— Esse teria sido um destino muito mais simples.

Ele respirou fundo e estreitou os olhos, parecendo enxergar algo muito além da fogueira, apesar de não haver nada para ver a não ser o céu escuro e cheio de estrelas.

— Eu sabia que teria que contar a você quando pedi que se juntasse a nós, mas agora isso parece mais difícil do que eu esperava. Mesmo assim... — disse, olhando de lado para Alaric. — quando chegarmos às minas de sal, outra jornada vai acontecer durante dois dias, somente para alguns de nós. Eu. Hanio. E Rudd, porque ele vai se recusar a ficar para trás. Nosso destino serão as cavernas, e retornaremos com uma quantidade considerável de certo pó, que ficará sob minha responsabilidade, apesar de serem dadas pequenas porções a Rudd de tempos em tempos. Sob a sua influência, e sabendo que nós temos um estoque renovado, ele talvez o incentive a prová-lo. Se você valoriza a sua vida, não o prove.

Piros suspirou profundamente.

— Ele vai elogiá-lo. Vai dizer que o pó fará você se sentir como um rei. Alguns achariam que ele não o faria, que iria querer guardar o máximo que pudesse para si mesmo, mas, sob sua influência, os homens tendem a não pensar no futuro. Pelo bem do seu futuro, não o aceite. Acredite no que estou lhe contando. Você vai achar que está conquistando o mundo, mas estará perdendo a si mesmo.

— Eu não tenho nenhum desejo de fazê-lo — disse Alaric.

Piros suspirou de novo.

— Que homem não gostaria de se sentir como um rei?

Alaric se permitiu demonstrar a sombra de um sorriso.

— Eu já observei alguns reis. Não é uma vida invejável como alguns podem pensar.

Piros olhou para ele.

— Na parte mais distante do deserto pagarão bem por ele. Eles o chamam de Pó do Desejo.

— Um nome interessante.

— É bem triturado, de uma cor azul-acinzentada, parecido com tomilho, mas com um aroma muito mais forte e um gosto mais picante. Combina com carne de ave.

— Você já o experimentou?

Piros voltou a olhar para a fogueira.

— Eu era jovem e tolo, e havia uma aposta. Não apostei mais desde então. Rudd me mostrou o que eu poderia ter me tornado.

Alaric assentiu lentamente.

— Aceito o seu aviso. Mas fico pensando... por que não tirá-lo dele? Com certeza seu poder se esvai com o tempo.

Os dedos entrelaçados do chefe da caravana se apertaram até que as veias saltassem da parte de trás das mãos.

— Na parte mais distante do deserto... eu vi um homem habituado a ele morrer por sua falta. Foi uma morte longa, lenta e dolorosa — disse, fechou os olhos e baixou a cabeça. — Devo perder até mesmo a sombra do meu filho?

Alaric voltou o olhar para a tenda onde Rudd dormia. Havia um homem na entrada, enrolado em uma manta, a cabeça deitada em uma sela de camelo. Alaric sabia que havia outro na parte de trás.

— É uma história triste — disse finalmente. — Mas precisa tomar mais forma antes que possa se tornar uma canção.

Ele evitou dizer que ela precisava de um fim.

— Bem — disse Piros —, ainda temos uma longa jornada. Muito tempo para criá-la.

Apoiando a mão no chão arenoso, ele se pôs de pé.

No dia seguinte, pouco depois do meio da manhã, a cidade fantasma se tornou visível de novo. Dessa vez Alaric estava seguindo a apenas uma pequena distância de Rudd, e pôde ver que Hanio segurava as rédeas da montaria do jovem e dois outros homens cavalgavam bem perto, um de cada lado. Como antes, a cidade ondulou e se modificou no horizonte, suas muitas torres ora relativamente nítidas, ora se fundindo em um grande borrão. Perto do anoitecer, a massa inteira pareceu se erguer no ar, e o céu vazio podia ser visto abaixo dela. "Nuvens", pensou Alaric, apesar de ser uma conclusão difícil de se aceitar enquanto o resto do céu era de um azul monótono, a não ser pela sombra brilhante do sol.

Os doze dias seguintes se passaram com poucas coisas que os distinguissem uns dos outros. Todas as manhãs pão fresco era assado e compartilhado antes que os homens montassem em seus camelos e a longa linha de animais carregados começasse a caminhar para oeste. A cada dia a caravana se movia mais para oeste, às vezes atravessando o terreno duro do deserto, às vezes contornando mais dunas e avançando lentamente com areia na altura dos tornozelos de um homem, e a longínqua cidade espectral quase sempre os acompanhava, distante, ao sul. Cada noite eles paravam em um poço cuja água só se tornava potável depois de ser fervida, e talvez houvesse alguns arbustos espalhados em volta do poço, apesar de os camelos garantirem que eles não sobreviveriam à sua presença. E quando as tendas eram armadas, as fogueiras acesas e os restos do pão da manhã consumidos com frutas secas e queijo quase tão seco quanto elas, e às vezes algumas porções de carne em conserva que precisava ser banhada em água quente para impedi-la de ficar tão dura quanto couro, Alaric jogava o alaúde em seus braços e tocava e cantava até que somente a patrulha da noite tivesse restado. E todas as noites Rudd sentava-se quase aos pés de Alaric e ouvia e sorria e concordava um pouco, e não dizia nada.

Então, num dia que prometia ser como qualquer um dos outros, uma mancha escura apareceu no horizonte e cresceu com a aproximação da caravana, até se revelar como um pequeno bosque rodeando uma faixa oscilante de água que não era nenhuma miragem. Ao lado da água, aninhada entre as árvores, havia uma vila com uma dúzia de cabanas, e, espalhados em volta delas, viam-se homens, mulheres e crianças cuidando de hortas e até mesmo um pequeno rebanho de cabras. Alaric mal podia acreditar em seus olhos. No meio do deserto, onde nada além de alguns poços solitários lembravam a um viajante que de vez em quando alguns homens percorriam esse caminho, estavam estabelecidos seres humanos, com casas benfeitas e, na área aberta formada pelo contorno dessas casas, cadeiras e mesas cuidadosamente esculpidas sobre tapetes lindamente tecidos — mobília e tapeçaria dignas de uma casa da realeza.

Os camelos, incluindo Folero, foram arreados a um lado da faixa de água, suas rédeas amarradas em ferrões com argolas na ponta, enfiados profundamente nos troncos das árvores, para mantê-los longe das hortas. Os homens da caravana armaram suas tendas e fogueiras próximas a elas, o que Alaric pensou ser pelo mesmo motivo. Piros entregou sua montaria a Hanio, caminhou até o centro dos tapetes e, quando chegou lá, um homem em vestes brancas com uma corrente dourada no pescoço e um diadema na testa saiu de uma das casas para encontrá-lo, e os outros aldeões, vestidos com menos opulência, pararam com a sua jardinagem para se aproximarem do homem que era, obviamente, seu príncipe.

Alaric viu reverências e gestos largos serem trocados entre o visitante e o príncipe e, após alguns momentos de conversa, Piros acenou para que ele se aproximasse. Alaric se aproximou e fez uma reverência profunda para o homem de vestes brancas.

— Este é o nosso bardo — disse Piros. — Ele irá nos entreter hoje à noite.

O príncipe sorriu.

— E se me agradar haverá uma recompensa para ele — disse, e olhou para Piros. — Mas e nas noites em que você estiver fora? Ele ficará aqui? E talvez até depois?

— Isso será conforme ele desejar — disse Piros.

— Se ele for habilidoso como diz, espero que fique.

Então todos fizeram uma reverência e Alaric seguiu a deixa de Piros e se afastou até que chegassem ao fim dos tapetes, onde o chefe da caravana se virou e levantou um braço na direção dos homens que aguardavam perto dos camelos. Com esse sinal, eles começaram a descarregar sacos de uma das linhas de animais.

Alaric acompanhou Piros até a maior fogueira, onde os homens que estavam cuidando dela serviram chá para os dois. Piros bebeu o dele enquanto observava os camelos serem aliviados de suas cargas, os homens colocando os sacos nos ombros, carregando-os para os tapetes e formando uma pilha alta. O príncipe ainda estava lá, e agora ele segurava giz e lousa e conferia a entrega.

Finalmente, incapaz de ficar mais tempo em silêncio, Alaric disse:

— Você não estava sugerindo que eu possa querer ficar aqui quando a caravana seguir viagem, estava?

Piros não olhou para ele.

— Como eu disse, isso será escolha sua. Aqui a vida é tranquila, a não ser quando as tempestades de areia sopram. Ainda assim, as pessoas conseguiram se recuperar de todas as tempestades. A comida é boa. Nós comeremos carne fresca de cabra durante a nossa estadia, levando-a desidratada conosco para o resto da jornada. E a maioria daqueles sacos está cheia de cereais, para fazer pão fresco. Eles terão o bastante para o ano inteiro. Um bardo poderia ter um destino muito pior do que cantar para um príncipe.

— Eu não acho — disse Alaric.

Piros sorriu discretamente.

— Ele lhe oferecerá ouro. Tenho certeza disso.

Alaric balançou a cabeça em negativa.

— Eu já tive ouro. Ele atrai ladrões. Prefiro viajar. Ou você está cansado de mim, caro Piros, e prefere me descarregar como a esses sacos de cereais?

Então Piros olhou para ele.

— Ele pode lhe oferecer o Pó para mantê-lo aqui. Como o senhor das cavernas das quais ele vem, ele tem um estoque pessoal bem grande.

— Ele tem? Então talvez eu não vá comer a comida dele, afinal. Foi o Pó que o fez ficar rico?

— Entre outras coisas. Há as mobílias, que são cotadas a altos preços dos dois lados do deserto. E há o sal — disse, e fez um gesto em direção ao norte. — As minas estão a alguma distância naquela direção, apesar de ninguém dizer exatamente qual ou onde. Eles o recolheram nos sacos de cereais do ano passado, e ele está esperando por nós em um depósito a meio dia de viagem daqui. Um grupo dos meus homens vai buscá-lo amanhã, enquanto eu estiver em outro lugar. Se você gosta de trabalho duro, pode ir com eles.

— E você — disse Alaric — vai estar... em outro lugar.

Piros voltou seu olhar para o príncipe, que estava assentindo enquanto o último saco de cereal era posto a seus pés. Piros repetiu o aceno, e Alaric não soube dizer se foi dirigido a ele ou só em satisfação quanto ao estado das transações com o príncipe.

— Talvez você queira vir comigo — disse o líder da caravana. — Nós voltaremos em quatro ou cinco dias.

— Com o Pó.

Não era uma pergunta. Piros cruzou os braços sobre o peito.

— Um homem passa a conhecer seus companheiros no deserto.

Alaric sorriu.

— Assim como companheiros de viagem em qualquer outro lugar.

Ele estava pensando nas planícies do Ártico, desertos de outro tipo, mas ainda assim desertos, e nas pessoas que ele tinha conhecido lá.

— Você tem coragem, bardo — disse Piros.

Alaric balançou a cabeça.

— Menos do que você pensa, caro Piros. Mas tenho uma curiosidade considerável, e ela às vezes é confundida com coragem.

Piros olhou para os camelos e as fogueiras.

— Como eu lhe disse, meu filho virá conosco. Ele precisará ser vigiado. Ele gosta das suas músicas. Elas talvez o impeçam de correr em busca da cidade.

— Por que não deixá-lo para trás? Seus homens parecem ser bons em vigiá-lo.

— Eu tenho o Pó do qual ele precisa, pelo menos o bastante até que alcancemos sua fonte. Só existe uma pessoa em quem eu confio para guardá-lo, e ela virá conosco — disse, e olhou fixamente para Alaric. — Acho que entendo seus motivos, bardo. Não vai haver nenhuma recompensa especial por essa jornada, mas duvido que você se importe com isso.

— Uma boa canção é recompensa bastante para mim.

Piros assentiu outra vez.

— Hanio e eu sabemos como encontrar o lugar. Não é fácil ler os sinais no deserto. Ainda mais para um novato. Afaste-se e você poderá se perder para sempre.

— Eu sou um viajante cuidadoso e quase nunca me perco — disse Alaric.

Ele estava relutante em dizer "nunca", apesar de ser verdade. O mapa que carregava em sua mente, de cada lugar em que já esteve ou viu, sempre serviu bem ao seu poder especial.

— E sou bom em seguir outras pessoas.

— Muito bem — disse Piros. — Amanhã, quando o grupo do sal for para o norte, nós iremos para o sul.

— Em direção à cidade fantasma.

— Sim. Isso também deve agradar meu filho.

Naquela noite, a vila os recebeu bem, com carne fresca e vegetais para a caravana inteira e elogios às músicas de Alaric. O príncipe não lhe ofereceu nenhum ouro, mas Alaric não o esperava após apenas uma noite de entretenimento. Pela manhã, um grande grupo de homens e camelos foi enviado para buscar o sal. Um dos aldeões seria o guia deles, apesar de Piros ter dito a Alaric que não duvidava que seus homens pudessem encontrar o depósito sozinhos. Piros, Hanio e Rudd seguiram para o sul em suas próprias montarias, com Alaric, Folero e quatro camelos desmontados totalmente carregados com comida e água seguindo-os logo atrás. À tarde, acamparam em um lugar tão desolado quanto qualquer outro que Alaric vira durante a jornada. Ele não tinha fonte de água, mas é claro que eles haviam trazido seu próprio fornecimento. Eles ferveram chá e compartilharam um pouco do pão da manhã como janta. Logo após a refeição, o bardo cantou uma canção que tinha criado recentemente sobre as dunas que gemem, com um refrão repetitivo que fez dois de seus companheiros balançarem a cabeça no ritmo dele, com exceção de Rudd, que permaneceu sentado perto da fogueira olhando para a escuridão ao sul, como se houvesse algo para ver ali.

No dia seguinte, continuaram a jornada e acamparam e comeram, e Alaric cantou novamente. No outro dia, uma pequena elevação na paisagem se tornou visível mais à frente — não dunas, mas uma linha de pequenos montes se espalhando em direção ao sul. Meio dia de percurso levou os viajantes a eles e a um pequeno agrupamento de sete cabanas, benfeitas mas menores que as do acampamento do príncipe. Também havia água, mas Piros avisou que ela não era potável, nem mesmo após ser fervida, e Alaric pôde ver, ao chegar mais perto, que ela tinha uma cor amarelada desagradável — nem mesmo os camelos a beberam.

Meia dúzia de homens saiu das cabanas para cumprimentá-los. Eram homens abatidos, os ossos claramente visíveis em seus rostos, os olhos fundos e com olheiras, as mãos e os antebraços esqueléticos à mostra no final das mangas dos trajes de deserto, frouxos em seus corpos como se os homens um dia tivessem sido mais volumosos. O líder, o mais alto do grupo, fez uma grande mesura para Piros e o guiou até uma das cabanas, enquanto os outros começaram a descarregar o grupo de camelos. Alaric os ajudou, carregando em seus ombros sacos de pele de cabra que tinham sido enchidos no lago da vila e jogados por dos camelos em pares ligados por uma cordas grossas.

Os homens abatidos levaram a água para seis cabanas; o resto dos suprimentos foi para a que ficava mais perto de uma fogueira comunitária. Pouco depois de tudo ser distribuído, Piros e o homem alto emergiram de sua reunião.

— Há mais colheita a ser feita — disse Piros para seus companheiros —, então nós ficaremos aqui o dia de amanhã inteiro enquanto eles a terminam.

Hanio assentiu. Ele havia trazido da vila uma cabra jovem ainda viva, carregada na altura de seu joelho em uma bolsa de malha, e então ele a matou com um único golpe rápido de sua faca, tirou sua pele com destreza, limpou suas entranhas e colocou a carcaça em um espeto para que assasse sobre a fogueira, enquanto os homens abatidos colocavam as carnes dos órgãos do animal para cozinhar em uma grande panela, não desperdiçando nada.

Enquanto a carne cozinhava, dois dos homens abatidos pegaram sacos pequenos vazios da cabana de suprimentos, escalaram a elevação que ficava além de seu vilarejo e desceram por trás dela até não serem mais visíveis. Eles ficaram lá por algum tempo e, quando retornaram, seus sacos estavam jogados sobre os ombros, cheios de algo pesado e sem forma, e outra dupla seguiu o mesmo caminho, de novo com sacos vazios e de novo voltando mais tarde com os sacos cheios. Os homens abatidos continuaram a fazer isso, dupla após dupla, vez após vez, enquanto Hanio amarrava os sacos cheios nos camelos e Piros trazia outros sacos carregados de várias das cabanas e fazia o mesmo.

Em determinado momento, Rudd, que tinha estado sentado de pernas cruzadas ao lado da fogueira, observando o jantar ser assado, se levantou e também escalou a elevação, e Hanio abandonou os camelos sendo carregados e foi atrás dele. Após alguns momentos, Alaric os seguiu, dezenas de passos atrás, e do topo ele pôde ver a cidade fantasma ao sul do horizonte e Rudd descendo o declive na direção dela, com Hanio em seu encalço. Hanio estava falando algo que Alaric não conseguia discernir, mas seu tom parecia gentil e persuasivo, e ele finalmente pegou o braço de Rudd, o fez parar e pareceu estar incentivando-o a voltar. Piros se uniu a Alaric na elevação, mas não fez qualquer tentativa de ir atrás do filho. Hanio finalmente girou Rudd para voltar e Piros assentiu discretamente antes de voltar para a fogueira.

Alaric cantou naquela noite sobre uma busca longa e perigosa por tesouros. Era uma canção antiga que ele tinha aprendido muito longe dali, mas parecia apropriada. Ele cortou sua própria parte da carne de cabra da carcaça e ela estava deliciosa. Atendendo a um sinal discreto de Piros, ele não se serviu da carne dos órgãos, que cheirava fortemente ao que podia ou não ser tomilho, e nem Piros nem Hanio a comeram também. Se Rudd comeu ou não, Alaric não percebeu. Depois da refeição, Piros montou uma tenda para seu grupo e todos eles engatinharam para dentro dela para compartilhar calor contra o frio da noite do deserto. Alaric acordou uma vez, quando um dos outros — não Rudd, que dormia mais perto dele — saiu, provavelmente para atender ao chamado da natureza, mas, como ele não precisava fazê-lo também, voltou a dormir.

De manhã, a assaram um pouco de pão em pedras aquecidas pela fogueira e prepararam sanduíches com a carne fria da cabra. Depois disso, Hanio sugeriu que Alaric talvez gostasse de ver o que pudesse da colheita do Pó, para satisfazer a curiosidade que o trouxera para o deserto.

— É permitido? — perguntou Alaric.

— Sim, mas existe pouco para ser visto — disse Piros.

Rudd, que estava curvado sobre sua comida, olhou para cima ao ouvir essas palavras.

— Eu gostaria de vê-la.

— Você já a viu antes — disse o pai. — Ela não é diferente agora.

— Eu quero vê-la — disse Rudd, mais alto.

Ele se levantou, jogou fora sua refeição inacabada e então se virou e começou a escalar a elevação. Piros olhou para Hanio.

— Vá com ele, e não o deixe usar demais do pó fresco.

— Eu talvez precise de um pouco de ajuda — disse Hanio.

Rudd olhou por sobre o ombro para o pai.

— Você não quer vir junto, pai? Para me manter à vista?

Piros olhou para Alaric, mas não disse nada.

— Eu vou — disse o bardo, alcançando Rudd. — Você pode explicar a colheita para mim.

— Meu pai a entende melhor — disse Rudd, e havia um tom sombrio em sua voz, e um olhar sombrio em sua face. — Mas ele tem medo dela. Não é, pai?

Piros o fitou com os olhos semicerrados.

— Da mesma maneira que você deveria ter — disse. — Olhe o que ela causou àqueles que a fazem.

Então se virou para Alaric.

— Eles morrem antes da hora, mesmo sem inalar o veneno. Tantos anos de exposição cobram seu preço.

— Talvez eu não queira vê-la — disse Alaric, e deu um passo para trás, descendo a elevação.

— Fique bem longe da fenda — disse Piros. — Você vai estar seguro lá. O cheiro que emana da fenda é o suficiente para avisar os homens para não chegar muito perto.

— Com medo de um cheiro — resmungou Rudd.

— Que tipo de cheiro? — perguntou Alaric.

— Você não vai confundi-lo com perfume — disse Piros —, nem com tomilho.

Alaric hesitou por mais um momento. Ainda assim, Hanio iria junto e parecia saudável o bastante. A curiosidade finalmente ganhou da dúvida e Alaric assentiu para Rudd e Hanio, e os três subiram até o topo da elevação. Lá, seguiram os picos da linha de pequenas elevações para oeste por cem, duzentos passos. À direita deles, a cidade fantasma tremeluzia no horizonte ao sul, e Rudd olhava para ela com frequência, apesar de não ter tentado correr em sua direção, Alaric pensou, porque Hanio segurava seu braço com firmeza. Uma faixa de água — ou de algo que parecia água — se estendia para fora da cidade, e ela parecia bastante real, com exceção de suas margens, que se alteravam constantemente, como líquido sendo carregado em uma bacia através de uma multidão agitada em uma taverna.

— Conte-me sobre a colheita — pediu Alaric.

Rudd não disse nada, e finalmente Hanio respondeu:

— Eles prendem a respiração. Não fazem nada além disso. De qualquer maneira, ninguém ia querer respirar aquele fedor.

— Eles o colhem enquanto estão prendendo a respiração? — perguntou Alaric.

— Não existe outro jeito — respondeu Hanio. — Através de muita prática, eles se tornam muito bons em segurar a respiração. Aqueles que não são tão bons nunca são escolhidos para o trabalho. Ou morrem.

— Esse não parece ser um tipo de trabalho muito atrativo — disse o bardo. — Uma morte precoce ou outra mais precoce ainda. Que tipo de homem o escolheria?

— Não é uma escolha — respondeu Hanio. — O príncipe ordena e eles obedecem. É claro, aqueles que fazem a colheita usam quanto Pó quiserem, então existem algumas vantagens.

Alaric sentiu o cheiro de seu destino antes de vê-lo, e era tão repulsivo quanto Piros havia prometido: um odor forte de podridão, como vísceras deixadas ao sol por tempo demais. Ele parou por um momento, deixando Hanio e Rudd se afastarem, e começou a descer a elevação desajeitadamente em direção ao sul. Ele os viu contornar uma protuberância de pedras elevadas e desaparecer abaixo dela. Após um longo momento, deu mais dois passos naquela direção, e então parou de novo, a incerteza lutando mais uma vez com a curiosidade. Um sentimento de inquietação estava crescendo dentro dele, e não importava quantas vezes ele dissesse a si mesmo que, se Hanio achava que era seguro o bastante, ele também deveria; ainda assim, hesitava.

De repente, um dos homens abatidos subiu a elevação aos pulos em direção a ele, e Alaric ouviu Hanio gritar alguma coisa, apesar de não conseguir entender as palavras. Ele deu um passo para o lado e o homem abatido passou por ele correndo, na direção de onde tinham vindo.

Hanio se afastou de baixo da protuberância de pedra e gritou de novo, acenando insistentemente para que Alaric se juntasse a ele. O bardo olhou para o sul de cima da elevação. O que estava acontecendo, ele se perguntou, que Hanio e o segundo homem abatido não podiam resolver? Como eles achavam que ele poderia ajudar?

Os sons de alguém correndo o fizeram se virar. Piros e todos os outros cinco homens abatidos restantes se aproximavam às pressas seguindo a linha dos picos das elevações.

— O que o garoto estúpido fez agora? — gritou Piros. Mas ele passou por Alaric sem esperar resposta.

Os dois últimos homens abatidos agarraram os braços de Alaric e o arrastaram junto com eles, e ele tropeçou, quase perdendo o equilíbrio enquanto os três desciam a elevação correndo.

Embaixo da protuberância, atrás do espaço vazio criado por aquela plataforma de pedra, o declive da encosta era quase vertical, formando uma parede um pouco maior que a altura de um homem, e naquela parede estava instalada uma porta de madeira enorme. Rudd estava estirado quase aos pés da porta, e Hanio, ajoelhado ao seu lado, o ninava como a uma criança.

— O que aconteceu? — perguntou Piros, debruçado sobre o filho.

E, de repente, tudo sucedeu em um piscar de olhos: um dos homens abatidos escancarou a porta de madeira, revelando a escuridão de uma caverna além dela e, assim que o fedor de podridão se espalhou para fora, dez vezes mais poderoso que antes, e que Alaric prendeu a respiração para não senti-lo, três dos homens abatidos seguraram Piros, o levantaram e o arremessaram através do batente da porta enquanto os outros tiravam Alaric do chão com uma força contra a qual ele não podia lutar e o jogavam lá dentro também. Todo o ar que

Alaric tinha nos pulmões foi jogado para fora quando ele caiu com força em cima de Piros. Então a porta de madeira foi fechada e a luz do dia desapareceu.

Na escuridão total, Alaric estreitou o corpo do líder da caravana contra o seu e num piscar de olhos os dois estavam no Norte, e o cheiro de podridão estava se dissipando no frio e limpo vento nortenho.

Alaric soltou Piros e se pôs de joelhos, tossindo e arfando ao inspirar profundamente. O ar estava gelado, e ele tremeu pelo contraste com o calor do deserto, apesar de, para os padrões do Norte, nessa época do ano, o clima estar ameno. Ele quase estava com medo de olhar para Piros. Não tinha pensado em — nem mesmo tentado — usar seu poder. Não teve tempo para isso. Ele tinha trazido o corpo inteiro de Piros com ele ou só haveria uma parte dele, como uma peça de carne de açougue?

Um gemido baixo atraiu seu olhar. Piros se apoiou nos cotovelos e tossiu. Ele estava inteiro, e não só isso, mas ele e Alaric estavam deitados em uma grande placa de pedra. Alaric percebeu que seu poder não havia trazido apenas Piros, mas também um bom pedaço do piso da caverna. E naquele chão estava um esqueleto humano desgastado pelo tempo, os quadris quebrados, membros espalhados — Alaric achou que ele e Piros deviam tê-lo atingido quando caíram — e entre esses ossos viam-se incrustações do que poderiam ser pequenos cristais ou mofo de uma cor azul-acinzentada. Havia manchas daquele tom de azul-acinzentado em uma das mangas de Alaric e, enquanto se colocava de pé, ele as limpou com a outra manga, com cuidado para não deixar nenhuma parte encostar em sua pele e para não inalar nada. Ele adivinhara o que aquilo devia ser.

Piros estava sentado e examinava o lugar com cuidado, de olhos bem abertos para a grama dura do Norte que se espalhava em volta da placa de pedra abaixo dele, para os arbustos e árvores mirradas espalhados pela paisagem ondulada, e para as montanhas distantes com picos brancos além dela. Ele franziu as sobrancelhas para Alaric.

— Esta é a terra dos mortos?

Alaric balançou a cabeça, negando.

— Não, nós escapamos dela. Este é só o Norte.

O chefe da caravana se pôs de joelhos e engatinhou para a ponta da placa de pedra, colocando suas mãos no solo frio nortenho e enfiando seus dedos nele apenas por um momento. Então ele se colocou de pé.

— Como nós viemos para cá? — perguntou em um sussurro. E olhou para Alaric de novo. — Você fez isso.

Alaric não disse nada. Piros se virou para ele.

— Estamos bem longe — murmurou, e se agarrou às suas vestes de deserto para se proteger do frio. Então se curvou profundamente perante Alaric. — O que deseja de mim, meu senhor?

Alaric voltou a respirar rapidamente. Essa não era a reação que ele esperava. Medo de seus poderes de feiticeiro, sim, e seu primo próximo, o ódio. Mas reverência?

— Eu não quero nada, caro Piros, a não ser a sua amizade.

— Eu lhe devo a minha vida — disse Piros. — Essa não é uma dívida que se pague com facilidade.

Alaric balançou a cabeça.

— Eu me salvei, e foi fácil trazê-lo também.

— Você poderia ter me deixado para morrer.

— Eu não sou esse tipo de homem — disse Alaric.

Os olhos de Piros se estreitaram.

— Você é um homem? Ou é algum tipo de espírito mágico?

— Um homem.

— E mesmo assim...

— É uma habilidade com a qual nasci. Eu tento não usá-la quando outros podem ver. Ela os assusta — disse, olhando fixo para Piros. — Mas você não está assustado.

— Eu já vi várias coisas durante a minha vida — disse Piros —, e nunca vi o medo ser útil. Você pode me levar de volta? Não para a caverna, mas para o lado de fora.

— Eu posso levá-lo para o acampamento dos homens abatidos, para a vila perto da lagoa ou para a taverna de seu irmão.

— Para a elevação acima da caverna?

— Sim, para lá também.

— Eu tenho que saber quem ordenou isso. E tenho que ver meu filho e Hanio, se eles já não estiverem mortos.

— Os homens que fazem a colheita estão em maior número que nós — disse Alaric.

— Eles estão, mas nós temos a vantagem da surpresa desta vez — disse Pires, e balançou a cabeça, desanimado. — Isso não foi orquestrado só por eles. Seu príncipe nunca iria permitir que eles me matassem a não ser que alguma outra pessoa estivesse pronta para assumir o comércio, e com uma oferta mais vantajosa. A pergunta é... quem?

— Você acha que...?

A boca de Piros se transformou em uma linha firme e sombria.

— Alguém que tenha vindo conosco para a fonte do Pó, para ter certeza de que o trabalho estava feito. E para matá-lo, também, para não deixar nenhuma testemunha confiável.

— Duas possibilidades — disse Alaric.

— De fato — concordou Piros. — Leve-me de volta, bardo. Eu preciso da verdade.

— A uma pequena distância da caverna — disse Alaric. — Apenas ligeiramente fora da linha de visão deles.

Piros concordou.

— Tudo bem — disse o bardo —, venha para os meus braços.

Eles se abraçaram e em um piscar de olhos estavam no deserto mais uma vez, na extremidade norte da linha de pequenas elevações que eles tinham seguido para chegar à caverna. Os picos pairavam acima de suas cabeças, mas os dois se jogaram no chão e Piros escalou até o topo de um deles, a cabeça e o corpo abaixados. Espiou por cima da elevação e sinalizou para Alaric se juntar a ele.

A protuberância que marcava a caverna estava a apenas uma dúzia de passos largos e inclinados, e três dos homens abatidos podiam ser vistos em volta dela.

— Você tem uma faca? — sussurrou Piros.

Alaric balançou a cabeça negativamente. Ele tinha, mas estava em sua sacola no acampamento dos homens abatidos.

— Pegue esta — disse Piros, puxando uma longa lâmina de sua manga e oferecendo-a, com o cabo virado para Alaric.

— Eu não mato pessoas — sussurrou o bardo.

— Tudo o que eu quero é ameaçá-los. Fantasmas com facas. Você acha que eles enfrentarão isso?

Alaric pegou a faca. Piros tirou outras duas das mangas. Alaric se perguntou quantas mais ele carregava.

— Siga-me — disse o líder da caravana, e se pôs de pé, pulou por sobre o topo da elevação e desceu correndo pelo outro lado, gritando. — Assassinos! Assassinos!

Alaric segurou sua faca e correu atrás dele.

Os três homens abatidos olharam para cima e começaram a gritar — gritos penetrantes e agudos, como de cachorros feridos. Eles se agarraram uns aos outros, como crianças amedrontadas, e os outros três saíram de baixo da protuberância e também começaram a gritar.

A essa altura, Piros já os tinha alcançado.

— Abaixem-se! — gritou. — Abaixem-se como os vira-latas que vocês são, com os rostos para o chão! Joguem poeira e pedra sobre suas cabeças e me implorem para não lhes dar a justiça que merecem!

Ele brandiu suas facas, e Alaric parou a alguns passos dele e começou a brandir a própria faca de uma maneira que ele esperava ser ameaçadora o bastante.

Os homens abatidos se agacharam profundamente, arrastando os dedos curvados e trêmulos na terra e jogando o que conseguiam pegar por sobre suas cabeças, gritando durante todo o processo.

— Silêncio! — bradou o líder da caravana.

Os gritos se transformaram abruptamente em um choro baixo, interrompido por tosses sufocantes.

— Quem deu a ordem? — exigiu saber Piros, e chutou a cabeça curvada mais próxima, uma, duas vezes. Como não houve resposta, ele cortou o ombro do homem com a ponta de uma das facas, rasgando tanto o tecido quanto a pele por baixo dele, e o sangue começou a manchar os trajes do homem. — Responda!

O homem ferido agarrou o ombro machucado e gemeu.

— Seu homem — disse um dos outros. — Foi o seu homem.

— Hanio — disse outro. — Ele disse que, se nós fizéssemos isso, poderíamos voltar para a vila. Voltar para nossas famílias!

— Ele disse que eles iriam nos receber — disse outro ainda. — Alguma outra pessoa teria que colher o Pó!

Piros marchou por entre o grupo de homens agachados e eles não fizeram nenhuma tentativa de detê-lo, apenas o seguiram com seus olhares. Alaric os contornou, perguntando-se quanto tempo o terror deles os impediria de adivinhar que ele e Piros não eram espíritos.

Hanio estava esperando abaixo da protuberância, com as costas contra a porta que selava a caverna. Ele também tinha um par de facas, lâminas longas e terríveis.

— Então existe outra saída — disse. — E o veneno é uma mentira.

Piros balançou a cabeça, negando.

— Você nos matou.

— Eu acho que não — disse Hanio, e chutou uma pedra na direção de Piros. Ela atingiu a bota macia do líder da caravana onde ela aparecia por baixo de seus trajes. — Você ainda é de carne e osso.

Piros franziu as sobrancelhas.

— Onde está meu filho?

— Se foi — disse Hanio. Gesticulou para o sul com a ponta de uma das facas. — Para onde sempre quis ir.

Piros não tirava os olhos do homem.

— Ele sabia o que você planejava?

— É claro que sim. Você acha que ele gostava da prisão que você fez a vida dele se tornar?

Alaric podia ver Piros segurando as facas com mais força, suas juntas brancas de tensão.

— Eu teria dado tudo a você algum dia — disse ele —, não para ele.

— Algum dia, daqui a vinte anos — respondeu Hanio. — E até lá eu teria que aguentar a loucura dele. Eu cansei. Cansei há muito tempo.

Piros deslizou para um dos lados do abrigo nas rochas, até estar junto à parede.

— Então é assim que ficamos.

— Dois contra um — disse Hanio.

— Sete contra dois — respondeu Piros. — Você mesmo definiu as chances.

Hanio balançou a cabeça.

— Eles acham que você está morto. Eles fugiram.

Piros não olhou para trás na direção dos homens abatidos que deixara agachados, mas Alaric não conseguiu evitar desviar o olhar para lá. Eles tinham ido embora.

— Parece que estamos sozinhos — disse ele.

Piros assentiu.

— Me avise se eles voltarem. Caso contrário, seremos apenas Hanio e eu — disse, e deu um único passo na direção de Hanio. — Quais dos outros o apoiam?

— Todos eles — respondeu Hanio —, quando eu voltar sem você.

E levantou uma de suas facas até a altura da cintura, mantendo a outra junto ao seu quadril.

Piros saltou, jogando as facas de Hanio para o lado, junto com as suas, e então os dois homens se chocaram contra a porta de madeira antes de caírem no chão em um emaranhado de vestes de deserto, com Hanio por cima. Alaric percebeu que estava prendendo a respiração, pronto para fugir da sua própria maneira, mas incerto o bastante para ficar por mais um instante, e por outro.

Então Piros empurrou Hanio para o lado e se pôs de pé, cambaleando. A lâmina em sua mão esquerda estava com sangue até o punho, e havia uma mancha crescente da mesma cor na barriga de Hanio. Piros limpou a faca ensanguentada na bainha dos trajes de Hanio e enfiou as duas lâminas de volta em suas mangas. Silenciosamente, Alaric lhe entregou a faca que ele lhe emprestara e ela também foi para dentro de uma das mangas.

— Vamos deixá-lo aí para que os aldeões o enterrem — disse Piros. — Ou talvez eles só o ponham ao sol para secar. Agora, ao meu filho.

Começou a andar de volta para a elevação. Alaric o seguiu.

— O que você fará com ele? — perguntou.

No topo, Piros se virou e olhou para o sul, e Alaric parou ao seu lado e fez o mesmo. A cidade fantasma estava lá, como tantas vezes antes, e entre ela e eles, quase invisível contra o chão pálido do deserto, via-se uma pequena forma com um turbante escuro na cabeça.

— Me pergunto quanto do Pó fresco deram para ele — divagou Piros. — É mais forte quando está fresco. Ele provavelmente vê torres de alabastro e jardins de flores desabrochando onde nós vemos formas que poderiam muito bem ser nuvens. E talvez veja até mesmo barcos na água.

Ele respirou profunda e pesadamente.

— Foi o que eu vi. E me assustou tanto que nunca usei o Pó novamente.

— Nós podemos trazê-lo de volta — disse Alaric.

— Nós podemos — disse Piros. — Mas eu não precisava que Hanio me dissesse que o garoto sabia. Se não soubesse, eles o teriam jogado dentro da caverna junto conosco. Hanio sempre foi um homem cuidadoso. Um bom subordinado que nunca deixava nada para o acaso. Se ele decidiu matar você para não deixar testemunhas, não teria poupado Rudd.

— Você não pode ter certeza disso — disse Alaric. — Hanio podia estar mentindo para obter vantagem durante a luta. Ele pode ter confiado no Pó para confundir a mente do garoto.

Ele apertou os olhos contra o sol, medindo a distância. Seria uma jornada fácil o bastante com seu poder especial, e se agarrasse o garoto bem rápido, enquanto ele estivesse surpreso demais para lutar, a volta também seria fácil.

— Piros — chamou Alaric —, ele é seu filho.

Piros riu suavemente, de maneira triste.

— Ele é filho do Pó. E eu também já cansei de controlar sua prisão.

Respirou fundo de novo e se virou na direção contrária ao sul, à cidade, ao seu filho.

— Deixe que ele vá em busca do que seu coração deseja.

Começou a descer a elevação ao norte, na direção do agrupamento de cabanas dos homens abatidos. Alaric correu atrás dele.

— Piros...

O chefe da caravana continuou a andar.

— Não é um fim bom o bastante para a sua canção, bardo?

— Um final perfeito para uma canção — disse Alaric —, mas não para a vida de um homem. Você o deixará lá para morrer porque o Pó está confundindo a mente dele?

— Se você for atrás dele — avisou Piros —, ele se tornará o seu fardo. É isso que você quer?

Alaric engoliu com dificuldade.

— Piros... Eu não posso deixá-lo morrer.

Piros balançou a cabeça.

— Eu não pensei que você fosse um tolo, bardo, mas parece que você é.

Em um piscar de olhos, Alaric estava andando em direção ao sul, alguns passos atrás do filho de Piros.

— Rudd! — gritou.

O jovem mal olhou por sobre os ombros. Ele não parecia surpreso em ver Alaric.

— Volte — disse o bardo. — Não há nada lá. Não existe uma cidade.

— Você ouviu demais o meu pai — respondeu Rudd. — Ele sabia que existe uma cidade, mas ela o assustava, então ele negava a sua existência.

— É uma ilusão — disse Alaric. — Um truque do deserto. Eu a vi quase todos os dias, e ela sempre desaparece em algum momento.

— Ela não vai desaparecer para mim.

Ele acelerou o passo, como se para alcançá-la antes que ela sumisse.

Alaric parou e deixou o espaço entre ele e Rudd aumentar. A cidade estava lá, logo à frente, tentadoramente indistinta, mas ainda assim lá. Piros havia dito que ela era uma ilusão, e Alaric havia aceitado aquilo, mas e se fosse outra coisa? E se *existisse* uma cidade — algum tipo de cidade — lá na frente? E se Rudd estivesse certo? Ele mediu a distância até ela e pulou em sua direção da sua maneira especial, um salto equivalente a uma caminhada de um dia e meio de um homem pelo deserto. Quando olhou para trás, não pôde mais ver Rudd, mas, à sua frente, a cidade permanecia tão longe quanto antes. Mais um salto. Dois. Três. No décimo, a cidade tinha sumido, apesar da camada de água que a circulava ainda se espalhar de maneira sedutora pelo deserto ao longe. Mais alguns saltos mostraram que a água continuava a recuar.

Ilusão, tudo ilusão. Agora tinha certeza, e se sentiu tanto desapontado quanto um pouco envergonhado por ter-se deixado acreditar no contrário, mesmo que por pouco tempo. Voltou para o ponto inicial, agora algumas dúzias de passos atrás de Rudd, e correu para alcançar o garoto.

— Ainda aqui? — perguntou Rudd.

— Eu vou andar com você — disse Alaric —, e, quando a cidade desaparecer, nós voltaremos.

— Voltar para o quê? Hanio controla a caravana agora, ele não vai me querer lá — disse, e olhou para Alaric. — Sim, eu sei que meu pai está morto, e que você também está. Você é uma ilusão, mas aqui está você. Por que eu deveria acreditar em você, e não na cidade?

Alaric não tentou responder a pergunta. Em vez disso, disse:

— Eu estou aqui para levá-lo de volta para a terra dos vivos. Para a taverna do seu tio, se você assim desejar.

Rudd remexeu em uma dobra em seu traje e tirou uma bolsa de couro daquelas nas quais se carrega moedas. Mas, quando enfiou seus dedos nela, eles saíram com uma pitada do pó cinza, que ele logo lambeu.

— Eu estou na terra dos vivos — disse ele. — E a cidade irá me receber.

— Rudd...

O garoto estendeu a bolsa para Alaric.

— Os mortos podem aproveitar o Pó?

Alaric balançou a cabeça negativamente.

— É uma pena — disse Rudd. — Há bastante Pó na cidade.

Ele fechou a bolsa e a guardou.

— Há bastante Pó na caravana — rebateu Alaric. — Volte para ela comigo.

Ele pegou no braço de Rudd, logo acima de seu cotovelo.

Rudd parou abruptamente e olhou para a mão segurando seu braço.

— Não é mesmo uma ilusão — murmurou.

Ele sacudiu o braço, liberando-se, e empurrou o bardo para longe. Então deu alguns passos para trás, puxou uma faca de sua manga e a brandiu na direção de Alaric.

Alaric pulou para o lado, lutando contra seu instinto de desaparecer.

— Então você pode morrer duas vezes — disse Rudd, e avançou contra ele.

Um segundo depois, Alaric estava no Norte. A seus pés estava a faixa de pedra com os ossos humanos espalhados. Ele respirou fundo e saltou de volta para um ponto a uma dúzia de passos do garoto.

— Rudd! — gritou. — A cidade não quer você. Ela me mandou para mantê-lo longe dela!

O garoto se virou.

— Mentiroso! — gritou — Ela sempre me quis!

Então ele se virou de volta para o sul e continuou a sua marcha.

— Rudd!

O rapaz não respondeu dessa vez.

— Rudd — disse Alaric, em tom mais gentil.

E ele observou por um longo tempo enquanto a figura do garoto diminuía na distância e a cidade fantasma acenava além dele, inatingível. Quando Rudd se tornou não mais que um ponto na grande paisagem do deserto, Alaric voltou para o agrupamento de tendas dos homens abatidos.

Piros estava lá, sozinho com os camelos, inspecionando as amarras dos vários sacos de Pó. Ele ergueu o olhar quando Alaric se aproximou.

— Ele não quis vir?

Alaric balançou a cabeça negativamente.

— Eu não achei que quisesse — disse, e acariciou o pescoço do camelo ao seu lado. — Nós partiremos agora. Já estivemos fora por tempo mais que suficiente.

Alaric olhou para a esquerda e depois para a direita.

— E os homens da colheita?

— Fugiram — disse Piros. — Talvez de volta para o príncipe deles, com alguma história sobre a nossa magia, se eles ousarem contar. Ele vai colocar a culpa no Pó, eu diria. Ou talvez eles só estejam no deserto, esperando que a gente vá embora. Não importa. Não precisamos mais deles. Temos Pó suficiente até a próxima viagem. E eu aposto que eles terão esquecido tudo isso no ano que vem.

— E nós dois?

— De volta para a vila para continuar a nossa jornada. Guarde um pouco daquela carne de cabra para amanhã.

Alaric raspou alguns restos dos ossos e os enrolou em um saco que antes tinha guardado pão. Enfiou o saco em uma das cestas na lateral de Folero. Quando terminou, Piros já estava em cima do próprio camelo.

— Quantos dos outros você acha que sabiam? — perguntou Alaric enquanto Folero se ajoelhava para deixá-lo montar nela.

— Não importa — respondeu Piros. — Eles seguirão aquele que voltar.

Seu lábio se curvou, mas não havia humor em sua expressão.

— Você acha que esta é a primeira vez que alguém tentou me matar?

Alaric franziu as sobrancelhas.

— É um comércio valioso — disse Piros. — E os homens são bem pagos no final. Mas às vezes alguém quer ser mais bem pago ainda. Até hoje, Hanio tinha sido aquele que esteve ao meu lado. Eu achava... Bem, não importa o que eu achava. Folero está esperando por você.

Alaric montou e o camelo se pôs de pé com a combinação estranha de falta de jeito e elegância à qual Alaric tinha se acostumado.

— Você está deixando seu filho lá — disse Alaric. — Talvez nós dois juntos consigamos convencê-lo.

— Eu não tenho filho — disse Piros.

Ele deu um puxão nas rédeas de seu camelo. O animal começou a se mover na direção norte. Os outros, ligados a ele por uma linha de cordas, começaram a se mover junto com ele. Piros olhou para trás, na direção de Alaric, e fez um gesto para que o seguisse.

— Mas isso pode ser corrigido, com o tempo.

Enquanto cavalgava no fim da caravana em miniatura, Alaric não podia deixar de pensar que Piros não havia falado sobre escolher uma nova jovem esposa.

No decorrer do dia seguinte, enquanto seguiam para o norte, toda vez que o bardo olhava para trás, ele via a cidade fantasma no horizonte, acenando, mas permaneceu com Piros e tentou não pensar no rapaz que tinha respondido ao seu chamado mas que nunca iria alcançá-la. A canção já estava se formando em sua mente, uma história comovente, perfeita para longas noites de inverno ao lado de uma fogueira ardente bem, bem longe do deserto. Algum dia poderia cantá-la sem imaginar o que mais ele poderia ter feito para mudar o seu final.

GALHO ENVERGADO

JOE R. LANSDALE

Tradução de Carol Chiovatto

Prolífico autor texano, Joe R. Lansdale venceu os prêmios Edgar, British Fantasy, American Horror, International Crime Writer e nove prêmios Bram Stoker. Embora ele talvez seja mais conhecido por histórias de terror/thriller, como *The Nightrunners*, *Bubba Ho-Tep*, *The Bottoms*, *The God of the Razor* e *The Drive-In*, também escreve a popular série de mistério de Hap Collins e Leonard Pine — *Savage Season*, *Mucho Mojo*, *The Two-Bear Mambo*, *Bad Chili*, *Rumble Tumble*, *Captains Outrageous* —, romances de faroeste, como *The Magic Wagon*, e romances que perpassam diversos gêneros, totalmente inclassificáveis, como *Zeppelins West*, *The Drive-In*, e *The Drive-In 2: Not Just One of Them Sequels*. Entre seus outros romances incluem-se *Dead in the West*, *The Big Blow*, *Sunset and Sawdust*, *Act of Love*, *Freezer Burn*, *Waltz of Shadows* e *Leather Maiden*. O autor também contribuiu com romances para séries como *Batman* e *Tarzan*. Seus muitos contos foram reunidos em várias coletâneas, incluindo uma seleção de textos já publicados, *Flaming Zeppelins: The Adventures of Ned the Seal*. Como editor, publicou as antologias *The Best of the West*, *Retro Pulp Tales*, *Son of Retro Pulp Tales* (com Keith Lansdale), *Razored Saddles* (com Pat LoBrutto), *Dark at Heart: All New Tales of Dark Suspense* (com sua esposa, Karen Lansdale), *The Horror Hall of Fame: The Stoker Winners* e uma antologia em homenagem a Robert E. Howard, *Cross Plains Universe* (com Scott A. Cupp). Suas obras mais recentes são dois novos romances sobre Hap e Leonard, *Vanilla Ride* e *Devil Red*, assim como os contos *Hyenas* e *Dead Aim*, os romances *Edge of Dark Water* e *The Thicket*, duas novas antologias — *The Urban Fantasy Anthology* (editada com Peter S. Beagle), e *Crucified Dreams* — e três novas coleções, *Shadows West* (com John L. Lansdale), *Trapped in the Saturday Matinee*, e *Bleeding Shadows*. Ele vive com a família em Nacogdoches, no Texas.

Aqui ele envia seus dois personagens mais populares, Hap e Leonard, em uma missão intricada e perigosa para resgatar uma donzela em perigo — embora não do tipo que você costuma encontrar em contos de fadas.

GALHO ENVERGADO

Uma aventura de Hap e Leonard

Quando cheguei do trabalho naquela noite, Brett, minha ruiva, estava sentada à mesa da cozinha. Ela não tinha plantão no hospital naquela semana, portanto fiquei surpreso ao vê-la de pé. Eram duas da manhã. Eu havia acabado meu turno de trabalho de vigilante noturno na fábrica de ração para cachorros, esperando que meu companheiro Leonard voltasse logo de Michigan, para onde fora atrás de alguém em algum caso, contratado pelo nosso amigo Marvin e por sua agência de detetives. Nós fazíamos esse tipo de bico de vez em quando.

Não havia trabalho para mim naquela ocasião e, já que Leonard estava sem trabalho nenhum e precisava de dinheiro mais do que eu, ele aceitara a oferta. Eu tinha um bico na fábrica de ração para cachorros. Era tranquilo, mas bem chato. A coisa mais empolgante que eu fizera fora perseguir uns ratos que encontrara no galpão do estoque, roendo alguns sacos de ração, roubando comida da boca do cão, por assim dizer. Aqueles ratos aprenderam a não mexer comigo.

Eu alimentava esperanças de que Marvin teria algo para mim, para que pudesse largar aquilo, mas até então, nada. Pelo menos tinha na minha carteira o salário daquela semana na fábrica de ração para cachorros.

— O que você está fazendo de pé? — perguntei.

— Me preocupando — disse ela.

Sentei-me à mesa com ela.

— Nós temos dinheiro suficiente, certo?

— Nós temos bastante, para variar. É a Tillie.

— Ah, merda.

— Não é como antes — declarou Brett. O que ela queria dizer era um pouco da coluna A e um pouco da coluna B.

A coluna A foi quando ela se aproximou de um grupo de motociclistas num bar local e foi arrastada para ser feita de prostituta, em parte de propósito, já que era sua profissão, em parte contra sua vontade, porque não planejavam pagá-la. Nós tivemos de resgatá-la disso, eu, Brett e Leonard. Depois ela fugiu e se meteu em uma série de problemas domésticos lá em Tyler, mas Brett a tirava desse tipo de coisas, ou pelo menos conseguia impedir a catástrofe por um tempo. Toda vez que Brett mencionava Tillie, significava que ela faria a mala, tiraria uma folga e partiria por alguns dias para ajeitar alguma coisa estúpida que nunca nem devia ter acontecido. Como a moça era filha de Brett, eu tentava me importar. Mas ela não gostava de mim e eu não gostava dela. Só que eu amava Brett, então tentava apoiá-la tanto quanto possível, mas ela sabia como eu me sentia.

— Você precisa ir por uns dias? — perguntei.

— Pode ser que eu demore mais.

— Como assim?

— Ela sumiu.

— Não seria a primeira vez que ela se manda por um tempo. Você sabe como é. Vai embora sem falar nada, volta sem dizer nada, a menos que precise de dinheiro ou que uma bomba tenha estourado.

— Não é tudo culpa dela.

— Brett, amor, não me venha com essa de que você não foi uma boa mãe.

— Não fui.

— Você mesma era jovem, e acho que não foi tão ruim assim. Você teve alguns incidentes e fez o que podia por ela. Ela é uma encrenca por escolha própria.

— Talvez.

— Mas você não está convencida.

— Não importa. Ela é minha filha.

— Você me pegou agora — respondi.

— Recebi uma ligação de uma amiga dela. Você não a conhece. Seu nome é Monica, e ela é boazinha. Acho que tem mais juízo do que Tillie. Eu a conheci quando fui lá da última vez. Tem sido um bom exemplo para minha menina. Acontece que eu meio que pensei que Tillie estava tomando jeito e andei mantendo contato com a Monica. Ela ligou para dizer que as duas iam ver um filme, uma noite só de garotas. Só que Tillie não apareceu. Não ligou. E isso foi três dias atrás. Monica disse que, depois que a raiva passou, começou a se preocupar. Disse que o cara com quem Tillie vive pode ser o problema. Ele costumava agenciar putas, e Tillie poderia voltar para aquela vida com facilidade. Quer dizer... Bem, o cara tem uns problemas com drogas... e Tillie também, às vezes. Ele pode ter ficado violento com ela. Pode ter tentado ganhar algum dinheiro com ela, ou pode ter entrado numa fria e ter arrastado Tillie com ele.

— Monica acha que ele está prendendo Tillie em casa?

— Talvez pior.

— Achei que ele era tranquilo.

— Eu também — disse ela. — Mas, ultimamente, não muito. No começo, era quase um Príncipe Encantado, um ex-drogado que estava indo bem, então de repente ele não queria mais que ela saísse de casa, nem que entrasse em contato com ninguém. Não queria que visse a Monica. Mas Monica acha que é porque ele andava escolhendo quem Tillie deveria ver.

— Prostituição — murmurei.

Brett aquiesceu.

— É, é assim que esse tipo de cara age. Como se se importasse com você, ou como se tivesse os mesmos problemas, e aí, quando Tillie vê, está viciada em coca de novo e vendendo o rabo, e logo depois não ganha dinheiro nenhum com a venda. Ele fica com tudo.

— O cafetão fica com tudo, mantém a garota drogada e faz o dinheiro continuar entrando.

— É — disse Brett. — Exatamente. Já aconteceu com ela antes, e então, você sabe...

— Você está achando que pode acontecer de novo.

— É. Estou.

— Claro, isso não importa, e pode não ter sido planejado. Ele pode só ter caído do penhasco e a puxado enquanto caía. E, depois de ter conseguido o prêmio que queria, não quis dividi-lo nem exibi-lo por aí.

— Ele gostava de exibi-la no começo — disse Brett. — Gostava que ela se vestisse de um jeito sensual, e, se todo mundo olhasse, ficava louco. Ela era dele, mas queria fazê-la desfilar e que ninguém olhasse para o desfile. Depois, quis trazer pessoas para o desfile. Talvez quando seu vício ficou pior. Não sei. Não ligo. Eu só quero saber se ela está bem.

— E você quer que eu verifique?

— Eu quero que a gente verifique.

— Primeiro preciso voltar lá na fábrica, sair e ficar com o prejuízo.

— Aviso prévio curto — disse Brett.

— Eu sei — murmurei. — Mas aconteceu o mesmo com esse assunto.

Era estranho sair para resolver uma coisa daquelas sem o Leonard. Eu gostava de tê-lo por perto naquele tipo de circunstância. Ele me ajudava a fortalecer minha força de vontade. Gostava de pensar que já era bem firme naquela área, mas nunca dói ter seu irmão de outra mãe do seu lado para ajudar a se sentir confiante.

Tillie vivia bem nos arredores de Tyler, entre lá e Bullock, uma vila fora da cidade. Tyler não era grande coisa perto de Dallas ou Houston, mas era uma cidade interiorana grande, ou como uma capital pequena, dependendo de como você gosta de rotular as coisas. Mais ou menos cem mil pessoas, com muito tráfico, imigrantes ilegais e estudantes universitários. Gostavam de contratar os imigrantes para fazer trabalhos baratos, e usá-los para bode expiatório em toda situação possível, esquecendo-se de que sequer estariam lá para serem culpados caso não tivessem recebido ofertas de emprego, para início de conversa.

Quando chegamos à casa de Tillie, encontramos dois carros na garagem.

— Esses são os carros de Tillie e de Robert — disse Brett. — Os carros dos dois estão aqui.

Fui até lá e bati na porta da frente, mas ninguém atendeu. É difícil explicar, mas às vezes você bate e sabe que tem alguém lá dentro, e às vezes tem uma sensação oca, como se estivesse batendo numa caveira clareada pelo sol, achando que vai acordar o cérebro que não está mais lá dentro. E às vezes você está errado pra cacete e quem quer que esteja lá dentro está se escondendo. Eu me lembro da minha mãe fazendo isso às vezes, quando algum credor aparecia. Sempre me perguntei se eles sabiam que estávamos lá dentro, nos escondendo para não pagar o aluguel com dinheiro que ainda não tínhamos, mas que íamos pagar, nos escondendo para não pagar o carro, esperando que não o levassem embora.

Dei a volta e bati, mas de novo não recebi resposta. Contornei a casa com Brett e olhamos pelas janelas, onde havia janela pela qual olhar. A maioria encontrava-se coberta com persianas ou cortinas, mas a da cozinha, nos fundos, estava com as cortinas recolhidas e conseguimos ver a parte de dentro, colocando as mãos ao redor do rosto e pressionando-as contra o vidro. Só que não havia nada para ver.

Finalmente, voltamos para meu carro e nos apoiamos no capô.

— Você quer que eu entre? — perguntei.

— Não sei — respondeu ela. — Eu chamei a polícia ontem. Era o escritório do xerife, mas eles não fizeram nada.

— Eles não dão atendimento vinte e quatro horas? — indaguei.

— Na verdade, dão. Mais até. Mas é que eles já lidaram com ela antes. — Eu não sabia de todos os detalhes, mas já havia deduzido aquilo. Tillie costumava se meter em encrencas, fugir de vez em quando, então eles não iam gastar mão de obra para caçar uma mulher que às vezes é prostituta e usuária de drogas e é sempre um pé no saco.

— Tá bom — falei. — Vou tomar uma decisão executiva. Vou invadir a casa.

Havia outras casas na rua, mas nenhum movimento, e não vi ninguém afastando as cortinas para espiar, então peguei no porta-luvas o conjunto de ferramentas de fechadura, que uso com a agência às vezes, voltei para os fundos e comecei a trabalhar. Não arrombo fechaduras muito bem e, para dizer a verdade, raramente é igual à TV, pelo menos para mim. Sempre leva um tempo. Aquela porta foi bem fácil, então me tomou só uns cinco minutos, e depois eu e Brett entramos.

— Tillie. Robert. É a mamãe — chamou Brett.

Ninguém respondeu. As palavras dela ricochetearam nas paredes.

— Fique perto da porta — adverti-a.

Atravessei a casa, olhei em todos os quartos. Não havia ninguém ali, mas na sala de estar uma cadeira e uma mesa de centro encontravam-se viradas; uma bebida espirrara no chão e se tornara pegajosa. Havia um copo quebrado ali perto. Voltei e contei a Brett o que vira.

— Talvez agora a gente consiga a atenção da Justiça — comentei.

Do lado de fora, nos fundos, vi uma trilha fina de gotas de sangue. Não a notara antes, mas agora, saindo da casa e com o sol na altura certa, consegui enxergá-la. Parecia que alguém derrubara rubis de tamanhos diferentes na grama. Eu disse:

— Brett, querida, vá para o carro e sente-se atrás do volante. Aqui estão as chaves caso você precise ir embora. E, se precisar, vá. Não se preocupe comigo.

— Besteira — disse ela. — Vamos pegar a arma no porta-luvas.

Eu tenho porte de arma, mas raramente a levo comigo. O fato é que não gosto da ideia de usar uma, mas em meu trabalho — e não estou falando só do de vigilante da fábrica de ração para cachorros — às vezes é necessário.

Fomos até lá, pegamos a pistola do porta-luvas, um revólver de estilo antigo, e seguimos as gotas de sangue.

A trilha levava até o bosque e sumia logo adiante. Seguimos o rastro um pouco mais e avistei o ponto em que algo fora jogado nos arbustos, esmagando-os. Fomos até lá e encontramos um corpo no chão. Jazia deitado de bruços. Eu não deveria tê-lo movido, mas cutuquei-o com o pé a fim de virá-lo. O rosto que me encarava era o de um jovem e tinha os olhos cheios de formigas. O nariz da vítima encontrava-se achatado e arranhado no local em que fora arrastado pelo chão. Havia um buraco de bala em seu peito, ou foi o que presumi. Já vira alguns, e aquele tiro fora dado bem no bolso da camisa. Consegui ver outro em seu flanco direito. Deduzi que um tiro o ferira, o rapaz tentara fugir e quem quer que fosse o alcançara e atirara nele outra vez, depois o arrastara até os arbustos. Também notei que o homem tinha tatuagens nos dois braços inteiros, e não muito boas. Pareciam ter sido feitas por um bêbado tentando escrever em sânscrito e hieróglifos. Ou isso, ou um companheiro de cela.

Brett estava em pé bem ao meu lado e disse:

— É ele.

— Você quer dizer Robert, o namorado de Tillie.

— Sim — disse ela, começando a olhar ao redor. Eu fiz o mesmo. Meio que esperava ver o corpo da filha dela, mas não vimos. Voltamos para a casa e a atravessamos sem mexer em nada além da maçaneta, para o caso de termos perdido Tillie na primeira passagem, enfiada embaixo de uma cama, em um armário ou no congelador. Eles não tinham um congelador, e ela não se encontrava debaixo da cama nem em um armário.

Coloquei minha pistola de volta no porta-luvas do carro e liguei para a polícia.

O que eles nos mandaram foi um jovem vestindo um par de calças grandes e um distintivo tão brilhante quanto o sonho natalino de uma criança. Tinha no quadril uma arma grande o suficiente para me fazer pensar que ele poderia estar esperando que elefantes causassem problemas. Também tinha um chapéu de caubói que parecia alto demais, de aba larga demais. Ele parecia alguém brincando de polícia e ladrão. Disse-me que era um agente.

Havia outro cara com ele, mais velho, sentado no banco do passageiro. O jovem saiu e o mais velho não. Ele apenas abriu a porta e ficou sentado lá. Parecia um homem aguardando a aposentadoria, sem muita certeza de que conseguiria. Devia ter uns quarenta anos, mas havia algo em seu rosto que o fazia parecer mais velho. Esse homem trazia uma arma menor no quadril; eu conseguia vê-la claramente, e ele estava com um chapéu de caubói sobre o joelho.

O mais jovem colheu nosso depoimento. Parecia interessado e escreveu algumas coisas em um bloco de notas. Eu lhe disse que tinha uma arma no porta-luvas e que possuía porte de arma, só para que as coisas não ficassem ruins no caso de eles a encontrarem mais tarde. Depois de um tempo, o homem mais velho saiu do carro e veio até nós.

— Você anotou isso tudo, Olford?

— Sim, senhor — disse o agente.

Foi quando vi que o cara à nossa frente tinha um distintivo que dizia "xerife". Parecia muito aquele tipo de distintivo que costumamos comprar quando crianças, aqueles que vinham com arminhas de brinquedo e sem o chapéu, que você tinha de comprar separado.

Ele nos fez as mesmas perguntas, acho que só para ver se tropeçaríamos. Não olhou muito para mim enquanto eu respondia. Ele não tirava os olhos de Brett. Não o culpava. Ela estava com uma aparência ótima, como sempre. Cabelo ruivo comprido, caindo sobre os ombros, um corpo incrível, firme por causa dos exercícios, e o tipo de rosto que faria a Mulher Maravilha bater na própria cabeça com um martelo.

— Venha comigo — pediu-me o xerife.

— Eu vou também — disse Brett. — Não sou uma violeta murcha.

— Aposto que não — respondeu o xerife. — Olford, vá se sentar no carro e organize suas anotações.

— Elas estão organizadas, xerife — disse Olford.

— Vá se sentar no carro mesmo assim.

Seguimos por um caminho. O xerife, que havíamos descoberto chamar-se Nathan Hews, continuou:

— Olford é o menino do prefeito. O que posso fazer?

— Ele conseguiu o uniforme com a Legião da Boa Vontade? — perguntei.

— Não seja desrespeitoso — disse o xerife. — Ele roubou aquilo de um varal de roupas.

Chegamos até o corpo. Eu disse:

— Eu o virei.

— Não devia ter feito isso — disse o xerife Hews.

— Eu sei. Mas foi para verificar se estava morto.

— Quando eles têm essa aparência, tanto faz se de bruços ou de barriga para cima, você sabe que estão mortos.

— Talvez.

— Você sabe de alguma coisa — afirmou o xerife. — Você contou a história, disse quem vocês dois são, então fiz umas ligações, verifiquei alguns fatos. O chefe lá em LaBorde disse que você é um pé no saco. Que você costuma andar com um negro chamado Leonard.

— Sim, esse sou eu — declarei. — Quer dizer, eu ando com um homem negro chamado Leonard. Não sei nada sobre a parte do pé no saco.

— Acho que sabe. O chefe me disse umas coisas.

— Tagarela — murmurei.

Quando terminamos de examinar o corpo, voltamos para o carro. O xerife fez Olford pegar uma câmera na viatura e tirar umas fotos.

— Não temos uma equipe de verdade — disse ele. — Só há eu, Olford, outro agente e um expedidor. Mas às vezes conseguimos umas rosquinhas de graça.

— É assim que se mantém a forma — comentei.

— Pode apostar — disse ele e olhou para Brett. — Você parece estar bem, considerando que sua filha sumiu e um homem foi morto.

Ele ainda brincava conosco, tentando descobrir se tínhamos algo a ver com o negócio que ocorrera.

— Acredite em mim — disse Brett. — Estou morrendo de preocupação.

Tivemos de ficar em um motel por algumas horas antes de o xerife aparecer sem informações.

— Não encontramos sua filha — disse a Brett. — Isso pode ser uma boa notícia.

— Pode ser — murmurou Brett. O que o xerife perdeu em sua ausência foi Brett desmoronando e chorando, mas ele provavelmente conseguia notar isso pelo vermelho dos olhos dela. Brett ouviu o que ele tinha a dizer, foi até o banheiro e fechou a porta.

— Escute, vou direto ao ponto com você — disse para mim. — Vou lhe dizer o que você provavelmente já deduziu. Sou um xerife de meia-tigela em uma cidade de meia-tigela, com dois agentes que estão trabalhando em seu primeiro caso de assassinato. Eles são mais adequados para perseguir gatos e cachorros renegados e para descobrir quem roubou aquelas bolachas de água e sal do jardim de infância. Se tivéssemos um. Não estou lhe dizendo para ir atrás sozinho, e uma jurisdição superior pode ser trazida pra isso. Mas se eu fosse você, pelo que sei a seu respeito... Vou lhe dizer na surdina, que é o que estou fazendo agora, só para o caso de você não perceber... Dê uma procurada por conta própria.

Eu concordei e perguntei:

— Você faz alguma ideia de onde posso começar?

— Disse que era um xerife de meia-tigela, mas já trabalhei na cidade. Vim para cá para ver menos corpos. Até agora, vi menos. Esta é a primeira morte que não é um suicídio em cinco anos. A vítima é Robert Austin, que era procurado por causa de alguma merda. A menina, a filha da sua mulher, dizem que ela fazia uns trabalhos, se entende o que quero dizer.

— O que dizem provavelmente é verdade.

— Esse cara, o Robert, vendia drogas e vendia a moça. Numa cidade como esta, as pessoas que usavam os serviços dela... Bem, todos sabem. Todo mundo aqui sabe o tamanho da bosta do vizinho e sabem dizer de quem é o fedor. Acontece que Robert estava vendendo drogas para Buster Smith. Buster tem uma casa chamada Ópera Gospel em Marvel Creek.

— Nasci lá — comentei.

— Então você conhece o lugar. Costumava ser duro como um degrau e afiado como uma navalha. Toda aquela bebida por lá estava a meio quilômetro do inferno. Agora é uma cidadezinha conhecida por antiguidades e todos os fortões se mandaram. A Ópera Gospel... bem, dizem que é um disfarce do velho Buster. O povo de Marvel Creek vê o cara como um homem de negócios devoto. Já eu o vejo como um homem que traz má fama aos cristãos de verdade como eu.

— Certo — repliquei.

— Ele tem uns cinquenta anos, cabelo penteado para trás e temperamento tranquilo. Usa horríveis casacos esportivos xadrez o tempo todo. Eu o encontrei uma ou duas vezes, quando estava naqueles lados. Até fui à ópera uma vez. Bom entretenimento. Mas continuavam comentando sobre ele, e, embora sejam rumores, comecei a acreditar. Ele é um malandro que aparentemente vive uma vida simples, dando uma de santinho enquanto faz o serviço feio nos fundos. Ele tem todo mundo que importa na palma da mão. Outra coisa: tem um cara chamado Kevin Crisper que sai pra curtir no Go-Mart daqui, senta num banco na parte da frente. É o lugar dele. Kevin faz seu tráfico de drogas lá, e dizem que trabalha pro Buster, embora não possamos provar. Eu fico de olho nele, mas até agora não o vi fazendo nada que não devesse. Ele tem um ou dois caras que o ajudam. Todos eles têm umas manchas na ficha criminal, mas nada que os mantenha atrás das grades. Quer dizer, eu sei o que estão fazendo, mas não posso provar. Não posso fazer com eles o que precisa ser feito. Só sei que Kevin Crisper vende mesmo drogas e fica com uma porcentagem. Buster fica com a maior parte porque é quem fornece a mercadoria. Pelo menos os narcóticos. Tillie, e quero dizer isso antes que a sua namorada volte, era uma profissional liberal, mas dizem que estava afundando bastante nas drogas e que talvez não soubesse quando ia cagar ou ficar cega. Estava lá no fundo da zona dos mortos, com uma ou duas células cerebrais para mantê-la viva, e só. Robert pode ter andado arrendando a moça através desse Kevin. Provavelmente estava. E Tillie, como eu disse, poderia muito bem ter sido uma boneca inflável explosiva, do jeito que a cabeça dela estava uma baderna.

— E você sabe tudo isso e não pode fazer nada? — perguntei.

— Isso mesmo — declarou ele. — Não é ótimo? Ouça aqui, o chefe de LaBorde disse que você é mais esperto do que parece, então estou pensando no que disse antes. Tem coisas que você pode fazer que eu não posso. A lei e tudo mais. Mas, se você for pego fazendo, eu não lhe disse para fazer, e, se você disser que eu disse, vou chamá-lo de mentiroso de uma figa. Vou até prender você. O que acha dessa forma moderna de coação legal?

— Consigo viver com ela — declarei.

Depois de algum esforço, finalmente convenci Brett a me deixar levá-la para casa. Liguei para Leonard de meu celular, mas ele não atendeu. Deixei-lhe uma mensagem. Dirigi para a região central de Bullock, que era uma rua transversal, fui até o Go-Mart e encontrei Kevin Crisper. Era um homem na casa dos quarenta que tentava parecer ter uns trinta. Tinha tatuagens parecidas com as de Robert. Kevin parecia um homem que fora encharcado e superaquecido em um micro-ondas. Uma pele como aquela fora vista pela última vez na múmia de Tutancâmon. Possuía braços musculosos, aquele tipo de músculos que não se conseguem em academias, compridos, filamentosos e enganosamente fortes. Andei até ele e disse:

— Ouvi dizer que você poderia me vender umas coisas.

— Umas coisas? — perguntou ele. — Que tipo de coisas? Parece que tenho algo a vender? Panelas e tachos? Talvez luvas ou sapatos?

— Me disseram que você tinha diversão. Um cara chamado Robert me disse. Você é o Kevin, certo?

— Sim, sou eu. — Kevin ergueu a cabeça e perguntou: — Quando Robert lhe disse isso?

Respondi com uma data anterior, só para o caso de Kevin ter alguma ideia de quando Robert batera as botas. E acrescentei:

— Ele disse que há uma garota que poderia me fazer uns favores, sabe. Por dinheiro.

— Você ouviu tudo isso, hein?

— Ouvi.

— Ele mesmo não se ofereceu para ajeitar as coisas para você?

— Disse que trabalhava para você e que eu deveria conversar com você.

— É engraçado ele ter dito isso — declarou.

— Olha, você tem a mercadoria e eu, não. Eu tenho dinheiro. Quero uns serviços. Gostaria de me divertir com uma garota e quero dar um jeito em mim. Você sabe o que quero dizer.

Ele assentiu.

— Digamos que eu saiba como pegar essa garota e os bagulhos que você quer para dar um jeito em si mesmo. Você acha que eu tenho isso comigo? Acha que eu tenho a boceta da garota no meu bolso junto com um pacote de pó?

— Seria conveniente se tivesse.

— Ouça, vou lhe dizer uma coisa. Eu gosto do Robert e, já que ele mandou você, tenho um lugar aonde você pode ir para pegar o bagulho e a garota. Não usamos motel. Só tem um por aqui, e todo mundo conhece todo mundo.

— Então onde é esse lugar?

— Você vai ficar por aqui hoje à noite?

— Posso ficar.

— Se você quer uma mina e um pouco de brisa doida, tem que ficar por perto.

— Brisa doida?

— O bagulho que estou vendendo. É uma mistura. Se você toma esse treco, seu pau fica duro e sua cabeça, alta, e você vai se divertir tanto que vai chegar em casa e bater na sua mãe.

— Forte assim?

— É o que ouvi. Eu não experimento essa merda em mim.

— Isso não é um bom argumento de venda — declarei.

— Ah, não é isso. Eu experimento a garota, é claro, mas o resto é produto, cara. Se você usa seu próprio produto, especialmente se ele está disponível, pode ficar na merda bem depressa.

Ele me deu um horário e um endereço. Agradeci e tentei parecer empolgado. Dirigi até o único café, estacionei na frente e fiquei sentado atrás do volante. Liguei para Leonard outra vez. Tinha alguma noção de que o assunto em Michigan estava quase resolvido, que ele deveria estar dirigindo de volta, e no Texas, àquela altura, mas parecia que a coisa lhe tomara mais tempo do que o esperado, porque de novo não recebi resposta. Deixei uma mensagem detalhada e até lhe disse onde eu deveria estar e a que horas. Repeti as instruções de Kevin. Entrei no estabelecimento e tomei um pouco de café e comi um sanduíche. Imaginei que poderia precisar estar fortalecido. Comprei um almoço para viagem e um cabo de machado na loja de conveniência e coloquei-o no carro, em seguida dirigi até o local em que deveria encontrar Kevin. Só que estava quatro horas adiantado.

Tentei falar com Leonard mais algumas vezes, deixando as mesmas instruções, mas o que quer que ele estivesse fazendo não envolvia ter seu telefone à mão. O endereço que Kevin me dera não ficava muito dentro do bosque, mas era fora da cidade, o que, é claro, se adequava ao seu tipo de serviço. Mas já que eu não achava que Tillie, talvez a única moça trabalhando na rede, por assim dizer, estivesse mesmo disponível, e já que eu sabia que Robert estava bem morto e suspeitava que Kevin soubesse também, pensei que não contaria com sua hospitalidade para trazer Tillie direto para mim. Eu, Brett e Leonard já a havíamos resgatado uma vez, alguns anos antes, de algo estúpido em que ela se metera e que parecia muito com aquilo, e, francamente, havia uma parte de mim que queria deixá-la se virar. Não podia fazer isso porque ela era filha de Brett. Esse era o principal motivo. O outro era o fato de eu ser eu. Parece que sou um desses caras que ajudaria um cão raivoso a atravessar a rua se julgasse que ele estava confuso quanto à direção.

Refleti a respeito das instruções que me haviam sido dadas e fiz o caminho contrário. Encontrei uma estradinha pela qual descer, uma trilha de caça, e depois um pequeno caminho que saía dela. Estacionei ali, esperando que ninguém encontrasse meu carro e concluísse que gostaria de ligá-lo e fugir dali com ele, ou apenas vandalizá-lo. Peguei meu revólver do porta-luvas, enfiei-o nas calças, atrás das costas, e puxei a camisa para cobri-lo. Peguei a comida extra que comprara no café, um hambúrguer com fritas e Coca diet em lata, coloquei o cabo de machado embaixo do braço e caminhei para onde havia entendido que seria o local do encontro.

Quando consegui ver a casa, que parecia bem frágil, enfiada na mata, tive certeza de que minhas suspeitas estavam confirmadas. Qualquer um que viesse ali esperando uma boceta e drogas era idiota. Eu não esperava nenhum dos dois, na verdade, mas era um idiota, porque estava ali. Fui até a casa e verifiquei a porta. Trancada. Dei a volta. A porta de trás estava trancada também, mas era fina. Pensei que aquela seria minha entrada de surpresa, derrubando a porta com um chute. Poderia fazer isso naquele momento e esperar por ele, mas, se ele viesse pelos fundos, ou se esse fosse seu modo preferido de entrar, o gracejo se voltaria contra mim.

Afastei-me, voltando a entrar na mata à esquerda do local, e encontrei uma árvore caída para me sentar. Servi-me da comida, que seria boa se você não tivesse papilas gustativas e seu estômago fosse feito de ferro fundido. Comi apenas um pouco das batatas fritas, oleosas o bastante para dar dor de barriga em uma estátua de jardim. Bebi a Coca diet e comi o hambúrguer. A carne pareceu suspeita, mas eu estava com fome. Sempre sentia fome quando imaginava que poderia matar alguém ou ser morto.

À medida que escurecia, mosquitos saíam de seus esconderijos e zumbiam, e alguns me picaram. Eu me perguntei se eles carregavam o vírus do oeste do Nilo, ou talvez algo pior. Espantei-os. Peguei um chato subindo pela perna da minha calça, dirigindo-se para as minhas bolas; senti orgulho de tê-las salvado.

Depois de um tempo, vi Kevin chegar de carro, estacionar e entrar na casa. Vi uma luz ser acesa. Ele não trouxe Tillie consigo, nem parecia ter nada consigo. Estava adiantado também. Pensei em esperar alguns minutos e surpreendê-lo. Olhei o relógio. Eu lhe daria alguns minutos para sentir-se seguro e então o surpreenderia. Claro que, se ele tivesse uma arma, o que com certeza tinha, seria eu o surpreendido. Claro que eu tinha uma também, mas, quando armas entram no jogo, qualquer coisa pode acontecer.

Pensei nisso e pensei naquilo e depois pensei que sentia algo gelado na base do meu crânio, e, já que estávamos no fim do verão, mesmo só tendo anoitecido havia pouco, sabia não se tratar de uma brisa fria.

Era o cano de uma arma.

Não consigo explicar o quanto me senti babaca. Ali estava eu, vigiando-os, e eles haviam me vigiado. Virei-me devagar. Um homem baixo e gordo com um rosto que parecia ter sido usado para prática de tiro ao alvo de mísseis, de tantos buracos, me dava um sorriso que demonstrava precisar de um tratamento dentário de quinze mil dólares.

— Eu poderia atirar em você, sabe? — disse ele.

— Sim — respondi.

— O que vamos fazer é andar até ali e ver Kevin. Levante-se primeiro.

Eu me levantei, deixando o cabo de machado sobre o tronco. Ele me deu umas batidinhas com uma mão, encontrou minha pistola e colocou-a em um dos bolsos de suas calças largas. Pegou o cabo de machado com a mão livre e bateu no meu ombro com ele.

— Ande até a casa — disse.

Percebi que estava envelhecendo. Em qualquer outra época eu estaria preparado. Ou foi o que disse a mim mesmo. Tinha pensado que seria esperto em chegar ali cedo, mas eles haviam colocado alguém para me vigiar; puseram aquele cara-de-crateras-da-lua na mata para esperar e Kevin viera como um bode traiçoeiro.

— Há uma estrada atrás da mata aqui, retardado — disse Cratera da Lua. — Eu vim por ela, atravessei a mata, me escondi e esperei. Pensei que poderia precisar fazer uma vigília séria, mas você escolheu um ponto não muito distante de mim. Foi fácil, cara. Kevin disse que achava que você se achava um homem esperto, mas você não é tão esperto assim, é?

— Tenho que concordar com isso.

Kevin esperava dentro da casa.

— Nada de lanchinho nem suco para você, hein? — disse. — Claro que não foi para isso que veio aqui. Não gostei da sua cara desde o começo.

— Você não tem espelho em casa?

Cratera da Lua bateu na parte de trás das minhas pernas com o cabo de machado com força suficiente para me fazer cair de joelhos.

— Suspeitei que você tivesse alguma outra razão para querer me ver. Suspeitei que você pudesse estar procurando Tillie ou Robert. Tenho que dizer que acho que você sabe que Robert está morto.

— Você me pegou — respondi. — Sei que ele está morto. E quanto a Tillie?

— Está bem, mas não vai continuar assim por muito tempo — disse Kevin. — O Sr. Smith gosta de extrair toda a essência de um produto antes de colocá-lo de lado. Ele a deixa ligadona o suficiente com uma coisa ou outra, e aí pode vendê-la até não sobrar nada para vender, sabe. Então ela ganha uma overdose, fazendo parecer que foi um acidente. Vão achá-la em uma vala em algum lugar com cogumelos crescendo na bunda.

— Robert não pareceu ter sofrido um acidente.

— Ele provou ser um problema maior. As coisas fugiram do controle. Sabe, ele estava se drogando, ele e a puta. Não gostamos de drogados, a menos que sejam fritos com batatas.

Kevin e Cratera da Lua gostaram da piada. Ambos riram. Percebi que não saíam muito.

— Ponha-o na cadeira — disse Kevin.

Estavam prontos para mim. A cadeira fora colocada no meio do cômodo. Eu tinha uma boa vista da janela quando Kevin saía da frente dela, o que fazia de vez em quando. Eu conseguia ver que ele mentira quanto a experimentar seu próprio produto. Ele tinha um pouco no corpo naquele momento, o que lhe causava contrações musculares. Colocaram-me na cadeira e Cratera da Lua amarrou minhas pernas e meus braços a ela com uma corda, enquanto Kevin segurava a arma de Cratera da Lua apontada para mim. Quando fiquei bem amarrado, Kevin disse:

— Agora você vai me dizer o que está planejando.

— Você pode ir tomar no meio do seu cu — falei.

— Ah, isso não foi legal — disse Kevin. — Jubil, segure a arma.

Jubil, vulgo Cratera da Lua, pegou a pistola. Kevin pegou o meu cabo de machado e eu soube que me arrependeria de ter levado aquilo. Ele o impulsionou com força de encontro às minhas canelas. A dor pulou das minhas pernas para a minha espinha e daí até a base do meu cérebro. Por um momento, pensei que ia vomitar e apagar.

— Isso deve ter doído — disse Kevin.

— Você acha? — murmurei. Não era muito para se dizer, nem era uma boa resposta, mas era alguma coisa, mesmo soando como se viesse de um homem muito pequeno embaixo de um travesseiro.

Kevin afastou-se e apoiou o cabo de machado perto da porta da frente. Estendeu a mão para o bolso e pegou um canivete comprido. Abriu-o.

— Esta casa foi deixada para mim pela minha avó. Não é grande coisa, mas venho aqui de vez em quando para resolver uns assuntos. E ela tem um valor sentimental para mim, mesmo agora que começou a cair aos pedaços. Sendo esse o caso, o que quero dizer é que não quero ensanguentá-la, não preciso fazer isso. Então, pelo seu bem e pelo meu, você devia falar.

— Eu falo e você me deixa ir? — perguntei.

— Claro — disse Kevin.

— Duvido — declarei.

— Está bem, você está certo. Vou matar você. Mas posso fazer isso rápido, cortando sua garganta. É ruim de imaginar, mas acaba rápido. Sangra bem. Acabei tendo de atirar no Robert algumas vezes. Nada muito bom.

Ele sentiu dor até a última bala. Mas posso fazer você durar bastante tempo com esta faca aqui.

— Então a minha escolha será entre falar e você cortar minha garganta ou não falar e você me cortar um pouco até eu abrir o bico.

— É — disse ele.

Naquele instante, pela janela, vi a cabeça de Leonard passar. Estaquei.

— Então, o que você quer saber? — perguntei. — Eu posso dar algumas respostas, contanto que não envolva problemas de matemática.

— Está bem. Primeiro, quem caralho é você?

— Eu trabalho para o censo.

— Isso vai fazer você ganhar um corte — disse Kevin. — Eu vou ter que tirar uma orelha.

— Antes disso, preciso mesmo lhe contar uma coisa.

— O que seria? — perguntou Kevin.

— O inferno está chegando — afirmei.

Naquele momento, a porta foi escancarada, impulsionada para a frente pelo pé de Leonard. Ele avistou o cabo de machado e pegou-o antes que se pudesse dizer: "Nossa, isso é o cabo de um machado?"

Leonard exclamou, aproximando-se:

— Preto viado e maloqueiro chegando no pedaço.

Ele adiantou-se depressa e atingiu os dentes de Cratera da Lua com um golpe do cabo de machado desferido com a mão esquerda, que derrubou o outro no chão e fez a arma voar longe.

A luz refletiu o brilho da cabeça raspada de Leonard e dançou em seus olhos e na extensão do cabo de machado novo, que cortou o ar como uma faca quente na manteiga. Quando a madeira encontrou Kevin, ouviu-se um som como o de alguém batendo com um cinto em um sofá de couro, e então voaram tantos dentes e sangue da boca de Kevin que tive certeza de que a casa da vovó ficara arruinada. O sangue espalhou-se na parede e na janela, e os dentes tiniram no chão.

Kevin aterrissou de barriga, soltando a faca. Tentou engatinhar até ela, mas Leonard pisou em sua mão e o cabo de machado desceu outra vez. Daquela vez, o som foi mais parecido com alguém cortando o pescoço de um peru com um cutelo.

Kevin não se mexeu mais depois daquilo, mas, apenas por precaução, Leonard atingiu-o outra vez. Em seguida, dirigiu-se até Cratera da Lua, que tentava se levantar, e chutou-o na boca. O tratamento dentário de que o homem já precisava antes iria custar muito mais caro agora.

Quando Kevin acordou, encontrava-se amarrado à cadeira em que eu estivera. Leonard estava por perto, inclinado sobre o cabo de machado. Eu me agachei à frente de Kevin. Cratera da Lua ainda jazia estirado no chão. Se não estivesse morto ou em coma, provavelmente lá no fundo, em alguma parte de seu ser, desejaria estar.

— Bão? — perguntei.

— Vá se foder — disse Kevin, mas foi difícil ter certeza se ele dissera aquilo mesmo. Ele cuspia sangue.

— Se você sair daqui, e é possível que saia, você pode querer recolher os seus dentes, sem confundi-los com as pedras que ficavam na boca de Jubil. Você pode querer colocá-los em um copo de água e congelá-los. Ouvi dizer que fazem maravilhas com dentes arrancados, hoje em dia.

— Quem é você? — perguntou ele.

— Meu nome é Hap, e este é meu irmão, Leonard. Mas vocês dois já se conheceram.

— Feliz pra caralho em conhecer você — declarou.

Levantei-me e me virei para Leonard.

— Achei que você não vinha.

— Estava a caminho de casa quando você ligou. Comecei a dirigir de volta dois dias atrás, mas estava num ponto sem sinal de telefone. Mata ciliar. Recebi sua mensagem meio tarde.

— Mas não tarde demais.

Virei-me de volta para Kevin e disse:

— Kevin, nós dois precisamos conversar, e preciso receber algumas respostas, e, se eu gostar delas, não vou nem cortar a sua garganta.

Eles nos disseram que Tillie fora levada pelo cara da Ópera Gospel, Buster Smith, e que Kevin e Cratera da Lua haviam ajudado a levá-la.

Ela estava em um teatro velho, que eu conhecia. Era em Marvel Creek, e quando eu era menor ia assistir a muitos filmes lá. Havia um palco naquele teatro, e uma tela de cinema atrás. Faziam shows infantis e traziam palhaços, malabaristas e entretenimentos especiais. Era horrível e eu sempre ficava feliz quando desciam do palco, apagavam a luz e me deixavam com as baratas e um filme.

Leonard não queria deixá-los com o carro e decidiu que não queria foder com o veículo. Queria foder com eles. Eu não gosto desse tipo de coisa, mas, hã, o que há de se fazer? Foram eles que começaram.

Leonard colocou ambos no porta-malas do carro dele e eu o segui no meu depois que ele me levou até onde eu o havia deixado. Nós os levamos para a parte baixa do rio e Leonard os tirou de seu porta-malas. Os dois saíram, embora nenhum deles se sentisse bem. Leonard realmente sentara o cacete neles com aquele cabo.

— O que vou fazer é quebrar as pernas de vocês dois — disse ele. — Uma de cada.

— Não precisa disso, Leonard — falei.

— Eu sei. Mas eu quero.

— Olha só — disse Kevin. — Ouça o seu amigo. Nós só trabalhamos para aquele retardado. Estamos fora. Esperamos que vocês consigam a garota de volta.

— Ah, nós vamos pegá-la de volta, se der — disse Leonard. — Mas prestem atenção: vocês iam matar o meu amigo. Se eu não tivesse aparecido, vocês teriam matado. Então, qual perna?

Kevin e Cratera da Lua olharam para mim.

— Ele meio que já decidiu — declarei. — E vocês iam me matar.

— Mas vamos morrer se nossas pernas forem quebradas — disse Cratera da Lua.

— Não sejam tão dramáticos, cacete — disse Leonard. — Vocês ainda poderão se arrastar, talvez até achar um pau pra se apoiar ou sei lá. Sério, não é problema nosso. Qual perna? Ou eu escolho.

— Esquerda — disse Kevin. Cratera da Lua não escolheu. — Mas...

Antes que Kevin pudesse protestar outra vez, Leonard golpeou com o cabo, que assobiou e atingiu o homem na lateral do joelho, onde ele é mais frágil. Ouvi um som como o de alguém quebrando uma prateleira de bolas de piscina. Kevin gritou e caiu, segurando o joelho.

— Um — disse Leonard.

Cratera da Lua fugiu num pinote. Eu devia uma a Leonard, então persegui Cratera da Lua, agarrei-o pelo ombro e girei-o, enfiando um cruzado de direita em seu rosto. Ele caiu. Antes que conseguisse se levantar, Leonard já estava lá com o cabo. Acho que Leonard precisou de uns três golpes para acertá-lo em cheio; não me lembro bem. Olhei para o outro lado. Mas acho que foi a perna direita.

Deixamos o carro de Leonard no estacionamento de uma igreja, o que nos soou irônico, e seguimos no meu até Marvel Creek.

— E se aqueles caras saírem da mata e ligarem? — perguntei. — E avisarem Buster?

— Estão a quilômetros do carro deles — disse Leonard. — E a quilômetros de distância de Empresa Nenhuma. Estão com a perna quebrada. Além disso, foi você que não quis que eu os matasse. Por mim, estariam em algum lugar no rio Sabine, com peixes mordiscando seus corpos.

— Você é frio, cara — declarei.

— Absolutamente — disse Leonard.

Pensamos em montar tocaia na Ópera Gospel, mas, quando passamos por lá, havia ação. Uma grande multidão.

— Estão pondo esse povo para dentro — disse Leonard. — Que horas são? Nove? Dez? Eu não sabia que Jesus ficava de pé até tão tarde.

— Verdade. Ele geralmente dorme cedo e acorda cedo.

Peguei minha arma e coloquei-a sob a camisa, nas costas. Deixamos o cabo de machado no banco de trás com suas lembranças. Conforme andávamos, víamos que a multidão crescia. Perguntei para um velho com uma bengala:

— O que está acontecendo?

— A costumeira Ópera Gospel. Mas hoje tem show de talentos. Vocês não sabiam?

— Não — murmurei. — Não sabíamos.

— É mais legal que um barril de macacos. Há pessoas que cantam, dançam e fazem comédia. Diversão boa e limpa. — Ele olhou para Leonard. — Você vai poder entrar, filho. Eu lembro de quando sua cor não podia.

— Nossa, como os tempos mudaram — disse Leonard.

Olhei ao redor e vi uma fila entrando por outra porta, na lateral.

— Quem são eles? — perguntei ao velho.

— Os talentos. Eles se registram para se apresentar.

— Vamos lá, Hap — disse Leonard.

Entramos na fila da porta de talentos.

— Mais divertido que um barril de macacos e deixam o seu tipo entrar, Leonard — falei.

— Ah, eu *divia* agradecer a uns branquelos de merda por isso. *Divia* mesmo.

Lá dentro havia um homenzinho a uma mesa. Ele usava uma peruca ruim. Perguntou nossos nomes e nós lhe demos nossos primeiros nomes. Leonard disse que faríamos um número de canto.

O homenzinho não conseguiu nos achar na lista, é claro.

— A gente estava confirmado — menti. — Ligamos antes e tudo mais. Eles acham que somos os melhores lá em Overton.

— Overton é tão pequena que, se você atirar uma pedra, ela a atravessa de ponta a ponta — disse o homem.

— É, mas ainda somos grandes lá — insisti.

Ele pensou a respeito por um momento e falou:

— Olhem aqui. Uns caras que tocam gaita de foles cancelaram. A lavanderia perdeu os *kilts* deles ou algo assim. Eu lhes darei o lugar deles. Vocês não foram registrados, mas vai dar certo. Então vocês cantam?

— Como a porra de um pássaro — disse Leonard.

O homem olhou-o e sorriu devagar. Jesus parecia não estar sempre em sua casa. Ele gesticulou para que entrássemos e foi o que fizemos.

— Cantores? — murmurei.

— Os melhores — disse Leonard.

Alguém nos orientou sobre o caminho para a coxia. Havia muita gente lá. Um velho vestia o que parecia ser um uniforme de sargento, tinha barriga de chope, era careca e dava a impressão de que devia estar entubado recebendo oxigênio. Trazia um boneco de ventríloquo consigo, vestido de soldado, com boné e tudo. Preciso contar que odeio muito alguns bonecos de ventríloquo. Quando eu era criança, tarde da noite peguei um filme velho chamado *Calada da noite*, que tinha várias histórias. Uma delas era sobre um homem e um boneco de ventríloquo que assume sua vida. Aquilo me assustou pra cacete. Se vejo um bloco de madeira que pode ser esculpido para virar um boneco daqueles, fico nervoso. E aquele boneco parecia ter sido atacado por ratos e por alguém com um picador de gelo.

— Há quanto tempo você faz isso? — indaguei.

Ele arquejou antes de responder:

— Eu costumava ganhar dinheiro de verdade com isso. Ninguém me contrata hoje em dia, exceto para esses shows de talentos e algumas festas infantis. Não sou tão bom quanto costumava ser. Eles têm a merda da internet hoje. Ah, meninos, vocês não vão me denunciar, vão? Eles gostam que a gente tome cuidado com o jeito de falar.

— Não vamos falar porra nenhuma — disse Leonard.

O velho riu e se inclinou para perto.

— Nenhum de vocês dois tem uma bebida, tem?

Admitimos que não.

— Tudo bem, então. Só estava me perguntando. — Sacudiu o boneco um pouco, fazendo a poeira levantar. — O soldado Johnson está ficando desgastado. Minha esposa esfaqueou-o uma vez, e usou-o para bater na minha cabeça. Isso causou alguns estragos nele e em mim. Eu peido, apago e acordo usando um tutu. — Ele riu de sua piada e continuou: — Não tenho dinheiro para arrumá-lo. Ajo como se a pálpebra caída fosse só uma parte do número. Ela acrescenta personalidade.

— Com certeza — concordei. — Você vai matá-los.

Eu esperava que ele não se matasse. Estava com o rosto vermelho e a respiração pesada e parecia estar prestes a soltar o maior pum a qualquer momento. Talvez aquela conversa sobre peidar e desmaiar não fosse só uma brincadeira.

Ficamos todos em fila, olhando para o palco. Um número de dança acontecia ali. O som da banda parecia o de vacas morrendo. Os dançarinos moviam-se como se tivessem pernas de madeira. Em seguida, chegou a vez de um jovem com nariz em forma de bico, tocando um violino tão mal que soava como se ele estivesse serrando uma tora de madeira. Era o tipo de som de fazer contrair o cu.

— As irmãs vão vencer essa coisa — disse o velho. — Eu não as vi ainda, mas elas provavelmente vão aparecer logo. Aquelas vadias de boceta seca. Elas participam toda semana e ganham os quinhentos dólares. São aqueles hinos malditos. Fazem Jesus entrar nas pessoas, e elas sentem que precisam votar nelas. Merda, é a minha vez.

O velho agitou aquele boneco horroroso e pegou um banquinho no caminho para o palco. Seu número era tão doloroso que pensei em usar a corda da cortina para me enforcar, mas ao mesmo tempo admirei aquele bastardo velho. O homem não desistia; arquejava e tentava elevar a voz, mas ao final do ato o boneco parecia mais saudável do que ele.

Voltou com o boneco e o banquinho, em que se sentou.

— Tentei alcançar um tom alto lá, quando o soldado cantou *Boogie Woogie Bugle Boy*, e quase me caguei. Acho que uma das minhas costelas se deslocou.

— Você foi bem — falei.

— Eu ia bem cerca de cinquenta anos atrás, quando era uma manhã de primavera e eu tinha acabado de comer uma bunda. Eu ia bem naquela época. Pelo menos é como gosto de me lembrar. Mas poderia ter sido uma tarde quente no fim do verão e poderia ter comido uma vaca no pasto.

— Sente aí e descanse — falei.

— Você está certo. Tem certeza de que não tem uma bebida?

— Tenho — respondi.

Outro grupo de dança se apresentava no palco, e um cara com uns pinos de boliche com os quais ia fazer malabarismo era o próximo da fila. Leonard e eu olhamos ao redor, tentando assimilar o lugar. Não parecia uma prisão onde se manteria uma prostituta, ou, naquele caso, um local onde ela era obrigada a dar de graça até ser exaurida. Não parecia um lugar onde se vendiam drogas. Parecia um lugar de entretenimento ruim. Claro que isso o tornava um bom esconderijo, mas não fiquei convencido.

Notei que os candidatos que acabavam seus números iam sendo encaminhados para determinado local, e que havia dois caras de cada lado de uma escadaria escura. Não pareciam diáconos da igreja, mas decidi chamá-los assim na minha cabeça. Deixei Leonard e caminhei até a escadaria, olhando para cima.

— O que tem lá em cima? — perguntei.

Um dos homens deu um passo à frente e respondeu:

— Isso é particular, senhor.

— Tem mais um andar inteiro lá em cima — comentei quando cheguei perto de Leonard.

— Tem uma escada do outro lado do palco também — disse ele. — Você pode vê-la daqui. E também tem bloqueios de cada lado.

Olhei. Com certeza. Mais dois caras. Se os dois próximos de nós não eram diáconos da igreja, aqueles dois não faziam parte do coral. O andar de cima poderia ser apenas um depósito de livros de hinos, mas eu duvidava.

— Buster não trabalha com os manos — disse Leonard. — Só caras brancos.

— Parece que, para eles, não faz muito tempo que o seu tipo não podia entrar, e pode ser que eles gostem das coisas assim.

— Isso não é verdade — declarou Leonard. — Eles entravam aqui, e você sabe.

— Eles faziam trabalho de zelador, e costumavam subir as escadas dos fundos e sentar no mezanino.

— Dinheiro de preto era tão bom quanto qualquer outro — afirmou Leonard. — Eu sei. Sentei no mezanino uma vez e cuspi na cabeça de um moleque branco.

— Você não fez isso — falei.

— Não, mas de vez em quando gosto de sonhar.

Cochichávamos um plano de ação quando, de repente, o camaradinha que nos inscrevera se aproximou e disse:

— As Meninas de Mel estão doentes.

— Quem? — perguntei.

— As cantoras gospel de que lhes falei — explicou o velho ventríloquo, que havia se aproximado. — Suas fraldas geriátricas provavelmente ficaram cheias e elas não conseguiram chegar. Ou ouviram aquela jovem vir e cantar e foram embora. Sei que estiveram aqui. Eu as vi, aquelas cuzonas convencidas.

— Já basta — disse o homenzinho.

— Desculpe — disse o ventríloquo, voltando cambaleante para seu banquinho.

Eu tinha outras coisas na cabeça, e sequer notei a moça. Mas, no fundo da minha mente, eu meio que me lembrava dela fazendo um número de Patsy Cline, e nada mal.

— As Irmãs de Mel disseram que estão doentes — disse o homenzinho.

— As duas? — perguntou Leonard.

— Foi de repente, então vocês dois são os próximos.

— Ah — respondi.

Leonard segurou meu cotovelo.

— Vamos, eu ainda me lembro de *The Old Rugged Cross*.

— Você está me zoando — falei. — Nós vamos mesmo lá?

— Eu canto no chuveiro — disse Leonard. — E faço isso bem.

— Ah, inferno!

Bem, fomos até lá, e eu conhecia a velha canção também. Sou ateu, mas às vezes gosto de uma música gospel. Não tínhamos música nenhuma, mas havia a banda da casa, e eles conheciam a melodia mais ou menos, embora eu não me lembrasse do solo de tuba. Começamos junto com ele. Leonard era bom, na verdade; cantava muito bem. Eu meio que harmonizava quando ele erguia uma mão para mim, mas depois de alguns versos esqueci a letra e comecei a cantar coisas sem sentido. Uma senhora cadeirante na primeira fileira bradou:

— Cai fora.

Leonard terminou enquanto eu estalava os dedos e tentava parecer calmo. Acho que, se eu estivesse usando óculos escuros, poderia ter conseguido fazer o número.

Quando encerramos, ou meio que desistimos, a plateia ficou feliz em nos ver partir. Alguém até jogou um copo de papel amassado em mim. O filho da puta errou.

Quando saímos do outro lado, Leonard disse:

— Cacete, Hap, você fodeu tudo. Nós poderíamos ter ganhado o dinheiro do prêmio. Ou eu poderia.

— Não imaginei a gente como um dueto, já que nunca cantamos juntos nem uma vez. Eu não tinha a menor intenção de subir lá.

— Eu sempre quis fazer isso.

— Você se saiu bem, mas não pense nisso como um segundo emprego.

— Quanto a você, não pense nisso de jeito nenhum — disse Leonard. — Agora vamos ver se conseguimos achar Tillie.

— Se estiver viva.

— Se estiver viva, eles vão pagar por isso. Se estiver morta, eles vão pagar por isso com juros.

Eu nem sequer gostava de Tillie, mas com certeza gostava de Brett, que chamava a filha de galho envergado. Ela dizia: "Hap, ela é um galho envergado, mas não está partida. Ela pode suportar uma tempestade e sair inteira do outro lado."

Tillie estava bem paradinha na tempestade, até onde eu sabia, mas, se a informação que tínhamos fosse correta, ela não merecia aquilo; era algo ainda pior do que deveria acontecer aos políticos. Fomos até a escadaria do lado em que havíamos saído, perto dos meninos do coral. Um homem ali nos apontou a saída. Era um cara gordo com um terno esporte roxo desbotado, velho o bastante para pertencer a um museu.

— Aquilo foi ruim, rapazes. Ruim mesmo.

Nós o ignoramos e nos dirigimos até a escadaria.

— Não por aí — disse ele, segurando meu braço. Eu sacudi para me soltar, e continuei andando. Sentia que quase ninguém ali tinha ideia do que se passava no andar de cima, nem que o homem que administrava a Ópera Gospel era quase tão respeitável e bondoso quanto a extremidade útil de uma machadinha.

— Aqueles caras não brincam — disse o homem que segurara o meu braço, referindo-se aos dois rapazes ao lado das escadas. Eles se adiantaram, um em minha direção e outro na de Leonard.

O corista ao meu lado disse:

— Não vá para esse lado.

Eu o chutei no saco e ele se curvou um pouco; atingi-o com um gancho de direita. Ele bateu na parede e afastou-se dela furioso. Eu o golpeei de novo com um direto de direita no maxilar. Ele caiu sobre um joelho e tentou puxar uma pistola de baixo do casaco. Peguei a minha e golpeei sua cabeça com ela. Ele caiu de quatro, e golpeei-o de novo. Ele meio que dobrou os cotovelos, como se tivesse tentado fazer uma flexão e falhado, e desabou no chão. Foi quando notei que minha perna doía muito no ponto em que Kevin a atingira com o cabo de machado. Percebi isso porque ia chutar o corista mais uma vez e reconsiderei.

Lancei um olhar a Leonard. Seu atacante já se encontrava inconsciente ao pé da escada. Acho que ele o apagou com um bom soco. Virei o meu oponente de barriga para cima e peguei sua arma, ficando com uma em cada mão. Subi as escadas atrás de Leonard. Ouvi risadas vindas do palco. Alguém finalmente obtivera sucesso em alguma coisa. Talvez numa piada.

Quanto alcancei o patamar, vi que Leonard sacara a automática que tomara do homem que enfrentara, trazendo-a preparada. Virei-me e olhei para baixo, me perguntando se os diáconos do outro lado sabiam o que estávamos tramando. Se não soubessem, logo descobririam. Imaginei que o homem que segurara meu braço lhes diria. Ele podia não ter conhecimento do que realmente se passava ali, mas sabia para quem trabalhava.

Claro, se estivéssemos errados e no alto das escadas não ficasse o que esperávamos, mas sim um salão de bingo, teríamos muito que explicar. Aliás, nós poderíamos ter muito a explicar de qualquer jeito.

Os diáconos descobriram. Vieram correndo pelo palco no meio de um número de dança com um homem e uma mulher numa roupa de cavalo. O homem era a parte traseira, a bunda do cavalo. Eu sabia disso porque desci as escadas de volta quando ouvi a correria, o que me deu uma visão do palco. Os diáconos derrubaram o cavalo e o homem e a mulher foram arrancados do traje. O casal disse algumas palavras que não se espera ouvir em uma Ópera Gospel. Deus provavelmente fez uma imensa marca negra no livro deles naquele momento.

Os diáconos não tinham armas nas mãos e quase passaram por cima de mim, de tão rápido que vinham. Quando viram meu revólver e também a pistola que eu havia arrancado de um dos coristas, eles pararam de súbito. Congelaram como cubos de gelo.

— Vocês querem mesmo acabar mortos? — perguntei.

Um deles balançou a cabeça e recomeçou a atravessar o palco correndo, passando pelo cavalo que acabara de ser remontado. Uma trombeta metálica e um piano tocavam em algum lugar. O cavalo dançava. Aquela maldita tuba tocava umas notas aleatórias; aquele cara tinha que ser derrubado junto com a tuba.

O outro diácono, aquele que não correu, ergueu as mãos, e disse:

— Você precisa pelo menos pegar a minha arma, para eu poder dizer que estava desarmado.

— Sem problemas — falei. — Mas saque a arma devagar.

Ele assim fez, abaixou-se, colocou-a no chão e recuou.

— Sem rancor — disse ele.

— Que bom, porque estou com um humor de merda — repliquei.

Ele recuou e atravessou o palco, caminhando depressa. O casal da fantasia de cavalo acabara de sair. A mulher tirou a cabeça de cavalo e jogou-a na plateia. Desejei que ela atingisse a velha cadeirante que me dissera para cair fora.

Peguei a arma dele, uma nove milímetros, e subi as escadas outra vez. Leonard aguardava.

— Parou para ir ao banheiro? — perguntou.

— Estava desarmando um cavalheiro.

Leonard apontou com a arma.

— Tem uma porta. Devemos ver o que está do outro lado? A moça ou o tigre?

— Acho que podemos achar os dois — respondi.

Seguimos depressa pelo corredor e Leonard deu um chute na porta. Ela abriu-se, frouxa, pendendo de uma dobradiça, depois se soltou e caiu. Era um banheiro e estava vazio.

— Estavam montando guarda a um banheiro? Sério? — resmungou Leonard.

Provavelmente havia um modo de atravessar, mas não o vimos logo de cara, e estávamos com um pouco de pressa. Colocamos as armas no cinto, sob a camisa, e descemos as escadas atrás do palco. O pessoal da Ópera Gospel não havia parado. A ação, tal como era, ainda acontecia. Era um tipo de número de comédia. Quando alcançamos o outro lado, passamos pelo homem e a mulher que haviam usado a fantasia de cavalo. Eles nos olharam de cara feia.

— Vocês dois faziam parte daquilo? — disse a mulher.

— Não, senhora — respondi, ainda andando. Subimos as escadas em que os diáconos haviam estado, sacando nossas armas. Havia duas portas no corredor.

— Fico com uma e você com a outra — disse Leonard.

Escolhemos uma porta cada um, meneamos a cabeças um para o outro e sentamos o pé nelas. A minha caiu completamente das dobradiças, velha como era. Ouvi Leonard ainda chutando a dele.

Havia uma cama no quarto e uma luzinha à direita, e uma fileira de quatro cadeiras ocupadas daquele lado, e — que eu morra se estiver mentindo — o mais próximo da luz lia um jornal. Era como se estivessem em um barbeiro esperando sua vez. Tillie encontrava-se na cama, e um homem pelado em cima dela, com a bunda pelada quicando como uma bola de basquete. Tillie não estava de verdade ali, mas em algum outro lugar. Seus olhos estavam abertos, mas bem que poderiam estar fechados. Tinha uma aparência esquelética. Meu palpite é que não era alimentada fazia um tempo, exceto pelos conteúdos de uma agulha. Parecia-se muito com Brett, se Brett fosse sobrevivente de um campo de concentração, e isso me perturbou ainda mais.

Os quatro homens levantaram-se. Todos estavam vestidos, embora um houvesse tirado os sapatos e os colocado embaixo da cadeira. Um deles vestia um uniforme de polícia e pousara a mão na pistola em seu cinto. Devia ter saído para uma trepada e um pouco de pó durante seu turno.

Àquela altura, Leonard entrara pela porta. O policial puxou a pistola e atirei nele. Atingi-o no braço e ele caiu no chão e começou a rodar como o Curly dos Três Patetas. Gritou:

— Não atire mais em mim, não atire mais em mim!

Havia sangue por todo lado.

Os outros três homens fizeram menção de correr, mas Leonard recorreu a um vocabulário chulo que tinha a ver com suas mães. Eles se sentaram novamente, como se ainda aguardassem sua vez. Malditas sejam as mães deles.

— Onde está o filho da puta? O Buster? — perguntei.

Ninguém disse nada.

— Ele fez uma pergunta — disse Leonard. — Vocês não respondem, nós o encontramos e arrancamos todos os dedos dos seus pés a tiros. E depois seu pau.

Àquela altura, o homem na cama saíra de cima de Tillie e estava parado ao lado dela com uma mão sobre seu passarinho.

— Se eu tivesse um pescoço de peru que nem esse, também o manteria coberto — disse Leonard. — Acontece que sou especialista em paus, e esse aí é feio.

— Ele conhece paus mesmo — falei.

O homem com uniforme de policial parara de girar e enfiara a cabeça embaixo de uma cadeira, dizendo:

— Fui atingido. Fui atingido.

— Pra cacete — falei.

Aproximei-me e vi que Tillie respirava pesadamente. Puxei o cobertor do pé da cama e a cobri. Olhei para o homem nu que tinha as mãos sobre sua genitália e fiquei em fúria. Não sei o que aconteceu comigo, mas simplesmente não consegui suportar pensar que pessoas como aquela existiam, que podiam sentar em cadeiras e aguardar sua vez de comer uma menina drogada. Chutei o saco do homem nu e bati em sua cabeça com a pistola, e depois fui atrás dos outros três, mas não antes de chutar o policial no chão uma vez e botar sua arma pra baixo da cama. Comecei a bater naqueles três caras com as pistolas, uma em cada mão. Eu batia tão rápido que parecia Shiva. Eles tentaram correr dali, mas, a cada vez que o faziam, Leonard os chutava de volta, e eu continuava o trabalho. Eu me senti errado, selvagem. Eu me senti horrível e, ainda assim, me senti bem.

Não levou muito tempo até todos estarem sangrando. Dois jaziam no chão. Um caíra de volta em sua cadeira. O homem nu no chão não se movia. Jazia de lado e vomitara por toda parte, e o ar estava espesso com o fedor do vômito.

— Está bem — disse Leonard. Ele adiantou-se e colocou a arma no nariz do homem descalço. Fora ele que caíra sentado na cadeira. — Onde está Buster?

O homem não respondeu. Não precisava. Uma porta abriu-se do outro lado e dois homens entraram. Um trazia uma espingarda. Ele se abaixou com ela, mas já estávamos em movimento. Caí no chão atrás da cama e Leonard saltou pela porta que derrubara com um chute, aterrissando no corredor. De baixo da cama, consegui ver as pernas do homem, e atirei nelas três vezes em rápida sucessão. Atingi-o em algum lugar, porque ele ganiu e caiu. Atirei nele de novo, dessa vez no alto da cabeça, estourando-a como uma grande noz. O outro homem também trazia uma espingarda e a disparara durante todo aquele tempo Até então, atingira a cama, matara o homem descalço na cadeira atrás de mim e abrira uns buracos na parede.

De baixo da cama vi os pés de Leonard ao passarem pela outra porta, a que eu abrira com um chute, e então ele avançou sobre aquele bastardo. Fiquei em pé e girei, tropeçando no policial que tinha começado, sem eu ver, a se arrastar na direção da porta aberta.

— Fique — mandei, como se falasse com um cachorro.

Ele parou de rastejar.

Quando me virei para Leonard, ele já derrubara o homem. De algum modo, o cara atirara no próprio pé. Chutei sua cabeça, só para ele saber que eu estava na jogada, e Leonard estendeu a mão e pegou a pistola do homem. Considerando a mira do cara, provavelmente era melhor tê-lo deixado com ela. No momento oportuno ele teria atirado em si mesmo de novo, talvez na cabeça.

— Você fica — falei a Leonard.

— Está bem, mas, se ouvir muito tiroteio, eu vou. Logo depois de matar esse povo.

Atravessei a porta pela qual os dois tinham entrado e foi então que ouvi a gritaria no auditório. O tiroteio agitara os espectadores e provavelmente era muito mais empolgante do que qualquer coisa que haviam visto naquela noite.

Quando entrei no outro quarto, vi que era muito bem equipado para um prédio velho. Muita mobília moderna, incluindo um sofá grande, que fora afastado da parede, e pude ver pés projetando-se de trás. Caminhei até lá, coloquei minhas armas sobre a mesa de café, agarrei o homem pelos tornozelos e puxei-o de cabeça para baixo. Ele tentou se agarrar no chão, mas isso só o fez arrastar suas unhas pelo piso. Era um homem comprido e magro, com um casaco esporte xadrez e cabelo cor de graxa de sapato preto.

— Você é Buster Smith? — perguntei.

— Não — respondeu.

Tirei sua carteira do bolso de trás e olhei sua licença de motorista.

— É, sim — falei. — Aposto que você era sempre pego quando brincava de esconde-esconde na sua época de criança.

Ele apoiou-se sobre um joelho.

— Era, sim.

Peguei minhas armas e disse:

— Se tentar algo, vou atirar em você, depois Leonard vai atirar em todos os outros, e vamos ter problemas para explicar as coisas. Mas você estará morto.

Não fomos para a cadeia.

Essa é a parte importante. Deixe-me contar por quê. Quando tudo acabou e todos estavam presos lá dentro, incluindo eu e Leonard, levaram-nos para o chefe de polícia. Quer dizer, depois dos interrogatórios, buscas, da luva de borracha enfiada no rabo, só para o caso de estarmos escondendo granadas. Era um cara de boa aparência, com o cabelo preto cortado bem curto e uma orelha que sobressaía mais que a outra, como se acenasse para ser sua vez. Ele sentou-se atrás de uma grande mesa de mogno, sobre a qual havia uma plaquinha em que se lia: "Chefe de Polícia".

— Ora, ora, Hap Collins — disse ele.

Eu o reconheci. Um pouco mais velho. Ainda em boa forma. James Dell. Havíamos estudado juntos na escola.

— Faz um tempo — disse ele. — O que mais lembro a seu respeito é que não gosto de você.

— É um clube grande — disse Leonard. — Hap tem até uma *newsletter*.

— Eu e Jim saímos com a mesma moça — falei.

— Não ao mesmo tempo — disse Jim.

— Ele saiu com ela por último — expliquei.

— Isso mesmo. E me casei com ela.

— Então você venceu — declarei.

— É o modo como gosto de ver — disse James. — Vocês, meninos, fizeram um inferno. E atiraram em pessoas. E surraram pessoas. E, Hap, você matou um cara. Eu também ouvi dizer que há dois rapazes com as pernas quebradas em Empresa Nenhuma. Eles se entregaram para o xerife de lá.

— Cara legal — falei.

— Um dos homens em que você atirou era um policial — disse James.

— Eu sei. Estava esperando na fila para estuprar uma jovem. Como ela está, aliás?

— No hospital. Em situação delicada por um tempo. Mas ela sobreviverá. Aparentemente está acostumada com drogas, então talvez tivesse alguma tolerância. Faz dias que não come. Buster Smith, nós conversamos com ele. Ele desmoronou como um biscoito fresco. Só era durão enquanto seu dinheiro trabalhava por ele. Aliás, aquele policial era o chefe de polícia.

— Ah — disse Leonard. — Então o que você é?

— O novo chefe de polícia. E também devo mencionar que o prefeito foi atingido por uma bala perdida e está tão morto quanto um fulano velho pode estar.

— Prefeito. Chefe de polícia. Tivemos uma noite e tanto — falei.

Para encurtar essa parte, tivemos que ficar na cadeia até nosso amigo Marvin Hanson conseguir um advogado para nós, e depois saímos, e ficamos livres das acusações, apesar do fato de termos caçado o bastardo e causado um belo fuzuê. O antigo chefe de polícia morrera pelas nossas mãos, e o prefeito encontrava-se na lista de falecidos também, por causa de uma bala perdida, e os outros que estavam na fila de cadeiras eram todos cidadãos proeminentes. Era melhor pegar leve conosco, deixá-los cobrirem sua sujeira a seu próprio modo.

A coisa fora simplesmente o seguinte: o crime contra Tillie fora tão terrível que nos deixaram escapar sob a alegação de legítima defesa. Raios, afinal de contas, estamos no Texas.

Brett e eu fomos para a cama e ela ficou deitada na dobra do meu braço.

— Tillie vai receber alta amanhã — disse ela.

Ela permanecera no hospital por três meses. Estivera em mau estado. Eu tinha de admitir uma coisa em relação à garota: era durona como um bife solado de ontem.

— Tenho que ir buscá-la.

— Está bem — respondi.

— Eu sei que você não gosta dela.

— Correto.

— Você não precisava fazer o que fez.

— Precisava, sim.

— Por mim?

— Por você e por ela.

— Mas você não gosta dela.

— Eu não gosto de muitas coisas — falei. — Mas você a ama. Você acha que ela é um galho envergado, e talvez esteja certa. Ninguém merece aquilo.

— Mas ela atrai essas coisas, não?

— É — respondi. — Atrai. Não acredito que ela vá mudar algum dia. E, se não mudar, logo vai acabar morta. Ela escolhe homens como patos escolhem insetos: aleatoriamente.

— Eu sei. Tentei ser uma boa mãe.

— Eu sei disso também, então não comece a dizer o quanto você falhou. Você fez o que podia.

— Só que eu taquei fogo na cabeça do pai dela — disse Brett.

— Sim — concordei. — Mas ele mereceu.

— Mereceu mesmo, sabe?

— Nunca duvidei.

— Eu amo você, Hap.

— E eu amo você, Brett.

— Quer perder cinco minutos da sua vida do jeito difícil? — perguntou.

Eu ri.

— Isso não foi gentil.

Ela riu, rolou na cama e apagou a luz. E então foi bem boazinha.

A ÁRVORE RELUZENTE

PATRICK ROTHFUSS

Tradução de Ana Resende

Patrick Rothfuss, autor best-seller do *New York Times*, conquistou popularidade e elogios da crítica com a publicação de seu primeiro romance, *O nome do vento*. O segundo romance da série, *O temor do sábio*, foi recebido com igual sucesso e elogios por todo o mundo. Outros projetos de Patrick são um livro infantil de humor negro, *The Adventures of the Princess and Mr. Whiffle*, e a Worldbuilders, uma iniciativa geek de caridade que já arrecadou mais de dois milhões de dólares para a Heifer International desde a sua fundação, em 2008 (Worldbuilders.org).

Neste conto, ele nos leva até a icônica hospedaria Marco do Percurso para acompanhar um dia típico na vida de um dos personagens mais populares de *A Crônica do matador do rei*, o misterioso Bast, aparentemente um menino de recados, que é muito mais do que parece — um dia no qual Bast aprende muitas lições e ensina outras tantas também.

A ÁRVORE RELUZENTE

Manhã: A estrada estreita

Bast quase conseguiu passar pela porta dos fundos da Marco do Percurso.

Na verdade, ele *tinha* passado, com os dois pés na soleira, e a porta estava quase fechada atrás dele quando ouviu a voz de seu mestre.

Bast parou, com a mão na maçaneta. Franziu a testa para a porta; faltavam menos de vinte centímetros para ela fechar. Não tinha feito barulho. Sabia disso. Estava familiarizado com todas as peças silenciosas da hospedaria, quais tábuas do soalho gemiam debaixo dos pés, quais janelas empacavam...

As dobradiças da porta de trás rangiam algumas vezes, dependendo de seu humor, mas isso era fácil de resolver. O rapaz apertou a maçaneta em outro lugar, erguendo-a para que o peso da porta não fizesse tanta pressão depois fechou-a lentamente. Sem rangido. O movimento da porta tinha sido mais suave que um suspiro.

Bast se empertigou e sorriu. Seu rosto era doce, matreiro e selvagem. Ele parecia uma criança levada que acabara de roubar a Lua para comer. Seu sorriso era como a última fatia do que lhe restava: afiado, branco e perigoso.

— Bast! — Ele ouviu seu nome novamente, mais alto dessa vez. Nada tão rude quanto um grito; o mestre jamais se humilharia berrando. Mas, quando ele queria ser ouvido, sua voz de barítono não seria detida por algo tão insubstancial quanto uma porta de carvalho. A voz soou como uma trombeta e Bast sentiu o chamado puxá-lo como se fosse uma mão ao redor de seu coração.

O rapaz suspirou, abriu a porta suavemente e voltou para dentro. Ele era moreno, alto e atraente. Ao caminhar, parecia que dançava.

— O que foi, Reshi? — chamou.

Após um instante, o estalajadeiro entrou na cozinha; trajava um avental limpo e branco e seu cabelo era vermelho. Afora isso, o homem era dolorosamente comum. Seu rosto tinha a placidez pastosa dos hospedeiros entediados em toda parte. Apesar de cedo, parecia cansado.

O homem estendeu a Bast um livro de couro.

— Você quase esqueceu isto — falou, sem vestígio de sarcasmo.

Bast pegou o livro e fez questão de parecer surpreso.

— Ora! Obrigado, Reshi!

O homem deu de ombros e sua boca assumiu o formato de um sorriso.

— Sem problema, Bast. Enquanto você estiver fora nas suas tarefas, se importaria de pegar alguns ovos?

Bast fez que sim com a cabeça, enfiando o livro debaixo do braço.

— Mais alguma coisa? — perguntou, obediente.

— Talvez umas cenouras também. Estou pensando em fazer um ensopado hoje à noite. Hoje é o dia da sega, por isso temos que nos preparar para uma multidão. — A boca virou levemente para um dos cantos enquanto ele dizia isso.

O homem começou a se afastar, então parou.

— Ah. O garoto dos Williams passou aqui ontem à noite atrás de você. Não deixou recado. — Ele ergueu uma das sobrancelhas para Bast. Aquela expressão dizia mais do que suas palavras.

— Não tenho a menor ideia do que ele quer — retrucou o rapaz.

O estalajadeiro fez um ruído indefinido e se virou de novo na direção do salão.

Antes que desse três passos, Bast já estava do lado de fora da porta e corria sob a luz do sol do início da manhã.

Quando Bast chegou, já havia duas crianças esperando. Elas brincavam sobre a imensa pedra cinzenta quase caída no sopé do morro, e subiam pelo lado inclinado para depois pular na grama alta.

Sabendo que as crianças estavam observando, Bast levou o tempo que precisou para escalar o minúsculo morro. No topo, havia o que as crianças chamavam de árvore reluzente, embora atualmente fosse pouco mais que um tronco sem galhos e maior do que um homem. A casca toda caíra havia muito tempo e o sol desbotara a madeira até ficar branca como osso. Tudo, a não ser pelo topo em si, onde, mesmo após todos esses anos, a madeira estava chamuscada com uma cor preta irregular.

Bast encostou as pontas dos dedos no tronco e lentamente traçou um círculo ao redor da árvore. Ele se moveu da esquerda para a direita, a mesma direção do sol que se deslocava. Do modo adequado. Então girou e trocou as mãos, traçando três círculos lentos na direção oposta. Esse giro era oposto ao mundo. Era a maneira de romper. Ele caminhou para a frente e para trás, como se a árvore fosse um carretel e ele o enrolasse e desenrolasse.

Por fim, o rapaz sentou-se, recostado na árvore, e ajeitou o livro numa pedra próxima. O sol reluzia nas letras douradas e brilhantes, *Celum Tinture*. Então se distraiu jogando pedrinhas no rio que cortava o declive suave do morro do outro lado da pedra cinzenta.

Após um minuto, um garotinho louro e rechonchudo caminhou com dificuldade morro acima. Era o filho mais novo do padeiro, Brann. Ele tinha cheiro de suor, pão fresco e... outra coisa. Uma coisa fora de lugar.

A aproximação vagarosa do menino tinha um ar de ritual. Ele escalou o pequeno morro e ficou parado ali por um instante, em silêncio; o único barulho vinha das outras duas crianças que brincavam embaixo.

Finalmente Bast se virou e lançou um olhar ao menino. Ele não tinha mais que oito ou nove anos, estava bem-vestido, era mais gordinho do que a maioria das outras crianças na cidade e trazia um tecido branco amarrotado na mão.

O garotinho engoliu em seco, nervoso.

— Eu preciso de uma mentira.

Bast acenou com a cabeça.

— Que tipo de mentira?

O garoto abriu a mão com todo o cuidado e revelou que o pano amarrotado era uma atadura provisória, salpicada de vermelho-vivo. Estava levemente grudada em sua mão. Bast meneou a cabeça: fora o cheiro daquilo que ele sentira.

— Eu estava brincando com as facas da minha mãe — falou Brann.

Bast examinou o corte. Ele seguia superficial ao longo da palma até quase perto do polegar. Nada grave.

— Dói muito?

— Nada como a surra de vara que vou levar se ela descobrir que andei mexendo nas facas dela.

Bast acenou com a cabeça em solidariedade.

— Você limpou a faca e guardou no lugar?

Brann concordou com a cabeça.

Bast bateu nos lábios, pensativo.

— Você achou que tivesse visto um grande rato. Ele assustou você. Você jogou a faca nele e se cortou. Ontem, uma das crianças lhe contou uma história sobre ratos que mastigavam as orelhas e os dedões dos pés de soldados enquanto eles dormiam. Isso lhe deu pesadelos.

Brann estremeceu.

— Quem foi que me contou a história?

Bast deu de ombros.

— Escolha alguém de quem você não goste.

O garotinho sorriu maldosamente.

Bast começou a fazer a contagem das coisas nos dedos.

— Bote um pouco de sangue na faca antes de jogá-la. — Apontou para o pano no qual o menino tinha enrolado a mão. — Livre-se disso também. O sangue está seco e obviamente velho. Você sabe fingir choro?

O garotinho fez que não com a cabeça e parecia um pouco constrangido com esse fato.

— Ponha um pouco de sal nos olhos. Fique encatarrado e lacrimejante antes de correr para eles. Uive e soluce. Então, quando eles perguntarem sobre sua mão, diga à mamãe que sente muito por ter quebrado a faca.

Brann ouviu com atenção, acenando a cabeça devagar no começo e, depois, mais rápido. E sorriu.

— Isso é bom. — Olhou ao redor, nervoso. — Quanto eu lhe devo?

— Algum segredo? — indagou Bast.

O filho do padeiro pensou por um minuto.

— O velho Lant está transando com a viúva Creel... — falou, esperançoso.

Bast fez um gesto desdenhoso com a mão.

— Há anos. Todo mundo sabe disso. — Coçou o nariz, depois falou: — Você poderia me trazer dois pães doces hoje mais tarde?

Brann fez que sim com a cabeça.

— É um bom começo — falou Bast. — O que você tem nos bolsos?

O menino revirou os bolsos e ergueu as duas mãos. Ele tinha dois calços de ferro, uma pedra lisa e esverdeada, o crânio de um pássaro, um emaranhado de cordéis e um pedaço de giz.

Bast pediu os cordéis. Então, com cuidado para não tocar nos calços, segurou a pedra esverdeada entre os dois dedos e arqueou uma das sobrancelhas para o garoto.

Após um momento de hesitação, o menino acenou com a cabeça.

Bast guardou a pedra no bolso.

— E se eu levar a surra de vara de qualquer jeito? — perguntou Brann.

Bast deu de ombros.

— Isso é problema seu. Você queria uma mentira. Eu lhe dei uma boa mentira. Se você quiser que eu tire você dessa encrenca, aí é outra coisa.

O filho do padeiro parecia decepcionado, mas fez que sim com a cabeça e caminhou morro abaixo.

Em seguida, subindo o morro, veio um garoto um pouco mais velho em roupas de lã puídas. Um dos garotos dos Alard, Kale. Ele tinha um lábio ferido e uma casca de sangue ao redor de uma narina. Estava furioso como apenas um menino de dez anos pode ficar. Sua expressão era tempestuosa.

— Eu flagrei meu irmão beijando a Gretta atrás do velho moinho! — falou assim que escalou o morro, sem esperar pela pergunta de Bast. — Ele sabe que eu gosto dela!

Bast abriu as mãos, impotente, e deu de ombros.

— Vingança. — O menino cuspiu.

— Vingança pública? — perguntou Bast. — Ou vingança secreta?

O menino tocou o lábio cortado com a língua.

— Vingança secreta — respondeu em voz baixa.

— Quanta vingança? — perguntou Bast.

O menino pensou por um segundo, então afastou as mãos uns sessenta centímetros uma da outra.

— Este tanto.

— Hummmm — falou Bast. — Quanto, numa escala de camundongo a touro?

O menino esfregou o nariz por um tempo.

— Do tamanho de um gato — falou ele. — Do tamanho de um cachorro, talvez. Não como o cachorro do Martin Maluco. Do tamanho dos cães dos Benton.

Bast assentiu e inclinou a cabeça, pensativo.

— Muito bem — falou. — Faça xixi nos sapatos dele.

O menino pareceu em dúvida.

— Isso não é uma vingança do tamanho de um cachorro.

Bast balançou a cabeça.

— Você faz xixi numa caneca e esconde. Deixe descansar um ou dois dias. Então, uma noite, quando ele deixar os sapatos junto ao fogo, você derrama o xixi neles. Não deixe empoçar, basta umedecê-los. De manhã, eles estarão secos e não vão feder demais...

— Pra que serve isso? — interrompeu o garoto, irritado. — Essa vingança não tem nem o tamanho de uma pulga!

Bast ergueu uma mão pedindo paciência.

— Quando os pés dele ficarem suados, ele vai começar a feder a xixi — falou calmamente. — Se ele pisar numa poça, vai feder a xixi. Se caminhar na neve, vai feder a xixi. Vai ser difícil descobrir de onde está vindo o mau cheiro, mas todo mundo vai saber que é o seu irmão que está fedendo. —

Bast sorriu para o garoto. — Imagino que Gretta não vá querer beijar um garoto que não para de se mijar.

Admiração pura espalhou-se pelo rosto do garotinho como a luz do sol nas montanhas.

— Essa é a coisa mais maldosa que eu já ouvi — falou ele, cheio de espanto.

Bast tentou parecer modesto, mas fracassou.

— Você tem alguma coisa para mim?

— Eu achei uma colmeia selvagem — falou o garoto.

— Para começar, vai servir — falou Bast. — Onde?

— Bem depois dos Orisson. Depois do Rio Pequeno.

O garoto se agachou e desenhou um mapa na terra.

— Você está vendo?

Bast acenou com a cabeça.

— Mais alguma coisa?

— Bem... eu sei onde o Martin Maluco mantém a destilaria...

Bast ergueu as sobrancelhas ao ouvir isso.

— Verdade?

O menino desenhou outro mapa e deu algumas indicações. Então ficou de pé, limpando a terra dos joelhos.

— Tenho uma mensagem também. Rike quer ver você.

Bast balançou a cabeça com firmeza.

— Ele conhece as regras. Diga-lhe que não.

— Eu já disse — retrucou o garoto, dando de ombros de modo comicamente exagerado. — Mas vou dizer de novo se o encontrar...

Depois de Kale, não havia mais crianças à espera, por isso, Bast enfiou o livro de couro debaixo do braço e deu um longo passeio. Encontrou algumas framboesas e comeu. Tomou um gole de água do poço de Ostlar.

Por fim Bast escalou até o topo de um promontório que ficava por ali, onde se esticou bastante antes de enfiar o exemplar encadernado em couro do *Celum Tinture* em um espinheiro no qual um galho largo formava um aconchegante recesso contra o tronco.

Então ergueu o olhar para o céu, límpido e brilhante. Sem nuvens.

Não havia muito vento. Cálido, mas não quente. Há bastante tempo não chovia. Não era dia de feira. Horas antes do meio-dia no dia da sega...

A sobrancelha do rapaz fez um pequeno vinco, como se ele realizasse algum cálculo complexo. Anuiu para si mesmo.

Depois Bast voltou ao promontório, passou pela casa do velho Lant e deu a volta nas sarças que delimitavam a fazenda de Alard. Quando chegou ao Rio Pequeno, cortou alguns juncos e preguiçosamente os aparou com uma pequena faca brilhante. Em seguida, tirou um cordel do bolso e os amarrou juntos, formando uma flauta de pã.

Bast soprou pelo topo e inclinou a cabeça para ouvir a doce dissonância. A faca brilhante aparou mais alguns e ele voltou a soprar. Dessa vez o som ficou mais próximo, o que fez com que a dissonância fosse muito mais irritante.

A faca de Bast se moveu de novo, uma, duas, três vezes. Então ele a pôs de lado e aproximou a flauta do rosto. Inspirou pelo nariz, sentindo seu cheiro verde. Depois lambeu os topos recém-cortados dos juncos, o movimento de sua língua mostrando um súbito, e espantoso, vermelho.

Então ele inspirou e soprou a flauta. Dessa vez o som foi límpido como o luar, vivo como um peixe saltitante, delicado como uma fruta roubada. Sorrindo, Bast partiu na direção do morro dos Benton e não tardou para que escutasse o balido baixo e sem sentido das ovelhas distantes.

Logo depois, o rapaz alcançou o topo de um morro e viu mais de vinte ovelhas gordas e estúpidas pastando a grama no vale verde abaixo. Aqui era sombrio e isolado. A ausência de chuva recente significava que o pastoreio seria melhor ali. As laterais íngremes do vale indicavam que as ovelhas não se afastariam, por isso não era necessário vigiar muito.

Uma jovem estava sentada à sombra de um olmo que se voltava para o vale. Ela havia retirado os sapatos e a touca. Seus cabelos compridos e volumosos eram da cor do trigo maduro.

Bast começou a tocar. Uma melodia perigosa. Doce e brilhante, lenta e maliciosa.

A pastora se empertigou ao ouvir aquilo, ou, ao menos, pareceu fazer isso no início. Ela ergueu a cabeça, agitada... mas não. Nem olhou em sua direção. Apenas se ergueu para se espreguiçar, elevando-se, apoiada nos dedões, com as mãos se contorcendo acima da cabeça.

Ainda aparentemente sem notar que faziam uma serenata para ela, a jovem pegou um cobertor próximo, esticou-o debaixo da árvore e voltou a sentar-se. Era um pouco estranho, pois ela ficara sentada ali antes sem o cobertor. Talvez tivesse apenas sentido mais frio.

Bast continuou a tocar enquanto descia o declive do vale na direção da jovem. Ele não tinha pressa, e a música que tocava era doce, divertida e lânguida ao mesmo tempo.

A pastora não deu sinal de notar a música ou o próprio Bast. Na verdade, ela olhava para longe dele, na direção do outro extremo do pequeno vale, como se estivesse curiosa pelo que as ovelhas poderiam estar fazendo ali. Quando virou a cabeça, expôs a adorável linha do pescoço, desde a orelha perfeita em forma de concha até o volume delicado dos seios, que apareciam acima do corpete.

Olhos fixos na jovem, Bast pisou numa pedra solta e cambaleou, de modo estranho, morro abaixo. Soprou uma única nota, dura e alta, depois soltou mais algumas notas da canção enquanto estendia ferozmente um dos braços para recuperar o equilíbrio.

Nesse momento, a pastora deu uma gargalhada, mas fitava, decidida, o outro extremo do vale. Talvez as ovelhas tivessem feito algo engraçado. Isso. Sem dúvida, era isso. Ovelhas podiam ser animais divertidos, às vezes.

Mesmo assim, ninguém poderia olhar para ovelhas durante tanto tempo. A jovem suspirou e relaxou, voltando a se recostar no tronco inclinado da árvore. O movimento acidentalmente puxou a barra de sua saia até um pouco acima do joelho. Suas panturrilhas eram redondas e bronzeadas, cobertas com ralos pelos cor de mel.

Bast continuou a olhar morro abaixo. Seus passos eram delicados e graciosos. Ele parecia um gato atrás da presa. E parecia estar dançando.

Aparentemente satisfeita com o fato de as ovelhas estarem em segurança, a pastora voltou a suspirar, fechou os olhos e inclinou a cabeça sobre o tronco da árvore. Seu rosto se virou para captar o sol. Parecia que estava prestes a adormecer e, a não ser pelos suspiros, sua respiração era bastante rápida. Quando mudou de posição, inquieta, para ficar mais à vontade, uma das mãos caiu de modo a, acidentalmente, puxar ainda mais para cima a barra do vestido, até mostrar um pedaço pálido da coxa.

É difícil rir enquanto se toca uma flauta de pã. De alguma maneira, Bast conseguiu.

O sol se elevava no céu quando o rapaz retornou à árvore reluzente, agradavelmente suado e levemente despenteado. Dessa vez, não havia crianças à sua espera perto das pedras cinzentas, o que lhe convinha.

De novo ele traçou um rápido círculo na árvore quando chegou ao topo do morro, uma vez em cada direção, para garantir que seus pequenos trabalhos ainda estivessem no lugar. Então desabou ao pé da árvore e se apoiou em seu tronco. Menos de um minuto depois, seus olhos estavam fechados e ele roncava baixinho.

Depois de mais de meia hora, o som quase silencioso de passos despertou o rapaz. Ele se esticou com vontade e avistou um garoto magro, sardento, com roupas que haviam passado um pouco do ponto em que simplesmente seriam chamadas de puídas.

— Kostrel! — cumprimentou Bast, animado. — Como está a estrada para Tinuë?

— Parece suficientemente ensolarada para mim hoje — retrucou o garoto enquanto chegava ao topo do morro. — E descobri um adorável segredo ao lado da estrada. Algo que achei que talvez lhe interessasse.

— Ah! Então venha sentar-se aqui — falou Bast. — Com que tipo de segredo você se deparou?

Com as pernas cruzadas, Kostrel sentou na grama ao lado do rapaz.

— Eu sei onde Emberlee toma banho.

Bast ergueu uma sobrancelha meio desdenhosa.

— Sério?

Kostrel deu um sorriso.

— Seu falso. Não finja que você não se importa.

— Claro que me importo — falou Bast. — Afinal de contas, ela é a sexta garota mais bonita da cidade.

— Sexta? — repetiu o garoto, indignado. — Ela é a segunda e você sabe disso.

— Talvez a quarta — concedeu Bast. — Depois de Ania.

— As pernas de Ania são finas como as de uma galinha — observou Kostrel calmamente.

Bast sorriu para o garoto.

— Gosto não se discute. Mas, sim. Estou interessado. Do que é que você gostaria em troca? Uma resposta, um favor, um segredo?

— Eu quero um favor *e* uma informação — falou o garoto com um sorrisinho. Os olhos escuros eram vivos no rosto fino. — Quero boas respostas para três perguntas. E isso vale a pena. Porque Emberlee é a terceira garota mais bonita na cidade.

Bast abriu a boca como se fosse protestar; em seguida, deu de ombros e sorriu.

— Sem favor. Mas vou lhe dar três respostas para um assunto combinado previamente — retrucou ele. — Qualquer assunto, desde que não seja relacionado com meu patrão, cuja confiança eu não posso, em sã consciência, trair.

Kostrel concordou com a cabeça.

— Três respostas *completas* — falou ele. — Sem embromação ou mentiras.

Bast assentiu.

— Desde que as perguntas sejam objetivas e específicas. Sem bobagens do tipo: *Me diga tudo o que você sabe sobre...*

— Isso não seria uma pergunta — comentou Kostrel.

— Exatamente — falou Bast. — E você concorda em não dizer a mais ninguém onde Emberlee toma seu banho? — Kostrel fez uma careta ao ouvir isso, e Bast deu uma risada. — Seu espertinho, você teria vendido isso vinte vezes, não teria?

O garoto deu de ombros, sem negar e também sem ficar constrangido.

— É uma informação valiosa.

Bast deu uma risadinha.

— Três respostas sérias e completas sobre um único assunto, com a certeza de que eu sou o único a quem você contou.

— Você é — falou o garoto sombriamente. — Eu vim aqui primeiro.

— E com a certeza de que você não vai contar a Emberlee que alguém sabe. — Kostrel pareceu tão ofendido ao ouvir isso que Bast nem se importou em esperar que ele concordasse. — E com a certeza de que você não vai aparecer também.

O garoto de olhos escuros cuspiu algumas palavras que surpreenderam Bast mais do que o uso anterior de "embromação".

— Ótimo — resmungou Kostrel. — Mas, se você não souber a resposta à minha pergunta, tenho o direito de fazer outra.

Bast pensou por um momento e concordou.

— E, se eu escolher um assunto sobre o qual você não sabe muita coisa, tenho o direito de escolher outro.

Outro aceno de cabeça.

— Isso é justo.

— E você me empresta outro livro — falou o garoto, seus olhos brilhando intensamente. — E uma moeda de cobre. E tem que descrever os peitos dela para mim.

Bast jogou a cabeça para trás e deu uma risada.

— Feito.

Eles apertaram-se as mãos para selar o acordo; a mão magra do garoto era tão delicada quanto a asa de um pássaro.

Bast se inclinou contra a árvore, bocejou e esfregou a parte de trás do pescoço.

— Então, qual é o assunto?

A expressão sombria de Kostrel se animou um pouco e ele sorriu, agitado.

— Quero saber sobre os encantados.

O fato de Bast terminar o grande bocejo como se nada importasse era significativo. É difícil bocejar e se esticar quando sua barriga dói como se você tivesse engolido um pedaço de ferro amargo e sua boca de repente ficasse seca.

Mas Bast era um fingidor profissional, por isso bocejou e se esticou, e foi capaz até de se coçar preguiçosamente debaixo do braço.

— E então? — O garoto perguntou impaciente. — Você sabe o suficiente sobre isso?

— Um bocado — respondeu Bast, e dessa vez ele foi muito bem-sucedido em parecer modesto. — Mais do que o seu pessoal, imagino.

Kostrel se inclinou para a frente, com o rosto fino decidido.

— Achei que poderia saber. Você não é daqui. *Sabe* coisas. Viu o que tem realmente lá fora, no mundo.

— Um pouco — admitiu Bast e ergueu o olhar para o sol. — Faça suas perguntas então. Tenho que estar em outro lugar assim que der meio-dia.

O garoto assentiu, sério. Depois, por um momento, baixou os olhos para a grama diante dele, pensando.

— Como é que eles são?

Bast piscou por um momento, confuso. Depois ele não conseguiu evitar rir e ergueu as mãos para o alto.

— Tehlu misericordioso. Você tem alguma ideia da loucura que é perguntar isso? Eles não são como qualquer outra criatura. São como são.

Kostrel parecia indignado.

— Não tente me enganar! — falou, apontando um dedo para Bast. — Eu disse sem embromação!

— Não estou enganando. Sério. Não estou. — Bast ergueu as mãos, na defensiva. — É que simplesmente é uma pergunta impossível de responder. O que você diria se eu lhe perguntasse como é o seu *povo*? Como você poderia responder isso? Há tantos tipos de pessoas e todos são diferentes.

— Então é uma pergunta grandiosa — falou Kostrel. — Me dê uma resposta grandiosa.

— Não é apenas grandiosa— retrucou Bast. — Ela encheria um livro.

O outro garoto encolheu os ombros, bem pouco solidário.

Bast fez uma careta.

— Eu poderia argumentar que sua pergunta não é nem objetiva nem específica.

Kostrel ergueu uma sobrancelha.

— Então estamos discutindo agora? Achei que estávamos trocando informações. Completas e livres? Se você me perguntasse onde a Emberlee ia tomar banho e eu dissesse "Num regato", você se sentiria como se eu tivesse pouca consideração por você, não é?

Bast suspirou.

— É justo. Mas, se eu lhe contasse cada boato e pedaço de história que já ouvi, isso levaria dias. A maior parte seria inútil e algumas coisas provavelmente nem seriam verdade porque são apenas histórias que ouvi.

Kostrel franziu a testa, mas, antes que pudesse protestar, Bast ergueu uma das mãos.

— Eis o que eu vou fazer: apesar da natureza pouco objetiva da sua pergunta, vou lhe dar uma resposta que engloba o formato geral das coisas e... — Bast hesitou — ...um segredo de verdade sobre o assunto. Está bem assim?

— Dois segredos — falou Kostrel, os olhos escuros brilhando, agitados.

— Parece justo. — Bast respirou fundo. — Quando você diz "encantados", se refere a qualquer criatura que vive no reino das fadas. Isso inclui um monte de coisas que são... apenas criaturas. Como os animais. Aqui vocês têm cães, esquilos e ursos. No reino das fadas, temos demônios raum, gnomos-de-dênera e...

— E duendes?

Bast acenou com a cabeça.

— E duendes. Eles são reais.

— E dragões?

Bast balançou a cabeça.

— Não que eu já tenha ouvido falar. Não mais...

Kostrel pareceu decepcionado.

— E quanto ao outros? Os latoeiros feéricos e coisas assim? — O garoto estreitou os olhos. — Sabe, essa não é uma nova pergunta, é apenas uma tentativa de tornar *parte* da sua resposta objetiva.

Bast não conseguiu controlar o riso.

— Pelo senhor e pela senhora. *Parte*? Sua mãe se assustou com um juiz quando estava grávida? Onde você ouve esse tipo de conversa?

— Eu fico acordado na igreja. — Kostrel deu de ombros. — E, algumas vezes, o abade Leoden me deixa ler os livros dele. Com que eles se parecem?

— Com pessoas normais — respondeu Bast.

— Feito você e eu? — indagou o garoto.

Bast disfarçou um sorriso.

— Feito você ou eu. Você mal notaria se eles passassem por você na rua. Mas há outros. Alguns deles são... diferentes. Mais poderosos.

— Como os Varsa-que-nunca-morrem?

— Alguns — concedeu Bast. — Mas são mais poderosos, de outras formas. Como o prefeito é mais poderoso. Ou como um usurário. — A expressão de Bast ficou amarga. Não é bom ficar perto... de muitos deles. Gostam de enganar as pessoas. Brincar com elas. Magoá-las.

Parte da agitação de Kostrel se foi ao ouvir isso.

— Eles parecem demônios.

Bast hesitou, em seguida acenou com a cabeça em relutante concordância.

— Alguns são muito parecidos com demônios — admitiu. — Ou tão parecidos que não faz diferença.

— Alguns deles são anjos também? — perguntou o garoto.

— É bom pensar assim — retrucou Bast. — Espero que sim.

— De onde eles vêm?

Bast inclinou a cabeça.

— Essa é a sua segunda pergunta? — indagou. — Imagino que deva ser, pois não tem nada a ver com a *aparência* deles...

Kostrel deu um sorriso e pareceu um pouco constrangido, embora Bast não soubesse dizer se estava envergonhado por ter se empolgado com as perguntas ou por ter sido flagrado tentando obter uma resposta gratuita.

— Desculpe — falou ele. — É verdade que uma fada não pode mentir?

— Algumas não podem — falou Bast. — Algumas não gostam. Algumas mentem alegremente, mas nunca quebram uma promessa nem retiram o que dizem. — Ele deu de ombros. — Outras mentem muito bem e fazem isso sempre que podem.

Kostrel começou a fazer outra pergunta, mas Bast limpou a garganta.

— Você tem que admitir — falou. — Essa é uma ótima resposta. Eu até lhe dei algumas perguntas gratuitas para ajudá-lo a se concentrar nas coisas, por assim dizer.

Sombrio, Kostrel acenou a cabeça levemente.

— Eis o seu primeiro segredo. — Bast esticou um dedo. — A maior parte deles não vem a este mundo. Não gostam dele. Ele arranha sua pele, como se vestissem aniagem. Mas, quando vêm, gostam de uns lugares mais do que outros. Gostam de lugares selvagens. Lugares secretos. Lugares estranhos. Há muitos tipos de fadas, muitas cortes e casas. E todos eles são governados segundo os próprios desejos.

Bast prosseguiu num tom baixinho de conspiração:

— Mas algo que agrada a todas as fadas são os locais com conexões para as coisas puras e verdadeiras que modelam o mundo. Locais tocados por fogo e pedras. Locais próximos à água e ao ar. Quando todos os quatro se encontram...

Bast fez uma pausa para ver se o garoto ia acrescentar alguma coisa. Mas o rosto de Kostrel perdera a vivacidade aguda que tinha antes. Ele parecia novamente uma criança, com a boca entreaberta e os olhos arregalados de admiração.

— Segundo segredo — falou Bast. — O povo feérico parece muito com a gente, mas não *exatamente*. A maioria tem alguma coisa que os torna diferentes. Os olhos. As orelhas. A cor do cabelo ou da pele. Algumas vezes, eles são mais altos do que o normal, ou mais baixos, mais fortes, ou mais bonitos.

— Como Feluriana.

— Isso. Isso — falou Bast com impaciência. — Como Feluriana. Mas qualquer fada que tenha a capacidade de viajar até aqui terá habilidade suficiente para disfarçar essas coisas. — Ele se reclinou, acenando com a cabeça para si mesmo. — É um tipo de magia da qual todo o povo fada compartilha.

Bast lançou esse comentário final como um pescador que joga uma isca.

Kostrel fechou a boca e engoliu em seco. Ele não lutou contra a linha. Nem soube que fora pego.

— Que tipo de magia eles sabem fazer?

Bast revirou os olhos dramaticamente.

— Ora, ora, essa pergunta vale outro livro inteiro.

— Bem, talvez você devesse *escrever* um livro então — falou Kostrel sem rodeios. — Aí vai poder me emprestar e matar dois coelhos com uma cajadada só.

O comentário pareceu ter pego Bast de surpresa.

— Escrever um livro?

— É o que fazem os sabe-tudo, não é? — retrucou Kostrel com sarcasmo. — Escrevem para poder se exibir.

Bast ficou pensativo por um momento, depois balançou a cabeça como se quisesse esvaziá-la.

— Muito bem. Eis o que eu sei. Eles nunca pensam nisso como magia. Nunca usam o termo. Falam de arte ou habilidade. Falam de aparência ou forma.

Ergueu os olhos para o sol e deu um muxoxo.

— Mas se eles fossem francos, e raramente são, veja você, diriam que praticamente tudo o que fazem é encantamento ou convencimento. Encantamento é a arte de fazer algo parecer. Convencimento é a habilidade de fazer algo ser.

Bast se adiantou antes que o garoto pudesse interrompê-lo:

— Encantamento é mais fácil. Eles podem fazer uma coisa parecer outra coisa. Poderiam fazer uma camisa branca parecer azul. Ou uma camisa rasgada parecer inteira. A maioria das fadas tem, ao menos, um pouco dessa arte. O suficiente para se disfarçarem aos olhos dos mortais. Se seu cabelo for totalmente branco e prateado, seu encantamento poderia fazê-lo parecer preto como a noite.

O rosto de Kostrel ainda estava perdido em admiração. Mas não era a admiração estúpida, profunda de antes. Era uma admiração reflexiva. Uma admiração inteligente, curiosa e faminta. Era o tipo de admiração que conduziria um garoto à pergunta que começava com um *como*.

Bast podia ver a forma dessas coisas se movendo nos olhos escuros do garoto. Seus malditos olhos inteligentes. Inteligentes demais para o próprio bem. Em breve essas admirações vagas começariam a se cristalizar em perguntas do tipo: "*Como é que eles fazem seu encantamento*?" ou, pior, "*Como é que um garoto poderia rompê-lo?*"

E o que dizer então, com uma pergunta como essas pairando no ar?

Nada de bom resultaria disso. Quebrar uma promessa feita e mentir pura e simplesmente eram o oposto de seu desejo. Era até pior fazer isso nesse lugar. Muito mais fácil dizer a verdade e então ter certeza de que algo aconteceria ao garoto...

Mas, sinceramente, gostava dele. Kostrel não era entediante nem simplório. Não era mesquinho nem baixo. Ele recuou. O garoto era engraçado e sombrio, faminto e mais vivo que quaisquer outras três pessoas na cidade juntas. Ele era brilhante como um vidro quebrado e agudo o suficiente para se cortar. E a Bast também, ao que parecia.

Esfregou o rosto. Isso não costumava acontecer. Ele nunca tinha ficado em conflito com o próprio desejo antes de chegar ali. Bast odiava isso. Era tão simplesmente unívoco antes. Querer e ter. Ver e pegar. Correr e perseguir. Sede e saciedade. E se ele fosse frustrado na busca de seu desejo... o que aconteceria? Era assim que as coisas eram. O desejo em si ainda era dele, ainda era puro.

Não era assim agora. Seus desejos se complicaram. Estavam constantemente em conflito. Ele se sentia infinitamente jogado contra si mesmo. Nada mais era simples, ele era forçado de tantas maneiras...

— Bast? — chamou Kostrel, com a cabeça inclinada para o lado e a preocupação evidente em seu rosto. — Você está bem? — perguntou ele. — Qual é o problema?

Bast deu um sorriso sincero. O garoto era curioso. Claro. Esse era o caminho. Essa era a estrada estreita entre um desejo e outro.

— Estava apenas pensando. Convencimento é muito mais difícil de explicar. Não posso dizer que eu mesmo entenda muito bem.

— Apenas faça o seu melhor — falou Kostrel em solidariedade. — Não importa o que você me disser, vai ser mais do que eu sei.

Não. Ele não poderia matar esse garoto. Seria difícil demais.

— Convencimento serve para mudar uma coisa — falou Bast, com um gesto inarticulado. —, tornar algo diferente do que é.

— Como fazer o cobre virar ouro? — indagou Kostrel. — É assim que eles fazem ouro de fadas?

Bast fez questão de sorrir ao ouvir a pergunta.

— Boa pergunta, mas isso é encantamento. É fácil, mas não dura muito tempo. Por isso as pessoas que pegam o ouro de fadas acabam com os bolsos cheios de pedras ou bolotas de manhã.

— Será que poderiam transformar cascalho em ouro? — perguntou Kostrel. — Se quisessem de verdade?

— Não é esse tipo de mudança — explicou Bast, ainda sorrindo e meneando a cabeça após ouvir a pergunta. — Isso é grande demais. Convencimento é sobre... mudança. É fazer uma coisa ser mais do que ela já é.

O rosto de Kostrel se contorceu, confuso.

Bast respirou fundo e soltou o ar pelo nariz.

— Me deixe tentar outra coisa. O que você tem nos bolsos?

Kostrel remexeu nos bolsos e estendeu as mãos. Havia um botão de latão, um pedaço de papel, um pedaço de lápis, uma pequena faca dobrável... e uma pedra com um buraco. Claro.

Bast lentamente percorreu com a mão a coleção de quinquilharias, finalmente parando acima da faca. Não era fina ou bonita, apenas um pedaço de madeira lisa, do tamanho de um dedo, com uma ranhura onde uma lâmina pequena, articulada, fora colocada.

Bast pegou-a delicadamente entre dois dedos e ajeitou-a no chão entre os dois.

— O que é isso?

Kostrel enfiou o restante de seus pertences no bolso.

— É a minha faca.

— É isso que ela é? — perguntou Bast.

Os olhos do garoto se estreitaram com desconfiança.

— O que mais poderia ser?

Bast tirou a própria faca. Era um pouco mais larga e, em vez de madeira, era entalhada num pedaço de chifre, polido e bonito. Bast abriu a faca e a lâmina reluzente brilhou ao sol.

Ele depositou a faca ao lado da do garoto.

— Você trocaria a sua faca pela minha?

Kostrel fitou o objeto com inveja. Mas, mesmo assim, não houve vestígio de hesitação antes que ele balançasse a cabeça em negativa

— Por que não?

— Porque é minha — respondeu o garoto, com a face obscurecida.

— A minha é melhor — falou Bast objetivamente.

Kostrel esticou a mão e pegou a faca, envolvendo-a com a mão possessivamente. Seu rosto estava sombrio como uma tempestade.

— Meu pai me deu isto — falou. — Antes de pegar a moeda do rei, virar soldado e nos salvar dos rebeldes. — Ele ergueu o olhar para Bast, como se o desafiasse a dizer uma palavra em contrário.

Bast não desviou os olhos dele, apenas acenou com a cabeça, sério.

— Então é mais do que uma faca — retrucou. — É especial para você.

Kostrel ainda apertava a faca ao acenar com a cabeça, piscando rapidamente.

— Para você, é a melhor faca.

Outro aceno de cabeça.

— Ela é mais importante que outras facas. E isso não é apenas uma *aparência* — falou Bast. — É algo que a faca *é*.

Houve um lampejo de compreensão nos olhos de Kostrel.

Bast acenou com a cabeça.

— Isso é convencimento. Agora imagine se alguém pudesse pegar uma faca e fazer com que fosse mais do que uma faca é. Transformá-la na melhor faca. Não apenas para si mesmo, mas para *qualquer um*. — Bast pegou a própria faca e fechou-a. — Se a pessoa for hábil mesmo, pode fazer isso com outra coisa, além da faca. Poderia fazer uma fogueira que fosse mais do que uma fogueira é. Mais faminta. Mais quente. Poderia pegar uma sombra... — Ele se interrompeu delicadamente, abrindo espaço no ar vazio.

Kostrel respirou fundo e se apressou para encher o ar com uma pergunta.

— Como Feluriana! — falou. — Foi isso que ela fez com a capa de sombra de Kvothe?

Bast concordo com a cabeça, sério, e ficou feliz com aquela pergunta, odiando que tivesse que ser *aquela* pergunta.

— Eu acho provável. O que uma sombra faz? Ela oculta, protege. A capa de sombra de Kvothe faz a mesma coisa, mas faz mais.

Kostrel anuía entendendo, e Bast prosseguiu depressa, ansioso por deixar para trás esse assunto em particular.

— Pense na própria Feluriana...

O garoto sorriu, e parecia não ter dificuldade em fazer isso.

— Uma mulher pode ser uma criatura bela — falou Bast lentamente. — Ela pode ser o foco do desejo. Feluriana é isso. Como a faca. A mais bela. O foco do maior desejo. Para todos... — Bast deixou que sua frase morresse delicadamente de novo.

Os olhos de Kostrel estavam muito distantes, obviamente deliberando sobre o assunto. Bast deu-lhe tempo para isso e, após um instante, outra pergunta brotou do garoto.

— Não poderia ser simplesmente encantamento? — quis saber ele.

— Ah — falou Bast, sorrindo. — Mas qual é a diferença entre *ser* bela e *parecer* bela?

— Ora... — Kostrel parou por um instante, depois se recompôs. — Uma é real e a outra não é. — Ele soou seguro, mas isso não se refletia em sua expressão. — Uma seria falsa. Você poderia ver a diferença, não poderia?

Bast deixou a pergunta no ar. Estava próxima, mas não muito.

— Qual é a diferença entre uma camisa que *parece* branca e uma camisa que *é* branca? — retrucou.

— Uma mulher não é a mesma coisa que uma camisa — falou Kostrel com imenso desprezo. — Você saberia se tocasse nela. Se ela parecesse macia e rosada como a Emberlee, mas o cabelo fosse como a cauda de um cavalo, você saberia que não era real.

— Encantamento não é apenas para olhos tolos — explicou Bast. — É para tudo. O ouro de fadas parece pesado. E um porco encantado teria o mesmo cheiro das rosas quando você o beijasse.

Kostrel se desestabilizou ao ouvir isso. A mudança de Emberlee para um porco encantado o fez sentir-se mais do que apenas ligeiramente horrorizado. Bast aguardou um momento para que ele se recuperasse.

— Não seria muito difícil encantar um porco? — perguntou ele afinal.

— Você é inteligente — falou Bast, encorajador. — Você tem toda a razão. E encantar uma garota bonita para que seja *mais* bonita não daria trabalho algum. É como pôr glacê num bolo.

Kostrel esfregou a bochecha, pensativo.

— Você pode usar encantamento e convencimento ao mesmo tempo?

Bast ficou genuinamente impressionado dessa vez.

— Foi isso que eu ouvi.

Kostrel assentiu para si mesmo.

— É isso que Feluriana deve fazer — falou. — Como creme no glacê do bolo.

— Acho que sim — falou Bast. — A fada que eu encontrei... — Parou abruptamente; a boca se fechando sem perda de tempo.

— Você conheceu algum deles?

Bast sorriu como uma armadilha para urso.

— Sim.

Dessa vez, Kostrel sentiu o anzol e a linha ao mesmo tempo. Mas era tarde demais.

— Seu filho da mãe!

— Eu sou — admitiu Bast animadamente.

— Você me fez perguntar isso.

— Eu fiz — falou Bast. — Era uma pergunta relacionada ao assunto e eu dei uma resposta completa sem ambiguidade.

Kostrel ficou de pé e partiu irritado, mas voltou um instante depois.

— Me dê uma moeda — exigiu.

Bast enfiou a mão no bolso e tirou uma moeda de cobre.

— Onde a Emberlee toma banho?

Kostrel o encarou com expressão furiosa, depois falou:

— Bem depois da Velha Ponte de Pedra, na direção dos morros por quase um quilômetro. Tem um pequeno vale com um olmo.

— E quando?

— Depois do almoço na fazenda Boggan. Depois que ela termina de lavar e pendurar a roupa.

Bast jogou a moeda para ele, ainda sorrindo feito louco.

— Espero que o seu pau caia — falou o garoto maliciosamente antes de sair batendo os pés morro abaixo.

Bast não conseguiu deixar de rir. Tentou fazer isso em silêncio para poupar os sentimentos do garoto, mas não teve muito sucesso.

Kostrel se virou no sopé do morro e gritou:

— E você ainda me deve um livro!

Bast parou de rir nesse momento quando alguma coisa disparou em sua memória. Entrou em pânico por um segundo ao perceber que o *Celum Tinture* não estava no lugar de sempre.

Depois recordou-se de ter deixado o livro na árvore no topo do morro e relaxou. O céu límpido não mostrava sinal de chuva. Era seguro o suficiente. Além disso, era praticamente meio-dia, talvez um pouco mais. Por isso, deu meia-volta e se apressou morro abaixo, sem querer chegar atrasado.

Bast correu pela maior parte do caminho até o pequeno vale arborizado e quando chegou estava suando feito um cavalo. A camisa colava nele de modo desagradável, por isso, enquanto descia a margem íngreme até a água, ele a tirou e usou para secar o suor do rosto.

Uma saliência rochosa, comprida e plana se estendia até o Rio Pequeno naquele local, formando um dos lados de uma piscina tranquila, onde o riacho se dobrava sobre si mesmo. Uma fileira de salgueiros pendia sobre a água, tornando o lugar privado e sombrio. A praia estava coberta com arbustos grossos e a água era lisa, calma e límpida.

Com o peito nu, Bast caminhou até a saliência íngreme. Vestido, o rosto e as mãos faziam com que ele parecesse magro, mas sem camisa seus ombros largos eram surpreendentes, mais do tipo que você poderia esperar ver num trabalhador rural, em vez de em um preguiçoso que fazia pouco mais do que perambular por uma hospedaria vazia o dia inteiro.

Assim que saiu da sombra dos salgueiros, Bast se ajoelhou e mergulhou a camisa na água. Então torceu-a por cima da cabeça, estremecendo um pouco por causa do frio. Esfregou o peito e os braços com força, sacudindo gotas de água do rosto.

Pôs a camisa de lado, segurou a borda de pedra na beirada do lago, então respirou fundo e abaixou a cabeça. O movimento fez os músculos ao longo das costas e dos ombros se contraírem. Um instante depois retirou a cabeça, arfando levemente e sacudindo a água do cabelo.

Então Bast ficou parado ali, alisando o cabelo com ambas as mãos. A água escorria pelo peito, criando trilhas nos pelos escuros e descendo pela barriga reta.

Ele se sacudiu um pouco, depois foi até um nicho escuro feito por uma beirada irregular da rocha que assomava mais acima. Tateou por um momento antes de retirar um pedaço de sabão cor de manteiga.

Bast se ajoelhou de novo na beira da água, mergulhando a camisa algumas vezes, depois esfregou-a com sabão. Isso levou algum tempo, pois ele não tinha tábua de lavar, e obviamente não queria esfregar a camisa nas rochas ásperas. Ensaboou e enxaguou a camisa algumas vezes, torcendo-a com as mãos e deixando os músculos dos braços e dos ombros tensos e doloridos. Ele foi cuidadoso, embora ao terminar estivesse completamente encharcado e salpicado de espuma.

Bast estendeu a camisa numa pedra ensolarada para secar. E começou a tirar a calça, depois parou e inclinou a cabeça para um lado, tentando tirar a água do ouvido.

Talvez tenha sido por causa da água no ouvido que Bast não escutou o chilreio agitado que vinha dos arbustos que cresciam ao longo da praia. Um som que poderia compreensivelmente ser de pardais tagarelando entre os galhos. Um bando de pardais. Alguns bandos, talvez.

E se Bast também não tivesse visto os arbustos se moverem? Ou notado que, entre a folhagem que pendia dos galhos de salgueiro, havia cores que normalmente não eram encontradas em árvores? Algumas vezes, rosa-claro; outras, vermelho. Algumas vezes, um amarelo malvisto ou um azul de centáurea. E embora fosse verdade que os vestidos pudessem vir naquelas cores... bem... os pássaros também. Tentilhões e gaios. E, além disso, era quase do conhecimento comum entre as jovens da cidade que o rapaz moreno que trabalhava na hospedaria era terrivelmente míope.

Os pardais chilrearam nos arbustos enquanto Bast voltava a puxar o cordão da calça. O nó aparentemente estava lhe dando algum trabalho. Durante um tempo, Bast remexeu nele, então ficou frustrado e se espreguiçou como um gato, com os braços se arqueando acima da cabeça e o corpo curvando-se como um arco.

Finalmente conseguiu afrouxar o nó e se livrou da calça. Não vestia nada por baixo. Ele a deixou de lado e do salgueiro partiu um tipo de grasnido que poderia ter vindo de uma ave maior. Uma garça-real, talvez. Ou um corvo. E se um galho balançasse violentamente ao mesmo tempo, bem, talvez um pássaro tivesse se inclinado e quase caído. Parecia razoável afirmar que alguns pássaros eram mais desajeitados do que outros. Além disso, nesse momento Bast estava olhando em outra direção.

O rapaz mergulhou então, respingando água como um menino e perdendo o fôlego por causa do frio. Após alguns minutos, deslocou-se até uma parte mais rasa da piscina, onde a água se elevava até quase alcançar sua cintura estreita.

Debaixo d'água, um observador cuidadoso poderia notar que as pernas do jovem eram um pouco... estranhas. Mas havia sombra e todos sabem que a água reflete a luz de modo estranho, fazendo com que as coisas pareçam diferentes do que são. Além disso, os pássaros não são os observadores mais atentos, muito menos quando sua atenção se concentra em outra parte.

Mais ou menos uma hora depois, ligeiramente molhado e cheirando a sabonete de madressilva, Bast escalou o morro até onde tinha certeza de que deixara o livro do mestre. Era o terceiro morro que ele escalava na última meia hora.

Quando chegou ao topo, Bast relaxou ao ver o espinheiro. Aproximando-se, viu que era a árvore correta; o vale se situava à direita, tal como ele se recordava. Mas o livro sumira. Ao circundar a árvore, viu que ele não tinha caído no solo.

Então o vento se agitou e Bast viu uma coisa branca. Sentiu um súbito calafrio, temendo que fosse uma página arrancada do livro. Poucas coisas irritavam mais o mestre do que um livro malcuidado.

Mas não. Esticando a mão para pegar a coisa branca, Bast não tocou em papel. Era um fragmento liso de tronco de bétula. Ele o pegou e viu as letras rudemente entalhadas na lateral:

TENHO QUE CONVERSÁ COCÊ. É IMPROTANTE.
RIKE

Tarde: Pássaros e abelhas

Sem ter ideia de onde poderia encontrar Rike, Bast retornou até a árvore reluzente. Ele tinha acabado de se sentar no lugar de sempre quando uma garotinha apareceu na clareira.

Ela não parou na pedra cinzenta e, em vez disso, subiu com dificuldade o morro. Era mais nova do que os outros, seis ou sete anos. Vestia um vestido azul-escuro e fitas de um violeta escuro se contorciam pelo cabelo cuidadosamente cacheado.

Ela nunca tinha ido à árvore antes, mas Bast já a vira. Mesmo que não tivesse visto, ele poderia adivinhar pelas roupas finas e o cheiro de água de rosas que era Viette, a filha mais nova do prefeito.

A menina subiu lentamente a colina, trazendo alguma coisa peluda no braço. Quando chegou ao topo do morro, parou, nervosa, mas ainda à espera.

Bast a fitou em silêncio por um momento.

— Você conhece as regras? — perguntou ele.

Ela ficou parada, com as fitas violeta no cabelo. Obviamente estava um pouco assustada, mas o lábio inferior se projetou, desafiador. Acenou com a cabeça.

A garotinha lambeu os lábios e começou a recitar com voz monótona:

— Ninguém mais alto que a pedra. — Ela apontou para a pedra cinzenta no sopé do morro. — Vá até a árvore escura. Vá sozinha.

E pôs o dedo sobre os lábios, imitando alguém pedindo silêncio.

— Não diga...

— Espere aí — interrompeu Bast. — Você diz as duas últimas regras tocando na árvore.

A garotinha empalideceu um pouco ao ouvir isso, mas deu um passo à frente e pôs a mão contra a madeira descolorida pelo sol da árvore há muito morta.

Viette pigarreou mais uma vez, então fez uma pausa e os lábios se moveram em silêncio enquanto ela percorria o início do poema até reencontrar a sua deixa:

— Não diga aos adultos o que foi conversado, caso contrário, o raio atinge e mata você.

Quando a menina pronunciou a última palavra, engasgou e puxou a mão de volta, como se algo tivesse queimado ou mordido seus dedos. Os olhos se arregalaram quando ela olhou para as pontas dos dedos e viu que tinham um rosado saudável e intocado. Bast disfarçou um sorriso atrás da mão.

— Muito bem então — falou. — Você conhece as regras. Eu guardo seus segredos e você guarda os meus. Posso responder perguntas ou ajudar você a resolver um problema. — Ele sentou-se mais uma vez, com as costas na árvore, para ficar na altura dos olhos da garota. — O que você quer?

Viette estendeu a minúscula bolinha de pelos brancos que trazia nos braços. A bolinha miou.

— Ele é um gatinho mágico? — perguntou ela.

Bast segurou o gatinho em sua mão e examinou. Era uma coisinha sonolenta, quase que toda branca. Um olho era azul, o outro, verde.

— Na verdade, é — falou, surpreso. — Pelo menos, um pouco. — E o devolveu.

Ela acenou com a cabeça, séria.

— Eu quero chamar de Princesa Bolinho com Glacê.

Bast simplesmente a encarou, surpreso.

— Está bem.

A garotinha olhou para ele de cara feia.

— Eu não sei se é menina ou menino!

— Ah — falou Bast. Esticou a mão, pegou o gatinho, acariciou-o e o devolveu. — É uma menina.

A filha do prefeito estreitou os olhos ao ouvir isso.

— Você está mentindo?

Bast piscou para a garota, depois deu uma risada.

— Por que você acreditaria em mim da primeira vez, mas não da segunda? — perguntou ele.

— Dava para *ver* que era um gatinho mágico — falou Viette, revirando os olhos, exasperada. — Só queria ter certeza. Mas o gatinho não está usando vestido. Não tem fitas nem laços. Como você pode saber que é uma menina?

Bast abriu a boca e fechou-a de novo. Ela não era a filha de um fazendeiro. Viette tinha uma governanta e um armário cheio de roupas. Não passava o tempo com ovelhas, porcos e cabras. Nunca vira um cordeiro nascer. Tinha uma irmã mais velha, mas não tinha irmãos...

Ele hesitou; preferia não mentir. Não ali. Mas ele não tinha prometido responder à pergunta, não tinha feito nenhum tipo de acordo com ela. Isso deixava as coisas mais fáceis. Um bocado mais fáceis do que ter um prefeito irritado vindo à Marco do Percurso e querendo saber por que a filha subitamente aprendera a palavra "pênis".

— Eu faço cosquinha na barriga do gatinho — respondeu Bast com facilidade. — E, se ele pisca pra mim, sei que é uma menina.

Viette ficou satisfeita com a explicação e acenou a cabeça com gravidade.

— Como posso fazer o meu pai me deixar ficar com ele?

— Você já pediu para ele com educação?

Ela fez que sim com a cabeça.

— Papai odeia gatos.

— Implorou e chorou?

Sim com a cabeça.

— Gritou e bateu os pés?

Ela revirou os olhos e deu um suspiro exasperado.

— Eu *tentei* tudo isso ou não estaria aqui.

Bast pensou por um momento.

— Muito bem. Primeiro, você tem que pegar um pouco de comida para alguns dias. Biscoitos. Salsichas. Maçãs. Esconda isso no seu quarto num lugar onde ninguém encontre. Nem a sua governanta. Nem mesmo a criada. Você tem um lugar assim?

A garotinha concordou com a cabeça.

— Então vá e pergunte ao seu pai mais uma vez. Seja gentil e educada. Se ele disser não, não fique zangada. Simplesmente lhe diga que você ama o gatinho. Diga que, se não pode ficar com ele, tem medo de ficar muito triste e morrer.

— Ele ainda vai dizer que não — falou a garotinha.

Bast deu de ombros.

— Provavelmente. A segunda parte é a seguinte: hoje à noite, brinque com a comida. Não coma. Nem mesmo a sobremesa. — A garotinha começou a dizer algo, mas Bast ergueu uma das mãos. — Se alguém perguntar, diga apenas que não está com fome. Não mencione o gatinho. Quando você estiver sozinha no seu quarto à noite, coma um pouco da comida que escondeu.

A garotinha parecia pensativa.

Bast continuou:

— Amanhã, não levante da cama. Diga que está cansada demais. Não tome o café da manhã. Não coma o seu almoço. Você pode beber um pouco de água, mas só goles. Apenas fique deitada na cama. Quando eles perguntarem qual é o problema...

Ela se animou.

— Digo que quero meu gatinho!

Bast balançou a cabeça, com expressão sombria.

— Não. Isso vai estragar tudo. Apenas diga que está cansada. Se eles deixarem você sozinha, pode comer, mas tem que ter cuidado. Se a pegarem, você nunca vai ter o gatinho.

A garotinha estava ouvindo com atenção agora, com as sobrancelhas franzidas de concentração.

— Na hora do jantar, eles vão estar preocupados. E vão oferecer mais comida. As suas favoritas. Continue dizendo que não está com fome. Que só está cansada. Apenas fique deitada no quarto. Não fale. Faça isso o dia inteiro.

— Será que eu posso fazer xixi?

Bast assentiu.

— Mas lembre-se de agir como se estivesse cansada. Nada de brincadeiras. No dia seguinte, eles estarão apavorados. Vão chamar um médico. Vão tentar fazer você tomar um caldo. Vão tentar de tudo. Em algum momento, seu pai vai estar lá e perguntará qual é o problema.

Bast sorriu para ela.

— É aí que você começa a chorar. Nada de gritos. Nada de soluços. Apenas lágrimas. Só fique deitada e chore. Então você diz que sente muita falta do gatinho. Sente tanta falta dele que não quer mais viver.

A garotinha pensou por um momento, acariciando o gatinho, distraída, com uma das mãos. Finalmente, concordou com a cabeça e disse:

— Está bem. — E se virou para ir embora.

— Espere aí! — falou Bast rapidamente. — Eu lhe dei o que você queria. Agora você está me devendo.

A garotinha deu meia-volta, e sua expressão era uma mistura curiosa de surpresa e constrangimento embaraçado.

— Eu não trouxe dinheiro — falou ela, sem fitá-lo nos olhos.

— Nada de dinheiro — retrucou Bast. — Eu lhe dei duas respostas e um meio de ficar com o gatinho. Você me deve três coisas e paga com presentes e favores. Paga com segredos...

Ela pensou por um momento.

— O papai esconde a chave do cofre-forte dentro do relógio sobre a cornija da lareira.

Bast acenou com a cabeça em aprovação.

— Esse foi um.

A garotinha ergueu os olhos para o céu, ainda acariciando o gatinho.

— Uma vez eu vi a mamãe beijando a criada.

Bast ergueu uma das sobrancelhas ao ouvir isso.

— São dois...

A garota pôs o dedo no ouvido e remexeu lá dentro.

— É só isso, acho.

— E que tal um favor? — falou Bast. — Preciso que você me traga duas dúzias de margaridas com caules compridos. E uma fita azul. E duas braçadas de ciúmes.

O rosto de Viette se enrugou denotando confusão.

— O que é ciúmes?

— Uma flor — explicou Bast, e também pareceu confuso. — Talvez você chame de balsamina? Elas crescem espalhadas por aqui — falou, fazendo um gesto amplo com as duas mãos.

— Você quer dizer "gerânios"? — perguntou ela.

Bast balançou a cabeça.

— Não. Elas têm as pétalas soltas e são grandes assim. — Ele traçou um círculo com o polegar e o dedo do meio. — São amarelas, laranja e vermelhas...

A garota o encarou sem expressão.

— A viúva Creel as mantém nas jardineiras da janela — emendou Bast. — Quando você toca as vagens, elas se mexem...

A face de Viette se iluminou.

— Ah! Você está falando das *não-me-toques* — retrucou ela, num tom de voz condescendente. — Eu posso trazer um monte delas. Isso é *fácil.* — E deu meia-volta, correndo morro abaixo.

Bast gritou antes que ela tivesse dado seis passos.

— Espere aí! — Quando ela girou, ele perguntou: — O que você vai dizer se alguém perguntar para quem você está colhendo flores?

Ela revirou os olhos novamente.

— Digo que não é da conta de ninguém — falou. — Porque meu pai é o prefeito.

Depois que Viette se foi, um assobio alto fez Bast baixar os olhos na direção da pedra cinzenta. Não havia crianças à espera ali.

Ele ouviu o assobio de novo e se pôs de pé, esticando-se muito e com vontade. Muitas jovenzinhas da cidade teriam ficado surpresas ao saber da facilidade com que ele avistou o vulto de pé nas sombras da árvore, na beirada da clareira, a sessenta metros.

Bast desceu o morro devagar, cruzando o campo gramado na direção da sombra das árvores. Havia um garoto mais velho ali, com rosto sujo e um nariz de lutador. Devia estar perto dos doze anos, e a camisa e a calça eram pequenas demais para ele, mostrando partes demais dos pulsos sujos nos punhos e os calcanhares nus embaixo. Ele estava descalço e tinha um cheiro levemente azedo.

— Rike. — A voz de Bast não tinha o tom amigável e brincalhão que ele usava para as outras crianças da cidade. Como está a estrada para Tinuë?

— É uma droga de caminho comprido — falou o garoto amargamente, sem fitar Bast nos olhos. — Moramos no fim de lugar nenhum.

— Vejo que você está com o meu livro — observou Bast.

O garoto o estendeu.

— Eu não tava tentando roubar — resmungou ele rapidamente. — Só precisava falar com você.

Bast pegou o livro em silêncio.

— Eu não violei as regras — falou o garoto. — Nem entrei na clareira. Mas preciso de ajuda. E vou pagar por ela.

— Você mentiu pra mim, Rike — falou Bast em tom severo.

— E não paguei por isso? — quis saber o garoto, irritado, e ergueu o olhar pela primeira vez. — Não paguei por isso dez vezes? A minha vida já não tá uma merda pra ter mais merda em cima disso tudo?

— E nada disso faz sentido porque você está velho demais agora — falou Bast sem rodeios.

— Também não! — O garoto bateu um dos pés, depois fez um esforço e respirou fundo; era visível que ele se obrigava a controlar o mau gênio. — Tam é mais velho do que eu e ainda pode vir até a árvore. Eu simplesmente sou mais alto que ele!

— São as regras — retrucou Bast.

— É uma regra de merda! — gritou o garoto, cerrando os punhos com irritação. — E você é um bastardinho de merda, que merece levar mais correadas do que ele!

Fez-se silêncio depois e só foi interrompido pela respiração entrecortada do garoto. Os olhos de Rike estavam fixos no solo, punhos cerrados ao lado do corpo; ele tremia.

Os olhos de Bast se estreitaram muito sutilmente.

A voz do outro garoto era rouca.

— Apenas um — falou Rike. — Apenas um favor e só desta vez. É um favor grande. Mas eu vou pagar. Vou pagar o triplo.

Bast respirou fundo e soltou um suspiro.

— Rike, eu...

— Por favor, Bast! — Ele ainda tremia, mas Bast percebeu que a voz do garoto já não tinha raiva. — Por favor! — Os olhos ainda estavam fixos no solo e ele deu um passo hesitante à frente. — Apenas... por favor! — Sua mão se esticou e ele apenas a deixou cair, inútil, como se o garoto não soubesse o que fazer com ela. Por fim, agarrou a manga da camisa de Bast e puxou uma vez, sem força, antes de deixar a mão cair novamente ao lado do corpo. — Não posso resolver isso sozinho. — Rike ergueu o olhar; olhos cheios de lágrima. Seu rosto estava contorcido num nó de raiva e medo. Um garoto jovem demais para evitar chorar, mas ainda assim velho o suficiente para não conseguir evitar se odiar por fazer isso.

— Eu preciso me livrar do meu pai — falou com voz entrecortada. — Não consigo imaginar um jeito. Eu poderia bater nele enquanto está adormecido, mas minha mãe ia descobrir. Ele bebe e bate nela. E ela chora o tempo todo e aí ele bate mais nela.

Rike voltara a fitar o solo e as palavras saíam dele num esguicho:

— Eu poderia fazer isso quando ele estivesse bêbado por aí, mas ele é muito grande. Não conseguiria movê-lo. Eles encontrariam o corpo e aí os juízes me pegariam. Eu não ia conseguir olhar nos olhos da minha mãe. Não se ela soubesse. Não posso nem pensar como ela ficaria se soubesse que sou o tipo de pessoa que mata o próprio pai.

Ele ergueu o olhar então, o rosto furioso, olhos vermelhos de chorar.

— Mas eu faria isso. Eu o mataria. Você só tem que me dizer como.

Fez-se um momento de silêncio.

— Está bem — falou Bast.

Eles desceram até o rio, onde poderiam tomar água e Rike poderia lavar o rosto e se recompor. Quando o rosto do garoto ficou mais limpo, Bast percebeu que nem toda a sujeira era terra. Era fácil confundir, pois o sol do verão o bronzeara até uma cor marrom e forte de noz. Mesmo depois de se limpar, era difícil dizer que eram os suaves vestígios de machucados.

Mas, rumor ou não, os olhos de Bast eram atentos. Bochechas e mandíbulas. Mancha escura ao redor de um dos pulsos finos. E, quando ele se curvou para tomar um gole do riacho, Bast entreviu as costas do garoto...

— Então — falou Bast quando eles se sentaram ao lado do regato —, o que exatamente você quer? Quer matá-lo ou apenas quer que ele suma?

— Se apenas sumisse, eu nunca voltaria a dormir de novo temendo que ele voltasse — falou Rike, e depois ficou quieto por um tempo. — Uma vez ele sumiu por dois meses. — O garoto esboçou um sorriso. — Foi uma época boa, só eu e a minha mãe. Era como se fosse meu aniversário todo dia quando eu acordava e ele não estava lá. Eu nunca imaginei que minha mãe sabia cantar...

Rike voltou a ficar em silêncio.

— Pensei que ele tinha caído em algum lugar, bêbado, e que finalmente tivesse quebrado o pescoço. Mas ele só tinha trocado um ano de peles por dinheiro para beber. Ele havia ficado em sua cabana de caça, naquele estupor de bêbado, durante metade do mês, a pouco menos de dois quilômetros.

O garoto balançou a cabeça, com mais firmeza dessa vez.

— Não, se ele for embora, não vai ficar longe.

— Eu posso imaginar como — falou Bast. — É isso que eu faço. Mas você precisa me dizer o que quer de verdade.

Rike permaneceu sentado por um longo tempo, com a mandíbula abrindo e fechando.

— Que ele se vá — falou por fim. As palavras pareciam presas em sua garganta. — Desde que ele fique longe para sempre. Se você puder mesmo fazer isso.

— Eu posso fazer — retrucou Bast.

Rike olhou para as mãos por um bom tempo.

— Que ele se vá então. Eu o mataria. Mas esse tipo de coisa *num* dá certo. Não quero ser esse tipo de homem. Um homem não deveria matar o próprio pai.

— Eu poderia fazer isso para você — falou Bast tranquilamente.

Rike ficou sentado durante algum tempo e depois fez que não com a cabeça.

— É a mesma coisa, *num* é? De um jeito ou de outro, sou eu. E, se fosse eu, seria mais honesto fazer com as minhas mãos do que com a minha boca.

Bast concordou com a cabeça.

— Certo então. Que ele se vá para sempre.

— E sem demora — emendou Rike.

Bast suspirou e ergueu o olhar para o sol. Ele já tinha coisas para fazer hoje. As rodas giratórias do desejo não paravam de girar porque um fazendeiro bebia demais. Logo Emberlee iria tomar seu banho. Supostamente ele devia pegar cenouras.

Ele não devia nada ao garoto. Ao contrário. O garoto havia mentido para ele. Quebrado a promessa. E embora Bast tivesse resolvido a questão com decisão, de tal modo que nenhuma outra criança na cidade jamais sonharia enganá-lo assim de novo... a lembrança ainda o irritava. A ideia de ajudá-lo agora, apesar disso, parecia o oposto de seu desejo.

— *Tem que ser logo* — falou Rike. — Ele está piorando. Eu posso fugir, mas minha mãe não pode. E a pequena Bip também não. E...

— Muito bem. Muito bem... — Bast o interrompeu com um gesto das mãos. — Em breve.

Rike engoliu em seco.

— Quanto isso vai me custar? — perguntou ele, ansioso.

— Muito — respondeu Bast, sombrio. — Não estamos falando de fitas nem de botões aqui. Pense no quanto você quer isso. Pense em como é grandioso. — Ele olhou nos olhos do garoto sem desviar. — Três vezes é o que você me deve. Além de mais alguma coisa por ser tão rápido. — Ele continuou olhando fixo para o garoto. — Pense com cuidado nisso.

Rike estava um pouco pálido agora, mas acenou com a cabeça em concordância sem desviar o olhar.

— Você pode ter o que quiser de mim — falou. — Mas nada da minha mãe. Não tem muita coisa dela que meu pai já não tenha usado para pagar bebida.

— Vamos resolver isso — falou Bast. — Mas não será algo dela. Prometo.

Rike respirou fundo, depois balançou a cabeça com força.

— Muito bem. Por onde começamos?

Bast apontou para o riacho.

— Encontre uma pedra do rio com um buraco nela e traga-a para mim.

Rike fitou Bast com uma expressão estranha.

— Você quer uma pedra de fada?

— Pedra de fada — respondeu Bast com tal zombaria ácida que

Rike corou, constrangido. — Você é velho demais para essa bobagem. — Bast deu uma olhadela no garoto. — Quer ou não a minha ajuda? — perguntou.

— Quero — respondeu Rike baixinho.

— Então, quero uma pedra do rio. — Bast apontou de volta para o riacho. — Você é quem tem que encontrar — falou ele. — Não pode ser outra pessoa. E você tem que encontrá-la seca na praia.

Rike concordou com a cabeça.

— Certo, então. — Bast bateu as palmas das mãos duas vezes. — Agora vá.

Rike se foi e Bast voltou para a sua árvore. Nenhuma criança aguardava para conversar com ele, por isso passou o tempo ociosamente. Jogou pedras no riacho próximo e folheou o *Celum Tinture*, olhando algumas das ilustrações. Calcificação. Trituração. Sublimação.

Brann, animado por não ter levado uma surra e com uma das mãos enfaixada, trouxe-lhe dois pãezinhos doces enrolados num lenço branco. Bast comeu o primeiro e deixou o segundo de lado.

Viette trouxe braçadas de flores e uma fita azul fina. Bast trançou as margaridas numa coroa, passando a fita através dos caules.

Em seguida, erguendo os olhos para o sol, viu que estava quase na hora. Tirou a camisa e a encheu com a guirlanda de não-me-toques vermelhas e amarelas que Viette trouxera. Acrescentou o lenço e a coroa em seguida; pegou um bastão e fez uma trouxa de modo a carregar tudo com mais facilidade.

Passou pela Velha Ponte de Pedra, depois caminhou morro acima e deu a volta numa colina até encontrar o local que Kostrel descrevera. Ficava oculto da vista e o riacho se curvava e remoinhava numa piscina pequena e adorável, perfeita para um banho privado.

Bast sentou-se atrás de alguns arbustos e, após quase meia hora de espera, cochilou. O estalido agudo de um galho e um fragmento de canção o despertaram, e ele avistou uma jovem descendo cuidadosamente a encosta íngreme até a beira da água.

Movendo-se em silêncio, Bast deu passos leves rio acima, carregando sua trouxa. Dois minutos depois, estava ajoelhado na margem relvada com a pilha de flores a seu lado.

Pegou uma flor amarela e inspirou delicadamente. Conforme sua respiração roçava as pétalas, a cor desapareceu e transformou-se num delicado azul. Ele a deixou cair e a corrente levou-a rio abaixo.

Bast juntou um punhado de buquês de flores, vermelhas e cor de laranja, e voltou a inspirar. Elas também se mexeram e modificaram até adquirirem uma cor azul-clara vibrante. Ele as espalhou na superfície do riacho. Fez isso mais duas vezes até acabarem as flores.

Depois, pegando o lenço e a coroa de margaridas, correu novamente rio abaixo até o pequeno e agradável vale com o olmo. Ele se movera rápido o suficiente para que Emberlee estivesse apenas se aproximando da beira da água.

Delicadamente e em silêncio, Bast se esgueirou até o olmo. Mesmo com uma das mãos segurando o lenço e a coroa, subiu a encosta tão rápido quanto um esquilo.

Bast se deitou sobre um galho baixo, protegido por folhas, e respirou rápido, mas não com força. Emberlee retirava as meias e as arrumava cuidadosamente numa sebe próxima. O cabelo era de um louro-acobreado e brilhante, caindo em cachos preguiçosos. O rosto era delicado e redondo, de um adorável tom claro e rosado.

Bast sorriu ao observá-la se virar, primeiro para a esquerda, depois para a direita. Então ela começou a desamarrar o corpete. O vestido era azul-claro, debruado de amarelo, e, quando ela o esticou sobre a sebe, ele se agitou e se esticou, desajeitado como a asa de uma grande ave. Talvez alguma combinação fantástica de tentilhão com gralha.

Vestida somente com a combinação branca, Emberlee olhou ao redor: esquerda, depois direita. Então ela se balançou até a peça cair: um movimento fascinante. Jogou a combinação no chão e ficou parada ali, nua como a lua. A pele cor de creme com as sardas era impressionante. Os quadris, amplos e adoráveis. As pontas dos seios, pintadas com o mais claro cor-de-rosa.

Ela caminhou levemente para dentro d'água. E deu uma série de gritinhos desanimados por causa do frio. Refletindo sobre eles, não eram parecidos com os de um corvo, embora pudessem, talvez, ser remotamente semelhantes ao de uma garça.

Emberlee se lavou um pouco, espalhando água e estremecendo. Ela se ensaboou, mergulhou a cabeça no rio e subiu, arfando. Molhado, seu cabelo ficou da cor das cerejas maduras.

Foi então que as primeiras não-me-toques azuis chegaram, boiando na água. Ela observou com curiosidade enquanto as flores flutuavam e começou a fazer espuma no cabelo.

Mais flores se seguiram. Desceram pelo rio e fizeram círculos ao redor dela, presas na lenta correnteza. Ela as observou, impressionada. Depois retirou um punhado da água com as mãos em concha e as aproximou do rosto, puxando o ar para cheirá-las.

Ela riu, encantada, e mergulhou sob a superfície, emergindo no meio das flores; a água escorreu pela pele clara, descendo pelos seios nus. Flores se prenderam a ela, como se relutassem em ir embora.

Foi então que Bast caiu da árvore.

Breve e agitadamente, ele arranhou os dedos contra a casca da árvore, um pouco como um grito, depois bateu no solo como um saco de sebo. Ficou deitado de costas na grama e deixou escapar um gemido baixo e infeliz.

Ele ouviu um respingo e então Emberlee apareceu acima dele. Ela segurava a combinação branca diante de si. Bast ergueu o olhar de onde estava deitado na grama alta.

Tivera sorte de aterrissar naquele trecho de turfa elástica, acolchoado com grama verde e alta. Uns metros adiante, ele teria se arrebentado contra as rochas. Mais um metro na outra direção e chafurdaria na lama.

Emberlee se ajoelhou ao lado dele, a pele clara, os cabelos escuros. Uma das flores estava presa no seu pescoço — tinha a mesma cor de seus olhos, um azul-claro vibrante.

— Ah — murmurou Bast animado ao olhar para ela. Os olhos do garoto estavam ligeiramente borrados. — Você é muito mais bonita do que eu tinha imaginado.

Ele ergueu uma das mãos como se fosse roçar a bochecha dela e descobriu que segurava a coroa e o lenço com o nó.

— Ah — falou, recordando-se. — Eu também trouxe umas margaridas para você. E um pão doce.

— Obrigada — respondeu ela e pegou a coroa de margaridas com as duas mãos. Para fazer isso, ela teve que soltar a combinação, que caiu delicadamente sobre a grama.

Bast piscou e, por um momento, ficou sem palavras.

Emberlee inclinou a cabeça para olhar a coroa; a fita era de um azul impressionante, mas não chegava nem perto de ser tão adorável quanto os olhos dela. A garota ergueu-a com ambas as mãos e orgulhosamente colocou-a na cabeça. Com os braços ainda erguidos, inspirou lentamente.

Os olhos de Bast desceram da coroa.

Ela sorriu para ele com expressão indulgente.

Bast respirou fundo antes de falar, depois parou e inspirou pelo nariz. Madressilva.

— Você roubou meu sabonete? — perguntou, incrédulo.

Emberlee deu uma risada e o beijou.

Um bom tempo depois, Bast pegou o caminho comprido até a árvore reluzente e fez uma grande curva em direção aos morros ao norte da cidade. Era mais íngreme caminho acima, sem solo plano suficiente para plantações, e o terreno era traiçoeiro demais para o pastoreio.

Mesmo com as orientações do garoto, Bast levou algum tempo até encontrar a destilaria de Martin. No entanto, ele tinha que dar crédito ao filho da mãe velho e maluco. Em meio a sarças, deslizamentos de rochas e árvores caídas, não havia chance de que ele tivesse esbarrado naquilo acidentalmente, enfiado dentro de uma caverna rasa em um pequeno vale coberto com vegetação rasteira.

A destilaria não era um mecanismo desajeitado construído com panelas velhas e arame torcido. Era uma obra de arte. Havia barris e bacias, além de grandes espirais de tubos de cobre, uma grande chaleira de cobre, com o dobro do tamanho de um tanque de lavar, e um fogão a lenha para aquecê-la. Um cocho de madeira percorria todo o teto e somente após segui-lo no lado de fora foi que Bast percebeu que Martin coletava água da chuva e a trazia para dentro para encher os barris de resfriamento.

Olhando aquilo, Bast sentiu uma vontade súbita de folhear o *Celum Tinture* e aprender como eram chamadas todas as peças da destilaria e para que serviam. Somente então percebeu que deixara o livro para trás, na árvore reluzente.

Em vez disso, Bast remexeu por ali até encontrar uma caixa com uma miscelânea louca de recipientes: duas dezenas de garrafas de todos os tipos, jarros de barro, potes de vidro antigos... Uma dúzia deles estava cheia. Nenhum tinha qualquer tipo de rótulo.

Bast ergueu uma garrafa comprida que obviamente guardara vinho antes. Tirou a rolha, farejou com cautela, depois tomou um gole cuidadoso. Seu rosto se iluminou de prazer. Ele esperara solvente, mas isso era... bem... ele não estava totalmente certo. Tomou outro gole. Havia um pouco de maçã nele e... cevada?

Bast tomou um terceiro gole e sorriu. Não importa como quisessem chamar, aquilo era maravilhoso. Consistente, forte e só um pouquinho adocicado. Martin poderia ser um texugo louco, mas era evidente que entendia de bebida.

Passou-se mais de uma hora até Bast voltar para a sua árvore. Rike não havia retornado, mas o *Celum Tinture* estava ali, intacto. Que ele se recordasse, era a primeira vez que ficava feliz ao ver o livro. Ele o abriu e folheou até o capítulo sobre destilação, e leu por meia hora, acenando a cabeça para si mesmo em vários pontos. Aquilo era chamado de serpentina de condensação. Ele achava que parecia importante.

Finalmente, Bast fechou o livro e deu um suspiro. Havia algumas nuvens e não seria nada bom deixar o livro largado de novo. Sua sorte não duraria para sempre e ele estremeceu ao pensar no que aconteceria se o vento derrubasse o livro na grama e arrancasse suas páginas. Se chovesse de repente...

Por isso, Bast caminhou de volta à hospedaria Marco do Percurso e se esgueirou em silêncio pela porta dos fundos. Pisando com cuidado, abriu um dos armários e enfiou o livro lá dentro. Cruzou metade do caminho de volta até a porta em silêncio, então ouviu passos atrás de si.

— Ah, Bast — falou o hospedeiro. — Você trouxe as cenouras?

Bast congelou, flagrado enquanto se esgueirava desengonçadamente. Ele se empertigou e, constrangido, alisou as roupas.

— Eu... eu não passei por lá ainda, Reshi.

O hospedeiro deu um suspiro profundo.

— Eu não pedi um... — Parou, fungou e então encarou o jovem de cabelos escuros e estreitou os olhos. — Você está bêbado, Bast?

Bast olhou ofendido.

— Reshi!

O estalajadeiro revirou os olhos.

— Muito bem então, você andou bebendo?

— Eu estava *investigando* — retrucou Bast, enfatizando a palavra. — Você sabia que o Martin Maluco tem uma destilaria?

— Eu não sabia — respondeu o homem, e seu tom de voz deixava claro que ele não considerava essa informação particularmente emocionante. — E Martin não é maluco. Ele só tem um punhado de compulsões que, infelizmente, são muito fortes. E um pouco de loucura, da época em que era soldado.

— Ora, sim... — Bast falou devagar. — Eu sei por que ele mandou o cachorro para cima de mim e, quando subi na árvore para escapar, ele tentou derrubar a árvore. E, além disso, pondo todas essas coisas de lado, ele também é doido, Reshi. Muito, muito doido.

— Bast. — O homem lançou-lhe um olhar desaprovador.

— Não estou dizendo que ele é mau, Reshi. Não estou nem dizendo que não gosto dele. Mas, pode acreditar, eu sei o que é loucura. A mente dele não foi criada feito a de uma pessoa normal.

O hospedeiro acenou levemente com a cabeça, impaciente.

— Anotado.

Bast abriu a boca, depois pareceu ligeiramente confuso.

— Do que é que estamos falando?

— Do seu avançado estado de investigação — falou o homem, olhando para fora da janela. — Apesar de mal terem soado três sinos.

— Ah. Certo! — falou Bast, animado. — Eu sei que Martin deve dinheiro há algum tempo. E sei que ele teve problemas para pagar a dívida porque não tinha dinheiro.

— Ele não *usa* dinheiro — corrigiu o hospedeiro sutilmente.

— O que dá no mesmo, Reshi. — Bast suspirou. — E isso não muda o fato de que nós não precisamos de outro saco de cevada. A despensa está abarrotada de cevada. Mas se ele tem uma destilaria...

O hospedeiro já balançava a cabeça.

— Não, Bast — falou. — Eu não vou envenenar meus hóspedes com vinho da montanha. Você não tem ideia do que acaba entrando naquela coisa...

— Mas eu *sei*, Reshi — Bast falou melancolicamente. — Acetato de etila e metano. E não é nada disso.

O homem piscou, obviamente surpreso.

— Você... você andou lendo o *Celum Tinture*?

— Eu li, Reshi. — Bast sorriu. — Para o melhoramento da minha educação e pelo meu desejo de não envenenar as pessoas. Eu provei um pouco, Reshi, e posso dizer com alguma autoridade que Martin não está fazendo vinho da montanha. É coisa boa. Fica bem próximo do Rhis, e isso não é algo que eu diga levianamente.

O hospedeiro acariciou o lábio superior, pensativo.

— Onde foi que você conseguiu uma prova? — perguntou ele.

— Eu negociei por ela — falou Bast, evitando com facilidade as beiradas da verdade. — Andei pensando — emendou. — Isso não apenas daria a Martin uma chance de pagar a dívida, mas nos ajudaria a ter novos suprimentos. Está mais difícil, as estradas ruins do jeito que estão...

O homem ergueu as duas mãos, impotente.

— Já estou convencido, Bast.

O rapaz sorriu, animado.

— Sinceramente, eu teria feito isso apenas para comemorar o fato de você ler pela primeira vez a sua lição. Mas também vai ser bom para o Martin. Isso vai lhe dar uma desculpa para passar aqui com mais frequência. Vai ser bom para ele.

O sorriso de Bast diminuiu um pouco.

Se o mestre notou, não falou nada.

— Vou mandar um garoto falar com o Martin e pedir que ele venha e traga umas garrafas.

— Peça umas cinco ou seis — falou Bast. — Está esfriando à noite. O inverno está chegando.

O hospedeiro sorriu.

— Sem dúvida, Martin vai ficar lisonjeado.

Bast empalideceu ao ouvir isso.

— Pela raiz da carqueja, *não*, Reshi — falou ele, agitando as mãos à frente e dando um passo para trás. — Não diga a ele que eu vou beber. Ele me odeia.

O homem disfarçou um sorriso com a mão.

— Não é engraçado, Reshi — falou Bast com irritação. — Ele joga pedras em mim.

— Há meses ele não faz isso — observou Reshi. — Martin tem sido perfeitamente cordial com você nas últimas vezes que passou para nos visitar.

— Porque não há pedras dentro da hospedaria — falou Bast.

— Seja justo, Bast — emendou o hospedeiro. — Ele tem sido civilizado há quase um ano. Cortês até. Lembra-se de quando ele pediu desculpas há dois meses? Você já ouviu falar do Martin pedindo desculpas a alguém mais na cidade? Já?

— Não — respondeu Bast, de mau humor.

O estalajadeiro acenou com a cabeça.

— Isso é um grande gesto para ele. Ele está virando uma página.

— Eu sei — resmungou Bast, caminhando na direção da porta dos fundos. — Mas, se ele estiver aqui quando eu voltar para casa à noite, vou jantar na cozinha.

***

Rike se aproximou de Bast antes mesmo que ele tivesse chegado à clareira e muito menos à árvore.

— Eu peguei — falou o garoto, erguendo as mãos em triunfo. Seu corpo, da cintura para baixo, pingava.

— O quê, já? — indagou Bast.

O garoto acenou com a cabeça e fez surgir a pedra entre dois dedos. Era achatada, lisa e arredondada, pouco maior que uma moeda de cobre.

— E agora?

Bast coçou o queixo por um instante, como se tentasse se lembrar.

— Agora precisamos de uma agulha. Mas tem que ser emprestada de uma casa onde não more nenhum homem.

Rike pareceu pensativo por um momento, depois se animou.

— Eu posso pegar uma da tia Sellie!

Bast controlou a vontade de xingar. Ele se esquecera de Sellie.

— Isso vai resolver... — falou relutantemente. — ...mas vai ser melhor se a agulha vier de uma casa com muitas mulheres morando nela. Quanto mais mulheres, melhor.

Rike ergueu o olhar por mais um instante.

— A viúva Creel então. Ela tem uma filha.

— Ela tem um filho também — observou Bast. — Uma casa onde não haja homens *ou garotos.*

— Mas onde more um monte de garotas... — falou Rike. Ele teve que pensar nisso por um longo tempo. — A velha Nan não gosta nem um pouco de mim — falou. — Mas acho que ela me daria um alfinete.

— Uma agulha — enfatizou Bast. — E você tem que tomá-la emprestada. Não pode roubar nem comprar. Ela tem que emprestar a você.

Bast tinha imaginado que o garoto reclamaria dos detalhes, do fato de que a velha Nan morava do outro lado da cidade, tão a oeste quanto você poderia ir e ainda ser considerado parte da cidade. Ele levaria meia hora para chegar lá e mesmo assim talvez a velha nem estivesse em casa.

Porém Rike nem suspirou. Ele apenas acenou com a cabeça, sério, deu meia-volta e partiu correndo, com os pés descalços voando.

Bast prosseguiu até a árvore reluzente, mas ao chegar à clareira viu uma confusão de crianças brincando na pedra cinzenta, sem dúvida esperando por ele. Eram quatro.

Observando-as na sombra das árvores, na borda da clareira, Bast hesitou; em seguida, ergueu o olhar para o sol antes de se esgueirar de volta para a mata. Ele tinha outro peixe para fritar.

A fazenda dos Williams não era propriamente uma fazenda. Não há décadas. Os campos permaneciam sem cultivo há tanto tempo que mal dava para reconhecê-los como tais, salpicados de arbustos e mudas. O celeiro alto ficara sem reparos e metade do telhado se abria sob o céu.

Caminhando pela longa trilha através dos campos, Bast dobrou uma esquina e viu a casa de Rike. A história que ela contava era diferente da do celeiro. Era pequena, mas estava em ordem. As telhas precisavam de reparos, mas, a não ser por elas, a casa parecia amada e bem cuidada. Cortinas amarelas se agitavam na janela da cozinha e uma jardineira transbordava com corações-magoados e calêndulas.

Havia um cercado com um trio de cabras num dos lados da casa, e um jardim grande e bem cuidado do outro, cercado densamente com estacas bem amarradas, mas Bast podia ver linhas retas de folhagens e flores em seu interior. Cenouras. Ele ainda precisava de cenouras.

Esticando um pouco o pescoço, Bast viu algumas caixas quadradas grandes atrás da casa. Deu mais uns passos para o lado e olhou até perceber que eram colmeias de abelhas.

Foi então que se ouviu um grande ribombar de latidos e dois cães, gigantes e negros, com orelhas molengas vieram saltando da casa na direção de Bast, latindo de acordo com seu tamanho. Quando se aproximaram o suficiente, o rapaz se apoiou num dos joelhos e lutou com eles de brincadeira, coçando suas orelhas e os pelos do pescoço.

Após alguns minutos assim, o jovem seguiu até a casa, os cães balançando a cauda para a frente e para trás, antes de avistarem algum tipo de animal e arrancar a vegetação rasteira. Ele bateu educadamente à porta da frente, embora, depois de todos os latidos, sua presença dificilmente pudesse ser uma surpresa.

A porta se abriu alguns centímetros e, por um momento, tudo que Bast conseguiu ver foi uma pequena fenda escura. Depois a porta se abriu um pouco mais e revelou a mãe de Rike. Era uma mulher alta, e o cabelo castanho e cacheado se soltava da trança que pendia sobre as costas.

Ela abriu a porta por completo e segurava um bebê minúsculo e seminu na curva do braço. O rosto redondo da criança estava pressionado contra o seu seio e ela sugava determinada, grunhindo baixinho.

Bast baixou os olhos e sorriu afetuosamente.

A mulher fitou a criança com amor, depois agraciou Bast com um sorriso cansado.

— Olá, Bast, o que é que posso fazer por você?

— Ah. Ora — disse ele, constrangido, erguendo o olhar até os olhos dela. — Eu estava me perguntando, senhora. Quer dizer, Sra. Williams...

— Nettie está bem, Bast — disse ela com indulgência. Alguns habitantes da cidade consideravam Bast meio simplório, fato com o qual ele não se importava nem um pouco.

— Nettie — falou o garoto e deu o seu sorriso mais agradável.

Fez-se uma pausa e a mulher se apoiou na moldura da porta. Uma garotinha espiou por trás da saia azul e desbotada da mãe; não era mais que um par de olhos escuros e sérios.

Bast sorriu para a menina, que desapareceu nas costas da mulher.

Nettie fitou o rapaz em expectativa. Finalmente, soltou:

— Você estava se perguntando...

— Ah, sim — falou Bast. — Eu estava me perguntando se, por acaso, o seu marido estaria por aí.

— Temo que não — respondeu ela. — Jessom está fora, olhando as armadilhas.

— Ah — falou Bast, decepcionado. — Será que ele vai voltar logo? Eu poderia esperar...

Ela balançou a cabeça.

— Sinto muito. Ele vai olhar as armadilhas e vai passar a noite tirando as peles e defumando em sua cabana. — Ela apontou na direção das montanhas ao norte.

— Ah. — Bast soltou mais uma vez.

Aninhado confortavelmente no braço da mãe, o bebê respirou fundo, depois suspirou, satisfeito, e ficou quieto e mole. Nettie baixou o olhar e a seguir fitou Bast com um dedo sobre os lábios.

Bast acenou com a cabeça e deu um passo para trás, observando Nettie entrar, tirar o bebê adormecido do mamilo com a mão livre, depois ajeitar a criança com cuidado num pequeno berço de madeira no chão. A menina de olhos escuros emergiu por trás da mãe e foi bisbilhotar o bebê.

— Me chame se ela começar a se mexer — falou Nettie em voz baixa.
A garotinha acenou com a cabeça, séria, sentou-se numa cadeira próxima e começou a balançar suavemente o berço com o pé.

Nettie deu um passo para fora e fechou a porta atrás de si. Ela caminhou o necessário para se juntar a Bast, rearrumando o corpete sem nenhum constrangimento. Sob a luz do sol, Bast percebeu as maçãs do rosto proeminentes e a boca generosa. Mesmo assim, ela estava mais fatigada do que bonita, com os olhos escuros pesados de preocupação.

A mulher alta cruzou os braços sobre o peito.

— Qual é o problema então? — perguntou, cansada.

Bast pareceu confuso.

— Não tem problema — falou ele. — Eu estava me perguntando se o seu marido teria algum trabalho para mim.

Nettie descruzou os braços e parecia surpresa.

— Oh.

— Não tem muita coisa para fazer lá na hospedaria — Bast falou, envergonhado. — Pensei que seu marido podia precisar de ajuda extra.

Nettie olhou ao redor, e seus olhos roçaram o velho celeiro. A boca repuxou-se para baixo nos cantos.

— Ele monta as armadilhas e caça na maior parte do tempo atualmente. Isso o mantém ocupado, mas não tanto assim para ele precisar de ajuda, acho. — Ela voltou a olhar para Bast. — Pelo menos, ele nunca disse que queria ajuda.

— E quanto a você? — perguntou o garoto, dando seu sorriso mais encantador. — Tem alguma coisa por aqui na qual você pudesse precisar de uma mãozinha?

Nettie sorriu indulgentemente para ele. Foi um esboço de sorriso, mas tirou dez anos e meio mundo de preocupação de seu rosto, fazendo com que ela quase brilhasse de tão bonita.

— Não tem muita coisa para fazer — retrucou a mulher em tom de desculpas. — Apenas três cabras, e meu garoto cuida delas.

— Lenha? — perguntou Bast. — Não tenho medo de trabalho pesado. E deve ser difícil com o seu cavalheiro fora por dias sem fim...

O rapaz sorriu para ela com esperança.

— Lamento, nós simplesmente não temos dinheiro para ajudar — falou Nettie.

— Eu só quero umas cenouras — disse Bast.

Nettie o encarou por um instante, então desandou a rir.

— Cenouras — repetiu, esfregando o rosto. — Quantas cenouras?

— Umas... seis? — perguntou Bast, sem parecer nem um pouco seguro de sua resposta.

Ela riu mais uma vez e balançou um pouco a cabeça.

— Muito bem. Você pode cortar um pouco de lenha. — Apontou para o cepo que se encontrava nos fundos da casa. — Vou atrás de você quando fizer o equivalente a seis cenouras.

Bast começou a trabalhar com vontade e logo o quintal foi tomado pelo som saudável e animado de madeira partida. O sol ainda estava forte no céu e, após apenas alguns minutos, o rapaz estava coberto por uma camada brilhante de suor. Indiferente, tirou a camisa e a pendurou na cerca do jardim próxima.

Havia algo diferente no modo como ele partia a madeira. Nada dramático. Na verdade, ele partia a madeira do mesmo modo que todo mundo: você põe a tora em posição vertical, gira o machado e parte a madeira. Não havia muito espaço para improvisar.

Ainda assim, havia uma diferença no modo como ele fazia isso. Quando colocava a tora de pé, ele fazia o gesto com concentração. Então ficava de pé por um brevíssimo momento, perfeitamente imóvel. Aí vinha o giro. Era fluido. A colocação dos pés, o jogo dos músculos longos nos braços...

Não havia nada de exagerado. Nada de floreado. Mesmo assim, quando ele erguia o machado acima da cabeça num arco perfeito, havia graça. A tosse forte que a madeira dava enquanto se partia, o modo súbito com o qual as metades caíam no solo. Ele fazia tudo isso parecer, de algum modo... bem... *galante*.

Ele se esforçou durante meia hora e nesse momento Nettie saiu de casa com um copo de água e um punhado de cenouras gordas com as folhas ainda presas.

— Tenho certeza de que isso vale, pelo menos, as seis cenouras — falou ela e sorriu para o rapaz.

Bast pegou o corpo de água, que bebeu até a metade; em seguida se abaixou e derramou o restante sobre a cabeça. Ele se sacudiu um pouco, depois se esticou dando um passo para trás; seu cabelo escuro se enrolou e grudou no rosto.

— Você tem certeza de que não tem mais nada em que poderia precisar de uma mãozinha? — perguntou ele e lhe deu um sorriso fácil. Seus olhos eram escuros e sorridentes e mais azuis que o céu.

Nettie balançou a cabeça. Os cabelos estavam fora da trança agora e, quando ela baixou os olhos, parte dos cachos soltos caiu sobre seu rosto.

— Não consigo pensar em nada — respondeu ela.

— Eu também tenho mão boa para lidar com mel — falou Bast, erguendo o machado e apoiando-o contra o ombro nu.

Ela pareceu um pouco confusa com isso até que Bast acenou com a cabeça na direção das colmeias de madeira, espalhadas através do campo com grama crescida.

— Ah — falou ela, como se estivesse se recordando de um sonho que fora em parte esquecido. — Eu costumava fazer velas e produzir mel. Mas perdemos algumas colmeias no inverno ruim de três anos atrás. Depois, perdemos uma para as lêndeas. Então veio aquela primavera úmida e mais três se foram com a cal, antes que nos déssemos conta. — Ela deu de ombros. — No início deste verão, vendemos uma para os Hestle para ter dinheiro e pagar os impostos...

Ela balançou novamente a cabeça, como se sonhasse acordada. Deu de ombros e se virou para olhar para Bast.

— Você entende de abelhas?

— Um pouco — falou o rapaz em voz baixa. — Não são difíceis de se lidar. Apenas precisam de paciência e gentileza. — Casualmente ele girou o machado para que ficasse preso no cepo. — Elas são como tudo mais, sério. Somente querem saber se estão seguras.

Nettie fitava o campo e anuiu às palavras de Bast inconscientemente.

— Restaram somente duas — falou. — O suficiente para algumas velas. Um pouco de mel. Não muito. Dificilmente valeria o trabalho, na verdade.

— Ora, ora — falou Bast em voz baixa. — Um pouco de doçura é tudo que qualquer um de nós deseja às vezes. Vale a pena. Mesmo se exigir algum esforço.

Nettie se virou e o encarou. Seus olhos encontraram os dele. Sem dizer uma única palavra, mas também sem desviar o olhar. Seus olhos eram como uma porta aberta.

Bast sorriu, gentil e paciente, sua voz cálida e doce como mel. E esticou a mão.

— Venha comigo — falou. — Tenho uma coisa para lhe mostrar.

O sol estava começando a mergulhar na direção das árvores a oeste quando Bast voltou à sua árvore. Ele mancava um pouco e tinha terra nos cabelos, mas parecia de bom humor.

Havia duas crianças no sopé do morro, sentadas na pedra cinzenta, agitando os pés como se fosse um imenso banco de pedra. Bast nem teve tempo de se sentar antes que elas subissem o morro juntas.

Era Wilk, um menino sério, de dez anos, com cabelo louro e bagunçado. A seu lado estava a irmãzinha, Pem, com metade da idade e uma boca três vezes maior.

O garoto acenou com a cabeça para Bast ao chegar ao topo do morro, depois baixou os olhos.

— Você machucou a mão — falou ele.

Bast baixou os olhos e se surpreendeu ao ver alguns fios de sangue escorrendo pela lateral. Tirou o lenço e cobriu a mão com ele.

— O que foi que aconteceu? — indagou Pem.

— Fui atacado por um urso — mentiu Bast, indiferente.

O menino acenou com a cabeça, sem indicar se acreditava ou não que aquilo era verdade.

— Preciso de uma charada para desafiar a Tessa — explicou o garoto. — Uma das boas.

— Você tem o cheiro do vovô — chilreou Pem enquanto parava ao lado do irmão.

Wilk a ignorou, e Bast fez a mesma coisa.

— Muito bem — falou o rapaz. — Preciso de um favor, e negocio com você. Um favor por uma charada.

— Você tem o cheiro do vovô quando ele toma remédio — explicou Pem.

— Mas tem que ser uma charada das boas — enfatizou Wilk. — Um desafio.

— Me mostre uma coisa que nunca foi vista antes e que nunca vai ser vista de novo — falou Bast.

— Hummm... — ronronou Wilk com expressão pensativa.

— O vovô diz que se sente muito melhor com o remédio — falou Pem em voz alta, claramente irritada por ser ignorada. — Mas a mamãe diz que não é remédio. Diz que ele anda bebendo. E o vovô diz que fica muito melhor, então é remédio, meleca. — Ela olhou de Wilk para Bast, como se os desafiasse a brigarem com ela.

Nenhum dos dois fez isso, e ela assumiu uma expressão um pouco decepcionada.

— Essa é boa — admitiu Wilk por fim. — Qual é a resposta?

Bast deu um sorriso lento.

— O que é que você vai negociar comigo?

Wilk inclinou a cabeça para um lado.

— Eu já disse. Um favor.

— Eu troco a charada com você por um favor — retrucou Bast facilmente. — Mas agora você está pedindo a resposta...

Wilk pareceu confuso por meio segundo, depois seu rosto ficou vermelho e irritado. Ele respirou fundo como se fosse gritar. Então pareceu pensar duas vezes e desceu correndo o morro, batendo os pés.

Sua irmã o observou, em seguida se virou para Bast.

— Sua camisa está rasgada — falou em tom de desaprovação. — E você tem manchas de grama na sua calça. Sua mãe vai lhe dar uma sova.

— Não, não vai — falou Bast, presunçoso. — Porque sou adulto e posso fazer o que eu quero com a minha calça. Eu poderia jogá-la no fogo e não me meteria em encrenca de jeito nenhum.

A garotinha o encarou com inveja reprimida.

Wilk voltou batendo os pés morro acima.

— Muito bem — falou, de mau humor.

— Meu favor primeiro — insistiu Bast. E entregou uma pequena garrafa com rolha para o garoto. — Eu preciso que você encha com água que foi recolhida em pleno ar.

— O quê? — falou Wilk.

— Água que caia naturalmente — falou Bast. — Não pode encher em um barril ou regato. Tem que recolher enquanto ela ainda está no ar.

— A água cai de uma bomba quando você bombeia... — falou Wilk sem esperança alguma na voz.

— Água que caia *naturalmente* — voltou a falar Bast, enfatizando cada uma das palavras. — Não adianta alguém simplesmente sentar numa cadeira e derramar tudo de um balde.

— Para que é que você precisa dela? — perguntou Pem com sua vozinha aguda.

— O que você vai trocar pela resposta a essa pergunta? — falou Bast.

A garotinha ficou pálida e bateu na boca com uma das mãos.

— Talvez não chova por *dias* — falou Wilk.

Pem deu um suspiro entrecortado.

— Não tem que ser da chuva — falou a irmã, com a voz cheia de condescendência. — Você podia simplesmente ir até à cachoeira perto do Rio Pequeno e encher a garrafa ali.

Wilk piscou.

Bast sorriu para a menina.

— Você é esperta.

Ela revirou os olhos.

— É o que todo mundo diz...

Bast retirou uma coisa do bolso e a estendeu. Era uma casca de milho envolvendo um pedaço de favo de mel grudento. Os olhos da garotinha se iluminaram ao vê-lo.

— Eu também preciso de 21 bolotas perfeitas — falou ele. — Sem buracos, com os chapeuzinhos intactos. Se vocês as pegarem para mim, perto da cachoeira, eu lhes dou isso.

A menina assentiu, ansiosa. Depois, ela e o irmão se apressaram morro abaixo.

Bast voltou para o remanso perto do salgueiro e tomou outro banho. Não era a hora costumeira de se banhar, por isso não havia pássaros à sua espera e, consequentemente, o banho foi muito mais simples do que antes.

Rapidamente ele se enxaguou para retirar o suor e o mel e também molhou um pouco as roupas, esfregando-as para se livrar das manchas de grama e do cheiro de uísque. A água fria ardia ligeiramente nos cortes dos nós dos dedos, mas não era nada sério e sarariam em breve, por conta própria.

Nu e pingando, ele saiu do lago e encontrou uma pedra escura, quente por conta do longo dia de sol. O rapaz a cobriu com as roupas e deixou que elas secassem enquanto sacudia os cabelos até secarem e tirava a água dos braços e do peito com as mãos.

Depois, caminhou de volta à árvore reluzente, pegou um comprido talo de grama para mastigar e quase que imediatamente adormeceu sob a luz dourada da tarde.

Noite: Lições

Horas depois, as sombras da noite se estenderam o suficiente para cobrir Bast, e ele se sacudiu até ficar desperto.

Sentou-se muito ereto, esfregando o rosto e olhando ao redor, desorientado. O sol estava apenas começando a roçar o topo das árvores a oeste. Wilk e Pem não tinham voltado, mas isso dificilmente o surpreenderia. Ele comeu o pedaço de favo que prometera a Pem, lambendo os dedos lentamente. Em seguida, mastigou ociosamente a cera e observou um par de falcões traçarem círculos preguiçosos no céu.

Ouviu um assobio em meio às árvores. Ficou de pé e se espreguiçou; o corpo se curvou como um arco. Depois desceu correndo o morro... mas, sob a luz que se desvanecia, não parecia uma corrida.

Se ele fosse um menino de dez anos, teria parecido mais que estava pulando. Mas não era um menino. Se fosse uma cabra, pareceria que ele estava trotando. Mas ele não era uma cabra. Se um homem descesse o morro correndo assim, pareceria que estava correndo.

Mas havia algo estranho no movimento de Bast sob a luz que diminuía. Algo que era difícil de descrever. Era quase como se ele estivesse... o quê? Saltitando? Dançando?

Um pouco. Basta dizer que rapidamente ele percorreu o caminho até a borda da clareira, onde Rike estava de pé na escuridão crescente debaixo das árvores.

— Consegui — falou o garoto em triunfo. Ergueu a mão, mas a agulha era invisível no escuro.

— Você pediu emprestada? — quis saber Bast. — Não trocou nem barganhou por ela?

Rike concordou com a cabeça.

— Muito bem — falou o rapaz. — Venha comigo.

Os dois caminharam até a pedra cinzenta, Rike continuou sem dizer uma palavra enquanto Bast escalava um dos lados da rocha inclinada. A luz do sol ainda estava forte ali e ambos tinham espaço de sobra para ficar de pé na ampla parte de trás da pedra. Rike olhou ao redor ansioso, como se temesse que alguém pudesse vê-lo.

— Me deixe ver a pedra — falou Bast.

Rike remexeu no bolso e a mostrou a ele.

Nesse mesmo instante, o rapaz afastou a mão para trás, como se o garoto tivesse lhe oferecido carvão em brasa.

— Não seja idiota — falou rispidamente. — Não é para mim. O encantamento só vai funcionar para uma pessoa. Você quer que seja eu?

O garotou recuou a mão e fitou a pedra.

— Como assim, uma pessoa?

— É assim que são os pingentes — explicou Bast. — Eles somente funcionam para uma pessoa de cada vez. — Ao ver a confusão estampada em seu rosto, Bast suspirou. — Você sabe que algumas garotas fazem pingentes de aproximação, torcendo para chamar a atenção de um garoto?

Rike acenou com a cabeça, corando levemente.

— Isso é o oposto — falou Bast. — É um pingente de afastamento. Você vai furar o seu dedo, deixar cair uma gota de sangue e isso vai selar a pedra. Vai fazer as coisas irem embora.

Rike baixou os olhos para a pedra.

— Que tipo de coisas? — perguntou.

— Qualquer coisa que queira ferir você — falou Bast tranquilamente. — Você pode manter em seu bolso ou pode pegar um pedaço de barbante...

— Isso vai fazer meu pai ir embora? — interrompeu Rike.

Bast franziu a testa.

— Foi isso que eu disse. Você tem o sangue dele. Então isso vai afastá-lo com mais força do que o restante. Provavelmente você vai querer andar com isso ao redor do pescoço, então...

— E quanto a um urso? — perguntou Rike e fitou a pedra pensativo. — Será que ele faria um urso me deixar em paz?

Bast fez um gesto para a frente e para trás com a mão.

— Criaturas selvagens são diferentes — falou. — Elas são possuídas por puro desejo. Não querem *machucar* você. Normalmente querem comida ou segurança. Um urso iria...

— Posso dar para a minha mãe? — Rike interrompeu mais uma vez, erguendo o olhar para Bast. Seus olhos escuros estavam sérios.

— ...querer proteger seu terr... O quê? — Bast gaguejou até parar.

— Minha mãe é quem devia ficar com ele — falou Rike. — E se eu estiver fora com o pingente e meu pai voltar para casa?

— Ele vai mais longe do que isso — retrucou Bast, e sua voz estava cheia de certeza. — Ele não vai ficar se escondendo na esquina da ferraria...

A expressão no rosto de Rike era decidida agora, seu nariz de boxeador fazendo com que ele parecesse ainda mais teimoso. O garoto balançou a cabeça.

— Ela devia ficar com ele. Ela é importante, e tem que cuidar de Tess e da pequena Bip.

— Isso vai funcionar bem...

— Tem que ser para ELA! — gritou Rike, e sua mão se fechou num punho ao redor da pedra. — Você falou que podia ser para uma pessoa, então faça isso para ela!

Bast encarou o garoto com expressão séria e sombria.

— Não gosto do seu tom — falou, desanimado. — Você me pediu para deixar o seu pai longe. E é isso que estou fazendo...

— Mas se não for o bastante? — O rosto de Rike estava vermelho.

— Será — disse Bast, esfregando distraído o polegar nos nós dos seus dedos. — Ele vai para bem longe. Você tem a minha palavra...

— NÃO! — berrou Rike, com o rosto vermelho e raivoso. — E se mandar *meu pai* para longe não for suficiente? E se eu crescer como ele? Eu fico tão... — Sua voz falhou, e os olhos começaram a verter lágrimas. — Eu não sou bom. Eu sei. Sei melhor do que ninguém. Como você falou. Eu tenho o sangue dele em mim. Ela precisa ficar a salvo de mim. Se eu crescer deformado e mau, ela precisa do pingente para... ela precisa de alguma coisa para me fazer ficar lon...

Rike cerrou os dentes, incapaz de continuar.

Bast esticou a mão e segurou o ombro do garoto. Ele estava tenso e rígido como uma tábua de madeira, mas Bast o recompôs e pôs os braços ao redor dos ombros de Rike. Delicadamente, porque ele tinha visto as costas do garoto. Eles ficaram de pé ali por um longo momento, Rike tenso e rígido como a corda de um arco e tremendo como uma vela ao vento.

— Rike — chamou Bast baixinho —, você é um bom garoto, sabia?

Então o garoto se curvou, afundando contra Bast, e parecia que os soluços iam parti-lo ao meio. Ele apertou o rosto contra a barriga de Bast e falou alguma coisa, que soou abafada e desconexa. Bast fez um som baixo de murmúrio do tipo que se usa para acalmar um cavalo ou tranquilizar uma colmeia de abelhas inquietas.

A tempestade passou, Rike se afastou rapidamente e esfregou o rosto com força na própria manga. O céu estava começando a se tingir de vermelho com o pôr do sol.

— Muito bem — falou Bast. — Está na hora. Vamos fazer para a sua mãe. Você vai ter que dar a ela. A pedra do rio funciona melhor se for um presente.

Rike fez que sim com a cabeça, sem erguer o olhar.

— E se ela não usar? — perguntou ele em voz baixa.

Bast piscou, confuso.

— Ela vai usar porque você deu a ela — falou.

— E se não usar?

Bast abriu a boca, hesitou e fechou-a de novo. Ergueu o olhar e viu a primeira das estrelas do crepúsculo emergir. Baixou os olhos para o garoto. E suspirou. Não era bom nessas coisas.

Não foi difícil, porém. Encantamento era uma segunda natureza. Tratava-se simplesmente de fazer as pessoas verem o que queriam ver. Fazer as pessoas de bobas era tão simples quanto cantar. Enganar e contar mentiras era como respirar.

Mas isso? Convencer as pessoas da verdade que elas eram deformadas demais para ver? Como poderia sequer começar?

Era uma confusão. Essas criaturas eram frágeis e assustadiças em seu desejo. Uma cobra nunca se envenenaria, mas essas pessoas fizeram disso uma arte. Se enrolavam em seu medo e choravam por sua cegueira. Era enfurecedor. O suficiente para partir um coração.

Então Bast tomou o rumo mais fácil.

— É parte da magia — mentiu. — Quando você lhe der, tem que dizer que fez para ela porque a ama.

O menino pareceu pouco à vontade, como se tentasse engolir uma pedra.

— É essencial para a magia — falou Bast com firmeza. — Então, se você quiser tornar a magia mais forte, precisa lhe dizer isso todo dia. Uma vez pela manhã e uma vez à noite.

O garoto concordou com a cabeça, com uma expressão determinada no rosto.

— Muito bem. Eu posso fazer isso.

— Certo, então — falou Bast. — Sente-se aqui. Fure o dedo.

Rike fez isso. Furou o dedo gordinho e deixou uma gota de sangue se formar e depois cair sobre a pedra.

— Bom — falou Bast, sentando-se de frente para o garoto. — Agora me dê a agulha.

Rike entregou a agulha.

— Mas você falou que somente precisava...

— Não me diga o que eu falei — reclamou Bast. — Segure a pedra reta para que a abertura fique para cima.

Rike segurou.

— Mantenha firme — falou Bast e furou o próprio dedo. Uma gota de sangue cresceu lentamente. — Não se mova.

Rike apoiou a pedra com a outra mão.

Bast virou o dedo e a gota de sangue pendeu no ar por um momento antes de cair diretamente através do buraco e bater na pedra cinzenta abaixo.

Não se ouviu som algum. Nenhuma agitação no ar. Nenhum relâmpago distante. Na melhor das hipóteses, era como se tivesse havido meio segundo de perfeito silêncio pesado no ar. Mas provavelmente não foi nada mais que uma breve pausa no vento.

— É isso? — perguntou Rike após um instante, evidentemente esperando algo mais.

— Isso — falou Bast, e lambeu o sangue do dedo com uma língua muito vermelha. Depois mexeu um pouco a boca e cuspiu a cera que tinha mastigado. Girou-a entre os dedos e entregou ao garoto. — Esfregue isso na pedra, depois leve-a para o topo da montanha mais alta que puder encontrar. Fique lá até o último raio de sol desvanecer e então dê à sua mãe à noite.

Os olhos de Rike dispararam pelo horizonte, em busca de um bom morro. Então ele pulou da pedra e saiu correndo.

Bast estava na metade do caminho de volta à Marco do Percurso quando percebeu que não fazia ideia de onde estavam as cenouras.

Quando Bast chegou à porta dos fundos, pôde sentir o cheiro de pão e cerveja, além do de caldo fervente. Olhou ao redor, na cozinha, e viu migalhas sobre a tábua de pão e a tampa fora da chaleira. O jantar já tinha sido servido.

Com passos leves, aproximou-se da porta o salão e espiou por ela. As pessoas de sempre se sentavam curvadas no bar; lá estavam o velho Cob e Graham, raspando as tigelas. O aprendiz de ferreiro passava o pão dentro da tigela, depois, enfiava na boca um pedaço de cada vez. Jake espalhava a manteiga na última fatia de pão e Shep batia educadamente o fundo da caneca vazia contra o bar; o som oco, uma pergunta em si mesma.

Bast irrompeu salão adentro com uma tigela cheia de caldo para o aprendiz de ferreiro enquanto o hospedeiro servia mais cerveja a Shep. Bast pegou a tigela vazia e desapareceu novamente dentro da cozinha, então voltou com outra fatia de pão fumegante.

— Adivinha o que foi que eu ouvi hoje? — falou o velho Cob com o sorriso de um homem que sabe que tem as notícias mais recentes à mesa.

— O quê? — perguntou o rapaz com a boca cheia até a metade de caldo.

Cob esticou a mão e pegou a ponta do pão, um direito que ele reivindicava como a pessoa mais velha ali, apesar de não ser realmente o mais velho e de mais ninguém se importar tanto assim com aquela parte. Bast suspeitava que ele pegava porque tinha orgulho de ainda ter tantos dentes na boca.

Cob sorriu.

— Adivinha — falou ele para o rapaz, depois lentamente espalhou manteiga no pão e deu uma grande mordida.

— Imagino que seja alguma coisa sobre Jessom Williams — falou Jake casualmente.

O velho Cob o encarou com expressão severa e a boca cheia de pão com manteiga.

— O que eu ouvi — falou Jake com voz arrastada e sorrindo ao mesmo tempo que o velho Cob tentava furiosamente mastigar até esvaziar a boca — foi que Jessom estava ficando sem rotas de armadilhas e foi atacado por um puma. Então, enquanto ele estava fugindo, perdeu a direção e foi até o Rio Pequeno. E se meteu numa encrenca terrível.

O velho Cob finalmente conseguiu engolir.

— Você é burro como uma porta, Jacob Walker. Não foi isso que aconteceu, de jeito nenhum. Ele caiu no Rio Pequeno, mas não havia um puma. Pumas não atacam um homem adulto.

— Atacam se o homem estiver com cheiro de sangue — insistiu Jake. — E Jessom cheirava a sangue porque estava guardando suas coisas.

Ouviu-se um murmúrio de concordância nesse momento, o que irritou o velho Cob.

— Não era um puma — insistiu ele. — O homem estava tão bêbado que mal podia ficar de pé. Foi o que eu ouvi dizer. Bêbado, cambaleando e perdido. É a única verdade nisso. Porque o Rio Pequeno não ficava nem perto das armadilhas. A menos que vocês achem que o puma o perseguiu por quase dois quilômetros...

Nesse momento, o velho Cob recostou-se na cadeira, arrogante. Todos sabiam que Jessom bebia um bocado. E, embora o Rio Pequeno não ficasse mesmo a dois quilômetros da terra dos Williams, era uma distância grande demais para ser perseguido por um puma.

Jake encarou o velho Cob maliciosamente, mas, antes que pudesse dizer alguma coisa, Graham interrompeu:

— Também ouvi dizer que foi a bebida. Uns garotos o encontraram enquanto brincavam nas cascatas. Pensaram que ele estava morto e correram para chamar a polícia. Mas ele apenas tinha batido a cabeça e estava bêbado como um gambá. Havia todo tipo de vidro quebrado também. Ele se machucou um pouco.

O velho Cob ergueu as mãos no ar.

— Ora, não é uma maravilha?! — falou, olhando de cara feia para Graham e Jake. — Alguma outra parte da minha história que vocês gostariam de contar antes que eu acabe?

Graham parecia decepcionado.

— Eu pensei que você tinha...

— Eu não acabei — disse Cob, como se falasse com alguém simplório. — Eu estava contando aos poucos. Juro. O que vocês não sabem sobre contar histórias caberia num livro.

Um silêncio tenso desceu sobre os amigos.

— Eu tenho novidades também — falou o aprendiz de ferreiro quase com timidez. Ele estava sentado ligeiramente curvado no bar, como se ficasse envergonhado por ser muito mais alto que todos os outros e duas vezes mais largo. — Se é que ninguém mais soube da história, isso sim.

Shep falou:

— Prossiga, rapaz. Você não tem que pedir. Esses dois trocam farpas há anos. Não estão falando sério.

— Ora, eu estava pregando umas ferraduras quando o Martin Maluco entrou — falou o aprendiz. O rapaz balançou a cabeça, impressionado, e tomou um longo gole de cerveja. — Eu só o vi algumas vezes na cidade e esqueci como ele era grande. Não tenho que erguer o olhar para ele, mas ainda acho que ele é maior do que eu. E hoje ele parecia ainda maior porque estava furioso. Cuspia cobras e lagartos. Juro. Parecia alguém que tinha amarrado dois touros raivosos e tinha feito uma camisa com eles! — O aprendiz de ferreiro riu o riso fácil de alguém que tivesse tomado mais cerveja do que estava acostumado.

Fez-se uma pausa.

— E quais são as novidades? — perguntou Shep gentilmente, cutucando o garoto.

— Ah! — exclamou o aprendiz. — Ele veio perguntar ao mestre Ferris se havia cobre suficiente para consertar uma chaleira grande. — O aprendiz abriu bem os braços compridos, e uma das mãos quase bateu no rosto de Shep.

— Aparentemente alguém encontrou a destilaria do Martin. — O rapaz se inclinou para a frente, se desequilibrando um pouco, e falou, num sussurro: — Roubou um bocado de bebida e destruiu o lugar.

Ele se reclinou na cadeira e cruzou os braços diante do peito, orgulhoso e confiante da história bem contada.

Não se ouviu o murmúrio que normalmente acompanhava uma boa fofoca. Ele tomou outro gole de cerveja e, aos poucos, começou a parecer confuso.

— Por Tehlu, de qualquer forma — falou Graham, e seu rosto empalideceu. — Martin vai matá-lo por isso.

— O quê? — falou o aprendiz. — Quem?

— Jessom, seu desprezível — interrompeu Jake. Ele tentou atingir o garoto na parte de trás da cabeça, mas em vez disso teve que mirar no ombro. — O sujeito que ficou bêbado no meio do dia e caiu de um penhasco com um punhado de garrafas.

— Achei que tivesse sido um puma — falou o velho Cob com malícia.

— Ele bem vai querer que fossem dez pumas quando Martin o pegar — falou Jake, sombrio.

— O quê? — O aprendiz deu uma risada. — O Martin Maluco? Ele não bate bem, claro, mas não é *mau*. Um tempo atrás ele me encurralou e conversou comigo sobre cevada durante duas horas. — Ele deu mais uma risada. — Que era saudável. Que o trigo ia arruinar um homem. Que dinheiro é sujo. Que prende à terra ou uma bobagem dessas.

O aprendiz baixou a voz e curvou um pouco os ombros, arregalando os olhos e fazendo uma imitação razoável de Martin Maluco.

— *Você sabe disso?* — falou, fazendo uma voz rouca e correndo os olhos ao redor. — *É. Você sabe disso. Está ouvindo o que eu digo?*

O aprendiz riu de novo, balançando para trás no banquinho. Obviamente já tinha tomado mais cerveja do que deveria.

— As pessoas acham que têm que ter medo dos grandões, mas não têm. Eu nunca bati num homem na minha vida.

Todos apenas o fitaram. Seus olhos estavam mortalmente severos.

— Martin matou um dos cães de Ensal, que latiu para ele — comentou Shep. — Bem no meio da feira. Jogou uma pá como se fosse uma lança. Depois chutou o animal.

— Quase matou aquele último padre — falou Graham. — Aquele antes do abade Leoden. Ninguém sabe o porquê. O homem foi até a casa do Martin. Naquela noite, Martin trouxe o abade para a cidade num carrinho de mão e o deixou na frente da igreja. — Ele fitou o aprendiz de ferreiro. — Mas isso foi antes da sua época. Faz sentido você não saber.

— Uma vez ele deu um soco num latoeiro — falou Jake.

— *Um soco num latoeiro?!* — berrou o hospedeiro, incrédulo.

— Reshi — falou Bast em voz baixa —, o Martin é totalmente *maluco*.

Jake concordou com a cabeça.

— Nem o cobrador de impostos vai à casa dele.

Parecia que Cob ia gritar de novo com Jake, depois decidiu assumir um tom mais gentil.

— Ora, sim — falou. — É verdade. Mas é porque o Martin perdeu o juízo no exército do rei. Oito anos.

— E voltou doido feito um cão raivoso — falou Shep.

O velho Cob já estava fora de seu banquinho e a meio caminho da porta.

— Já conversei o suficiente. Temos que avisar ao Jessom. Se ele puder sair da cidade até o Martin esfriar um pouco a cabeça...

— Então... quando ele vai morrer? — perguntou Jake rispidamente. — Lembram-se de quando ele jogou um cavalo pela janela da velha hospedaria porque o atendente não quis lhe dar outra cerveja?

— Um *latoeiro*? — repetiu o hospedeiro, e sua voz não parecia menos chocada do que antes.

Fez-se silêncio ao ouvirem o som de passos no alpendre. Todos fitaram a porta e ficaram imóveis feito pedra, a não ser por Bast, que lentamente se aproximou da entrada da cozinha.

Os homens deram um imenso suspiro de alívio quando a porta se abriu e revelou o vulto magro e alto de Carter. Ele fechou a porta atrás de si, sem perceber a tensão no cômodo.

— Adivinhem quem vai pagar uma rodada de uísque para todo mundo hoje à noite? — gritou animado, depois parou onde estava, confuso pelo cômodo cheio de expressões sombrias.

O velho Cob começou a seguir novamente na direção da porta, fazendo um gesto para o amigo acompanhá-lo.

— Venha, Carter, vou lhe explicar no caminho. Temos que encontrar Jessom o mais rápido possível.

— Vocês vão ter que andar um bocado para encontrá-lo — falou o outro. — Eu o levei até Baden hoje à tarde.

Todo mundo no cômodo pareceu relaxar.

— Por isso você chegou tão atrasado — comentou Graham, com a voz rouca de alívio. Desabou no banquinho e bateu no balcão com o nó do dedo, fazendo força. Bast serviu-lhe outra cerveja.

Carter franziu a testa.

— Nem tão tarde assim — resmungou. — Queria ver você ir até Baden e voltar na hora; são mais de sessenta quilômetros...

O velho Cob pôs uma das mãos no ombro do homem.

— Bah. Não é bem assim — falou, conduzindo o amigo na direção do bar. — Apenas ficamos um pouco assustados. Provavelmente você salvou a vida do maldito e tolo Jessom levando-o para fora da cidade. — O velho olhou-o de esguelha. — Embora eu tenha lhe dito que você não devia se meter na estrada por estes dias...

O estalajadeiro pegou uma tigela para Carter, ao passo que Bast saía para cuidar de seu cavalo. Enquanto o homem comia, aos poucos os amigos lhe contavam as fofocas do dia.

— Ora, isso explica tudo — falou Carter. — Jessom apareceu fedendo a rum e com jeito de ter apanhado de doze demônios diferentes. Me pagou para levá-lo até a Passagem Férrea e pegou a moeda do rei bem ali. — Carter tomou um gole de cerveja. — Depois me pagou para levá-lo direto a Baden. Não quis parar em casa nem para pegar roupas ou coisa assim.

— Não precisa de nada disso — falou Shep. — Eles vão vesti-lo e alimentá-lo no exército do rei.

Graham soltou um grande suspiro.

— Foi por pouco. Vocês podem imaginar o que aconteceria se o juiz fosse atrás do Martin?

Todos ficaram em silêncio por um instante, imaginando a encrenca que seria se um oficial da Lei da Coroa fosse atacado aqui na cidade.

O aprendiz de ferreiro olhou ao redor.

— E quanto à família de Jessom? — perguntou, evidentemente preocupado. — Será que o Martin vai atrás deles?

Os homens no bar balançaram a cabeça ao mesmo tempo.

— O Martin é louco — falou o velho Cob —, mas não é desse tipo. Não é de ir atrás de mulher nem de crianças.

— Ouvi dizer que ele socou um latoeiro que estava se engraçando com a jovem Jenna.

— Isso é verdade — disse o velho Cob baixinho. — Eu vi.

Os homens no salão se viraram para fitá-lo, surpresos. Eles tinham conhecido Cob a vida toda e ouvido todas as suas histórias. Mesmo a mais entediante das histórias tinha sido contada três ou quatro vezes ao longo dos anos. A ideia de que ele poderia ter escondido algo era... bem... era quase impensável.

— Ele estava ficando todo saliente com a jovem Jenna — falou Cob, sem erguer os olhos da cerveja. — E na época ela era mais jovem ainda, sabem. — O velho fez uma pausa, depois suspirou. — Mas eu já era velho e... bem... sabia que o latoeiro me daria uma surra se eu tentasse impedi-lo. Dava para ver isso bem claro em seu rosto. — O homem suspirou novamente. — Não tenho orgulho disso.

Cob ergueu o olhar com um sorrisinho malicioso.

— Então Martin dobrou a esquina — falou ele. — Isso foi atrás da casa do velho Cooper, lembram? E Martin olhou para o homem e para Jenna, que não estava chorando nem nada, mas que obviamente também não estava feliz. E o latoeiro segurou o pulso dela...

Cob balançou a cabeça.

— Quando Martin o acertou, foi como um martelo batendo num presunto. Jogou o homem no meio da rua. Três metros, mais ou menos. Depois Martin encarou Jenna, que nesse momento chorava um pouco. Mais surpresa que qualquer outra coisa. E Martin meteu a bota nele. Apenas uma vez. Nem foi com tanta força. Dava para ver que ele apenas estava acertando as contas, em sua cabeça. Como se fosse um usurário enchendo um dos pratos da balança.

— Esse homem não era um latoeiro decente — falou Jake. — Eu me lembro dele.

— E eu ouvi coisas sobre aquele padre — emendou Graham.

Alguns dos outros homens assentiram com a cabeça sem dizer uma única palavra.

— E se Jessom voltar? — perguntou o aprendiz de ferreiro. — Ouvi dizer que algumas pessoas enchem a cara, pegam a moeda do rei, depois se acovardam e fogem do exército quando ficam sóbrias.

Todo mundo pareceu considerar aquilo. Não era uma ideia difícil de acreditar para qualquer um deles. Um grupo de guardas do rei percorrera a cidade no mês passado e pregara um aviso anunciando uma recompensa pelos desertores.

— Por Tehlu, de qualquer maneira — falou Shep, sombrio, dentro da caneca quase vazia. — Isso não seria uma grande confusão real?

— Jessom não vai voltar — falou Bast para encerrar. Sua voz tinha um tom de certeza que fez com que todos o fitassem curiosos.

O rapaz partiu um pedaço de pão e colocou na boca antes de perceber que era o centro das atenções. Engoliu em seco, constrangido, e fez um gesto amplo com as duas mãos.

— O que foi? — perguntou-lhes, dando risada. — Vocês voltariam se soubessem que o Martin está esperando?

Ouviu-se um coro de resmungos negativos e cabeças que balançavam.

— Tem que ser um tipo especial de idiota para destruir a destilaria do Martin — falou o velho Cob.

— Talvez oito anos sejam suficientes para Martin esfriar um pouco a cabeça — falou Shep.

— Não é provável — retrucou Jake.

Mais tarde, depois que os fregueses foram embora, Bast e o hospedeiro se sentaram na cozinha e prepararam o próprio jantar com as sobras do caldo e metade de um pão.

— Então o que foi que você aprendeu hoje, Bast? — indagou o homem.

Bast abriu um sorrisão.

— Hoje, Reshi, eu descobri onde Emberlee toma banho!

O homem inclinou a cabeça, pensativo.

— Emberlee? A filha dos Alard?

— Emberlee Ashton! — Bast ergueu os braços no ar e fez um ruído exasperado. — É a terceira garota mais bonita num raio de trinta quilômetros, Reshi!

— Ah — falou o hospedeiro, e um sorriso honesto se esboçou em seu rosto pela primeira vez naquele dia. — Você tem que me mostrar a moça.

Bast sorriu.

— Vou levar você amanhã — falou ansioso. — Não sei se ela toma banho todos os dias, mas vale o risco. Ela é doce como creme e tem ancas largas. — Seu sorriso aumentou para proporções maliciosas. — Ela é uma ordenhadeira, Reshi — falou enfatizando o final. — Uma *ordenhadeira*.

O hospedeiro balançou a cabeça, embora seu próprio sorriso se abrisse no rosto. Finalmente, ele começou a dar risadas e ergueu a mão.

— Você pode me mostrar uma hora em que ela esteja vestida — falou enfaticamente. — Isso vai servir.

Bast deu um suspiro de desaprovação.

— Se você saísse um pouco, isso lhe faria muito bem, Reshi.

O homem deu de ombros.

— É possível — falou enquanto mexia ociosamente seu caldo.

Eles comeram em silêncio por um longo tempo. Bast tentou pensar em algo para dizer.

— Eu peguei as cenouras, Reshi — falou Bast enquanto terminava seu caldo e retirava o restante da chaleira com uma concha.

— Antes tarde do que nunca, suponho — falou o hospedeiro com voz indiferente e sombria. — Vamos usá-las amanhã.

Bast se remexeu na cadeira, envergonhado.

— Acho que eu as perdi depois — falou obedientemente.

Isso fez com que Reshi desse outro sorriso cansado.

— Não se preocupe, Bast. — Seus olhos se estreitaram então, concentrando-se na mão com que o rapaz segurava a colher. — O que foi que aconteceu com a sua mão?

Bast baixou os olhos para os nós dos dedos da mão direita; eles não sangravam mais, mas tinham arranhões feios.

— Eu caí de uma árvore — respondeu o rapaz. Não mentiu, mas também não respondeu a pergunta. Era melhor não mentir. Mesmo cansado e desanimado, seu mestre não era homem fácil de enganar.

— Você devia ser mais cuidadoso, Bast — falou o hospedeiro, remexendo a comida desanimado. — E, com o pouco que há para fazer aqui, seria bom se você passasse um pouco mais de tempo estudando.

— Eu aprendi um monte de coisas hoje, Reshi — protestou Bast.

O homem sentou-se ereto, parecendo mais atento.

— Sério? — falou. — Então me impressione.

Bast pensou por um instante.

— Nettie Wiliams encontrou uma colmeia selvagem hoje — contou. — E ela conseguiu pegar a rainha...

EM CARTAZ

CONNIE WILLIS

Tradução de Débora Isidoro

Connie Willis mora com o marido em Greeley, Colorado. Ela chamou atenção como escritora pela primeira vez com algumas histórias para uma revista já extinta, a *Galileo*, e se estabeleceu como uma das autoras mais aclamadas por público e crítica da década de 1980. Em 1983 ganhou dois prêmios Nebula, um pela noveleta "Fire Watch", outro pelo conto "A Letter from the Clearys"; alguns meses mais tarde "Fire Watch" também ganhou um Hugo. Em 1989, seu romance *The Last of the Winnebagos* ganhou o Nebula e o Hugo, e ela ganhou outro Nebula em 1990 por sua noveleta "At the Rialto". Em 1993 seu importante romance *Doomsday Book* ganhou o Nebula e o Hugo, assim como seu conto "Even the Queen". Ela ganhou outro Hugo em 1994 por sua história "Death of the Nile", outro em 1997 pela história "The Soul Selects Her Own Society", outro em 1999 pelo romance *To Say Nothing of the Dog*, outro por *The Winds of Marble Arch* em 2000, outro em 2006 pelo romance *Inside Job*, e mais um em 2008 pelo romance *All Seated on the Ground*, superado em 2011 por seu livro mais recente, o enorme romance de dois volumes *Blackout/All Clear*, que ganhou os prêmios Hugo e Nebula. Em 2009 ela foi eleita para o The Science Fiction Hall of Fame, e em 2011 recebeu o Prêmio SFWA Grand Master. Tudo isso faz dela a escritora mais homenageada na história da ficção científica e a única pessoa a já ter sido premiada com dois Nebulas e dois Hugos no mesmo ano. Entre seus outros livros estão os romances *Water Witch, Light Raid* e *Promissed Land*, escritos em colaboração com Cynthia Felice, *Lincoln's Dream, Bellwether, Uncharted Territory, Remake* e *Passage* e, como editora, as antologias *The New Hugo Winners, Volume III, Nebula Awards 33* e (com Sheila Williams) *A Woman's Liberation: A Choice of Futures by and About Women*. Seus contos de ficção foram reunidos nas coleções *Fire Watch, Impossible Things* e *Miracle and Other Christmas Stories*. Ainda será lançada uma grande coleção de retrospectiva, *The Best of Connie Willis*.

Na história rápida, divertida e furiosa a seguir, ela nos leva para uma noite no cinema que acaba sendo muito mais difícil e complicada do que simplesmente comprar um ingresso.

EM CARTAZ

"Uma comédia encantadora, alegre!"
— *Entertainment Weekly*

No sábado antes do feriado do Natal, Zara entrou no meu dormitório e perguntou se eu queria ir com ela e Kett ao cinema no Cinedrome.

— O que vocês vão ver? — perguntei.

— Não sei — respondeu ela dando de ombros. — Muitas coisas. — O que significava que o objetivo não era assistir a um filme. Grande surpresa.

— Não, obrigada — falei, e voltei a digitar meu trabalho de economia.

— Ah, Lindsay, vamos lá, vai ser divertido — ela insistiu, e se jogou na minha cama. — Está passando *X-Force, The Twelve Days of Christmas* e a reprise de *Crepúsculo.* O Drome tem uma centena de filmes. Tem que ter alguma coisa que você queira ver. Que tal *Christmas Caper*? Não queria ver?

Sim, pensei. Há oito meses, quando vi o trailer. Mas as coisas mudaram desde então.

— Não posso — respondi. — Tenho que estudar.

— Todos nós temos que estudar — Zara argumentou. — Mas é Natal. O Drome vai estar decorado e todo mundo vai estar lá.

— Exatamente, o que significa que o trem vai estar lotado e a verificação de segurança vai demorar uma eternidade.

— É por causa do Jack?

— Jack? — perguntei, pensando se seria convincente acrescentar um "que Jack"?

Melhor não. Era Zara. Em vez disso, falei:

— Por que minha decisão de não ir ao Drome com você tem que ter alguma relação com Jack Weaver?

— É que... não sei — ela gaguejou —, você tem estado triste desde que ele foi embora, e vocês dois assistiam a muitos filmes juntos.

Que eufemismo. Jack era o único cara que conheci que gostava de cinema tanto quanto eu, todos os tipos de filmes, não só de super-heróis e pancadaria. Ele adorava tudo, de Bollywood e comédias românticas como *Surpresas do coração* a filmes em preto e branco como *A loja da esquina* e *Capitão Blood*, e fomos assistir a dúzias deles no Drome, além de termos visto centenas de filmes on-line no semestre que passamos juntos. Correção, faltou uma semana para completar um semestre.

Zara ainda estava falando.

— E você não foi ao Drome desde que...

— Desde que você me convenceu a ir ver *Monsoon Gate*. E, quando chegamos lá, você quis comer e conhecer rapazes, e eu nem fui ver o filme.

— Não vai ser assim desta vez. Kett e eu prometemos que vamos ao cinema. Venha, vai ser bom para você. Vai ter um monte de rapazes por lá. Lembra aquele Sig Tau que disse que gostava de você? Noah? Ele pode estar lá. Vamos. Por favor, venha com a gente. É nossa última chance. No próximo fim de semana não vai dar para ir por causa das provas finais, e depois iremos para casa para o fim de ano.

E ninguém em casa vai querer ver *Christmas Caper*. Se eu sugerir uma ida ao cinema, minha irmã vai querer ver *Meu malvado favorito de Natal* com os filhos e vamos acabar passando a tarde toda no andar dos fliperamas, jogando Minion Mash e comprando girafas de pelúcia de *Madagascar* e raspadinhas de *A era do gelo*. Quando eu voltar para a escola, *Christmas Caper* terá saído de cartaz. E Jack não vai aparecer num toque de mágica e me levar para ver o filme, como prometeu. Se eu quiser ver na telona, tem que ser agora.

— Tudo bem — falei. — Mas não vou com vocês para conhecer rapazes. Vou porque quero muito ver *Christmas Caper*. Entendeu?

— Sim, é claro — respondeu ela, e pegou o celular para digitar alguma coisa. — Vou mandar uma mensagem para Kett e...

— É sério — insisti. — Você tem que prometer que não vai mudar de ideia como na última vez, vamos realmente ao cinema.

— Prometo — ela falou. — Nada de rapazes nem de comida antes do filme.

— E nada de compras — acrescentei. Perdi *Monsoon Gate* porque Zara estava experimentando sapatos Polly Pepper na butique O diabo veste Prada. — Prometa.

Zara suspirou.

— Tudo bem, eu prometo. Juro.

"Uma doce comédia romântica com muita ação!"
— *porcorn.com*

A promessa de Zara significou tanto quanto as que Jack fez para mim. Ela começou a mandar mensagens de texto no segundo em que chegamos, e não estávamos nem na verificação preliminar de bolsas e celulares no Drome quando Kett disse:

— Os caras da NWU que estão atrás de mim na fila acabaram de me pedir para perguntar a vocês se não queremos ir ver o elenco de *A dinastia Bourne*. Eles estão em projeção holográfica via Skype em cima da cabine da Universal.

Zara olhou para mim esperançosa.

— Podemos entrar na sessão das 12h10, em vez de ir na das 10h.

— Ou na das 14h20 — sugeriu Kett.

— Não — respondi.

— Desculpe — Zara disse aos rapazes. — Prometemos a Lindsay que antes iríamos com ela ver *Christmas Caper* — E eles começaram imediatamente a falar com as garotas atrás do grupo na fila.

— Não entendo por que não podemos escolher outra sessão — reclamou Kett quando passamos pela verificação de explosivos.

— Porque, depois da projeção holográfica, eles iam querer jogar Skyfall ou comer no Harold ou no Kumar's White Castle, e teríamos perdido as sessões das 14h20 e das 16h30 — respondi, e segui direto para a bilheteria assim que passamos pelos leitores corporais e de retina e entramos no Drome, ignorando a enxurrada de trailers e hologramas, anúncios e anões que distribuíam cupons de cookies gratuitos, vídeo games e sessões de autógrafos para hoje.

— Achei que você ia comprar as entradas on-line antes de sairmos — comentou Zara.

— Eu tentei — expliquei —, mas o filme está em pré-estreia, só vendem ingressos na bilheteria. — Deslizei o dedo pela lista de filmes na máquina de venda — *Ripper: Mensageiro do Inferno 2, X-Force, The House on Zombie Hill, The Queen's Consorte, Switching Gears, Just When You Thought You Were Over Him...*

Francamente, uma centena de filmes, e eles não são listados em ordem alfabética. *Lethal Rampage, The Twelve Days of Christmas, Texas Chainsaw Massacre: The Musical, A Star-Crossed Season, Back to Back to the Future, Wicked...*

Ah, aqui. *Christmas Caper.* Toco no botão dos ingressos, em "3" e insiro meu cartão.

"Indisponível" apareceu na tela. "Os ingressos devem ser comprados na bilheteria." Portanto, tínhamos que entrar na fila, uma das piores coisas quando se vai ao Drome.

Considerando o tamanho do lugar e o número de pessoas esperando atendimento, era de se esperar que eles organizassem as filas em ziguezague, mas esse modelo é adotado apenas para as exposições. As filas das bilheterias se estendem pelo saguão do Drome, que tem o tamanho de um campo de futebol, atravessam o estádio de paintball Jogos Vorazes, a praça de alimentação Sem Reservas, a Última Casa Acolhedora de Wetawork's, a varanda de realidade virtual e continuam por quase um quilômetro de butiques e lojas de suvenires.

Levamos vinte minutos só para encontrar o fim, e nesse tempo quase perdemos Kett duas vezes, uma na Pretty in Pink — "Ai, meu Deus, eles têm sapatos de salto em cinquenta tons de cinza!" — e de novo quando ela viu que a Hope, Floats, Shakes and Cones estava vendendo sucos de cranberry.

Zara e eu a arrastamos nas duas vezes para o fim da fila, que crescia sem parar.

— Não vamos chegar ao cinema nunca — resmungou Kett.

— Sim, vamos — falei confiante, mesmo sem ter certeza. Tinha muita gente na fila, mesmo que a maioria fosse de crianças que, obviamente, iam assistir a *The Little Goose Girl*, ou *A felicidade não se compra* versão Muppets, ou *Dora, a aventureira em Duluth*. Perguntei aos adultos mais próximos de nós, e a maioria ia ver *A Tudor Affair* ou *Return to the Best Exotic Marigold Hotel*; os outros vestiam camisetas *Ironman 8*. — Nós vamos entrar.

— Acho bom — respondeu Kett. — Por que essa insistência em ver *Christmas Caper*, aliás? Nunca ouvi falar nesse filme. É comédia romântica?

— Não. É mais uma aventura romântica de espionagem. Como *Charada*. Ou *39 Degraus*.

— Não vi trailer de nenhum dos dois — confessou ela, olhando para cima, para o luminoso da programação. — Ainda estão em cartaz?

— Não. — Eu nem devia ter mencionado um filme antigo. Nesses tempos de relançamentos e remakes, ninguém assiste a nada que não tenha sido exibido na semana anterior. Exceto Jack. Ele gostava até de filme mudo. — É o tipo de filme em que a heroína acaba envolvida em um crime por acidente — expliquei —, ou em algum tipo de conspiração, e o herói é um espião, como em *Salve-me quem puder*, ou um repórter, ou um detetive que finge ser um criminoso, como em *Como roubar um milhão de dólares*, ou ele é um malandro...

— Malandro? — repetiu Kett confusa.

— Um rebelde — continuei —, um canalha, um pilantra como Michael Douglas em *Tudo por uma esmeralda*, ou Errol Flynn...

— Também não vi trailer de nenhum desses — interrompeu ela. — *Arrow Flin* ainda está em cartaz?

— Não — respondi. — Um malandro é um cara arrogante e sem nenhuma preocupação com regras ou leis...

— Ah, um traste — resumiu Kett.

— Não, um malandro é divertido, sexy, charmoso — corrigi, tentando desesperadamente pensar em um filme recente o bastante para ela poder ter visto. — Como o Homem de Ferro. Ou Jack Sparrow.

— Ou Jack Weaver — Zara acrescentou.

— Não — protestei. — Nada a ver com Jack Weaver. Para começar...

— Quem é Jack Weaver? — perguntou Kett.

— O cara por quem Lindsay era apaixonada — respondeu Zara.

— Eu não era...

— Espere — disse Kett. — Esse é o cara que pôs um bando de patos no gabinete do reitor no ano passado?

— Gansos — corrigi.

— Uau! — Kett exclamou, impressionada. — Você saiu com ele?

— Por pouco tempo. Antes de descobrir que ele era...

— Um malandro? — interrompeu Zara.

— Não. Um traste. Ele foi expulso de Hanover uma semana antes de se formar.

— Ele não foi expulso, na verdade — Zara explicou para Kett. — Saiu antes da expulsão.

— Ou do processo criminal — falei.

— Isso é bem ruim — opinou Kett. — Ele parece ser totalmente depravado! Queria conhecer Jack.

— Talvez tenha sua chance — Zara falou com uma voz estranha. — Olhe! — E apontou para o saguão.

E lá, apoiado a um pilar e com as mãos nos bolsos, olhando para cima, para o horário dos filmes, estava Jack Weaver.

— É ele, não é? — perguntou Zara.

— Sim — respondi em tom sombrio. — O que ele está fazendo aqui?

— Como se você não soubesse — disparei. De repente entendi a insistência do convite para ir ao cinema. Ela e Jack combinaram um...

— Ai, meu Deus! — Kett gritou. — Aquele é o cara de quem estavam falando? O... do que o chamou?

— Idiota — respondi.

— Malandro — disse Zara.

— Sim, malandro. Não falou que ele era tão gostoso! Ele é demais!

— Shhh — reagi, mas era tarde demais. Jack já tinha se virado e nos vira. — Zara, se você armou tudo isso, nunca mais falo com você!

— Não armei, juro — respondeu ela, o que não significava nada, mas duas coisas me deixaram propensa a acreditar. Uma era que, apesar de a situação parecer um "encontro fofo" de filme, a expressão no rosto de Zara era de choque absoluto, e o motivo ficou claro alguns segundos mais tarde, quando um trio de Sig Taus, Noah entre eles, apareceu caminhando casualmente em nossa direção.

— Uau! — disse Noah. — Não sabia que vocês também vinham ao Drome hoje.

É claro, e Zara não mandou quinze mensagens de texto para ele enquanto estávamos na fila da verificação de segurança, pensei. Bem, pelo menos a presença de Noah impediria Jack de vir falar comigo.

Se ele quisesse falar. Porque outro motivo para eu pensar que Zara não tinha nada a ver com a presença de Jack aqui era a cara dele. Jack não parecia apenas surpreso por me ver ali, mas desanimado. O que significava que eu estava certa. Ele não era um malandro, era um traste. E estava ali com outra garota, provavelmente.

— Estou muito surpreso por ver você aqui, Lindsay — disse Noah, que nunca teria sido ator, nem mesmo nos filmes da saga *Crepúsculo*. — O que faz no Drome?

— Nós três — enfatizei bem a palavra "três" — vamos ao cinema.

— Ah — ele respondeu, e olhou para Zara, que reagiu com um olhar do tipo "Continue". — Íamos comer alguma coisa na Cantina Mos Eisley e pensamos se não gostariam de ir com a gente.

— Ah, adoro a cantina. — Kett suspirou.

— Eu pago um daiquiri Darth Vader para você — Noah ofereceu.

— Lindsay prefere Pimm's Cups — disse Zara. — Não é?

Olhei para o saguão na esperança de Jack não ter ouvido isso.

Ele não estava lá. Também não estava no fim da fila, nem nas máquinas de venda de ingressos. Devia ter ido encontrar a nova namorada. Torci para que ela odiasse cinema.

Noah estava dizendo:

— Que diabo é um Pimm's Cup?

— Uma bebida de um filme — respondi. "Minha bebida favorita", acrescentei em silêncio. Era, pelo menos. A bebida que Jack preparou para mim depois de termos assistido a *Ghost Town — Um espírito atrás de mim* e Téa Leoni ter dito que aquela era sua bebida favorita.

— Podíamos almoçar e depois ir ao cinema, não é, Lindsay? — sugeriu Kett, olhando para Noah com adoração. — Acabei de receber por mensagem um cupom para o café da manhã no bar da Tiffany's.

— Não — falei.

Zara lançou mais um olhar de incentivo para Noah e ele disse:

— Talvez a gente possa ir ao cinema com vocês. O que vão ver?

— *Christmas Caper* — respondeu Kett.

— Nunca ouvi falar desse filme — declarou Noah.

— É uma aventura de espionagem — explicou Kett. — Uma aventura romântica de espionagem.

Noah fez uma careta.

— Está brincando? Odeio comédia romântica. E se formos todos ver *Lethal Rampage*?

— Não — respondi.

— Podemos encontrar vocês na Cantina depois do filme — sugeriu Zara.

— Ah, não sei — Noah resmungou, e olhou para os outros rapazes. — Estamos com fome. Eu mando uma mensagem — ele concluiu, e os três se afastaram.

— Não acredito que fez isso — falou Zara. — Estava tentando ajudar você a esquecer o...

— Aquele Noah é uma delícia — Kett interrompeu sem desviar os olhos dos rapazes. — É bom que esse filme seja ótimo.

— É — Jack falou ao meu lado. — Oi.

— O que está fazendo aqui? — perguntei.

— Vou ao cinema — respondeu ele. — O que mais? — E se inclinou para mim. — Traidora — cochichou. — Prometeu que iria comigo assistir a *Christmas Caper*.

— Você não estava aqui — expliquei com frieza.

— Sim, sobre isso... desculpe. Aconteceu uma coisa. Eu...

— O filme é bom mesmo? — Kett perguntou se aproximando dele. — Lindsay não falou sobre o que é. Só contou que tem um malandro na história.

— Malandro. — Jack olhou para mim com a sobrancelha erguida. — Gostei.

— E de "fracassado", você gosta? — perguntei. — Ou "canalha"?

Ele me ignorou.

— Na verdade — disse a Kett —, ele é um agente secreto trabalhando em um caso, e é um caso confidencial, por isso ele não pode contar nada à heroína sobre o que está fazendo ou por que sai da cidade...

— Bela tentativa — resmunguei, virando-me para Kett. — Na verdade, o tal malandro, que conta à heroína um punhado de mentiras, faz uma coisa tremendamente estúpida e depois desaparece sem dizer nada...

— Por que não vem com a gente, Jack? — Kett interrompeu, olhando para ele sem esconder o interesse. — Ah, eu sou a Kett. Sou amiga de Lindsay, mas ela nunca me disse que você era tão...

Zara se colocou entre eles.

— Kett e eu queríamos ir encontrar um pessoal da Pi Kappa, Jack. — Nós...

— Que Pi Kappas? — perguntou Kett.

Zara a ignorou.

— Íamos ao cinema com Lindsay só para fazer companhia, mas, agora que está aqui, você pode levá-la.

— Eu adoraria — Jack respondeu franzindo o cenho. — Mas, infelizmente, não posso.

— Ele pôs um bando de gansos no cinema onde está passando *Twelve Days of Christmas* — falei. — Ou foram perdizes desta vez, Jack?

— Cisnes — ele respondeu rindo. — Trouxe oito no bolso.

— É mesmo? — Kett exclamou. Como se fosse possível passar pela segurança com alguma coisa no bolso, ainda mais um bando de cisnes. — Isso seria muito "depravado"! — ronronou ela. — O que fez no gabinete do reitor foi incrível! Definitivamente, devia ir com a gente ver *Christmas Caper*!

— Não tenho intenção de ir a lugar nenhum com Jack — anunciei.

— Então eu vou. — Kett segurou o braço dele. — Nós dois podemos ir assistir ao filme.

— Ah, bom, tenho certeza de que seria divertido — Jack respondeu, interrompendo o contato como se o braço dela tivesse arame farpado —, mas não vai acontecer. Não vamos entrar. Está esgotado.

— Não está — argumentei apontando para o painel eletrônico. — Veja.

— Agora não, mas vai estar quando chegarem à bilheteria.

— Está brincando — falou Zara. — Depois de todo esse tempo na fila?

— E de termos deixado de ir à Cantina com Noah — acrescentou Kett.

— Não vai esgotar — declarei confiante.

— Errado — insistiu Jack, apontando para o painel onde a palavra ESGOTADO começou a piscar ao lado de *Christmas Caper.*

"Um mistério envolvente..."
—*flickers.com*

— Ah, não. — Zara gemeu. — O que fazemos agora?

— Podemos ir ver *A Star-Crossed Seasons* — Kett falou para Jack. — Dizem que é muito bom. Ou *The Diary*.

— Não vamos ver nenhum dos dois — falei. — A sessão das 12h10 de *Christmas Caper* está esgotada, mas as outras não estão. Ainda podemos comprar ingressos para a sessão das 14h20.

— E esperar duas horas? — Kett gemeu.

— Por que não almoçamos antes e compramos os ingressos depois? — sugeriu Zara. — Vamos ao Chocolat...

— Não — interrompi. — Isto não vai virar outro *Monsoon Gate*. Vamos ficar bem aqui até comprarmos os ingressos.

— E se você ficar na fila, Lindsay, enquanto nós vamos comer e trazemos alguma coisa para você? — tentou Kett.

— Não. Vocês prometeram que iriam comigo.

— Sim, e você prometeu que iria comigo, Lindsay — Jack lembrou.

— Você furou comigo.

— Não furei. Estou aqui, não estou? Além do mais, Kevin Kline furou com Meg Ryan em *Surpresas do coração*. Michael Douglas furou com Kathleen Turner em *Tudo por uma esmeralda*. Indiana Jones deixou Marion amarrada na barraca dos bandidos. Admita, isso é o que os malandros fazem.

— Sim, mas não jogam o futuro no lixo por causa de uma brincadeira idiota.

— Está falando dos gansos? Aquilo não foi brincadeira.

— Ah, não? O que foi?

— Vejo que vocês dois têm muito o que conversar — interrompeu Zara. — Não queremos atrapalhar. A gente se encontra mais tarde. Manda uma mensagem de texto. — E, antes que eu pudesse protestar, ela e Kett desapareceram na multidão.

Olhei para Jack.

— Não vou ao cinema com você.

— Não mesmo — respondeu ele, e olhou para a bilheteria. — E também não vai entrar na sessão das 14h20.

— Agora vai dizer que essa sessão também vai lotar?

— Não, eles não costumam usar o mesmo argumento duas vezes. Desta vez vai ser alguma coisa mais sutil. Ingressos gratuitos para uma Apresentação Especial de Natal de *A loja da esquina* ou uma aparição do novo Hulk. Ou, já que gosta de malandros, do novo Han Solo. — Ele sorriu. — Ou eu.

— Não gosto de malandros — respondi. — Não mais. E o que quer dizer com "não usam o mesmo argumento duas vezes"?

Jack balançou a cabeça com ar desaprovador.

— Sua fala não é essa. Devia dizer "Acontece que gosto de homens bons", e então eu diria "Eu sou um homem bom". — Ele se inclinou para mim. — E então você diria...

— Isso não é *O Império contra-ataca* — disparei, me afastando dele. — E você não é Han Solo.

— É verdade. Estou mais para Peter O'Toole em *Como roubar um milhão de dólares*. Ou Douglas Fairbanks em *A máscara do Zorro*.

— Ou Bradley Cooper em *The World's Biggest Liar*. Por que disse que também não vou entrar na sessão das 14h20? Fez alguma coisa no cinema?

— Não, nada. Eu juro. — E levantou a mão direita.

— Ah, sua palavra não é digna de confiança, é?

— Na verdade, é. O problema é que... esquece. Juro que não tenho nada a ver com os ingressos esgotados para a sessão das 12h10.

— Então como tinha tanta certeza de que estavam esgotados?

— É uma longa história. E não posso contar aqui — acrescentou ele olhando em volta. — O que acha de a gente ir a algum lugar tranquilo e eu explico tudo?

— Aliás, onde passou os últimos oito meses? E por que pôs aqueles gansos no gabinete do reitor?

— Não. Desculpe, não posso até...

— Até o quê? Até fazer a mesma coisa aqui? — Baixei a voz: — Sério, Jack, você pode se meter em encrenca séria. A segurança do Drome é...

— Eu sabia — ele interrompeu, encantado. — Você ainda é louca por mim. O que acha de discutir tudo isso durante um almoço aconchegante, como Peter disse a Audrey em *Como roubar um milhão de dólares*? Tem um lugarzinho no Pixar Boulevard chamado Gusteau's...

— Não vou a lugar nenhum com você — anunciei. — Vou ver *Christmas Caper* na sessão das 14h20. Sozinha.

— É o que você acha.

"Veja as fagulhas entres esses dois!"
— *The Web Critic*

Jack se afastou antes que eu pudesse perguntar o que ele queria dizer com "É o que você acha", e não pude ir atrás dele para perguntar por medo de perder meu lugar na fila, então passei o resto do tempo de espera preocupada com a possibilidade de os ingressos se esgotarem para a sessão das 14h20 também, embora só houvesse cerca de vinte pessoas na minha frente, todas fossem assistir a outro filme e os luminosos ainda anunciassem a sessão com ingressos disponíveis.

Mas havia mais três filas, e o vendedor do guichê na frente da minha parecia ter o cérebro de um personagem de *Débi & Lóide*. Ele demorava uma eternidade para dar o troco ou passar o cartão das pessoas e entregar os ingressos. Felizmente eu não queria ingresso para a sessão das 13h10. Não conseguiria de jeito nenhum.

Cheguei perto do guichê depois de mais de meia hora, e aí o cara que estava três pessoas na minha frente não conseguia decidir se ia ver *Zombie Prom* ou *Avatar 4*. Ele e a namorada passaram uns bons dez minutos tentando decidir, depois o cartão dele não foi aprovado e tiveram que usar o da namorada, e ela teve que vasculhar a bolsa inteira para encontrá-lo, e foi tirando punhados de coisas para o namorado segurar enquanto ela procurava, e depois ficaram ali parados enquanto ela guardava tudo de volta depois de terem comprado os ingressos.

Pensei que era exatamente sobre isso que Jack estava falando. E se estavam fazendo tudo de propósito para me impedir de entrar?

"Não seja ridícula", disse a mim mesma. "Está vendo conspirações onde não existem." Mas eu ainda olhava ansiosa para o placar luminoso enquanto me aproximava da bilheteria, com medo de ver piscar o ESGOTADO no último minuto.

Não aconteceu, e, quando pedi uma inteira para *Christmas Caper*, sessão das 14h20, o vendedor assentiu, passou meu cartão sem nenhum incidente, me entregou e ingresso e me disse para aproveitar o filme.

— Eu vou — respondi determinada, e comecei a andar para a entrada do complexo das salas de cinema.

Na metade do caminho, Jack apareceu andando ao meu lado.

— Então? — perguntou.

— Não estava esgotado, e eu não tive dificuldade nenhuma para comprar um ingresso. Viu? — E mostrei a entrada.

Jack não estava impressionado.

— Sim, e em *Tudo por uma esmeralda* eles encontraram o diamante — respondeu —, e Whoopi Goldberg conseguiu um contrato em *Salve-me quem puder*, e veja o que aconteceu.

— Como assim?

— Você ainda não está no cinema, e, se não entrar até 14h20, não vão deixar você entrar.

Era verdade. Fazia parte dos procedimentos de segurança do Drome não deixar ninguém entrar no cinema depois do começo do filme, mas eram só 13h30. Disse isso a Jack.

— Sim, mas a fila para entrar pode ficar muito longa, ou a fila da pipoca.

— Não vou comprar pipoca. E não tem fila para entrar — respondi, apontando para o funcionário que esperava sozinho na entrada da sala para recolher os ingressos.

— Agora. Você ainda não está lá. Uma horda de mulheres de meia-idade pode aparecer para ver o novo *Cinquenta tons de cinza* antes de você chegar lá. E, mesmo que entre na sala, o filme pode queimar...

— O Drome não usa filmes. É tudo digital.

— Exatamente, o que significa que pode acontecer alguma coisa com o equipamento. Pode ser contaminado por um vírus, ou o servidor pode dar pau. Ou alguma coisa pode disparar o alarme de segurança e provocar um estado de emergência no Drome.

— Como gansos na sala de cinema? O que está aprontando, Jack?

— Já falei, não estou aprontando nada. Só estou dizendo que pode não conseguir entrar. Na verdade, tenho quase certeza de que não vai. E, se não conseguir, estarei no Gusteau's.

— Não vai acontecer nada — falei, e comecei a percorrer a distância que ainda me separava da entrada da sala.

O saguão ficava mais cheio a cada minuto: era uma multidão de crianças agitadas, adolescentes olhando seus celulares e famílias discutindo aonde ir primeiro. Eu me desviava de todos e esperava que uma fila não se formasse repentinamente na frente do funcionário, provando que Jack estava certo. Mas o funcionário continuava lá parado e sozinho, com cara de tédio.

Entreguei a ele meu ingresso.

Ele o devolveu.

— Ainda não pode entrar. A sessão não acabou. Desculpe — disse, e estendeu a mão para pegar os ingressos de dois meninos de uns oito anos que pararam atrás de mim.

Ele rasgou metade dos ingressos e devolveu o canhoto aos garotos.

— Sala 76. Subam a escada até o terceiro andar e virem à direita.

Os garotos entraram. Eu falei:

— Não posso entrar e esperar no corredor até as pessoas saírem da sala?

Ele balançou a cabeça.

— É contra as normas de segurança. Não posso deixar ninguém entrar antes do fim do filme.

— E quando isso vai acontecer?

— Vou verificar — respondeu, e consultou os horários. — Às 13h55. Daqui a dez minutos. Se não quiser esperar...

— Eu quero. — E me afastei para o lado para sair do caminho.

— Desculpe, não pode ficar aí — avisou outro funcionário que apareceu do nada. — Está no lugar da fila para *Dr. Who*. — E começou a isolar o espaço com uma corda.

Fui me apoiar na parede, mas várias meninas e seus pais já formavam fila para entrar na sala de *The Little Goose Girl* e o único banco perto da porta estava ocupado por uma mulher que tentava em vão convencer as três filhas a devolverem os óculos de realidade virtual. Elas gritavam. E esperneavam.

Eu teria que aguardar no saguão. E esperava que Jack já houvesse ido para o Gusteau's. Mas ele ainda estava lá. Estava em pé do lado de fora da entrada, com as mãos nos bolsos e um sorriso de "Eu avisei".

— O que aconteceu? — ele perguntou.

— Nada — respondi, passando por ele. — A sessão das 12h10 ainda não acabou.

— E você decidiu ter aquela conversa comigo, afinal. Ótimo. — Jack segurou meu braço e me levou pelo saguão na direção do Pixar Boulevard. — Podemos ir ao Gusteau's e você me conta que desculpa o funcionário deu para não deixar você entrar, e por que não permitiram que esperasse perto da entrada.

— Não tenho nenhuma intenção de contar nada — avisei, arrancando o braço da mão dele. — Por que contaria? Você não me contou que planejava ser expulso uma semana antes da formatura.

— Sim, sobre isso. — Ele ficou sério. — Eu não ia me formar, na verdade.

— É claro que não — concordei, aborrecida. — Por que não estou surpresa? Foi por isso que invadiu o gabinete do reitor, porque seria reprovado e queria tentar mudar suas notas?

— Não. A verdade é que eu não estava...

— Não estava o quê?

— Não posso falar. É confidencial.

— Confidencial! Chega. Não vou mais ouvir suas fantasias paranoicas. Vou ficar esperando perto da entrada até a sessão acabar e depois vou entrar, e, se você tentar me seguir, eu chamo a segurança.

Voltei para perto da entrada atravessando um mar de Hobbits de manto e pés peludos, obviamente a plateia de *The Return of Frodo*, um grupo de senhoras a caminho de uma Sessão Nostalgia especial de *Sex and the City*, e o labirinto que era a fila de *Dr. Who*, que agora se estendia por dez metros até o saguão. Quando cheguei ao lugar onde pretendia esperar, não havia mais motivo para isso. Já eram duas horas.

Aproximei-me do funcionário e entreguei meu ingresso.

Ele balançou a cabeça.

— Ainda não pode entrar.

— Mas você disse que o pessoal da sessão das 12h10 saía às 13h55.

— Sim, mas não pode entrar até o pessoal terminar de limpar a sala.

— E quando será isso?

Ele deu de ombros.

— Não sei. Um cara vomitou em tudo. Eles vão levar pelo menos dez minutos para deixar tudo limpo. — E me devolveu o ingresso. — Por que não vai pegar alguma coisa para comer? Ou fazer compras de Natal? Tem uma liquidação de máscaras de dormir Inception na loja Sleepless in Seattle.

"E Jack vai estar do lado de fora rindo", pensei.

— Não, obrigada — respondi, e me espremi entre as filhas de *Dr. Who* e *Little Goose Girl* para ir até o banco, esperando que a mãe e as meninas já houvessem saído de lá.

Elas haviam saído, mas o banco agora era ocupado por um casal apaixonado que trocava beijos ardentes quase deitados. Passei por eles e fiquei em pé perto da parede, mas, quando cheguei lá, o casal já havia atingido o estágio proibido para menores de 18 anos e ia além. Pronta para enfrentar Jack e mais uma coleção de teorias da conspiração, voltei ao saguão.

"Um presente para as plateias dos cinemas no Natal!"
— *silverscreen.com*

Jack não estava lá. Mas ele e Zara e Kett eram os únicos que não estavam no saguão. O lugar estava lotado de gente querendo guardar casacos, comprar ingressos e bebidas e olhando para os luminosos de trailers e horários das sessões. Eu era empurrada e espremida pela multidão que entrava e saía do complexo de salas e pelas crianças que queriam se aproximar dos personagens de Natal que andavam por ali, jogando doces e distribuindo panfletos que anunciavam as próximas atrações. Alvin, o Esquilo, me deu um cupom para uma torta de frutas secas gratuita no bar Sweeney Todd's e um Grinch assustadoramente simpático me deu um cupom de 50% de desconto em uma camiseta de *Twelve Dancing Princess* no Disney Pavilion.

Dei o cupom para uma garota new gótica e li uma mensagem de texto no meu celular, um aviso de que ganhei um ingresso gratuito para uma Apresentação Extra Especial de *Ghost Town*, e quase fui atropelada por um enorme Transformer marchando no meio da multidão, balançando os imensos braços de metal e quase batendo a cabeça no teto do saguão. Meio mergulhei, meio fui empurrada para fora do caminho dele pelo mar de gente, e o Transformer seguiu em frente até o outro lado do saguão.

A multidão o seguia tirando fotos com os celulares, disputando as melhores posições, formando uma muralha impenetrável. Eu não conseguiria atravessar a área, não enquanto o Transformer não fosse embora.

Não tinha importância — ainda faltavam quinze minutos até terminarem a limpeza. Virei para procurar um lugar onde pudesse esperar sem ser atropelada. Não o Gusteau's, eu não queria ouvir Jack dizer "Eu avisei". Nem o Sweeney Todd's, era muito longe.

Precisava de um lugar próximo para poder sair de lá no momento em que a multidão diminuísse, ou assim que eu visse a equipe de limpeza avisar o funcionário que a sala estava liberada, e tinha que ser algum lugar com uma fila pequena. Mas isso era praticamente impossível. O Zombie Juice estava ainda mais cheio que o saguão. O Starbucks de *Stargate*, que anunciava Mochas de Visco, tinha uma fila que encontrava a do Zombie Juice, e o Transformer aparentemente distribuía cupons para um Chá Transformer, porque o Tea and Sympathy, normalmente uma escolha certa, também estava lotado.

E, definitivamente, eu não iria à Cantina, embora, a essa altura, quisesse beber alguma coisa. Mas Jack devia ter mandado aquela mensagem, o que significava que estava esperando na Cantina para me embebedar e me encher a cabeça de teorias da conspiração. Eu não iria lá.

Restava um chocolate quente no Polar Express, que ficava logo depois do saguão e tinha uma fila de apenas duas pessoas, mas, mesmo assim, demorou uma eternidade. O cara no balcão queria um biscoito de gengibre e um latte de cravo, que a atendente não sabia preparar, então ele deu as instruções passo a passo, e depois a adolescente atrás dele não conseguia passar o cartão.

Olhei para trás, para o saguão. O Transformer havia sumido, mas agora o zepelim de *The Steampunk League* flutuava sobre as máquinas de venda jogando cartões de presente e atraindo uma multidão. Se eu não fosse logo, o saguão ficaria ainda mais lotado do que durante a passagem do Transformer.

Decidi pedir o chocolate para viagem e voltar, e comecei a caminhar para a porta. E tropecei no cara do biscoito de gengibre, que trazia de volta seu latte de cravo porque tinha pouco chantilly, e ele conseguiu derrubar toda a bebida em mim.

Clientes se aproximaram com guardanapos e piedade, e a atendente insistiu para eu esperar enquanto ela ia buscar um pano molhado.

— Tudo bem — falei —, estou com pressa. — Tenho ingresso para o cinema, preciso ir.

— É só um segundo — falou ela, correndo de volta ao balcão. — Não pode ficar toda molhada desse jeito.

— Está tudo bem — repeti, e comecei a andar.

O homem do biscoito de gengibre segurou meu braço.

— Insisto em pagar uma bebida para me desculpar. O que vai querer?

— Nada. Preciso ir... — E a atendente voltou com o pano e começou a me limpar.

— Não precisa, sério — falei, e a afastei de mim.

— Não vai processar o Polar Express, vai? — ela perguntou aflita.

"Sim", pensei, "se eu perder o filme por sua causa."

— Não, é claro que não. Está tudo bem. Não foi nada grave.

— Ah, bom. Se esperar um pouco, vou pegar um cupom para comer um scone de graça na próxima vez que vier aqui.

— Não quero...

— Quero pagar a lavagem da roupa, pelo menos — insistiu o homem, já com o celular na mão. — Se me der seu e-mail...

— Pensando bem, acho que aceito a bebida. Um chá de hortelã. — E, quando ele se dirigiu ao balcão, saí correndo do Polar Express para a proteção da multidão, para o meio do saguão.

Estava ainda mais cheio que antes, quando o Transformer aparecera. Fui atravessando o mar de gente com dificuldade, e felizmente eu não levava meu chocolate. Tinha que abrir caminho com as duas mãos, afastar casais e passar entre eles, empurrar crianças agitadas vestindo camisetas azuis de *A Smurf Hanukkah* e adolescentes fascinados com os trailers de *House on Zombie Hill*.

Era como nadar em calda de açúcar, e tive a impressão de levar horas para chegar a um lugar de onde, finalmente, conseguia ver o funcionário na entrada do cinema. Agora havia uma fila na frente dele, mas não era para ver *Dr. Who* ou *Little Goose Girl*, cujos espectadores ainda esperavam nas filas labirínticas. Eu precisava chegar lá antes do fim dessas sessões ou nunca conseguiria entrar em *Christmas*...

Alguém segurou meu braço. "Por favor, que não seja o Homem do Biscoito", pensei ao ser puxada de volta para o meio da multidão.

Não era. Era Papai Noel com um microfone e uma tropa de renas.

— O que quer ganhar no Natal, menininha? — perguntou ele, e aproximou o microfone do meu rosto.

— Chegar lá — respondi, apontando.

— Ho ho ho. Que tal dois ingressos para a sessão das 15h25 de *The Claus Chronicles*?

— Não, obrigada. Vou ver *Christmas Caper*.

— O quê? Não quer assistir ao filme do Papai Noel? — Ele olhou para uma rena. — Ouviu isso, Prancer? — falou, elevando a voz para todo o saguão ouvir: — Temos um problema aqui. Acho que tenho que olhar minha lista de bonzinhos e maus, Blitzen.

A lista apareceu, o Papai Noel pôs os óculos e deslizou um dedo pelo papel, enquanto eu olhava aflita para a entrada do cinema, onde a fila na frente do funcionário ficava maior a cada minuto.

— Aqui está ela — finalmente anunciou Papai Noel. — Sim, definitivamente má. E o que damos às crianças más no Natal, Vizen?

— Carvão! — gritou a multidão.

Papai Noel tirou do saco de presentes um pedaço de alcaçuz.

— Devo dar isto a ela ou vamos dar mais uma chance? Afinal, é Natal.

— Carvão! — a multidão berrou, e Papai Noel teve que repetir a pergunta mais duas vezes para convencê-los a me oferecer os ingressos novamente. Dessa vez tive o bom senso de aceitar.

— E aqui está um ingresso para a sessão das 14h30 de *The Twelve Days of Christmas* por ter demonstrado espírito esportivo — disse ele. — Feliz Natal, ho ho ho.

E finalmente eu pude ir.

Corri para a entrada, onde a fila na frente do funcionário havia desaparecido milagrosamente, e entreguei a ele meu ingresso.

— Desculpe. — Ele balançou a cabeça.

— Ainda estão limpando a sala? — perguntei, incrédula.

— Não, mas você está atrasada. São 14h22. A sessão das 14h20 já começou.

— Mas os primeiros quinze minutos são de trailers...

— Desculpe. Regras do cinema. Ninguém pode entrar depois do horário de início da sessão. Acho que ainda consegue ingresso para 16h30.

"Não", pensei, "e sei quem é o responsável."

— Quer que eu verifique se ainda há ingressos disponíveis? — perguntou o funcionário.

— Não, tudo bem. Esquece — respondi, e saí dali, atravessei o saguão e mergulhei na loucura do Drome para encontrar Jack.

"Um grande filme! Não perca!"
— *Time Out Magazine*

Eu esperava que o Gusteau's fosse um bar perto das boates e do Rick's de *Casablanca*, mas não era, e, depois de consultar os mapas e um guia do Drome vestido de Frosty, o Homem da Neve, encontrei o lugar nas profundezas de Munchkinland, espremido entre a piscina de bolinhas *Monstros S.A.* e a sala de jogos *Meu Malvado Favorito,* ambas lotadas de crianças emitindo gritos ensurdecedores de alegria e/ou terror.

O restaurante era uma réplica do bistrô francês de *Ratatouille*, com ratos no papel de parede e nas mesas. Jack estava sentado a uma mesa no fundo.

— Oi — ele gritou no meio do barulho da piscina de bolinhas. — Não entrou, não é?

— Não — falei em tom seco.

— Sente. Quer beber alguma coisa? O Gusteau's não é um bar para maiores, por isso não posso sugerir um Pimm's Cup, mas que tal um mocha mouse?

— Não, obrigada — respondi, ignorando o convite para sentar. — Quero saber o que está aprontando e por que me impediu de...

— Ei, o que aconteceu? — Ele me interrompeu apontando minha blusa ainda molhada. — Não me diga que tropeçou em Hugh Grant carregando um suco de laranja, como em *Um lugar chamado Notting Hill*.

— Não — falei por entre os dentes —, um latte com biscoito de gengibre...

— E não deixaram você entrar por causa do código de vestuário do Drome?

— Não, porque o filme já havia começado. Porque um cara com um latte e um biscoito de gengibre e um Papai Noel me impediram de voltar do Polar Express a tempo, como você bem sabe. Foi você quem os colocou lá. Essa é mais uma das suas brincadeirinhas de adolescente, não é?

— Já disse que não foi brincadeira.

— O que foi, então?

— É... Lembra quando vimos *Oceans 17*, e houve uma invasão do cassino? Polícia, sirenes, helicópteros, serviço completo? Mas era tudo só uma distração, e o crime de verdade acontecia no banco?

— Está dizendo que os gansos foram uma distração?

— Sim. Como o Papai Noel. Como ele atrasou você?

— Você sabe muito bem o que ele fez. Você o contratou para me impedir de entrar e para eu ter que ir com você. Mas não vai funcionar. Não tenho intenção de assistir a *Christmas Caper* com você.

— Ótimo. Porque não vai. Não hoje, pelo menos.

— Por que não? O que você fez?

— Nada. Não sou responsável por nada disso.

— É mesmo? — perguntei com sarcasmo. — E quem é?

— Se você sentar, eu conto. Também explico por que a sessão das 12h10 estava esgotada, por que *The Steampunk League* mandou um zepelim naquela hora, e por que não conseguiu comprar os ingressos pela internet.

— Como sabe disso?

— Palpite. As máquinas de venda também não autorizaram a compra, não é?

— Não — confirmei, e sentei. — Por que não?

— Antes preciso saber uma coisa. O que estava fazendo no Polar Express? Quando saí de perto, você estava entregando o ingresso ao funcionário.

— Ele não me deixou entrar. Um cara vomitou na sala.

— Ah, sim, o bom e velho vômito. Sempre funciona. Mas por que não esperou lá na entrada?

Contei a ele sobre as filas para *Dr. Who* e *Goose Girl* e sobre as pessoas no banco.

— Aconteceu mais alguma coisa enquanto você esperava? Alguém mandou uma mensagem de texto oferecendo ingresso grátis para alguma coisa?

— Sim. — Falei sobre a apresentação extra de *Ghost Town*. — E não vai me convencer de que não teve nada a ver com aquilo. Quem mais podia saber que *Ghost Town* era um dos meus filmes preferidos?

— Quem, realmente? Quando estávamos na fila, você disse: "Isso não vai se transformar em outro *Monsoon Gate*." Imagino que também não tenha conseguido entrar quando veio assistir a esse filme. Por que não? Aconteceu alguma coisa?

— Não — respondi. E falei sobre Zara experimentando sapatos e como, por isso, perdemos a sessão das seis. — Depois ela leu um tweet falando sobre uma pré-estreia de *Bachelorette Party*...

— O que me faz pensar que era esse o filme que ela queria ver.

— Sim. Então decidimos entrar na sessão das dez, mas, quando fomos ver o tempo de duração do filme, ele só terminava...

— Depois do último trem de volta a Hanover — concluiu ele movendo a cabeça. — Tem certeza de que não quer beber alguma coisa? Uma cerveja rato? Uma vanilla coke roedor?

— Não. Aliás, por que estamos aqui? — perguntei olhando em volta. — Deve haver algum lugar aonde possamos ir e conversar sem ter que gritar.

— Aqui e o Túnel do Amor são as únicas áreas que não estão sob vigilância. Podemos ir lá.

Eu já havia estado no Túnel do Amor com Jack antes.

— Não — recusei.

— Ouvi dizer que tem atrações novas muito românticas. Anne Hathaway morrendo de tuberculose, Keira Knightley sendo atropelada por um trem, Edward e Bella pegando fogo na noite do casamento e ardendo até virarem cinzas...

— Não vamos ao Túnel do Amor — anunciei. — Como assim, são só essas áreas que não estão sob vigilância?

— Bem, não é necessário distrair as crianças para não verem *A era do gelo 22*. As crianças inventaram o tempo de atenção curto. Você, por outro lado, é muito determinada, daí o vômito. E o Homem do Biscoito de Gengibre.

— Está dizendo que o Drome tentou me impedir de ver *Christmas Caper*?

— Sim.

— Mas por quê?

— Tudo bem, para você saber como tudo começou, depois dos massacres de *Batman* e o Metrolux e *Hobbit III*, o público simplesmente desapareceu do cinema, e eles tiveram que pensar em um jeito de trazer as pessoas de volta, então transformaram os complexos em fortalezas onde as pessoas se sentem seguras para trazer os filhos pequenos e deixar os adolescentes. Mas, para isso, foi preciso introduzir todo tipo de segurança, detectores de metal, varreduras corporais completas, farejadores de explosivos, e isso significava que as pessoas tinham que ficar na fila por uma hora e quarenta e cinco minutos pra ver um filme de duas horas, o que só reduziu ainda mais o público. Quem quer ficar em uma fila quando pode ficar em casa e assistir aos filmes on-line em uma tela de noventa polegadas? Eles tinham que criar algo novo, alguma coisa realmente espetacular.

— Os cinedromes — deduzi.

— Isso. Ir ao cinema virou uma experiência de entretenimento de um dia inteiro em ambiente diversificado.

— Como o Disneyverse.

Jack assentiu.

— Ou IKEA. Exibe muitos filmes. Uma centena, em vez dos vinte dos multiplex. E acrescenta muitas variações: 4-D, I-MAX, interativos, estreias no estilo Hollywood, celebridades, restaurantes temáticos, lojas, passeios, boates e espaços para jogar Wii. Nada disso era realmente novo.

— Mas você disse...

— Os cinemas nunca ganharam seu dinheiro com os filmes que exibiam. Eram só um acessório, um jeito de atrair o público para o local e comprar pipoca e jujubas a preços ultrajantes. Os Dromes só expandiram o conceito, a ponto de os cinemas se tornarem menos e menos importantes. Sabia que 53% das pessoas que vão aos Dromes nunca assistem a um filme?

— Acredito — respondi, pensando em Kett e Zara.

— E aquilo não foi um acidente. Durante as duas horas de exibição de um filme, você pode gastar muito mais que o preço de um ingresso e da pipoca. E, se fizerem você escolher um horário mais tarde, vai almoçar e jantar aqui, e ainda jogar mais tarde. Quanto mais tempo passar no Drome...

— Mais eu gasto.

— Isso. Então o Drome faz tudo que pode para que isso aconteça.

— Quer que eu acredite que o Drome orquestrou tudo aquilo, os ingressos, o vômito, a mensagem e o aviso de sessão lotada, só para me fazer comprar mais coisas?

— Não. Sabe aquele filme antigo que vimos, aquele em que o cara investigava o que parece ser um simples acidente de trem, mas não era um acidente?

— *Adoro problemas* — falei prontamente. — Com Nick Nolte e Julia Roberts. Ela era repórter...

— E ele era um malandro — Jack completou rindo. — De quem, se não me engano, Julia gostava muito.

— Aonde quer chegar?

— O acidente de trem era só a ponta do iceberg. Como *Christmas Caper*. Acho que existe uma grande conspiração...

— Para me impedir de ver um filme?

— Não você. Qualquer pessoa. E não só *Christmas Caper. The Pimmsleys of Parson's Court* também, e *Just When You Thought You Were Over Him,* e *Switching Gears*, e talvez mais alguns.

— Por quê?

— Porque não podem deixar o público descobrir o que está acontecendo. Eu falei sobre as coisas que os Dromes usam para atrair pessoas, muito *merchandise*, as variedades de projeção e de filmes.

— Sim.

— Então, esse é o problema. Os velhos multiplex tinham quinze telas para ocupar. Os Dromes têm cem.

— Mas eles exibem alguns filmes em várias salas.

— Sim, e em 3-D, 4-D, em versões Wii, e ainda tem uma infinidade de sequências, remakes, relançamentos...

— E Apresentações Extras...

— E pré-estreias, e festivais de filmes, maratonas *Harry Potter*, mas, mesmo que acrescente filmes estrangeiros, Bollywood e *reboots* ruins de comédias românticas britânicas e mais remakes dos três, ainda é muita tela para ocupar. Especialmente quando a maioria das pessoas só quer ver *The Return of Frodo*. Lembra quando fomos ver *Gaudy Night* e éramos as duas únicas pessoas na plateia?

— Sim.

— É como a Baskin-Robbins. Eles anunciam trinta e um sabores, mas quem pede passas ou custard de limão? Pode ser baunilha com corante, pelo que a gente sabe. E isso vale para metade dos filmes dos Dromes.

— Está dizendo que *Christmas Caper* não existe?

— Acho que essa é uma possibilidade muito real.

— Mas isso é ridículo. Nós dois vimos o trailer. Havia trechos sendo exibidos nos luminosos enquanto esperávamos na fila.

— Três minutos de duração, trechos que podem ter sido filmados em um dia.

— Mas por que anunciariam um filme que não existe?

— Porque, caso contrário, alguém como eu, por exemplo, pode desconfiar.

— Mas isso não pode dar certo.

— É claro que pode. Muitas pessoas querem ver o último sucesso de bilheteria, e com um incentivo muito pequeno, como um anúncio de ingressos esgotados, você pode convencer 95% desse público a ir ver outra coisa. Ou almoçar no Babette's Feast.

— E os outros 5%?

— Você acabou de ver.

— Mas sessões de cinema esgotam, principalmente na época do Natal...

— E pessoas vomitam, e derrubam bebida, e são assediadas por caras de fraternidade, e não podem ir à sessão das 22h20 porque ela acaba depois do horário do último trem de volta para casa. Mas a última sessão de todos os filmes que mencionei acaba depois do último trem, e tentei entrar em *Switching Gears* nos últimos cinco dias e não consegui. Que horas são?

— Quatro.

— Vamos — disse ele segurando minha mão e me puxando para levantar. — Temos que ir, ou vamos perder a hora de *Christmas Caper.*

"Excitante, cheio de suspense e incrivelmente romântico!"
— *Front Row*

— Mas você disse que não existe — falei enquanto ele me arrastava para fora do Gusteau's,

— Não existe. Vem. — E me levou por Hogwarts e Neverneverland, e por um corredor de lojas que vendiam lembranças de *Toy Story*, *O grande Oz* e *Filho do Rei Leão.*

— Este não é o caminho para as salas de cinema — protestei.

— Antes temos que fazer compras — respondeu ele, me levando para a butique Princesas Disney.

— Compras? Por quê?

— Porque não podemos deixar a administração notar nossa presença, e o jeito mais certo de chamar atenção em um Drome é não gastar dinheiro — ele explicou, estudando as camisetas de uma arara de *Enrolados.* — Além do mais — continuou, passando para outra arara, essa cheia de moletons da *Branca de Neve e os sete Anões* —, este é um grande encontro. Precisa de alguma coisa especial para vestir. Alguma coisa que o coletor de ingressos não tenha visto. — Depois de olhar todas as peças da arara, ela passou à seguinte, cheia de tutus das *Doze princesas dançarinas,* que retirou e pendurou de novo.

— O que está procurando? — perguntei.

— Já disse. Alguma coisa especial. — Ele continuou procurando em outra arara. — E alguma coisa que não deixe você com cheiro de cozinha da sra. Noel. Ah, aqui está — anunciou, pegando uma camiseta amarela de *Dora e Diego no Himalaia*, com Diego apontando a câmera, sua marca registrada, para Dora e o macaco, que estão em pé no topo do monte Everest. — Só o ingresso.

— Não vou usar — comecei, mas ele já havia posto a camiseta e um boné rosa brilhante da *Little Goose Girl* em minhas mãos.

— Diga à balconista para desativar o alarme para você usar as peças agora e depois vá ao provador, tire a blusa e ponha a camiseta. Estarei na loja ao lado. — E me empurrou em direção à caixa. — E sem perguntas.

Fiz como ele disse, tirei a blusa — sim, ele estava certo, o cheiro de biscoito de gengibre era forte — e pus a camiseta em cima da minha regata. Era apertada demais, o que, eu suspeitava, devia ser parte do plano, e parecia ainda pior em mim do que no cabide.

— Podia ter escolhido alguma coisa bonitinha — reclamei quando o encontrei na loja ao lado, experimentando óculos escuros de *Risky Business*.

— Não, não podia — respondeu ele. — O que fez com sua blusa?

— Pus na sacola.

— Bom. Vamos — ele disse, pegando a sacola da minha mão e me levando para fora da loja, de volta ao Gusteau's, para uma lixeira. E jogou a sacola lá dentro.

— Eu gostava daquela blusa — protestei.

— Shh, quer assistir ao filme ou não? — perguntou Jack, me levando por um labirinto de artistas de balões, tatuadores a laser, carrinhos para crianças e lojas de brinquedos até o saguão.

Ele parou um pouco antes do saguão.

— Então, quero que vá àquele quiosque e compre um ingresso para *Dragonwar*.

— *Dragonwar*? Mas pensei que íamos...

— Vamos. Compre um ingresso para *Dragonwar*, depois...

— Um ingresso? Ou dois?

— Não, dois não. Vamos entrar separados.

— E se a máquina avisar que tenho que comprar o ingresso na bilheteria?

— Não vai acontecer. Quando entrar...

— E se disserem que ainda não posso entrar?

— Também não vão dizer — afirmou ele. — Quando entrar, vá à lanchonete, compre um saco de pipocas grande e um 7-Up grande com dois canudos e desça para a sala 17.

— Sala 17? Mas *Dragonwar* está em exibição na sala 24.

— Não vamos ver *Dragonwar*. Nem *Au Revoir, Mon Fou*, que é o filme em exibição na sala 17. Você não vai entrar em nenhuma sala. Vai ficar parada na porta da sala 17. Encontro você lá em dois minutos.

— E promete que vamos ver *Christmas Caper*?

— Prometo que vou levar você ao *Christmas Caper*. Pipoca grande — ele lembrou. — E 7-Up grande. Nada de Coca. — E puxou o boné da *Little Goose Girl* sobre meus olhos. — Sala 17 — repetiu, e desapareceu na multidão.

"Baseado em uma história real...
mas você não vai acreditar nela!"
— *At the Movies*

Ele estava certo. Ninguém me abordou, nem derrubou bebida em mim, nem me parou para oferecer um ingresso livre para *You're Under Arrest*, e o funcionário na entrada nem olhou para a minha cara quando rasgou meu ingresso ao meio.

— Sala 24 — ele disse, e apontou para a direita. — Fim do corredor — E olhou para um trio de crianças de treze anos, enquanto eu me afastava pelo corredor acarpetado.

Não havia nem sinal de Jack, mas ele podia estar escondido em uma das entradas recuadas do cinema ou mais à frente, depois de uma curva à direita.

Não estava. Fiquei na porta da sala 17 por mais de dois minutos e depois caminhei devagar para a sala 24, onde era exibido *Dragonwar*, mas ele também não estava lá.

Ele foi pego tentando entrar e posto para fora, pensei, voltando à sala 17 e me plantando no recuo da porta.

Esperei um pouco mais.

Ainda nenhum sinal de Jack, nem de outra pessoa, exceto uma criança que saiu correndo da sala 30 para o banheiro, batendo a porta com um estrondo ao entrar. Esperei um pouco mais. Queria ver as horas no celular, mas segurava um enorme copo de 7-Up com um braço e um imenso saco de pipocas com o outro, o que me impedia de usar as mãos.

Ouvi uma porta bater no corredor e olhei ansiosa na direção do barulho, mas era só o garoto correndo de volta para a sala 30, obviamente determinado a não perder um segundo do filme além do necessário. Tentei imaginar o que podia ser tão interessante. Dei alguns passos pelo corredor para ver o cartaz sobre a porta da sala.

Lethal Rampage. E ao lado, no cartaz sobre a sala 28, *Christmas Caper.*

"O elenco é incrível!"
— *Goin' Hollywood*

Aquele rato! Jack me falou que o filme não existia, mas lá estava. E todos aqueles problemas que tive, todas as pessoas no meu caminho, não eram empregados do Drome contratados para me impedir de entrar na sala. Eram só espectadores como eu, e tudo que aconteceu não passou de uma série de coincidências. Não havia nenhuma conspiração.

Quando vou aprender que não se pode acreditar em uma palavra do que ele diz? E, se ele estivesse ali, eu teria tido grande prazer em jogar o 7-Up — e as pipocas — sobre sua cabeça e ir embora.

Mas, aparentemente, Jack foi pego e posto para fora do Drome. Se é que teve a intenção de vir. E eu fiquei, literalmente, segurando o pacote. E, agora que pensava nisso, Nick Nolte fez a mesma coisa com Julia Roberts em *Adoro problemas*, quando a mandou — o que mais poderia ser? — em uma missão tão idiota quanto caçar gansos. Com gansos de verdade.

Jurei que o mataria quando o encontrasse e comecei a voltar à entrada, furiosa, mas parei para olhar a sala 28. Eu havia ido ao Drome para ver *Christmas Caper*, e estava bem ali, com a sessão das 16h30 prestes a começar a qualquer momento. E seria um bom castigo para Jack se eu fosse ver o filme sem ele.

Voltei até a curva e perscrutei o outro lado para ter certeza de que ninguém — especialmente alguém da equipe de funcionários — ia me pegar entrando em uma sala diferente daquela para a qual comprara ingresso, e depois corri para a sala 28 e abri a porta. Não foi nada fácil, considerando as pipocas e o 7-Up, mas consegui abri-la o suficiente para segurá-la com o quadril enquanto passava.

Estava escuro lá dentro. A porta fechou atrás de mim e fiquei lá na escuridão, esperando meus olhos se ajustarem. Eles não se adaptaram, apesar da luz fraca da tela, ou, se os trailers ainda não haviam começado, da iluminação do teto. E os corredores não deviam ter aquelas lâmpadas no chão, caso fosse preciso evacuar a sala?

Ali não havia nada, e eu não conseguia ver nada. Fiquei ali na escuridão, ouvindo. Os trailers já haviam começado. Eu ouvia estrondos, estalos e música de efeito. Devia ser o trailer de um daqueles filmes de tiroteio como *Batman: O Cavaleiro das Trevas ressurge*, ou o *reboot* de *Alien*, e era por isso que eu não conseguia enxergar, e em um minuto, quando começasse um trailer diferente, haveria luz suficiente para eu enxergar o caminho. Mas, apesar de os sons mudarem para risadas e vozes abafadas, o corredor continuava completamente escuro.

Eu teria que tatear pelo caminho, mas não tinha mão livre para apoiar na parede. Nem para pegar o celular e usar a luz da tela como lanterna.

"Tudo isso é culpa do Jack", pensei, parando para deixar o 7-Up no chão e pegar o telefone no bolso. Abri o aparelho e o segurei na minha frente. E entendi por que estava tudo escuro. O corredor seguia por mais alguns metros e virava bruscamente à esquerda num ângulo quase reto. Se eu tivesse continuado, teria batido com a cara na parede.

"Eles estão pedindo por um processo", pensei, tentando imaginar um jeito de segurar o celular e o copo de 7-Up. Não havia nenhum, o copo era muito grande, mas, se eu conseguisse passar pela curva, poderia enxergar com a luz da tela. Guardei o celular no bolso, tateei até encontrar e pegar o copo e continuei andando pelo corredor, contando os passos até a parede.

— Quatro... cinco — sussurrava. — Seis, se...

De repente fui agarrada bruscamente por trás, pela cintura. Gritei, mas outra mão já cobria minha boca, e ouvi a voz de Jack em meu ouvido.

— Shh... aqui — cochichou ele me puxando pela parede, o que era impossível.

"Um sucesso! Você vai ficar feliz por ter vindo!"
— *Variety Online*

Surpreendentemente, não derrubei o 7-Up nem o saco de pipocas.

— O que pensa que está fazendo? — perguntei, lutando contra as mãos dele.

— Shhh! — ele cochichou. — As paredes não são à prova de som. Derrubou as pipocas?

— É claro que derrubei um pouco. Você quase me matou de susto!

— Shhh. Escute, pode gritar comigo quanto quiser — cochichou ele —, mas espere a próxima cena de perseguição. E não pegue o celular. Não quero que a luz mostre onde estamos. Fique aqui — ordenou ele, e ouvi o ruído de uma porta deslizando, abrindo e fechando, e depois só o som de um pandemônio do outro lado da parede à minha esquerda.

Era parecido com o que eu já tinha escutado antes e pensado ser o trailer de *Christmas Caper*, mas vinha da sala vizinha, o que significava que era *Lethal Rampage*.

Eu não conseguia ver nada, nem mesmo o suficiente para entender o espaço à minha volta, mas esse corredor devia levar à sala de *Christmas Caper*, porque eu ouvia a voz anunciando "Estreia no Dia dos Namorados!" além da outra parede.

Ótimo, ainda estavam passando os trailers. Não perdi o começo do filme. Teria tempo para dizer a Jack o que pensava dele por ter me agarrado daquele jeito e ainda chegar à sala antes das primeiras cenas. Se conseguisse encontrar a sala na escuridão, que ainda era completa.

Jack voltou. Ouvi o barulho da porta.

— Por sorte, você só derrubou dois punhados de pipocas — comentou ele em meio às explosões de *Lethal Rampage*. — Que eu comi. Por que demorou tanto? Tive medo de que o funcionário tivesse notado sua presença na sala errada; eu teria que voltar para resgatar você.

— Onde eu estava? — reagi furiosa. — Estava do lado de fora da sala 17, onde você disse para eu ficar. Mentiu para mim...

— Ninguém viu você na porta da sala 28, viu?

— Não mude de assunto. Você...

— Alguém viu? — Ele me segurou pelo braço e sacodiu o saco de pipocas.

— Não — respondi, mal conseguindo ouvir. Entre explosões ensurdecedoras, o anunciante além da parede da sala de *Christmas Caper* avisava com voz abafada: "E agora nossa atração principal."

— Olhe, adoraria ficar aqui no escuro e brigar com você, mas pretendo assistir a *Christmas Caper*. Então, se puder largar meu braço, o filme vai começar.

— Não, não vai — ele retrucou. E afagou meu braço. — Espere aqui — acrescentou, depois me soltou e se afastou de mim, e ouvi Jack fazendo alguma coisa, embora eu não pudesse dizer o que era, e então a parede na minha frente foi iluminada por um raio fino de luz, uma lanterninha.

Pelo que consegui ver com aquela luz fraca, estávamos em uma passagem estreita como aquela do lado de fora, com carpete no chão e nas paredes e sem lâmpadas de orientação, mas era um corredor longo e estreito que acabava em uma parede, não na entrada da sala. Não havia nem sinal da porta por onde Jack havia passado, e ela tinha que estar naquela parede, porque ele havia tirado a jaqueta e estendido junto dela no chão.

— Para impedir que a luz passe — explicou ele.

— Que lugar é este? — perguntei. — Onde estamos?

— Shhh — ele disse, aproximando um dedo dos lábios e sussurrando: — Vai começar a cena do beijo. — E devia ser verdade, porque o tiroteio e as explosões foram substituídos de repente por acordes de violino.

Jack pegou as pipocas e o copo de 7-Up, percorreu metade do corredor na ponta dos pés, parou e deixou tudo no chão, depois levantou e ficou ouvindo com um dedo sobre os lábios. Aparentemente, o ataque havia recomeçado, porque os violinos românticos foram cortados bruscamente, substituídos por trombetas, muitos tambores e o barulho de motores em alta aceleração e pneus girando no asfalto.

— Cena de perseguição — Jack anunciou se aproximando de mim. — Hora da ação.

— Você disse que ia me contar que lugar é este. Cadê o cinema?

— Eu vou contar tudo. Juro. Depois do que vamos fazer agora. Tire a camiseta.

— Quê?

— A camiseta. Tire.

— Você não muda nunca, não é?

— Texto errado. Devia dizer "tem certeza de que estamos planejando o mesmo tipo de crime?", e eu responderia...

— Isso não é *Como roubar um milhão de dólares* — interrompi.

— Tem razão. É mais como *Salve-me quem puder*. Ou *Adoro problemas*. Tire. E depressa. Não temos muito tempo.

— Não tenho a menor intenção de tirar a...

— Calma. É para as fotos. Nesta passagem e na outra lá fora — anunciou ele ao me ver parada de braços cruzados. — A câmera que o garoto segura na estampa da sua camiseta não é só um desenho. Tem uma minilente digital nela.

E foi por isso que ele olhou todas aquelas blusas na loja Princesas Disney. Estava procurando a camiseta com a câmera.

— Por que não pode usar a câmera do seu celular?

— Quando eles fazem a varredura na fila de segurança, confirmam suas informações nos bancos de dados da polícia e do FBI.

— Onde você está por causa dos gansos — deduzi. — Por isso quis que eu viesse, para eu poder passar com a sua câmera.

— É claro. É isso que fazem os malandros. Usam a garota para passar pela alfândega com o colar, para mandar a notícia para a mídia ou tirá-los da Alemanha Oriental.

— Isto não é um filme!

— Tem razão. Por isso preciso daquelas fotos. Então, vai me dar a camiseta ou quer que eu use a câmera enquanto ainda está com ela?

— Tudo bem — respondi, e tirei a camiseta, entreguei a ele e fiquei ali furiosa usando apenas a regata, enquanto ele virava a camiseta do avesso, pegava a minúscula câmera digital e me devolvia a roupa. Eu a vesti enquanto ele tirava fotos do corredor, fazendo sinais para eu sair do caminho enquanto fotogrbackground a parede atrás de mim.

Jack fotografou a parede do fundo, por onde me arrastou para cá, e a do outro lado, e depois voltou para perto de mim e ficou ouvindo por um momento.

— Já volto — avisou, e desligou a lanterna, trazendo de volta a escuridão antes de desaparecer no corredor.

Ele sumiu pelo que pareceu uma eternidade. Colei o ouvido à porta, mas só conseguia ouvir tiros e gritos da sala de *Lethal Rampage* e música da outra sala. Ouvi atentamente, com medo de o barulho sumir a qualquer momento, mas não sumia, embora do lado de *Rampage* eu conseguisse escutar, em meio ao caos, o som de vozes abafadas.

Torci para não ser o funcionário que recolhia os ingressos ou a segurança do Drome querendo saber o que Jack estava fazendo lá. E não devia ser, porque a porta abriu de novo e eu tive que recuar depressa quando Jack entrou e a fechou.

— Consegue achar minha jaqueta? — sussurrou ele.

Tateei em volta tentando achar a jaqueta, mas não consegui. Tirei a camiseta de novo e a entreguei para ele colocar junto da porta.

— Obrigado — sussurrou Jack, e ligou a lanterna de novo depois de alguns segundos.

— Conseguiu tirar as fotos?

Ele me mostrou a minicâmera digital.

— Sim.

— Que bom. Você mentiu para mim.

— Não menti. Além do mais, Jimmy Stewart mentiu para Margaret Sullivan, Peter O'Toole mentiu para Audrey Hepburn, Cary Grant mentiu para Audrey Hepburn. É o que fazem os malandros.

— Isso não é desculpa. Prometeu que ia me levar para ver *Christmas Caper*.

— E foi o que eu fiz. É isso. — Ele abriu os braços para mostrar a passagem. — Bem-vinda à sala 28.

— Isto não é um cinema.

— Tem razão. Venha comigo. — Ele segurou minha mão e me levou ao local onde havia deixado as pipocas e o 7-Up. — Sente, vou explicar tudo.

Sentei no chão, com as costas apoiadas na parede revestida de carpete, os braços cruzados numa atitude beligerante, e ele se sentou na minha frente.

— Aquela passagem do lado de fora se divide em duas e vai para as salas dos dois lados — começou ele. — Se eu não tivesse puxado você para cá, teria feito a curva e entrado na sala 30, onde estão exibindo *Lethal Rampage*. E, se tivesse ido para o outro lado, teria entrado na sala 26 — e apontou a parede atrás dele —, onde está passando *Make Way for Ducklings*, o que você só teria descoberto depois de quinze minutos de trailers, quando descobriria que havia entrado na sala errada, iria falar com o funcionário e ele se desculparia, mas não poderia deixar você entrar porque a sessão de *Christmas Caper* já tinha começado, mas se ofereceria para conseguir ingressos para a sessão das sete. Esperto, não?

— Mas por quê...?

— Eles precisam manter uma última linha de defesa, caso um fã mais determinado passe por todas as barreiras anteriores. Isso raramente acontece, mas, de vez em quando, alguém faz o que você acabou de fazer: não consegue entrar, compra ingresso para outro filme e tenta entrar na sala que pretendia inicialmente.

— Por que não fechar a sala, simplesmente?

— Eles tentaram, e foi o que fez a gente desconfiar. Então criaram um plano alternativo. Que você vê na sua frente.

— A gente? — estranhei.

— Ops, quase esqueci. — Jack levantou e foi pegar a jaqueta, que vestiu antes de voltar procurando alguma coisa nos bolsos.

— E agora, o que está fazendo? — perguntei.

— Tentando resolver tudo isso antes de *Lethal Rampage* chegar a outro trecho tranquilo. — Franziu o cenho para o copo vermelho de Coca-Cola. — Comprou 7-Up, não é? Não é Coca?

— É 7-Up. — E entreguei o copo. — Não vai fazer uma bomba de fedor com a bebida, vai? — perguntei, vendo Jack pegar um cantil e despejar um líquido marrom no refrigerante.

— Não. — Ele continuou apalpando os bolsos até encontrar um copo comemorativo de *Terminator 12* e um saco cheio de fatias de limão.

Em seguida passou metade da mistura de 7-Up, líquido marrom e gelo para o copo *Terminator*, acrescentou uma fatia de limão e um ramo de hortelã que tirou do bolso sobre o peito, levou a mão ao bolso interno da jaqueta e pegou um caule de ruibarbo com um movimento teatral, enfiou o caule no copo, mexeu a mistura com ele e me deu o copo.

— Seu Pimm's Cup, senhora.

— Como o que preparou na noite em que assistimos a *Ghost Town* — respondi sorrindo.

— Bem, não exatamente. Esse tem rum, é a receita de Tom Cruise em *Cocktail*. E quando fiz o drinque de *Ghost Town* eu estava tentando levar você para a cama.

— E o que está tentando fazer desta vez? Vai me embebedar para eu aceitar ajudar com alguma coisa ilegal?

— Não. — Ele sentou do meu lado. — Não imediatamente, pelo menos. — O que não era uma resposta tranquilizadora. — Consegui as fotos, meu verdadeiro objetivo aqui, e foi graças a você e àquela camiseta horrível da Dora. — Jack levantou o copo vermelho para mim. — A probabilidade de ser pego saindo com elas é bem menor. Mas ainda é arriscado continuar investigando antes de tirar as fotos daqui. — E bebeu lentamente um gole do drinque.

— Então, não devíamos ir embora? — perguntei.

— Não podemos. Não até *Lethal Rampage* acabar e nos misturarmos ao público que vai sair da sala. Relaxe. Beba seu Pimm's Cup, coma um pouco de pipoca. Temos... — Ele parou e ouviu o ruído do outro lado da parede por um momento — uma hora e quarenta e cinco minutos de espera. Tempo suficiente para...

— Contar o que está acontecendo, como prometeu. Ou vai dizer que isso também é confidencial?

— Na verdade, sim. E você já viu o que eles estão fazendo, anunciando filmes que não existem.

— Mas por quê? Muitas pessoas nem se importam com a parte dos filmes.

— Ah, mas se importam. Acham que têm uma centena para escolher, e é isso que os faz vir até aqui de trem e passar uma eternidade na fila da segurança. Acha que fazem tudo isso só para comprar um saco de pipocas e uma caneca superfaturada dos Vingadores? Quanto tempo acha que a Baskin-Robbins aguentaria se tivesse só três sabores, mesmo que fossem os mais populares? Suas amigas, por exemplo. Elas podem ter passado o dia fazendo compras, comendo e...

— Conhecendo rapazes.

— E conhecendo rapazes, mas, se amanhã alguém perguntar o que elas fizeram, vão dizer que foram ao cinema, e elas mesmas vão acreditar nisso. O Drome não vende pipocas, vende uma ilusão, uma ideia, uma tela gigantesca com imagens mágicas, sua namorada sentada a seu lado no escuro, romance, aventura, mistério...

— Mas eu ainda não entendo. Tudo bem, eles têm que manter a ilusão, mas não é como se não tivessem nenhum filme. Você disse que só havia quatro ou cinco títulos que não existem, e eles já exibiram alguns filmes em mais de uma sala, Por que não exibir *X-Force* e *The Return of Frodo* em mais de uma sala, em vez de inventar filmes?

— Porque já estão exibindo *X-Force* em seis salas, e a Startruck acabou de anunciar que está construindo uma cadeia de Superdromes de 250 telas. Além do mais, não acredito que o público que vai ao cinema é o único que estão tentando enganar.

— Como assim?

— Bom, se você é uma companhia cinematográfica, isso pode ser vantajoso. Se a produção do seu filme atrasa, ninguém é multado ou demitido por atrasar a estreia. Você lança o filme do mesmo jeito, depois, quando termina de produzi-lo, grava em DVD e distribui, e ninguém percebe nada. O que, aliás, aconteceu com *Monsoon Gate*, e acho que provavelmente aconteceu com *Christmas Caper*. Não podem lançar um filme de Natal em fevereiro. Ele tem que estrear em dezembro ou vai perder a oportunidade.

— O que significa que ele pode aparecer na internet em alguns meses — deduzi.

— Sim, e, se isso acontecer, eu vejo com você, prometo.

— Acha que foi isso que aconteceu com os outros filmes?

— Não. *The Ripper Files* nunca foi lançado, nem *Mission to Antares* ou *By the Skin of Our Teeth*. E por que gastar milhões fazendo um filme se pode fazer só um trailer de três minutos, pagar aos Dromes para impedir a entrada das pessoas nas salas e embolsar a diferença? Os acionistas nem precisam saber.

— O que seria uma fraude.

— Já é fraude. E propaganda enganosa. Há leis contra vender produtos que não existem.

— E é por isso que não vendem os ingressos on-line. Mas, se eles são criminosos, o que você está fazendo não é perigoso?

— Não se não souberem que estou fazendo. E é por isso — continuou, baixando a voz — que precisamos ficar aqui quietos, comendo nossas pipocas e assistindo ao filme. — Ele se aproximou de mim.

— Sobre o que é o filme?

— Um cara está investigando uma conspiração quando a antiga namorada dele aparece. É a última coisa de que ele precisa. Ele tem que ficar invisível...

O que explica por que ficou tão desanimado quando me viu, pensei, e me senti mais leve.

— E ele sabe que tem que se afastar antes que a garota estrague seu disfarce, mas ela já acredita que ele é...

— Um malandro?

— Eu ia dizer "idiota".

— Malandro — repeti com firmeza —, e ele precisa dela para ajudá-lo a passar pela segurança com alguma coisa, como Kevin Kline em *Surpresas do coração*.

— Exatamente. E ele tem coisas para dizer a ela, por isso recruta sua ajuda e, ao longo da investigação, ele a convence a perdoá-lo, como Olivia de Havilland perdoa Errol Flynn e Julia Roberts perdoa Nick Nolte e Whoopi Goldberg perdoa...

— Jack, é isso o que fazem as namoradas dos malandros.

— Exatamente — ele concordou. — E é por isso que deveria...

— Shh — interrompi.

— O que foi? — Jack cochichou.

— Cena do beijo — respondi, e apaguei a lanterna.

"O que há de mais divertido nos cinemas!"
— *moviefone.com*

— Quanto tempo tem *Lethal Rampage*? — perguntei um bom tempo depois. — Acho que estou ouvindo a música da cena final.

Ele se levantou sobre um cotovelo e disse:

— Sim. — E voltou a beijar meu pescoço.

— Mas não temos que sair daqui antes do fim?

— Sim, mas está esquecendo que é um sucesso de Hollywood. Lembra quando vimos o *reboot* de *Velocidade máxima*, como a gente pensou várias vezes que estava acabando e não estava? Ou *O retorno do rei*? Esse pareceu ter sete fins. *Lethal Rampage* ainda tem mais três cenas finais.

— Ah, bom — murmurei, e me aninhei em seu ombro. Um momento depois ele sentou, pegou a jaqueta, tirou o celular do bolso e abriu o aparelho.

— Pensei que não tivesse celular — comentei, e também sentei.

— Não tenho um que eu quisesse que fosse pego ao usá-lo para fotografar — explicou Jack olhando para a tela. — Mudança de planos. Preciso cuidar de uma coisa. — Começou a abotoar a camisa. — Espere a próxima explosão, então volte à passagem e aguarde a saída de *Lethal Rampage*. E não deixe nada para trás.

Assenti.

— Quando chegar ao saguão, vá para um dos cafés, não o Polar Express, peça uma bebida, mande mensagens para suas amigas e espere alguns minutos antes de tentar ir embora. Vai ficar tudo bem.

Ele segurou minhas mãos e me fez ficar em pé.

— Escute, não posso ligar nem mandar tweets, a conexão pode ser rastreada, então pode demorar um pouco até eu entrar em contato. Até agora, só provei que existe uma passagem isolada entre as salas e alguma atividade suspeita. Ainda preciso provar que os filmes não existem, o que terei que fazer em Hollywood. — Ele hesitou. — Não gosto de deixar você aqui desse jeito.

— Mas Peter O'Toole deixou Audrey Hepburn em um armário e Kevin Kline deixou Meg Ryan em Paris sem passaporte — falei, e o segui até a outra ponta do corredor. — E agora acho que tenho que dizer "Tudo bem, vá", e você me beija, e eu fico parada na porta como Olivia, vendo você se afastar com os cabelos esvoaçando ao vento que tem o cheiro do mar?

— Exatamente. Mas, neste caso, o cheiro é de óleo rançoso de pipoca, e não podemos deixar a porta aberta. Vai entrar muita luz. Mas o beijo eu posso garantir.

Ele me beijou.

— Viu? — disse em seguida. — Você gosta de malandros.

— Gosto de homens bons. Como vai sair do Drome sem ser pego pela segurança?

— Eu vou ficar bem. Escute, se tiver algum problema...

— Não vou ter. Vá.

Ele me beijou de novo, abriu a parede e passou por ela, mas voltou quase imediatamente.

— Aliás, sobre os gansos e aquela história da formatura. Lembra em *Como roubar um milhão de dólares* como Peter O'Toole diz a Audrey Hepburn que não é um ladrão, mas um especialista em segurança com "graduação avançada em história da arte e química e diploma com distinção da Universidade de Londres em criminologia avançada"?

— Sim — respondo. — Vai me dizer que tem graduação avançada da Universidade de Londres.

— Não, Yale. Em fraude contra o consumidor — ele anunciou, e sumiu, me deixando com a tarefa de recolher o lixo e todos os rastros incriminadores só com a luz quase inútil do meu celular. Depois voltei à passagem, fechei a porta sem fazer barulho e fiquei no corredor que levava à sala ao lado, esperando o filme acabar.

"Uma experiência cinematográfica que
deixa um gosto de quero mais!"
Aprovado com entusiasmo!"
— *rogerebert.net*

Ele estava certo sobre *Lethal Rampage*. Foram mais vinte minutos de filme, tempo suficiente para eu ter certeza de que a porta estava completamente fechada, sem frestas reveladoras, dar mais uma olhada em possíveis pipocas caídas e depois me encostar na parede do corredor e ouvir uma sinfonia de estrondos, tiros e explosões antes de as luzes acenderem e as pessoas começarem a sair, e então me misturar a elas sem ser notada.

Foi mais fácil do que pensei. Todo mundo estava mais interessado em ligar o celular e reclamar do filme; ninguém prestou atenção em mim.

Lethal Rampage era tão ruim quanto soava através de uma parede, aparentemente.

— Que droga de enredo — disse um menino de doze anos.

O amigo concordou e acrescentou:

— Odiei o final.

Eu também, pensei, melancólica.

Andei atrás deles pelo corredor ouvindo a conversa para poder falar sobre o filme, caso alguém me perguntasse alguma coisa.

Como o coletor de ingressos, por quem eu ainda tinha que passar. Ele lembrava que entrei para ver *Dragonwar*, não *Lethal Rampage*? Talvez eu devesse voltar à sala 17 e sair com a plateia de *Dragonwar*.

Mas, se as pessoas já tivessem saído, eu teria que passar pelo coletor de ingressos sozinha, e ele certamente me notaria. E se algum outro funcionário me visse voltando e concluísse que eu estava tentando entrar sem pagar para ver outro filme? Melhor continuar ali mesmo.

Parei um pouco antes da porta, fiquei ao lado de uma lata de lixo até um grupo de colegiais passar, então joguei fora o saco de pipocas e o copo e saí com eles. E foi ótimo, porque havia uma equipe de limpeza parada do lado de fora da porta com seu material de trabalho, esperando a sala esvaziar, e todos pareciam estranhamente alertas.

Fiquei bem perto dos colegiais e saí com eles, me inclinando sobre o celular e fingindo mandar uma mensagem como todos faziam, e permaneci com o grupo até nos misturarmos com o público de *Piratas do Caribe 9*, que havia acabado de sair da sala.

Pelo que ouvia, *Piratas* não era muito melhor que *Lethal Rampage*, e me ocorreu que me diverti mais que qualquer um deles, apesar de não ter visto nenhum filme.

A conclusão desse pensamento foi varrida por um bando de gente descendo a escada das salas do andar de cima, e tive que me concentrar em não perder o equilíbrio quando o mar de pessoas passou pelo coletor de ingressos e saiu para o saguão não menos lotado, que, vi aliviada, não estava cheio de seguranças e sirenes. Jack deve ter saído em segurança.

Mas, caso ele ainda estivesse em algum lugar do Drome, eu precisava fazer de tudo para impedir que alguém suspeitasse.

O que significava me afastar do grupo de colegiais e entrar na fila para comprar ingresso para a próxima sessão de *Christmas Caper*. Se ainda tentava entrar, obviamente não sabia que o filme não existia.

Os colegiais tentavam decidir onde iam comer.

— Enquanto vocês decidem, vou pedir um bolo — falei para o que estava mais perto, que nem desviou os olhos do smartphone, e fui confirmar o horário da próxima sessão, que deveria ser 18h40.

Mas não era. Era 19h30, e depois dessa havia uma às 22h. Olhei para o painel por muito tempo, contemplando o que isso significava, depois tentei encontrar o fim da fila da bilheteria.

A fila era dez vezes maior do que quando chegamos, dava voltas até chegar ao Death Star Diner e quase não se movia. Felizmente eu não queria entrar de verdade. Não chegaria nem à metade do caminho para a bilheteria antes do horário do último trem para casa.

Quanto tempo precisava passar ali? Jack havia dito que não era seguro usar o telefone, mas talvez ele pudesse pegar um aparelho emprestado e me mandar uma mensagem de texto, então liguei o telefone e olhei as mensagens.

Nenhuma dele, mas havia quatro de Zara, todas perguntando onde eu estava, exceto a última, que dizia: "Se não respondeu, deve ter entrado. Como foi o filme?"

Eu precisava responder, mas só quando a fila andasse o suficiente para não parecer que eu havia acabado de entrar nela. Não queria que ela perguntasse o que eu havia feito durante todo esse tempo. Zara era rápida demais para deixar de perceber a ligação com Jack. Desliguei o celular e fiquei ali parada, dando um passo adiante esporadicamente, pensando na mensagem de Zara. "Como foi?"

Ótimo, pensei, e me lembrei daqueles garotos reclamando de *Lethal Rampage* e de como pensei que havia me divertido mais que eles, sem nem ir ao cinema.

E como eu sabia que não era isso que eu havia acabado de viver, uma tarde no cinema? Que não havia participado de uma aventura romântica de espionagem planejada por Jack, que sabia quanto eu queria acreditar que ele havia tido um bom motivo para sumir sem me dizer nada, e que me ouvira reclamar muitas vezes de ter ido ao cinema com Zara e Kett e não ter visto o filme?

Podia haver muitas razões para aquela passagem existir. Podia ser um atalho entre as duas salas para o responsável pela projeção, ou uma rota obrigatória para evacuação em caso de incêndio, e Jack se apoderou do espaço para fazer dele seu Túnel do Amor particular. Ele podia ter subornado o coletor de ingressos para me dizer que eu não podia entrar e colocar o cartaz de *Christmas Caper* sobre a porta da sala 28 depois de as pessoas terem entrado para assistir *Make Way for Ducklings*. E as outras coisas, o vômito, o latte de biscoito de gengibre e o Papai Noel, tudo isso podia ter sido coincidência, e Jack simplesmente as fez parecer uma conspiração.

"Não seja ridícula", disse a mim mesma. "Acha mesmo que ele teria todo esse trabalho só para levar você para a cama?"

"É claro que sim. Pense em todo o trabalho que ele teve só para fazer uma brincadeira com o reitor." E tudo havia sido parecido com o enredo de *Como roubar um milhão de dólares* ou *Adoro problemas*, inclusive com espiões, trapalhadas, um casal separado forçado a conviver em um ambiente confinado e um herói que mentia para a heroína.

E acreditar que era uma farsa fazia muito mais sentido que acreditar que uma enorme conspiração de Hollywood estava por trás desse Cinedrome decorado para o Natal.

"Isso não é uma conspiração", pensei. "Você foi enganada, só isso. De novo. *Christmas Caper* é exibido agora nas salas 56, 79 e 100. E Jack desapareceu para planejar outra palhaçada, ou seduzir outra garota tonta, enquanto eu fico aqui nesta fila estúpida tentando protegê-lo de um perigo que nem existe."

Olhei para trás, para o fim da fila, que estava a apenas doze pessoas de mim. Ainda não conseguira mandar uma mensagem para Zara, mas por um motivo diferente agora: ela não pode descobrir quanto eu fui idiota.

Então continuei onde estava, pensando em como foi fácil para Jack subornar um funcionário para anunciar a sessão esgotada no painel, da mesma forma que ele subornou um fazendeiro para soltar aqueles gansos. E pagou alguém para me impedir de atravessar o saguão. E pensando como, quando descobri que *Christmas Caper* estava esgotado, eu devia simplesmente ter ido ver *A Star-Crossed Season.*

Três calouros de Hanover se debruçaram sobre a barreira para falar com as garotas na minha frente na fila.

— O que vão ver? — perguntou um deles.

— Não decidimos — respondeu uma das garotas. — Talvez *Jogos mortais 7.* Ou *A Star-Crossed Season.*

— Não! — gritou o trio, e o rapaz do meio disse: — Acabamos de ver. É um porre!

"Vale a viagem!"
— *comingsoon.com*

Esperei mais dez minutos, tempo em que percorri cerca de trinta centímetros, e liguei para Zara.

— Onde estava? — ela perguntou. — Mandei várias mensagens.

— Mandou? — respondi. — Não recebi. Deve ter alguma coisa errada com meu celular.

— E onde está agora?

— Onde acha que estou? Na fila.

— Na fila? Ainda não viu *Christmas Card*?

— *Caper* — corrigi. — Não, ainda não. As três sessões da tarde esgotaram antes de eu chegar à bilheteria, estou tentando comprar ingresso para a sessão das sete.

— Onde você está, exatamente?

Eu contei.

— Estou indo para aí — respondeu Zara, mas não acreditei. Seriam necessários pelo menos vinte minutos para ela e Kett se livrarem dos rapazes, e no caminho para cá ela pararia para ver o vestido que Zoe Deschanel usou em *Son of Elf* ou para conhecer outros rapazes, e a essa hora eu esperava estar adiantada o bastante na fila para dar a impressão de que não saíra dela desde 12h10.

Mas ela apareceu quase imediatamente, e sozinha.

— Só andou isso? O que aconteceu com Jack? — perguntou.

— Não faço ideia — falei. — Onde está Kett?

Zara revirou os olhos.

— Ela mandou uma mensagem para Noah e os dois foram para o Dirty Dancing Club. Ele contou onde esteve durante todos esses meses?

— Quem? Noah?

— Engraçadinha — disse Zara. — Não. Jack.

— Não. Na cadeia, provavelmente.

— Isso é terrível. — Zara balançou a cabeça com tristeza. — Tinha esperança de que vocês pudessem voltar. Quero dizer, sei que ele é meio...

Malandro, pensei.

— ...idiota — continuou Zara —, mas o cara é uma delícia!

Isso é verdade, pensei.

— O que vai fazer agora? — perguntei para mudar de assunto.

— Não sei — ela disse, suspirando. — Este passeio foi um fracasso. Não conheci ninguém nem mais ou menos, e não achei nada para dar de presente para minha família no Natal. Acho que eu devia ir até a loja Pretty Woman ver se eles têm alguma coisa de que minha mãe possa gostar, mas talvez eu veja *Christmas Caper* com você. Que horas é a próxima sessão?

— Sete.

Ela olhou as horas no celular.

— Já são 18h30 — disse, olhando para a fila na nossa frente. — Não vai dar tempo.

— E qual é a próxima sessão depois dessa? — perguntei a ela.

Mas, antes que Zara pudesse responder, Kett apareceu, aborrecida.

— O que aconteceu com Noah? — quis saber Zara.

— Está na sala de primeiros-socorros.

— Primeiros-soc...

— Ele teve um sangramento nasal. Disse que queria me levar para dançar, mas a verdade era que ele queria me inscrever no concurso da camiseta molhada, o cretino. Então, o que rola?

— Lindsay continua tentando ver *Christmas Caper* — disse Zara.

— Quer dizer que ainda não conseguiu? — espantou-se Kett. — Caramba, há quanto tempo está na fila?

— Uma eternidade — respondeu Zara por mim, olhando o celular. — E com certeza não vai entrar na sessão das sete horas. Aqui diz que está esgotada. — Ela desceu a tela. — E a próxima sessão é às dez — e desceu mais —, e só acaba depois da saída do último trem para Hanover, o que significa que também não vai poder entrar nessa.

— Caramba — repetiu Kett. — Passou todo esse tempo na fila para ver um filme que não vai ver. Valeu a pena passar o dia inteiro atrás disso?

Ah, sim, pensei. Porque, com ou sem mentiras, com ou sem falsidade, ainda foi a melhor tarde no cinema que tive em muito tempo. Muito melhor que se eu houvesse ido assistir a *A Star-Crossed Season*. Ou *Lethal Rampage*. E muito melhor que ficar andando, procurando botas Black Widow e macacões Silver Linings Playbook, como Zara, ou lidando com cretinos, como Kett fez. Ao contrário delas, tive uma tarde ótima. Teve de tudo — aventura, suspense, romance, explosões, perigo, diálogos absurdos, cenas de beijo. Uma perfeita tarde de sábado no cinema.

Com exceção do final.

Mas talvez ainda não tivesse acabado. Jack prometeu assistir *Christmas Caper* comigo, se o filme algum dia for lançado. E, imediatamente antes do fim de *Salve-me quem puder*, Jack deixa Whoopi Goldberg sentada esperando por ele em um restaurante. Michael Douglas deixou Kathleen Turner abandonada em um parapeito. Han Solo deixou a Princesa Leia na lua rebelde. E todos voltaram, como disseram que fariam.

É claro, Jack também me disse que era formado em Yale e estava investigando uma enorme e poderosa conspiração, e que colocar aqueles gansos no gabinete do reitor não fora uma brincadeira. Mas nem tudo que ele disse era mentira. Ele falou que adorava filmes, e isso era verdade. Ninguém que não amasse cinema seria capaz de criar um roteiro tão perfeito.

E mesmo que ele tivesse inventado todo o resto, mesmo que fosse o malandro que eu temia que fosse e eu nunca mais o visse, ainda havia sido uma tarde incrível no cinema.

— Então? — Kett perguntou. — Valeu a pena? Você não fez nada.

— Não comi nada — respondi, e saí da fila. — Vamos procurar um sushi, ou alguma coisa. Até que horas o Nemo fica aberto?

— Vou ver. — Kett pegou o celular. — Acho que fica aberto até... Ai, meu Deus!

— O que é? — perguntou Zara. — Aquele cretino do Noah mandou uma mensagem obscena?

— Não — Kett respondeu, estudando a agenda de telefones. — Não vão acreditar nisso. — Ela bateu o dedo em um número e levou o celular ao ouvido. — Oi — disse. — Recebi sua mensagem. O que aconteceu?... Mentira!... Ai, meu Deus!... Tem certeza? Que canal?

Ah, não, pensei, mesmo já tendo decidido que ele havia inventado tudo. Prenderam Jack. Eles o pegaram com a minicâmera.

— Meu Deus, o que é? — Zara se inquietou.

— Espere — disse Kett ao telefone, e apertou o celular contra o peito. — Devíamos ter ficado em casa. Perdemos toda a agitação.

Jack voltou ao campus para deixar um recado para mim, pensei, e a polícia do campus o pegou.

— Que agitação? — Zara ficou nervosa. — Fale!

— Margo está dizendo que tem várias equipes da televisão e muitas viaturas com as luzes ligadas em torno do prédio da administração, e há alguns minutos o dr. Baker contou a ela que o reitor foi preso.

— O reitor? — repeti.

— Por quê? — Zara perguntou.

— Não sei — respondeu Kett. Depois digitou no celular por um minuto e finalmente disse: — Margo falou que tem alguma coisa a ver com desvio de verba federal para empréstimo estudantil contratado por alunos que não existem. Parece que está em todos os jornais. — Ela começou a mudar de tela para achar a cobertura. — O reitor diz que é tudo um grande engano, mas, aparentemente, a divisão de fraude contra o consumidor do FBI está investigando o caso há meses, e eles têm todas as provas.

Aposto que sim, pensei, lembrando que Jack disse que tinha que ir, que alguma coisa havia acontecido, e que os gansos haviam sido uma boa ideia. No meio de todo o caos e da confusão, ninguém teria pensado em verificar o gabinete do reitor para ver se alguma coisa havia desaparecido.

— É mesmo? — perguntou Kett ao telefone. Depois cobriu o aparelho com a mão. — Margo disse que o lugar está fervilhando de agentes do FBI.

— Aqui está — Zara anunciou, virando o celular para eu poder ver a tela, onde se viam muitos oficiais de polícia e agentes do FBI, e repórteres tentando tirar uma foto do reitor enquanto ele era conduzido pela escada para uma viatura. Não havia nem sinal de Jack.

— Eles ainda estão aí? — perguntou Kett. E depois, em tom sombrio: — Ah. — Olhou para nós. — Ela diz que não adianta a gente ir para casa. Já acabou. Não acredito que perdemos tudo isso.

— Principalmente os agentes do FBI — provocou Zara.

— Certo — Kett confirmou. — E enquanto isso eu aguentava um cretino.

— E eu ainda não tenho um presente para minha mãe — lembrou Zara, e olhou para mim. — E você não conseguiu ver seu filme, depois de eu ter prometido que iria.

— Tudo bem.

— Podemos tentar a sessão das 21h30 — sugeriu Zara —, e saímos antes do final. Assim pode ver pelo menos uma parte do filme.

— E perco o final? — respondi, pensando em *Tudo por uma esmeralda*, em que Michael Douglas volta quando Kathleen Turner menos espera, e em *Surpresas do coração*, em que Meg Ryan já está no avião, e em *Salve-me quem puder*, em que ele finalmente aparece na última cena e é tão maravilhoso quanto ela imaginava que fosse. — Não, tudo bem — eu disse, fazendo força para não sorrir. — Eu vejo quando o filme for lançado na internet.

O PRÍNCIPE DE WESTEROS
OU O IRMÃO DO REI

GEORGE R. R. MARTIN

Tradução de Petê Rissati

Vencedor dos prêmios Hugo, Nebula e World Fantasy, George R. R. Martin, best-seller do *New York Times*, é autor da memorável série de fantasia *As crônicas de gelo e fogo* e foi chamado de "Tolkien norte-americano".

Nascido em Bayonne, Nova Jersey, George R. R. Martin vendeu seus primeiros manuscritos em 1971 e logo se estabeleceu como um dos escritores de ficção científica mais famosos dos anos 1970. Rapidamente se transformou num dos pilares da revista *Analog*, embora também vendesse textos para as revistas *Amazing*, *Fantastic*, *Galaxy*, para a série de antologias *Orbit* e para outros mercados. Uma de suas histórias para a *Analog*, a surpreendente novela *A Song for Lyra*, lhe deu seu primeiro Hugo, em 1974.

No fim dos anos 1970, ele alcançou o ápice de influência como escritor de ficção científica e estava produzindo suas melhores obras no gênero, com histórias como a famosa "Sandkings", que conquistou os prêmios Hugo e Nebula em 1980 (em 1985 ele ganhou outro Nebula com o conto "Portraits of His Children"), e "The Way of Cross and Dragon", que lhe rendeu o Hugo no mesmo ano (tornando Martin o primeiro autor a receber dois prêmios Hugo na categoria ficção no mesmo ano) entre outras. Essas histórias seriam reunidas em *Sandkings*, uma das antologias mais bem-sucedidas do período.

A maior parte de sua obra do final dos anos 1970 e início dos anos 1980 apareceria na revista *Omni*. Nessa época, publicou *A morte da luz*, seu único romance de ficção científica, enquanto suas histórias eram reunidas em diversas coleções. No início dos anos 1980, entrou no gênero horror, publicando o romance *Fevre Dream*, ganhou o prêmio Bram Stoker por seu conto "The Pear-Shaped Man" e o World Fantasy pela novela de lobisomens *The Skin Trade*. No entanto, no final dessa década, a queda no mercado de horror e o fracasso comercial de seu ambicioso romance *Armageddon Rag* levaram-no para longe do mundo da literatura e para uma carreira bem-sucedida na televisão, onde por mais de uma década trabalhou como editor de histórias ou produtor em programas como a nova temporada de *Além da imaginação* e a série *A Bela e a Fera*.

Em 1996, Martin fez um retorno triunfal ao mundo dos livros com a publicação do romance de fantasia de imenso sucesso *A guerra dos tronos*, o início de sua série *As crônicas de gelo e fogo*. Com uma novela independente baseada nessa obra, *Blood of the Dragon*, Martin venceu outro Hugo, em 1997. Os livros de *As crônicas de gelo e fogo* — *A fúria dos reis*, *A tormenta de espadas*, *O festim dos corvos* e *A dança dos dragões* — formam junto com *A guerra dos tronos*, uma das séries mais populares, aclamadas e vendidas de toda a fantasia moderna. Recentemente, os livros foram transformados em uma série de TV pela HBO, *Guerra dos tronos*, que se tornou um dos programas mais bem-sucedidos da televisão, e Martin se tornou uma figura reconhecida também fora das fronteiras normais do gênero, inspirando até mesmo uma sátira dele no programa *Saturday Night Live*. Seus livros mais recentes são *A dança dos dragões*, último da série *As crônicas de gelo e fogo*; *Dreamsongs*, uma coleção retrospectiva imensa em dois volumes que se estende pelo espectro inteiro de sua carreira; a coleção de novelas *Starlady and Fast-Friend*; *Hunter's Run*, ficção científica escrita com Gardner Dozois e Daniel Abraham; e, como editor, trabalhou em diversas antologias em colaboração com Gardner Dozois, como *Ruas estranhas* e *Dangerous Women*, bem como em vários novos volumes de sua longa série antológica *Wild Cards*, *Wild Cards: Busted Flush* e *Wild Cards: Inside Straight*. Em 2012, Martin recebeu um Prêmio pelo Conjunto da Obra na World Fantasy Convention. *O mundo de gelo e fogo*, uma história abrangente de Westeros e das terras além foi lançado em 2014.

Aqui ele nos leva à turbulenta terra de Westeros, lar de sua série *As crônicas de gelo e fogo*, para contar a história do canalha fanfarrão Daemon Targaryen, o príncipe que nunca chegou a ser rei — embora sua ambição de se tornar rei possa fazer eclodir a guerra em todo o mundo.

O PRÍNCIPE DE WESTEROS OU O IRMÃO DO REI

Considerações sobre a vida pregressa, as aventuras, transgressões e os casamentos do príncipe Daemon Targaryen, conforme anotadas pelo arquimeistre Gyldayn, da cidadela de Vilavelha
aqui transcritas por George R. R. Martin

Era neto de rei, irmão de rei, marido de uma rainha. Dois de seus filhos e três de seus netos se sentariam no Trono de Ferro, mas a única coroa envergada por Daemon Targaryen seria a coroa de Passopedra, um reino miserável que ele criara com sangue, aço, fogo de dragão, mas logo abandonara.

Durante séculos a Casa Targaryen criou grandes homens e monstros. O príncipe Daemon era tanto um quanto outro. Em seus dias áureos, não havia homem mais admirado, mais adorado e mais vilipendiado em toda Westeros. Era igualmente feito de luz e escuridão. Para alguns era herói, para outros, o mais terrível dos vilões. Não é possível compreender de fato aquele trágico derramamento de sangue conhecido como Dança dos Dragões sem considerar o papel crucial desempenhado antes e durante o conflito por esse príncipe vigarista.

As sementes do grande conflito foram espalhadas durante os últimos anos do longo reinado do Velho Rei, Jaehaerys I Targaryen. Do próprio Jaehaerys pouco precisa ser dito aqui, exceto que, após o falecimento de sua amada mulher, a Boa Rainha Alysanne, e de seu filho Baelon, Príncipe de Pedra do Dragão — a Mão do Rei e provável herdeiro do Trono de Ferro —, Sua Majestade era apenas a casca do homem que havia sido.

Tendo perdido o príncipe Baelon, o Velho Rei teve de procurar em outro lugar um parceiro para suas atividades. Como sua nova Mão, ele convocou Sor Otto Hightower, irmão mais novo de Lorde Hightower, de Vilavelha. Sor Otto trouxe mulher e filhos com ele para a corte e serviu o rei Jaehaerys fielmente durante os anos que lhe restavam. Quando a força e a perspicácia do rei começaram a falhar, ele ficava com frequência confinado à cama. A filha de 15 anos de Sor Otto, Alicent, tornou-se sua companhia constante, levando refeições a Sua Majestade, lendo para ele, ajudando-o a se banhar e se vestir. O Velho Rei às vezes a confundia com uma de suas filhas, chamando-a pelos seus nomes; perto do fim, ficou ainda mais convicto de que era sua filha Saera, que havia voltado de além do Mar Estreito.

No ano de 103 DD, o rei Jaehaerys I Targaryen morreu em seu leito enquanto a Senhora Alicent lia para ele a *História inatural*, do septão Barth. Sua Majestade tinha 69 anos de idade e reinara sobre os Sete Reinos desde sua ascensão ao Trono de Ferro, com a idade de 14 anos. Seus restos mortais foram cremados no Fosso dos Dragões, suas cinzas enterradas com as da Boa Rainha Alysanne embaixo da Fortaleza Vermelha. Toda Westeros enlutou-se. Até mesmo em Dorne, onde sua lei não imperava, os homens choraram e as mulheres rasgaram as vestes.

Segundo seus desejos, e a decisão do Grande Conselho de 101, seu neto Viserys o sucederia, subindo ao Trono de Ferro como rei Viserys I Targaryen. Na época da ascensão, o rei Viserys contava 26 anos de idade. Por uma década, foi casado com uma prima, a Senhora Aemma, da Casa Arryn, ela própria neta do Velho Rei e da Boa Rainha Alysanne por parte de mãe, a falecida Princesa Daella († 82 DD). A Senhora Aemma sofrera vários abortos e a morte de um filho recém-nascido, mas também dera à luz uma filha saudável, Rhaenyra (nascida em 97 DD). O novo rei e sua rainha eram muito protetores com a filha, sua única prole viva.

Viserys I Targaryen era de natureza generosa e amável, e era querido por seus lordes e também pelo seu povo. O reinado do Jovem Rei, como os plebeus o chamaram depois de sua ascensão, era pacífico e próspero. A generosidade de Sua Majestade era lendária, e a Fortaleza Vermelha tornou-se um lugar de louvores e esplendores. O rei Viserys e a rainha Aemma organizavam muitos banquetes e torneios, além de distribuir ouro, cargos e honras a muitos de seus favoritos.

No centro da alegria, festejada e adorada por todos, estava a princesa Rhaenyra, a garotinha que os poetas da corte logo apelidaram de Encanto do Reino. Mesmo que tivesse apenas seis anos quando o pai ascendeu ao Trono de Ferro, Rhaenyra era uma criança precoce, brilhante, ousada e linda como apenas aqueles com sangue de dragão podem ser. Com sete anos, tornou-se amazona de dragões, cavalgando até o céu montada num jovem dragão que ela batizou de Syrax, nome de uma deusa da antiga Valíria. Ao oito anos, como muitas outras garotas bem-nascidas, a princesa foi alocada ao serviço de escanção... mas apenas para o seu pai, o rei. Por isso, à mesa, em torneios e na corte, o rei Viserys raramente era visto sem a filha ao lado.

Enquanto isso, a parte tediosa dos atos governamentais era, em grande parte, incumbência do pequeno conselho do rei e de sua Mão. Sor Otto Hightower continuou naquele cargo, servindo o filho como havia servido o pai; um homem capaz, todos concordavam, embora muitos o considerassem orgulhoso, brusco e arrogante. Diziam que quanto mais servia, mais imperioso se tornava Sor Otto, e muitos grandes lordes e príncipes se ressentiam de suas maneiras e invejavam seu acesso ao Trono de Ferro.

O maior de seus rivais era nosso príncipe canalha: Daemon Targaryen, o irmão mais novo, ambicioso e impetuoso do rei.

Tão charmoso quanto destemperado, o príncipe Daemon ganhara suas esporas de cavaleiro aos 16 anos e recebera a espada Irmã Negra das mãos do Velho Rei, em reconhecimento por suas proezas. Embora tivesse se casado com a Senhora de Pedrarruna em 97 DD, durante o reinado do Velho Rei, o casamento não fora um sucesso. O príncipe Daemon achou tedioso o Vale de Arryn ("No vale, os homens fodem cabras", ele escreveu. "Não se pode culpá-los. As cabras são mais belas que suas mulheres.") e logo desenvolveu um desprezo por sua mulher, a quem chamava de "minha puta de bronze", por conta da armadura rúnica de bronze usada pelos lordes da Casa Royce. Quando da ascensão do irmão ao Trono de Ferro, o príncipe pediu a anulação de seu casamento. Viserys negou o pedido, mas permitiu que Daemon retornasse à corte, onde obteve uma cadeira no pequeno conselho, servindo como mestre da moeda de 103 a 104, e mestre das leis por meio ano em 104.

No entanto, a governança entediava esse príncipe guerreiro, que saiu-se melhor quando o rei Viserys o nomeou comandante da Vigilância da Cidade. Ao encontrar os vigilantes mal armados e vestidos com roupas estranhas e farrapos, Daemon equipou cada homem com adaga, espada curta e bastão, concedeu-lhes armaduras pretas (com placas peitorais para os oficiais) e lhes deu longas capas douradas que poderiam usar com orgulho. Desde então, os homens da Vigilância da Cidade ficaram conhecidos como "mantos dourados".

O príncipe Daemon assumiu com avidez o trabalho com os mantos dourados e não raro fazia rondas nos becos de Porto Real com seus homens. Ninguém podia duvidar que ele trouxera mais ordem à cidade; no entanto sua disciplina era brutal. Ele se deliciava em cortar as mãos dos batedores de carteira, castrar estupradores e fender o nariz dos ladrões, e assassinou três homens em brigas de rua durante o primeiro ano como comandante. Em pouco tempo, o príncipe ficou conhecido em todos os lugares de má fama de Porto Real. Transformou-se numa figura contumaz em tabernas (onde bebia de graça) e locais de jogatina (de onde sempre saía com mais moedas do que entrara). Apesar de ter experimentado inúmeras prostitutas nos bordéis da cidade — e diziam que tinha um prazer especial em deflorar donzelas —, uma certa dançarina lyseniana logo se tornou sua favorita. Mysaria era seu nome de guerra, embora os rivais e inimigos a chamassem de Miséria, a Minhoca Branca. Como o rei Viserys não tinha filho vivo, Daemon considerava-se o herdeiro legítimo do Trono de Ferro e cobiçava o título de Príncipe de Pedra do Dragão, que Sua Majestade se recusou a lhe conceder... mas, no final do ano de 105 DD, ficou conhecido pelos amigos como o Príncipe da Cidade e pelo populacho como Lorde da Baixada da Pulga. Apesar de o rei não desejar que Daemon o sucedesse, tinha muito afeto pelo irmão mais novo e não hesitava em perdoar seus muitos crimes. A princesa Rhaenyra também se enamorou do tio, pois Daemon era atencioso com ela. Sempre que cruzava o Mar Estreito sobre seu dragão, ele lhe trazia algum presente exótico na volta.

O rei Viserys nunca reivindicou outro dragão após a morte de Balerion, tampouco gostava muito de combates, caçadas ou treinos de esgrima, enquanto o príncipe Daemon se sobressaía nessas esferas e aparentava ser tudo que seu irmão não era: esguio mas robusto, guerreiro renomado, espirituoso, ousado, mais que perigoso.

Embora as origens de sua inimizade sejam muito controversas, todos os homens concordam que Sor Otto Hightower, a Mão do Rei, pouco gostava do irmão do rei. (Cogumelo, o bobo do rei, afirma que a querela teve início quando o príncipe Daemon deflorou Alicent, a jovem filha de Sor Otto, futura rainha, mas essa história indecente não encontra respaldo em nenhuma outra fonte.) Foi Sor Otto quem convenceu Viserys a retirar o príncipe Daemon do cargo de mestre da moeda e, em seguida, de mestre das leis — atitudes que logo veio a lamentar. Como comandante da Vigilância da Cidade, com dois mil homens sob o seu comando, Daemon ficou mais poderoso que nunca.

"Em hipótese alguma se pode permitir que o príncipe Daemon suba ao Trono de Ferro", a Mão escreveu ao irmão, Lorde de Vilavelha. "Ele seria um segundo Maegor, o Cruel, ou pior." Foi desejo de Sor Otto (à época) que a princesa Rhaenyra sucedesse ao pai. "Melhor o Encanto do Reino que o Lorde da Baixada da Pulga", ele escreveu. E não estava sozinho em sua opinião. Ainda assim, seu partido enfrentou um obstáculo formidável. Se o precedente estabelecido pelo Grande Conselho de 101 fosse seguido, um sucessor masculino deveria prevalecer sobre um feminino. Na ausência de um filho legítimo, o irmão do rei viria antes da filha do rei, como Baelon viera antes de Rhaenys, em 92 DD.

Sobre o ponto de vista do rei, todas as crônicas relatam que Viserys odiava discórdias. Embora não fosse nem um pouco cego às falhas do irmão, acalentava as lembranças do garoto livre e aventureiro que Daemon fora no passado. Sempre dizia que sua filha era sua grande alegria na vida, mas um irmão é um irmão. Muitas vezes, esforçou-se para que o príncipe Daemon e Sor Otto convivessem em paz, mas a inimizade entre os dois agitava-se ao infinito por trás dos falsos sorrisos que os dois ostentavam na corte. Quando pressionado sobre a questão, o rei Viserys apenas dizia que estava certo de que a rainha logo lhe daria um filho. E, em 105 DD, ele anunciou à corte e ao pequeno conselho que a rainha Aemma estava grávida novamente.

Durante aquele mesmo ano fatídico, Sor Criston Cole foi nomeado para a Guarda Real para preencher a vaga criada pela morte do lendário Sor Ryam Redwyne. Filho de um mordomo a serviço de lorde Dondarrion de Portonegro, Sor Criston era um cavaleiro jovem e atraente de 32 anos. A primeira vez que chamou a atenção da corte foi quando venceu um entrevero na Lagoa da Donzela, em honra à ascensão do rei Viserys. Nos momentos finais do combate, Sor Criston arrancou a Irmã Negra da mão do príncipe Daemon com sua Estrela da Manhã, para deleite de Sua Majestade e fúria do príncipe. Depois disso, deu à princesa Rhaenyra, com sete anos de idade, o louro de vencedor e implorou a ela um laço para usar no combate a cavalo. Nas liças, derrotou novamente o príncipe Daemon e, sem cavalo, os dois celebrados gêmeos Cargyll, Sor Arryk e Sor Erryk, da Guarda Real, antes de cair pelas mãos de lorde Lymond Mallister.

Com seus olhos verdes pálidos, cabelo preto como carvão e um charme tranquilo, Cole logo se transformou no favorito de todas as senhoras da corte... entre elas, ninguém menos que a própria Rhaenyra Targaryen. Tão impressionada ficava com os encantos do homem que chamava de "meu cavaleiro branco" que Rhaenyra implorou ao pai que nomeasse Sor Criston seu escudeiro e protetor pessoal. Sua Majestade fez essa vontade, como tantas outras. Depois disso, Sor Criston sempre usava seu laço nas justas e se tornou uma presença permanente ao lado dela durante banquetes e festejos.

Pouco depois de Sor Criston receber sua capa branca, o rei Viserys convidou Lyonel Strong, Lorde de Harrenhal, a juntar-se ao pequeno conselho como mestre das leis. Lorde Strong, um homem grande, parrudo e calvo, gozava de reputação formidável como lutador. Aqueles que não o conheciam o consideravam com frequência um bronco, confundindo seu silêncio e a lentidão de fala com estupidez, o que estava longe de ser verdade. Lorde Lyonel estudara na Cidadela quando jovem, adquirindo seis elos de sua corrente antes de decidir que a vida de meistre não era para ele. Letrado e estudado, seu conhecimento das leis dos Sete Reinos era profundo. Três vezes viúvo, o lorde de Harrenhal trouxe consigo para a corte duas filhas donzelas e dois filhos. As garotas tornaram-se camareiras da princesa Rhaenyra, enquanto o irmão mais velho, Sor Harwin Strong, chamado de Quebra-Ossos, tornou-se capitão dos mantos dourados. O rapaz mais novo, Larys Pé-Torto, entrou para o grupo de confessores do rei.

Assim, esse era o cenário em Porto Real no fim do ano de 105 DD, quando a rainha Aemma foi levada à cama na Fortaleza de Maegor e faleceu enquanto dava à luz o filho que Viserys Targaryen desejava havia tempos. O garoto (batizado de Baelon, em homenagem ao pai do rei) sobreviveu à mãe apenas um dia, deixando rei e corte desolados... exceto talvez o príncipe Daemon, que foi visto num bordel na Rua da Seda fazendo troças ébrias com seus companheiros nobres sobre o "herdeiro por um dia". Quando o boato se espalhou e chegou ao rei (diz a lenda que foi a meretriz que estava sentada no colo de Daemon que o informou, mas as provas sugerem que, na verdade, foi um dos companheiros de bebedeira, um capitão dos mantos dourados, ávido por uma promoção), Viserys ficou furioso. Por fim, Sua Majestade ficou farto desse irmão ingrato e de suas ambições.

Assim que seu luto seguiu o curso natural, o rei rapidamente começou a resolver a questão da sucessão, há muito deixada em fogo brando. Sem considerar os precedentes estabelecidos pelo rei Jaehaerys, em 92, e pelo Grande Conselho, em 101, o rei Viserys I declarou a filha Rhaenyra sua herdeira legítima e nomeou-a Princesa de Pedra do Dragão. Em uma cerimônia luxuosa em Porto Real, centenas de lordes reverenciaram Rhaenyra quando ela sentou-se aos pés do pai na base do Trono de Ferro, jurando honrar e defender seu direito à sucessão.

No entanto, o príncipe Daemon não estava entre eles. Furioso com o decreto do rei, o príncipe deixou Porto Real, renunciando à Vigilância da Cidade. Primeiro seguiu para Pedra do Dragão, levando sua amante Mysaria consigo nas costas de seu dragão Caraxes, a fera vermelha e esguia que o povo chamava de Verme Sangrento. Lá permaneceu por meio ano, tempo no qual teve um filho com Mysaria.

Quando soube que sua concubina estava grávida, o príncipe Daemon presenteou-a com um ovo de dragão, mas nisso foi longe demais. O rei

Viserys ordenou que devolvesse o ovo e voltasse para sua mulher legítima ou seria condenado como traidor. O príncipe obedeceu, embora de má vontade, despachando Mysaria (sem o ovo) de volta a Lys, enquanto ele voava para Pedrarruna, no Vale de Arryn, e para a companhia indesejada de sua "puta de bronze". Mas Mysaria perdeu o filho durante uma tempestade no Mar Estreito. Quando a notícia chegou ao príncipe Daemon, ele não proferiu uma palavra de dor, porém seu coração endureceu-se contra o rei, seu irmão. Depois disso, falava do rei Viserys apenas com desdém e começou a remoer dia e noite a questão da sucessão.

Embora a princesa Rhaenyra tivesse sido proclamada sucessora de seu pai, havia muitas pessoas no reino que ainda esperavam que Viserys pudesse ser pai de um herdeiro homem, pois o Jovem Rei ainda não chegara aos trinta anos. O grande meistre Runciter foi o primeiro a encorajar Sua Majestade a se casar novamente, sugerindo até mesmo uma opção adequada: a Senhora Laena Velaryon, que acabara de fazer doze anos. Uma jovem donzela fogosa, recém-desabrochada, a Senhora Laena herdara a beleza de uma Targaryen genuína, sua mãe Rhaenys, e o espírito ousado e aventureiro do pai, conhecido como Serpente do Mar. Da mesma forma que ele amava navegar, Laena amava voar e reclamou para si nada menos que a poderosa Vhagar, a maior e mais velha dos dragões de Targaryen desde a morte do Terror Negro, em 94 DD. Ao desposar a garota, Runciter enfatizou, o rei poderia sanar o desacordo que crescera entre o Trono de Ferro e a Derivamarca. E Laena certamente seria uma rainha esplêndida.

Devemos comentar que Viserys I Targaryen não era o mais resoluto dos reis; sempre amável e ávido por agradar, confiava imensamente no conselho dos homens ao seu redor e fazia o que solicitavam com mais frequência do que o contrário. Nesse caso, no entanto, Sua Majestade tinha uma opinião, e nenhum argumento o desviaria de seu caminho. Ele casaria de novo, sim... mas não com uma garota de 12 anos, e não por motivos de Estado. Outra mulher havia chamado sua atenção. Anunciou sua intenção de desposar a Senhora Alicent, da Casa Hightower, a inteligente e amável filha da Mão do Rei, uma moça de 18 anos que lia para o rei Jaehaerys quando ele estava de cama, à beira da morte.

Os Hightower de Vilavelha eram uma família antiga e nobre, de linhagem impecável; não poderia haver objeções à escolha do rei. Mesmo assim, houve aqueles que murmuraram que a Mão planejara aquilo, que havia levado sua filha à corte já com essa intenção em mente. Alguns duvidavam das virtudes da Senhora Alicent, sugerindo que ela entregara sua virgindade ao príncipe Daemon e mais tarde recebera também o rei Viserys em sua cama, mesmo antes da morte da rainha Aemma. No Vale, correu à boca pequena que o príncipe Daemon chicoteara quase até a morte o serviçal que lhe trouxera a notícia. Nem o Serpente do Mar ficou satisfeito. A Casa Velaryon fora ignorada novamente, sua filha Laena desdenhada como seu filho Laenor o fora no Grande Conselho de 101, e sua mulher pelo Velho Rei no passado, em 92 DD. (A Senhora Laena parecia tranquila. "Ela mostra muito mais interesse por voar que por rapazes", seu meistre observou.)

Quando o rei Viserys desposou Alicent Hightower em 106 DD, a Casa Velaryon brilhou por sua ausência. A princesa Rhaenyra serviu a madrasta no banquete, e a rainha Alicent beijou-a e a chamou de "filha". A princesa estava entre as mulheres que despiram o rei e o levaram aos aposentos de sua noiva. A alegria e o amor reinaram na Fortaleza Vermelha naquela noite... embora do outro lado da Baía da Água Negra, lorde Corlys, o Serpente do Mar, recebesse o irmão do rei, príncipe Daemon, para um conselho de guerra. O príncipe chegara ao limite do que podia aguentar do Vale de Arryn, de Pedrarruna e da sua mulher. "A Irmã Negra foi feita para tarefas mais nobres do que matar ovelhas", ele teria dito ao Lorde das Marés. "Tem sede de sangue." Porém o príncipe não tinha em mente uma rebelião; ele enxergava outro caminho até o poder.

Passopedra, uma cadeia de ilhas rochosas entre Dorne e as Terras Disputadas de Essos, servira por muito tempo como abrigo de fora da lei, exilados, saqueadores e piratas. Por si, as ilhas eram de pouco valor, mas, por sua localização, controlavam as rotas marítimas que se dirigiam ao Mar Estreito e dele partiam, e os navios mercantes que passavam por aquelas águas não raro eram presas de seus habitantes. Ainda assim, por séculos esses incidentes vinham sendo apenas uma perturbação.

No entanto, dez anos antes, as Cidades Livres de Lys, Myr e Tyrosh deixaram de lado sua antiga inimizade para se unir numa guerra contra

Volantis. Após derrotar os volantinos, as três cidades vitoriosas firmaram uma "aliança eterna" e formaram um novo e forte poder: o Triarcado, mais conhecido em Westeros como o Reino das Três Filhas ou, de um jeito mais rude, as Três Putas (esse "reino" não tinha rei, sendo governado por um conselho de 33 magísteres). Assim que Volantis retirou-se das Terras Disputadas, as Três Filhas voltaram os olhos para o ocidente. Seus exércitos varreram Passopedra sob o comando do príncipe-almirante myriano Craghas Drahar, que ganhou o apelido de Craghas Cria-Caranguejo por prender centenas de piratas na beira da praia para se afogarem na maré alta.

No início, a anexação de Passopedra pelo Triarcado teve a aprovação dos lordes de Westeros. A ordem substituiu o caos, e, mesmo que as Três Filhas exigissem um pedágio de qualquer navio que passasse por suas águas, parecia um preço pequeno a pagar.

No entanto, a avareza de Craghas Cria-Caranguejo e seus pares na conquista logo acabou com a boa vontade: o pedágio foi aumentado duas vezes e se tornou tão dispendioso que os mercadores, que antes pagavam com prazer, agora buscavam escapar das galés do Triarcado como no passado faziam com os piratas. Drahar e seus coalmirantes de Lys e Tyrosh pareciam concorrer uns com os outros para ver quem conseguia demonstrar a maior avareza. Os lysenianos tornaram-se especialmente odiados, pois reivindicavam mais que moedas dos navios passantes, confiscando mulheres, garotas e garotos atraentes para servirem em seus jardins de prazer e casas de tolerância (entre os escravizados dessa época estava a Senhora Johanna Swann, sobrinha de 15 anos do Lorde de Stonehelm. Quando seu tio, um infame ganancioso, recusou-se a pagar o resgate, ela foi vendida a uma casa de tolerância, onde cresceu para se transformar na celebrada cortesã conhecida como Cisne Negro e em governante de Lys em tudo, menos no nome. Infelizmente sua história, por mais fascinante que seja, não tem lugar em nossa presente narrativa.)

De todos os lordes de Westeros, nenhum sofreu tanto com essas práticas quanto Corlys Velaryon, Lorde das Marés, cujas frotas fizeram dele mais rico e poderoso que qualquer homem nos Sete Reinos. O Serpente do Mar estava determinado a pôr um ponto final no domínio do Triarcado sobre Passopedra, e encontrou em Daemon Targaryen um parceiro disposto, ávido pelo ouro e pela glória que a vitória na guerra lhe traria. Faltaram ao casamento do rei e montaram planos em Maré Alta, na ilha de Derivamarca. Lorde Velaryon comandaria a frota, o príncipe Daemon, o exército. Eles perderiam em número para as forças das Três Filhas... mas o príncipe também levaria à batalha seu dragão Caraxes, o Verme Sangrento, e seu fogo.

Os combates começaram em 106 DD. O príncipe Daemon teve pouca dificuldade em montar um exército de aventureiros pobres e segundos filhos, e conquistou muitas vitórias durante os primeiros dois anos de conflito. Em 108 DD, quando por fim enfrentou Craghas Cria-Caranguejo, ele o matou sozinho e cortou sua cabeça com a Irmã Negra.

O rei Viserys, sem dúvida contente por se livrar do irmão importuno, apoiou seus esforços com aportes regulares de dinheiro e, em 109 DD, Daemon Targaryen e seu exército de mercenários e degoladores controlavam uma das ilhas, e o Serpente do Mar adquirira firme domínio das águas entre elas. Durante esse breve momento de vitória, o príncipe Daemon declarou-se rei de Passopedra e do Mar Estreito, e lorde Corlys encaixou-lhe uma coroa na cabeça... mas seu "reino" estava longe de estar seguro. No ano seguinte, o Reino das Três Filhas despachou uma nova força invasora sob o comando de um capitão tyroshiano sorrateiro chamado Racallio Ryndoon, certamente um dos canalhas mais curiosos e excêntricos nos anais da História, e Dorne entrou na guerra em aliança com o Triarcado. As batalhas voltaram a acontecer.

O rei Viserys e sua corte permaneceram imperturbáveis. "Deixe Daemon brincar de guerra", foi o comentário atribuído a Sua Majestade. "Isso o mantém longe de problemas." Viserys era um homem de paz e, durante esses anos em Porto Real, aconteceram séries infinitas de banquetes, bailes e torneios, em que bobos e cantores anunciavam o nascimento de cada pequeno príncipe ou princesa Targaryen. A rainha Alicent logo se mostrou tão fértil quanto bonita. Em 107 DD, deu ao rei um filho saudável, batizando-o de Aegon, como o Conquistador. Dois anos depois, deu à luz uma filha para o rei, Helaena; em 110 DD, deu à luz o segundo filho de Sua Majestade, Aemond, que diziam ter metade do tamanho do irmão mais velho mas era duas vezes mais violento.

Ainda assim, a princesa Rhaenyra continuava a sentar-se aos pés do Trono de Ferro quando seu pai estava na corte, e Sua Majestade também começou a levá-la às reuniões do pequeno conselho. Embora muitos lordes e cavaleiros buscassem sua aceitação, a princesa tinha olhos apenas para Sor Criston Cole, seu jovem e galante escudeiro juramentado. "Sor Criston protege a princesa dos inimigos, mas quem protege a princesa de Sor Criston?", perguntou certa vez a rainha Alicent na corte.

A amizade entre a rainha e a enteada provou ter vida curta, pois Rhaenyra e Alicent aspiravam ao posto de primeira-dama do reino... e, embora a rainha tivesse dado ao rei não um, mas dois herdeiros homens, Viserys não fizera nada para mudar a ordem de sucessão. A Princesa de Pedra do Dragão permaneceu sua herdeira, com metade dos lordes de Westeros jurando defender seus direitos. Aqueles que indagavam "E a ordem do Grande Conselho de 101?" tinham suas palavras jogadas ao vento. A questão fora decidida, ao menos no que importava ao rei Viserys; não era uma questão que Sua Majestade fizesse questão de revisitar.

De qualquer forma, as questões persistiam, principalmente vindas da própria rainha Alicent. O mais ruidoso entre seus apoiadores era seu pai, Sor Otto Hightower, a Mão do Rei. Pressionado demais sobre a questão, o rei Viserys rompeu, em 109 DD, as correntes do cargo de Sor Otto e nomeou em seu lugar o taciturno Lorde de Harrenhal, Lyonel Strong. "Esta Mão não me intimidará", Sua Majestade proclamou.

Mesmo depois de Sor Otto ter retornado a Vilavelha, um "partido da rainha" continuou ativo na corte, um grupo de lordes poderosos simpáticos à rainha Alicent e apoiadores dos direitos de seus filhos. Contra eles, havia o "partido da princesa". O rei Viserys amava a mulher e a filha e odiava conflitos e desavenças. Esforçava-se todos os dias para manter a paz entre as mulheres e agradar as duas com presentes, ouro e honras. Enquanto viveu, governou e manteve o equilíbrio, os banquetes e torneios continuaram como antes e a paz prevaleceu em todo o reino... embora houvesse alguns, mais atentos, que observavam os dragões de um partido mordendo e cuspindo fogo nos dragões do outro partido sempre que tinham a chance de passar uns perto dos outros.

Em 111 DD, um grande torneio foi realizado em Porto Real, no quinto aniversário de casamento do rei com a rainha Alicent. No banquete de abertura, a rainha usava um vestido verde, enquanto a princesa envergava dramaticamente as cores vermelha e preta de Targaryen, o que foi observado; depois disso, tornou-se costume referir-se aos "verdes" e "pretos" quando se falava do partido da rainha e do partido da princesa, respectivamente. No torneio em si, os pretos levaram a melhor quando Sor Criston Cole, defendendo a princesa Rhaenyra, derrubou dos cavalos todos os campeões da rainha, inclusive dois de seus primos e seu irmão mais novo, Sor Gwayne Hightower.

Ainda assim, havia um participante que não vestia verde nem tampouco preto, mas sim dourado e prata. O príncipe Daemon havia, por fim, retornado à corte. Usando uma coroa e vestido como Rei do Mar Estreito, apareceu sem ser anunciado nos céus de Porto Real, montado em seu dragão, circulando três vezes sobre as arenas do torneio... mas, quando finalmente desceu à terra, ajoelhou-se diante do irmão e ofereceu sua coroa como símbolo de amor e lealdade. Viserys devolveu a coroa e beijou Daemon nas bochechas, dando as boas-vindas ao lar, e os lordes e plebeus ergueram vivas tonitruantes, pois os filhos do príncipe Baelon Targaryen estavam reconciliados. Entre aqueles que comemoraram com mais animação estava a princesa Rhaenyra, que ficou entusiasmada com o retorno de seu tio favorito e implorou para que ele ficasse por um tempo.

O príncipe Daemon permaneceu em Porto Real por meio ano, e chegou até a reassumir seu assento no pequeno conselho, mas nem a idade nem o exílio haviam mudado sua natureza. Daemon logo juntou-se aos antigos companheiros dos mantos dourados e voltou aos estabelecimentos da Rua da Seda, onde era um cliente apreciado. Mesmo tratando a rainha Alicent com toda a cortesia devida à sua posição, não havia carinho entre eles, e diziam que o príncipe era notavelmente frio com os filhos da rainha, especialmente com os sobrinhos Aegon e Aemond, cujo nascimento o deixara ainda mais abaixo na ordem de sucessão.

A princesa Rhaenyra era diferente. Daemon passava longas horas na companhia dela, deixando-a fascinada com as histórias de suas jornadas e batalhas. Deu-lhe pérolas, seda e livros, e uma tiara de jade que, pelo que contavam, pertencera no passado à Imperatriz de Leng, lia poemas para ela, jantava com ela, a entretinha imitando os verdes da corte, os "lambe-botas" bajuladores da rainha Alicent e de seus filhos. Ele elogiava sua beleza, declarando que era a senhora mais linda em todos os Sete Reinos. Tio e sobrinha começaram a voar juntos quase diariamente, Syrax perseguindo Caraxes até Pedra do Dragão e vice-versa.

Aqui, nossas fontes divergem. O grande meistre Runciter diz apenas que os irmãos brigaram de novo, e o príncipe Daemon partiu de Porto Real para voltar a Passopedra e suas guerras. Sobre a causa da querela ele não se pronuncia. Outros afirmam que fora por insistência da rainha Alicent que Viserys despachara Daemon. Porém o septão Eustace e Cogumelo contam outra história... ou melhor, duas histórias. Eustace, o menos lascivo dos dois, escreve que o príncipe Daemon seduziu sua sobrinha, a princesa, e tirou sua virgindade. Quando os amantes foram descobertos na cama e levados diante do rei, Rhaenyra insistiu que estava apaixonada pelo tio e implorou ao pai que deixasse que ela se casasse com ele. No entanto, o rei Viserys não quis ouvi-la e lembrou à filha que o príncipe Daemon já era casado. Em sua ira, confinou a filha em seus aposentos, ordenou ao irmão que partisse e determinou que os dois nunca falassem sobre o acontecido.

A história contada por Cogumelo é muito mais depravada. De acordo com o anão, era Sor Criston Cole que a princesa desejava, não o príncipe Daemon, mas Sor Criston era um verdadeiro cavaleiro, nobre, casto e atento aos seus votos, e, embora estivesse na companhia dela dia e noite, sequer a havia beijado, nem mesmo dissera que a amava. "Quando olha para você, vê a garotinha que era, não a mulher que se tornou", Daemon disse à sobrinha, "mas eu posso ensinar-lhe como fazê-lo vê-la como uma mulher."

Ele começou dando lições de beijos, comenta Cogumelo. Daí, o príncipe continuou para mostrar à sobrinha como melhor tocar um homem para lhe dar prazer — um exercício que às vezes envolvia o próprio Cogumelo e seu membro supostamente enorme. Daemon ensinou a garota a se despir com sedução, sugou suas tetas para deixá-las mais sensíveis e voou com ela nas costas do dragão até rochedos desertos na Baía da Água Negra, onde podiam divertir-se nus sem serem observados e a princesa podia praticar a arte de dar prazer a um homem com a boca.

À noite, ele a tirava dos aposentos vestida como pajem e a levava aos bordéis na Rua da Seda, onde a princesa podia observar homens e mulheres no ato de amor e aprender as "artes femininas" com as meretrizes de Porto Real.

Por quanto tempo essas lições continuaram, Cogumelo não diz, mas, divergindo do septão Eustace, ele insiste que a princesa Rhaenyra permaneceu virgem, pois desejava preservar sua inocência como um presente ao amado. Mas quando, por fim, ela se aproximou de seu "cavaleiro branco", usando tudo o que aprendera, Sor Criston ficou horrorizado e a rejeitou. É óbvio que a história toda veio à tona, em grande parte graças ao próprio Cogumelo. O rei Viserys, num primeiro momento, recusou-se a acreditar no boato, até que o próprio príncipe Daemon confirmou que a história era verdade. "Entregue a garota para que eu a despose", aparentemente ele disse ao irmão. "Quem mais a aceitaria agora?" Em vez disso, o rei Viserys mandou-o para o exílio para nunca retornar aos Sete Reinos, sob pena de morte. (Lorde Strong, a Mão do Rei, argumentou que o príncipe deveria ser executado imediatamente como traidor, mas o septão Eustace fez ver a Sua Majestade que ninguém é mais amaldiçoado do que aquele que comete assassinato de parentes.)

Das consequências, os fatos seguintes são certos: Daemon Targaryen voltou a Passopedra e retomou a luta por aquelas rochas inférteis varridas por tempestades. O grande meistre Runciter e Sor Harrold Westerling, Lorde Comandante da Guarda Real, morreram em 112 DD. Sor Criston Cole foi nomeado Lorde Comandante da Guarda Real no lugar de Sor Harrold, e os arquimeistres da Cidadela enviaram o meistre Mellos para a Fortaleza Vermelha para assumir a corrente e as obrigações de grande meistre. No mais, Porto Real voltou à sua tranquilidade costumeira por quase dois anos... até 113 DD, quando a princesa Rhaenyra fez 16 anos, tomou posse da Pedra do Dragão como sua residência e casou-se.

Muito antes de qualquer homem ter tido motivo para duvidar de sua inocência, a questão da escolha de um consorte adequado para Rhaenyra foi uma preocupação para o rei Viserys e seu conselho. Grandes lordes e cavaleiros ousados voejavam ao redor dela como mariposas ao redor de uma chama, rivalizando por seus favores. Quando Rhaenyra visitou o Tridente, em 112, os filhos de lorde Bracken e de lorde Blackwood travaram um duelo por ela, e um filho mais jovem da Casa Frey ousou pedir abertamente sua mão (Tolo Frey, ele foi chamado posteriormente). No ocidente, Sor Jason Lannister e seu gêmeo, Sor Tyland, competiram por ela durante um banquete no Rochedo Casterly. Os filhos de Lorde Tully de Correrrio, Lorde Tyrel de Jardim de Cima, Lorde Oakheart de Carvalho Velho e Lorde Tarly de Monte do Chifre fizeram a corte à princesa, como fez o filho mais velho da Mão, Sor Harwin Strong. Quebra-Ossos, como era chamado, era herdeiro de Harrenhal e diziam que era o homem mais forte dos Sete Reinos. Viserys chegou ao ponto de prometer Rhaenyra em casamento ao Príncipe de Dorne, como maneira de trazer os dorneses ao reino.

A rainha Alicent tinha seu candidato: seu filho mais velho, príncipe Aegon, o meio-irmão de Rhaenyra. Mas Aegon era um garoto, a princesa era dez anos mais velha. Além disso, os dois meios-irmãos nunca se deram bem. "Mais um motivo para uni-los em casamento", a rainha argumentava. Viserys não concordava. "O garoto é do sangue de Alicent", disse ele a lorde Strong. "Ela o quer no trono."

A melhor escolha, o rei e o pequeno conselho finalmente concordaram, seria o primo de Rhaenyra, Laenor Velaryon. Embora o Grande Conselho de 101 tivesse votado contra, o garoto Velaryon ainda era neto do príncipe Aemond Targaryen, de lembrança santificada, e bisneto do Velho Rei, com sangue de dragão nos dois lados de sua linhagem. Essa combinação uniria e fortaleceria a linhagem real e recobraria para o Trono de Ferro a amizade do Serpente do Mar, junto com sua frota poderosa. Uma objeção foi levantada: Laenor Velaryon estava com 19 anos ainda e nunca mostrara interesse por mulheres. Em vez disso, ele se cercava de belos acompanhantes da sua idade e, ao que constava, preferia sua companhia. No entanto, o grande meistre Mellos dispensou essa preocupação peremptoriamente. "E daí?", ele supostamente disse. "Não gosto muito de peixe, mas, quando servem peixe, eu como." Assim, o arranjo foi decidido.

No entanto, o rei e o conselho deixaram de consultar a princesa, e Rhaenyra provou ser mesmo filha de seu pai, com uma ideia muito própria de quem ela desejava desposar. A princesa sabia muito mais sobre Laenor Velaryon e não desejava ser sua noiva. "Meus meios-irmãos seriam mais do gosto dele", ela disse ao rei (e a princesa sempre tomava o cuidado de referir-se aos filhos da rainha Alicent como meios-irmãos, nunca como irmãos). E, apesar de Sua Majestade tê-la chamado à razão, implorado, gritado com ela, e tê-la chamado de filha ingrata, nenhuma palavra dele pôde demovê-la... até que o rei trouxe à tona a questão da sucessão. O rei fazia, o rei podia desfazer, Viserys enfatizou. Ela se casaria conforme suas ordens ou ele faria seu meio-irmão Aegon seu sucessor no lugar dela. Nesse ponto, a obstinação da princesa cedeu. O septão Eustace diz que ela caiu de joelhos aos pés do pai e implorou perdão; Cogumelo, que ela cuspiu no rosto do pai. Os dois concordam que, no fim, ela consentiu em se casar.

E aqui novamente nossas fontes divergem. Naquela noite, segundo relata o Septão Eustace, Sor Criston Cole esgueirou-se para dentro dos aposentos da princesa para confessar seu amor por ela. Disse a Rhaenyra que tinha um navio esperando na baía e implorou para que ela fugisse com ele através do Mar Estreito. Eles se casariam em Pentos ou Tyrosh, na Velha Volantis, onde a ordem do pai não valia, e ninguém se importaria que ele tivesse traído seus votos como membro da Guarda Real. Sua perícia com a espada Estrela da Manhã era tal que ele não duvidava que poderiam encontrar algum príncipe-mercador que contratasse seus serviços. Porém Rhaenyra recusou-o. A moça tinha sangue de dragão, ela relembrou, e aquilo significava mais do que viver a vida como mulher de um mercenário comum. E, se ele podia deixar de lado os votos da Guarda Real, por que os votos de casamento significariam alguma coisa?

Cogumelo conta uma história bem diferente. Na sua versão, foi a princesa Rhaenyra que procurou Sor Criston, não ele a ela. Ela o encontrou sozinho na Torre da Espada Branca, trancou a porta e deixou cair a capa para revelar sua nudez por baixo dela. "Guardei minha virgindade para você", ela lhe disse. "Receba-a agora como prova do meu amor. Pouco significará para meu noivo e, talvez, se descobrir que não sou casta, ele me recuse."

Ainda assim, mesmo com toda sua beleza, suas súplicas caíram em ouvido mouco, pois Sor Criston era um homem honrado e fiel a seus votos. Desdenhada e furibunda, a princesa abotoou a capa e saiu noite afora... encontrando por acaso Sor Harwin Strong, que voltava de uma noite de celebração nos prostíbulos da cidade. Quebra-Ossos havia muito desejava a princesa e não tinha os escrúpulos de Sor Criston. Portanto, fora ele quem roubara a inocência de Rhaenyra, derramando o sangue da virgindade com sua espada de virilidade... de acordo com Cogumelo, que alega tê-los flagrado na cama ao raiar do dia.

Seja lá o que tiver acontecido, daquele dia em diante o amor que Sor Criston Cole nutria por Rhaenyra Targaryen transformou-se em ódio, e o homem que até então fora a companhia constante e o campeão da princesa tornou-se o mais cruel de seus inimigos.

Não muito tempo depois, Rhaenyra içou velas para a Derivamarca, acompanhada por suas damas de companhia (duas delas filhas da Mão e irmãs de Sor Harwin), pelo bobo Cogumelo e seu novo campeão, o Quebra-Ossos. Em 114 DD, Rhaenyra Targaryen, Princesa de Pedra do Dragão, foi desposada por Sor Laenor Velaryon (feito cavaleiro uma quinzena antes do casamento, pois era necessário que o príncipe consorte fosse cavaleiro). A noiva tinha 17, o noivo 20, e todos concordaram que formavam um belo casal. O matrimônio foi celebrado com sete dias de banquetes e torneios. Entre os presentes estavam os filhos de rainha Alicent, cinco Irmãos Juramentados da Guarda Real, Quebra-Ossos e o favorito do noivo, Sor Joffrey Lonmouth, conhecido como Cavaleiro dos Beijos. Quando Rhaenyra concedeu sua cinta-liga a Sor Harwin, seu marido gargalhou e deu uma das suas a Sor Joffrey.

Sor Criston Cole, por sua vez, dedicou-se à rainha Alicent. Sua Majestade ficou contente em lhe conceder seus favores. Vestindo o símbolo da rainha, o jovem Lorde Comandante da Guarda Real derrotou todos os desafiantes, lutando com uma fúria terrível. Ele deixou Quebra-Ossos com uma clavícula quebrada e um cotovelo estilhaçado (fazendo com que Cogumelo o batizasse de Ossos-Quebrados depois disso), mas foi o Cavaleiro dos Beijos que sentiu a extensão completa de sua ira. A arma favorita de Cole era a Estrela da Manhã, e os golpes com os quais cobriu o campeão de Sor Laenor romperam seu elmo e deixaram-no desacordado na lama. Carregado do campo ensopado de sangue, Sor Joffrey morreu sem recobrar a consciência seis dias depois. Cogumelo nos conta que Sor Laenor passou cada hora desses dias à beira do leito do outro e chorou copiosamente quando este faleceu.

Foi o rei Viserys quem ficou mais furioso; uma celebração alegre transformara-se numa ocasião de dor e recriminação. No entanto, disseram que a rainha Alicent não compartilhava desse desagrado; logo depois, ela pediu que Sor Criston Cole fosse nomeado seu protetor pessoal. A frieza entre a mulher e a filha do rei era óbvia para qualquer um; mesmo os enviados das Cidades Livres fizeram observações desse fato em cartas enviadas a Pentos, Braavos e à Velha Volantis.

Depois disso, Sor Laenor voltou à Derivamarca, deixando em muitos a dúvida sobre se o casamento fora de fato consumado. A princesa permaneceu na corte, cercada por amigos e admiradores. Sor Criston Cole não estava entre eles, tendo se bandeado totalmente para o partido da rainha, os verdes, mas o temível Quebra-Ossos (ou Ossos-Quebrados, como dizia Cogumelo) preencheu sua vaga, tornando-se o principal dos pretos, sempre ao lado de Rhaenyra em banquetes, bailes e caçadas. O marido não fazia objeção. Sor Laenor preferia os confortos de Maré Alta, onde logo encontrou um novo favorito, um conhecido cavaleiro chamado Sor Qarl Correy.

Depois disso, embora se unisse à mulher para eventos importantes da corte nos quais sua presença era esperada, Sor Laenor passava a maior parte dos dias longe da princesa. O septão Eustace diz que dividiram a cama não mais que uma dúzia de vezes. Cogumelo concorda, mas adiciona que Qarl Correy não raro compartilhava aquela cama também. Ele nos conta que a princesa assistia aos homens se divertirem e, às vezes, os dois a incluíam em seus prazeres. Ainda assim, Cogumelo se contradiz, pois em outras passagens alega que a princesa deixava o marido com o amante nessas noites e buscava conforto nos braços de Harwin Strong.

Seja lá qual for a verdade dessas histórias, logo se anunciou que a princesa estava grávida. Nascido nos últimos dias de 114 DD, o garoto era um rapagão grande, robusto, com cabelos castanhos, olhos castanhos e nariz achatado (Sor Laenor tinha nariz aquilino, cabelos louros platinados e olhos púrpura que atestavam seu sangue valiriano). O desejo de Laenor de dar ao filho o nome de Joffrey foi vetado por seu pai, lorde Corlys. Em vez disso, a criança recebeu um nome tradicional da Casa Velaryon: Jacaerys (amigos e irmãos o chamariam de Jace).

A corte ainda comemorava o nascimento do filho da princesa quando sua madrasta, a rainha Alicent, também entrou em trabalho de parto, dando à luz o terceiro filho de Viserys, Daeron... cujas cores, diferentes das de Jace, confirmavam seu sangue de dragão. Por ordem real, os infantes Jacaerys Velaryon e Daeron Targaryen dividiram a ama de leite até o desmame. Diziam que o rei esperava impedir qualquer inimizade entre os dois garotos ao criá-los como irmãos de leite.

Neste caso, suas esperanças mostraram-se tristemente vãs.

Um ano depois, em 115 DD, houve um contratempo trágico, daqueles que moldam o destino dos reinos: a "puta de bronze" de Pedrarruna, Senhora Rhea Royce, caiu do cavalo enquanto caçava com falcão e bateu com o crânio numa pedra. Demorou nove dias antes de finalmente sentir-se bem o bastante para deixar a cama... apenas para despencar e falecer uma hora depois de se levantar. Um corvo foi devidamente enviado à Ponta da Tempestade, e lorde Baratheon despachou um mensageiro de barco para Pedrassangrenta, onde o príncipe Daemon ainda lutava para defender seu reino esquálido contra os homens do Triarcado e seus aliados dorneses. Daemon logo voou para o Vale. "Para dar descanso a minha mulher", ele disse, embora provavelmente fosse na esperança de reivindicar suas terras, seus castelos e rendimentos. Falhou nessa empresa; Pedrarruna passara para as mãos do sobrinho da Senhora Rhea e, quando Daemon fez um apelo ao Ninho da Águia, não apenas sua reivindicação foi negada, mas a Senhora Jeyne alertou-o de que sua presença no Vale não era bem-vinda.

Na sequência, ao voar de volta a Passopedra, o príncipe Daemon pousou na Derivamarca para uma visita de cortesia ao seu parceiro de outrora nas conquistas, o Serpente do Mar, e à princesa Rhaenys. Maré Alta era um dos poucos lugares nos Sete Reinos onde o irmão do rei podia confiar que não seria rejeitado. Lá, seus olhos pousaram sobre a filha de lorde Corlys, Laena, uma donzela de 22 anos, alta, esguia e extremamente adorável (mesmo Cogumelo foi arrebatado por sua beleza, escrevendo que "era ainda mais bela que seu irmão"), com uma grande cabeleira de cachos de um dourado prateado que caía até abaixo da cintura. Laena era prometida desde os 12 anos a um dos filhos do lorde dos mares de Braavos... mas o pai morrera antes que eles pudessem se casar e o filho logo se mostrou perdulário e tolo, desperdiçando a riqueza e a força de sua família antes de chegar à Derivamarca. Por falta de meios polidos para livrar-se do embaraço, mas sem disposição de realizar o matrimônio, lorde Corlys postergava repetidamente a união.

O príncipe Daemon apaixonou-se por Laena, os trovadores teriam nos feito acreditar. Homens com tendências mais céticas creem que o príncipe viu nela uma maneira de fundar a própria dinastia. No passado visto como herdeiro do irmão, descera demais na linha de sucessão, e nem os verdes, tampouco os pretos tinham lugar para ele... mas a Casa Velaryon era poderosa o bastante para desafiar os dois partidos sem sofrer retaliações. Cansado de Passopedra e finalmente livre de sua "puta de bronze", Daemon Targaryen pediu a lorde Corlys a mão de sua filha em casamento.

O braavosi exilado continuava sendo um impedimento, mas não por muito tempo; Daemon zombou do homem de forma tão grosseira que o rapaz não teve escolha senão desafiá-lo a defender suas palavras com aço. Armado com a Irmã Negra, o príncipe liquidou rapidamente seu rival e casou-se com a Senhora Laena Velaryon quinze dias depois, abandonando seu reino miserável em Passopedra. (Cinco outros homens seguiram-no como reis do Mar Estreito, até a breve e sangrenta história daquele bárbaro "reino" de mercenários terminar de uma vez por todas.)

O príncipe Daemon sabia que seu irmão não ficaria contente quando tivesse notícias de seu novo casamento. Prudente, o príncipe e sua nova mulher partiram para longe de Westeros logo após o casamento, cruzando o Mar Estreito em seus dragões. Alguns disseram que voaram para Valíria, desafiando a maldição que pairava sobre aquela terra desolada e fumegante para procurar os segredos dos lordes dos dragões da antiga Cidade Franca. A verdade era menos romântica. O príncipe Daemon e a Senhora Laena voaram primeiro para Pentos, onde foram recebidos com festa pelo príncipe da cidade. Os pentosianos temiam o poder crescente do Triarcado ao sul e viram em Daemon um aliado valioso contra as Três Filhas. De lá, o príncipe e sua mulher partiram para a Velha Volantis, onde receberam uma recepção calorosa semelhante. Então voaram até

Rhoyne, e depois para Qohor e Norvos. Nessas cidades, bem distantes dos infortúnios de Westeros e do poder do Triarcado, sua recepção foi menos entusiástica. No entanto, em todos os lugares a que chegavam, multidões imensas apareciam para ver Vhagar e Caraxes.

Os cavaleiros de dragões voltaram a Pentos, onde a Senhora Laena soube que estava esperando um filho. Evitando mais fugas, o príncipe Daemon e sua mulher estabeleceram-se numa casa fora das muralhas da cidade, como convidados de um magíster pentosiano, até a época do nascimento do bebê.

Enquanto isso, de volta a Westeros, a princesa Rhaenyra dera à luz o segundo filho no fim do ano de 115 DD. A criança recebeu o nome de Lucerys (chamado de Luke). O septão Eustace nos conta que Sor Laenor e Sor Harwin ficaram ao lado do leito de Rhaenyra para o nascimento. Como seu irmão Jace, Luke tinha olhos e cabelos castanhos num rosto saudável, em vez dos cabelos louros platinados dos príncipes Targaryen, e era um rapaz grande e vigoroso. O rei Viserys ficou encantado com ele quando a criança foi apresentada à corte. Esses sentimentos não eram partilhados pela rainha. "Continue tentando", a rainha Alicent disse a Sor Laenor. "Talvez você consiga, cedo ou tarde, que um pareça com você." E a rivalidade entre verdes e pretos ficou ainda maior, chegando finalmente ao ponto em que a rainha e a princesa mal conseguiam suportar a presença uma da outra. Depois disso, a rainha Alicent se mantinha na Fortaleza Vermelha ou em Porto Real, enquanto a princesa passava seus dias em Pedra do Dragão com seu campeão, Sor Harwin Strong. Dizem que seu marido, Sor Laenor, a visitava "com frequência".

Em 116 DD, na Cidade Livre de Pentos, a Senhora Laena deu à luz filhas gêmeas, os primeiros rebentos legítimos de Daemon Targaryen. O príncipe batizou as garotas de Baela (em homenagem a seu pai) e Rhaena (em homenagem à mãe da mulher). Quando tinham seis meses de idade, as garotas partiram de barco junto com a mãe para a Derivamarca, enquanto Daemon seguiu voando com os dois dragões. De Maré Alta ele enviou um corvo para Porto Real, informando ao rei o nascimento das sobrinhas e implorando para que ele o deixasse apresentá-las à corte para receber as bênçãos reais. Embora a Mão e o conselho tenham se oposto fervorosamente, Viserys consentiu, pois o rei ainda amava o irmão, que fora sua companhia na juventude. "Daemon é pai agora", ele falou ao grande meistre Mellos. "Ele deve ter mudado." Assim, os filhos de Baelon Targaryen reconciliaram-se pela segunda vez.

Em 117 DD, em Pedra do Dragão, a princesa Rhaenyra pariu mais um filho. Por fim, Sor Laenor foi autorizado a batizar um filho com o nome do amigo falecido, Sor Joffrey Lonmouth. Joffrey Velaryon era grande e tinha o rosto corado e saudável dos irmãos e, como eles, cabelos e olhos castanhos, além de feições que alguns na corte chamaram de comuns. Novamente começaram os boatos. Entre os verdes, era ponto pacífico que o pai dos filhos de Rhaenyra não era seu marido, Laenor, mas seu campeão, Harwin Strong.

Qual fosse a verdade dessas alegações, nunca houve dúvida de que o rei Viserys ainda queria sua filha em seu lugar no Trono de Ferro, e seus filhos sucedessem a ela. Por decreto real, cada um dos garotos Velaryon foi presenteado com um ovo de dragão enquanto estava no berço. Aqueles que duvidavam da paternidade dos filhos de Rhaenyra sussurravam que os ovos nunca chocariam, mas o nascimento de três jovens dragões deu fim a essa conversa. Os dragões foram chamados Vermax, Arrax e Tyraxes. E o septão Eustace nos diz que Sua Majestade sentou Jace em seu colo no Trono de Ferro diante da corte e ouviram-no dizer: "Um dia este será seu trono, rapaz".

Parir cobrou seu preço da princesa; Rhaenyra nunca perdeu o peso que ganhara durante as gravidezes e, quando o filho mais novo nasceu, ela havia ficado corpulenta, de cintura crescida, a beleza de sua meninice uma lembrança esmaecida, embora tivesse pouco mais de vinte anos. De acordo com Cogumelo, isso apenas serviu para agravar o ressentimento que Rhaenyra sentia pela madrasta, a rainha Alicent, que continuava esguia e graciosa com quase o dobro de sua idade.

Os pecados dos pais não raro são visitados pelos filhos, dizem os sábios; e assim também os pecados das mães. A inimizade entre a rainha Alicent e a princesa Rhaenyra foi transmitida aos filhos, e os três rapazes da rainha, príncipes Aegon, Aemond e Daeron, cresceram para ser rivais encarniçados dos sobrinhos Velaryon, ressentidos deles por terem roubado o que lhes era de direito ao nascer: o Trono de Ferro. Apesar de todos os seis garotos comparecerem aos mesmos banquetes, bailes e festividades, e às vezes treinarem juntos no pátio com o mesmo mestre de armas e estudarem juntos com os mesmos meistres, essa proximidade forçada apenas serviu para alimentar a antipatia mútua em vez de aproximá-los como irmãos.

Ao passo que a princesa Rhaenyra detestava sua madrasta, a rainha Alicent, ela apegou-se cada vez mais e mais à sua tia, a Senhora Laena. Com Derivamarca e Pedra do Dragão tão próximas, Daemon e Laena visitavam a princesa com frequência, e Syrax, a dragão da princesa, botou muitos ovos. Em 118 DD, com a bênção do rei Viserys, Rhaenyra anunciou o noivado de seus dois filhos mais velhos com as filhas do príncipe Daemon e de Senhora Laena. Jacaerys tinha 4 e Lucerys tinha 3; as garotas, 2. E, em 119 DD, quando Laena descobriu que estava grávida novamente, Rhaenyra voou para a Derivamarca para ajudá-la durante o parto.

E foi assim que a princesa estava ao lado de sua tia no terceiro dia daquele ano amaldiçoado de 120 DD, o Ano da Primavera Vermelha. Um dia e uma noite de trabalho de parto deixaram Laena Velaryon pálida e fraca, mas por fim ela deu à luz o filho tão desejado do príncipe Daemon, porém o bebê nasceu deformado e morreu uma hora depois. Nem a mãe sobreviveu muito a ele. O parto cansativo drenara todas as forças dela e a tristeza a enfraqueceu ainda mais, deixando-a indefesa antes do início da febre puerperal.

Como sua situação piorava a olhos vistos, apesar dos melhores esforços do jovem meistre da Derivamarca, o príncipe Daemon voou para Pedra do Dragão e trouxe o meistre da princesa Rhaenyra, um homem mais velho e mais experiente, renomado por sua capacidade como curandeiro. Infelizmente, o meistre Gerardys chegou tarde demais. Após três dias de delírio, a Senhora Laena entregou-se à desdita. Tinha 27 anos. Dizem que, durante a hora final, levantou-se da cama e saiu dos aposentos na intenção de chegar a Vhagar para que pudesse voar uma última vez antes de morrer. Contudo, suas forças falharam nos degraus da torre, e de lá ela despencou e morreu. O marido, príncipe Daemon, carregou-a de volta para a cama.

Depois disso, a princesa Rhaenyra se pôs em vigília com ele junto ao cadáver e confortou-o em sua dor.

Essa morte foi a primeira tragédia de 120 DD, mas não seria a última. Pois esse devia ser o ano em que muitas das tensões e dos ciúmes que se aqueciam e assolavam havia muito os Sete Reinos finalmente ferveriam, um ano em que muitos e mais ainda teriam motivos para chorar, sofrer e rasgar as vestes... embora nenhum mais que o Serpente do Mar, lorde Corlys Velaryon, e sua nobre mulher, a princesa Rhaenys, que poderia ter sido rainha.

O Lorde das Marés e sua senhora ainda estava enlutados pela morte de sua amada filha quando a Impiedosa voltou e carregou seu filho. Sor Laenor Velaryon, marido da princesa Rhaenyra e suposto pai de seus filhos, foi assassinado enquanto visitava uma feira na Vila das Especiarias, apunhalado até a morte por seu amigo e companheiro Sor Qarl Correy. Os dois homens brigaram com alarde antes de as lâminas serem sacadas, mercadores da feira disseram a lorde Velaryon quando este chegou para recolher o corpo do filho. Correy fugiu, ferindo vários homens que tentaram impedi-lo. Alguns comentaram que um navio estava à sua espera na costa. Nunca mais foi visto.

As circunstâncias do assassinato permanecem um mistério até hoje. O grande meistre Mellos escreve apenas que Sor Laenor foi morto por um de seus conhecidos cavaleiros após uma briga. O septão Eustace nos fornece o nome do assassino e declara que ciúme foi o motivo do homicídio: Laenor Velaryon havia se cansado da companhia de Qarl e enamorou-se de um novo favorito, um jovem e belo acompanhante de 1,85 metro. Cogumelo, como sempre, entrega a teoria mais sinistra, sugerindo que o príncipe Daemon pagou a Qarl Correy para livrar-se do marido da princesa Rhaenyra, providenciou o navio para levá-lo embora, em seguida cortou sua garganta e jogou-o no mar. Um cavaleiro famoso, relativamente jovem, Correy era conhecido por ter gostos de lorde e posses de camponês e, além disso, era dado a apostas extravagantes, o que empresta certa credibilidade à versão do bobo. Ainda assim, não existe nem existiu a mínima prova, nem na época nem atualmente, embora o Serpente do Mar tivesse oferecido um prêmio de dez mil dragões de ouro para qualquer homem que pudesse levá-lo a Sor Qarl Correy ou entregar o homicida à vingança do pai da vítima.

E esse não é o fim das tragédias que marcariam aquele ano terrível. A próxima ocorreu em Maré Alta, após o funeral de Sor Laenor, quando o rei e a corte faziam a jornada à Derivamarca para a pira funerária, muitos nas costas de dragões. (Tantos eram os dragões presentes que o septão Eustace escreveu que Derivamarca havia se transformado na nova Valíria.)

A crueldade das crianças é conhecida por todos. O príncipe Aegon Targaryen estava com treze anos, a princesa Helaena com doze, o príncipe Aemond com dez e o príncipe Daeron com seis. Aegon e Helaena montavam dragões. Helaena voava em Dreamfyre, a dragão que antes carregava Rhaena, a "noiva negra" de Maegor, o Cruel, enquanto diziam que Sunfyre, o dragão de seu irmão Aegon, era o dragão mais bonito de que se tinha notícia na terra. Mesmo o príncipe Daeron tinha uma dragão linda, azul, chamada Tessarion, embora ele ainda não voasse nela. Apenas o filho do meio, príncipe Aemond, permanecia sem dragão, mas Sua Majestade tinha esperanças de retificar esse fato, e apresentou a opinião de que, talvez, a corte pudesse passar uma temporada em Pedra do Dragão após os funerais. Era possível encontrar uma porção de ovos embaixo do Monte do Dragão, e vários recém-chocados também. O príncipe Aemond poderia escolher, "se o rapaz for ousado o bastante".

Mesmo tendo dez anos, não faltava ousadia a Aemond Targaryen. A expressão de escárnio do rei doeu, e ele decidiu não esperar pela Pedra do Dragão. O que ele quereria com um recém-chocado miúdo ou um ovo estúpido?

Bem ali, em Maré Alta, estava um dragão digno dele: Vhagar, a mais velha, a maior, a mais terrível dragão do mundo.

Mesmo para um filho da Casa Targaryen, sempre havia perigo em se aproximar de um dragão estranho, especialmente um dragão velho e mal-humorado que havia perdido recentemente seu dono. O pai e a mãe nunca deixariam que ele se aproximasse de Vhagar, Aemond sabia. Então ele cuidou para que eles não soubessem, deslizando da cama de madrugada enquanto ainda dormiam e se esgueirando até o grande pátio externo, onde Vhagar e os outros dragões eram alimentados e abrigados.

O príncipe esperava montar Vhagar em segredo, mas, quando rastejou para cima do dragão, a voz de outro rapaz soou: "Fique longe dela!"

A voz era do mais jovem de seus sobrinhos, Joffrey Velaryon, um garoto de três anos. Um cavaleiro precoce, Joff se esgueirou para fora da cama para ver seu jovem dragão, Tyraxes. Com medo de que o menino chamasse a atenção, o príncipe Aemond lhe deu um tapa, gritou para que ele ficasse quieto e empurrou-o para trás de uma pilha de esterco de dragão. Quando Joff começou a berrar, Aemond correu até Vhagar e montou nas costas dela. Mais tarde diria que ficou com tanto medo de ser flagrado que esqueceu o medo de ser queimado até a morte e comido.

Chamemos de ousadia, de loucura, chamemos de sorte, vontade dos deuses ou capricho dos dragões. Quem pode saber o que vai na mente de uma fera como essa? Sabemos apenas o seguinte: Vhagar rugiu, sacudiu-se para se erguer, balançou-se violentamente, em seguida rompeu as correntes e voou. E o jovem príncipe Aemond Targaryen tornou-se um cavaleiro de dragões, voando em círculo duas vezes ao redor das torres de Maré Alta antes de pousar.

No entanto, quando pousou, os filhos de Rhaenyra estavam à sua espera.

Joffrey correu até os irmãos quando Aemond ganhou o céu, e Jace e Luke vieram acudir ao seu chamado. Os príncipes Velaryon eram mais novos — Jace estava com seis, Luke cinco, Joff três —, mas eram três e se armaram com espadas de madeira do pátio de treinamento. Atacaram o primo com fúria. Aemond revidou, quebrando o nariz de Luke com um soco, em seguida arrancou a espada das mãos de Joff e quebrou-a na nuca de Jace, deixando-o de joelhos. Quando os garotos mais novos se afastaram dele cambaleando, ensanguentados e feridos, o príncipe começou a zombar deles, chamando-os de Strong. Jace já tinha idade suficiente para entender o insulto. Ele voou sobre Aemond novamente, mas o mais velho começou a espancá-lo com selvageria... até Luke, vindo em auxílio do irmão, sacar uma adaga e golpear o rosto de Aemond, arrancando-lhe o olho direito. Quando os cavalariços chegaram para separar os briguentos, o príncipe se retorcia no chão, uivando de dor, e Vhagar também estava rugindo.

Depois do acontecido, o rei Viserys tentou selar a paz, exigindo que cada um dos garotos apresentasse um pedido formal de desculpas aos rivais do outro lado, mas essas cortesias não apaziguaram as mães. A rainha Alicent exigiu que um dos olhos de Lucerys fosse arrancado pelo olho que custara a Aemond. Rhaenyra não aceitou nada disso, mas insistiu que o príncipe Aemond fosse questionado "severamente" até revelar onde ouvira seus filhos serem chamados de "Strong". Chamá-los assim, claro, era equivalente a dizer que eram bastardos, sem direitos de sucessão... e que ela mesma seria culpada de alta traição. Quando pressionado pelo rei, Aemond disse que seu irmão Aegon lhe dissera que os garotos eram Strong, e o príncipe Aegon disse apenas: "*Todo mundo* sabe. É só olhar para eles."

O rei Viserys finalmente pôs fim à discussão, declarando que não aceitaria ouvir mais nada daquilo. Nenhum olho seria arrancado, ele decretou... mas ninguém — "homem, mulher ou criança, nobre, plebeu ou realeza" — deveria novamente zombar dos netos como se fossem "Strong", sob pena de a língua ser arrancada com pinças quentes. Sua Majestade ordenou ainda que sua mulher e sua filha trocassem beijos e votos de amor e afeição, mas os falsos sorrisos e as palavras vazias enganaram apenas o rei, ninguém mais. Quanto aos garotos, o príncipe Aemond disse mais tarde que perdera um olho e ganhara um dragão naquele dia, e acreditava ser aquela uma troca justa.

Para impedir mais conflitos e colocar um ponto final nesses "rumores vis e calúnias baixas", o rei Viserys decretou ainda que a rainha Alicent e seus filhos voltariam com ele para a corte, enquanto a princesa Rhaenyra ficaria confinada com os filhos na Pedra do Dragão. Dali em diante, Sor Erryk Cargyll, da Guarda Real, serviria como escudeiro juramentado, enquanto Quebra-Ossos retornaria para Harrenhal.

Essas ordens não agradaram ninguém, escreve o septão Eustace. Cogumelo contesta: um homem ao menos estava empolgado com os decretos, pois Pedra do Dragão e Derivamarca ficavam bem próximas uma da outra e essa proximidade traria a Daemon Targaryen uma grande oportunidade de confortar a sobrinha, a princesa Rhaenyra, sem que o rei soubesse.

Embora Viserys ainda fosse reinar por mais nove anos, as sementes sangrentas da Dança dos Dragões já haviam sido plantadas, e 120 DD foi o ano em que começaram a brotar.

Os próximos a perecer foram os mais velhos dos Strong. Lyonel Strong, Lorde de Harrenhal e Mão do Rei, acompanhou seu filho e herdeiro, Sor Harwin em seu retorno ao grande castelo semiarruinado às margens do lago. Logo após sua chegada, um incêndio irrompeu na torre onde estavam dormindo e pai e filho morreram, junto com três de seus acompanhantes e uma dúzia de serviçais. A causa do incêndio nunca foi descoberta. Alguns a atribuem a um simples infortúnio, enquanto outros murmuram que aquele posto de Harren, o Negro, estava amaldiçoado e traria apenas desgraça a qualquer homem que o ocupasse. Muitos suspeitaram que as chamas foram ateadas intencionalmente. Cogumelo insinua que o Serpente do Mar estava por trás disso, como ato de vingança contra o homem que traíra seu filho. O septão Eustace, numa hipótese mais plausível, suspeita do príncipe Daemon, que teria assim derrubado um rival nas afeições da princesa Rhaenyra. Outros alimentaram a ideia de que Larys Pé-Torto teria sido o responsável: com o pai e o irmão mais velho mortos, Larys Strong se tornaria o Lorde de Harrenhal.

A possibilidade mais perturbadora foi apresentada por ninguém menos que o grande meistre Mellos, que pondera que o próprio rei teria dado a ordem. Se Viserys tivesse aceitado que os rumores sobre a paternidade dos filhos de Rhaenyra eram verdadeiros, poderia ter querido derrubar o homem que desonrara sua filha, temendo que ele revelasse a ilegitimidade de seus filhos. Se assim fosse, a morte de Lyonel Strong foi um acidente infeliz, pois a decisão do lorde de acompanhar seu filho de volta a Harrenhal não fora prevista.

Lorde Strong era a Mão do Rei, e Viserys confiava em sua força e seus conselhos. Sua Majestade chegara à idade de 43 anos, e havia ficado bastante corpulento. Não tinha mais o vigor da juventude e sofria de gota, juntas doloridas, dores nas costas e um peso no peito que ia e voltava, deixando-o não raro com o rosto enrubescido e o fôlego curto. A liderança do reino era uma tarefa acachapante; o rei precisava de qualquer Mão forte e capaz para suportar alguns de seus fardos. Por um momento, considerou trazer a princesa Rhaenyra. Quem melhor para governar com ele do que a filha que desejava como sua sucessora no Trono de Ferro? Mas isso significaria trazer a princesa e seus filhos de volta a Porto Real, onde mais conflitos com a rainha e seus próprios rebentos seriam inevitáveis. Ele considerou o irmão também, até se lembrar da passagem anterior do príncipe Daemon no pequeno conselho. O grande meistre Mellos sugeriu trazer algum homem mais jovem e apresentou vários nomes, mas Sua Majestade optou pela familiaridade e chamou de volta à corte Sor Otto Hightower, o pai da rainha, que outrora ocupara o cargo tanto sob Viserys quanto sob o Velho Rei.

Ainda assim, mal Sor Otto chegara à Fortaleza Vermelha para assumir o posto de Mão, receberam na corte a notícia de que a princesa Rhaenyra havia se casado novamente, tomando como marido seu tio, Daemon Targaryen. A princesa estava com 23 anos, o príncipe Daemon com 39.

Rei, corte e plebeus ficaram todos indignados com as notícias. Não havia nem meio ano que a mulher de Daemon e o marido de Rhaenyra haviam falecido. "Casar-se de novo tão cedo era um insulto às lembranças", Sua Majestade declarou em fúria. O casamento fora realizado na Pedra do Dragão, repentina e secretamente. O septão Eustace comenta que Rhaenyra sabia que o pai nunca aprovaria o matrimônio, então se casou às pressas para que ele não pudesse impedir o casamento. Cogumelo nos dá um motivo diferente: a princesa estava grávida novamente, e não desejava dar à luz um bastardo.

E, portanto, aquele terrível ano de 120 DD terminou como começara, com uma mulher em trabalho de parto. A gravidez da princesa Rhaenyra teve um resultado mais feliz que a da Senhora Laena. Quando o ano terminou, ela pariu um filho pequeno, porém robusto, um principezinho pálido com olhos púrpura e cabelo platinado. Deu-lhe o nome de Aegon. O Príncipe Daemon teve por fim um filho vivo de seu próprio sangue... e esse novo príncipe, diferentemente de seus três meios-irmãos, era um *Targaryen* legítimo.

Em Porto Real, a rainha Alicent era a mais furibunda quando soube que o bebê se chamaria Aegon, tomando esse fato como uma ofensa ao seu Aegon... o que certamente era. (Doravante nos referiremos ao filho da rainha Alicent como Aegon, o Mais Velho, e ao filho da princesa Rhaenyra como Aegon, o Mais Novo.)

Sem dúvida, o ano de 122 DD deveria ter sido feliz para a Casa Targaryen. A princesa Rhaenyra entrou novamente em trabalho de parto e deu ao tio Daemon um segundo filho, que recebeu o nome de Viserys, em homenagem ao avô. A criança era menor e menos robusta que seu irmão Aegon e seus meios-irmãos Velaryon, mas provou ser mais precoce... embora, de forma um tanto agourenta, o ovo de dragão posto em seu berço nunca tenha chocado. Os verdes assumiram que era um mau presságio e não se furtavam em anunciá-lo.

Mais tarde, no mesmo ano, Porto Real também celebrou um casamento. Seguindo a antiga tradição da Casa Targaryen, o rei Viserys casou seu filho Aegon, o Mais Velho, com sua filha Helaena. O noivo estava com 15 anos de idade, um rapaz preguiçoso e um tanto ressentido, de acordo com o septão Eustace, mas tinha um apetite mais que saudável, era um glutão à mesa, dado a tomar grandes tragos de cerveja e vinho forte e beliscar e bolinar qualquer garota serviçal que estivesse ao seu alcance. A noiva, sua irmã, tinha apenas 13 anos. Apesar de ser mais gorducha e menos atraente que a maioria dos Targaryen, Helaena era uma garota agradável e feliz, e todos concordavam que ela se tornaria uma ótima mãe.

E assim aconteceu rapidamente. Quase um ano depois, em 123 DD, a princesa de 14 anos deu à luz gêmeos, um garoto que batizou como Jaehaerys e uma garota chamada Jaehaera. O príncipe Aegon tinha herdeiros próprios agora, os verdes proclamavam com júbilo na corte. Um ovo de dragão foi posto no berço de cada criança, e dois dragõezinhos vieram logo. Ainda assim, nem tudo estava bem com os gêmeos recém-nascidos. Jaehaera era pequenina e demorava a crescer. Não chorava, não sorria, não fazia nada que os bebês costumavam fazer. O irmão, embora maior e mais robusto, também era menos perfeito do que se esperava de um príncipe Targaryen, trazendo seis dedos na mão esquerda e seis dedos em cada pé.

Uma mulher e filhos pouco fizeram para refrear os apetites carnais do príncipe Aegon, o Mais Velho, que foi pai de dois filhos bastardos no mesmo ano dos gêmeos legítimos: um menino de uma moça cuja virgindade ele comprara na Rua da Seda e uma menina com uma das camareiras de sua mãe. E, em 127 DD, a princesa Helaena deu à luz o segundo filho, que recebeu um ovo de dragão e o nome Maelor.

Os outros filhos da rainha Alicent também cresceram. O príncipe Aemond, apesar da perda do olho, tornou-se um espadachim competente e perigoso sob a tutela de Sor Criston Cole, mas continuou sendo um garoto violento e voluntarioso, de temperamento forte e vingativo. Seu irmão menor, príncipe Daeron, era o mais popular dos filhos da rainha, tão inteligente quanto cortês, e também o mais atraente. Quando fez 12 anos, em 126 DD, Daeron foi enviado à Vilavelha para servir como escanção e acompanhante do lorde Hightower.

Naquele mesmo ano, além da Baía da Água Negra, o Serpente do Mar foi acometido por uma febre repentina. Quando foi levado ao leito, cercado pelos meistres, surgiu a questão sobre quem deveria sucedê-lo como Lorde das Marés e Mestre da Derivamarca, caso a doença o fizesse perecer. Com seu filho legítimo morto, pela lei seus títulos e suas terras passariam ao neto Jacaerys, mas, como Jace presumivelmente ascenderia ao Trono de Ferro após sua mãe, a princesa Rhaenyra pediu ao sogro que nomeasse no lugar dele o segundo filho, Lucerys. No entanto, lorde Corlys também tinha meia dúzia de sobrinhos, e o mais velho deles, Sor Vaemond Velaryon, alegou que a herança deveria, por direito, passar para ele, sob o argumento de que os filhos de Rhaenyra eram bastardos da lavra de Harwin Strong. A princesa não demorou a retrucar a essa acusação. Despachou o príncipe Daemon para capturar Sor Vaemond, arrancar sua cabeça e alimentar seu dragão com a carcaça.

Mas mesmo essa atitude não encerrou a questão. Os irmãos mais jovens de Sor Vaemond fugiram para Porto Real com mulheres e filhos e lá clamaram por justiça e dirigiram suas reivindicações ao rei e à rainha. O rei Viserys havia engordado muito, ficando com o rosto ainda mais vermelho, e mal tinha forças para galgar os degraus até o Trono de Ferro. Sua Majestade ouviu-os em um silêncio pétreo, em seguida ordenou que a língua de todos fosse arrancada. "Vocês foram alertados", ele declarou enquanto eles eram arrastados para longe. "Não vou mais tolerar ouvir nenhuma dessas mentiras."

Em seguida, quando estava descendo do trono, Sua Majestade tropeçou e apoiou-se no trono para se equilibrar, rasgando a mão esquerda até o osso em uma lâmina denteada do trono. Embora o grande meistre Mellos tivesse lavado o corte com vinho fervido e atado a mão com faixas de linho embebidas em unguentos curativos, o rei logo teve febre e muitos temeram que ele pudesse morrer. Apenas a chegada da princesa Rhaenyra da Pedra do Dragão mudou a maré, pois com ela veio seu curandeiro, meistre Gerardys, que agiu rapidamente para amputar dois dedos da mão de Sua Majestade e salvar sua vida.

Mesmo muito enfraquecido com a provação, o rei Viserys logo reassumiu o governo. Para celebrar sua recuperação, foi realizado um banquete no primeiro dia de 127 DD. A princesa e a rainha receberam ordens para comparecer com todos os filhos. Em uma demonstração de amizade, as mulheres vestiam a cor uma da outra e muitas declarações de carinho foram feitas, para grande prazer do rei. O príncipe Daemon ergueu uma taça a Sor Otto Hightower e agradeceu-lhe por seus serviços leais como Mão, e Sor Otto, por sua vez, falou da coragem do príncipe, enquanto os filhos de Alicent e de Rhaenyra cumprimentavam-se com beijos e partilhavam o pão juntos à mesa. Ou assim as crônicas da corte registram.

No entanto, tarde daquela noite, após o rei Viserys ter se retirado (pois Sua Majestade ainda se cansava facilmente), Cogumelo nos conta que Aemond Caolho se ergueu para fazer um brinde aos primos Velaryon, falando em admiração fingida de seus cabelos castanhos, dos olhos castanhos... e da força. "Nunca vi pessoas tão fortes quanto meus belos primos, fortes como os Strong", ele terminou. "Então vamos beber a esses três garotos fortes como os Strong". O bobo relata que, ainda mais tarde, Aegon, o Mais Velho, ofendeu-se quando Jacaerys pediu que sua mulher, Helaena, lhe concedesse uma dança. Palavras raivosas foram trocadas, e os dois príncipes teriam trocado sopapos se não fosse pela intervenção da Guarda Real. Não sabemos se o rei Viserys foi informado desses incidentes, mas a princesa Rhaenyra e seus filhos voltaram ao lar, em Pedra do Dragão, na manhã seguinte.

Depois de perder os dedos, Viserys I nunca mais sentou-se no

Trono de Ferro. Depois do acidente, ele evitava a sala do trono, preferindo manter a corte no solar e, mais tarde, em seus aposentos, cercado por meistres, septões e pelo fiel bobo Cogumelo, o único homem que ainda conseguia fazê-lo rir (segundo Cogumelo). Sua Majestade recuperou um pouco de seu antigo vigor quando o grande meistre Mellos faleceu e foi substituído pelo grande meistre Gerardys, cujas poções e tinturas provaram-se mais eficazes do que as sangrias que Mellos preferia. No entanto, essa recuperação mostrou-se curta, e a gota, as dores no peito e a respiração ofegante continuaram a perturbar o rei. Com o declínio de sua saúde, Viserys deixou ainda mais o governo do reino aos cuidados da Mão e do pequeno conselho.

Quando os Sete Reinos receberam o 129º ano após a Conquista de Aegon com fogueiras, banquetes e bacanais, o Rei Viserys I Targaryen estava ainda mais fraco. As dores no peito ficaram tão graves que ele não conseguia mais subir um lance de escadas e precisava ser carregado na Fortaleza Vermelha em uma cadeira. Na segunda lua do ano, Sua Majestade perdeu todo o apetite e passou a governar o reino do leito... quando se sentia forte o bastante para governar. Enquanto isso, em Pedra do Dragão, a princesa Rhaenyra engravidou novamente. Ela também ficou de cama, com o marido, o príncipe canalha, ao seu lado.

No terceiro dia da terceira lua de 129 DD, a princesa Helaena levou os três filhos para uma visita ao rei em seus aposentos. Os gêmeos Jaehaerys e Jaehaera estavam com seis anos de idade, seu irmão Maelor com apenas dois. Sua Majestade deu ao bebê seu anel de pérola para que ele brincasse e contou aos gêmeos a história de como seu tataravô e inspirador de seus nomes, Jaehaerys, o Velho Rei, voara em seu dragão para o norte, até a Muralha, para derrotar uma vasta horda de selvagens, gigantes e troca-peles. As crianças ouviram com atenção. Depois disso, o rei mandou-os embora, alegando cansaço. Então Viserys da Casa Targaryen, o Primeiro com seu Nome, Rei dos Ândalos, dos Roinares, dos Primeiros Homens, Lorde dos Sete Reinos e Protetor do Reino, fechou os olhos e dormiu.

Nunca mais acordou. Sua Majestade estava com 52 anos de idade e reinou sobre grande parte de Westeros por 26 anos.

A história dos feitos ousados, crimes horríveis e da morte heroica do príncipe Daemon Targaryen na carnificina que se seguiu é bem conhecida de todos, então terminaremos nossa história por aqui.

Depois disso, a tempestade irrompeu, e os dragões dançaram e morreram.

A FILHA DO IMPÉRIO

A SAGA DO IMPÉRIO – VOLUME UM

Raymond E. Feist e Janny Wurts

Mara, a filha mais nova da poderosa Casa dos Acoma, estava destinada a uma vida de contemplação e paz. Mas quando seu pai e seu irmão são mortos, sua vida muda de um dia para outro. Apesar do sofrimento, cabe a ela a tarefa de vestir o manto da liderança e enfrentar as dificuldades e os inimigos implacáveis.

Inexperiente na arte de governar, Mara terá de recorrer a toda a sua força e astúcia para sobreviver no Jogo do Conselho, recuperar a honra da Casa dos Acoma e assegurar o futuro de sua família. Mas quando percebe que os inimigos que quase aniquilaram a sua casa vão voltar a atacar com fúria renovada, Mara só tem uma dúvida: será que ela, apenas uma mulher, ainda quase menina, poderá vencer em um jogo perigoso no qual seu pai e seu irmão falharam?

SANGUE MÁGICO

SÉRIE KATE DANIELS – LIVRO UM

Ilona Andrews

Se não fosse pela magia, Atlanta seria uma boa cidade para se morar... A magia chega como uma onda e tudo para de funcionar: os carros não ligam, as armas se tornam inofensivas. No momento seguinte, a energia já se dissipou e a tecnologia reassume o controle, fazendo com que os feitiços de proteção já não sejam capazes de defender a sua casa da ameaça de monstros.

Nesse mundo, arranha-céus são derrubados por ataques violentos da magia; homens-lobo e homens-hiena vagam pelas ruas em ruínas; e os Mestres dos Mortos, necromantes levados pela sede de poder, controlam vampiros com o poder da mente.

Nesse cenário vive Kate Daniels, uma menina impulsiva e destemida que não leva desaforo para casa. Seu sangue a torna um alvo e, por isso, ela passou boa parte da vida escondida em meio à multidão. Mas quando seu guardião é assassinado, Kate precisa fazer uma escolha: deve continuar na segurança do anonimato ou perseguir o assassino e vingar a morte dos inocentes?

OUTLANDER – A VIAJANTE DO TEMPO

LIVRO UM

Diana Gabaldon

Em 1945, no final da Segunda Guerra Mundial, a enfermeira Claire Randall volta para os braços do marido, com quem desfruta uma segunda lua de mel em Inverness, nas Ilhas Britânicas. Durante a viagem, ela é atraída para um antigo círculo de pedras, no qual testemunha rituais misteriosos. Dias depois, quando resolve retornar ao local, algo inexplicável acontece: de repente se vê no ano de 1743, numa Escócia violenta e dominada por clãs guerreiros.

Tão logo percebe que foi arrastada para o passado por forças que não compreende, Claire precisa enfrentar intrigas e perigos que podem ameaçar a sua vida e partir o seu coração. Ao conhecer Jamie, um jovem guerreiro escocês, sente-se cada vez mais dividida entre a fidelidade ao marido e o desejo. Será ela capaz de resistir a uma paixão arrebatadora e regressar ao presente?

OUTLANDER – A LIBÉLULA NO ÂMBAR

LIVRO DOIS

Diana Gabaldon

Claire Randall guardou um segredo por vinte anos. Ao voltar para as majestosas Terras Altas da Escócia, envoltas em brumas e mistério, está disposta a revelar à sua filha Brianna a surpreendente história do seu nascimento. É chegada a hora de contar a verdade sobre um antigo círculo de pedras, sobre um amor que transcende as fronteiras do tempo... e sobre o guerreiro escocês que a levou da segurança do século XX para os perigos do século XVIII.

O legado de sangue e desejo que envolve Brianna finalmente vem à tona quando Claire relembra a sua jornada em uma corte parisiense cheia de intrigas e conflitos, correndo contra o tempo para evitar o destino trágico da revolta dos escoceses. Com tudo o que conhece sobre o futuro, será que ela conseguirá salvar a vida de James Fraser e da criança que carrega no ventre?

MAGO – APRENDIZ

A SAGA DO MAGO – LIVRO UM

Raymond E. Feist

Na fronteira do Reino das Ilhas existe uma vila tranquila chamada Crydee. É lá que vive Pug, um órfão franzino que sonha ser um guerreiro destemido a serviço do rei. Mas a vida dá voltas e Pug acaba se tornando aprendiz do misterioso mago Kulgan. Nesse dia, o destino de dois mundos se altera para sempre.

Com sua coragem, Pug conquista um lugar na corte e no coração de uma princesa, mas subitamente a paz do reino é desfeita por misteriosos inimigos que devastam cidade após cidade. Ele, então, é arrastado para o conflito e, sem saber, inicia uma odisseia pelo desconhecido: terá de dominar os poderes inimagináveis de uma nova e estranha forma de magia… ou morrer.

A Saga do Mago é uma aventura sem igual, uma viagem por reinos distantes e ilhas misteriosas, onde conhecemos culturas exóticas, aprendemos a amar e descobrimos o verdadeiro valor da amizade. E, no fim, tudo será decidido na derradeira batalha entre as forças da Ordem e do Caos.

MAGO – MESTRE

A SAGA DO MAGO – LIVRO DOIS

Raymond E. Feist

Passaram-se três anos desde o terrível cerco a Crydee. Os três rapazes que eram os melhores amigos do mundo encontram-se agora a quilômetros de distância uns dos outros. Pug, um escravo dos tsurani, está prestes a se tornar um dos maiores magos que já existiram. Tomas, um grande guerreiro entre os elfos, arrisca-se a perder sua humanidade para a armadura encantada que veste. Arutha, Príncipe de Crydee, luta desesperadamente contra invasores e traidores para salvar seu reino.

Mago Mestre é recheado de aventura, emoção e ameaças tão antigas quanto o próprio tempo. Com o segundo volume de *A Saga do Mago*, Raymond E. Feist volta a provar que é um dos maiores nomes da literatura fantástica na atualidade.

A ESPADA DE SHANNARA

TRILOGIA A ESPADA DE SHANNARA – LIVRO UM

Terry Brooks

Há muito tempo as Grandes Guerras do Passado arruinaram o mundo. Vivendo no pacífico Vale Sombrio, o meio-elfo Shea Ohmsford pouco sabe sobre esses conflitos. Mas o Lorde Feiticeiro, que todos julgavam morto, planeja regressar e destruir o mundo para sempre. A única arma capaz de deter esse poder da escuridão é a Espada de Shannara, que pode ser usada somente por um herdeiro legítimo de Shannara. Shea é o último dessa linhagem e é sobre ele que repousam as esperanças de todas as raças. Por isso, quando um aterrorizante Portador da Caveira a serviço do mal voa até o Vale Sombrio, Shea sabe que começará a maior aventura da sua vida.

A FILHA DO SANGUE

TRILOGIA DAS JOIAS NEGRAS – LIVRO UM

Anne Bishop

O Reino Distorcido se prepara para o cumprimento de uma antiga profecia: a chegada de uma nova Rainha, a Feiticeira que tem mais poder que o próprio Senhor do Inferno. Mas ela ainda é jovem, e por isso pode ser influenciada e corrompida. Quem a controlar terá domínio sobre o mundo.

Três homens poderosos – inimigos viscerais – sabem disso. Saetan, Lucivar e Daemon logo percebem o poder que se esconde por trás dos olhos azuis daquela menina inocente. Assim começa um jogo cruel, de política e intriga, magia e traição, no qual as armas são o ódio e o amor. E cujo preço pode ser terrível e inimaginável.

Coleção BANG!

A MELHOR FANTASIA, FICÇÃO CIENTÍFICA E HORROR

03. Tigana – A Lâmina na Alma
Livro Um
Guy Gavriel Kay

04. Mago – Mestre – Livro Dois
Raymond E. Feist

05. A Filha do Sangue – Livro Um
Trilogia das Joias Negras
Anne Bishop

06. A Espada de Shannara – Livro Um
Trilogia A Espada de Shannara
Terry Brooks

07. Tigana – A Voz da Vingança
Livro Dois
Guy Gavriel Kay

08. Mago – Espinho de Prata – Livro Três
Raymond E. Feist

09. A Herdeira das Sombras – Livro Dois
Trilogia das Joias Negras
Anne Bishop

10. Mago – As Trevas de Sethanon – Livro Quatro
Raymond E. Feist

11. As Pedras Élficas de Shannara – Livro Dois
Trilogia A Espada de Shannara
Terry Brooks

12. Sangue Mágico
Série Kate Daniels
Ilona Andrews

13. A Filha do Império – Livro Um
Saga do Império
Raymond E. Feist & Janny Wurts

14. O Príncipe de Westeros & Outras Histórias
George R. R. Martin e Gardner Dozois

Próximos Títulos

Livro Dois da Saga do Império
Raymond E. Feist & Janny Wurts

Revista BANG!

a sua dose diária de
fantasia, ficção científica
e horror

Já conhece a revista especializada na cultura do fantástico, da literatura ao cinema e HQs, não faltando entrevistas, ensaios e ficção? Venha descobrir em:

www.revistabang.com

Saiba tudo sobre a editora e os nossos livros em:

www.sdebrasil.com.br
Facebook: /editora.sde.brasil
Twitter: @SdE_Brasil
Instagram: /SdE_Brasil

COLEÇÃO BANG!